# 第二卷
# 火 凤 凰

谨以本书纪念
在抗日战争与解放战争中
牺牲的英烈们

天方国古有神鸟名"菲尼克司"(Phoenix)，满五百岁后，集香木自焚，复从死灰中更生，鲜美异常，不再死。
　　按此鸟殆即中国所谓凤凰：雄为凤，雌为凰。

——见郭沫若《凤凰涅槃》题注

# 自 序

　　这部长篇小说,于1991年12月14日动手,写了19章后即因病辍笔。此后写了不少应时的杂文。1992年夏,为纪念毛泽东同志百年诞辰,开始写《话说毛泽东》一书,历时近一年完成。重新续写这部小说时,已经是1994年5月的事了。终于经两年零两个月的努力,至1996年7月19日将初稿写成。9月进入修改,至岁末脱手。共用去两年半的时间。

　　今年是伟大的抗日战争全面爆发的60周年,又是中国人民解放军建军70周年。从我个人说,参加革命也60个年头了。今天,我将这本书作为一项薄礼,向我们的党、我们的军队以及伟大的中国人民,献上我最崇高的敬意,并深切怀念那些为革命捐躯的英烈们。

　　抗日战争和解放战争,是我一生中最重要的生活经历。我对之感受最深,收获也最大。可以说,它是名副其实的"我的大学"。它使我真正认识到,什么是敌人?什么是朋友?什么是同志?它尤其清楚地告诉我,帝国主义、法西斯的本性是什么?为什么说人民群众是真正的英雄,是创造历史的动力?至少在书本上学不到这样牢靠,这样深入到生命之中。为此我必须作为幸存者将这一页惊天动地的历史记述下来,将党和人民伟大的功绩记述下来。但是建国不久,朝鲜战争发生了,为了现实斗争的需要,我不能不先写《东方》。此后,同样为了现实和政治的需要,我又写了《地球的红飘带》。以致迟至今日,在我年逾七旬之后,才来写我们那一代年轻人的事情。如果说这三部长篇可称之为三部曲的话,那么其顺序自然应当按照《地球的红飘带》《火凤凰》《东方》来排列了。

　　多年前我曾说:"中国革命是世界上最壮观最伟大的革命之一。

在文学上无论如何该有相应的表现。在这中间,我愿尽自己的一点本分。"事实确乎如此,中国共产党领导的中国革命,无论就其规模之广大,意义之深远,斗争之艰巨与漫长,革命之深入和彻底,以及领导人的胆略与智慧,革命群众非凡的英勇与伟大的创造力,都值得我们永远引为中华民族的骄傲。作为作家,如果我们不能做出应有的反映,那是心中有愧的。这是生活教导我的,是千百万群众活生生的革命活动感召我的。我本人也正是依据此种信念付诸实践。现在,我的三部曲完成了,加上我和钱小惠同志合作的《红色的风暴》与《邓中夏传》那些写党领导的初期工人运动的篇章,应该说尽到自己的一点本分了。但是如果同无比伟大、辉煌的中国革命本身来比,则不过是沧海之一粟罢了。何况文学这门学问很深,生活是一个大海,作家的艺术成就是受到他本身的才能和思想艺术的修养等制约的,作品也只能达到他可以达到的水平。在文学上更为深刻地更为辉煌地描写中国革命,只有靠众多有志于此的作家共同努力了。至于那些贬损革命、歪曲革命、嘲笑革命、告别革命的人,就请他们远远地走开吧!他们愿意"告别",我们也乐于"送别"。因为他们之中有些原本就不是革命中人甚至是敌对营垒中人,或者是身在此而意在彼的待价而沽者。他们的"告别",对我们没有丝毫损失。我们惟一不能接受的,是他们对革命的污辱,对千万仁人志士的亵渎,对中华民族百余年来伟大革命史的否定。

我的三部长篇小说各有侧重。《地球的红飘带》侧重于写毛泽东、周恩来、朱德以及其他将帅等领导层。《东方》则除了写毛泽东、彭德怀之外,就侧重在下层群众了。《火凤凰》则侧重写几个知识青年,但它又绝非自传,而是写我的同时代人。不论当时或今天来看,我都认为我们当时是生活在一个伟大的时代——人民大觉醒并起而抗争的时代。而这个时代对人的考验又是极为严峻的甚至是严酷的。也许正因为如此,才把他们锻炼成为无愧于民族、无负于人民的真正坚强的一代。这个时代对他们的赐予真是太丰厚了。有许多许多是书本上得不到的东西。现在我把他们的经历和成长过程写出来,对现在的青年朋友想来是会有所启示、有所助益的吧!

历史的烟云已过去了半个多世纪,卢沟桥的炮声已经十分遥远了。世界已发生了很大的变化。但是有一个东西是没有变的,这就是帝国主义的垄断资本的嗜血本性。在它们寿终正寝之前,战争的火种是不会熄灭的。因此,我愿再次提出忠告:人们,警惕啊,你们务必百倍加强自己的力量使人类的祸水不致得逞。

近年来,晋察冀根据地的老同志老战友写了不少回忆录,大大丰富了抗日战争的史料。在本书写作过程中,我从这些回忆录中获益不少,并且从中汲取了一些有意义有价值的情节,这里谨向他们表示深深的谢意。

最后,谨以近作小诗一首结束:

> 三部壮曲喜完工,
> 俱是英烈血染成。
> 艺境无限我有限,
> 织就云锦惟丹诚。
> 共产大业希猛士,
> 低谷仍可攀高峰。
> 尽扫迷雾须奋力,
> 革命巨流永向东。

1997年2月22日

# 目　　录

## 第一篇

一　战争向他走来 …………………………………（3）
二　我也是热血青年 ………………………………（7）
三　紫衣少女 ………………………………………（13）
四　最艳的红叶 ……………………………………（20）
五　意外 ……………………………………………（24）
六　屈辱 ……………………………………………（28）
七　播种者 …………………………………………（32）
八　告别故乡 ………………………………………（36）
九　在逃难的人群中 ………………………………（40）
一〇　莫叹行路难 …………………………………（44）
一一　风陵渡 ………………………………………（48）
一二　在长安,难忘劳动人 ………………………（51）
一三　远方,红星在召唤 …………………………（55）
一四　山道弯弯路难测 ……………………………（58）
一五　我也将是这船上的水手 ……………………（62）
一六　第一个师傅 …………………………………（66）
一七　延安,你这庄严雄伟的古城 ………………（70）
一八　除夕夜 ………………………………………（76）
一九　春天,在阳光下 ……………………………（81）
二〇　她曾经是"民先" …………………………（86）
二一　清清延河边 …………………………………（91）

二二　宣誓那天 …………………………………… ( 96)
二三　别了,别了,同学们 …………………………… (100)

## 第二篇

二四　来到晋察冀(一) ………………………………… (107)
二五　来到晋察冀(二) ………………………………… (111)
二六　初到红一团 ……………………………………… (117)
二七　初战 ……………………………………………… (123)
二八　两种哲学 ………………………………………… (130)
二九　第一缕阳光 ……………………………………… (136)
三〇　布谷声里 ………………………………………… (141)
三一　杏花营(一) ……………………………………… (145)
三二　杏花营(二) ……………………………………… (151)
三三　杏花营(三) ……………………………………… (157)
三四　爱,该丢也要丢 ………………………………… (164)
三五　太行秋色(一) …………………………………… (167)
三六　太行秋色(二) …………………………………… (172)
三七　太行秋色(三) …………………………………… (178)
三八　敌人怎样化为朋友(一) ………………………… (187)
三九　敌人怎样化为朋友(二) ………………………… (195)
四〇　来也匆匆,去也匆匆 …………………………… (203)
四一　世界观领域也有战火 …………………………… (207)
四二　你把我的部队毁了 ……………………………… (214)
四三　侵略者的长恨歌 ………………………………… (221)
四四　甘泉 ……………………………………………… (227)

## 第三篇

四五　在生与死的边缘 …………………………………… (235)
四六　火光中的女神 ……………………………………… (241)
四七　诗人在游击组里 …………………………………… (246)
四八　仇恨之歌 …………………………………………… (251)
四九　文旗随战鼓 ………………………………………… (256)

| 五〇 | 倒在冰雪上的战士 | (261) |
| 五一 | 月夜樱花歌 | (267) |
| 五二 | 一次心灵的交战 | (274) |
| 五三 | 心儿朝着海洋 | (280) |
| 五四 | 海燕 | (282) |
| 五五 | 谁支持着这场战争 | (287) |
| 五六 | 五颗人头 | (293) |
| 五七 | 骑毛驴的新嫁娘 | (298) |
| 五八 | 这日子终于来临 | (302) |
| 五九 | 从未经历过的战场 | (309) |
| 六〇 | 在沦陷的小城里 | (313) |
| 六一 | 不幸的消息最怕传给亲人 | (318) |
| 六二 | 与叛徒交战 | (322) |
| 六三 | 在爱情天平的两端(一) | (330) |
| 六四 | 在爱情天平的两端(二) | (334) |
| 六五 | 高红,你在哪里? | (338) |
| 六六 | 友谊,生活的珍珠 | (342) |

## 第四篇

| 六七 | 新任务 | (349) |
| 六八 | 他从血与火中走来 | (355) |
| 六九 | 故乡变了 | (360) |
| 七〇 | 无村不戴孝,处处闻哭声 | (365) |
| 七一 | 老书记 | (370) |
| 七二 | 一个女人坎坷的人生之路 | (378) |
| 七三 | 为虎作伥者戒 | (383) |
| 七四 | 犹大与"毛驴" | (387) |
| 七五 | 对傅萍的议论 | (392) |
| 七六 | 饿狗·骨头·群众 | (395) |
| 七七 | 笔下不能留情 | (401) |
| 七八 | 新县长赴任 | (405) |
| 七九 | 火烧地狱之门 | (411) |

八〇　梨花湾的姑娘(一) …………………………… (415)

八一　梨花湾的姑娘(二) …………………………… (420)

八二　狐狸 ………………………………………… (424)

八三　蒲疃奇迹 …………………………………… (427)

八四　考验(一) …………………………………… (433)

八五　考验(二) …………………………………… (437)

八六　考验(三) …………………………………… (442)

八七　无比崇高的赞美词 ………………………… (446)

八八　花轿悠悠 …………………………………… (452)

八九　麦黄时节 …………………………………… (456)

九〇　冈村宁次的血腥战略 ……………………… (461)

九一　腥风血雨(一) ……………………………… (465)

九二　腥风血雨(二) ……………………………… (470)

九三　刽子手没有留下头颅 ……………………… (477)

九四　鼓声(一) …………………………………… (482)

九五　鼓声(二) …………………………………… (487)

九六　病中 ………………………………………… (491)

九七　跨"海"东征 ………………………………… (495)

九八　喜讯 ………………………………………… (500)

九九　这不是梦 …………………………………… (505)

一〇　火把 ………………………………………… (513)

## 第五篇

一〇一　徐偏哭了 ………………………………… (521)

一〇二　分手前夕 ………………………………… (525)

一〇三　在战与和的变幻线上 …………………… (529)

一〇四　何时是佳期 ……………………………… (533)

一〇五　再晤欧阳 ………………………………… (537)

一〇六　佳期又误 ………………………………… (541)

一〇七　我们一定要回来 ………………………… (546)

一〇八　回到根据地去 …………………………… (550)

一〇九　无巧不成书 ……………………………… (555)

| 一一〇 | 新考验 | (560) |
| 一一一 | 壮举 | (566) |
| 一一二 | 血人 | (572) |
| 一一三 | 为死难烈士送葬 | (576) |
| 一一四 | 轻敌招致意外 | (580) |
| 一一五 | 越不过的雷池 | (584) |
| 一一六 | 总司令的接见 | (590) |
| 一一七 | 床下将军 | (594) |
| 一一八 | 风雨之夜 | (599) |
| 一一九 | 胜利声中的噩耗 | (606) |
| 一二〇 | 相逢在古城 | (613) |
| 尾声 | | (620) |

# 第一篇

# 一　战争向他走来

　　夕阳衔山的时候,解除空袭警报的舒缓的汽笛声才远远地传来。人们轻轻地吁了口气,从郊外的高粱地和小树林里纷纷走出来,开始回城。马路上挤拥着络绎不绝的人群。他们每个人的脸上都带着困顿和疲惫的神色。因为天刚刚亮,设在城中心鼓楼上的警报器,就发出了一种充满恐怖的甚至是撕裂人魂魄的声音——这也许是世界上最难听的声音了,就好像炸弹顷刻间就要丢在你的头上,人们不得不慌慌张张地跑到城外。他们几乎是眼睁睁地等着那不祥之物的到来。直到中午时分,才看见十几架涂着太阳徽的飞机向南去了。但是空袭警报没有解除,人们仍然不敢轻易回城。在8月的太阳烧烤下,整整一天不吃不喝,人们如何忍受得了?最可怜的还是那些孩子和老年人,高粱地里不时传来孩子的哭声和老年人的叹气声。现在好了,这一天总算捱过去了。

　　人群里有一个学生模样的青年,他好像边走边思虑着什么。他留着小分头,双颊绯红,充满青春的朝气,看来最多不过十七八岁。他的眼神里流露着单纯、热诚和大胆,还有一点儿难以掩饰的幼稚。正像临近麦熟时节的杏子,黄了一半,还青着一半。从他的穿着看,家庭里是不会宽裕的。他穿的白衬衣和西式裤子虽说都近于城市打扮,细看却是家做的,脚下一双家做的布鞋也比较破旧了。

　　卢沟桥事变过去了一个月,人们在惶惶不安中进入了8月。平津已经沦陷。听说前几天日军在北平举行了入城式。现在正沿着平汉路和津浦路继续南犯。今天早晨的广播又说,日军在上海登陆,淞沪方面也发生了战事。这个青年的心,也像全国人一样,处在深深的震撼里。他想起前年冬季一个风雪弥漫的日子,他们为了响应北平学生的"一二·九"运动,要求国民党政府抗战,举行了游行,他不是把嗓子都喊哑了吗!现在神圣的民族解放战争已经开始了,他将何以来报效濒临危亡的祖国呢?何况他所在的D城,距离平津前线不过二三百公里,可说是危在旦夕了。他将怎样来迎接即将到来的一切呢?

在尘土飞扬的路上,他时而低头沉思,时而抬头望望城里的那座古塔。他的名字叫周天虹,自小就生长在这座城市里,这里古老的城墙,古老的钟鼓楼,古老的街巷,以及小河、水坑等大大小小的地方都留着他童年的足迹。他尤其心爱这座古塔。D城是座远近闻名的古城,而古塔又是这座古城的标志。他从小就听老人说,D城是一只船,古塔就是它的桅杆。还说塔下面有口深井,深井通着大海,井里的水是不能随便动用的。一天,一个不懂事的孩子到这井里去打水,水随着桶底越涨越高,刚把水桶提出来,大水就把城市淹没了。于是后来就盖上一个铁盖子,上面又修了这座高塔。周天虹从小到乡下姥姥家去,或者春天郊游归来,都要亲昵地看看这座住满燕子的古塔。只要看见古塔也就离家不远了。

可是今天这座美丽的古塔,在周天虹的眼里,却显出忧伤的样子,那塔顶上一群群飞来飞去的燕雀,似乎也在啁啾悲鸣,仿佛这一切不久就会倾倒在炮火中了。想到这里,他觉得巍然屹立的古塔也像要摇晃起来。

30年代的D城,是一个油灯与电灯共存、牛车与汽车并行的城市。在靠近平汉铁路车站附近,已经有一条近代化的街道,商旅云集,生意繁华,乡下人称之为"洋街"。他们每到城里来,总要到"洋街"逛逛,尤其要到百货店的哈哈镜前嘻嘻哈哈笑上半天。而城里却依然是幽静娴雅的中古世纪的风味。街道两边都是高门大宅,青石铺成了高高的门台,一个个翼然而立的门楼,仍显出几分往日的威严。门楼上多半悬着金字匾额,什么"进士第""大夫第""德高望重""光生昼锦""文魁""武魁"等等。想当年也许是车马盈门,而今除了一两户还像个样子,差不多全都败落了。这些大家族的后裔,分裂成无数的小市民、小商贩、城市贫民、工人、打零工者,以及愁眉不展的失业者。他们仍旧麇集在往昔繁华过的宅第里。周天虹的父亲,是个一辈子也没有考中秀才的可怜的读书人,当过铁路上的巡警、县政府的书记、小旅店的记账人,还有一段唉声叹气的长期失业,最后贫病而死。不久,他那多病的母亲也随之去世。那时周天虹正在本县的乡村师范读书,还没有毕业,幸亏堂兄收留,两家就合在一处。他的大哥机警能干,当过好几年吴佩孚的士兵,可是除留下一张手拿大砍刀英姿勃勃的照片外,一无所得。最后回到家里卖土造汽水为生。他的二哥是本城纱厂的工人,因为资本家对工人过于苛刻,引得工潮迭起,资本家一怒之下,把所有的男工全都开除了,一律换上从乡下招来的女工。从此二哥失业在家,只好去拉人力车,挣些零钱度日。他们就是这样过着艰难的生活。

周天虹回到家里,家里人陆陆续续全回来了。回来最晚的是年迈的伯母。她今年已经60开外,满头白发,又是小脚,由二哥扶着,颤颤巍巍,走走停停,一回到家就躺下了。

"再响警报,我是说啥也不跑了!"她悲伤地说,"炸就炸死,这年头儿早死了好。"

大嫂一边做饭,一边插嘴说:

"可也是,你说日本人打过来可怎么办?老的老,小的小,往哪儿跑?"停了一会儿,又说:"你们看,日本人能打过来吗?"

"前面中国队伍不少。听说保府以北还修了三道防线呢!"老实巴交的二哥说,"就是不知道顶得住不?"

"怎么顶不住?二十九军的大刀片厉害着呢!"大哥一向以见多识广的口气说。

天虹见哥哥们对真实情况并不了解,就说:

"下边的军官、士兵倒是挺坚决的,就是看上面怎么样了。卢沟桥事变以后,老蒋还说'牺牲不到最后关头,决不轻言牺牲;和平尚有一丝希望,决不放弃和平'。这家伙还让宋哲元到天津日军司令部道歉,回来就下命令,拆除北平城的工事,打开城门,日本人不就进来了吗!"

"你说的也是。"大哥说,"可是,不管怎么说,咱中国是大国,小日本怎么也成不了气候。中国人要齐了心,一个人一口唾沫,也能把小日本淹死!"

晚饭已经摆在院子里不足一尺高的小矮桌上,无非是棒子粥和黑窝窝头,以及咸菜、辣椒之类。周天虹自小就吃这些东西,加上今天饿了,更是吃得很香。但是大嫂不经意间说了一句:"这个月的粮食快吃完了!"天虹不由自主地停住了筷子,慢腾腾地放下了碗。

黄昏时分闷热得厉害。仿佛一场暴雨要来的样子。天虹的心绪,似乎比这天气还要烦闷。破旧的院子里有一棵很老的石榴树,总有上百年了,是天虹平素所喜欢的。他就搬了一个小板凳坐在树下,懒洋洋地摇着破蒲扇,想起心事来。

天虹本来是个聪明、活泼、直爽开朗的青年,可是从小就有无尽的烦恼伴随着他,从记事起就是不顺利的。上学没钱买书,没钱做统一的校服。仅仅因为没有按时交上做校服的钱,一个教员曾经狠狠地羞辱过他;尽管他还是一个孩子,也觉得无地自容。后来上师范又买不起书,不得不和同桌看一本书。有一次把同桌的同学得罪了,不让他看,有人又耻笑他:"这样的人还来读书!"有一件事是他永远不能忘记的:他那失业的父亲整整劳动了一个礼拜,才挣来一元钱,给他买了一本商务印书馆出版的《教育概论》。他那贫病的父亲对他说:"孩子,你快毕业吧! 毕了业你就可以替替我了,我是实在挑不动这副担子了!"后来出人意外,乡村师范从二年制改为四年制,他的父亲大为失望。本来只不过患了一场平常的伤寒,结果竟抑郁而死。临死前还说:"孩子,走你的路吧,我是已经等不上你了!"天虹的学就是这样上的。到今年夏天,四年制的乡村师范总算毕了业。可是正像人们说的,"毕业即是失业"。按说乡村师范是为乡村小学培养教师的。乡村小学教师的工资是每月八元,八元钱只能买两袋面粉,已经是最低的工资了。可是要想当上这个只挣八元钱的教师,却比登天还难。天虹找了许多老师好友,想谋取这个理应到手的职业,但得到的答复都是:"爱莫能助。"后来他求人到工厂做工,也没有成功。想起这一切,天虹对这个冷酷的、不给人以任何出路的社会是如何地憎恨啊!最近一两年,得朋友之助,读了几本社会科学的书籍,他才渐渐明白了。可是,现在一个新的敌人又向他扑过来了。他仿佛看到一道无边无际的黑水涌流过来,要把他的民族、亲人、祖先的坟墓以及世界上最古老的华夏文明和他自己通通淹没掉。作为炎黄子孙的一分子,他怎能无动于衷,坐视不救,任其毁灭呢!

他必须找一条奋斗的路和献身的路!

他的思想像火光似的一闪,想起一个人来。

"对! 就去找他!"他把腿一拍,就这样定了。

## 二　我也是热血青年

周天虹想起的这个人,是两年前认识的。

天虹从小就爱读书而又没钱买书。幸好在离他家不远的北大街,有一个民众教育馆。实在说,它比一个烧饼铺大不了多少,可是它却有一个小小的图书馆和阅览室。图书馆里有一套商务印书馆出的万有文库,还有当时流行的各种杂书。阅览室有一张类似乒乓球案的长桌,上面摆满了每天从平津沪来的各家大报。天虹的大部分课余时间,几乎都花在这里了。这里的管理员是一个朴实尽职的中年人,脸上有些小疙瘩,对人分外和气,似乎也很喜欢这个爱读书的孩子。每逢天虹来,他都笑一笑,然后拿出天虹要的书来。这样,天虹就像一尾小小的鱼儿游在书海里,既无人强迫他,也无人引导他,只凭个人志趣任意畅游。

忽于两年前的一个冬天,这小小的天地里增添了一个陌生人。看去有二十七八岁年纪,穿着一身半旧的蓝布长衫,戴着一顶旧礼帽,总是压得低低的。他不大同人搭话,也不借书,一进来就不动声色地翻阅报纸,然后离去。开始天虹并没有注意他,几乎没有看清他的面孔。后来才发现他天天如此,几乎风雨无阻。这年春夏之交,有一天浓云密布,雷鸣电闪,正是一场大雷雨将要降临的样子。所有来阅览书报的人都纷纷离去,只剩下那人和天虹两个人了。这时天虹正在看一则关于"何梅协定"签字的消息,何应钦几乎全部答应了日本驻屯军司令官梅津美治郎的要求,准备将中国的军队和党政机关全部撤出河北,并禁止一切抗日活动。看到这里,他不禁腾起一团无名怒火,拳头在桌案上狠狠一击,愤然地把报纸推到一边。这举动自然引起那人的注意,向天虹这里靠了靠,亲切地问:

"这位老弟,你看到什么了?"

"您瞧瞧!"天虹指着那则消息愤愤地叫,"何应钦这坏东西,把我们华北出卖完了!"

"哦!"那人瞥了一眼报纸,微微一笑,"那岂止是何应钦呢!"

"他们简直同满清政府差不多了!"

那人似乎带着惊讶和赞赏的目光看了这位少年一眼,含着笑点了点头。可以说,直到这时天虹才真正看清了这人的面庞。那是一张瘦削而清癯的脸,一双异常明亮光彩夺人的眼睛,似乎还含有某种力量和威严。也许正因为如此,他才总是把帽子压得低低的,把这些光芒掩饰起来。

"老弟,我看你天天来这里,你喜欢读些什么书呀?"那人亲切地问,仿佛有意长谈的样子。

"我喜欢读小说。"天虹直爽地说。

"喜欢读哪些小说呢?"

"新小说、旧小说都读。《水浒传》《七侠五义》《七剑十三侠》《江湖奇侠传》《雍正剑侠图》……"

那人笑起来:

"《水浒传》是部好书。至于那些剑侠书,看着有趣,嘴一张一道白光,千里之外取人首级。实际上没有那回事!……你看过哪些新小说?"

"茅盾的几本小说,还有蒋光赤的小说。那本《少年飘泊者》很好,现在这个社会真是太黑暗了!"

"茅盾的《子夜》也非常好,你看过吗?"

"听说出版了,不过……"他本来想说"没有钱买",可是没有说出来,脸红了一红。

"鲁迅的作品呢?"

"我们的课本上有一篇《秋夜》。"

"是的,'我的窗外有两棵树,一棵是枣树,还有一棵也是枣树',是吧?"

两人都笑起来。

"鲁迅的作品你还看过哪些?"

"这个图书馆里没有。"

"上海的报刊上也常有他的文章。不过他常常变换笔名,你看多了就能看出来。"他略停了停,又说,"光看小说也不行,还要学点儿理论。鲁迅就是这样主张的。你读理论书吗?"

"理论?……我没有兴趣。"

"只要读起来,慢慢就有兴趣了。"那人笑着说,"你读过艾思奇的《大众哲学》吗?"

"我见过出版广告,可是……"他本来又要说"没有钱买",可是话到嘴边脸孔又红了。

"这本书,写得既通俗,又有味。我那里有,如果你愿意看,可以到我那里去拿。"

"你住在什么地方?"

"我离你家不远。你再往东走五个门就是。"

"你知道我家住的地方?"天虹不胜惊讶地问。

"知道。"那人笑着说,"我经常见你从那个大门里出来,还不知道?"

"先生,我是不是可以问您的名字?"

"欧阳行,字立行。"

在他们谈话的当儿,正是外面暴风雨横扫大地的时候,门窗不断被拍打得呼哒呼哒响。可是两人似乎全没觉得,都沉浸在一种真挚纯真的友情中了。直到风停雨住,两个人才握手作别,各自回家。这就是周天虹同欧阳行的初识。这次见面,给这个穷困少年的心间增添了许多愉悦和温暖。这在那个冷酷的人世是很难得的。

一两天后,在一个闷热的下午,天虹就压抑不住他那颗年轻的心,脚步不由自主地走到他这位新相识的家里。这也是个破落人家的深宅大院。他怯生生地喊了一声"欧阳先生",很不好意思地走进屋里,看见他的新相识打着赤膊,头上蒙着一块湿毛巾,正挥汗如雨地伏案写作。桌案上摆满了书籍和稿件。欧阳行见他进来,连忙放下笔,让他坐在桌旁的旧式木椅上,笑着说:

"哦,新朋友,我还没问你的名字呢!"

"我叫周天虹。"他局促不安地说。随后打量了一下屋子,除了一桌一床之外,几乎没有什么东西。就随口问:

"这就是您的家吗?我以前似乎没有怎么见过您。"

"不,这是我亲戚家。"

"您的家呢?"

"我的家在南方。……后来就到处流浪,你就喊我流浪汉吧!"说过他淡淡一笑。

"那么,你的职业呢?"

"职业?"他沉吟了一下,"怎么说呢,我做过的事可真不少:码头工人、水手、打零工的,还当过教员、和尚……"

"你还当过和尚?"

"是的。没有地方去了,混碗饭吃。"他又笑了一笑。

"现在呢?"

"现在怎么说?算个不成器的作家吧!"

"作家?"天虹心里一跳,因为他只是从课本上书本上见到过作家,还从来没有见到过一个作家站在眼前。他带着惊讶和敬佩的神气看了新朋友一眼:

"可是,您怎么说是不成器的作家呢?"

"所谓不成器者,是眼高手低,志大才疏,写作不少,而发表不多之谓也。"说过,他哈哈地笑起来。

天虹见欧阳还要继续工作,不便过多打扰,就起身告辞。欧阳招手让他等一等,然后从床底下的书堆里找出一本艾思奇的《大众哲学》,一本何斡之著的《中国的过去现在与未来》递给他:

"这两本书都很通俗,你拿去好好看看。有什么不明白的,我们下次再谈。"

说过一直把天虹送到门外。天虹带着感激的心情鞠了一躬。他发现欧阳行的鞠躬礼比他还要深而且恭,难免觉得自己那个躬鞠得太潦草了。

天虹回到家里,如饥似渴地读着这两本书。什么矛盾,什么否定,什么麦子发芽,什么雷峰塔的倒掉,使他觉得十分新鲜有味,简直使他发现了一个从来不知道的新世界。何斡之那本书,使他对一团乱麻的历史似乎理出头绪来了,对周围发生的一切悲剧和不幸也似乎找到了解答。他觉得头脑清楚多了。但是其中还有不少问题、名词术语搞不明白。几天后他又到了欧阳先生那里。

这是一个月白风清的晚上。两个人搬了两个小凳子坐在一个空院里。四外寂静无声。只有大半个明月在云际穿行。天虹提出了许多问题,例如卡尔是谁?伊里奇是什么人?什么是康姆纽斯特?什么是布尔乔亚?什么是普罗列塔利亚?等等,欧阳都一一作了解答。当然过于幼稚的问题,也难免引起欧阳的一阵大笑,弄得天虹很不好意思。总之,两人谈得十分投机,不知不觉已经月儿平西。天虹回到家里的时候,后院已经响起几声破晓的鸡啼。

这年冬天,北平"一二·九"学生运动的冲击波震撼了这个小小的县城。在一个风雪交加的早晨,天虹也走进示威游行的行列。他一边挥动小旗,一边把嗓子都喊哑了。这大概就是他学那些卡尔、伊里奇、普罗列塔利亚的结果。

从此以后,天虹三天两头跑到他的欧阳先生那里,事事向他请教。欧阳既成了他的老师,又成了他的朋友。光阴锤炼着他们的友谊,一天比一天浓郁醇厚了。今天,当这个生死存亡的关头,他怎么会不想起这位朋友呢?

第二天他匆匆吃过早饭,来到欧阳先生的家里。刚要进屋,听见欧阳正在屋里同人谈话,就没有走进去。等了好长时间,才见欧阳把三个青年人送出来。

天虹来到屋里,见桌案上放着几本范文澜在开封新创办的《风雨》周刊,散发着新鲜油墨的香味。另放着几份报纸,报纸上赫然的大标题是:"我军转移新阵地,南口已沦敌手。"天虹坐下来问:

"先生,昨天你没有出去躲飞机吗?"

"没有。"欧阳行摇摇头,淡淡一笑,"日本飞机一往南飞,他们就拉警报。可是你知道它来不来?往往白等一天。我在后院挖了一条蛇形沟,它要真来,我就到那里去。"

"现在南口又失守了!"天虹向报纸瞥了一眼,叹了口气。

"是的。西面的大门也被他们打开了。"欧阳行忧心忡忡地说,"看起来,敌人在华北是分三路向我们进攻。一路是沿着平汉线,直冲着我们这里;一路是沿着津浦线向南打;一路是沿着平绥路西进。这是一个不折不扣的全面战争。日本人所谓不扩大、保护侨民等等全是鬼话。"

"您看前面能顶得住吗?"

"很难说。"欧阳行的眉皱成了一个疙瘩,"现在蒋介石并没有下定决心。政府里还有不少亲日派、投降派。再说他们的战术也不行,一味地单纯防御。很可能顶不住。"

"欧阳先生,"天虹郑重地叫道,"您是懂得我的心的。我也是一个热血青年,您看我该怎么办呢?"

欧阳行神色肃然,深沉地望了自己的年轻朋友一眼,反问:

"你有什么打算?"

"现在家里人还是想叫我找个事儿做,我不想找。传说什么人组织游击队,我不摸底细,也不敢贸然去。"

"那些绝对不能去!"欧阳行摆摆手,断然地说,"现在情况很复杂。地痞流氓,失意政客,都想借机组织武装。去了是会上当的。"

说到这里,欧阳行身向前倾压低声音说:

"我倒听说一个消息:陕北延安抗大要招收学生……"

"什么?延安抗大?"天虹蓦地一惊。

"是的,就是延安抗日军政大学。共产党创办的。"

"像我这样儿的,行吗?"天虹惊喜地问。

"行。"

"他们要不要学费?"

"不要,连吃饭也管。"

"哎呀,那太好了!"天虹高兴地拍了一下手。因为从小到大,他从没有听说过天底下还有不收学费而且管饭的学校。

"不过,听说那里净吃小米,生活挺苦的。"

"这不算什么!"天虹摇摇头,毫不在乎地说。紧接着又急火火地问,"怎么个去法?"

"我在西安有两个熟人,他们可以帮助介绍。刚才那三个青年,就是为了打听这事来的。"

"好!就这样吧,待我回去商量一下。"天虹握紧拳头,表示下了最后决心。

"你要找谁商量?是要找家里人商量吗?"欧阳行关切地问。

"不是。"

"那是找谁呢?"

"一个,一个……朋友。"天虹吞吞吐吐地说了半天,脸红得就像母鸡下蛋似的。因为他有一个女朋友,还从来没有同他的忘年朋友公开过。

## 三　紫衣少女

　　天虹心灵的秘密从未向人透露过,说起来怕有两年了。
　　前年春天,举行过一次全县中学生的作文比赛。事出意外,周天虹竟名列第一。这在一个学校里就绝非小事。他本是个穷学生,平时衣冠不整,难免带点寒酸气。人们是不大瞧得起的。这一来不得不刮目相看。师范是男女合校,不过分班上课,男生在南院,女生在北院。只有纪念周或者校长训话才合在一起。这天正合在一处开会时,天虹不经意间,向女生这边望了一望,发现有一双亮晶晶的黑眼睛正盯着他。天虹觉得怪不好意思,而那双纯真的黑眼睛却毫无退缩的样子,不得不连忙低下头去。过了一忽儿,天虹想看看那人是否还在看他,刚一转过脸,又同那双水汪汪的黑眼睛对上了,羞得天虹脸色飞红,再也不敢转过脸去。这个女孩子,天虹自然认得,她叫秦碧芳,和自己住得很近,也可以说是斜对门吧,只要站在自家门口就可以看到她家的朱红大门。每逢出门上学或散学回家,自然常常遇到,但是天虹却从来不曾给予过多的注意。至于说这是什么原因,天虹说不清,也从来没有想过。前文已经交代,在这道大街上许多显赫的门第都破落了,而秦家却是例外。据说,秦碧芳的父亲在乡村拥有不少田产,后来见工商业有利可图,就将大部分土地卖掉,在城里开了一家大中药店。近几年虽然生意不算太好,但在这条街上却是鹤立鸡群,堪称殷实大户。加上这位秦老板和当地权要来往密切,在工商联又是一名执行委员,那气派就更不同一般。也许正因为如此,在天虹的心理中有一种朦朦胧胧的隔阂,也就没有心思注意到他家的女儿。
　　秦碧芳这双流露着过多情感的眼睛,在这位少年的心里增添了几分从来不曾有过的甜蜜,也带来了一些慌乱。散学以后,他一边想着刚才的情景,一边慢慢往家里走。他觉得后面似有脚步声响,回头一看,秦碧芳正跟着他。他一慌,不由得脚步更加快了。蓦然间,他听见后边喊了一声:"周天虹!"他不得不停住脚步,回过头来。秦碧芳赶上来,又用那双黑眼睛盯住他,半嗔半喜地说:"你跑什么!我能粘上你吗?"天虹连忙赔笑解释:"不,不,不是这个意思。"说过脸又红了。说实在的,这个圆圆脸弯眉毛的女孩子,虽是多年的邻人,直到此刻,才发现她是这样的美丽,尤其一双黑眼睛是那样天真无邪和真诚。他们并着膀儿走了一小段路,女孩子又偏过头来望着他说:"你那篇得奖的作文,我看了,写得真好!你那脑瓜儿怎么就这样灵呢?"天虹红着脸,没有言语。女孩儿又说:"我怎么就像木头疙瘩似的,作文老写不好,你能帮帮我吗?"说过,她不等回答,就说:"过两天,我给你送作文去!"说过就蹦蹦跳跳地走到前面去了。

过了两天,天虹正坐在他家的石榴树下看书,姑娘已经穿着白衣黑裙飘然而至。不等他让,就随手扯过一个小板凳坐在他的对面,用那双满含笑意的黑眼睛望着他。随后塞给他一个紫罗兰的信封。天虹刚待要拆,姑娘连忙伸出一只白手捂住,说:"不许拆!我走了你才看。"说过,弯着腰儿低头一笑,扭过头跑去了。

姑娘的到来,自然使天虹欢喜而又局促不安。幸好院子里静静的没有别人。他把紫罗兰的信封轻轻打开,哪里是什么作文,原来是秀秀气气的一首小诗:

  我的心是一个静静的湖,
  它像一口古井
  从来不起波纹。

  可是,昨天
  不知从哪里吹来的风,
  使它起了层层涟漪。

  风儿,
  请你告诉我:

你是从哪里吹来的呢？

诗后，还有两行很小的字：天虹，星期天你到我家里来吧，我的父母下乡去了。

看了这首小诗，倒是天虹的心被搅动了。

但是，他不愿到秦家去。这既是自卑，又是自尊。他怎么敢到这样阔的人家去呢？再说他那穷学生的自尊心也不允许。在这点上，天虹还是有一点傲骨的。去，不去，这两种情感交织着，在胸中冲突回旋。星期天到了，他在自家破败的门楼下，呆呆地望着斜对过那家鲜亮的朱红大门犹豫不定。"咳，既是她的父母不在家，又是她邀我去的，又有什么不可以呢？"他最后这样一想，步子才朝那朱红大门移动。

他在那门前又犹豫了一阵，才举起手拍了拍门环。

门呀的一声开了。一个40多岁的老妈子笑嘻嘻地说："周先生，我家小姐正等您呢！"

天虹红着脸走进去。迎面是座大影壁，画着一幅水墨山水。转过去，正房两边是两大丛紫丁香，正在盛开，一股浓香扑面袭来。东西厢房前各有两大株红夹竹桃，呈献出它一年中最娇艳的颜色。只听老妈子叫了一声"周先生来了"，立刻从西房里跑出一个穿紫旗袍的少女，正是碧芳。"我还以为你不来了呢！"她笑着说，眼睛都高兴得有点湿润了。接着，就把天虹让到西屋里。一看就知道这是她的闺房。天虹立刻觉得同自己的家真是天上地下无法相比了。临窗处是那么窗明几净，卧室内又是那么纤尘不染，铺设华丽，还有什么穿衣镜、梳妆镜，各自熠熠生辉。再向外看看上房，虽是古老宅第，但已经过翻修，宽大的走廊，朱红的廊柱，耀眼的玻璃门窗，里面的陈设自可想见了。这一切自幼很少接触过的富贵气象，一霎时竟使他觉得同面前的这位少女相隔得十分遥远，以致碧芳给他捧过一盏盖碗茶来，他也恍不自觉。碧芳见他的神色有点异样，连声问："你怎么啦？"他这才恢复了常态，脱口而出地说："你的家不错啊！"话刚说完，就见碧芳的脸色有点发白。

"什么不错！有吃有喝就算好吗？有几个钱就算好吗？我看还不如坐监牢呢！"碧芳悻悻地说。

"你怎么这样说？"

"我这话一点也不过分！我爸一天到晚管着我，我没有一点儿自由；我妈是个后妈，一天到晚找我的碴儿。自从我亲妈去世，我没有痛快过一天，你不知道我是怎么过的……"说到这里，碧芳的眼圈儿已经有点儿红了。

接着，碧芳把她的后妈如何苛刻、恶毒，她爸又如何耳根软、偏听偏信，痛痛快快地倾诉了一场。一边说一边擦着眼泪。天虹的一颗心已经完全沉陷在对这位紫衣少女的同情中了。

这一天，他们谈了很多很多。最后分手时，碧芳说："这个老妈子同我挺贴心的，以后我爸妈只要不在家，你就常来。"

一说到这里，天虹又想起他们之间的那条无形的鸿沟，略一沉吟，就说："我不能来。"

"为什么呢？为什么不能来呢？"碧芳瞪着一双黑眼睛像审判官似的问他。

天虹吞吞吐吐地说："咱俩的家不一样。……我的家境……"

碧芳一听急了，嗔怪地说："你又说这个！什么是穷？什么是富？穷和富能说明一个人的价值吗？我们同学中也有富的，叫我看一个个全是庸才！没有一个我看得上眼……当然，我自己也是庸才，不过比他们似乎还多少强一点儿！"说到这儿，她自己噗哧一声笑了。天虹也笑了。

"好，那你就走吧！"碧芳握着天虹的手说。这是天虹平生第一次和女性握手，这种感觉是无以名之的，几乎可以使他记忆终生。

从此以后，天虹变了，他时时刻刻都想看到她。每天早晨，当他走出大门，就不自觉地要向那个朱红大门张望，希望那个穿紫衣的少女出来。如果不出来，他就要等一等。如果她走得太靠后了，他就要放慢脚步。为了怕说闲话，有时多少拉开一点儿，也都以目力所及为度。日子就是这样一天一天地过去了。后来天虹认识了欧阳先生，经常可以得到一些革命书刊，天虹看后就悄悄塞到碧芳手里。从此又大大充实了两人谈话的内容。这位少女也就不知不觉走进了当时被称为"左倾青年"的行列里。那颗纯真的爱情的种子也长得越来越肥硕了。

但是，这件事天虹一直严守机密，连最知己的忘年朋友也没有告诉。因此,当今天欧阳先生提到去延安的事情,他立刻就想到碧芳:自己何不与她同去呢?他自己已经是不能与她分开的了;如果他们俩能够像比翼鸟一样飞向那光明的地方,以后再双双飞到那炮火连天的战场,那岂不是最惬意的人生吗?想到这里,他简直要飘飘欲仙了。

两年来,在他与碧芳的往还中,很得力于秦家的红娘,就是那位四十几岁的老妈子。天虹一直尊敬地喊她大娘。不管有什么事儿,只要他悄悄捎去一个纸条儿就能办到。这天,他又写了这样一个条儿:

芳:
　　请务于午饭后到旧地一叙。有要事相商。
　　　　　　　　　　　　　　天虹　即日

他写好条儿,轻松地哼着歌儿,踅到了秦家门前。他轻轻地敲了两下门,老妈子就出来了。他叫了一声"大娘",把那个条儿往老妈子手里一塞,老妈妈会意地一笑就进去了。

所谓旧地,就是那高塔旁一座破败的古庙。庙中的大殿早已倾塌,有几块残碑倒在地上,真是杂草丛生,满目荒凉。可这里却是他们多次幽会之地。

天虹匆匆扒了几口饭,就来到这里等候。果然,不一时,那位穿紫衣的姑娘就故意迈着闲散的步子悠然走来。这显然是躲避别人的注意。

天虹含着温柔的笑意凝望着她,觉得她真是越长越美丽了。前两年结识她的时候,如果说她只是一个热情纯真的少女,现在几乎长成一个温情脉脉的美人儿了。不知怎的,天虹想起他们最初会面的事,就笑着说:

"芳,我第一次见你,就看见你穿着紫衣裳,就像是个葡萄仙子似的。我早想问你,你是特别喜欢紫色吗?"

碧芳也坐在一块倒了的石碑上,温存地笑着说:

"你说对了!我总觉着红色太艳,蓝色又太板了,只有这紫色显得柔和。"

"我还记得,我第一次到你家去,你家两大棵紫丁香全都开了,香气真浓;接着你就出来了,穿的衣服跟紫丁香的颜色一样。我想,你就是个紫丁香做成的姑娘吧!"

姑娘低头一笑:"那时候,你还摆架子,不想理我呢!"

"唉,我是有眼不识泰山啰!"天虹不好意思地一笑。

碧芳问:"刚才,接到你的命令我就来了。到底有什么要事?"

"确实有非常非常重要的事。"天虹的脸色严肃起来,"欧阳先生告诉我一个十分重要的消息。"

接着,他就把去延安的事讲了一遍,并且坐在碧芳的身边说:"碧芳,我想这是一个最难得的机会。为什么我们俩不一起去呢?你愿意去延安吗?"

"延安? 延安在哪里呢?"。

"在陕北,我给你说过,就是红军长征到达的地方。"

"那里离这儿有多远啊?"

"远是远一些。不过我们可以乘火车先到西安,再走个七八百里也就到了。"

"行。"碧芳沉吟了一会儿点点头说,"只要跟你在一块儿我就乐意,再说我也早想离开这个家了。"

天虹顿时两眼放出光彩,瞳仁里升起了两朵小火花,笑微微地说:

"那太好了! 今后我们俩就可以永远在一起了。"

"永远?"碧芳微微一笑,"永远是什么意思?"

天虹一愣:"永远就是永远嘛! 就是这辈子生生死死都不离开,你说什么意思?"

"不,你忘了! 你的事情还没有解决呢!"

哦,原来天虹曾经告诉过她:因为家里太穷困了,父亲怕将来儿子结不了婚,就匆匆忙忙说了一个乡下姑娘,并且订了婚。可是双方从未见过面,是一桩典型的包办婚姻。天虹一直想解除婚约,以便了却一桩心事。

天虹见碧芳有意把事情挑明,就哈哈笑着说:

"这个好办。我明天就去办理这事。"

碧芳笑着点了点头。

"可是,你怎么弄?"天虹说,"你跟你父亲说吗?"

"不说恐怕不行,"碧芳沉吟道,"不然,哪里来的路费呢?"

天虹皱起了眉头:

"要说到共产党那里,那还了得!他会同意吗?"

"只有编个瞎话儿,说我到西安考学。"碧芳低头一笑。

"好!那太好了!"天虹高兴得站起来拍着手说,"碧芳!你还记得高尔基的《海燕》吗?让我们做时代的海燕吧!让我们飞吧!"

碧芳也高兴地站起来,扬起头,兴奋地张开双臂喊了一句:

"好,让我们一起飞吧!"

由于激动,由于风的飘拂,她的头发和紫衣也飘飘然,就像真的飞起来了。

两年来,天虹从未碰过碧芳一下。这时却由于热血沸腾,过于冲动,一下将碧芳抱住了;可是出于少年的羞怯,只在碧芳的唇上蹭了一下就离开了。也许这是世界上最潦草的接吻了。即使这样,那种异样的感觉却仿佛像凝结在唇上似的久留不去。他们双双拉着手儿,哼着歌儿,离开那毕生都难以忘怀的地方。

## 四　最艳的红叶

第二天,天虹要办的第一件事,就是同那个不相识的姑娘解除婚约。

这桩婚事,是父母逝世前三四年为他一手包办的。说起来也是当父母的一片苦心。那时候,家里穷得叮当响,老人惟恐儿子长大娶不上媳妇,就凭着城里人并且还是读书人这两个牌子,靠几个亲友撮合,请了一桌酒饭,订下这门亲事。订婚的礼物,也无非是一两套衣服和几件首饰。父亲在去世前的弥留之际,还流着眼泪说:"我去世后,你就完婚吧,孩子,我虽然穷也总算对得起你了……"可是儿子并不这样看。他毕竟受了五四新思想的影响,又看了那么多新小说,对于城里人那些为数不多的"自由之婚",充满着羡慕之情。而对于东乡那位不相识的姑娘,则有意无意投以蔑视的眼光。他从来没有想到要见见她,更没有想到打听她的容貌和姓名。认为这只不过是偶然中的偶然,是迟早要解决的。既然昨天碧芳当面挑明,他还有什么不乐意办的呢!

按当地风俗,男女订婚,要交换一种龙凤喜契。这是一种大红纸印就的喜帖,封面上印着金色的龙凤,里面写着男女双方的姓名以及生辰八字。年轻人办事总是想得很简单。他想所谓解除婚约,也就是把这份喜契退还女方,把女方手中的那份拿回来。所以一早起来,他就翻箱倒柜地找那份喜契。他住的那种旧式宅子,光线极其幽暗,他又不知道那份喜契藏在何处,乱翻乱找,真是急得满头大汗。最后终于在他父亲的一个旧帽盒里找了出来。他顾不上细看,就用满是尘灰的手装到口袋里去了。

天虹一路匆匆出了东门,那里有乡下人专门拉脚的毛驴。毛驴上备着鞍子,额头上飘着红缨,脖子上挂着一圈儿铜铃。他随意雇了一头,骑上去,一路上铜铃爽爽地走得很欢。不到两小时就赶到了他要去的村庄。他一面打听着找到了姑娘的家门。迎上来的是一个40多岁老实巴交的农民。一听说是女婿来了,立刻眉欢眼笑,把他高高兴兴地让到屋里。乡下人没有茶叶,招待亲友的往往是荷包鸡蛋。不一时,姑娘的母亲就把一大碗热气腾腾的白里透红的荷包蛋放在小炕桌上。天虹没有动,接着就红着脸说:"我要到很远的地方,不定什么时候才能回来。别把姑娘耽误了。"说着他就把那份龙凤喜契放在桌上。这突然的举动,使得那位庄稼人大出意外,两眼发愣不知说什么好。隔了半响才说:"你出去没啥,我们等着。"天虹一听急了,说:"我出去30年20年也说不定。"姑娘的妈带着气也插言了:"你出去一天等你一天,你出去一年等你一年,你出去一辈子就等你一辈子。"天虹见事情不妙,憋得满脸通红,急忙站起身来说:"兴许我一辈子都不回来。"说着就三脚两步跨到门外。在这一瞬间,他似乎听到里间屋传出来女孩子嘤嘤的啜泣声。天虹不由得叹了口气,一溜烟地跑出去了。

等他大步流星地走出村外,忽地想到,这事儿是否做得太过分了?对那位不相识的姑娘未免是一种打击,觉得似乎对不起她。但是不这样做又当如何呢?这本来是早当结束的偶然的插曲,今天来做还有点晚了呢!想到这里也就释然了。

心里感到愉快,脚步也就轻松了。这里一路上经过的村庄、田野、溪流,都是他熟稔而亲切的,几乎无处不留有他童年的足迹。他经过的凤凰台村,有一个高高的土台,据说曾经落过凤凰,是他童年时和小伙伴们的嬉游之地。这地方产的大米,大而且香,蒸熟时个个都能挺身直立。过了金水河,有一个大沙岗,那是行路人比较费气力的地方,可是天虹今天信步走来竟毫不吃力。这里又是一座古战场,他同一群小伙伴常常在这里开仗,可以随时捡到很多生锈的箭头。打仗累了,还可以在沙岗上挖茅茅根吃。那些茅茅根嚼起来比砂糖还甜。

过了沙岗,是一带杏树林。他觉得有点儿乏,就坐在林子里稍作休息。不经意间,他仰头望见树上有几片早红的秋叶,异常艳红可爱,其形状简直像一颗颗心。他不禁灵机一动,就站起来摘下其中一片最红最红的秋叶,小心地夹在日记本里。回到家,他的第一件事,就是在那片艳红的秋叶上用毛笔写了三个字:"献给你。"接着写了一纸短简:"碧芳:诸事皆已办妥,敬候行期。你的虹。"又把那片秋叶小心翼翼地包好,夹在信笺里。随后,他一刻也没有耽搁地叩开秦家的大门,把那封信交给了老妈子,并且送上了一个郑重而信任的微笑。

　　天虹正为自己处理这件事的果断、顺利而高兴,不意第三天晚上触发了一场战斗。在他回家吃晚饭的时候,突然发现暗淡的煤油灯下,坐了满屋子人,气氛很不寻常。仔细一看,除了大哥、二哥、大娘,还有眼里总是布满红丝的二舅,以及后院本族辈分最高的长者三爷。看去一个个神情严肃,板着脸显得极为紧张。天虹立刻意识到兴师问罪的阵势已经摆好,欲逃不能,便蔫不唧地坐在门限上。很快就发现大哥是这场活动的组织者和主持者。稍沉了沉,就见他猛然立起身来,用手指着天虹,气势汹汹地问:"前天,你到东乡干什么去了?"天虹知道东窗事发,瞒不过去,声音不高但却很清朗地说:"我退婚去了。"大哥显然想以气势压倒对方,提高了嗓门说:"退婚?你为什么要退婚?女方有什么短处了?"天虹说:"不是她有什么短处,是我要外出,怕耽误人家姑娘。"大哥又提高了两个音阶:"退婚?你跟谁商量了?"天虹说:"这是桩包办婚姻,我压根儿就不同意,用不着跟谁商量。"一句话不要紧,只见二舅站起身猛地朝桌子上一拍:"你是要造反吧!这婚事是你父母定的,你想搞自由不行!"眼看两军对垒,已经白热化,本族的长者三爷发言了。他像一切有身份、有威望的人那样,自知本身分量很重,说话声音便无需过高。他清了清嗓子,以劝导的调子缓缓地说:"天虹,你还年轻,不大懂事。咱周家是本城的望族,自明朝嘉靖以来就是书香门第,一向恪守古训。婚姻是人生大事,自当遵父母之命、媒妁之言,哪能随个人自由?再说你祖父家道中落,时乖命舛,你父亲费了许多心血气力,才为你定了这门亲事,也很不容易。你要好好想想啊!……"说到这里,大哥见大局已定,再次站起来指着天虹说:"废话少说,你今年就得给我娶!"一锤定音,既是命令,又是结论。天虹是受过新思想熏陶的人,这一派古腔古调哪里听得进去?一面听,一面心中暗笑。心想:过几天我就远走高飞,管你什么父母之命、媒妁之言! 不过这个局面

总得结束一下。于是,他恭恭敬敬地站起身来,客客气气地说:

"三爷,二舅,大娘,大哥,二哥,我让你们多操心了,一切都按你们说的办吧!"

一场兴师问罪的堂堂之阵,于此结束。

# 五　意　外

自从那封夹着红叶的信发出之后,一连数日没有得到音讯,使天虹深感意外。他心中暗想,莫非碧芳病了?还是出了什么岔子?即使病了,也该给个回音;再说又会出什么岔子呢?天虹越想越沉不住气了。

8月下旬以来,战局一天紧似一天。报纸上整个篇幅,不是这里失守,就是那里沦陷。月底延庆、怀来、张家口相继失守。进入9月,国民党晋军王靖国不战而退,弃守大同。报上还说,占领张家口的日军,又分出一路从蔚县迂回保定,自然使平汉线的战局更加危急。这一切使得天虹的心简直像火烧火燎似的。

天虹坐在石榴树下,手里拿着一本书,实际上一个字也没有读进去。这时,只见大哥急匆匆走进院子,有几分慌张地说:

"你们听说了吗?街上的人都说,涿州防线叫敌人冲破了。"

"真的吗?"天虹猛地站起来问,"报纸上登了吗?"

"贴报栏那里人太多,挤不上去。看起来保府恐怕保不住了。"

天虹想知道个究竟,马上把书一放就走出门去。此处离十字街口的贴报栏不远,天虹走到近处,果然那里挤得密不透风。他使了颇大力气才挤进去。从脑壳的缝隙里看见一个赫然的大标题:"涿州前线我军转移新阵地。"下面的小字就看不见了。只听人丛里有人窃窃私语。一个说:"什么叫转移新阵地呀?"另一个说:"这还不懂,就是撤退!""撤退就撤退,干吗要说转移新阵地呢?""咳,你这人!这样说不是好听些嘛!"停一会儿,又有人说:"保府还保得住吗?"另一个说:"恐怕明儿个也要转移新阵地了。"人群里一阵叹气声。接着又有人说:"我就纳闷儿,前面有好几十万军队,怎么就挡不住几个鬼子兵呢?"有人哼了一声:"不是顶不住,是有的大官跟敌人通着气呢!"人群又是一片叹息。天虹正想听个究竟,突然,鼓楼上撕裂人心魂的防空警报声响起来。人群立刻四散奔跑,街上顷刻乱成一锅粥了。

天虹没有去城外防空,只在家后面的荒园里避了一避,眼看着十几架日本飞机越过头顶向南飞去,才慢慢回到家里。他已经实在忍不住了,立刻写了一封渴念夹杂着责备的信,送到碧芳门首,交给老妈子带进去了。

又是整整两天没有回音。天虹两个通宵没有合眼,真是百爪挠心。第三天一早,他在大门口踅来踅去,不时地望一望对面秦家的大门。一个小时后,他看见门开了,老妈子探出大半个身子左右张望,等到发现了他,就笑着朝他招了招手。他立刻跑上去,正想说话,老妈子神秘地向他手里塞了一个纸条儿,门呼哒一声就关上了。

天虹真是高兴万分,手心里紧紧攥着那个纸条儿一口气跑回家里。朝床上一仰,才小心翼翼地展开了纸条儿。纸条上无头无尾,只是一句话:"下午四时在旧地相会。"就这一句短短的话,已经消除了多日来烈火般的渴念,使他的一颗心整个地泡在蜜糖里。

下午,他几乎早到了一个小时。在那座古塔旁的荒寺里,他转来转去,心情是颇为愉快的。他想,不要很久,他和他亲爱的人儿就可以比翼双飞了。

终于,那个穿紫衣的姑娘出现了。天虹跑上去,紧紧攥着她的双手端详着她。虽然几天不见,却发现她秀丽的面庞有些消瘦,眉眼带着愁苦,头发也有点儿散乱不整的样子。他脱口而出:

"碧芳,你怎么这么多天不回信呀?"

碧芳眼圈儿一红,几个泪蛋蛋就掉了下来。

天虹一看她气色不对,就拉着她坐在一块断了的石碑上,忙问:

"出了什么事了?"

"我走不成了……"她哭着说。

"怎么,走不成了?"天虹大吃一惊。

碧芳抽抽噎噎地哭了一阵,才说:

"前几天,我就跟父亲说,这地方眼看快沦陷了,我要到西安上学。父亲问和谁去,我就说跟一个女同学去。他犹犹豫豫地不答应。后来就出了岔子……"

"什么岔子?"

"你那封夹着红叶的信叫他看到了。"

"你干吗让他看见呢?"天虹瞪着两个眼珠子。

"是我不小心,放在桌子上了。他一见就追问我:'这是谁给你的?'我只好实说。他就狠狠地骂道:'周家那小子是个左倾分子,你知道不?上次响应'一二·九'学生游行就有他。'我说:'我不知道什么叫左倾分子,我只知道他是个老老实实的青年。'他更气了,说着就扇了我两个耳光,说:'左倾分子就是共产党!你是要跟共产党走吧!'我就说:'我不管他共产党不共产党,我只知道他抗日,我要跟他一块儿抗日去。'他更火了,把桌子一拍:'抗日,抗日,连蒋委员长都抗不了,你们几个小毛孩子还能抗日? 叫我说不抗还好,要抗这国家亡得更快一点!'从这天起就把我关起来,不让我出来了。你知道我这几天是怎么过的?"

碧芳说到这里,又哭起来。哭了一阵,又说:

"事情还不算完,还有更坏的事。"

"什么更坏的事?"

"父亲又给我找了一个……"

"什么? 找了一个? 是谁?"天虹的心震动了。

"是我表哥。"碧芳接着说,"有一天,爸爸走来劝我。他说:'孩子,我不是不关心你。我早就给你物色了一个对象,就是你的表哥。叫我说这人是百里挑一的人才。他父亲是省党部书记长,我们两家门当户对这且不说,现在本人已经是陆军少校。再说这人是吹拉弹唱没有一样不会,那人情通达、举止应酬就更不用说了。这可真是打着灯笼也难找啊!'说过,不管我同不同意,就把他叫来了。现在就住在我的家里。"

"噢,现在就住在你的家里!"天虹重复了一句,心里酸酸的不好受,"啊? 那你觉着他很不错吧?"

"他一天陪着我,给我说笑话儿,弹钢琴,唱歌,朗诵小说,安慰我。这人确实有一套。对我是寸步不离。"

"那,你是喜欢上他了?"

"不,我是腻味死他了,简直庸俗不堪!"

天虹听到这儿,一块石头才落了地,不由得哈哈大笑,上去就搂住碧芳的脖子亲了一口,说:

"好,我的好碧芳,那我们就快走吧,不要再耽搁了。"

"家里人不同意可怎么办?"

"不同意就悄悄儿走,偷着走。一走了之。"

"钱呢?路费呢?"

"这个……"天虹显得十分尴尬,脸憋得通红。

"这办法恐怕不行。"

碧芳说到这里,低头一看表,慌了,急忙站起来说:

"时间超过了。我原说到同学家去,一个钟头就回。……"

说过,就急急忙忙地走了。

天虹愣在那里,望着她的背影瞪着大大的眼睛。

## 六 屈 辱

今天的事情，实在大出天虹的预料。一颗心仿佛从蜜糖罐里一下子掉到冰水潭里。他越想越气恼。首先气恼的是碧芳的父亲，这老家伙竟这样地可憎可恶，不通人情。他暗暗骂道：你有什么权力来干涉别人的婚姻自由？老子是左倾分子又如何，不比你们这些资本家、贪官污吏好吗？其次，对碧芳也不免有些怨艾之处。一方面谅解她的处境，一方面也觉得她毕竟太柔弱了。一走了之有何不可呢？司马相如和卓文君不是留下了千古佳话吗，何况这是参加革命呢？既然她不愿担负"私奔"的恶名，就未免使人为难了。他想来想去，只剩下一个办法，就是亲自找那个老家伙讲理，看看他能不能对自己的女儿放行。他明知这样做未必成功，但事已至此，只有背水一战。

这就是天虹彻夜未眠得到的结论。

第二天一早，他胡乱吃了早饭，就来到秦家门首。在他举手叩门时，蓦地停住，心怦怦地跳起来，犹豫了。他冷不丁地觉得，一个穷小子，今天要同本城有名的绅士对阵，未免有点儿胆怯。但旋即抛弃了这可耻的想法，再度举起手来乓、乓、乓地敲了三下。不一时老妈子走出来。她微微一笑，以为天虹又来送什么条儿，却不料他愣倔倔地说："我要进去。"老妈子悄声问："你要找小姐吗？"天虹说："不，我要找你们老爷。"说着就一脚踏了进去。老妈子惊慌地想要拦他，一把没有拦住，天虹已经越过那面绘着山水的影壁走到里面去了。

院子里静静的，只有碧芳的父亲正提着喷壶在悠闲地浇花。这是一个生得精瘦的老人，穿着米黄色的纺绸小褂，趿拉着一双圆口布鞋。

天虹心想:"为了事情解决得顺利些,我还是要注意一定的礼仪。"他一面这样提醒自己,一面走上前去,微微施了一躬,轻声说:

"秦老伯!"

碧芳的父亲转过脸来。天虹看见那张脸又黄又黑,一望而知是个鸦片鬼。对方上下打量了一下他那身有点寒酸的穿戴,有些惊奇地问:

"你是谁?"

"我叫周天虹,是您的近邻。"天虹不卑不亢地答道,"先父周伯弢,想您是认识的。"

碧芳的父亲一听"周天虹"三字,脸霎时就沉了下来,冷冷地点了点头:

"你找我有什么事?"

"是这样,"天虹勉强赔笑,"令媛与我同学多年,彼此倾慕,情投意合。今天敌军压境,民族危亡,我们想一同出去抗日,谅老伯是会同意并且赞助的。"

"什么?你要找我的女儿?"

"是的。"

那老人从鼻子里哼了一声,冷笑道:

"你恐怕是癞蛤蟆想吃天鹅肉吧?"

"你怕不能这样说吧。"天虹红着脸,竭力忍住,说,"我虽然家穷,但人品不低,志气不低,也是一只天鹅,配你家女儿也足够了。否则,你家女儿也不会倾心于我。这一点你可以当面问问碧芳。"

"呸!"老人鼓着大眼珠子,动怒了,"我的女儿一向安分守己,全是叫你用异端邪说勾引坏了!"

"老伯,你说这话就不对了。"周天虹反驳道,"我向她宣传抗日救亡,是为了全民族的利益,你们的蒋委员长现在不也在号召抗日吗?这怎么能说是异端邪说呢?"

碧芳的父亲又急又气,越发说不出道理来。这时正房屋里的玻璃窗后人影一晃,走出一个器宇轩昂的青年军官。他身着薄呢军服,腰扎武装带,佩着少校军衔,屁股后还垂着一柄蒋中正赠的短剑。他颇有一点目中无人的气概,踏着锃亮的黑皮靴咔咔地走过来。

"表叔,我看你就不要与这等人理论了吧,"他只对着碧芳的父亲,并不看天虹一眼,"如果气坏身子,那是不值得的。"

说过这话,他才转过脸对着天虹,用眼角轻蔑地扫了一下,冷冷地说:

"你是什么人,跑到别人家里吵吵闹闹?"

"我不认识你,你是什么人?"天虹也毫不示弱地回答。

"你问我吗?"青年军官冷笑了一声,用手指着自己说,"我是中央军陆军少校傅天骄,还是碧芳的表兄。我问你,你为什么到别人家里无理取闹?"

"谈不到无理取闹,这是我好朋友的家,我可以来!"天虹抗辩道。

傅天骄听了"好朋友"三个字,不由哈哈大笑起来,说:

"好朋友?你和谁是好朋友?和碧芳吗?你配吗?也不撒泡尿照照自己的影子!"

天虹进院子的时候,他的一根神经就像无线电的天线一样竖立起来,注意谛听西厢房的讯息。这时候,瞥见西房的门吱的一声轻轻启开了一条小缝儿,碧芳在里面摇手示意,似乎要他不要说了。可是他哪里能咽下这口恶气,遂同样以嘲笑的口吻说:

"至于说配不配,那大概就不由你说了。"

少校听出话里有刺,立刻老羞成怒,厉声说:

"你这个无赖,我命令你滚出去!不然,我马上叫警察把你抓起来!"

天虹没有动,笑了笑说:

"我看你还是不要在老百姓面前耍威风吧!有本事你就到日本人面前使去!"

傅天骄见压不住对方,气得满脸通红,冲上去,照天虹的胸口就是一拳。这时候,只听西房门呼哒一响,碧芳激动地跑出来,一副急得快要哭了的样子上前拦住说:

"爸爸,表兄,你们怎么敢打人呢?"

"碧芳,不要拦他们!"天虹说,"他们有权有势,让他们打!"

碧芳又回转身,对着天虹,说:

"天虹！我求求你了，你就快点走吧！"

天虹见碧芳满脸是泪，很是可怜，就说：

"好好，听你的话，我马上走。"

说过，扭头朝大门奔去。碧芳也不顾父亲、表兄的不满，一直送天虹出了大门，还在后面喊道：

"天虹！天虹！你受屈了！你……"

天虹没有做声，头也不回地去了。

## 七　播　种　者

这件事,可以说是天虹平生受到的最大打击。他想起秦家绅士那冷冰冰的眼光,那居高临下、以富欺贫的态度,想起傅天骄对自己从心底里的轻蔑,就立刻感到受了难以忍受的羞辱。再说问题不仅没有解决,反而更加僵滞难办了。当今之计,是抛开碧芳单独出走呢,还是再等一等看事情有无变化呢?

他回到家里,愣愣地坐着。翻来覆去,想了又想,不得要领。他决定请教欧阳先生。

下午二时,他到了欧阳家里。掀开门帘,看见欧阳行正仰在躺椅上午睡未起,轻轻地打着呼噜。天虹不忍心将他叫起,向后退了两步,不小心碰到了什么,还是把他惊醒了。欧阳行睁开眼,见是天虹,笑了笑,伸了个懒腰,说:

"哎呀,是你!我做了一个好长的梦。我随着一支部队向战场挺进,爬了好多山才进入了一条战壕,眼看日本人要冲过来了,我正立在战壕上向士兵们发表演说,忽然一排子弹射过来,我就倒下来了。你要是不来,恐怕这梦还要做下去呢!"

"梦是心头想。"天虹笑着说,"先生怕是想上战场了吧?"

"那倒是真的。我最近一做梦就是这些。"

"你看保定守得住吗?"

"守不住。"他摇摇头,"说不定一两天内就可能失守。"

"老百姓说,为什么前面几十万大军挡不住几个鬼子兵呢?"

欧阳行脸色严肃,缓缓地说:

"这是因为政府的军事、政治都不对头。军事上他们取消极防御,修几条防线等着挨打。敌人从侧翼一迂回过来就全盘垮掉。这次涿州一带的三道防线就是这样。政治上,他们只搞军队的片面抗战,不愿发动群众,也不敢发动群众。军队一垮,大家就跟着跑。我最近在这里搞了几次大规模的宣传,想组织几个群众团体。他们就千方百计地阻挠破坏,最近国民党的县党部已经注意上我了……"

他亲切地望着天虹,像忽然发现了什么,说:

"你最近好像瘦了,有什么心事吗?"

天虹的脸立刻红了,很不好意思地把他同碧芳的关系,以及最近合计去延安受到阻挠的事,前前后后说了一遍。

欧阳听完,半开玩笑地说:

"怪不得好多天没有见你,原来你还有这么多秘密瞒着我呢!"

天虹越发不好意思,红着脸解释说:

"事情老是没个结果,也没法儿告诉您。现在只求先生帮我下个决心。"

欧阳神情严肃地考虑了一阵,然后用他那明亮的眼睛望着天虹,说:

"我先问你,延安你还去不去了?"

"当然要去。"天虹语气很坚决。

"你如果实在离不开碧芳,再等一等也可以,不过我看不会有什么结果。看来她比较软弱,暂时还难以战胜父亲的压力。"

天虹连连点头。

"当然,我很赞同你们一起去延安,这是好事。"欧阳缓缓地说,"但是既然不可能,那就要勇敢舍弃。因为爱情问题毕竟是个人问题,个人问题任何时候都应当服从革命大局。我们不能做爱情至上主义者。你觉得这话对吗?"

"很对。"天虹心悦诚服地说。一霎时,欧阳的话像火光一般把他的心里照得通明,连日来那些纷乱的思绪仿佛经过梳理一般变得清爽了。他立刻充满热情而又坚定地说:"我准备很快就走,的确不能再耽搁了。"

欧阳先生的脸也明亮起来,充满了笑意。他兴奋地把袖子一捋,说:

"好,我来给你写信!"

说过,立刻铺开开明书店印的米黄色稿纸,挥挥洒洒地写起来。

不一时将两封信递过来,说:

"这是我的两个朋友,都在西安。一个是小学教师,一个是大学教授。你去找他们,让他们帮你介绍到八路军办事处。因为我已经失掉了关系。"

说过,轻轻地叹了口气。

"您,失掉了关系?"天虹觉得这个术语很陌生,随口发问;一面将两封信小心翼翼地装到口袋里。

"是的。"他似乎犹豫了一下,然后决定告知天虹,"我对你实说了吧。我是大革命时期加入共产党的。也就是说,十年以前我就是共产党员……"

"噢!"天虹在心里惊呼了一声,几乎叫出声来。他总觉着欧阳身上有一种神秘感,多次打问过他,都被他遮掩过去,今天他实说了。

欧阳见他一副吃惊的样子,淡淡地笑了一笑,接着说:

"大革命时期,我上过毛泽东在武昌办的农民运动讲习所。大革命失败,我在湖北、河南交界处领导过农民暴动。暴动失败,到处捉拿我,我在当地藏不住了,就逃到了四川、陕南一些地方,开始过流浪生活。从此就失掉了党的组织关系。我也曾很费力气地找过,领导人都死的死,亡的亡,找不到了……"他说到这里,深深地叹了口气。

"以后呢?"

"以后我就成了一只失群的孤雁。但是我仍旧没有忘记自己是共产党员。我给你说过,在这期间,我当过水手、船工、教员,甚至当了几天和尚,但是我都尽量把真理的种子撒到各处。要知道,只有真理才是不可战胜的。后来,我到了北平,找不到职业,就做起小说来,换一点可怜的稿费。有一段时间,我为了加强自己,常常跑图书馆,每天只吃两个烧饼……我希望有一天总能回到党的怀抱里。"

"先生,那咱们就一起到延安去吧!"

"不。"

"为什么呢?"

"因为我俩情况不同。我还是应当做出一些成绩来,才好意思同党见面。"

"做出成绩来?"

"是的。现在大敌当前,我准备组织游击队。然后拉到党的队伍里去。"

"噢!"

天虹望着他那双光彩照人的眼睛,心里深受感动。从他身上他感到共产党人确实与众不同。仿佛自己也不知不觉地受到感染,增加了力量和勇气。

他下意识地摸了摸口袋里的信,然后站起来,用感激的眼光望着欧阳行说:

"先生,那我就回去做准备吧!"

"好!"

欧阳也站起来,同他紧紧地握手。等他走到门口,欧阳忽然叫住了他:

"天虹!"

天虹回转身来。欧阳说:

"路费呢?路费你筹备了吗?"

"这个……我回去……"天虹红着脸,吞吞吐吐地说。

"你等一等。"欧阳行拉开抽屉,从一个信封里取出了十元法币,掂量了一下,似觉不够,又从床底下拉出一个行李包,翻腾了好大阵子,找出一个破皮夹,掏出了仅有的五块银元,然后递过来说:

"天虹,你就把这点钱拿去做盘缠吧。"

天虹正要推让,被欧阳硬装到口袋里去了。又嘱咐说:

"你没有出过门。路上是什么情况都会有的。我告诉你,你一定要带件棉衣,很快天就会凉了。你拿出几块钱放在外面零用。剩下的一定要缝在棉衣里。否则丢了钱你就去不成了!"

天虹两个眼眶立刻涌满泪水。他想说几句像样的话,却张了张口没有说出来。他感到了父母逝世后最深切的爱抚。然而这不是父爱,而是一种必须重新命名的友谊。

## 八　告别故乡

决心定，道路明。天虹回到家里，心里敞亮多了。但是他对碧芳不能一同前往，终觉遗憾。从心里说，他是爱她的，可以说这位紫衣少女，早就进入到他的灵魂里。几年来，他的脑海里时刻都会浮出她的身影。今朝一旦分手，真是劳燕分飞，你东我西；何况国破家亡，来日又将如何呢！想到这里，愈觉旧情难舍，遂铺开信纸，决定修书告别。不知不觉竟一气写了六七页，写到动情处，不禁潸然泪下，几乎把字迹都模糊了。

次日一早，天虹拿着信来到秦家门首。叩开门，老妈子很熟练地把信接过去了。他想起老人家几年来为他传递书信，很想说几句感谢的话，那老妈子怕人发现，连忙关上门走了进去。他长长地叹了口气，离开了那个朱红大门。

天虹漫步在大街上。他想，决心既定，就当尽快成行。于是到商店里买了些牙刷牙粉之类，也就算作此行的准备。又想，不妨再到车站打听一下，如有晚车南下，今日就可动身。

这样一面想，一面向前走去。前面贴报栏下簇拥着很多人。挤上去一看，才知道保定已于昨晚失守。人们的脸上都带着惊恐的表情。

天虹在那条"洋街"上走了不远，前面乱糟糟地围了许多人。他挤进去一看，原来满街筒子都是伤兵，因为医院太小，容纳不了好多，就与医院的人争吵起来。那些缺胳膊少腿的伤兵，重的躺在担架上呻吟，轻些的在拄着拐叫骂。有一个伤兵指着一个地方官吼道："奶奶的！老子在前方打日本，命都豁出去了，你们在后方干什么？光知道抱娘儿们吧！"另一个也指着骂："老子几天几夜没吃上饭了,到这儿还是吃没吃的,喝没喝的,连个医院也进不去!"天虹看着那些睡在街上的伤兵也着实可怜。他从人缝中穿过去,走了不远,看见一个商店的伙计正追着一个伤兵跑,那个伤兵怀里揣着几个烧饼,伙计一面追,一面喊:"老总,你还没给钱咧!"那伤兵停住脚回过头把眼一瞪:"你还要钱?上面不发饷,老子哪里有钱?".

天虹看了这一幅幅情景,心里很不是个滋味,不禁暗暗想道:像这样腐败的政权,如不改弦更张,怎么能顶得住强大的敌人呢!

天虹来到火车站,这里停留的伤兵更多,吵吵嚷嚷地一片混乱。他不忍心再看下去,便快步来到问讯处,打听有无南下的列车。一听有一趟列车晚八时要开赴郑州,不禁喜出望外,便匆匆回家准备行装。

他没有忘记欧阳先生嘱咐的话,先找出自己的破棉袍,拆开了一个角儿,除了留下五块纸币零用,把剩下的五块银元和五块纸币,全装在里面的棉絮里。然后提溜着来找大嫂,笑着说:

"嫂子,最后再麻烦你一次,你帮我缝上吧!"

嫂子正给小娃喂奶,翻了他一眼,问:

"你这是干什么?"

"我要出去。"

"出去?到哪里去?"

"到比较远的地方。"

"干什么去?"

"去找个活儿干。"

"是不是你大哥前几天管你管严了?你……"大嫂又翻了他一眼。

"不是,不是。"他连忙申辩道,"大哥是为我好。你看现在日本人快打过来了,青年人还待得住吗?"

"说的也是。"嫂子从孩子嘴里摘开奶,然后接过棉袍,边缝边说,"现在有钱的都准备往南边跑,年轻力壮的也出去了,像咱们一家老小可怎么办呢?"

她的脸上再次堆满愁容。

"叫我说,你们只有到乡下亲戚家躲几天。别的还能有什么办法呢?"

棉衣缝好，剩下的就是那些难以处理的书了。天虹明知道路上不会顺利，但他平生最爱书，这些书又怎么甘愿舍弃。瞿秋白编的《鲁迅杂感集》自然要带，那本编印得很好的《杜甫诗集》也不可不带。列翁捷夫的《政治经济学》自然要带，司马迁的那部《史记》没有读完，又岂可不带。这样拿进来又放下，放下又拿进来，不知费了多长时间。最后加上杂七杂八的零碎东西，用棉被、褥子裹起来，已俨然是一个大包袱了。天虹背上试了一下，颇觉分量不轻。

大哥、二哥在外面打零工，都还没有回来。天虹觉得应当等他们回来再走，才合乎礼仪。但是他怕误了火车，不愿等了。大娘和嫂子也觉得不吃晚饭就走，心里很不过意。大嫂就跑到门口买了几两肉，做了炸酱面，让他饱餐了一顿。最后，天虹背起包袱，向着大娘和嫂子深深地鞠了一躬。嫂子说："兄弟，这几年，你嫂子是顾老顾不了小，顾东顾不了西，对你照顾不周的地方，想必不少，你就多包涵吧！"天虹也流着眼泪说："自从我父母去世，你们为我操了很多心，我的衣服、鞋子都是你们做的。我是终生不会忘记你们的。将来如果有一天还能回来，再来报答你们吧！"说过，用手背擦了擦眼泪，一直往西去了。

天虹来到车站时，已经夕阳衔山。这时谁也不会料到日本飞机会来，街上车水马龙热闹非凡。不意忽地里响起了刺耳的防空警报，一阵紧似一阵，顷刻间五六架绘着太阳旗的敌机，已经飞临头顶。它们开始向南飞去，人们都以为没有事了，谁知这些狡猾的东西立即掉转头在上空盘旋起来。街上人马车辆顷刻乱作一团。天虹无处可避，只好在一处大楼拐弯处停住。不一时，车站上"轰隆""轰隆"响起了剧烈的爆炸声，震得楼房索索颤抖。接着几股浓烟直升天空。天虹看见那几架敌机如入无人之境，纵横狂飞，直炸了半个小时左右，才悠然地向北飞去。整个车站火光四起，黑烟遮住了半边天空。这时，天虹慢慢地站起身来，拍了拍身上的土，然后背起行李，继续向车站走去。刚刚走到车站入口处，就看见铁路上的两个男职工、一个女职工倒在血泊里，其中那个女职工的肚子已被弹片划破，肠子流了一地。天虹还是平生第一次看见这种惨象，想看又不敢看，就连忙把头转过去了。

他上了站台，见四处都起了大火，列车被炸得东倒西歪，冒着火

苗。扬旗斜卧在铁轨上。票房虽然没有炸塌,但已凌乱不堪,有几个满头满脸灰尘的老职工正在那里收拾东西。天虹走上去,问:

"老师傅,今天往南的车还开得了吗?"

"哎,我的老弟,你看这样还开得了吗?恐怕三五天也不准行。"

天虹愣了。面前的问题是,他是徒步先行呢,还是回到家里再等一等呢?他坐下寻思了一阵,就站起来,背起了那个颇为沉重的包袱,下了站台,跨过铁道,向着西南方向的一条土路走去。从车站上冲天的火光里,可以看见这个17岁青年的身影。他穿着黑色的学生服,吃力地背着行囊,很坚定地走向茫茫的荒野。

## 九　在逃难的人群中

　　天虹那封信到了碧芳手里,她立刻关起门躲起来看。信上写道:"碧芳,我走了,我是带着痛苦和难以弥补的遗憾走的。等你接到这封信的时候,我也许在千百里之外了……"碧芳看到这里,眼泪刷地流了下来。她用手绢擦擦眼泪又看。这样她看一阵,流一阵眼泪,等这封信看完,小手绢已经湿透,信也被滴答的泪水打得不成样子。这使碧芳回忆起一个初恋的少女最难忘的一切。她比任何时候都深刻地感觉到天虹是一个好人、不平凡的人,有哪个男同学能比得上他那样有才华、有志气、有理想、敢作敢为呢?而且他对自己是多么地爱,而又多么地有教养、有礼貌,绝不轻狂地动手动脚,惟一最激动的一次,是商定同赴延安时,他碰了一下自己的唇,至今唇上似乎还留有他给予的温馨呢。啊,一位多么难得的朋友!可是他已经远去了,说不定是永久地分开了!……想到这里,她懊悔了。她后悔自己顾虑过多,缺乏勇气,没有当机立断同他一起远走高飞。弄得自己孤零零地困顿在一间斗室里,一筹莫展,自怨自艾。她真有点儿恨自己了。这样,她倒在床上,手里拿着那封信,哭了又看,看了又哭,把半边枕头弄得精湿。

　　战局愈来愈紧。有消息说,日军已经越过保定,向南追击。国民党军的大批溃兵已经到了城北。D城朝不保夕已成定局。

　　一连数日,天阴沉得厉害,不是秋风,就是秋雨。一阵凄厉的秋风过后,就乱纷纷地落下了一大片黄叶来。老妈子因忙于他事,已顾不得打扫了。无尽无休的秋雨,更增添了人无限的悲凉。

　　这天早饭过后,碧芳正在屋里无精打采地坐着,表兄傅天骄军装笔挺地走进来,温存而有礼貌地向她告别。说是部队即将转移,他请的假已经满期,就要回去了。最后还温情脉脉地说:"芳妹,你的品貌、风度,在女子中是不可多得的,给我留下了美好难忘的印象。这次老伯让我来,我十分感激他老人家的美意。尽管你对我还不够理解,但我可以等待。而且我希望你把眼光放远一点,我决不会永远是一个可怜的少校。我相信,将来可以使你各方面都得到幸福和满足。"碧芳听了这话,不禁一阵恶心,但限于礼貌,只轻轻地皱了皱眉。傅天骄觉得无趣,尴尬地笑了一笑径自去了。

中午将近,老妈子跑到碧芳的屋子里来,慌慌张张地说:

"城里已经乱了!街上人都说,县长、县党部书记长那些官儿们,昨天就往南跑了。县政府已经没有人办公了。从北边退下来的溃兵也进了城,正在商店里和老百姓家抢东西呢!"

"那咱们可怎么办?"碧芳的脸色有些苍白。

"跑呗,还有什么办法!"老妈子说,"你爸爸已经通知佃户,叫来几挂大车,看什么时候来吧!唉,这年头儿……"

正在这时候,只听上房屋里喊碧芳过去,是她父亲的声音。

"快过去吧!"老妈子连忙帮碧芳理了一下凌乱的头发,催促着说。

这些天,自从父女闹了别扭,碧芳很少到上房去。今天依然阴沉着脸,慢慢腾腾地挪动着脚步。

"哎呀,我的小姐,你就快一点嘛!你看这是什么时候!"她的后母,一个颇为年轻的妇人,从上房屋里伸出头来斜了她一眼。

碧芳进了门,一语不发地低着头站着。

屋子里很乱。显然父亲和继母正在收拾东西,客厅里已经堆着十多个大小皮箱和一些包袱。继母的首饰匣也从里间屋搬出来了。

"碧芳,你不要不高兴,我现时也没时间跟你理论。"碧芳的父亲正忙着把加了几把大铜锁的柜子打开,把大把大把的银元、金条和成捆的钞票取出来,装到一个大木箱里。他一边整理一边说话,并不看着女儿:"眼看日本人一两天就要到了,县政府、县党部那些王八蛋也不告诉我一声就偷跑了,给我弄了一个措手不及。你快去把自己的东西拾掇一下,恐怕今天就要离开家了。"

碧芳站在那里一声不吭。

"我说的话,你听见了吗?"父亲歪过头问。

"我前些时就说走,你不让走,现在你不是也得走吗?"碧芳发话了。

"噢,你还在不满意呀!"父亲说。

"碧芳,"继母也插进来说,一边把她的金银首饰装到一个小皮箱里,"这还不都是为了你好。即使你父亲生了气,拍了你两下,你也不要往心里搁,你们总是亲的嘛!哪像我们外人,别说打,就是说句重话,也早不得了啦!"

碧芳的父亲一看,又是两军对垒的架势,就赶快煞住,说:

"还站在那里干什么,还不快去拾掇东西!"

碧芳一扭头回自己的房子去了。

她一边收拾东西,一边摔打着那些东西。在她的东西里,她最珍贵的就是她的日记和天虹写给她的那些信件以及够不上信件的那些小条条了。在整理这些东西的时候,忽然有一片艳红的东西飘落在地上,正是天虹赠给她的那片题字的红叶。为了那片红叶泄露了整个的计划,她挨了一场毒打,红叶也被父亲恶狠狠地扔到垃圾堆里。幸亏老妈子又偷偷地给她捡回来。她小心地把红叶拾起,看着看着,不禁又落下了不少眼泪。随后把红叶和天虹最后的告别信夹在一起,小心地装到内衣贴近心房的口袋里。其他的信件、日记则装进了皮箱。

下午,她有点累了,正想略略休息一下,忽然,大门嗵嗵地响起来。那声音非常可怕,还夹杂着野蛮的叫骂声:"要不开门,老子就要砸了!"碧芳的父亲见事情不妙,只好战战兢兢地前去开门。门一开,就闯进五六个衣冠不整的溃兵,手里端着步枪,像凶神恶煞一般。碧芳的父亲刚要摆起绅士的架势说话,那几个溃兵就狠狠骂道:"老子在前方打仗,连饭都吃不上,你们这些阔佬躲在后边享福!叫了半天,你们连门都不开!"说过,就噼噼啪啪摔了他几个耳光。接着就闯进伙房找东西吃,临走又抢走了几个大包袱,用步枪挑着扬长而去。

晚上,在潇潇的秋雨里,东乡的佃户赶着一辆轿车、五辆大车来到秦家门首。每辆大车都套着两头高大的骡子。秦绅士命令立刻装车。伙计们七手八脚地把那些大大小小的箱子、包裹搬到门口,五辆大车全装得像一架架小山似的。那辆有蓝色布篷的轿车,自然只能装些秦家的细软。最后碧芳的父母钻进了轿车。碧芳不愿同继母一起,坚持坐在其中一辆大车上。她穿着一件蓝色的棉旗袍,包着头巾,坐在赶车人的另一边。老妈子则坐在另一辆大车上。差不多晚上十时,车开动了。

　　整个D城都处在混乱与恐怖里。这里那里不时响起一两声枪声。白天为敌机炸倒的房屋仍在燃烧。借着火光,可以看到向南的一条大公路上,挤满了逃难的人群。那些穷苦人家,多半背着一个行李卷儿,或者挑着铺盖筐篮,扶老携幼,密密麻麻地向前涌去。人群里不时发出幼儿的啼哭声,爷叫儿、儿叫娘的呼唤声。碧芳默默地望着这一切,有时摸摸胸口,看那片红叶和书信遗失了没有。不用说她想念的仍然是那位不知身在何处的人儿……

## 一〇 莫叹行路难

天虹背着一个很大的包袱,在夜色里踽踽独行。他边走边想,既然平汉铁路已被炸断,不妨往西南走,这样不论在什么渡口过了黄河,就可以搭陇海路的车往西安去了。

但是他从来没有走过夜路,也没有背过这样重的东西。四野无人,只有天际一弯尖尖的孤月陪伴着他。一阵又一阵强劲的秋风,在黑魆魆的丛林间呼啸着,隐隐地带来一种恐怖之感。尤其经过一片荒凉的坟茔时,他觉得从那些累累的荒冢和松林间,似乎会走出什么来。尽管他不相信鬼神,但从幼年起老人们讲的那些无数荒诞的故事,仍不免重新复活。他的头发竖起来了,身上起了一层鸡皮疙瘩,真的觉得身后有什么东西跟着,不禁毛骨悚然。

而更恼人的,却是这个包袱。他觉得它在背上是愈来愈沉重了。起初他是走一两里路休息一次,后来走不上半里就坐下来。走到后半夜,已经腰酸背疼,迈不开步子,就像后面被什么人死死拽着似的。他举目一望,不远处有一座村庄,便勉强挣扎着走到村边。他本想找个人家投宿,转念一想,半夜三更惊醒人家也颇为不便。这样,他就找了一个避风处,在一个打谷场的麦秸垛旁边躺了下来,头枕着包袱,盖着那件大棉袍,准备入睡。尽管秋风卷着落叶,不时地在耳边哗哗作响,毕竟天气还不算太冷。他望望西天,弯眉般的新月似乎正对他微笑,不知怎的使他想起碧芳的笑靥。心想,自己的那封信不知她读到了没有,反应如何?她这时正在家里做什么呢?这样想着想着,竟不知不觉地睡熟了。

天亮时,他向村人打听,才知走出不到30里路,实在大为泄气。他盘算道,像这样的速度,何时才能赶到黄河渡口?何时才能赶到西安？更别说千里迢迢的延安了。说不定还有被敌人赶上的可能。看来，当前最要紧的就是轻装。自然，被褥是不能丢的，有限的几件日用品也不能丢，首先要清理的，就是那些分量最重简直像砖头一般的书了。于是他就打开包袱，着手清理。鲁迅那本杂感集不用说是不能丢的，虽然大部分文章读过，但还想再读一遍；杜甫的诗集也不能丢，而且分量不重，丢掉也减轻不了多少；《史记》新买来不久，没有读过几篇难道就这样丢掉吗？那本《政治经济学》固然很厚很重，但到了西北主要学习马克思主义，怎么能偏偏把它丢弃呢？何况这本书很贵，整整花了一块白洋，又怎么能够舍得？这样掂量来，掂量去，只好勉强挑出几本小说，分送给几个围观的孩子，把其余的书又重新包起来了。

他在小摊上随便买了点油条什么的，匆匆吃过，就又继续赶路。走了没有多远他就发现，背上的重量并没有减轻多少。这样吃力地跋涉怎么能走远程呢？于是，他下决心，不管那几本书多么宝贵都要丢掉。这样想着，在经过下一个村庄的时候，他就下了狠心，把那四大卷《史记》，和那本像块砖头似的《政治经济学》送给了一家农户。

这样一减，果然背上轻松了许多。为了赶路，中午只在一个小吃店里打了个尖儿。直走到日落时分，才在一个农家投宿。这一天，他以为走出很远，一问，也不过走出50多里。而令人焦心的是，两只脚掌疼得厉害，走几步就得停一停，几乎不敢沾地。只能脚后跟着地，前脚掌侧起来走，一歪一扭，简直就像个小脚女人。他坐下来，脱去鞋袜一看，才看见每个脚掌上都有一个很大的紫红色的血泡。他没有经验，不知道该怎样对付。

为了不误行程，他只好挣扎着，找了一根棍子拄着，歪歪扭扭地走。随着脚上打泡，背上的行李又显得重起来，颇有不堪重负的样子。他想，也许再次轻装，才是赶路的办法。于是，他坐在路边，盘算着该扔掉哪些东西。想来想去，觉得实在没有什么该扔的了。忽然灵机一动，认为被褥虽不能扔，但被褥里的棉花未必是不可扔掉的；扔去一些棉花，晚上盖上棉袍，也可以凑合过夜了。决心一定，他就打开包袱，拆开被子的一角，往外一团一团地撕扯着棉絮，揪出一块就扔一块。秋后的田野，颇为空旷，天虹扯下的棉絮，被秋风吹得满地乱飞,就像春天的柳絮一般。

天虹背起包袱,觉得轻松了不少。可是走出不远,就听背后大喝了一声:

"站住!"

他回过头一看,原来是三个身着灰军服的溃兵。有的歪戴着帽子,有的倒背着枪支,还有一个枪支上挑着包袱。天虹暗暗吃了一惊。

"你是干什么的?"其中一个脸上带疤的问。

"我是个学生。"天虹忙答。

"不对,我看你不是好人!"那个脸上带疤的把枪栓哗地一拉。

"你别吓他!"另一个较和蔼的兵走过来,对着天虹,"说实在的,俺们几个是从前线下来的,现在要回家,没有钱,你能不能借几个路费?"

"我也没有钱。"天虹脸色苍白地说。

"看起来总是善财难舍哟!"带疤的兵过来搜了。很快就从天虹的学生服里搜出了五元纸币。天虹的包袱,也被翻了个底儿朝天,却没找出什么。最后把一双还算像样的布鞋拿了去了。

"老弟,再见! 我们也是没法儿啊!"

那个比较和蔼的兵,带着几分歉意笑了一笑,三个人一溜烟儿地向南去了。

天虹叹了口气,把翻得乱七八糟的东西重新整理了一番。他一边拾掇,一边暗自庆幸缝在棉衣里的钱没有被发现,不禁对欧阳先生深为赞服。同时鉴于大批溃兵已经下来,为了免得再度遭到骚扰,提前投宿在一个山村的乡野小店里。

小店挨着大路,门上挂着一个大笊篱,上面垂着红布条。里面一铺大炕,能睡一二十人。这里也有两个从前线下来的士兵,看来在此已住多日,和店主混得很熟。天虹正好跟他们紧挨着睡在一起。晚上睡不着,就彼此扯起闲话,越谈越觉亲热。天虹问:"你们在前边打日本,为什么顶不住呢?"那个年纪轻的叹了口气:"咳,人家的武器厉害啊! 又是飞机,又是大炮,又是坦克,连咱们的刺刀也不如日本人的刺刀长,你还没有刺住他,他早刺到你身上了。咱们怎么能顶得住呢?"那个年长的不服气了:"你说的不对! 我就不信中国人打不过他！要拼大刀片,我至少能劈死他三五个。可是上边当大官儿的熊包。我们守涿州,敌人还没到,那个万福麟就叫我们撤了。你怎么打？"年轻的没有言语,那个年长的又说："要说武器,人家八路军还不如我们；可是我们往下退,人家往上开。保定丢了第二天,人家八路军就在平型关打了个大胜仗！这事儿怎么说？"那个年轻的说："那是人家官兵平等,上下齐心。咱们当官儿的喝兵血,抱小老婆,咱们怎么跟人家比？"天虹这些天只顾赶路,也没看报,还不知道八路军打了大胜仗呢。卢沟桥事变以来,每天听到的看到的,全是丧师失地,一片败退声,使人的心境十分灰暗。今天听到这个消息,才觉得危急的民族真正有了希望,自己的行动也更有意义了。可是这种喜悦之情他并没有流露出来,只暗暗地埋在心里。停了一会儿,他又问那两个士兵："你们两个在这里住着干什么呢？"那个年轻的道："我们想回家,没有路费；我们俩打算在这里做个小买卖,又没有盘缠。唉！你说可怎么办呢？"那个年长的长长地叹了口气,说："我的家比他还远,他是河南,我是山东。家里有老婆孩子,还有老母,我每天想家,连饭都吃不进,真愁死人了！"天虹和他们谈着谈着,不知什么时候进入了梦乡。

## 一　风　陵　渡

天虹进入山西省境，又行了多日，来到了风陵渡。这是黄河岸一个有名的渡口，对岸就是潼关；只要到了潼关，不远处就是西安了。心里自然高兴。

此时，已是薄暮时分。他在火车站附近尘土飞扬的小街上，找到了一个小摊儿，蹲在那里吃了几碗老豆腐，便站在贴报栏下看报。多日来，他埋头赶路，只偶尔听到些零星传闻；今日一看报纸，才知道津浦线上沧县、德州已经相继失守；尤其平汉线石家庄的沦陷，使他吃惊；同蒲线方面日军已经迫近太原。

风陵渡既是黄河渡口，又是同蒲路的最南端。这个战时的小火车站一点也不冷落，不是在这里等车北上的，就是在这里准备南下等候渡船的。站里站外散乱地坐着不少的人。还有些人在那里欣赏阎锡山的小火车。天虹走近去看，也不免感到新奇有趣。原来这里的铁路，比平常的路轨要窄许多，车头车厢也小得多，那些小小的车厢，小小的座位，乍一看就像儿童玩具似的可笑。天虹问起旁边的人，才知道这是军阀割据的典型产物，是阎锡山的天才创造。这样一来，只要把小火车的轮子稍稍放开，就可以开到全国；而外面的火车要来山西却不免黔驴技穷。大家一面看，一面哈哈大笑。

此时正是10月将尽，夜里已很有些冷了。天虹为了能好好睡上一觉，好不容易在候车室里挤了一个位置。这里遍地是人。有的坐着，有的躺着。其中大部分像是从沦陷区逃出的老百姓，男女老少，一个个满面灰尘，带着焦苦的面颜。有的老人坐在那里啃着干饽饽，有的妇女正解开怀给孩子喂奶。还有相当一部分青年学生和一部分军人。天虹同他们攀谈起来，才知道那些青年学生要去投奔阎锡山创办的民族革命大学。那些军人多是从前线败退下来的,他们想过黄河,可是被一道命令拦截住了。天虹枕着包袱想睡一会儿,可是越睡越冷。其他衣衫单薄的人,也都感到寒意的袭击睡不宁了。这时不知是谁,轻轻地哼起歌来。他哼的是那支大家都很熟悉的歌曲——《松花江上》。当他唱起"我的家在东北松花江上"的时候,顷刻间,这些背井离乡流浪在黄河渡口的人们心灵震颤了。接着不知是谁,也加入了。随后由寡而众,由低而高,声音愈来愈大,最后整个候车室竟汇成了一个声音。那几个青年学生自然唱得更为激昂。天虹心潮激荡,也情不自禁地加入了这声音的河流。当唱到"爹娘啊!爹娘啊,什么时候才能回到我那亲爱的家乡"时,那种悲绝惨绝的歌声,已使人肝胆俱裂。随着歌声的落音,可以听到悲怆的唏嘘和低低的啜泣。……天虹的泪也不由自主地落在了这个寒夜。但是为时不久,"工农兵学商,一齐来救亡,拿起我们的铁锤刀枪!"又有谁唱起来了,随之而来的依然是一唱百和。这支歌不同于前者,雄浑激越,足以使人热血沸腾。一曲唱完,接着又是"牺牲已到最后关头","把我们的血肉筑成我们新的长城",把人的情感激发到最高度,简直可以立刻开上战场、慷慨赴死了。天虹听到今晚的歌声,又听到不远处黄河的涛声,这两种声音简直难以分辨地融合在一起,使他的心震动不已。这时他自己也说不清是什么感情,只是含着满满的两眶眼泪。但有一点是明确的:中华民族决不会屈服于任何的暴力,她是永远不会灭亡的!

天亮了,候车室的人纷纷散去。天虹随着杂乱的人群来到渡口。这里停着几只能载七八十人的大木船。人们正在抢着上船。艄公们光着腿正在跑前跑后地作着准备。天虹却闪在一边,放下行李,想静静地饱览一番黄河的风光。

这时太阳还没有出来,只在东方河面上露出微红。此处河面相当宽阔,那条莽莽苍苍绀红色的巨流,顿时带给人以博大雄浑的感情。对面就是潼关,它巍然耸立在高高的河岸上,显得十分雄伟。天虹立刻被这壮丽的景色吸引住了。

天虹记得,他第一次看到黄河,还是他十二三岁的时候。那时,他随一个朋友到黄河南岸的邙山头去,距黄河三四里路,就隐隐听到一种"呼隆隆隆""呼隆隆隆"沉重的声响,仿佛夏天天际滚过的一阵阵轻雷一般。天虹惊异地问这是什么,一位大哥哥告诉他:这就是黄河的涛声;要是在夜里,可以听出十多里远呢。等他到了黄河岸边,真是被它震慑住了,他不禁叫了一声:哎呀,黄河!真是名副其实的黄色的巨流。这里的河身是黄河最宽的地方,看对岸只能看见迷茫的一条黑线,磅礴的河身就像整块大地在向前默默移动。往西一望,真是天连着水,水连着天。那滔滔的黄流就像从天上落下一般。这时,"黄河之水天上来"的诗句,才算真正读懂了。从这时起,黄河就进入到他的灵魂中了。今天他重新看到黄河,更使他心中激动。眼看着大片的国土一步步沦入敌手,也许不要很久,敌人的铁蹄就会践踏这里的人民,这里的国土,连伟大的母亲黄河也不能逃脱被污辱的命运了。想到此处,他不禁潸然泪下。但是,他又想,世界上难道真有一种力量能够征服这个具有辉煌的历史和灿烂文化的伟大民族吗?没有,他不相信有这种力量。因为他们比起这个伟大的民族毕竟都太渺小了。尽管他们可以猖狂一时,但都将像过眼的云烟留不下多少痕迹来。

"快上船吧!"那边有人喊了一声。

天虹从沉思中惊醒,转脸一看,原来第一只船已经开动,第二只船也开始上人了。

他连忙背起行李,随着人群踏着一条窄窄的木板上了船。那七八个黄河水手,手里拿着长篙,一个个都是紫铜色的胸膛,上身披着褴褛破衣,下身习惯地裸露着,因为他们要不时地准备跳入水中。妇女们纷纷转过脸去。等人上满,艄公发了一声喊,木船就很快地进入到宽阔的黄流中了。

天虹站在船头,注视着对岸高耸的潼关,心里暗暗想道:我的目的地毕竟近了。

## 一二  在长安,难忘劳动人

天虹渡过滔滔黄河,来到潼关。因为路上被劫,囊中羞涩,只好偷偷爬上一列货车,向西安开去。

他的心情自然是高兴的,可是紧接着的问题是:他从未到过西安,举目无亲,他将在何处落脚呢?

天虹一向不善交际,而生活总是逼迫着人来适应。他四下一看,这个闷罐车厢里坐着五六个老百姓,就同他们攀谈起来。得知其中一个慈眉善目的老太太是河南人,是到西安看儿子的。就搭讪着问:

"老大娘,您的儿子在西安做什么呢?"

"拉洋车。"

"他住在哪里呢?"

"城东南角。"

"大娘,"天虹红着脸不好意思地说,"我是头一回到西安,人生地不熟的,我能不能在您那儿借住一宿?"

"那有什么!"老太太慷慨地答应了。

天虹欢喜不尽。下车时他除了背自己的行李,还帮助老太太提着东西,向城里走去。

西安是中国闻名的古都,高大的城墙巍峨壮观,城里颇为繁华。但他们去的东南角,却空旷冷落,在一大片空地上,孤零零地立着一座十分简陋的两层小楼。

老太太那个拉洋车的儿子,像一般受苦人那样生得黄皮寡瘦。人倒很热情,见了天虹似乎并不见外,立刻领着他沿着小木梯上了楼。天虹一打量,楼上刚刚能直起腰来,地方很小,下面有一个地铺。年轻的车夫大大咧咧地往地下一指:"就睡在这儿吧,跟我在一块儿!"

主人的热情使天虹得到很大安慰。住的有了,吃的却不能麻烦人家。因此临到开饭,他就赶紧地躲出去了。出去之前,他把欧阳先生写的两封介绍信再次检查了一遍,尽管这两封信一直贴胸带着,他明知道并没有丢。他出来带的15元钱,除被溃兵劫去5元,沿途花了5元,如今只剩下5元钱了。他小心叮嘱自己:必须节省再节省,到达延安前的一切花销全靠它了。

因此,他在西安街头的第一件事,就是要发现一种最廉价的伙食。天虹自幼上学,早晨从家里带一个黑窝窝头,在学校门口买一碗素丸子汤,然后把窝窝头掰成小块儿泡在丸子汤里,这就是他的早餐。如果汤不够,他就求小贩再添一点儿。小贩要是烦了,就挖苦他:"喝那么多冤枉汤干啥?"这些也都使他幼小的心灵受到伤害。总之,故乡最便宜的伙食就是窝窝头和丸子汤了。他在西安市仍想找到这种廉价的东西。可是找来找去,西安市既没有窝窝头,也没有丸子汤。最便宜的是一种名叫饸饹的大众饭食。小吃摊上摆着一口口冒着热气的大铁锅,铁锅上放着木架,由一个汉子攥着木杠用力一压,便立刻有几十条圆条儿面齐刷刷地落在铁锅里。然后,或四两或半斤地盛在一个大海碗里,再浇上滚烫的肉汤便成。天虹要了四两,便坐在矮凳上,捧着大海碗吃起来。陕西人爱吃辣椒,他也爱吃辣椒,觉得很合自己的口味。顿时吃得满头大汗,很是过瘾,比那个丸子汤好吃多了。可是,也许正因为过于好吃,或由于过于饥饿,这四两饸饹落肚,很觉不足。如果再要上一碗,那会使他吃得多惬意呀!可是一算价钱,他不敢吃了。眼下的事"八"字还没有一撇儿,他怎敢造次呢。于是,他带着很大的不满足慢吞吞地站起来,离开了那个小摊儿。

看看天色尚早,他摸摸口袋里的信,决定先去拜访西北大学的那位教授。因为人地生疏,他打问了不少人,跑了好多路,等找到教授的住所时,已经下午四五点钟了。这是一个有些破旧的大宅院,虽有雕梁画栋,油漆多已剥落。教授似是独居,一边静坐看书,一边守着一个大圆砂锅煮粥。天虹没有见过教授,胆怯地站在廊檐下,轻轻叫了一声"先生"。教授站起来,接过他恭恭敬敬递上的书信,并没有让天虹进屋。天虹只好在廊檐下呆呆地站着。他见教授拿着信,不言不语,反过来倒过去地看;在那张丰满略有几个麻点的脸

上,没有多少表情。这信看了好长时间,最后轻轻皱了皱眉,抬起脸说:

"对不起,这事儿我没有办法!"

"先生,您不能给八路军办事处介绍一下吗?"天虹着急地问。

"不,那边,我没有熟人。"

天虹愣了。想再多问些情况,教授已经重新坐下拿起了书。他不得不失望地离开。

等他拖着疲惫的脚步,回到城东南角孤零零的小楼时,已是掌灯时分。他带着几分懊丧地躺下来。但他并不灰心,庆幸自己手里还有另一封书信。

第二天吃过早饭,他就一路打听着找到了一座小学。幸好刚下第一节课,孩子们正在操场上玩。有打球的,有滚铁环的,有荡秋千的,一片嘈杂的欢声。天虹向校役说明来意,不一时便找来了那位他要找的先生。这位老师二十八九岁的样子,身着银灰色长袍,围着围巾,颇有一些知识分子的风度。天虹递过信去,他打开看了看,立刻带笑说道:"这事儿我实在爱莫能助。"这个回答,再一次使天虹跌到冰窖里。他愣了一愣,神色沮丧地乞求道:

"先生,你就不能给我写个条儿吗?"

"对不起,我同那边实在没有关系。"

天虹见事已无望,心想了解点儿情况也好,就问:

"八路军办事处在哪里呢?"

"听说在七贤庄,我从来没有去过。"

"如果不经过八路军办事处,我能直接去延安吗?"

"这个怕有危险。听说路上专门有人拦截,前些天有一批青年到那里去,就被政府派的人抓起来了。"

这时,"丁零——丁零——"上课的铃声响了。

"对不起,我要去上课了!"这位老师微微点了点头,投过几丝抱歉的微笑。

天虹很不甘心,还想再问些情况,那位老师看看左右无人,附着他的耳朵悄悄地说:

"危险哪!还是快回去吧!"

说过,摆了摆手,快步走向教室去了。

欧阳先生的两封信双双落空,使得天虹十分泄气。他不能理解:为什么欧阳的朋友竟不助一臂之力?是他们的交谊本来就不深厚,还是人世沧桑彼此不再信任?是他们明哲保身缺少热情,还是国民党的鹰犬遍地不敢轻动?要不然就是他们怀疑自己是政府的探子?想来想去,陷在深深的苦恼里。

晚上,年轻的洋车夫在楼板上同他一起睡下的时候,见他闷闷不乐,就问:

"是你没有找到自己的亲戚吧?"

"是的。"

因为他曾说到西安来是寻找亲戚谋个事儿做,只好仍这样说。

"不要紧嘛,你慢慢儿找。"车夫以同情的口吻说,"即使找不到,还可以想点儿别的办法。"

"别的办法?"

"是的。"车夫在枕头上转过脸说,"你们读书人,卖苦力气不行,不过可以想点儿别的办法。"

"什么办法呢?"

"你去过西安的鼓楼吧?"

"去过。"

"那里有算卦的,看麻衣相的,摆棋式的,还有给人代写书信的。那儿热闹,来往人多,一天多少挣几个,也就能糊口了。"

说到这里,他抬起半个身子,伸过头热情地说:

"这样吧,我给你找张桌子,摆在鼓楼那儿,你就给人代写书信吧!"

天虹为车夫的热情所感动,还没有回答,对方又接着说:

"你不要担心房子,住多久都可以!咱们俩就住在一块儿。"

"谢谢你。不过,我还要……"

天虹含含糊糊地说。他的一颗心就像风中的叶子一般颤动不已。这是他第一次这样强烈地感受到劳动者身上那种美好的品质。他要去投奔的也正是代表劳动人民利益的那个世界。他沉浸在热情和温暖里,直到那个年轻汉子发出轻轻的鼾声。尽管身旁不时传来一阵浓重的汗味,但他没有觉得这种汗味难闻,也不知不觉进入梦乡。

## 一三  远方,红星在召唤

天虹捧着一个大海碗,坐在小摊前的矮凳上,很快四两饸饹就下去了。但是他仍旧觉得肚子欠欠地不舒服。最近一连几天都是如此。每逢他从小摊前站起来的时候,总是带着一种没有满足的饥饿感怅怅地离开。今天他没有站起来。横下一条心:反正是钱不够了,总要吃饱肚子!"再来四两!"他喊道,声音里带着一种相当果决的味道。热气腾腾的大海碗又端过来了。他慢慢地吃着,心想,这一次恐怕要超量了。可是推开碗之后,出人意外,仍然觉得欠欠的。他明白了,恐怕不是没有吃饱,而是由于过度地克制,得了饥饿症。

他漫步在西安街头,盘算着心事。心想,两封信既已不起作用,自己又当如何呢?难道真的到鼓楼摆个小桌去替人代写书信?或者转过头去回家吗?这是他想也不屑去想的。他长期向往的就是那光明的地方。此生不到,是死也不会甘心的。既然别人不肯帮忙,何不直接到八路军办事处去试一试呢!

天虹的性格一向勇气十足,说干就干。他打听好办事处的地址,就立刻向它走去。

八路军办事处在七贤庄,位于一个高坡上。名字很幽雅,实际上不过是一处普通的民宅。小小的门楼,坐北朝南,旁边挂着一块不大的木牌:"第八路军办事处。"有趣的是,坡下面就是一座城堡,城墙完好无损,城门外站着一个国民党军的哨兵,正好面对着办事处的大门。据说这座"城中之城"正是胡宗南的兵营。

天虹打量了一下牌子,就兴冲冲地走进去了。原来这是一个小四合院,一进门就是门房。一个穿着灰军服的青年军人正守着窗口值班。天虹停住脚步,他听说"那边的人不叫先生而叫同志",就恭敬地说：

"同志，您能帮助我到延安去上抗大吗？"

也许问题提得太直率了，值班人员在窗口里笑了一笑：

"你有介绍信吗？"

"没有。……我是从沦陷区来的。"天虹想这样说可能好一点。

"这个……"值班人犹豫了一下，"抗大招生期已经过了。"

"唉，那怎么办？我也不能回去！"

他用乞求的眼光望着对方，对方为难地笑了一笑，眼光转向别处。

这时，几个军人从他身边说说笑笑地走过去，他们臂上都佩戴着袖章。袖章上印着"八路"两个蓝色的字。天虹觉得那两个字简直就像放着光辉似的，心里真是羡慕极了。可是他天虹为什么就不能走进这个行列中去呢？转瞬间那几个军人已经穿过院子到上房屋里去了。不一时屋里又高扬起一阵愉快的笑声。相形之下，天虹不禁心里酸酸的。他呆呆地立了片刻，觉得没有希望，不得不怅怅地离开。

此时此刻，不消说天虹心里难受到极点。他的神情显得相当沮丧。他没有立刻回住处去，只是信步在街头徘徊。一时竟茫茫然无处可去。他想，西安是闻名的古都，胜迹很多，不妨顺便转转，也好再盘算一个主意。

天虹自幼热爱祖国的书法，第一个游览的去处就是西安碑林。他记得小时候在学校里读书，常常有一些卖碑帖的人，背着成捆成包的碑帖来到学校。他们刚一打开包包，就被成群的老师和学生围住。什么王羲之的《圣教序》啰，颜鲁公的《麻姑仙坛记》《颜家庙碑》啰，柳公权的《玄秘塔》啰，欧阳询的《九成宫》啰，还有什么《郑之公碑》啰，《龙门十二品》啰，简直数不胜数。这些拓片虽然斑斑驳驳，但那笔画真如铁画银钩，遒劲无比。天虹自然也买过几张，潜心地临来临去，颇饶兴味。而这些碑帖的拓片，就有许多是来自西安碑林。今天既已来到西安又怎能不去呢！

他这样想着就来到碑林，尽管是战争时期，游人仍然不少。他杂在人群里穿行着。一边看一边惊叹，祖国的书法遗产竟是这样丰富，真是名家荟萃，美不胜收，简直是一座无价的艺术宝库。要搁平时他一定会潜心揣摩,陶醉在那种难以言传的美感里,可是今天由于心神不定,眼前的游人和斑驳的石碑都觉得有些恍惚,那些书法精品也难以进入到他的神思里。

大雁塔也是西安的名胜。它既不像一些高而瘦削的塔那样单薄,也不像一些短粗矮壮的塔那样拙笨,它是那样挺拔而又丰硕地矗立在蓝空里,显得雄浑壮伟。天虹随着人群拾级而上,一直登临绝顶。大雁塔果然很高,可以俯瞰西安的郊野。他在塔上转了一圈儿,不知怎的面向北方站定了脚步,目光望着远方,似乎要穿透那绵绵的白云,望见那想望中的古城。在天虹身上不妨说有这样一个优点,即他常常是从积极进取着眼来考虑问题。今天的事固然使他懊恼,但他并不就此却步。心想:我千里迢迢来到此地,怎么能够颓然而返呢?值班人员的一句话难道就能阻断我的道路吗?不,他们不答应,我就自己来走;即使路上有国民党拦截,总不能个个都被抓住。一旦抓不住我也就到了延安了。难道革命圣地会把一个热血青年驱逐出去?如果再不收纳,我也不走了,就死在那里吧!……他想到这里,不禁望着北方,默默喊道:延安,我的光明之土与神圣之土,不管路途有多少艰险,我一定要投到你的怀抱里!天虹的心激动起来了,似乎望见北方的云霭里升起了一颗耀眼的红星,在远远地召唤着他。

主意既定,他的心情也就愉快起来,沮丧之气为之一扫。晚上他在饸饹摊上下狠心吃了一顿饱饭,还悄悄打听了到陕北的路线。第二天一早,他就把行李捆起,乘年轻的车夫还没有出车,向他们全家告别。

"你的亲戚找到了吗?"车夫关切地问。

"找到了。"

"如果不方便,你还可以住在这里嘛!不要紧嘛!"

"不,不,再见了!"他的眼圈红了,"真是太感激你们了,我该怎样来报答你们呢?"

"别说这个,人生在世,谁能没点儿难处。"

天虹背起包袱走出这座孤零零小楼时,极力忍着的一汪泪终于倾泻而下。这是感激夹着羞愧的眼泪,因为他在这里无偿地住了多日,没有给他们留一文钱。

## 一四　山道弯弯路难测

天虹出了西安城,沿着一条黄土公路向北走去。

看来他的脚步颇为矫健有力。如果比起刚从家乡出走时那个歪歪扭扭的样儿,真是大大不同了。由于一再轻装,书籍只剩下有限的几本,行李已大为减轻,并且打成了背包的样式,尽管很不规范。再加上目标明确,意志坚定,脚步也显得麻利爽快。

这时他惟一考虑的问题,就是如何躲过国民党特务的拦截。听人说三原以北设有卡子,将到三原他就下了公路,转入一条山野小径。

已是秋末冬初,黄土高原上的景色是颇为单调的。地里的庄稼早已收割完了,山上的草已经枯黄。放眼望去,田野间一片黄色,再没有别的颜色了。只是偶尔在山崖边、河谷里有一排排挺拔的白杨,傲立在寒风里。但是高原上的天空,却显得格外湛蓝、深邃和高远,使人的心胸异常开阔。

路上行人稀少,村庄也不稠密,有时走上一二十里,才在山坳崖畔间看见一些窑洞,这就是村落了。天虹踽踽独行,不免有些寂寞,便唱几句抗战歌曲和家乡小戏作为排遣。

这天走到中午时分,腹中有些饥饿。抬头一看,前面山脚拐弯处,坐着几个人。天虹走近,才看出是两男一女,正守着山壁上一股微弱的泉水吃干粮。其中一个男的约有二十五六岁,留着大背头,戴着近视镜,身着灰色长袍,像是个知识分子。那个女的穿着蓝阴丹士林旗袍,约有20上下,像是个学生。还有一个大约十五六岁,一脸稚气,只能说是个孩子。他们拿着小茶缸一边从石壁上接泉水,一边啃着很硬的干粮。

"歇歇再走吧！"那个留着大背头的人打招呼说。

天虹见对方一片好意，便谦和地笑了一笑，停住了脚步。同时他肚子里咕咕乱叫，也的确该吃点东西了。

他放下行李，从挎包上解下缸子，先接了些泉水喝，然后就坐下来吃那邦邦硬的锅盔。

"你是从哪里来的？"那个留大背头的问他。

"从河北，现在已经是沦陷区了。"

"你想到哪儿去呀？"

"我，这个……想做点儿生意糊口。"他的脸红了一红。

不想话刚出口，那个女郎就发出银铃般的笑声。天虹登时弄了个大红脸。

"恐怕你是到'那边'去吧？"女的微笑着说，"我们也是到'那边'去的。"

天虹不好意思地点头默认。

既然窗户纸已经捅破，他也便反问：

"你们是从哪里来的？"

"我是从上海逃出来的。反正学是上不成了。"

"你在那里上什么学校？"

"上海光华大学。"

"噢！"天虹带着敬意地"噢"了一声，心里想，"怪不得她那样落落大方，从大地方来的人就是不同。"

"这一位呢？"他问那个十五六岁的青年。

"他是我弟弟，你还看不出吗？"女的又笑着说，"就看了一本斯诺的《西行漫记》，就吵着要来。"

天虹仔细一看那个小青年，果然与她眉眼相似，便笑起来。

"我是无锡人，一直在家乡教书。这次是从无锡逃出来，在路上认识她的。"那个大背头说。

目标既然相同，正好结伴同行。大家吃过干粮便说说笑笑地上路了。

世界上的事真也有趣，只要志同道合，便有说不尽的话，倾不尽的情。你说平津的沦陷，他说京沪的战事，你说一路饥寒风霜之苦，他说辗转流浪的艰辛，谈个没完没了。路也走得快了，而且毫不疲倦。

　　这样,一气赶出了几十里路,看看太阳将要落山。他们正想寻个宿处,忽然冷不防,从路旁的一座房子里蹿出几个人来,拦住了去路。大家吓了一跳,仔细一看,他们歪戴着礼帽,一个个都带着手枪。其中一个为首的凶神恶煞般问:

　　"说!你们几个到哪里去?"

　　"到哪里去,你管不着!"那个留着大背头的青年迎上去语气强硬地说。

　　"哈,口气好大,我一眼就看出来,你们是去投奔共产党的!"他狞笑着。

　　"到哪里去,这是我们的自由。"

　　那个大背头看来十分气愤,但话没说完,就挨了重重的一记耳光。

　　"好好说,不要打嘛!"

　　这时从屋子里又走出一个人,颇像个地方官员,他面含笑容慢慢悠悠地走过来,站在几个青年面前。

　　"我知道,你们是要到'那边'去的。"他狡狯地一笑,"但是,我们站在爱护青年的立场,就不能不劝你们慎重。现在'那边'有抗大,咱们这边也办了干训团嘛。而且西安、宝鸡都有,并不算远。我并不是吓唬你们,你们到了'那边',是吃不了那个苦的:一天吃小米饭,豆芽菜,还得做苦工。咱们这个干训团,待遇比抗大优厚多了,一毕业就是干部,可以派到全国,你们要抗战,这不同样也是抗战吗?我就不明白:你们为什么不愿到好地方,偏偏要到苦地方!真是……"

　　"我也不明白:你们跟共产党争夺青年,为什么要采取这种手段!"上海的女大学生迎上去说。

　　那位官儿顿时语塞。一个挎手枪的见女学生顶撞了他的官长,上去就是一个耳光。

　　"算了,算了,你们这些人,反正我是说服不了的。"官儿也悻悻然有点生气了,朝南挥了挥手,"那就委屈一下,跟我们到宝鸡干训团吧!"

　　天虹一直没有做声,他是在盘算着逃跑的主意。他想,要是让他们抓去,我的一切理想都告吹了。我一定要逃。死就死在这里。他们抓住是他们的,他们抓不住就是我的。他摸了摸,剩下的三块白洋还在贴身口袋里,就更放了心。他偷眼瞅了瞅,下面是山坡,不远处有个小树林,沟沟岔岔不少。

"你看什么!"那个带手枪的推了他一把。

他只好顺从地和那几个学生走在一起,被一伙人押着掉过头向南去。大约走出一箭之遥,来到一个山拐弯处,天虹把背包一甩,就跳下了山坡。

"抓住!抓住!"

"别让他跑掉!"

后面一片声喊。接着是追来的脚步声。天虹没有回头看,只是猛跑。刚跑到山脚下,就听到"砰""砰"两声枪声。

"死就死吧,反正我是不回去的!"他心里说。

他钻到小树林里,稍稍喘息了一下,接着又跑。大约跑出了十多二十里路。回头看看没人追赶,脚步才慢下来。这时夜幕已经下垂,天虹在朦胧的夜色里,继续向北走去。

## 一五　我也将是这船上的水手

天虹又跋涉了两天,刚刚进入边区(也就是不久前的红区),就被赤卫军抓住了。经过盘问,一些陌生的汉子反而对他很热情。这一来坏事变成了好事,沿村护送,把他一直送往延安。路上伙食费也没花,他的三块钱还完整地保存在贴身的口袋里。

离延安城越来越近,他那颗年轻的心便越发急不可耐,不时地问:

"延安快到了吗?"

"快了,快了。"那个头包羊肚手巾的陕北汉子回答。

"还有多远?"

"也就十多里了。"

又走了一程,前面似乎是个城镇,他又问:

"那就是延安吗?"

"对了!"陕北汉子笑着用手一指,"你往那边看嘛!"

这时,太阳刚刚露头,东天上一片红霞。天虹向远处山顶上望去,只见一座宝塔正直端端地沐浴在红光里。天虹想起故乡的高塔,人们说它是故乡的船桅,那么这座延安的宝塔,岂不是新中国航船的船桅么?从今日起自己也将是这船上的一名水手了。想到此处,天虹不禁神采飞扬,万分激动。

前面就是延安城。天虹举目一望,这座城紧靠西山,半在山上,半在山下,正处在南北、东西两道大川的交会处。雄伟的城墙从西面的山岭上迤逦而下落下谷底,显得很有威势。清澈的延河自北而南,在东门外打了一个湾儿向东去了。

"那就是凤凰山,"陕北汉子冲着西山一指,热情地说,"毛主席就住在那里。"

天虹带着敬意望了望凤凰山上那些错错落落的窑洞,随后进了南门。延安街道不宽,却颇为热闹。一路走来,两边店铺很多,从卖羊肉泡馍、卖饸饹的小吃店里,不时飘出饭菜的香味。城中心还有一个古色古香的鼓楼。

"抗大"设在旧延安府的衙门,看去十分破旧。门口挂着一个横幅,用雄浑的颜体写了十个大字:"中国人民抗日军政大学。"陕北汉子把天虹送到学校,向他笑着点了点头,就回去了。

出来接待天虹的,是一个矮胖的中年军官。他虽然穿着军服,却不太像个军人,绑腿打得很不像个样子。他操着东北口音问明了天虹的来意,就带着他往里面走。

院子很大,两边的房子都很破旧。天虹被领进一个简陋的小办公室里。室内仅有一张木桌几把木椅。那个中年人让他坐在对面,然后像大哥哥一般和悦地说:

"你远道而来也不容易,不过按规定还是得考试一下。"

"噢,考试?什么时候?"天虹立刻紧张起来。

"就是现在。"

"噢!"天虹不禁惊叫了一声,暗暗想道:"完了!我的数理化一贯不行,假若考不取,我多日来的奔波就算告吹了。"于是带着几分哀求地说:"同志,我是从沦陷区来的。从前在家里只上过乡村师范,学识很浅,如果考不取,你让我在这儿上抗大附中也行,可千万别让我回去。"

中年人和悦地笑了笑,暗示让他放心。随后正襟危坐,发问道:

"周天虹,你说,资本主义的基本矛盾是什么?"

天虹一听,高兴了。因为那本厚厚的《政治经济学》他虽没读完,但这个问题他却学过,另外从上海办的《自修大学》那本刊物上,他也读到过,因此很熟练地回答道:

"资本主义的基本矛盾是:生产的社会化和私人占有的矛盾。"

看来中年人很满意,但却不露声色,又接着问:

"周天虹,你认为当前共产党为什么要实行统一战线政策呢?"

天虹有点茫然。因为两个月来他一直忙于出走,有关的东西并没有学习过,便想当然地说:

"那自然是,那自然是……团结起来力量大嘛!"

"这样说也没有错儿。"中年人笑了笑,"不过欠深刻。正确的回答应当是:因为日寇的侵略,使民族矛盾上升为主要矛盾,阶级矛盾降为次要矛盾。"

天虹佩服地点了点头。那人开始提第三个问题:

"周天虹,你来抗大学习的目的是什么?你毕业后的志愿是什么?"

"我来的目的,就是学习打仗,参加抗日战争。我的志愿就是做八路军的下级干部。"

中年人显然十分满意,把手一挥,笑着说:

"取了!"

"唔?不是还要考试吗?"

"这个就是考试了。"

天虹一听,一块石头落地,真是满脸是笑,陶醉在幸福里。如果不是有人在场,他真的要跳起来。

中年人立刻拿了一张学员登记表让他填了,把他编入第四期第四大队第二队。随后叫一个"小鬼"把他领到第二队去。

天虹很感激这个中年人,想说几句感谢的话,又一时没有适当的措辞,便问:

"同志,我可以问问你的名字吗?"

"我叫方炽。"

"你是个老革命吧?大概经过长征吧?"

"不,我参军还不到一年呢!我原来是东北大学的学生,九一八后就在关内流浪,去年到了延安。"

天虹同方炽握手告别,刚跨出门去,只听大门外飘过来一阵雄壮的歌声:

> 黄河之滨,
> 集合着一群
> 中华民族优秀的子孙。
> 人类解放,救国的责任,
> 全靠我们自己来担承……

随着歌声,一支身着灰色军服的队伍,成四路纵队,迈着整齐的步伐刷刷刷刷地走了进来。天虹一看,全是十七八岁到二十几岁的年轻人。一个个都是那样精神饱满,威武雄壮,每个人都戴着鲜艳的红领章,"抗大"两个金字分列左右、闪闪发光。他们一面走,一面唱,还喊着"一、二、三、四",把整个院子都震动了。其中有些人身上还沾着黄土,很像是打野外刚刚回来。这支队伍刚刚过去,接着大门外又飘来一片歌声:

　　抗日军人个个要牢记,
　　三大纪律八项注意……

这声音嘹亮而清脆,一听就是女同志的歌音。果然一队女兵又进来了。她们的步伐同样矫健英武,一个个绯红的面颊,映衬着鲜艳的红领章显得更加好看。她们每个人都打着绑腿,显得非常整齐,而且几乎一律穿着草鞋,不少人的草鞋上还缀着红缨,显得格外娇艳别致。她们的歌声和"一、二、三、四"的口号声,一点也不比男兵逊色,且使你隐隐感到,她们似乎要决心超过男队似的。当她们从天虹身边经过,发现有人在注视她们的时候,她们的步子刷刷地走得更有力更带劲了。

天虹痴痴地望着他们和她们,几乎入了迷。低头看看自己,满身的灰尘和挂了几个口子的长袍,一双露出脚趾头的破鞋,不禁自惭形秽,脸上热辣辣的。队伍过完,小鬼正要带他到二队去,他却迟疑地说:

"你先等等!"

说着,他又回到方炽的办公室,红着脸说:

"方炽同志……"

"啊?什么事?"

"你看,什么时候才给我发军衣呢?能不能让我换上军衣再去呢?"

方炽打量了他一下,笑着拍了拍他的肩膀:

"小同志,去吧,到了队上马上就会给你发的!"

## 一六　第一个师傅

天虹来到二队,正是午饭时候。有五六个军人正围着一个菜盆就餐。有的坐着,有的站着,不拘形式。

"报告杨队长!给你们送来一个学员。"小鬼很有精神地打了一个敬礼,用双手把材料递了过去。

就餐者中有一个年纪最长的人,看来快有30岁了,宽宽的脸,黑黑的胡楂子,立刻放下饭碗,接过材料看了一看,然后爽快地说:

"先吃饭!"'

正在就餐的小鬼,连忙找来一个茶缸,一双筷子,盛了满满一缸子金黄的小米饭递了过来。天虹恭恭敬敬地接过去,怯生生地走近桌子。

他望望桌子上的菜盆,正是人们用来洗脸的小号面盆。用面盆盛菜,是他平生第一次新鲜的见闻。再看面盆里,盛着小半盆豆芽菜,漂着一层辣椒油,还有五六块豆腐。看来大家吃菜相当文雅,那几块豆腐,谁也不好意思去夹。天虹自然更不好意思,即使黄豆芽,也只夹很少一点儿。队长看不过去了,夹起很大一块豆腐放到他的缸子里,还说:

"小鬼!不要小资产嘛!"

天虹红着脸,把那块豆腐吃了下去。这是他第一次被人称作"小鬼",既新鲜又温暖。他一面吃,一面偷偷瞧着队长。队长的脸是那么朴实热诚,浓眉下的眼睛流露着慈祥,就像一位忠厚的兄长似的。在就餐者中,他惟一与众不同的,就是他胸前挂着一枚红星奖章。这枚奖章设计得很别致,在一颗纯白的五角星上,模着一匹扬鬃飞驰的红马。天虹再看看别人,几乎都比队长年轻。那两个小鬼看来比自己还小。然而大家在一起说说笑笑，都毫不拘束，亲密融洽得像个和睦的家庭。天虹心中暗想：人说红军里面官兵平等，真一点不假。

这顿饭，他吃得很饱很饱。想起在西安总也吃不饱的情景，不觉哑然失笑。

饭后，队长同他谈话。问起他的家庭，文化程度，出来的经过，参军的动机，以及路上的遭遇，他一五一十地都作了回答。队长不时投过赞许的目光，最后带着鼓励的口气说：

"你参加革命的决心是好的嘛！这就是一个好的起点。"

"可是，什么时候给我发军服呢？"他着急地问。

队长再次看了看他那长得不能再长的头发，那满是灰尘的长袍，露着脚趾头的破鞋，笑了。

"小鬼！"队长大声招呼着通讯员，"你领他到澡堂洗个澡去，让理发员给他理理发！再去把他的军衣、被褥领来。"

队长说过，稍一寻思，走到自己的床头，把小包袱打开，取出一双草鞋，一件白衬衣来，说：

"你恐怕连换洗的衣服也没有吧，来，把这个拿去！"

说过，把衬衣、草鞋甩到天虹怀里，忙着去办别的事情去了。

延安城里有一个澡堂，平时人很多，抗大学生整队前来，池里池外全是赤条条的人，往往挤得转不开身子。天虹来的正是个空隙，红石头砌的池子刚换好满满当当的清水，微微冒着热气。他脱了脏衣服，跳到池子里，四仰八叉地伸开身子，舒服极了。整整两个月没有洗澡，其脏可知，那泥卷搓下一层，又是一层，他简直相信人真是泥做的了。等到洗完，一看半池子水浑登登的，真不胜羞愧之至。

他换上队长的衬衣，把其他衣服也摔打了一番，有的太脏，实在不愿穿就提在手里。他在街上这里转转，那里看看，觉得从来没有这么松心。一想口袋里还有两块多钱，就顺便买了两双线袜，一块肥皂，还有牙刷、牙粉、茶缸之类。鼓楼那里贴着《延安新中华报》，还有一些传单、捷报。他又站在那里看了好半天。这时他才知道太原和上海已经先后沦陷，南京也岌岌可危了。

天虹回到队上，理发员已经在等候着他。这人看来是员猛将，将他一打量，笑着说："你有几个月不理发啦？""总有两三个月了吧!"他含含糊糊地说。理发员立刻以快刀斩乱麻的气概扫荡了一番,不上几分钟就把他改造成一个留着小分头的英俊少年。

随后,小鬼把一身新棉军装和领章、帽徽也领来了。天虹最珍视的就是那两面鲜艳的红领章。他接在手里仔细观赏了一番,才看出领章原来是黄铜做的,凸出了两个金字,煞是好看。

他借了针线,钉上了红领章,立刻把军衣穿起来,并且换上了队长给的草鞋。真是满心眼美滋滋的,不禁在屋子里跳了几跳。正好队长从外面走进来,天虹马上立正向队长打了一个敬礼。

"嗬!我看简直换了一个人了。"队长笑眯眯地望着他说。

天虹高兴得合不拢嘴。他望望丢在旁边的旧棉袍、破鞋烂袜,除挑出一两件还能穿的,剩下的抱起来就往外走。

"你要干什么?"队长问。

"我把它扔了去!"

"唔,不要!不要!我们讲的是艰苦奋斗,旧衣服还可以打草鞋呢!"

说着,他吩咐旁边的小鬼:

"打草鞋,你们都是老把式了,你们来教教他!"

队长说过,又出去忙别的去了。这时小鬼把他那实在不能穿的衣服挑出来,都撕成一指宽的长条条,然后找了条绳子,比了比他的脚掌,挽成脚掌形,随后就拴在凳子腿上,异常熟练地编织起来。

"这一条一条,要挨得很紧才行呢!"小鬼教导说。

他点点头,像小学生一般地在旁边看。一边同小鬼攀谈:

"咱们队长是长征干部吗?"

"当然是。长征时他就是团长了。"

"团长?"

"你没看见他戴的五星奖章吗?那是经过十年土地革命才能戴的。"

"啊!副队长呢?"

"副队长是营级干部,自然也经过长征。"

"同志,你呢,你在家干什么?"

"放牛。"

"你也经过长征吗?"

"自然。金沙江,大渡河,雪山草地,我全过了,差点儿死在草地上……"

"你今年多大了?"

"16岁。"

"哎哟,你比我还小一岁呢!已经是老革命了。"

"可是,你是洋包子,我是土包子。我家里穷,没有念过书……"

"你叫什么名字?"

"我叫陈刚。"

一双草鞋,在小鬼的帮助下晚饭前就完成了。天虹试了试非常合脚。他握着小鬼的手说:

"陈刚同志,你是我参加革命后的第一个师傅!"

# 一七　延安，你这庄严雄伟的古城

第二天，天虹就被编到第二班里去了。

从此以后，他开始了一种新鲜而紧张的士兵生活。他必须着装整整齐齐而毫不马虎；他必须走路抬起头来且挺胸阔步；他必须一听哨音就飞步集合而毫不拖延；他必须见了首长行标准的敬礼以示尊敬；他必须在叫到自己的名字时大声喊"到"且嗓音洪亮。总之，从早到晚，都像在唱一首快节奏的进行曲，连在厕所里大便都不敢怠慢。

也正是从这时起，天虹才接触到一个大时代色彩斑斓的生活。这个班一共有十个人。班长张行，个子奇高而脑袋略小，尖尖脸，戴一副近视眼镜，活像一只长颈子的鹳鸟。据说大学毕业后，他在社会上已经做过一些工作。从行动看，他处处以身作则，很像是一个党员。副班长张达，人高而瘦，身体衰弱不堪，两条腿细得像麻秆，还带着沉重镣铐留下的伤痕。据说他是一个被监禁了十年的共产党员，因国共合作才释放出来。虽然紧张的军事生活使他十分吃力，但他的精神却十分活跃，常常像老大哥给大家解释一些问题。第三位姓高，是北大的学生，也戴着近视眼镜，常常面带微笑，讨论会上雄姿英发，一张口就滔滔不绝，被称为"高老夫子"。可是他的着装最成问题，怎样整饬也还是像个包不拢的粽子。第四位姓胡，圆圆脸，身材矮胖，是法国的化学博士，他是特意从巴黎回国参加抗战的。他常常提周恩来，说周亲笔写信介绍他来到抗大。他自然是全大队的著名人物。上课时，政治经济学教授常常当众考他："胡博士，你来谈谈剩余价值的问题。"他不得不站起来红着脸说："我是搞科学技术的，这个我弄不明白。"引得大家哄然大笑。胡博士手里大概有几个钱，人们就常常撺掇他："胡博士，请客！"胡博士并不小气，常请人在合作社里吃上一顿。可是有一条，他必须在菜盘上用筷子划出一条楚河汉界，互不侵犯。第五位姓陈名尔东，是山西太原师范的学生，他面颊红润，热情奔放，善写歌词，作曲也不外行，被选为本队的文化娱乐委员。他写的《黎明曲》正在整个抗大传唱；每当他指挥全队唱歌时，臂膀上下飞舞，异常有力，几乎被称为"音乐家"了。还有第六位是一个从唐山来的工人，不久前被前方部队送来深造。他体魄强壮，朴实聪颖，虽然文化程度较低，但在前线已参加过几次战斗，是全班惟一经过战斗洗礼的学员。第七个名叫巴斯克，是一位来自马来亚的华侨，他那一口广东话班里人谁也不懂，却常常爱举手抢着发言，他一张嘴，大家都瞠目结舌。

以上这些人，都比天虹的年龄大。和他年纪相仿的，只有两个人。一个叫高凤岗，刚刚20岁，生得精明伶俐，高高的鼻梁两边，长着一双鹰眼。据说他上过半年的国民党中央军校，已经受过相当的军事训练，因此在军容风纪、制式教练或野外勤务，都被树为全队样板，堪称标准军人。另一个名叫晨曦，和天虹同年，过了年也才18岁。他和高凤岗相反，人生得文弱腼腆，戴着一副近视镜，一说话就脸红，像个大姑娘似的。军风纪也不像个样子。他爱闷着头看小说，爱沉思默想，有时还偷偷地在小本上写诗。后来被大家发现，就戏称他为"小诗人"。

天虹到了班里，一看别人都比自己年龄大，经验多，知识广，胆怯得很。讨论会上常常不敢发言。幸亏那个"高老夫子"，一开会就如鱼得水，喜气洋洋，不发言则可，只要张开口就一发而不可收，常常弄得大家抓耳挠腮徒唤奈何。如果不是正副班长一再提醒，那是收不了场的。其他人也都可侃侃而谈。比如副班长就常常联系到党的历史来阐明问题；胡博士则常常说到国外见闻；即使那位文化程度不高的工人，也可以谈谈个人经历和前方的战斗。而天虹则每每羞愧得不知道说什么好。这样他就同年龄相仿的高凤岗、晨曦渐渐接近起来。

礼拜天是延安难得的松弛的日子。抗大同学除去洗洗衣服，就是到街上逛逛，借以宽舒一下过度紧张的生活。这天，天虹同高凤岗、晨曦三人一起结伴上街。礼拜天的延安城照例热闹非常。男男女女,往来如织,欢声笑语,不绝于耳。仔细听去,南腔北调,祖国四面八方的口音应有尽有,真是一个大时代的合唱。延安的街道不长,在小饭馆里吃点小吃,到光华书店里买几本新出的书,也就诸事齐备。三个人转完吃完,兴犹未尽,晨曦提出登清凉山览胜,大家一致赞同。

清凉山与嘉陵山相对,像是拱卫着延安城的两个哨兵。嘉陵山上有一座宝塔,清凉山上有一座古庙。天虹自从来到延安,清凉山还没登临过。年轻人爬山快,不一时就来到山顶。这里西面是巍峨的凤凰山,脚下是延河清浅的溪水,风光还真是不错。

他们随意在古庙各处游逛。忽然在粉壁墙上,看到了歪歪扭扭用铅笔写下的字句:

　　自从当兵离开家,
　　家中丢下一枝花。
　　有心回家把花采,
　　手中无钱难回家。

三人看了哈哈大笑。很明显,这是内战停止前,进攻苏区的白军士兵留下的,至今已成为时代的陈迹了。

大家随便坐在古庙外的台阶上聊起天来。

"晨曦,你不是也挺爱写诗的么?"天虹笑着问。

"我从小就爱诗,就是写不好。"晨曦红着脸,扶了扶近视镜,不好意思地说。

"你读过哪些人的诗呢?"

"李白、杜甫的诗,五四后的新诗,还有左翼诗人像殷夫、胡也频的诗,还有现在臧克家、艾青、田间的诗,我都读过。凡是我看到的就不放过。"

"你到延安后写了些什么诗呢?"

"没有,我没有写。"晨曦又脸红了。

"不,我那天还看见你偷偷地写呢!"

"确实没有。"

"你要扯谎,我可就要搜了。"

天虹说着就要去掏他的口袋,高凤岗说:
"晨曦,你叫他看看不就得啦!"
"好吧,我来给你们念一首初到延安的诗吧。"
晨曦从口袋里掏出一个小破本子,很不好意思地念道:

　　远远看到红霞中的塔影,
　　好像海洋里出现桅杆,
　　啊,这就是延安,
　　我登上了革命的大船。

　　脱掉身上褪色的长衫,
　　草鞋军装我很爱穿,
　　从此是大船上一个水手,
　　经过风浪将变得更加勇敢。

"你写得真好!"天虹心头激动,上去就搂住了晨曦的脖子亲昵地说,"我刚到延安跟你的感觉一样,就是说不出来。"停了一会儿,又盯住晨曦很认真地问:"晨曦,抗战胜利后你准备干什么?"
"不管干什么都行。就是这个爱好我不愿丢!"
"好,好,我赞成!将来说不定你真能成为一个好诗人哩!"
天虹说过,转过脸对高凤岗说:
"凤岗,你说这诗怎么样?"
"诗是不错。"高凤岗神情冷静,"不过这些都没多大用处。"
"用处?你这是什么意思?"
"我的意思是大敌当前,民族危亡,一个热血男儿就应当真刀真枪地干,光搞这些意思不大!"
"不能这样说,文和武都需要嘛!"天虹反驳了一句,接着问,"凤岗,你准备毕业后干什么呢?"
"要干就干军事。"高凤岗眨着那双鹰眼,胸有成竹地说,"营长、团长、司令,这个我干;什么政委啦,主任啦,教导员、指导员啦,我就不干。按操典说,这些都不能算是军官,只能称为军佐。"
天虹这才想起,他上过中央军校,就半开玩笑地说:

"这方面你是专家。可是你在中央军校为什么没有上完呢?"

"原因很简单:国民党太腐败!那里不管干什么,都要靠窗户、门子、裙带关系,根本不是有志男儿建功立业之地!"高凤岗有点激昂地说,"再说,我的妹妹是个左倾分子,就拉着我一块儿来了。"

"你妹妹也在这里?"

"是的。但是她跟我不同,她爱艺术,我爱军事。我认为,在这里先要把军事学好,还要锻炼出坚强的体魄。"高凤岗说到这里把裤管一捋,"你看这是什么?"

天虹和晨曦一看,他的腿上捆着铁砂袋。

"多重?"天虹惊问。

"每条腿有一公斤不少。"

"你每天都带着它?"

"当然。"

"有效果吗?"

"自然。"高凤岗露出自信的微笑,指了指古庙的高墙说,"我一跑就能上去,你信不信?"

"好,你试试看。"

这时候,只见高凤岗脱去棉衣,解下沙袋,向远处走了一段,像跳远运动员似的攒了攒劲儿,一个猛跑,脚尖在墙上点了两点,不知怎的就蹿上去了。

"怎么样?"他站在墙头上傲然一笑。

两个人都不由得鼓起掌来。

高凤岗跳下来,穿上棉衣,再次捆上沙袋。天虹拍着他的肩膀说:

"真行!你们两个是一文一武,真让我太高兴了!"

高凤岗说:

"天虹,你将来准备干什么,怎么不说呢?"

"我嘛!"周天虹笑着说,"比起你们,我实在太平凡了。从志趣说,我从小就爱读书,想当个学者,谁知办到办不到呢?将来打完仗,能干点什么就干点什么吧。"

三个人开怀畅叙,谈心明志,真是其乐悠悠,谁也没有注意早已暮色苍茫。对面嘉陵山上的塔影已经模糊难辨,山下延河的流水只显出微弱的白光。往西一看,凤凰山那一大片高高低低的窑洞,灯火一个接一个地亮了起来。猛一看去,延安再也不是一个中古世纪的高原古城,那错错落落的灯火简直像高楼林立的现代化城市。天虹为这幅似是幻影又不是幻影的景象所激动,不禁叫道:

"晨曦!快来写首诗吧!"

晨曦一看,也被这景象吸引住了,赞叹说:

"将来这地方不定会多美呢!"

这时,东方一轮明月,已从宽阔的大川露出头来。山下隐隐传来一片歌声:

> 夕阳辉耀着山头的塔影,
> 月色映照着河边的流萤,
> 春风吹遍了坦平的原野,
> 群山结成了坚固的围屏。
> 啊,延安
> 你这庄严雄伟的古城……

这首风靡一时的《延安颂》,是朝鲜作曲家郑律成和一位女青年莫耶共同创作的。莫耶也是个来延安不久的青年,她的心声自然也是广大青年的心声。只要一处唱起,就会处处应和。天虹等三人下山的时候,也不禁跟着哼起来。延安城在充满歌声的夜色里显得更美了……

## 一八　除　夕　夜

1938年的元旦就要到了。

在临近年尾的几天，真忙得不亦乐乎。抗大——也许整个红军都惯于也善于用竞赛来推动工作。为了迎接新年，搞了一个卫生比赛。天虹除了出操、上课、练习瞄准，就是抱着扫把跟大伙一起扫地。扫了室内又扫室外，扫了大院又扫街道。虽然都是破旧房舍，但里里外外干干净净，一尘不染，看去十分舒畅。

除夕这天，队长又宣布，整个大队要举行内务比赛，下午就要检查评比。话语中还透露了一点秘密：女生队颇有在此次评比中夺魁之意。这真是一个有力的动员。因为女生队是本队的比邻，平时就互不服气，紧紧用眼睛盯着对方，无论明里暗里都是在进行比赛。队长宣布后，像鹳鸟一样的张班长，立即召集本班举行紧急会议。大家纷纷献计献策，决心争取全胜。慢说鞋子、毛巾等要摆得井然有序，即使小小的牙刷也要摆得像小猴探首缸外冲着一个方向。而其间最难办的就是被子。因为大家来自各不相同的家庭，质量不等，颜色各异，厚薄不一，加上里面的小包袱大小不同，怎么也难以整齐划一。会上最爱发言而又滔滔不绝的"高老夫子"，这时也瞪着两个眼珠子缄口无语。胡博士更是急得团团转，一筹莫展。还是张班长有办法，说："把被子都翻过来，不就解决了么？"果然，这一着灵，因为被里都是白的，至少在颜色上取得了一致。可是包袱的大小仍是很大的障碍。这次是副班长——那个瘦骨嶙峋的地下工作者献出了智慧。他主张白天先共一下产，把大包袱塞到薄被子里。小包袱塞在厚被子里，这样来取得暂时的平衡。果然，又排除了一个颇大的障碍。这样一来，已经是相当整齐划一了。可是，据本班"军事家"高凤岗的眼光来看,仍不理想。他寻思了一阵,就跑到外面找了两块板子,然后趴在炕上,把每个叠好的被子都夹出一条齐崭崭的棱线。这样一来,全班十床被子,就像用机器轧出来的或者模子里磕出来似的。谁见了也不能不为之惊叹。消息传开,全队立刻都向二班看齐。

本大队的女生队,一向是众人瞩目的中心。她们也一个比一个争强好胜。在艺术领域中,例如在歌咏比赛、戏剧比赛、舞蹈比赛方面几乎全为她们垄断。这次内务比赛她们更是憋足了劲,调兵遣将整整用去了半天工夫。下午各队派出代表在大队干部带领下进行检查。天虹也被推为代表来到女生队。结果一看,虽然做到了整洁,却未能做到整齐,尤其是那些被子真堪称五光十色,争奇斗艳,比起二队那种斧削刀劈式的整齐,真不啻霄壤云泥,无法相比了。不想这场比赛,竟使她们一败涂地。在一场比赛中输掉,就想在另一场比赛中捞回。接着就要举行全大队的除夕晚会,她们又暗暗使劲了。

除夕晚会于府衙门大礼堂举行。刚刚天黑,两盏绿光莹莹的大汽灯就挂起来了,连礼堂的通路上都坐满了人,挤了个风雨不透。听说节目有好几十个,其中女生队的节目占1/3以上。尤其使人感到不同寻常的,还请到两位延安的名人。一位是诗人柯仲平,一位是作曲家郑律成。柯仲平是大家都晓得的,他常常头戴鸭舌帽,随便披着一件旧棉袄,在延河边上转来转去,似在切磋诗句或默默行吟。如果广场上正在举行大会,有人发现了他,就会把他拖上去朗诵。他也不过分自谦,只要青年们热情相邀,他就朗诵一段两段。今晚,当晚会的主持者陈尔东宣布他的朗诵作为开篇节目时,全场欢声雷动。只见他甩去棉衣,摘掉帽子,从容地走到台上。此时的柯仲平只不过30多岁,却因辗转飘流的生活已经谢顶,头光得像列宁,还留着一撮列宁式的胡子。他朗诵的是一首还未发表的新作《边区自卫军》:

　　左边一条山,
　　右边一条山,
　　一条川在两条山间转;

> 这边碰壁转一转，
> 那边碰壁弯一弯，
> 它的方向永不改，
> 不到黄河心不甘！……

柯仲平是位热情澎湃的狂飙诗人。他开始朗诵时还算平静，随着感情的激荡，声音不由自主地高昂起来，一只手高高地指向前方。他用新鲜的民歌语言和边区新鲜的故事把人们引向一个新的世界。最后结束朗诵时，全场再次报以热烈的掌声。

接着上台的是郑律成。他是一个出色的作曲家。他的每首歌都是那么热烈雄壮，优美动听，简直唱遍了延安和陕甘宁边区。冬天他戴着一顶羊皮帽了，脖子挂着一架手风琴，走到哪里就拉到哪里唱到哪里。今晚，当主持人刚刚宣布，他就从台下拉着琴走上去了。他演奏的是一首苏联歌曲《快乐的人们》。他一边拉一边唱道：

> 快乐的人们在快乐地歌唱，
> 快乐的人们神采飞扬。
> 谁要是能跟着他一路前进，
> 那他便永远不会灭亡！
> 谁要是能跟着他一路前进，
> 那他便永远不会灭亡！

郑律成一边唱，年轻的脸上闪出耀眼的光彩。那热情的旋律和愉快的节奏，顷刻间把全场人都吸引到歌声中了。人们随着他唱起来：

> 谁要是能跟着他一路前进，
> 那他便永远不会灭亡！！！

直到郑律成拉着手风琴回到台下，全场的歌声还没有停止呢！

随后便是同学们的节目了。节目的丰富多彩，使人感到新奇。这里有河南梆子、山东琴书、山西梆子、河北老调、湖南花鼓、贵州小调、江西山歌、东北秧歌，不一而足，充分显示了来自祖国五湖四海的斑斓色彩。此时正值敌寇进攻山东，守将韩复榘不战而逃，丢失了大片国土，全国人民莫不切齿痛恨之际。才能敏捷的学员就编了一段相声，把韩复榘不学无术的种种笑料串在一起，使得大家捧腹大笑。

　　天虹从小县城来，哪里见过这样丰富多彩的节目，真是大开眼界。他自始至终全神贯注，有时兴奋激动地热烈鼓掌，有时陷入默想沉思，有时又不禁纵情大笑。精神上有一种从未有过的满足。

　　下面的节目，女生队的愈来愈多，渐居压倒优势。这里有各种风格的歌唱，还有几个很不错的舞蹈，都赢得了不少掌声。最后的压轴戏是高红的"钢琴独奏"。当主持人陈尔东高声宣布之后，舞台上却不见有钢琴抬上来，不仅没有钢琴，连风琴也没有。只有一个留着娃娃头的女孩子，一只手里提着一把钢锯，一只手里握着一个弓子微笑着走上来。这个女孩子不能说不漂亮，两只眼睛乌黑有神，圆圆的，简直有点像猫眼似的。她的齐耳短发略略地短一点，似乎是有意掩饰她那女性的妩媚。"我先演奏一首《义勇军进行曲》吧！"她用清脆的声音说，接着淡淡一笑，就开始演奏起来。令人奇异的是，这么一条简单的、软软的钢锯，一霎时竟能发出那么复杂而激越的音响。演到最后一句"冒着敌人的炮火前进，前进，前进！"时，她几次把垂到眉尖的一绺黑发猛地甩上去，甩上去，在感情发展到最高峰时，她把弓子一收，戛然而止。顿时掌声雷动，简直停息不下来了。这时的观众仿佛不把心中的赞赏全部表达出来就决不罢休似的。接着就是一片呼喊："再来一个！""再来一个！"陈尔东对姑娘莞尔一笑："那就再来一个吧！""好，我再演奏一首《马赛曲》！"姑娘又是淡淡一笑。接着亮起弓子，那激越的声响又在人们心头煽起战斗的火焰。这次掌声更热烈了，"再来一个！"的喊声不绝于耳，无法平息。最后不得不再演一曲。这一曲是延安经常唱的《国际歌》。随着姑娘的琴声，大家都不自觉地哼起来。整个会场都沉入到一种深沉而又激昂、悲壮而又雄浑的情感中了。

　　在高红演奏过程中，周天虹一直痴痴地望着她。望着她的每一个姿态，望着她的笑貌音容，仿佛陶醉了的样子。直到晨曦用胳膊碰了碰他，他才醒转过来。

"天虹,你怎么了?"

"哦,哦,没什么,没什么。"他含含糊糊地说。

"她就是高凤岗的妹妹,你知道吗?"

"不知道!"

高凤岗伸过头,颇为得意地说:

"我这个小妹,从小就有艺术天才!"

"北京话也说得很美。"天虹说。

"她一直在北京上学,还参加过'一二·九'运动呢!"

"噢!"

在这个除夕之夜,周天虹躺在睡着十个人的大炕上,却没有很快入睡。从高红他想到了碧芳。心想如果她再勇敢一些,同自己一起来到延安,现在该多好呢!可惜她没有来。她现在又在哪里?是偷生在太阳旗下的故乡,还是跟着父母逃到了南方?逃到南方又到了什么去处呢?她的处境又如何呢?她还能再来延安吗?……

天虹出来以后,不免常常想念碧芳,想念那个紫衣少女,但却不像今晚为甚。他听着同志们此起彼伏的鼾声,不知何时睡熟。

## 一九　春天，在阳光下

延河解冻，这是春来的信号。

漫长的冬日过去了，从延河边吹来的风已经有点暖苏苏的味道。这几天太阳特别和暖，人们传说，毛主席要给大家做报告了。来延安的青年还有不少人没见过毛主席，心里都很兴奋，周天虹自然也是这样。

延安没有很大的礼堂，做大报告，上大课，都是在延河边的大广场上。这天，周天虹挎着他的小马扎子，怀揣着一个小本本，还有那支经常漏水的金星钢笔，随着队伍早早地就来到广场。其他各支队伍正在陆续到达。其中抗大的队伍赫然居于首位，且异常整齐壮观。在太阳光下，那一片鲜艳的红领章发出耀眼的光辉，着实令人羡慕。其次，人数最多的怕就是陕北公学了。这个学校以著名文学家、当年创造社的战将成仿吾为校长，还拥有艾思奇、何幹之、何思敬等著名教授。但是这支队伍与抗大相比色彩就丰富得多了。天虹坐在小马扎上，观望着陕公的队伍正陆续走来。光看那服装的多样，就不禁使人哑然失笑。其中有西装革履衣冠楚楚的，有穿着单薄的学生装显得颇为寒酸的，有身着长袍头戴大礼帽颇有知识分子气度的，也有穿农家粗布短袄土味十足的；女同志中还有穿着旗袍和高跟鞋的。从年龄上说，大的有三四十岁，小的不过十四五岁。天虹一边看一边想，这么多的人，而且这么多不同出身、不同阶层的人为什么都要到这里来呢？是谁命令他们、指示他们的呢？不，不是任何人，因为任何人都没有这样大的权威。他们来了，吃着小米饭，高高兴兴地坐在延河边的寒风里。这支五光十色的队伍，不啻是中国社会的缩影，也只有这个大时代才有这样丰富动人的色彩。

在报告开始之前,最热烈的场面,照例是"拉歌"。这是中国红军传留下来的风习。它是集体之间的情感交流,很能掀起一种热烈欢愉的气氛。其间,抗大的女生队自然是全场注目的中心。人们普遍发现,这些女孩子进入延安之后,早已不施脂粉,但却更漂亮了。她们一个一个都是那么精神饱满,脸颊绯红,加上戎装草鞋,显出一种特殊的自然之美与英武之美。有人说,她们之所以如此丰满红润,是由于延安的小米有特殊的营养;有人则说这是她们解脱了一切羁绊,真正获得了精神上的解放。不管如何,她们的光艳照人却是客观的事实。今天她们坐在太阳光里,自然是更加惹人注目,怎么会不成为全场进攻的中心呢?

"好不好,妙不妙,再来一个要不要?"

"要!!!"

"谁唱?——女生队!!!"

"谁唱?——女生队!!!"

女生队很快就陷入到重围中了。尽管她们不断举行反击。甚至以攻为守,终究寡不敌众,不得不"再来一个"。

这时,从女生队中站起一个人来。天虹一看,正是除夕晚会上用小小的钢锯奏出美妙音乐的高红。今天,也许由于兴奋,她的两颊简直红得像桃花一般。她淡淡一笑,轻轻地定了定音,就挥动两臂指挥起来。随着她的臂膀,扬起了清清流水一般的女声合唱。这是一支具有民谣风的曲调,从"河里水,黄又黄,日本鬼子太猖狂"唱起,直到"拿起刀枪干一场"结束。她们唱得又激越,又优美,尤其指挥者的两条臂膀上下飞舞,颇有舞蹈的韵味。歌声刚落就激起全场暴风雨般的掌声。

这时,不知是谁喊了一句"毛主席来了!"人们纷纷翘首观望,周天虹也眯细着眼凝神细看。远远只见一个高个子,略略地有些驼背,已经过了延河,后面还跟着两个警卫员。待他将走近会场时,抗大的副校长罗瑞卿(也是一个高个子)走上去,将他迎进来。整个会场立刻响起了热烈的掌声。这时,周天虹才看清楚,这个在十年内战中"死"过多少次的奇人。他很随便地戴着一顶八角帽,鬓角露出两撮过长的头发。灰色的军衣已经相当破旧了,两个膝盖上各补着一块方方正正的补钉。他同周围的人说笑了几句什么,就在桌子后面坐下来,悠然自得地燃起了一支香烟。

待他的香烟抽了小半支,罗瑞卿就宣布报告开始。毛泽东慢慢站起身来,走到桌子前面开始讲话。

周天虹赶快掏出小本,想作记录,只听人们在窃窃私语:

"你看见了么?"

"什么?"

"膝盖上那两个补钉?"

"看见了,还不小呢!"

"无产阶级的领袖就是不同。"

"嘘,不要讲话,仔细听吧!"旁边另一个声音干涉了。

当时,延安还没有电,更没有麦克风、扩大器,在广场上做报告,不管七八千人或者三两万人,都是凭着讲演者嘶喊。即使这样,后面的人仍然很难听清。有几句听清了,一阵风来,又把声音吹到了别处。

"这怎么行啊!"本班的那位地下工作者张达,手里拿着笔在摇头叹气。他多年来蹲监狱,没有听到党的声音,今天贪馋地想多吸收一些,可是没有用。

"这不行!我要发起募捐,买扩大器!"来自法国的胡博士也急了。

周天虹支起耳朵听着,他的听力还算不错,大致能听出开头一段讲的是抗战形势。大意是,自从去年11月太原、上海失守,12月南京、济南陷落,现在敌军正从津浦路南北两端会攻徐州。这一阶段军事失败的原因是,政府执行了一条片面抗战的路线,而这种不要人民群众参加的片面抗战,是一定要失败的。周天虹吃力地听着,断断续续地记下了几句大意,他那支不争气的金星笔,已经留下了五六团恼人的紫墨水。

下面一段可能是顺风的缘故,天虹听得比较清楚。毛泽东说,为了促使这种片面抗战转化为全面抗战,共产党必须克服右倾机会主义的倾向,也就是阶级投降主义的倾向。他颇有点气愤地指出,现在国民党正在用升官发财和酒色逸乐的手段,来引诱共产党的干部,而个别共产党的干部,也以受国民党的委任为荣耀,这都是非常危险的!说到这里,他有力地挥动着右臂,说:

"在实行统一战线的时候,究竟是无产阶级领导资产阶级呢,还是资产阶级领导无产阶级呢?究竟是国民党吸引共产党呢,还是共产党吸引国民党呢?究竟是把国民党提高到全面抗战呢,还是把共产党降低到国民党的片面抗战呢?……"

周天虹一面紧张地记录着,一面沉思,对讲话的内容似乎还不十分理解,场上有一部分人已经哗哗地鼓起掌来。

"这问题实在讲得好!"老党员张达显得十分激动,"大革命时期,我们就是吃了这个亏。这可是血的教训啊!"

讲了大约个把小时,值班员宣布休息15分钟。毛泽东又回到桌子后面,坐在条凳上抽起烟来。

这时,天虹发现,毛泽东身边围着三五个青年,接着人越聚越多,后来就把他围起来了。

"他们到那里干什么去了?"天虹问旁边的人。

"大概是请毛主席签字吧!"

"噢!"

天虹扭头一看,晨曦也不在了。"这家伙表面看着老老实实,心里头机灵!"遂也收起小本本,站起来,试试探探地向前面走去。等他走近毛泽东的身边,人已经围得里三层外三层,再也挤不进去。他拿着小本本,左转转,右转转,只有叹气。

已经签过字的人,脸上带着得意的笑容,从重围里挣脱出来。天虹看见高红也正往外挤,一只手高举着签过名的本子,仿佛惟恐别人碰着似的。她的脸色异常红润,两只猫眼亮晶晶的,满脸都是幸福的微笑。

"给你签了个什么?"人们纷纷围上她问。

"你们看!"高红慷慨地把本子摊给大家,天虹也挤过去望了一眼。只见上面写了两个十分潇洒的字:光明。后面署着:毛泽东,3月。

不一时,晨曦也挤出来了。天虹上去搂住他的脖子,亲昵地问:"给你签了个什么?"

晨曦笑微微地摊开本子,也是两个字:胜利。

天虹后悔自己太迟钝,正要奋力挤进去的时候,只听一阵尖锐的哨音,值班员发话了:

"同志们！请回到座位上去。现在报告开始了！"

山谷里的风静静地吹着，一时转向这里又一时转向那里。毛泽东重新开讲不久，前面就起了一阵笑声，天虹却没有听清讲的是什么。他看见"高老夫子"也在呲着嘴笑，就低声问他，高老夫子说：

"他讲，孔夫子说，得天下英才而教育之，一乐也。可是孔夫子不过是'贤人七十，弟子三千'，而我们延安从四面八方来的青年有多少呀！可见中国是大有希望的。还说，第一次大革命有一个黄埔，它的学生成为当时革命的主导力量；在这次大革命中，抗大也要成为革命的主导力量。"

渐渐风向转过来，天虹又听得清楚一些了：

"中国的知识青年和青年学生，在历史上是起了先锋作用的。但是光靠这个力量是不能战胜敌人的。因为它还不是主力军。主力军是谁呢？就是工农大众。你们只有到工农群众中去，和群众结合起来，把全国占百分之九十的工农大众组织起来，才能攻破敌人最后的堡垒，取得彻底胜利！"

讲话的最后部分，主要阐述这种结合的必要。最后毛泽东响亮地说：

"自从太原、上海失守以后，在华北方面，以国民党为主体的正规战争已经结束，以共产党为主体的游击战争已经进入主要地位。同志们！'游击战争'就是我给你们的锦囊妙计。华北将是你们大有作为的地方！勇敢地到那里去吧，一定要把日本帝国主义打倒，一定要把旧中国改造为新中国，这就是我对你们的希望！"

讲话结束了。整个会场沉浸在一片经久不息的掌声里。

在周天虹挎着小马扎子回校的路上，"群众""结合"，这些词汇仍在脑海中反复回旋，但是究竟怎样"结合"，似乎还是似懂非懂，并没有真正的领会。

# 二〇 她曾经是"民先"①

抗大的生活,可以说是艰苦而愉快,紧张而有节奏;在这看似单调的生活中,又充满了色彩和魅力。说到紧张,那真是两眼一睁忙到熄灯,不是制式教练,就是打野外,不是班进攻,就是排进攻,就句不文雅的话儿,真是弄得人拉屎放屁的工夫也没有。可是一到星期天,就像一只飞转的轮子突然降低了速度,洗澡啦,理发啦,到延河里洗衣啦,上街买书啦,或者会会朋友、爱人啦。这其中自然会出现许多色彩斑斓的故事。生活也是这样,一天天都是金黄色的小米饭,豆芽菜,山药蛋,偶然吃一顿大米小米的混合编制,就算改善了,人们赞之为"二部合唱"。这样的伙食,时间长了,自然使得男女青年们感到清肠寡肚,颇有补充一点之必要。于是在四大队大操场的旁边,便有一座名叫合作社的小馆应运而生。这个小馆一出现,生意便十分兴隆。同学中总是有人手里还有几个钱的。那么这些人也就成了"打土豪"的目标。何况青年们到了延安,观念随之也就起了变化,如果谁手里有几个钱,又像猪八戒把几分银子藏在耳朵眼里,偷偷摸摸地自己享用,那是很不光彩的。这样,他们便自然而然成为合作社的主顾了。

这是个星期天。周天虹和他的朋友晨曦、高凤岗从街上回来,都觉得肚子有点饿了。高凤岗没有等别人"打土豪",就把大腿一拍说:

"走,咱们打牙祭去!把我小妹也喊上。"

天虹和晨曦自然高兴。说着三人便来到女生队宿舍一溜儿平

---

① "民先":中华民族解放先锋队。

房前面,高凤岗放开嗓门对着窗子喊了一声:

"高红!高红!"

只听里面"嗳"地应了一声,接着高红便从门里探出头来,手拿着红梳子拢着头发,轮了他们一眼,笑着问:

"你们干什么去?"

"快!打牙祭去。"

"你先等等。我刚洗澡回来。"

大家在外面稍稍等了一会儿。高红匆匆地拢好头发,然后拿着绑带卷儿,一只腿单膝跪地沙沙沙地打起绑带,束起皮腰带,三脚两步地跳出门外。周天虹仔细看去,见她那双半含着笑的猫眼显得格外有神,两颊有如鲜亮的红桃。在春天的阳光下,那红领章,那皮带煞紧的细腰,那合脚的自打的草鞋和草鞋前端翘起的红缨,都使这位英姿飒爽的女战士显得格外漂亮了。

"你们都认识了吧?"高凤岗笑着问。

晨曦红着脸不说话。周天虹望望高红,笑着说:

"全延安,谁不知道有个独特的'钢琴'家呀!我们这些无名小卒,恐怕她就不认识了。"

高红微微一笑。

高凤岗连忙指着周天虹介绍说:

"小妹,这是我们班的哲学家周天虹,哲学课讨论,他发言最积极了。"然后他又指着晨曦说:"他叫晨曦,是我们班的诗人,你看过他们出的《战歌》墙报吧?"

"看过,看过。"高红一连声说。

晨曦又像姑娘样儿脸红了一红。他最近常常往诗人柯仲平那里跑,并且参加了柯仲平发起的战歌社,在本大队办起了一个《战歌》墙报,这是大家都知道的。

几个人说说笑笑地向前走去。

这时已是近午时分,小馆里笑语声喧,很远就闻到一阵阵诱人的香味。当屋十几张八仙桌子,已经坐了不少男女青年。他们拣了临窗一张桌子坐下来。前面一块小黑板,用粉笔写着五六样菜,无非是些炒肉丝、炒腰花、熘肉片、辣椒肉丝、熘肝尖、鸡蛋汤之类,再加上馒头、烙饼,这已经是当时的上等佳肴美味了。高凤岗以主人的豪爽姿态点了好几样菜,大家便欢欢喜喜地大嚼起来。

周天虹越吃越香。说实在的,不要说来延安的路上,就是在家里何尝吃到过这样的美味!他不禁说道:

"老高,今天可要谢谢你这个'土豪'了!"

"谢我?"高凤岗哈哈一笑,用筷子指着妹妹说,"真正的'土豪'是她!"

天虹望望高红,高红不说话,只是笑微微的。

高凤岗接着说:

"我是一个穷措大。出来以后一个钱也没有了,成了个彻底的无产阶级。一路上花的钱都是她的。"说到这里,他压低声音说,"她出来的时候,偷了家里的金子。"

"什么,偷了家里的金子?"晨曦正吃得有味,抬起头问。

"是这么回事。"高红把她落到眉尖的头发往上一甩,笑着说,"日本人占了北平,我就从城里逃出来,回到乡村家里。我想到延安来,不料跟父亲一说,他就把我骂了一顿,说:'好,你这个小丫头想投共产党呀,你要走邪路了!'我一看不行,就去找妈妈,叫她给我点路费。妈妈不敢答应。她一辈子就怕爸爸,爸爸一瞪眼,她就什么话也不敢说了。这时候,我就想到偷一点钱。可是妈妈足不出户,很难下手。也是出于万般无奈,我就想出了一个调虎离山计……"说到这里,高红咯咯地笑起来。

"什么,调虎离山计?"大家停住筷子。

"是的。"高红接着说,"有一天,我从外面回来,就愁容满面地说:'妈,你快去看看吧,我姥姥病了。'妈听信了我的话,就到姥姥家去了。当天晚上,我就像小猫似的,蹑手蹑脚地来到她的房里,打开了她的首饰匣子,拣了两个大金镏子,装到衣兜里,连夜跑到20里外一个同学家里。"

"家里人发觉了吗?去追你了吗?"周天虹问。

"自然发觉了。妈妈发现受了骗,第二天一早就追到这个同学家里,因为她知道我没有别的熟人。幸亏我这个同学发现得早,一早就跑到炕跟前说:'高红,不好了,你妈妈找你来了,已经快到门口了。'这时候,我躺在被窝里还没有起呢!我一想,如果找到我,我就走不成了。我立刻一骨碌爬起来,连鞋也顾不得穿,三脚两步就跳出门外,院子里有个草垛,我就慌慌张张地钻到草垛里。接着我就偷偷看见妈妈气急败坏地进了院子,被同学迎进屋里。只听妈妈问:'我们家高红到你们家来了吗?'我那同学就结结巴巴地说:'她没……有来。'可能妈妈一转身,瞅见炕下面我那双旧皮鞋了,就诧异地问:'咦,这不是她的鞋吗?'幸亏我那位同学机灵,忙说:'她来是来过,又走了。她嫌走远路穿皮鞋不便,就换上我的布鞋走了。'我妈妈没有办法,这才低着头出了屋子,脸儿煞白,一路滴着眼泪走回去了。我一瞅我那可怜巴巴的妈妈,在草窝里也止不住抽抽搭搭地哭起来……"

高红说到这里很动感情,一双乌黑的大眼转动着有点湿润。天虹和晨曦都轻轻地叹了口气,随口问:

"以后呢?以后到哪里去了?"

"接着我就坐火车到了武汉。"高红说,"因为那里有我一个同学,她跟武汉八路军办事处有联系,我们准备办好手续一同到延安去。我同这位同学非常要好。我们在北平是同时加入'民先'的。"

"噢,你是'民先'?"

天虹不禁用尊敬的目光望着高红。高红微微一笑,谦逊地把头一低,轻声地说:

"我们在'一二·九'以后不久,就一起加入'民先'了。"

"噢,你还参加了'一二·九'哇!"

"'一二·九''一二·一六'我全参加了。"高红兴奋地说,"那天,大同学们抬着大标语牌,我们在队伍里扯着嗓子喊:'打倒卖国贼!打倒不抗日的卖国政府!'情绪激动极了。国民党动用了水龙大刀压过来,那水柱子冲得我们睁不开眼,我的头发,我的蓝旗袍全是水了。同学们还一个劲儿地喊:'不要怕这些反动家伙,冲上去!冲上去!'"

高红说到这里,不禁又回到当时激动的状态。天虹眼眨也不眨地望着她,觉得她是那么勇敢、纯真和可爱,比初见时显得越发美丽了。

晨曦也一直腼腼腆腆地听着,眼睛流露出敬意。

"你到武汉之后顺利吗?"天虹问。

"很顺利。"高红笑着说,"我和那位女同学,一同到八路军办事处跑了两趟就办成了。不想第三天,我们到街上买东西,一抬头就碰上我这位哥哥。他原来在国民党的南京军校,南京一失守,他流浪到武汉,正彷徨无主,不知道怎么办好。我就跟他说:'我要到延安去了,那才是光明的地方,你就跟我去吧。'他还犹犹豫豫地嫌共产党不是正牌儿。我就跟他说:'什么是正牌儿?真心抗日的才是正牌儿,以人民利益为重的才是正牌儿。'这样我就把他'挖'过来了,把他'带'出来了,我们一块儿来到陕北。"

说到这里,高红止不住咯咯地笑起来。

"别瞎说了。"高凤岗用筷子点着高红把嘴一撇,"如果不是我嫌那边太腐败、太黑暗,你就能把我'挖'过来、'带'出来?"

"反正我说服了你好几个晚上,这是事实吧?"高红依然嬉笑着说。

"小妹,你别忒骄傲了!"高凤岗嘲弄地说,"你一路上的洋相也不少。从西安到延安是800里,你头一天就走得两个脚板板都是血泡,第二天给你雇了个小毛驴,你连毛驴也不会骑,上坡的时候,就从驴屁股上溜下来,正好在悬崖边上,要不是我一把拉住你,恐怕你早见阎王爷了,也不会在这儿胡吹了。"

"那是没经验嘛!"高红红着脸说。

"汤来了!喝汤,喝汤!"周天虹拿起小勺叫了一声,用来作为结论。

时已正午。人愈来愈多,尤其进来不少女同学,她们的笑声几乎淹没了一切,任何谈话都无法进行下去了。

## 二一　清清延河边

接着的一周是紧张的军事演习。

抗大四大队的学员们，全副武装整齐，从斥候兵的搜索动作开始，其次是班进攻、排进攻和连进攻，一路向90里外的瓦窑堡攻击前进。周天虹和他的同学们，英姿勃勃，头上戴着用长长的野草扎成的像车轮一样的伪装盔，脚蹬草鞋，手持步枪，在黄土高原的沟壑坡坎间，上下跳跃，纵横飞驰。高凤岗因为上过几天军校，尤其显得训练有素，大出风头。即使晨曦也一扫文弱之气，有了几分军人的样子。这次演习，往返180里，途中汗水湿了又干，干了又湿，回到延安时，大家几乎成了泥猴，浑身军衣已经布满汗碱结成的霜花了。

好在眼前延河的流水，正是他们洗去征尘的好地方。入夏以来，下了几场雨，这条细瘦的河流，已经变得丰盈碧绿，满当当的，十分可爱。河边的青草也都长起来，绣成了宽敞的绿毯。一到星期天，数不清的男女青年们就被吸引到这里来了；他们在河边上洗衣呀，谈笑呀，散步呀，歌唱呀，看书呀，闹吵吵的，仿佛树林间的鸟儿一般。

延河的水并不深。它由北而南，在嘉陵山下打了一个转弯向东去了。由于经年累月的冲击，在嘉陵山下便汇成了深潭，成了一个天然的游泳场。尽管刚刚立夏，水还很凉，那些略识些水性的男青年便耐不住性子，纷纷跳进水里，像鱼儿一般畅游起来。女孩子多把裤腿高高地挽起来，站在浅水处弯着腰儿洗头。还有一些坐在大石头上静静地看书。周天虹不会水，在河边洗完衣服，便把它晒在草地上，穿着白衬衣在河边散步。他步态悠闲，望着嘉陵山上的宝塔、凤凰山和延安城，以及这湾碧绿的流水和河边充满青春朝气的男女,觉得简直像一幅动人的油画,心里感到十分惬意。

"周天虹!"

一个女同志的声音在喊他。

他停住脚步,循声望去,见河边几棵高大的柳树下,青草地上坐着一个女孩子,怀里抱着一本书,正在望着他笑。

他向前走了几步,才看清那是高红。

"高红,是你呀!"

"不是我,是谁?"高红笑着说。

他走到高红身边:

"你在看什么书?"

高红随手一翻,露出封面《被开垦的处女地》,说:"这书写得很有趣。你看过吗?"

"没有。你看完借我看看吧!"

高红点点头,仰起下巴颏笑着问:

"你怎么爱站着讲话?"

周天虹红红脸,不好意思地在她身边坐下来,稍稍保持了一点距离。他望望高红,也许她刚刚洗过头,黑油油的头发闪着亮光,显得非常舒展,脸似乎晒黑了一点,比以前更健壮了。

"这次大演习,你们女生队怎么样?"周天虹匆忙间找到这样一个话题。

"真出了不少洋相。"高红仿佛回忆起什么有趣的事情,笑着说,"一出发整整齐齐,还很带劲;可是没有走出20里路,有的绑带开了,有的背包散了,有的掉队了。气得队长说:'你们这些小资产该(阶)级!'回来的路上,有的人满脚血泡,最后20里,硬是走不动了。队长派我当收容队,我就帮她们挑泡呀,包扎呀,搀扶着她们呀,身上还背着两支枪呢!"

"你哥哥表现得也不错,他是这次演习的标兵。"

在他们前面不远的河边上,有一个年岁稍长的女同志正在洗衣,她旁边摞着一大堆洗出的衣服。一个十五六岁的女孩子,正光着腿弯着腰立在浅水处洗头。周天虹颇觉面熟,就随口问:

"那也是你们女生队的吗?"

"是的。"高红说,"那个是我们全队最年长的吴大姐,另一个叫小广东,是全队最小的小妹妹。两个人在一起就像母女似的,可有意思了。小妹做什么事都要同吴大姐商量。那一大摞衣服,你不用问,准是吴大姐帮她洗的。这个小姑娘,真逗!有一次我问她,你为什么参加革命,她就说:'以前,我听说陕北有骆驼,我就想象我骑上它在西北高原上漫行,唱着我心爱的歌儿多浪漫呀!'"

说到这里,高红笑得咯咯的,逗得天虹也笑起来。

"这个吴大姐,在外面就是律师了。她待人真好。我初到延安,生过一场大病,发烧到40℃,烧得昏昏迷迷。吴大姐半夜从校部牵了一匹马来,驮上我到了桥儿沟给我看病。刚好了些,她又牵着马去接我。我真忘不了她。她有一件很漂亮的浅蓝色的呢子大衣,把它裁成一条条的,都给大家做草鞋用了。我一看,也把自己的红毛衣拆了,分给大家做草鞋上的红缨缨。你看这草鞋多漂亮!"高红说着,把她蜷着的一条腿伸出来,她的赤脚上套着非常合脚的淡蓝的草鞋,大拇指处翘起的红缨,在青草地上就像一朵红花一般。

"真的,我们是在过另一种样式的生活!"她越说越兴奋,"在我们队里不管谁家里寄了钱来,没有人把它看作是自己的,都分给同学们用了。给这个人买点儿这个,给那个人买点儿那个,要不就到合作社里打牙祭。真的,我觉得这种人与人的关系才是人的正常关系,才是真正人的生活!未来的共产主义,我不知道什么样子,但人类不就应该这样相处么?……所以,我一到了延安,觉得简直是到了另一个世界,一个崭新的世界,一天到晚,老是想唱,想跳,真是快乐极了,这真是我一生的黄金时代!"

这时她那双乌亮的猫眼,忽闪忽闪地放着光彩,又似乎在询问:"你不觉得是这样的吗?"

"是的,我们的确是来到一个崭新的世界。大家的观念也在发生变化,都认为自私、利己是一种很可耻的东西。"

说到这里,周天虹望着高红,像忽地想起了什么,笑着问道:

"高红,我听你哥哥说,你家里好像是个大地主吧?"

高红坦然一笑:

"大地主也许算不上。反正总有两三百亩田地,在北平城里还有一爿商店。总之算个典型的地主兼商业资产阶级,剥削阶级。"

周天虹笑着说:

"那么,你的生活一定是相当优裕啰!"

"什么优裕!"高红憎恶地说,"我和我妈在家里简直像奴隶。我妈是个贫家女,娶到他家里,一天挨骂受气,见了我父亲就像老鼠见了猫似的。我父亲一向重男轻女,拿着我哥哥当宝贝,把我不当人看。从小就让我念女儿经、四书五经,搞三从四德那一套。把我管得严极了,连门都不让我出,我家简直就像个大监狱。后来我坚持到北平上学,才算离开这个讨厌的地方,只有寒暑假才回去。就是这样,我父亲还追到学校去,给我约法三章:不准我参加学生运动;不准我结交男朋友;还不准我参加运动会。我真讨厌死这个家了!"

周天虹哈哈笑着说:

"这三条恐怕你一条也没执行吧!"

"你算猜对了,我完全是反其道而行之!"

两个人笑了一阵。周天虹似乎想起了什么,试试探探地笑着问:

"我总纳闷,像你们这些剥削阶级家庭的小姐——"

"什么?小姐?你要再说这个词儿,我可就要恼了!"

周天虹一见高红涨红了脸,连忙改口说:

"我的意思是说,像你们这样的人,怎么会跑到革命队伍里来呢?"

高红稍微平静了一下,拍拍怀里的书说:

"这首先是因为我接受了革命的思想。我从小就爱读书,尤其爱读鲁迅的书。看他的书真带劲!他说过去的历史就是两个字:吃人!还说什么不在沉默中爆发,就在沉默中灭亡;什么在这可咒诅的地方击退可咒诅的时代;等等,真写得好极了。看到这些句子,我的整个灵魂都要燃烧起来。这个老人死了,我捧着给他送葬的报纸还趴在床上哭了好半天呢!郭沫若、茅盾的作品我也看了不少,还有邹韬奋和他编的《大众生活》,艾思奇的《大众哲学》,以及曹靖华翻译的苏联小说,他们都塑造了我的灵魂,都是引导我前进的导师,我真感激他们!……"

"是的,他们对我们这一代青年,实在帮助太大了。"天虹也深有所感地说。

"另外一个对我起作用的,恐怕就是旧制度本身了。那个社会实在太黑暗了，穷富太悬殊了。每逢寒暑假，我回到家里，总到穷亲戚家去转转。那些农民们生活真是苦啊！真是一贫如洗啊！吃没吃的，穿没穿的，孩子夏天在泥里爬，冬天十冬腊月还光着腚；茅草房子四外透风，连点糊窗户的纸都没有；屋子里暗得像地洞，进去什么也看不见。唉，简直不是人的生活！这时我就想：我是人，他们也是人，为什么我住得富丽堂皇，他们却这样受苦呢？为什么世道这么不公道呢？记得有一年，天大旱，收成很不好，他们交了租子就两手空空了。有一天，一个穷老汉领着两个孩子来到我家，一进门扑通一声就跪下了，哀求我父亲少交一点租子。老汉说：'不是不愿交，实在是老天不落雨没有收成；如果再交，全家就要饿死了。'我父亲听了这话，冷冷地说：'这事儿你别找我，老天不下雨，你去找老天爷算账去！'说过扭头就进去了。我当时在旁边，气得浑身打战。后来我读了点马列的书，才知道这就叫剥削。那个社会真是太丑恶了！我想，我决不能站在他们一边。……"

在周天虹眼里，高红不过是一个天真纯洁的女孩子，今天听了她这番谈话，才发现她的觉悟竟是这样高，不由得从心眼里暗暗赞服。

太阳已经偏到凤凰山方向去了。河边上的人渐渐少起来。吴大姐和小广东也站起身来，收起晒干的衣服，准备回去。临走前看见高红，远远地打着招呼：

"高红，我们先回去了！你也不要误了吃晚饭哪！"

高红连忙站起身来，有礼貌地笑着说：

"大姐，我们也快回去了！"

但是，周天虹意犹未尽，望着高红说：

"高红，你毕了业到哪里去呢？"

"我早下决心了，到前线去，到敌后去。"高红回答得很干脆，"毛主席不是说了吗，要我们同工农群众相结合。他还说，过去是鲁智深大闹五台山，现在是聂荣臻大闹五台山。那里已经建立起一块根据地了，我很想到那里去。"

"你说的是晋察冀呀！我也很想到那里去。"周天虹热情地说，"我早在志愿书上填了'愿做八路军的下级干部'。"

他们在草地上收起晒着的军衣。这些军衣早就干了，而且因为吸收了过多的阳光，热得烫手。

## 二二　宣誓那天

　　同高红的几次接触，尤其是河边柳树下的那次深谈，高红那可爱的形象便常常浮现在周天虹的眼前。他觉得高红的性格里有一种崇高的东西，在行动上也比他那位穿紫衣的姑娘来得爽朗勇敢。但是，他心里还是放不下他的碧芳，还是希望有一天她会忽然出现在延安，出现在宝塔山下的延河之滨。

　　5月以后，从祖国四面八方来延安的青年越来越多了。你只要走到街上，就会碰到那些背负着行囊风尘仆仆的人。正像人们说的"抗大，抗大，越抗越大"。除了府衙门、延安师范早已爆满之外，连清凉山上的古庙里住的也全是抗大的同学。惟一的出路就是挖窑洞。周天虹那个队也担负了这项任务。这种劳动全是突击性的和竞赛性的，具有青春活力的人们，又似乎很适合这种方式。周天虹有时穿着衬衣，有时干脆脱光膀子，高高地挥动着镐头，不要命地向前掘进。陕北厚厚的黄土层并不难挖，不一时土堆就隆起得像是小山了。

　　一天，周天虹正挥汗如雨地向前突进，后面有人碰了碰他，回头一看，原来是副班长张达，那个坐了十年监狱的地下党员。张达黄瘦的脸上出现了笑意，向他很神秘地眨了眨眼，天虹知道有事，就放下镢头随他来到一个偏僻的去处坐了下来。

　　张达坐在那里喘着气。他是个受过严重摧残的人，身体早已衰弱不堪，干这种劳动显然是很吃力的。因为他是共产党员，又要硬撑着起模范作用，身体就显得更差了。天虹看看他那一身瘦骨头，细细的麻秆腿，以及腿上镣铐留下的紫色的疤痕，又是心疼，又是怜惜地说：

"老张,你就歇会儿吧,别跟我们小伙子一块儿摽了!"

张达笑着摇摇手:

"不说这个。我问你,你不是向党支部写了一个入党申请书吗?"

"是的,入学不久我就写了。"

"我告诉你,支部已经讨论了,决定你是发展对象。"

张达说着,掏出一本用红绿有光纸油印的小册子递过来。天虹接过一看,封面上写着"党的建设",不禁从心里笑了。

张达神色严肃,沉了一会儿,又问:

"你真的下了决心为共产主义奋斗吗?"

"是的。"他回答得邦邦硬。

"是要奋斗到底啊?"

"是的,奋斗到底。"

"能遵守党的纪律吗?"

"能。"

"能服从分配、牺牲一切吗?"

"能。我已经提出到前线去。"

"好。"张达枯瘦的脸上露出一丝笑意,"那你就仔细看看,再考虑一番。"

周天虹十分郑重小心地把那本《党的建设》揣起来,心里就像着了火似的,又飞跑到工地上干活去了。

那时,抗大的党还没有公开,党员开会,都是彼此使个眼色,抻抻衣服,悄悄地走出去。看党的文件也是如此。周天虹得到那本油印小册子,简直如获至宝,一到业余时间就偷偷地躲出去,找一个没人的地方潜心研读。

一周过去,张达又悄悄塞给他一张表——入党志愿书。天虹郑郑重重地填好,两个入党介绍人,也都签了名。一个是张达,另一个是队长杨光池,也就是周天虹来到抗大认识的第一个布尔什维克。

没有几天,就举行了入党仪式。

这是一个阳光明丽的早晨。周天虹按通知来到清凉山半山间的一个窑洞。在壁上最醒目的位置,挂着两幅不足一尺的画像:一个是马克思,一个是列宁。上面还有一条标语:全世界无产者,联合起来！天虹一看，来参加宣誓的是五个人，其中有高凤岗和高红兄妹。天虹看了他们一眼，心里暗暗地说：这两个家伙真鬼，平时一点不动声色，原来早填了表了。他特意看了看高红，见她神色庄重，浑身上下显得十分整洁，头发纹丝不乱，静静地站在那儿。此外两个不认识。五个人很整齐地站在一排，肃然凝望着马克思、列宁的画像。

主持仪式的是队长杨光池。今天，他那张饱经风霜的慈祥的脸，又似乎多了一层庄严。在晨光里，他胸前的五星奖章闪闪发光，奖章上那匹红色战马依然在扬鬃奔驰。瘦骨嶙峋的张达，作为党的组织委员也用期待的眼光望着几个入党者。

仪式开始，杨光池没有多说话，只用浓重的湖南乡音宣布了总支党委的批示，然后便举起左臂领导大家进行宣誓。周天虹他们也都把左臂举起来，随着队长宣读誓词。誓词的中心是为共产主义奋斗终生，其次还有遵守党的纪律，保守党的秘密，最后一句是永不叛党！周天虹的心一直在一种崇高而庄严的律动里颤抖着，他意识到这是他有生以来第一次向丑恶的剥削制度以及形形色色的敌人宣战；是在向全世界无产者和一切受苦人民发出承诺；也是他本人对人生所作的最真挚最直率的表达。他的声音是颤抖的而又是有力的。当他最后宣告"永不叛党"时显得更加动容。誓词读完，张达又指挥大家低声唱了一曲《国际歌》，低而有力的歌声，似比平时融进了更深的情感。周天虹这时才发现高红一边唱一边掏出小手绢擦着眼泪，等到歌声停下来的时候，她的大眼睛里还含着两汪泪水呢！

"我真太激动了！"高红发现周天虹在看她，有点不好意思地解释了一句。

周天虹和高凤岗回到班里，看见炕上躺着一个人，正蒙着被子抽抽搭搭地哭。天虹扯开被子，才看见晨曦的近视镜搁在一边，满脸都是泪水。问他是不是病了，他摇摇头；问他是不是有人欺侮他了，他也摇摇头；问他是什么原故，他也不说。天虹急得满头是汗，忙说：

"你可说呀！有什么问题我们好帮你解决呀！"

"不不，你们解决不了，我落后了……"晨曦继续流着眼泪。

"你很好嘛！是谁说你落后了？"

"我的入党申请没有批准。"

"噢,原来是这么回事。"天虹笑起来,"照我看,你的工作、学习都很好,觉悟比别人一点也不差,就是有两个缺点:第一,生活还有点散漫,集合常常迟到;第二,太醉心写诗了,别的活动就参加得少了,给人的印象仿佛不积极。其实,你出的诗歌墙报,连毛主席都看了,那不也是工作么!"

几句话,就说得晨曦满是泪痕的脸上出现了笑意。天虹又接着说:

"克服这些缺点,不是很容易的吗!我们再给上面多汇报一些你的进步情况,不就解决了吗?"

高凤岗也插上来说:

"好好努力嘛!何必学这种姑娘样子?"

天虹拉晨曦坐起来,又从水桶里舀了一瓷碗凉开水,递到这位诗人的手里。

## 二三　别了，别了，同学们

1938年的夏秋，日军以武汉和广州为目标大举进犯。至10月21日，攻占广州，华南大片国土随之沦陷。两天后，蒋介石下令放弃武汉，25日汉口失守，接着武昌、汉阳也告陷落。日寇在欢庆之余，却忽然发现身后共产党发动的游击战争，有如燎原大火一般燃烧起来。他发怒了。11月20日，派飞机轰炸延安。

头一天，本来是有些征候的。周天虹他们正坐在广场上安安静静地听课，从头顶飞过一架红头飞机，转了两圈就回去了。第二天是星期天，同学们毫不在意，仍三三五五上街，或者买点书，或者打打牙祭。周天虹有事，没有离开校园。不料上午10时，突然传来轰炸机沉重的隆隆声。接着，一架接一架的敌机出现在延安城的上空。稍稍盘旋了一下，就俯冲下来。随后是滚雷一般的爆炸声。周天虹望着延安城的方向，有大股大股的浓烟在凤凰山上升起……

一小时后，周天虹从回来的人中得知：今天的轰炸，集中在延安的街市、中央机关驻地以及新华书店一带。尤以新华书店近处，因为买书的人很多，伤亡也最大。整个伤亡不下100多人。人们还惋惜地传说，有一个昨天刚刚结婚的新娘也被炸身亡。

周天虹听了心里很不是滋味，愤慨之中还夹杂着焦急。因为他的几个朋友，除了晨曦在摆弄他的诗歌墙报，高凤岗和高红兄妹，一早就出去了，至今还没有回来。他们究竟是吉是凶呢，天虹不免心中惦念。眼巴巴地直等到吃中饭时，才看见高凤岗回来了。周天虹赶上去急火火地问：

"你怎么这时候才回来，我还以为你报销了呢！"

"不，不会。我的军事常识，怎么也比他们多些。"高凤岗满不在乎地说,"昨天我就知道来的是侦察机,一出门我就很小心。今天,我一看情况不对,就躲到一个低洼处了。事后我还观察了一下整个轰炸的情况。"

"高红呢？她怎么没有回来？"周天虹冲口而出,话出口才觉得自己有点唐突。

"她没有回来吗？"高凤岗一惊。

周天虹登时升起了一种不祥的预感,颇有一点惴惴不安,六神无主的样子。他这时才发现高红在他心里的位置。

饭后,周天虹到大路上去张望了好几次。直到下午二时,才看见延河边出现了一个熟稔的女孩子的身影。渐渐近了,果然是高红。周天虹满脸是笑,一块石头才算落了地。这时他真想上去拉拉她的手,又怕太唐突了。

"你在这里等谁呀？"高红笑着问。

"你说我等的是谁？"天虹反问。

高红笑了。

天虹见她身上有些泥土,还有几丝血迹,忙问：

"你怎么这时候才回来呢？伤着了吗？"

"没有,我是帮着抬伤员到医院里去了。"

"噢,原来是这样。你今天很危险吧？"

"是的,轰炸的时候,我正好在新华书店买书。幸好我跑得快,跑到一个窑洞里去了。"

抗大第四期四大队的学习,本来已近尾声,敌人这次轰炸,更激发了人们到前线杀敌的急迫心情。为了防敌人再次空袭,周天虹他们有时到大山洞中去上课。不久,就转入了结业分配阶段。

这时在华北敌后,八路军的三个主力师已初步创立起四块大型的抗日根据地。一块是位于华北腹心地区、直接威胁平津的晋察冀根据地；一块是横跨同蒲路北段、直接威胁着大同和太原的晋绥根据地；一块是位于华北南端、幅员辽阔的晋冀鲁豫根据地；一块是山东根据地。这些根据地都已初具规模,且在迅猛地发展之中。抗大毕业的学员大都分配到这四块大根据地,也有一部分分配到华中新四军去。仅有少数分配到大后方或敌占区。

周天虹不久得知,他和晨曦、高凤岗都将分配到晋察冀去,真是欢喜不尽。惟独高红迟迟没有消息。一天,三个人正在闲聊,高红涨红着脸,神色十分激动地跑来了。

"他们不让我到前方去!"高红说着,几乎要哭出来。

"为什么呢?"高凤岗问。

"女生队宣布,前方有老公的,可以到前方去;其他的准备留在延安。"

"这是为什么呢?"

"他们说前方太艰苦,女同志吃不消。这算什么道理!难道有老公的就不艰苦了吗?"

高红一向比较沉着冷静,今天不免愤愤然了。

"那么,他们到底准备分配你做什么呢?"周天虹关切地问。

"准备叫我留校,到校部当文化娱乐干事,还说这是我的特长。"

"你答应了吗?"

"我说:'不,我要到前方去。'……这样双方就僵持了。"

大家一时无话,沉默下来。

沉了半晌,高凤岗说:

"我们刚刚入党,怎么能不服从分配呢?"

"不,我一定要到前方去。"高红的语气很坚决,"要不,我就说我在前方也有老公。"

大家哄地笑起来。高凤岗指点着高红笑着说:

"我这个小妹真不害臊,你的老公是谁啊?"

高红也羞怯地笑了。

"我给你出个主意,"周天虹说,"你给罗瑞卿副校长写一封信,写得恳切一点,他一批准不就行了?"

"好,这个主意好。"高红立刻点了点头,扭头跑回去了。

两天之后,高红满脸笑容地跑来说:"批准了!批准了!罗副校长还说我'热情可嘉'呢!"

这次分到晋察冀根据地的学员约有一百多人,另有一支以张学思为首的"东北干部队",也将通过晋察冀地区向东北挺进。这两个队将一起出发。出发前,每人都分发了一枚圆形纪念章,红五星中心镶着"抗大"两个金光闪闪的字。此外,还发给一张毕业证书。证书的一页上印着毛泽东的手书:"勇敢、坚定、沉着,随时为民族解放事业牺牲自己的一切!"

时已初冬。在一个寒风凛冽的早晨,出发的队伍在延安东门外集合完毕,队列里两面飘扬的红旗,不时地在寒风里猎猎作响。周天虹和他的同学们背负着简单的行囊,穿着灰色的棉军服,显得异常齐整。高红仍是那个娃娃头,两个乌黑的猫眼放着异样的光彩,两颊在寒风里冻得绯红。

送行的人不少,有抗大的领导干部和留下的同学们,杨光池队长也来了。他同大家一一握手,依依告别。周天虹想起初来延安时,这位慈祥的老队长对他是多么的热情啊,他把自己的衬衣、自己的草鞋给了一个远途跋涉的孩子,一切都像是昨天。想到这里,他不禁滚出了几点热泪。队长握着他的手也不胜依恋,用浓重的湖南腔说:"年轻人,好好干吧!我也很想到前方去,只是工作不允许啊。毛主席叫我们'死在延安府,埋在清凉山'哩。不过,我们将来会相见的!"这时,周天虹抬起头来,再一次望了望杨队长,望了望眼前巍巍的宝塔山、清清的延河长和巍峨的凤凰山,默然想道:延安啊,是你用热情的双臂接受了一个贫苦无依的孩子,是你以真理的乳浆喂养了他,以知识的武器武装了他,是你指给他人生的道路,给了他信心和勇气。这一切,他是永远不会忘怀的,他将以自己的血肉之躯来报答你。

正在沉思默想间,只听杨队长喊了一声:

"高红,指挥大家唱个歌嘛!"

"好!!!"大家齐声响应。

高红微笑了一下,大大方方走到队列前面。她乌黑的眼睛向大家扫了一眼,笑着问:

"唱个毕业歌好不好?"

"好!!!"

于是,高红像舞蹈动作似的挥动了双臂,随着她的双臂,腾起了年轻嘹亮的歌声:

> 别了,别了,同学们,
> 我们再见在前线。
> 我们没有什么挂牵,

> 总还有点留恋……
> 我们要去打击侵略者，
> 让我们走上前线。
> 我们的血沸腾了，
> 不驱逐日寇不回来相见，
> 快跟上来吧，我们手牵手，
> 去跟我们的敌人血战！……

歌声激越，令人格外动情。一曲唱罢，大家似乎兴犹未尽，高红又指挥大家唱起《上前线歌》：

> 炮火连天响，战号频吹，决战在今朝，
> 我们抗日先锋军今日武装上前线，
> 用我们的刺刀、枪炮、头颅和热血，
> 嗨，用我们的刺刀、枪炮、头颅和热血，
> 坚决与敌决死战！……

歌声未落，队伍就出发了。大家纷纷与送行者挥手告别。迎风飘扬的红旗，不一时就越过延河，一直向东去了。东方，太阳刚刚露头，东天上腾起一大片耀眼的红霞。他们已走出很远，很远，那曲上前线的歌曲，还似乎随风飘过延河隐隐地传过来。

# 第二篇

附二錄

## 二四　来到晋察冀(一)

到敌人后方去，
把鬼子赶出境。
到敌人后方去，
把鬼子赶出境！
不怕雨，不怕风，
抄后路，出奇兵。
今天夺回一个村，
明天夺回一个城。
叫鬼子顾西不顾东，
叫鬼子顾西不顾东。

到敌人后方去，
把鬼子赶出境。
到敌人后方去，
把鬼子赶出境！
…………

这是大作曲家冼星海在延安新创作的歌曲。当这首歌曲刚刚问世，也正是周天虹一行向敌后挺进的时候。他们觉得十分新鲜，越唱越有味，越唱越来劲，青春的热情与歌曲融为一体，竟仿佛已经置身战场，同敌人展开厮杀一般。红旗引导着他们，歌声陪伴着他们，跨过汹涌的黄河，穿过敌人的封锁线。终于经过一个多月的长途跋涉，来到万山丛中的晋察冀边区。

这是华北沦丧之后出现的第一块敌后抗日根据地。由于党中央各项政策贯彻得好，且颇有创造，又被共产党中央誉为模范的抗日根据地。它处在同蒲路以东，津浦路以西，山海关以南和正太、石德路以北的广大幅员内，已经初具规模并且站定脚跟了。凡是外国人到晋察冀参观访问，毛泽东就喜欢对他们说：你们知道大闹五台山的英雄鲁智深吗？现在也有一个鲁智深大闹五台山，他就是聂荣臻。自然，聂荣臻和鲁智深的性格完全不同，他虽只36岁，却是一个能文能武、办事稳重老练的儒将。为了适应大发展的需要，他这时早已从五台山搬到阜平、平山一带的山村中了。

周天虹他们住在离司令部很近的一个小山村里，等待分配工作。村子的名字叫李家岸，不过百十户人家。两岸都是高山，中间是一道不宽的溪水。尽管周围的县城已被日军侵占，距此不过五六十里，这里却静谧、镇定得像是没有战争。小学校里孩子们在照常上课，不时飘来一阵阵清脆的歌声。男女青年们也在临时举办的冬学里学习识字，或者在村头的打谷场上进行演练。老人们则在墙根晒太阳，悠闲地含着烟管说笑。军队和老百姓住在一起，亲如家人。院里院外打扫得干干净净，十分整洁。战争初期人民那种兵荒马乱、国破家亡、无依无靠的沮丧情绪为之一扫，仿佛是很久以前的事了。

周天虹他们经过一个多月的长途行军，衣服已很破旧，鞋子走得稀烂。满身的虱子几乎成了精了。脱下衬衣一看，衣缝里黑乎乎一片，已经捉不胜捉，凑近火堆往下一扫，毕毕剥剥作响。有时坐下谈话，那些虱子中的勇敢分子，竟公然爬在你的衣袖上亮相，令人哭笑不得。周天虹他们住下后的第一要事，就是对这些吸血丑类给予彻底的扫荡。幸亏房东大娘大嫂们无比热情，烧了一锅又一锅开水，参与其事，他们的负担才算减轻了。

这时，司令部又办了一件大好事，发给每人一身棉军衣，一双布鞋。周天虹接过棉衣一看，衣料是近乎黑色的厚墩墩的老粗布，不用说这是农家妇女们织布机上的产品，又经过草木灰、石榴皮等染成的。布鞋是从未见过的"踢死牛"的大山鞋，底子总有一指多厚，帮子也是用密针纳过的。掂一掂总有一两斤重。这是山地的妇女，为了她们的丈夫、儿子上山打柴，攀越高山峻岭而特制的，如今也给了子弟兵了。周天虹立时换上里表三新的棉衣,登上老山鞋,在石头路上走了几步,咚咚地响。不一时,高凤岗、高红和晨曦穿着新衣都过来了,大家相视而笑,觉得心头特别温暖。惟独高红那身衣服显得过长,鞋子换了几次才挑出一双比较合脚的。

在分配工作上,最先得到消息的是晨曦,他被分配到《抗敌报》当记者,要他即日赴任。

晨曦得到通知后半晌无语。天虹问他:

"晨曦,当记者不是很好嘛,你怎么不高兴了?"

"谁不愿到前方嘛!"晨曦嘟囔着说。

高红笑着安慰他:

"当记者可以到处转游,你还可以写出很多诗哩!"

"正因为我在墙报上发表了些诗,坏了事,就把我的命运注定了。组织上说这是我的特长。"

晨曦叹了口气,无可奈何地笑了一笑,接着打起背包来。报社驻地马兰村距此不过十几里路,大家决定送他到报社去。

这时已是七九河开,八九雁来时节。沿着河岸的柳树,朦朦胧胧地像腾起一片绿烟一般。溪水也流得格外欢畅。几个朋友说说笑笑,沿着弯弯曲曲的山径向前走着。

不过十几里路,说话间就到了。

马兰村在一个高高的山洼洼里。村口上有几棵高高的白杨和一棵年代深远的古槐。一个老太太正坐在树下纺线。周天虹几个人刚要进村,从大树后面跳出一个十一二岁的小顽童,手持红缨枪挡住了去路。

"有路条儿吗?"他脸上忽闪着一双异常明亮的眼睛。

周天虹望着他那满脸稚气和一副认真的神气,觉得十分可爱,有意想逗逗他,就笑着说:

"小同志,我们忘记带了。"

"那可不沾!"他讲了一句平山话,横了大家一眼。

高红笑着说:

"你看,我们都穿着军衣还能假吗?"

"那也不沾!"他坚持说,"坏人也有化装八路军的!"

双方僵持住了。纺线的老太太见发生了争执,就冲附近的小屋

喊了两声,从小屋立时出来一个中年汉子。他快步走过来带笑问道:

"同志,你们有什么事?"

"我是找马社长来报到的。"晨曦说着,从口袋里取出介绍信来。

那汉子一看,笑着说:"噢,原来你们是找老马呀!我带你们去吧!"

大家都冲着孩子笑了一笑,拍拍他那天灵盖上留着的一撮长毛,算作奖赏也算作告别。

## 二五　来到晋察冀(二)

那人领着周天虹他们进村不远,就看见小土地庙前面,有七八个老头儿正坐在大石头上聊天。中间有一个二十七八岁的军人,正兴致勃勃地向他们讲着什么,人群里不时扬起一阵阵笑声。一个白胡子老头儿站起来兴奋地说:

"老马,听了你这话,我这心就有了底了。以前老觉着洋鬼子厉害,现在看只要打持久战就行。咱们中国这么多人,干吗叫几个洋鬼子骑着脖拉屎呢!"

老人说过,把长杆烟袋往老山鞋底上乓乓一磕,从烟荷包里满满地装了一锅烟,用手掌把玉石烟嘴儿一抹拉就递给那个军人。周天虹注意到,那个叫"老马"的军人,既不推辞也不犹豫,恭恭敬敬地接过,立刻含在嘴里抽起来。吧嗒吧嗒,烟锅里冒着一股悠然的青烟。

"他就是你们找的马社长了。"那个中年汉子一指,同时高喊了一声,"老马!"

老马应声回过头来,也习惯地把烟锅子往鞋底上一磕,奉还给那个老者,然后走过来。

周天虹注视着这位老马,蓦然一惊,心想:"这不就是我的老师欧阳行吗?他怎么又姓马了呢?"天虹想起以前他那黄皮寡瘦的模样,那破毡帽低低压着眉际受压抑的神气,跟现在可大不一样了。现在,他脸颊红润,脚步轻快,真潇洒得多了。

这时,对方也似乎注意到他,远远地叫了一声:"天虹!"接着就快步走过来把他拥抱住了,还不断地拍着他的肩背。周天虹不禁一阵激动,嗓子眼热辣辣的:"欧阳先生,要不是你引导我,我怎么会来到这里呢！"说着，止不住流下了两行热泪。

"我不是说过吗，我们一定会再见面的！"欧阳行亲切地笑着。

接着，周天虹把来者一一作了介绍，并再次指着欧阳行说：

"这是我常向你们提到的欧阳先生，他就是引导我参加革命的人！"

"不要再提什么先生了，我们都是同志，今后我们就在一起干吧！"

欧阳摆摆手，笑声朗朗地说：

"你们来得正是时候！现在部队正像滚雪球似的发展，到处都喊着要人。我这里人也缺得很哪！听说你们来了，我跟聂司令员好说歹说，才分给我一个！"

他一面说，一面带着大家向一家农舍走去。

"欧阳先生，"天虹一时改不过口来，仍旧这样称呼他，"您怎么也到这里来了？"

"噢，这地方光许你们来，就不许我来？"欧阳幽默地说，"天虹，请你原谅，我跟你实说，当你从家乡出走的时候，我也有心同你一起到延安去。可是一想我离开党多年，寸功未立，又有何颜面见江东父老？我总想组织一支游击队，拉到党的队伍里来。你走以后，我就跑到一个偏僻的县城里，没有想到我组织的游击队刚刚有点眉目，就被国民党县党部的老爷们知道了，他们就要抓我。幸亏有人透露了消息，我才连夜逃出来。这些人就是这样，他们不抗日，还不许别人抗日！……"

"以后呢，以后您到哪儿去了？"

"接着我就到了山西前线。很快太原又失守了。听说聂司令员到了五台山，要在这里开辟根据地，我就集合了几个流亡学生赶到五台。聂司令员了解了我们的来意，表示非常欢迎。但是他说：'在敌后创建根据地，这是十分艰苦的事，你们是些文人，能够吃得下这个苦吗？'我就说：'聂司令员，你就放心吧，对于未来的艰苦和风险，我是有充分准备的。一路来的路上，我尝试了各种野草，哪一种是能吃的，哪一种是不能吃的，我已经辨认出十几种能吃的野草了。聂司令，我来你这里是准备着吃草的！'聂司令听了很感动，不止一次在会议上表扬我。他说：'我告诉你们，我这里有一个准备吃草的干部!'……"

说话间,来到一个小院门前。刚踏进院子就听见一匹马咴咴地嘶叫起来。大家凝视槽头,见一头老黄牛旁边,拴着一匹棕红色的高头大洋马,它一边嘶叫还望着欧阳行打着响鼻。"老伙计,你饿了吧!"欧阳行说着,顺手丢了一把草在马槽里,一面笑着说:

"这是去年反敌人八路围攻的战利品。聂司令员见我跑来跑去太辛苦,就把它送给我了。现在我每天写好社论,就骑上它到聂司令那里,方便多了。"欧阳行说着还拍了拍皮带上的手枪,"这也是司令员送给我的。"

这时从屋子里出来一个农家妇女,带着笑对欧阳说:

"我一听见马叫,就知道你回来了。哟,来了这么多客人,我给你们烧点开水吧!"

"不用了,大嫂,早晨的开水还有呢!"

欧阳把大家让进一个堆满文稿的小房间里,从小桶里给每人舀了一缸子凉开水算作招待。小房间里,除了一铺大炕,一张八仙桌子,已经无处插足,周天虹几个只好坐在炕沿上。

晨曦把他的行政介绍信和党的介绍信取出来,恭恭敬敬地递给欧阳。他的入党问题是在抗大最后的时日里解决的。欧阳仔细看了看,又微笑地望着晨曦,把他端详了一番,慈祥地问:

"你愿意到我这里工作吗?"

晨曦把他的近视镜往上托了托,腼腼腆腆地说:

"我本来也是准备到前方去的。"

"哈哈,前方?我们这里也是前方嘛!"欧阳朗朗地笑着说,"现在敌后进行的战争,正像毛主席说的是一种犬牙交错的战争。这也许是一种新形式的战争。敌人包围着我们,我们也包围着敌人。一打起来,双方就交织在一起,更分不清前后方了。现在我们离敌人远者五六十里,近者三四十里,聂荣臻的总部竟敢在此巍然而立,历史上哪有这样的战争呢?……"

欧阳越说越兴奋,特意望着晨曦说:

"你看我们这个报社,不过是些文弱书生,但打起仗来,都是一手拿枪,一手拿笔。去年敌人八路围攻,我这个报社,就同敌人打起游击来。敌人在山那边活动,我们就在山这边印报。我们有几个记者还真表现得很不错呢！晨曦,我看你就下决心在报社干吧,你一来就知道了。"

高红忽闪着一双黑眼睛,一直望着欧阳。这时,她笑微微地插话说:

"马社长,你只要多给他点时间写诗就行。他写诗都入迷了。"

"哈哈,原来是位诗人!"欧阳望着晨曦笑道,"这个没有问题。我们的报纸也可以发表你的诗作。西北战地服务团的田间、邵子南最近也来了,他们正计划着出诗刊。"

"田间、邵子南同志我也认识。"晨曦微微红着脸说,"我们在延安一起搞过街头诗运动。你看,边区也可以搞街头诗吗?"

"当然可以!"欧阳果断地说,"我们的文化迫切需要同劳苦大众结合起来。"

"现在我一进村庄,就察看那里的墙壁,我心里想,如果在那上边写一些短小有力的诗句,对人民群众不也是一种鼓舞吗!"

"对,你的想法很对。"欧阳充分肯定地说,"五四新文化运动的缺点,就是还没有同广大的工农群众结合起来。左翼文化运动也有这个缺点。现在我们到乡村来了,革命更深入了,我们吃着老百姓的小米,住着老百姓的房子,我们应当把革命的新文化深入到穷乡僻壤才行。"

晨曦像是一下遇到难得的知音似的,心情格外舒畅,脸上放着红光,一点拘束也没有了。他亲切地望着欧阳,像对老朋友一样敞开了心扉。

"我过去在家乡也到过乡村。乡村给我的印象是贫穷的、悲惨的、愁苦的和没有希望的。我这次来到边区,处处都有一种新鲜的感觉。从村头查路条的孩子,大树底下纺线的老太太,村边大场上操练的青年妇女,冬学里飘出来的歌声,我都有一种从来没有过的新鲜感。虽然人们生活得并不富裕,我看他们的眉眼间似乎都充满希望。就是晋察冀的山呀,水呀,也仿佛包含着一种力量,披着一种灵光似的。我这脑子里一天到晚骚动不安,老想写诗。高红说我被诗迷住了,其实我是被新的生活迷住了,我觉得就好像来到一个新世界似的。……"

欧阳一直眯着眼听着,好像他也进入到晨曦的情感世界中去

了,他把桌子兴奋地一拍:

"晨曦,就凭这一点,我也要说你是个诗人!不错,一点不错,不仅仅是抗日,我们的确是在创造一个新世界!"

大家都兴奋起来,沉入到一种光荣和神圣的使命感中。

"马社长,现在边区的形势怎么样?"高凤岗插话问。

"你就别叫社长社长了,你没听到全村大小都叫我老马哩!"欧阳嘿嘿笑着说,"现在我们的脚跟总算站定了。你们要早来一年,那可是热闹得很呢。正像人们说的,'主任赛牛毛,司令遍天下'。因为国民党的军队逃到南边去了,国民党的官儿也跟着跑了,这就造成一个真空地带。这时候,各种力量,三五十人一股,百儿八十人一股,千把人一股,都纷纷揭竿而起,自立旗号,自封司令。这里有真正抗日的,也有地痞流氓,散兵游勇,假借抗日之名企图浑水摸鱼。还有跟日本人暗中勾结作威作福的。他们整天鱼肉乡里,派捐派款,加重了人民的苦难。当时就有民谣说:'穷八路,富七路,要找媳妇到高部。'……"

"这是什么意思?"高凤岗问。

"八路军不拿群众一针一线,自然是穷的。还有个七路军,抢老百姓的金银元宝,把老百姓的土炕都压塌了,你说富不富?易县有个高宏飞部,司令部门前经常停着三乘花轿,见到有些姿色的农家女子,就抢过来成亲,作践够了就赏给他的部下;所以到高部找媳妇就比较容易了。群众对这种状况自然是不能忍受的。根据党的统一战线政策,那些真正抗日的,就同他们团结起来;那些同日本人暗中勾结的,就干脆将它消灭;那些为非作歹不走正路的,就加以改造。这样根据地的秩序才渐渐地稳定了,去年敌人的战略是'南取广州,中取武汉,北围五台',经过去年粉碎敌人的八路围攻,现在可以说晋察冀根据地已经站稳脚跟了。"

"现在这块根据地已经巩固了吗?"周天虹问。

"应当说,基本上是巩固了,但是还有许多工作要做。"欧阳沉思着说,"我们同国民党抗战路线的根本不同之处,就是发动群众和依靠群众。只要把群众真正地发动起来了,我们的根据地就可以说立于不败之地了。而要把群众真正地发动起来,一要改善人民的生活,二要给他们民主。而国民党是不给人民这些的。你看国民党地区,一片死气沉沉;由于抗战,一些官僚乘机发国难财,人民的负担反而加重了;人民抬不起头来,要他们当兵就抓壮丁,绳捆索绑赶上前线,这种办法怎么能赢得抗战胜利呢?我们这里就大不相同,到处是一片勃勃生机,到处是一片歌声,人人眉开眼笑,晨曦说是来到了一个新世界,不就是从这里来的吗!但是,我们的减租减息工作,还可能有做得不彻底的地方。这是需要我们大家共同努力的。"

讲到这里,外面响起了几声长长的哨音。欧阳笑着说:

"开饭了。你们回去也是小米饭,就在这里吃吧。我叫他们加一个菜,我这里还有一点过年时老乡送的枣酒呢!"

大家并不推辞,仿佛很愿意在这里多留一点时间,因为这位报社社长的才情、意志和说不出的魅力早已经把他们征服了。

吃饭中间,周天虹忽然想起有一个问题还没有问,就说:

"欧阳同志,您为什么又改姓马呢?"

"这个很简单。"欧阳笑着说,"这个村子的名字叫马兰村。聂司令员题写过一句话:'誓与华北人民共存亡。'我以村名为笔名,取名马南,今后这里就是我安身立命之地,或者也可说是我生死之地了!"

## 二六　初到红一团

从欧阳处一回来,高凤岗就发表感想说:
"天虹,我们确实来晚了……"
"什么来晚了?"天虹不解地问。
"你不觉得吗?假使我们早来一年,在那司令如牛毛、主任遍天下的时候来,那才是一个人创功立业、施展才能的大好机会,说不定会搞出点什么名堂来的。现在坐在办公室里打打电话,跑跑腿,传达个命令,能够搞出个什么……"
"噢,你是个有雄图大志的人!"周天虹笑着说,"我倒不这样看。"
"你怎么看?"
"我觉着我这人没有多大本事,我想到下层去,主要是扎扎实实地锻炼自己。"
过了几天,组织上找他们谈话了。主要说服他们在机关里做参谋。但两个人都表示要到前方"一刀一枪地干",组织上也不便勉强。于是,就分配高凤岗到北线的游击支队工作,周天虹到东线的部队去。
高红的工作一时还定不下来。组织上透露,军区正在筹办一个剧社,要她到那里去发挥特长;而她却嫌这种工作单调,要求做群众工作,"到群众的大海里去游泳"。双方还有待商量。
分手那天,高红将两人送到村外,走了很远。不知怎的,周天虹对她老有一种说不出的留恋。半年多来,秦碧芳那个紫衣少女,在他脑海里似乎渐渐地淡了。自从去年除夕晚会上,这个留着娃娃头的姑娘弹奏出那么美好的音乐之后,印象就一天深似一天。他觉得她的勇敢果决,她的活泼与开朗的性格,尤其她的觉悟和见识,都远远地超过了碧芳。他发现自己,已经悄悄地爱上了她。可是对方并没有进一步的表示。姑娘的心总是难测的。今天临别时,他本来想说点什么,或者至少暗示点什么,又觉得难以出口。何况,当着她哥哥的面又怎么言传呢!

　　说话间,已经走出五六里路,来到三岔路口。三个人停住了脚步。天虹不胜依恋地深情地望着高红,只说了一句极平常的话:"高红,你分配了工作之后,可给我来封信啊!"说过就红着脸再也说不出别的。高红也忽闪着一双流露着情感的猫眼点了点头。接着,高凤岗踏上一条向北的山径,周天虹就向东去了。

　　春天的气息越来越浓。路边的山桃已经含苞,枝头的杨穗在微风里轻轻摇荡,柳条的新绿似乎要染绿人的灵魂。周天虹回头望了几次,刚才还看见高红站在那里摇手,很快就什么也看不到了。"她究竟在想什么?她究竟怎样看我?"周天虹走了很远,很远,还在分析着这个得不到答案的问题。

　　在根据地走路是一件乐事。首先能保证你的安全,用不着担心有什么意外;其次你还可以得到各种帮助。只要你带着路条儿,那些儿童团、男女自卫队就会微笑放行,就会给你指路、带路;到了宿营地,不管时间早晚,村公所就会给你派饭,安排你到某一个农家歇息;如果你有紧急公事需要夜行,还会有老练的自卫队员,手拿艾蒿编成的火绳,为你带路、照路,火星毕剥毕剥地响着,散发着一路芳香。周天虹一路上充分领受了根据地的诗意和家人般的温暖。

　　经过三四天的跋涉,周天虹来到北岳区的东部前线。这里地势相当开阔。西北面耸峙着名叫狼牙山的紫色的峰峦,终年处在飘忽不定的云霭里。往东是一抹平川,一条不宽不窄的古易水流贯其间,两岸布满了人烟稠密的村庄。再往前去,就是燕国时期的古都了。据说荆轲的故事,和荆轲弹剑悲歌的地方,都在那里。老百姓说,天气好的时候,登上狼牙山顶,可以远远地望见日军驻有重兵的保定。现在敌我双方的刀光剑影就在这一线对峙。

　　这里属晋察冀第一军分区领导。分区司令部设在狼牙山脚下一个布满柿树林的村子里。经过简短的谈话,周天虹被派赴到一团。第二天一早,他就拿上介绍信,背上背包赶到一团团部的驻地。

刚一进村,周天虹就惊异地发现,大街小巷,都打扫得十分整洁,简直可说是一尘不染。一条正街还被修整得像小马路那样平坦。路上遇到的军人,一个个着装都那样整齐。周天虹深感这支部队作风优良,训练有素。

团部门口,站着两个威严的哨兵。其中一个查看了周天虹的介绍信,就把他领到办公室去。办公室里静悄悄的,只有一个年轻的值班参谋守在电话机旁。他接过介绍信看了一看,圆乎乎的脸上露出笑容,自言自语地说:"噢!延安抗大来的!"接着让周天虹坐下来,舀了一缸子白开水放在桌上。

"你赶得真巧,咱们这里很快就要打仗了!"年轻的参谋兴奋地说,"团长、政委在村东的小树林里正开动员大会哩,你等一等,他们回来就会见你。"

周天虹没有想到这么快就会遇上战斗,既兴奋又不免有几分紧张,随口问道:

"到哪里打仗?"

"就在这山口子外面。"参谋说,"驻保定的日军第一百一十师团,派出了四五百人,要在我们的山口子上安个据点,把随军妓女也带来了;怎么能让他们堵住我们的嗓子眼儿呢?所以我们下决心把它干掉!"

周天虹见这小伙子性格坦率,活泼健谈,颇有几分喜欢他,就笑着问:

"同志,您贵姓?在这里做什么工作?"

"我是这里的侦察参谋,姓胡。"

"啊,胡参谋!"

"瞧,你也这么叫。我每天一睁开眼,不是这里叫'胡参谋'!就是那里叫'胡参谋'!真倒霉,怎么摊上了这个'姓'!就是当上了司令也是个'胡司令'!"

周天虹不禁笑起来。胡参谋接着又说:

"你说巧不巧,我们政治处还有个'贾干事'。他这个姓更糟,不管你干什么都是'假'的。当干事是个'假'干事,当指导员是个'假指导员',就是你当了政委也是个'假政委'。一个胡参谋,一个假干事,我们俩就成了这个团的笑料啦。"

周天虹看见他那副诙谐的样子,挺可爱的,感情一下就拉近了。

"老周,我跟你说,"胡参谋放低声音,颇带着几分老朋友似的亲昵,"把你分到这里来,依我看对你还是很重视的,说老实话,咱们这个老一团可不是一般的团。"

"怎么不一般呢?"

"咱们团是这个。"胡参谋把一个大拇指高高地竖起来,"别的团,不要说兵,连干部都是些新兵蛋子。咱这个团,排以上干部基本上都是老红军,还有些机枪班长、炊事班长也是江西老表。打起仗来,个顶个地能打。打十仗至少有九仗能赢。一打胜仗,老百姓就牵着羊、抬着猪来慰劳,吃得个个满嘴流油。"

胡参谋说着,两只眼笑眯眯的,仿佛又回到当时的情境中。

"这个老一团是原来的红军团吗?"天虹问。

"那是自然。"胡参谋把头一摆,"要追她的老根儿,恐怕得追到井冈山了,那时候她就是红一师的红一团;长征时候她是在安顺场首先冲过大渡河的,大渡河的18勇士就出在这个团里。打的胜仗不知道有多少。平型关下来,聂老总留在五台山开辟根据地,他就把这个团和一个骑兵营留下来当老母鸡,一共不过3000多人,你看现在搞的局面有多大!"

胡参谋一脸自豪的神色,使周天虹感到自己能到这个团里来是光荣和幸运的。

"这个团的陈团长,大概也是个了不起的人吧?"他问。

"是个老蔫儿。"胡参谋笑着说,"大家背地里都叫他老蔫团长。一年除了开会说不了几句话。可是打起仗来惊人的沉着。子弹在他面前地上噗噗乱飞,他像看不见似的。有一次一颗炮弹落到他面前几步远的地方,一下钻到土里,还露出个尾巴,没有响;他不但不躲开,还一个劲儿地端详着它,瞅个没完。政委在一边喊他:'老陈!你怎么搞的?你要给炮弹相面吗?'他慢腾腾地说:'不,这是颗燃烧弹,要不埋起来,落上火星还会爆炸的。'说过,他让通讯员用铁锹埋好,才离开那地方。他就是这么个人。……"

周天虹又笑着问:

"王政委呢?他是个怎样的人?"

"王政委呀,"胡参谋微笑地沉吟着,"他跟团长性格正好相反。

爱说,爱笑,爱动,一天到晚有使不完的精力。总结会,动员会,都由他讲话。别看他在家是个泥水匠,一天到晚抹稀泥,当了政委可处处讲原则,一点都不含糊。我在连里当过支部书记。这种干部辛苦极了,干什么都派你去,可是说你是连级干部不算连级干部,说你是排级干部又不像排级干部。我很恼火。有一天我就去找王政委,我说:'报告政委,我到底算什么阶级?'政委把脸一沉,大声说:'什么阶级?你是无产阶级!'吓得我一溜烟跑了,从此以后再也不敢问什么阶级了。……"

两个人都哈哈笑起来。

正在这时,胡参谋像被凳子弹起来似的一跳而起,原来团长、政委已经一前一后走了进来。胡参谋指着周天虹介绍说:

"这是分区司令部分配来的,抗大新毕业的学生。"

说着把介绍信递给团长。周天虹向他们恭恭敬敬地打了一个敬礼。两个人都同他握了手,政委还特意加了一句:"欢迎!"

周天虹细细打量了一下他面前的两个人物。团长中等身材略高,面孔白皙,颇像一个文弱书生。刚才同他握手,就觉着跟平常人不大一样;现在看他拿介绍信只是用食指和中指夹着信纸,才看出他的两个大拇指都已残缺不全。后来才听人说是他举起望远镜观察敌人的时候被打残的。政委比团长个子高些,两只眼睛圆圆的,异常机警有神,加上两颊稍显瘦削,使人很容易想起京戏上的悟空大师。

团长略略把介绍信看了几眼,就递给了政委。政委一面看介绍信和所附的鉴定材料,一面不时抬起头来,用机警的眼睛审视着天虹。

"很好。"他自言自语地点了点头,接着问,"你是保定以南的人吗?"

"是的。保定一失守,我就到延安去了。"

"那你也是晋察冀的子弟啰!"

"是的。"

"你今年刚好19岁?"

"是的。"

"多年轻!多好的年龄,正好是锻炼的时候。"

"是的,我有决心。"

"看起来,你是个知识分子啰!"

"我算不上什么知识分子。上了几年师范,也就相当于初中吧。"

"不过,在我们这里你也算得上知识分子了。我们这里工农干部多,老粗多,新参军的农民多,连队里找个文书都很困难。我的看法是工农干部和知识分子干部要取长补短,互相帮助。"

"是的。"

"我是这样考虑,"他用颇为庄重的调子说,"你们抗大毕业的学生,一般可以分配当连级干部,也可以当排级干部,不过据我看,还是从下面干起来好,这样可以多体会一点战士的疾苦,也多得到一点锻炼。我想,分配你去当排长,你同意吗?"

"同意。"周天虹语气肯定,又加了一句,"没有任何意见。"

"那好。"他转过头面对团长,"四连缺一个排长,就让他去吧?"

团长带着笑意望着天虹点了点头。

"胡参谋!"政委又转过头说,"一营营长正在供给处领东西,你叫他马上到这里来!"

胡参谋应声去了。不一时,一个身高体大的彪形大汉,在门口打了一个敬礼,大步走了进来。天虹一看,那人满脸乌黑,长得相当慓悍,还似乎带一点野气,使人望而生畏。

"何彪子,一个抗大新毕业的学生,分到咱们团了,叫他到你们四连当排长吧!"

周天虹注意到,这个汉子仅瞥了自己一眼,好半晌没有说话。尤其那扫过来的眼光,叫人既分辨不出是轻蔑,也分辨不出是犹疑。

终于他说了一句:"行。"看来十分勉强。紧接着又冒出了一句:"我们还有一个副排长,很不错,正准备提排长哩!"

"那个,以后再说。"政委的声音带着威严,何彪子不言声了。

"那就来吧!"

何彪子向周天虹打了一个手势。周天虹就背起背包跟着他走出门去。刚刚走出几步远,就听政委又把何彪子叫回,悄声地说:"你要关心他一点儿,不要一上阵就给我打掉!"这语声虽很轻微,但周天虹却清清楚楚地听到了。

## 二七　初　战

周天虹随着营长在乡间土路上走了半个小时,来到一营驻地。一路无话。

营部的一张红漆八仙桌上,摆着一部手摇式电话机。营长立刻摇通四连:

"喂,喂,你是锤子吗?你们连长呢?哦,到班里去了,那你赶快来一下。"

他放下耳机,马上对着门外喊了一声:

"通讯班长!"

不一时,一个佩带着手枪的年轻战士跑了过来,立正回道:

"营长,什么事?"周天虹听出他带着浓重的陕北口音,猜想他是一个陕北红军。

"把你的驳壳枪解下来!"营长命令道。

通讯班长犹犹豫豫地取下手枪,一边狐疑地瞥了周天虹一眼。

营长从皮套里取出一把德式手枪,想不到手枪比那破旧的皮套还要破旧。天虹斜眼看去,枪身没有一点光泽;似乎还有一些斑驳的红锈,虽经反复擦拭也没有擦掉。

营长哗啦哗啦地拉动枪机,几粒子弹崩崩地跳了出来。他察看了一下枪膛,又打了两个空机。然后把子弹压好。

"还有子弹吗?"他问通讯班长。

"没有了,你给我的时候就是这几粒子弹。"

"把你的也抠出几粒来!小气鬼!"

通讯班长十分勉强地、迟迟慢慢地从自己的子弹带里取出了五粒递过来。营长把手枪和子弹往周天虹面前一摆:

"给，你拿去吧！"

周天虹恭恭敬敬地接过枪来，佩在身上。

这时，进来一个身佩木壳驳壳枪的年轻军人，向营长打了一个敬礼。周天虹一看，这人不过二十一二岁，面貌俊秀，显得十分英武。

"锤子，"营长脸上微微露出笑容说，"上面分配来一个排长，抗大来的，你把他领回去吧！"说过冲着周天虹一指。

"我叫左明，是四连的副指导员。"年轻的军人笑嘻嘻地走过来，一面作着自我介绍，一面同周天虹热情地握手。

周天虹刚要去背背包，就被左明一把夺过去，搭在肩上，然后拉着他的手说："走吧，几步路就到。"

这使周天虹的心头感到一阵温暖。自从今天早晨进入一团，与胡参谋的亲密交谈，还有与团长、政委的接触，都使他心头充满信心，对自己的未来充满憧憬。可是自接触到营长那个黑脸汉子之后，那种隐隐约约的轻蔑，却如给他泼了一瓢冷水似的。现在左明的热情又似乎使他心里升温了。

"左明同志，您什么时候参军的？"他问。

"也就是1935年吧。"左明笑着说，"红军长征经过我们四川，那一天我正在山上给地主家放牛，他们就向我宣传，要给穷人打天下，我一听就很动心，把牛往树上一拴就跟他们走了。我在家里没念过书，现在也只能看个通知，写个七歪八扭的信。你来了好，可以帮助我们了。"

周天虹见他和颜悦色，一面说，一面笑，一笑就露出一口白牙，显得十分漂亮、可爱，很有点喜欢他。

"你过去打过仗吗？"左明忽然转过头问。

"没有。"周天虹微微红着脸说。

"那没有啥。"左明说，"谁也不是天生就会打仗，只要不怕死，打几仗就锻炼出来了。"

左明的话，充满抚慰和鼓励的语调，使他深为感激，只默默地听着。

"过去，我们这里也来过学生干部，打仗不行，后来调到机关做文书去了。但是，我不认为一个不行，就说成全都不行。"

从这些话里,周天虹对营长的冷漠才似乎找到了解释,因而对左明这种推心置腹的交谈非常感动,他觉得这个放牛娃的面貌和心灵都是这样可爱。

连部到了。院子里一片战前的忙碌景象。一个略显驼背的中年军人,正在给各班分发子弹。"连长!"左明冲着那人喊了一声,那人就从人群里走了出来。

"他就是新来的排长,从抗大刚刚毕业,名字叫周天虹。"

周天虹刚要举手敬礼,连长已经把他的手握住了。天虹见他黑而瘦的脸上,满是黑胡楂子,鼻梁上架着一副平光眼镜,镜片后面一只独眼布满红丝。

"你来得好!"连长热情地说,"指导员负伤住院还没有回来,连里只剩下锤子跟我两个人啦!每天两眼一睁,忙到熄灯,连个拉屎放屁的工夫都没有。"

"我刚出学校门,一点经验也没有,还希望连长多多帮助!"天虹也热情地说。

"帮助?我能帮助你什么?"连长嘿嘿一笑,用他那口山东话说,"我从小斗大的字识不了半升,家里穷,没饭吃,就跑到军阀部队里当兵。后来又开到江西剿共。在那里当个熊兵真倒霉透了,一天挨打挨骂没有个完,气得我一枪就把狗日的连长崩了,领着几个弟兄投了红军。当了几年红军,没有挂过花,不想长征到了陕北,山城堡最后一仗,给我留下了一个纪念,成了独眼龙啦!现在全团上上下下,不喊我刘福山,都叫我'瞎子''刘瞎子'!一开头很不受听,仔细一想,也没有啥,本来也差不多成了瞎子了嘛!"

周天虹笑了一笑。刘福山又认真而又真诚地说:

"同志们山南海北地聚到一起,不容易。说句不受听的话,子弹是没有长眼的,今天,咱们在一条炕上睡觉,一个锅里吃饭,到明天就不定谁是死是活。我们在一起工作,就是一条战壕里的生死弟兄。我这人没有什么别的缺点,就是有一条儿,性子急,说话不会拐弯儿,有时候爱骂人,事后也很后悔,可是改不了。这也是旧军队留下的军阀残余。这样吧,今后我的毛病犯了,你就狠狠地批评,再不你就骂我几句也行。我决不会计较的。"

"连长,咱们先到三排去吧。"左明看了看腕上的手表,提醒说,

"打完仗再唠嗑吧,今天怕没有时间了。"

"好,好,先到三排去!"连长挥挥手,一边走,一边又说,"小周,今后咱们就摽着膀子干吧,千万别让咱们四连落到别连的后边去。我常给同志们讲,既然是干工作,干吗不跑到前边要落到后边去呢?既然是干革命,干好也是干,干坏也是干,干吗不当英雄要当狗熊呢?"

他们来到三排,战士们正忙着擦拭枪支。刘福山当众宣布了命令,又特意把各班班长和支部委员召集起来嘱告了一番。周天虹的军事生涯,一种陌生而新鲜的生活,也就从此开始了。

晚饭大家都吃得饱饱的。暮色刚刚降临,全团已经集结完毕,向预定的目标进发了。周天虹背着背包,挎着那支破旧的手枪,在队伍里默默地行进。一天来他接触的人物和纷纭的生活景象,似乎需要他好好地梳理一番,但怎么也难以集中起来。此时吸引他的只是神秘而陌生的战场。

队伍在夜色里行进得十分肃静,只有嚓嚓的脚步声和刺刀撞击水壶的细碎音响。驮着迫击炮和重机枪的骡马,马蹄下不时溅起好看的火花。三四十里的路程,对于这支善于夜战的队伍,自然是轻而易举的,不到三个小时已经接近山口了。

西天上挂着一弯新月。在朦胧的月光下,可以看到山口里静卧着一个黑魆魆的村庄,正好堵住山口。傍着村庄有座圆圆的小山,小山上有一个还没有修成的碉堡,和一盏时明时暗的灯,就像星星眨眼一般。周天虹的三排,被带到山口一侧的小山上。

连长刘福山来到周天虹身边,冲着那个村庄一指,神态严肃地说:

"看见了吗,那就是桃花堡村。日军桑木中队就驻在那里。团里准备用一、三两个营来把它干掉。我要带领突击队去。你们排的任务,就是守好这个口子,防止敌人从这个口子里窜出去。你听清了吗?"

"听清了!"周天虹认真地说。

说过,刘福山就带着队伍往前去了,很快就消失在夜色里。周天虹又仔细看了看地形,把本排的兵力在山头上摆开,把两挺轻机枪也摆在适当的地方,使其能封锁山下的通路。

西天上一弯金黄色的月牙儿,照着静寂的群山,万籁无声。耳边只有一阵阵的风声和山下小河的流水声。

战前的时刻是格外熬人的,对于随遇而安的老兵倒没有什么,他们顷刻之间就打起呼噜来;对于新兵就不同了。周天虹一直处于亢奋状态,但是眼前什么情况也没有发生。

这样难挨的时间整整持续了两个小时,西天上那弯新月已经沉落下去,天地漆黑一片。周天虹刚要进入梦境,只听耳际轰然一声巨响,村子里闪着一大团火光。这是手榴弹声。接着,手榴弹就一个连着一个,一声接着一声,后来就密集得分不出个儿来了。整个村子全笼罩在手榴弹盛开的繁花里,爆炸的红光就像雨天的雷电一般闪个不停。好几分钟之后,才听见日军三八枪和歪把子轻机枪的还击声。战斗就这样展开了。

阵地上活跃起来。战士们兴奋地低语道:

"打进去了!打进去了!"

过了片刻,又听一个战士喊道:

"排长,你看,村子里起火了!"

周天虹凝神一看,只见村子里腾起一大团火焰。随着风势火焰愈来愈大,顷刻间染红了一面夜空。

这时,本连的通讯员小白子从前面跑回来,正经过三排阵地去给营长报告情况。人们拦住他问:

"小白子,前面情况怎么样?"

"打得顺利极了!"小白子兴奋地说,"你想么,当向导的就是桃花堡的老乡,把敌人的哨兵弄死以后,一直把突击队带到鬼子住的房子跟前去了;手榴弹一顿猛砸,狗日的们光着屁股就见了阎王爷了。"

"好,好,那房子怎么起火了呢?"

"是这么回事,"小白子说,"有十几个敌人钻在一个房子里顽抗,不好接近。有一个老乡就提议说:'点了火,烧它!'同志们说:'这是老百姓的房子怎么能烧?'这个老乡说:'烧吧,没关系,这座房子是俺家的,烧了旧的盖新的!别叫这伙狗日的在这里祸害人了。'这样才放了一把火,把这十几个鬼子通通烧死在里面了。"

大家听了哈哈大笑。小白子说过就赶快送信去了。阵地上一片欢腾,这里那里,不断传过战士们的谈笑声。仿佛胜利已成定局,即将结束。不料一小时后,村庄后面的圆包包山上,枪声突然激烈起来,像是敌人重新占领了山头,歪把子机枪向四外狂热地射击着。村庄里的战斗则渐渐平静下来,稠密的枪声转移到村庄的东南角去了。

战斗一时陷入僵持。在三排的阵地上人们又打起盹来。"原来以为打仗很神秘,其实也不过如此。"周天虹暗暗想道,随之也不知不觉进入了梦乡。不料突然间,耳边响起惊呼声:

"排长!排长!"

周天虹猛一睁眼,见是七班长孙超喊他,忙问:"什么事?"小孙往山下一指:

"你瞧,那是不是敌人窜过来了?"

此时,东方已露出朦胧的晓色。周天虹往山下一看,山径上影影绰绰有几个人影,正在气急败坏地奔跑。再往村庄方向一看,后面似乎还有几个黑影蠕动。

周天虹登时急了,忙问:

"你看他们戴的有钢盔吗?"

"好像有。"

周天虹立刻命令轻机枪射手:

"瞄准射击!"

捷克式轻机枪开始叫起来,接着全排开始射击。很快敌人的歪把子机枪也盖了过来。这种机枪远听异常清脆,近听却仿佛在耳际爆炸似的。小孙看排长的姿势太高,就把他的肩头往下一摁,摁到山头下面来了。

战场上的情况稍纵即逝。不一时,周天虹就听小孙报告:

"排长,不好,鬼子被打死了几个,剩下的全从下面冲过去了。"

"糟了!"周天虹暗暗叫苦,登时出了一身冷汗。他急忙从破旧的皮套里抽出驳壳枪,向空中一挥大声喊道:

"同志们!敌人跑了,大家跟我下山追啊!"

说着,周天虹和小孙在前,全排飞快地跑下山去,一面射击,一面追了上去。日军轮番掩护着往前跑,周天虹觉得越追距离越远,不得不泄气地停住了脚步。

这时,后面也追过十几个人,为首的那人身高体大,脸色乌黑,满脸怒容,两个眼瞪得像铜铃一般。周天虹仔细一看,不是别人,正是本营营长何彪子,不禁吃了一惊,胆怯地低下头去。

那何彪子破口大骂了好大一阵,最后说了一句:

"咳,你们这些知识分子,我早知道就是嘴巴会说,幸亏我没给你好枪,不然你把我的枪也得丢了!"

## 二八　两种哲学

桃花堡战斗胜利结束,部队当天回到驻地。上上下下全沉醉在胜利的喜悦里。

各种各样的战利品真不少。大批的大米、白面、弹药被驮回后方去了。日军桑木中队长被击毙,他的王八盒子早被营长收走。剩下的两挺歪把子轻机枪,架在农家的院子里,这是连长刘福山率领突击队亲手缴获的;大家围着反复观赏不愿离开,仿佛在看一个俏丽的新娘。尤其是刘福山本人,围着那两挺枪转过来转过去,睐着那只满是红丝的独眼快活地说:"你瞧,这两挺歪把子多秀气呀!"此外,缴获的钢笔也不少。战士们立刻在自己的识字本上划起来了。此外,缴获最多的是日本的太阳旗,这些旗上多半写着"祈武运长久"的祝词,用毛笔签满了日本人的名字,显然是死者的亲友在送别出征时签写的。这些四四方方、不大不小的旗子弃之可惜,都被战士们当作包袱皮儿,用来包他的衬衣和鞋袜去了。此外还缴获了一些近视眼镜,显然对这些农民子弟没有用处,他们只戴起来嘻嘻哈哈地玩笑一阵就丢开了。营部里有一个戴近视镜的教育干事,因为打篮球被撞坏了一只眼镜腿儿,不得不用一条白线挂在耳朵上,看去颇不雅观,这次缴获的五六副眼镜全被他搜罗去了。此外缴获的,就是众多的不堪入目的春宫画和成打成打的保险套,还夹杂着私人信件和妻子儿子的照片,全被政治处搜去付之一炬,化成了灰烬。

在这种胜利的气氛中,别人感到的是无比的欢乐,而周天虹感到的却是说不出的无以名之的苦涩。而且他觉察到本排战士的表现也与其他排不同。其他排的战士一谈起桃花堡战斗,就两眼放光,话说个没完;而三排的战士却神色沮丧,好像无话可说似的。尤其是他仿佛觉得战士们在悄悄地议论自己,自己一进屋来就悄然无声,停止了说话。一次,自己刚刚离开,就听到后边低声说:"在这个排里真是倒霉!"这句话对他无疑是沉重的一击,"在这个排真是倒霉",自然也就是"跟着这个排长真是倒霉"。他联想到,今天早晨第一次遇上连长刘福山的时候,连长竟没同他说话,好像不认识他似的就走过去了。这使他觉得比营长的破口大骂还令人难受。

晚饭后是游戏时间,战士们到操场打球去了。周天虹借口洗衣服独自来到河边。他望着绿幽幽的流水,一面洗着衣服,一面想着心事。他苦苦地思索着一个问题:为什么会出现这样一个问题?究竟是自己怯战、怕死呢,还是自己缺乏战争经验呢?想来想去,他认为自己在民族危亡的时刻,千里迢迢,奔赴延安,为的就是以一己之生命换取民族之生存,就像扑火的飞蛾一样,向着烈火勇猛扑去,怎么可能是怯战和怕死呢?他继而又想,自己第一次身临战场,缺乏战斗经验,这是很自然的;可是自己比起那些工农同志,又为什么没有他们那么勇气十足呢?比起他们来,是不是把自己的生命看得太宝贵了?他在一遍一遍苦苦地思索着这些问题,希图能够找到一个答案。

正沉思间,忽听后面有脚步声响;回头一望,原来是副指导员左明笑嘻嘻地走了过来。

"天虹,你是不是有点不舒服啊?"

"没有什么。"

"我看你有点情绪不高,怕你是闹情绪了。"

左明说着,亲热地坐在天虹身边。

"真的没有什么。"天虹微微红着脸辩解道。

左明笑了笑,直接进入正题:

"这次三排没有打好,这是有原因的。"他既严肃又和颜悦色地说,"首先是兵力布置不当。应该把一个班布置在山上,两个班摆在口子上,再挖一点简单的工事就好了;第二是警戒疏忽,敌人冲过来才发觉,已经晚了;第三是发现敌人后,冲下来的动作不够迅速果断。这里面也有我们的责任,没有帮助你布置一下,也没有细致地检查。"

"这哪里能怨你们呢?"天虹立刻接上说。

左明摆了摆手:

"不管怎么样,事情已经过去了,主要是今后接受经验教训的问题。在我看,第一次参加作战,出这样那样的问题是难免的,并不能说明你周天虹今后就打不好了,是吗?"

周天虹听见这话,不知怎的,两行眼泪哗地就流下来了。捂着脸,好半天没有出声。他从心底里感激左明,这位放牛娃出身的朋友。

左明帮他涮了涮衣服,拉着他一起回连队去了。

红军有一个优良传统,就是每次战后必有一次战斗总结。不论大仗小仗都是如此。这种总结,第一是肯定优点,第二是指明缺点,第三是总结经验教训。战斗中的英模人物和犯错误的人都要毫不客气地指出来。桃花堡战斗后的第三天,全团排以上干部的总结大会就在一个树林里面举行。周天虹当然也参加了这次会议。一开始他就坐在一个很不显眼的地方。他自知总结会是极其严肃的,不是批评,就是斗争,这一关是很难躲过去的。

会议首先讲话的,自然是老鸢团长。他一生不知道哗众取宠,一句一句都是那么板上钉钉,除了老实,也就再无别的特色了。从他脸上微微露出的一点笑容看,他对这次战斗是满意的。这次战斗基本上全歼了日军的一个中队共450余人。中队长桑木被打死,还生俘了敌军七名,其中一名为朝鲜的翻译官。他指出惟一的缺点就是大约有十七八名敌军漏网。讲到这里的时候,周天虹的心已经狂跳起来了。他已做好准备团长点自己的名字。但是出乎意料的是,团长只讲了"由于戒备疏忽",就再没提出别的。政委的发言也是如此,他总结得又生动,又带劲,不时引起一阵阵哄笑。在他表扬的名单中,连长刘福山和副指导员左明,都颇占重要位置。担任向导的桃花堡的老百姓,更受到他特别热情的赞扬。而讲到缺点时,也同团长的口径一致没有更多发挥。但是周天虹的背上已经出了不少冷汗。

散会了。周天虹看见政委从前面走过来,他不好意思见他,躲到一棵大树后面去了。他刚刚隐住身子,听到政委同营长何彪子的对话。

"报告政委,我给你说一个事儿。"

"你说。"

"那个新来的排长不行啊,你把他调一调吧!"

"为什么?"

"他打仗不行,把敌人放跑了。下一次还不定出什么纰漏哩!"

"我问你,何彪子,你是生来就会打仗吗?你第一次打仗就打得很漂亮吗?"

"那,那当然也不是。"

"既然你不是天生的打仗专家,又为什么不允许别人学习呢?"

"他们这些知识分子,只是嘴巴会说……"

"我问你,毛主席、周副主席是不是知识分子?"

何彪子没有回答。沉默了半晌,只听政委严厉地抛出了一句:

"何彪子,你这是狭隘的农民观点!你必须改正,再不能这样了。"

周天虹看见他们渐渐走得远了,才从大树后面走出来。这个泥水匠出身的政委再一次使他心头激动,并衷心折服。

过了些日子,周天虹的心绪渐渐平静下来。

一天,他正同战士们在一起学习,七班长小孙忽然跑进来说:"排长,外面有一个同志找你。"天虹出来一看,原来是老同学高凤岗,牵着一匹枣红色的战马,身佩着驳壳枪,显得十分潇洒。

天虹喊了一声"老同学",亲热地跑上去,几乎把他抱住了。一面笑着问:

"你怎么到这里来了?"

"我要到分区开会,路过这里来看看你。"

"你要到分区?开什么会?"天虹有些诧异地问。

"你还没有看到命令吗?我现在已经提升为副支队长了。"高凤岗脸上露出踌躇满志、春风得意的笑容。

"噢!我祝贺你。"天虹连忙从他手里接过马,拴到院子里的枣树上,然后把高凤岗领到一间小屋里。

他刚要拎起桶去打开水,被高凤岗摆摆手止住了:"不不,我时间不多,大家见个面也就行了。"天虹只好在土炕上坐下来。

"听说桃花堡战斗,你没有打好?"高凤岗望着天虹,显出非常关切的样子。

"是的。"

"天虹,你这个人哪,看去很聪明,其实干什么也没有个算计。"高凤岗埋怨道,"在这个部队里没几天,我一眼就看出来,这个部队如果你打仗不行,那是站不住脚的。你想要站稳,就必须踢好头三脚才行……"

"什么?头三脚?"

"是呀,我对你说,这个非常非常重要。如果你不踢好头三脚,这么多的干部里怎么能把你显露出来呢?说实话,我们来到敌后,已经把最好的机遇失去了……"

"什么,最好的机遇?"天虹眼色发愣,有点听不懂的样子。

"是的,机遇非常重要。比如说吧,如果我们早来一年,在那个'司令如牛毛'的时候来到这里,凭我们这点本事,说不定会干出多么轰轰烈烈的事业!可是,我们来晚了,一切都就绪了,我们只有从最下层,像爬楼梯似的一级一级地爬!说不定连最初几级你也爬不上去,就……"

"哦,你说的是这个。"

"我告诉你,天虹,"高凤岗压低声音,凑到他耳边说,"说老实话,人都怕死,没有一个人是不怕死的。可是,你要干部队,尤其是在这样的部队工作,在开始的时候,你就得'砂锅里捣蒜,一锤子买卖',豁出来,把头三脚踢好。"

"大概你那头三脚是踢好了?"周天虹嘴角里漾出嘲弄的笑容。

"那是自然。"高凤岗得意地说,"开头两个小仗我都打得不错,我的声名马上就传开了。上上下下都说:'这个高凤岗真是个难得的人才!''这个高凤岗是能文能武的好干部!'支队长尤其赏识我,就建议分区把我提起来了。很快就给我配了一匹红马。"

周天虹静静地听着,一直未多说话。

"你以为我的看法对吗?"高凤岗问。

周天虹沉思了一阵,郑重地说:

"你的话,我听起来仿佛有一种投机的味道。"

"什么,投机?你说我是投机?"高凤岗有点儿急了。

"我并不一定说你就是投机,至少你是受了某种投机哲学的影响。我是不赞成投机哲学的。"

"咳,老弟,你也太书呆子气了!从延安起我就观察你,你的书呆子气不仅没改,反而越来越严重了。"高凤岗以老大哥的口吻教导说,"有些东西在课堂上讲讲是可以的,到了实际生活就不顶用了。你说我'投机',这个词儿听起来确实不大好听,可是人之一生不就是在不断地选择,不断地捕捉好的机遇吗?这样看,投机又有什么不对呢?"

周天虹越听越不入耳,口气很硬地说:

"你说我是书呆子,我就是书呆子,反正我不赞成投机者的哲学。"

"啊,那你是信奉一种什么哲学呢?"高凤岗带着一脸讪笑用眼瞅他。

"我信奉的是老老实实的哲学,老实人的哲学。"

"哦,这又是一种什么哲学呢?"

"这种哲学就是专心致志地革命,老老实实地改造自己。"天虹坦然地说,"这种哲学就是决不掩盖自己的缺点,决不文过饰非,有什么缺点就改正什么缺点,使自己逐渐完善起来,最后达到完美。"

高凤岗还没听完,就哈哈大笑起来,长长地叹了一口气,说:

"唉,算了算了,就谈到这里吧,你这位老弟真也迂到家了!"

高凤岗说着就站起来。周天虹要留他吃饭,他摆了摆手,大步跨出门外,在枣树上解下了那匹枣红马。周天虹将他送到村口。

"好,就这样吧!下次再见!"

高凤岗说过,用了一个很漂亮的姿势跃身上马,说话间,那匹枣红色的骏马已经荡起一溜烟尘,向西去了。

周天虹站在那里,长长地叹了口气。

## 二九　第一缕阳光

日军每次吃了亏，都要报复，已经成了规律。即使这种报复并不能达到目的，只要在根据地烧一些房子，捉一些老百姓冒称战俘，回去写一份斩杀虏获的报告，也就算挽回了皇军的面子。

桃花堡战后也是如此。盘踞易县的日军，大约集中了1500余人，在老一团的防地进行"扫荡"。游击战争的老手们，早就成竹在胸。当敌人拉开阵势汹汹然扑过来的时候，仅仅略作抗击，就同敌人转开了圈子。经过三天时间，早把敌人弄得人困马乏，疲惫不堪。待到他们败兴而返，老鸢团长早已暗暗捏紧了拳头，突然将敌人的后尾切断，包围在一个山谷中了。老鸢团长虽然并没有读过孙子兵法，但他对"避其锐气，击其惰归"却是运用自如的。

这股敌人约有100余名，在山谷中左冲右突，不到一个小时，就已伤亡过半。周天虹和他率领的三排，今天气鼓得特别足，就像充满气的皮球一般紧绷绷的。他们在山头上打得十分痛快。七班长孙超，年岁不大却战斗经验丰富，且心明眼亮，几乎成了排长的参谋。大家正打得开心，小孙忽然对周天虹说："排长，你看敌人是不是要突围了？"周天虹一看，果然机关枪和掷弹筒集中向东面的山头射击，炮弹的浓烟顷刻间把一个小山头遮盖住了。周天虹估量了一下形势，觉得敌人很可能从那个山丫口突出去，就大喊了一声："同志们跟我来呀！"说过就提着驳壳枪，带着部队顺着一条小路冲下去了。

他们插到山丫口，刚刚布置好火力，敌人已经窜了过来。周天虹指挥机枪兜头一阵猛打，就把敌人顶了回去。剩下的二三十个敌人，在一个山洼洼里乱窜乱跑。近处一个鬼子背着一挺歪把子正在狼狈逃窜。周天虹求胜心切，就一跳而起，不顾一切地猛追过去。一边喊着："同志们，抓活的呀！"小孙和七班的战士也紧紧地跟随着他。这个鬼子拖着一双笨重的大皮靴，在乱石间跑得十分吃力，不一时就被周天虹追上了。他一见无法脱身，立刻转身卧倒，一扬手呼地将一颗手榴弹投掷过来。周天虹一看这颗小甜瓜似的手榴弹正好落在身边，在地上滴溜乱转，就毫不犹豫地一脚踢开，接着随身卧倒。只听轰隆一声，烟雾弥漫，什么也看不见了。周天虹借着烟雾飞跑了几步，一下就扑倒在鬼子的身上。那鬼子就乱抓乱咬地同他厮打起来。这时小孙已经赶到，顺手夺过了机枪，制服了那个鬼子。

这个日本人，留着两小撇日本胡子，满脸灰尘。他一看周围全是八路军，突围无望，就垂头坐在地上。只偶尔偷偷抬起眼望望众人，眼睛里闪射着恐怖和仇恨的光芒。

周天虹的脸和手都被鬼子抓破，留下好几道血痕。他掏出手绢擦了一擦，走上去说：

"你不要怕，我们八路军是优待俘虏的！"

对方睬也不睬，还显出一副高傲的样子，把头转向别处去了。

周天虹见对方听不懂，把手一摆，说：

"把他带下去吧！"

小孙拍了拍他的肩头，冲西边一指，用生硬的日本话说："那边的，开路，开路！"说着让几个战士把他带了下去。

这时，高大慓悍的营长赶了上来。他用抚爱的眼光看了看那挺新缴获的歪把子，然后望着周天虹，就像连阴天出现了第一缕阳光似的，他严峻的黑脸上露出少见的笑容。

"小周，我看你还行。"他点点头说，"我没想到，你还有这两下子！"

周天虹的心灵颤栗着，没有说话。他望着营长，望着营长脸上自他到一营以来第一次看到的笑容，几乎要哭出来。

"我很有点对不住你。"营长走到他身边说，"我曾经向政委提过意见，要求把你调走。这是很不对的。我这人确实有些农民的狭隘观点。"

说过，他向后面喊了一声：

"通讯班长！"

"到！"通讯班长——那个陕北红军应声而至。何彪子说：

"我最近不是交给你一支20响的驳壳枪吗？快拿过来！"

"这支枪，你不是说要留着自己用吗？"通讯班长迟迟疑疑地说。

"废话，快拿过来！"何彪子说着，从通讯班长身上扯了下来，打开木壳，抽出一支晶亮的发出蓝光的枪。这种驳壳枪插上梭子，打起来就像小机枪似的，是此时难得的最好的枪支了。

"有功者奖！"何彪子把那支铮亮的盒子在手里颠了两颠，慷慨地递给周天虹，带着笑意说，"这支枪就给你用吧！"

"奖赏？你今天的笑容就是对我的最高奖赏了。"周天虹在心里说，并没有说出口来。他带着几分腼腆，接过了枪。那支带着陈旧皮套的破枪，又重新挂在通讯班长身上了。

这次小规模的反"扫荡"，以歼敌百余人而告结束。部队回到驻地。周天虹很快感到他在别人眼里的地位不同了。人们看见他老远就笑眯眯地打招呼，本排战士也"排长""排长"地叫得响亮和热乎多了。尤其是瞎子连长刘福山那只红眼睛迸发出分外的热情。有一次不经意间，还听见他对外连的干部夸他："我们连新来的那个学生排长真不离。你们别轻看他，他还真有两下子呢！"周天虹的气鼓起来了，胸脯也挺起来了，步子也迈得大了，就像高了一个头似的。随之，他的胆子也大起来，处理问题更加果断干脆，语声和笑声也洪亮了许多。事实上只有这时，周天虹才被承认是红一团的战士。

那个很顽固的日本俘虏，一到驻地就被安排在一个干干净净的农舍里。中午，弄了肉菜和大米饭来招待他。他都置之不理。尽管他早就饿得饥肠辘辘，还是把头扭到一边，装作没有看见的样子。气得几个战士咕咕哝哝地说："真是倒霉，我们把老太爷请到家了！"

幸亏当天下午，分区敌工科长金硬赶来。他是东北人，高高的个儿，戴着一副近视眼镜，据说当年曾毕业于日本帝国大学。金硬一到，便被领到日本俘虏那里。

桌上摆着没吃的饭菜，那个日本兵垂首坐在一旁。

金硬有一副文雅的知识分子风度，他向对方和颜悦色地点了点头，就坐下来解释八路军的俘虏政策。一开始，金硬一口流利、漂亮的东京话显然使这个日本人感到吃惊，接着便又把头扭向一边。

"你叫什么名字?"

"我叫小林清。"俘虏终于开口了。

"你是哪里人?"

"我是大日本国大阪府人。"

"你在日军中是什么军衔?"

对方不言语了,停了一会儿,才说:

"这是军事机密,你没有必要问我。"

"你不明明是机枪射手吗?"

"不,我是普通士兵。"

"你在战场上不是抱着一挺机枪跑吗?你为什么要这样做呢?"

"因为我是日本天皇的士兵,我要忠于天皇,我不能让这样宝贵的武器留给你们。"

"可是,你们为什么要来侵略中国呢?这个战争对你有什么好处呢?"

"什么?侵略?我们是来解救你们的,我们进行的是圣战。我们要不来,你们早就成了英美两国的亡国奴了。"

"哈哈,那末,你们是要我们成为日本一个国家的亡国奴吧!"金硬笑了一笑,立刻改变了话题,继续耐心地说,"你们日本军队的情况,我是了如指掌的。你们日本士兵受士官的虐待,那是很严重的。比如说,小林,你个人恐怕也挨过不少的耳光吧!你要很好地想一想这样的战争对你个人和你的家庭有什么好处。"

金硬提到挨耳光的事,小林不自觉地抖动了一下,随即又镇定下来回答道:

"对不起,我是军人。军人的天职就是为天皇陛下作战。我们是从来不过问政治的。"

金硬依据自己同俘虏谈话的经验,深知日本武士道精神鸦片对他们的麻醉程度,第一次谈话只能是一个小小的序曲,当即适时结束了。

金硬最关注的,就是小林清是否吃饭的问题。下午晚饭时候,发现桌上的饭菜被他吃了个精光,金硬放心了。准备第二天再去做思想工作。哪知第二天一早,就得到报告说,小林清乘半夜到厕所之机,越墙而逃,追了一阵没有追上,不知跑到哪里去了。

"不要紧,他是跑不出去的。"金硬笑着摆了摆手。果然当天傍晚,小林清被几个民兵捆绑着押解回来。金硬见他神色沮丧,两眼充满恐惧的表情,连头也不敢抬,一定自认必死无疑了。

"小林,你犯了严重的过失,按军法是要严加惩处的。"金硬严肃地说,"但是念你初犯,我们可以从轻处理。"

金硬说过,又让给他弄饭吃。原来他跑了一夜,不辨东西南北,反而跑到根据地的腹地去了。他是拂晓悄悄溜到一个农家偷饭去的时候被民兵抓起来的。当然饭一端来,就被他狼吞虎咽,顷刻间吃了个精光。

"小林,你在家上过学吗?"金硬表情温和地问他。

"我是昭和十三年的高中毕业生。"他颇为自得地答道。

"噢,那你平常喜欢看点书吧?"

"喜欢,有时候看一点。"

"有个日本人叫河上肇的,你可知道?"

小林愣了一会儿,摇了摇头。

"这是日本当代最有名的经济学家嘛,你怎么就不知道呢?"

"我好像听说过。"

"他写了一本《经济学大纲》,那是写得很好的。我在日本帝国大学留学时读到过,对我帮助很大。我介绍给你看看,你乐意吗?"

"我可以随便翻翻。"

"那好。"金硬说着,便从军用挎包里取出一本厚厚的日文书来,笑眯眯地递给小林清,并且说道,"有什么问题,我们还可以互相讨论。"

小林清点了点头。第二天他便随金硬到分区政治部去了。

# 三〇　布谷声里

战争的岁月,人们似乎不注意季节的变化,不知不觉已到了春末夏初。群山绿了,易水河也丰盈起来。两岸稠密的村庄,一个个全隐藏在绿森森的树荫里。小麦已经长得很高了,只要一阵风吹来,那滚滚的绿波就一直荡到天边。一到晚间,月亮升起来了,河边的柳树下就传来洗衣姑娘的歌声,还不时传来几声布谷鸟的啼唱。周天虹近来心情愉快,觉得晋察冀的田园充满了浓郁的诗意。

老一团接连两次打了胜仗,早就听说群众要来慰问。部队把村庄里里外外打扫得十分整洁。这天,早饭刚刚吃过,村头上就响起了欢腾的锣鼓声。部队迅即集合在广场上。他们刚刚换上了夏装,穿的是黄槐花染成的粗布军衣;这种军衣说是绿又带着一点鹅黄,显得十分漂亮。来慰问的群众好像无法宣泄他们的热情,把锣鼓点敲得特别热烈。后面紧跟着十几个壮汉,他们抬着杀好的大肥猪;肥猪上贴着红绿纸条。再后是几个少年牵着几只挂着红布条的肥羊。随后又是青年妇女们的秧歌队和儿童们组成的舞蹈队。战士们望着这一切,一个个眉开眼笑。

仪式开始了。开头是营长何彪子和群众组织的负责人讲话,随后便是游艺节目。周天虹坐在队列里兴致勃勃地观看。忽然他一转眼,看见地方女干部中有一个非常熟稔的身影,那身材,那脸盘儿,都很像高红。再定睛细看,果然是她。她还是留着齐眉的娃娃头,也许脸上承受了过多的阳光,渐渐变成紫糖色了。她没有穿军衣,而是穿着一件天蓝色的带大襟的女式便服,看去颇像一个乡下姑娘。不过她腰里仍然紧紧束着皮带,还是显得那么洒脱。几个月没见,她身上那种文弱之气已经减去不少,显得更加健美可爱了。

周天虹的心不禁跳起来,已经无心观看节目。周围的人声、笑语和一阵阵的掌声,都像没有听见似的。只是一个劲儿地瞅着她,瞅着她,瞅着她的微笑,瞅着她与人谈话的姿态,恨不得立刻跑上去,握着她的手说:"高红,难道你把我忘了?"

正在痴望间,只听台上宣布:"现在请专区妇救会的宣传部长高红同志为大家表演节目!"

下面立即响起一片掌声。

高红出台了。周天虹全神贯注地望着她。只见她又从木匣里抽出他熟悉的钢锯,把头发向上一扬,钢锯上就流出深沉的动人的《国际歌》。天虹立时便回想起他们的初见,回想起那次难忘的除夕晚会。他正是从这次的琴声里认识了她,爱上了她。从此,她的形象,她的言谈笑貌,就永远铸在他的灵魂里了。可是她对自己究竟如何呢?直至今天还是疑问。想到这里,不禁一阵惆怅……

高红刚刚收起弓子,下面就响起热烈的掌声。她不得不加演了几支曲子:《到敌人后方去》《我们在太行山上》,还有她在延安常常挥舞着双臂指挥的《拿起刀枪干一场》。

"好不好,妙不妙,再来一个要不要?"

"要!!!"

要搞拉歌这一套,前方战士比抗大学生还要出色。简直缠得你无法脱身。高红陷入重围,只得又奏了一曲刚刚流行的《红缨枪》。演奏刚刚落音,在场军民一齐唱起来:

  红缨枪,红缨枪,
  枪缨红似火,
  枪尖发银光,
  拿起红缨枪,
  去打小东洋,
  小东洋,是个横行霸道的恶魔王,
  他的野心比天还大,
  想要把中国来灭亡。
  老乡,老乡,
  拿起红缨枪,

去打小东洋……

游艺节目结束时,来慰问的一伙人,挤挤拥拥,由营长、教导员陪着到营部用餐去了。周天虹心烦意乱地回到连里,随便扒了几口饭,急急忙忙赶到营部的院子。听见屋子里说说笑笑,热闹非常。他不愿在这种场合贸然出现,尤其不愿在营长的面前暴露他和高红的关系,就走出院子火急火燎地等待着。他觉得这顿饭时间是这样的长,简直就像没个完似的。

好容易饭吃完了,人们抹着嘴走出来。周天虹躲在一边,听他们又在不必要地说着无尽无休的客气话。终于慰问的队伍走出了村庄。

眼看着他们往二营的方向去了。周天虹在后面追着,急切地喊了两声:

"高红!高红!"

高红在路边站住了。她肩上挎着一个绿色的军用挎包,另一个肩上挎着琴匣。

周天虹跑上去,怨怨艾艾地说:

"你把老朋友忘记了吧?"

"啊哟,天虹,是你呀!"高红带着歉意地笑着,"我真的不知道你在这里。"

高红说着,伸出一只细长的白手来,天虹紧紧地将它握住了。

"高红,我问你,你怎么就不来信呢?"

"你不是也没有来信吗?"高红顽皮地笑着。

"我没有写信,是因为不知道你分配到哪里去了。你呢,你该大体知道我在这个团里。"

"可是具体地址我不知道,如果落到别人手里……"

"噢,怕'落到别人手里',那自然不是一般的信了。"周天虹琢磨着这句话,觉得很有味,心里有些高兴了。就问:

"你这一阵儿到哪里去了?"

"我在边区妇救会当了几个月干事,现在分到专区妇救会了。"

高红笑眯眯的,用一双猫眼深情地望着他,问:

"天虹,你在这里顺利吗?"

"顺利？天底下哪有顺利的事！"天虹说，"要在这个团得到承认，那可不是容易的。我来了几个月，营长才对我笑了一笑。"

"那是怎么回事？"

"因为上次仗没有打好，这次打得好了一点，营长才说：'你这小子还行。'"

高红咯咯地笑了，说：

"我对你是有信心的，我相信你会干得不错。"

周天虹从上衣口袋里取下一支黑杆自来水笔，别在高红的天蓝色女衣的大襟上，说：

"这是胜利品，你就留个纪念吧。我相信下次还会带给你好的消息。"

这时慰问的队伍渐渐远去。高红不断回头张望，显然怕丢得过远。但又有几分留恋，不忍遽然离去。犹豫了一会儿，才说：

"我要走了！"

周天虹望着她那可爱的紫糖色的脸蛋，真想上去搂住她亲上一口，但又怕太唐突了。他一直把她的手攥在手里不放，高红望着他那热辣辣的眼睛不禁涨红了脸，把手一抽，一路小跑着去追赶队伍。

周天虹呆呆地站在路边，听着布谷鸟在柳荫深处传出的啼唤。

# 三一 杏 花 营(一)

高红结束了慰问工作,回到专区妇救会,还没有来得及休息,就被找去参加地委书记召集的紧急会议。会议的中心议题,是复查减租工作。地委书记神色严峻地说,现在边区的减租减息工作,虽然早已实行,但是有些地方水过地皮湿,贯彻得并不彻底。尤其是封建势力大的地方,还存在着明减暗不减的问题,贫苦农民的负担并没有减轻。这样,广大农民群众就不能发动起来,根据地也就不能巩固,敌后抗战就不能坚持下去。因此要立即展开减租减息的复查工作。

会后采取分片包干的办法进行了分工。高红被分到一个叫杏花营的村庄。

杏花营是贴近山边的一个村庄,约有五六百户。高红虽然去过几次,但还不大熟悉。临走她特别请教了农会主席老常。老常嘱告她:那村子地主势力颇大,过去政权一直把持在地主手里;现在几经改选,村干部虽是中农出身,但看风使舵,常常看地主的眼色行事。要她到那里特别当心。

一切准备妥当,高红就煞上她的皮腰带,背上小背包,挎着小挎包出发了。她现在穿的是便装,但是仍保持着洒脱的军人风度。走起路来,步伐轻捷,二三十里路像玩儿似的就赶到了。

杏花营从房舍看,是一个阶级相当分明的村庄。村东头是地主李大官人家的庄园,高大的院墙,清堂瓦舍,几乎占了小半道街。再往西来,则是较一般的房舍,多半是中农和富裕中农,最西头边边沿沿,房舍低矮而破败,那自然是贫农和佃户们的穷窝窝了。高红一面走一面盘算:这次的任务不同寻常,如果住到富裕农民的家里,那就难以了解到真实情况了。她这样想着,就在村西头一家柴门前停住了脚步。

她手攀柴门一望,院子里有棵大枣树,树底下坐着一个驼背老人,正守着一大堆荆条子,在那里低着头编制筐篓。她知道这人名叫周二,是这村最穷苦的人家之一,家里只有两间北房,一间小东屋,全歪歪扭扭,破旧得不像样子。高红轻轻地叫了一声:"周大伯,您在家呀!"那老人这才抬起头来,向这边望了一望,接着站起身咯咯吱吱地开了柴门,柴门上挂着的小铜铃,也丁丁零零地响了一阵。

"大伯,您认识我吧?"高红带着笑和蔼地问。

"啊?面熟熟的,您是区里来的吧?"那老人猜度着,一面把她让了进来。

高红打量这老人,实际并不太老;因为背驼得厉害,同高红说话还得仰着脸儿。他穿着一件破布衫,露着半个肩头。两只老山鞋踢里踏拉也破得不像样子。高红从心底里腾起一种怜悯之情。

听见院子里有人讲话,女主人也从小北屋里走出来。她看去有四十多岁,人长得很清爽,一只手端着簸箕,一只手握着一把新掐下来的还在发青的麦穗在簸箕里揉搓着。

"大娘,您还认识我吗?"

"咋不认识?"她笑盈盈地说,"我还听你在戏楼前面讲过话哩!"

"大娘,您看我在您这儿住几天行吗?"

"啊哟!在我这儿?"大娘有点意外,以为是玩笑话,也笑着说,"你看我这个老鸹窝能住得下你这个金凤凰吗?"

"金窝,银窝,我都不住,我就是要住在你这个穷窝儿。"高红呲着一口白牙笑着。

"你只要说行,那就行。"大娘说着,就帮着她取下背包,然后拎到屋里放在炕上。一边唠叨着说,"你看我这穷窝脏的!我这家只有八路军住过两次,地方干部一次也没有来过,一到村里就到高门大户去了。"

高红眼往四下一扫,屋子里确实又脏又乱。土炕上放着的两床破印花被,说蓝不蓝,说黑不黑,不知道有多少年没有拆洗了。屋里除了一张小木桌,一张条凳,墙角里一口破缸,几个破旧瓦罐,几乎没有什么东西,真是一贫如洗啊!高红到这样的人家并不多,今天看到这些,不禁惊叹中国农村的贫穷。

大娘是个热心肠,见高红决意留下,就立时上了炕。她习惯地跪在炕沿上把两只半大脚一磕,然后把一些杂七麻八的杂物和自家的脏被窝归拢在一头,接着抄起笤帚扫起炕来。高红也连忙下手,打扫屋子,归拢东西,不一时就把一间小屋子拾掇得干干净净。大娘把高红的背包打开,铺在一边,亲热地说:"闺女,你跟我就伴吧,到晚上我把那老东西还有我那小子都赶到小东屋去。晚上睡不着了,咱们娘俩还可以拉个闲篇儿呢!"

这时,柴门上的小铜铃响了两声,院子里走进两个人来。高红走到院子里一看,原来是本村的村长,后面跟着一个小伙子。

"哎呀,高同志,你怎么跑到这里来了?"

这个40多岁,略略有些秃顶的汉子一脸埋怨地说。

"我随便找个宿儿。"高红笑着说。

"快跟我走吧,房子我早就给您找好了,那地方儿宽敞,吃喝、找人谈话也方便。"村长一边说,一边跟那小伙子丢眼色,"你还不快去,把高同志的东西拿上!"

"不,不,我就在这儿住了。"高红连忙拦住,口气很坚定。

"那怎么行?"村长皱着眉头,"这个地方……"下面的话村长没有说出来,停顿一会儿才接上说,"过去,上面下来的人,不是住在东头,就是住在街中间,那里离村公所也近。"

"村长,你就不要说了。"高红脸色严肃了,一面从口袋里取出十天的粮票,"请你帮我领出十天的粮食送到这里。有事我再找你。"

村长只好接过粮票,涨红着脸敷衍了几句,走出去了。

说实在话,现在最令这个农家主妇犯难的问题,就是吃饭问题。她不时地抬起头望望太阳,太阳已经转到正南方去了,是该做饭的时候。可是做什么饭呢?能让上边下来的人吃自家那种不像样的饭食吗?别说违背待客之道,自己心里也过不去。可是,现在正值春荒季节,瓦罐里的米只剩下不多几把,穷人赖以为生的瓜菜也没有下来。她望望墙头的北瓜,正开着一片黄花,结出的小瓜还不如小孩的拳头大。又怕客人看出自己为难的样子,只在心里叹气。

这妇女盘算了一阵,假托有事就拿起一个小簸箕走出去了。待了好大一阵子,才见她借来了二斤白面端了回来。

"大娘,你弄这个干什么?"高红惊愕地问。

"这个你就不要管啦!"大娘说着,喜滋滋地做饭去了。

正午时分,饭做好了,周二的儿子也回来了。这孩子看去已有十七八岁,蒙着一块白毛巾,显得甚是英俊。原来他一大早起就背着几个筐篓前去赶集,也是为了换几个钱度过春荒。

开饭时,大娘给高红搬了一个小炕桌放在里间屋炕上,两张圆圆的白面饼放在箅帘里。不一时又打了两个鸡蛋放在小铜勺里炒了炒也端上来。高红一看,周二一家则每个人捧着一大碗黑糊糊的东西蹲在外屋里。看见这情景,高红立时涨红了脸,说:"这怎么行?"一面说,一面跳下炕来,把两张白面饼掰成四份,一人一份放在他们的碗里,一小盘鸡蛋也强行给他们分了。大家争争让让,还掉到地上很大一块。

"闺女,你怎么能这样?这是待客,怎么能每个人都一样呢?"大娘显然带着不满责备地说。

"我不是客,"高红带着笑说,"你就把我当成你的闺女看吧!"

高红说着就抄起一个大黑碗,从锅里盛了满满一碗吃起来。说实在话,开头儿只看见碗里黑糊糊的,并没有看出是什么东西。吃了一阵儿,才辨出是山药干、萝卜干、胡萝卜缨子和玉米面搀和成的糊糊。那种味道和气息都是令人难以下咽的。高红生来并没有吃过这样的饭食,甚至觉得难以承受。但是在群众面前,她还必须装作乐呵呵的样子,使人觉得她吃得很香甜。而在这同时,这一家贫农,尤其是家庭主妇则怀着一种深深的负疚的心情。

"我不过偶尔吃了一顿这样的饭食,而他们,长年累月不就是吃这样的'饭'吗?他们是怎样忍受的呢?"高红边吃边默默地想,油然生出一种深深的同情。

她一边嚼着那涩巴巴的萝卜干,一面偷眼望着周二,望着他那满是粗茧的大手,那苍老的面颜和深深的驼背,问道:

"周大伯,您今年多大年纪了?"

"我今年43了。"周二说。

"43?"高红不禁眉毛一扬,吃惊地说,"你的背怎么驼成这样了?"

"你不知道,同志。"周二停住筷子缓缓地说,"我从小就受苦。

租种李大官人家几亩地,到我是第五辈了。年年都不够吃。我从十岁起,就腰里捆着绳子上山割荆条子。天不亮就动身,到晚上才回来。荆条子这东西沉哪,我一背就是五六十斤,走的又是山道。还不到 20 岁,我这背就开始驼了。以后一背就是一二百斤,我这背就压得再也直不起来了。"

高红叹息了一声,又问:

"你家租种了李大官人家多少土地?"

"就算 20 亩吧!"

"每年出产多少?"

"碰上好年头儿,能打十三石五斗谷子。"

"要拿多少租子呢?"

"要拿十石五斗。"

"咦!要是坏年头儿呢?"

"坏年头也不能少。你当了裤子,卖了儿女也得缴租。"

高红愣住,不言语了。停了半晌,才问:

"八路军来了以后,不是实行二五减租了吗?就是说从原有的地租中减去 25%,你们按规定减了吗?"

"这个……减了吧。"周二神情惶惑,支支吾吾地说。

高红看见他这个样子,忙追问了一句:

"是按规定减了吗?"

"是,是,按规定减了……"

"减了多少?"

"我记不大清楚了。"

周二刚说到这里,儿子瞪了他一眼,把筷子往碗沿上乓地一摔,说:

"爹,你怎么不说实话?谁给我们减了?"

周二当场红着脸,嗫嗫嚅嚅地说:

"是他们要我这样说嘛!"

"大伯,是谁让你这样说呢?"

"是李大官人家传下了话:上面如果来问,就说按规定减了;要是谁说漏了嘴,就把地立时收回……"

高红听到这里,才知道问题果然严重。心里想道:我们的基本

群众,如果仍然呻吟在封建剥削的重压之下,怎么能抬起头来抗战呢?她沉吟了一会儿,接着问周二的儿子:

"其他佃户也都是这样的吗?"

"国强,你知道你就给高同志说说。"大娘发言了。

这个青年人没有接触过女人,一直低着头抱着大黑碗吃饭。听见高红问他,才略略抬起眼望了望她,温顺地答道:

"是的。"

"你能找三五家佃户,到我这里谈一谈吗?"

"行。"国强说。

晚上,周二把小东屋的柴草、杂物收拾到一边,露出一铺小炕,父儿俩睡在小东屋里。高红就在大娘身边睡了。两个人越拉越亲热,大娘就把自己一切不便告人的家世都对高红说了。她说,她原来是外乡人,因为年景荒旱,丈夫活活地饿死了。从此自己无依无靠,不得不扪着要饭的篮子外出逃荒。有一天晚上,就住在本村的破庙里。周二见她十分可怜,就把她领回家,两个人跪到地上磕了三个头,就算成了亲。她给他生了两个女儿,一个儿子,因为荒年交不上租子,就把两个女儿卖了。大娘说到这里,抽抽搭搭哭了好大一阵子才渐渐睡去。

高红却一直没有睡着。想起自己生活在人世间这么多年,对于穷苦人的生活,从来没有这样深的感受。她想起自己的地主家庭,想起自己每年暑假回到家里,过的是何等富裕的生活!虽然也到穷人家去过,看的却比较表面,哪里会想到挨饿是什么滋味?卖儿卖女又是什么滋味呢?即如今天吃的饭食,简直还比不上自己家里喂猪喂狗的饭食!而他们这些朴实可敬的人,却是真正为这世界生产财富的人,流血流汗维系这个世界得以生存发展的人!自己能够活得这么大,不正是靠了他们的血汗吗!她想到这里,从内心深处感到深深的愧疚。直到今天的夜晚,她觉得自己在延安学的那些马克思主义的真理,才算真正在自己的血肉和生命里扎根了。

## 三二　杏　花　营（二）

　　第二天一早,阴云四合,不一时便淅淅沥沥下起细雨来。
　　早饭后,国强找的几家贫农便陆续来到周家。其中有一个60多岁头发斑白面目和善的老汉,一个十八九岁的闺女,一个20多岁眉眼透着精明的青年。高红热情地把他们招呼到周家的小屋里。有的坐在炕沿上,有的坐在炕前面的长凳上。周二和儿子国强圪蹴在角落里。大娘殷勤地招待着客人,和大家说笑着。小屋里有一种穷人间特有的亲热气氛。
　　大娘指着那位头发斑白的老汉对高红说:
　　"这是我们家大哥,村儿里姓周的就数他岁数大了,一辈子也没成个家,孩子们都叫他'光棍大叔'。可他是全村第一个热心肠,不论谁家有了难处,只要他听说就会去帮忙。红白喜事都少不了他。"
　　高红望着那老人慈眉善目笑眯眯的神气,问:
　　"大叔,你怎么一辈子也没有成家呢?"
　　"还不就是个穷嘛!"老人说,"俺爹没死那时候就一心惦记着给我成家,一辈子白操了心。有一年刮大黄风,颗粒不收。全家眼看就要饿死。我爹到李大官人家求借,磕头磕肿了脑袋,才借给了60斤山药。18年以后利滚利就滚成了1.5万斤。从此以后,就再也还不起了。后来李大官人家开了个恩,叫我们家每年还100块大洋,100斤山药,还得给他家送工,背柴禾。直到我爹咽气,还含着眼泪说:孩子,你已经40多了,也没帮你成个家,我实在对不起你!……"
　　老人说到这里,沉重地叹了口气。也许他在人前不愿显得过分可怜,又勉强笑着说,"光棍也有光棍的好处。你们有家有业的,为了老婆孩子把心都操碎了;我可省心啦,人走家搬,一个人吃饱饭一家子都不饥了。"

说到这里,把大家也逗笑了;尽管这笑带着浓重的苦味。

大娘又指着那个穿柳条褂子,眉眼俊俏的姑娘说:

"这个叫秀女,是俺们周家的闺女。不是夸嘴,全杏花营的巧手就数她了。你说纺线、织布、绣花,全村没有人敢比。她一两天就能织出一匹布来。就是命不好,娘早早就死了,留下个爹,三天两头生病。一个家就靠着她这双手哩。她又是这村的妇救会主任,走门串户,催妇女们做军鞋,她那眼可尖了,谁做的军鞋不合格也瞒不过她。"

"婶子,你就别夸我了。谁叫我这命不济哩!"秀女微微红着脸说。

大娘又指着那个体魄健壮、眉眼聪明的青年人说:

"这个你认识吧?他叫刘拴柱,是咱们村的农民自卫队队长。他在县里受过训,打枪、埋地雷,样样都行。前些时,他领着民兵跟部队到敌占区,一下子就割了好几百斤电线……"

"不是几百斤,是几千斤!"秀女纠正说。

"对对,是几千斤电线,让骡子驮回来了。现在咱们架的电线就有他们割的!叫我看,这小子是样样都好,就是一个字——穷!二十大几了还没成亲哩!"

"唉,大娘,看你说到哪里去了。"刘拴柱笑着说,"你把大家夸了个遍,你就不夸夸国强?"

"他有什么可夸的!这臭小子不让我生气就算不错了。"大娘说着,爱抚地望了儿子一眼。

高红笑微微的,两只乌亮的猫眼忽闪忽闪地望着他们。她觉得这些穷苦人虽然衣衫破破烂烂,但身上却有一种异常纯朴和真诚的东西,令人从内心里感到亲近。她不慌不忙地跟大家说,她是搞减租减息复查来的;如果查出有不落实的地方,就要立即落实。政府一定给大家撑腰。说过,她问:

"你们杏花营的减租工作到底落实了吗?"

大家闷了一会儿,光棍大叔眨巴眨巴眼问:

"高同志,你是要听真的,还是要听假的?"

高红笑了:

"大叔,你真能说笑话,我跑了这么远的道儿,怎么想听假的呢?"

"同志,我说的并不是笑话。那从上面来的人,有人是要听真的,有人就是要听假的。他一来,往村公所一蹲,再不往李大官人家一住,找几个干部一问,末了再把材料一凑,把报告一写,最后往上面一递,结果是深入贯彻、全面落实,完了。"

高红噗哧一声笑了,她望着光棍大叔那股幽默逗笑的样儿,说:

"大叔,你总结得真好!我这次来,住在国强家里,又先找你们来,自然是要听真的。"

光棍大叔抹了抹他那稀零零的胡子:

"这个事儿,你要到干部那里去问,或到大街上去问,人们准保会跟你说:减了,减了,落实了,落实了。都按二五减租的政策减了。这些,你最好不要听;你要跑到贫户家里,把他们的米缸敲一敲,把他们的瓦罐掀开盖子看一看就明白了。"他说着就站起来,跑到米缸那里,掀起盖子,伸进整个一只胳膊,咣当咣当敲了几下,又把一个瓦罐扳倒,让大家看了看露出的底儿,笑着问,"你说二五减租落实了没有?"

他的这个举动,把全屋的人都逗笑了。

"那大家为什么不敢提呢?"

"你敢?要是谁敢在太岁头上动土,在阎王爷鼻子底下打喷嚏,马上把你租的地收了,叫你把大锅吊起来当钟敲。"

"别叫他们吓住!"高红严肃地说,"他们要敢收地,我把他送到法院里去!有八路军和边区政府撑腰,你们怕什么?"

刘拴柱插话说:"最近,李大官人家还散布谣言说,八路军站不长了,迟早是要走的,你们这些穷棒子总不能跟着八路军走吧?"

"这是他们的妄想!"高红气愤地说,"八路军是不会走的。把日本打走,还要建立新中国呢!"

刘拴柱接着又说:

"他们还派出梁二秃子对穷人说,你们别听八路军那一套,减租?减什么租?自古以来,种地拿租这是天经地义的事。咱们都是乡里乡亲,不要丧良心。要不是李大官人家把地交给大伙种,这一带穷苦人不知道要饿死多少哩!你们不要忘,这是李大官人家养活了大伙,不能恩将仇报!"

高红把这段话记在小本本上,然后抬起头问:

"那么,究竟是地主养活了穷人,还是穷人养活了地主呢?"

大家一时无话,高红望着光棍大叔说:

"大叔,你说到底是谁养活了谁?"

"这个……"光棍大叔眨巴着眼,从腰里解下旱烟袋,灌满烟锅子,然后夹着烟管吧嗒吧嗒地打起火镰。他点着烟抽了两口,说,"我看他们说的,也不是没有一点道理。土地都是人家的,要是他不给咱种,那咱们这些穷老百姓可怎么活呢?"

高红又望着周二说:

"大伯,你看呢?"

"我,我也说不准。"周二迟迟疑疑地说。

"我看这理儿不对。"高红说,"古时候,那土地本来是大家共有的。后来出现了私有,土地才被一小部分人占了。这样大伙儿才给那一小部分人种地,那伙人就不劳动了。可是只有劳动才能创造价值,一块地放在那儿不去耕种,一万年它也不会打出粮食。可是我们穷人,一年辛辛苦苦打出了粮食,大部分倒被地主拿去了。他们身不动,膀不摇,一年到头又吃香的,又喝辣的,我们穷人劳动了一年,倒吃没得吃,穿没得穿。这就叫劳动的人不享福,享福的人不劳动。这怎么能说是公平的呢?所以不能说是地主养活了穷人,而是穷人养活了地主。你们看是不是这个道理?"

高红一番话说得人心明眼亮,纷纷点头。刘拴柱说:

"我看这个理儿对。要是我们不给他劳动,他到哪里去吃香的、喝辣的?"

秀女也在一边发话了:

"他们说减租是丧了良心,我看是他们丧了良心!"

高红红润的脸上浮出微笑。她觉得"谁养活谁"这个道理,对某些人可能显得深奥;而对被剥削的劳苦群众,却是一点就破,是很容易理解的。

"现在这个减租,只是稍微减轻一点剥削,并没有取消剥削。"高红解释说,"这是为了团结地主阶级一道抗战。将来把日本打跑了,还要实行土地改革,使人人都有地种,到那时封建剥削就要全部铲除了。"

"那就好了。"秀女微笑着,两个眼睛亮晶晶地放光。

"到那时候就好了!"光棍大叔、周二和全屋子的人都说。

高红觉得这个会开得很圆满。最后告诉大家,回去分头活动,把全村的贫农都动员起来,准备着到李大官人家进行说理斗争。

工作进行得很顺利。第三天,在杏花营村东的打谷场上召开了全村村民大会。高红在会上讲了贯彻减租减息的政策问题。随后由刘拴柱和周秀女率领着全村的佃户闹闹吵吵地来到李大官人家的庄院门前。

"快让李东家出来答复问题!"人们一片声嚷着。

不一时,李永寿从大黑梢门里走出来。他秃着脑瓜,穿着一件银灰色的纺绸长衫。戴着一个蚂蚱腿的平光养目镜。他虽然只不过50来岁,却已经黄皮寡瘦,衰弱不堪。此人在北京读过几年书,想买个官儿也没弄成,还学会了抽大烟,胡嫖滥赌。回家后娶了好几房姨太太。身子像是淘空了的蛇皮,走路都颤巍巍的。此时他抬起头望了望,见门前来了这么多人,旁边还站着高红,不免有些惊慌。随后又勉强镇静下来,笑了一笑:

"大家都是乡里乡亲,有话好说嘛!干吗一下子来了这么多人?"

"我们要下租子!"人们纷纷地叫。

"下租子?下什么租子?八路军一来,我就按他们的规定,实行了二五减租,一分行利了嘛,还要下什么租子?"

"李永寿!你要放老实些!"刘拴柱在人群中大声喊道,"你嘴里说减租,你一个粮食粒儿也没有减,你想骗谁?"说到这里,他回过头对众人说,"乡亲们,李永寿给你们减租了吗?"

"没有!!!"人们齐刷刷地喊。李永寿哪里听到过这种震人心魂的喊声,脸立时变得苍白。

秀女从来不敢抬起眼看看这位威严的东家;她每次从李大官人家门前经过,心里就发紧,马上加快了脚步。今天她却在人群里站得直直的,用手指着李永寿说:

"你明明没有减租,硬说减了。你还威胁我们,不许我们说实话;说谁要说了实话,就把谁的地收了。李永寿,你是想把大家都饿死呀!"

秀女的声音又尖又亮。这是她第一次在众人面前讲话；也许由于胆怯或者少女的羞腆，声调里总是带着一些颤音。

"呸！这样的小女子也敢造反！"李永寿在心里骂道。他立刻把眼一瞪：

"谁说这话了？哪个说要收你们的地了？减租减息，这是抗日政府的政策法令，我敢说这样的话吗？"

听了李永寿连珠炮般的发问，秀女反而胆气更壮，立刻眉毛一扬说：

"是你的管家梁二秃子到我家里说的，你敢不承认？"

话音未落，下面一片声嚷：

"也到我家说了！"

"也到我家说了！"

光棍大叔也抹了抹胡子，放大嗓门说：

"梁二秃子还跟我说，八路军站不长了，你们别跟八路军走。"

"这个王八蛋，简直胡说八道！"李永寿立刻改变口气，勉强挤出一点笑容说，"大家都是乡里乡亲，抬头不见低头见。我的生活过得去，也得让你们的生活过得去。你们来，不就是为了减租吗？减就是了，这个好说。"

高红一直默默地站在旁边，脸上虽然相当严肃，心里却在笑着。她看见千百年来一直被压在底层连大气都不敢出的劳苦人，今天能够扬眉吐气说出几句像样的话来，真是万分高兴。现在一看李永寿低了头，时机已到，该收场了。她迈着稳重的步子走到前面。

"乡亲们！今天你们来找李永寿说理，这是做得对的。二五减租国民政府早就颁布过，但从来没有执行。现在为了抗战，为了减轻人民的负担，边区政府重新颁布了。李永寿不执行这个政策法令，明减暗不减，且压制群众，这是违法的。究竟怎样处置他，应该由政府研究。现在，既然他已经答应减租，就应该从颁布这项法令的时候算起，把两年间该减的租子完全退回来，欠债的利息也减下来。这件事应该从明天起就办。你们说好不好？"

"好！！！"下面响起一片掌声。"中国共产党万岁！""边区政府万岁！"的口号声也震天动地地响起来。

## 三三　杏花营(三)

　　杏花营欢腾喧闹起来了。那些衣衫褴褛的贫农们,一个个背着大口袋,像乱纷纷的工蜂一般,拥挤在李大官人家的仓房前面,把应退的粮食背回家来。他们笑了,杏花营笑了。

　　说也奇怪,还是同一个杏花营,顷刻间焕发了新的生命。人们愁苦的面容像被一阵春风吹得无影无踪,田间地头和街头巷尾到处都扬着笑声。一切都充溢着勃勃的生机。

　　高红并没有就此罢手,她懂得不整顿改造基层政权仍然是不可靠的。经过继续发动群众,民主选举,终于把听命于李大官人家的村长、村副和其他干部撤换下来。新选了刘拴柱担任村长,周秀女担任村副,光棍大叔也当了粮秣主任。工作立刻有力地开展起来。

　　高红正准备回去报告工作,上级又下来了新的指示,要她乘此有利时机,掀起参军热潮,动员优秀青年壮大部队。不用说,前方持续不断地战斗,部队必须及时得到补充。

　　高红知道这种工作同发动减租还有不同:发动减租是发动群众为自己的切身利益进行斗争,而参军则是要他们自己或自己的亲人献出生命。这是非同小可的,工作本身是相当艰巨的。高红免不了走家串户地去做工作。好在这时同初来杏花营不同了,村干部和党支部都配合得很好。

　　经过一个礼拜的动员,村里已经有十几名青年报名。高红虽然住在周二家里,却没有动员国强参军。因为她看见周二背驼得那么厉害,心里很有点可怜他;如果再把他的儿子动员出去,未免心中不忍。因此话到嘴边就咽回去了。哪知这天她刚从一家贫农那里出来,却被国强截住。

"你为什么不找我参军呢？"他满脸不高兴地问，"你是不是瞧不起我？"

过去在高红面前，他是不敢抬眼睛的；现在熟惯了，把眼睛睁得大大地瞅着她。

高红自然不能说出自己隐秘的情感，就笑了一笑，避开说：

"你是挺好的小伙子，我怎么会瞧不起你？"

"那你为什么不找我呢？"

"我是考验考验你的自觉性嘛！"高红随机应变地说。

国强听了这话，高兴了。

"告诉你，我是决心要报名的！"

"这个……我当然赞成。"高红说，"你先同你娘商量商量。"

高红这天跑了好几家，实在累了；晚上回到周二家，一倒在炕上就睡熟了。夜半醒来，听见院子里还在悄声谈话。

只听国强用撒娇的声音说：

"妈，你就答应我吧。你看人家都去了，我怎么能落到他们后边去呢？"

隔了一会儿，只听房东大娘说：

"孩儿，我不是拦你，你妈不是那种不懂事的，我是可怜你爹。你看他那个样儿，刚刚四十几就成了小老头儿了。你走了以后家里的地可怎么办呢？"接着，似乎有抽泣的声音。

"妈，你不要这样。"又是国强的声音，"村里说，我走了以后，村里会有人代耕的。"

隔了一会儿，大娘似乎停住了抽泣："话都是这样说，谁知道到时候会怎样！"

下面的声音里带着一种固执的意念："我想，拴柱哥不会说话不算数，再说这是边区政府的政策。妈，你就答应我吧！"

"叫你爹说！"又是大娘的声音。

沉默下来了，没有再说话。大约停了一袋烟工夫，才听见一个充满决断的坚实有力的土音说：

"孩儿他娘，你就叫孩儿去吧。打日本，这是正事。我周二窝囊了一辈子，不能再让孩子也窝在家里！"

事情仿佛这么一锤定音，下面又沉默下来了。

不一时,听见大娘摸索着走进来,没有点灯,就在自己的身边悄悄躺下。高红却再也难以成眠。不是别的,而是一种东西深深地感动着她,使她进一步认识到贫农这个阶层。这个阶层,在农村中的地位最低,所处的境遇最困难,而他们的革命性也最强。即如这次参军来说,也以贫农的子弟居多。尽管他们的生活最为困难,但他们却是如此深明民族大义啊!

扩军工作相当顺利。杏花营报名参军的青年有30余名,几乎够一个排了。举行欢送大会那天,县里区里和附近部队都来了人表示祝贺。高红的老同学、《晋察冀日报》的记者晨曦也来现场采访。这天真是锣鼓喧天,鞭炮齐鸣。参军的新战士头上箍了块崭新的羊肚手巾,胸前戴着大红花,肩膀上或者腰里带着一双新鞋,一个一个笑得像秋天的石榴咧着嘴儿。开完大会,干部们把他们一个一个扶上马去。这时,他们的亲人也都前来告别。这场面自然十分动人。国强的妈妈拉着儿子的手还不肯放,刚要张嘴说话,泪就刷刷地流下来了。挣扎了半晌,才说了一句很平常的话:"儿啊,你要好好干啊!离家门近的时候,你就来看一看,远了你就写封信来。……"高红在旁边看着,眼睛也湿润了。

一场大喧闹和情感的大激动过后,村庄寂静下来。

黄昏时分,西天上腾起一大片玫瑰色的霞光,村庄沐浴在夕阳柔和的余晖里。高红借了一个大面盆,抱着衣服来到井台上,痛痛快快地洗了洗头,然后又洗起衣服来。

"高红!高红!"

高红听见有一个熟稔的声音唤她。远远一望,一个人正朝着她急匆匆地走过来。高红一看他那圆胖脸和那副黑边近视镜就知道那是晨曦。他穿着瓦灰色的中山装,领扣也没有系;上衣口袋里插着一支钢笔,大概因为漏水,口袋染了很大一块蓝色。一切都显出文人不修边幅的样子,抗大那种严整的生活痕迹,在他身上似乎已经不多了。

"我找你好半天了!"晨曦满脸都是热诚。

高红笑了,示意他坐在对面一块大青石上,亲热地说:

"晨曦,我在报上看见了你不少的文章,你跑了多少地方呀,你真成了边区的大记者了。"

"那个不算什么!"晨曦摇摇头,"我的那些诗你看了么?那是下了一些工夫的。"

"诗倒没有看见。"高红带着歉意。

"哎呀,高红,你对老同学多不关心哪!我的诗,《晋察冀日报》《子弟兵报》上都有,《诗建设》上更不少。你没有见过《诗建设》吧?"晨曦说着,从挎包里抽出一本油印诗刊递过来,"你瞧瞧,这是诗人田间、邵子南主编的,诗人方冰刻印的,你瞧瞧印刷得多精美!在敌后能够出这样的刊物多不容易!"

高红擦了擦两只湿手,接过来。封面上是一个手提铜锣的农民,大手大脚,粗朴厚重,一看那笔法,就知道是画家兼作曲家李劫夫的作品。再一翻目录,里面有十几位边区诗人的诗作。其中也有晨曦的诗。

"你认识田间和邵子南吗?"高红抬起头问。

"认识,认识。我们在延安就认识了。"晨曦说,"这两个同志热情得很,我们可以说一见如故。他们很关心我,总是鼓励我多写一点儿。我的诗稿一到,他们就立刻发表。所以我这劲儿越鼓越足,完全沉醉在诗歌里了。在山里走着路也在做诗,晚上睡不着躺在炕上也在做诗,想起好的句子,就爬起来点上灯连忙记上,简直像被鬼迷住了似的。"

"晨曦,"高红笑着说,"我看你将来就不要结婚了,你就同诗歌女神结婚算了。"

"那恐怕也说不定。"晨曦笑着说,"其实,我是有原因的。自从我们来到这块根据地,我实在太爱咱们的晋察冀了。不管看到这里的人民,这里的军队,看到这里的大山,这里的溪流,这里的芳草,这里的野花,都会引发我的诗思和灵感。我再也不能同这块土地分开了。我要同它生死存亡在一起,就是为它流血牺牲,我认为也是值得的!"

晨曦仰望着西天的云霞,两只亮晶晶的眼睛在镜片后放光,似乎沉入到某种崇高的境界中。高红受到感染,也沉默下来。她觉得晨曦似乎有不少改变。在延安时,晨曦就像一个大姑娘似的,一说话就脸红,一天到晚躲在角落里偷偷地写诗。尤其是在女人面前,拘谨得很,还没有说话脸就红了。现在可洒脱多了。

两个人沉默了半晌,晨曦忽然把手一挥,说:

"不要光谈这些了。高红,好久不见,我看你可瘦多了。你一直泡在下面,怕是太辛苦吧!"

"苦是苦一点儿,不过我的心境很好。"高红说。

"你的情况我听到不少。人们说你住在一个穷罗锅家里,吃地瓜干,喝稀糊糊,领导贫农把地主斗倒了。大家都赞扬你。特别让我感动的是,像你这么一位富家小姐,能够做到这一步,是很不简单的。"

高红把搓洗的衣服丢在水盆里,从容地回答道:

"晨曦,我要告诉你一点新的体验。这次我虽吃了些苦,但我并不以为是受苦。我看见了世界上最苦的还是这些贫农们。我觉得能为这样的人做一点事,是一种幸福。尤其那天,我看到他们把退回的租子粮背回家的时候,我觉得自己简直是世界上最幸福的人了。这也是我平生第一次感到幸福。"高红沉了沉,又说,"你说我是富家小姐,不错,的确如此。也许正因为这样,我认识到,我过去在父母家里吃的粮食,用的金钱,都是农民的血汗,我今天为他们做点事,不过是一点微不足道的报答。我的良心似乎也得到一点安宁。"

晨曦笑微微地用爱慕的眼光望着高红,心里默然想道:这个女子端的不凡,自己还从来没有遇到过这样可爱的女人。她的灵魂实际上是从一个阶级向另一个阶级移行。高红被他看得怪不好意思,红红脸,连忙转变话题道:

"晨曦,你写了那么多诗,你干吗不为杏花营写一首诗呢?你看了今天参军的场面不感动吗?"

晨曦猛然惊醒,仿佛从一个短暂的梦境走出来,带着几分尴尬笑道:

"我怎么不感动呢?我一看小伙子们骑上马和他们的亲人告别的时候,我的眼泪就流下了。下午我就坐在树阴里写了一首诗,还没有修改呢!"

"你让我看看。"高红伸过手来,笑着说。

"这恐怕不行。有个大作家曾说,稿子没有修改就等于女人没有梳头、穿衣服呢!"

"不,自己人怕什么!"

高红说着站起来,就要来搜,晨曦只好从口袋里掏出一个皱皱巴巴的本子递过来。高红立刻翻开,里面密密麻麻写的全是诗,已经写了半本子了。她翻出最新的一页,一看题目是《献诗——为伊甸园而歌》,就轻轻把头一摆,把一绺头发甩在一边,然后靠在一棵柳树上,念起来:

那是谁说
"北方是悲哀的"呢?
不!
不!
我的晋察冀啊,
你的简陋的田园,
你的质朴的乡村,
你的燃烧着战火的土地,
它比
天上的伊甸园,
还要美丽!

啊!你——
我们的新的伊甸园,
我为你高亢地歌唱。

我的晋察冀啊,
你是
在战火里,
新生的土地,
你是我们新的农村。
每一条山谷里,
都闪烁着
毛泽东的光辉。
低矮的茅屋,
就是我们的殿堂。

生活——革命！
　　人民——上帝！

　　人民就是上帝！
　　而我的歌呀，
　　它将是
　　伊甸园门前守卫者的枪支。

　　高红念到这里，不禁失声叫道："好，很好！"接着又往下继续翻看。
　　诗看完了。高红仍久久地陷在沉思里。停了许久，才收起小本子还给晨曦，感动地说：
　　"晨曦，你这首诗实在写得太好了！我真不知道该怎样称赞你，你的感情真深，实在太爱我们的晋察冀了。你说得很对，我们确是在创造一个地上的乐园。"
　　晨曦沉默着没有说话。过了一会儿，高红又沉思着说：
　　"当然，你谈到死，谈到牺牲，这是一个投入战斗的战士不可能不想到的问题。我也想到了，我想今天参军的青年和他们的亲人们，他们都会想到的。然而，正像你所说，我们的鲜血和生命都会化作芬芳的花朵，开在通向乐园的路上。你说是吗，晨曦？当然，我现在还不想死，我还要做很多很多的工作。我们好好地保卫我们的伊甸园吧！……"
　　西面天上那一大片玫瑰色的云霞，不知何时渐渐淡了，暮色无声地温柔地垂落下来。

## 三四　爱，该丢也要丢

晨曦离开杏花营，要回到报社去。

在路上已经是第二天了。正是麦子行将开镰的时节，满山满谷的梯田一片金黄。尤其唐河两岸一带比较富庶的地方，山是青的，水是绿的，青里透黄的麦浪，一眼看不到边。山崖上，大道边，有不少杏树，果实已经黄熟。村头上几个小姑娘扛着篮子，在卖早熟的杏儿。晨曦买了一大包，装在口袋里，一路走，一路吃，酸甜适口，吃得十分惬意。他看着眼前的麦浪，想起不久前邵子南的诗句："只有贫农才了解春天。"这是多么深刻呀！而现在，难度的春荒就要度过了。

自离开杏花营，晨曦的眼前便一直浮动着高红那齐眉娃娃头的面影。一时是高红睁着一双猫眼带着笑意静静地看他，一时是高红轻轻地甩了一下短发靠在柳树上读他的诗，一时又是高红清脆的爽朗的笑声。他走在路上，抬头看看青山，青山上便出现高红的面影；低头看看大川里的麦浪，麦浪上也浮现着高红的面影；仰头远望宽阔的蓝天，那可爱的面影也在对着他微笑。晨曦想赶掉这影子，想想别的事，谁知不到几分钟，高红的音容笑貌又浮现出来。他不安了，惶惑了……

晨曦回到报社。在外采访20多天，衣服够脏的了。他到河边把衣服洗了洗，又跳到河里洗了个澡，但是高红的面影却依然驱之不去。他把稿子匆匆写完交卷之后，这种情感似乎更为浓烈。老实说，他从小至今，还从来没有这样的经历。

"这究竟是什么？难道这就是爱情吗？"他悄悄地询问自己。

他想起在延安，自己和高红的关系比较一般。虽然他觉得高红是一个聪明、活泼、颇有艺术天才的女性,但还没有发现她身上有什么特异之处。因此也就没有给予特别的注意。何况那时自己是一门心思地投入到诗歌女神的怀抱中去了。抗大的生活是那样紧张,剩下一点时间,不是写诗,就是跑到诗人柯仲平那里去。丁玲率领西北战地服务团从前方回到延安,他也作为一个文艺青年去欢迎。再加上又要出诗歌墙报,又要同年轻诗人们讨论问题,他哪里还有什么余暇呢?另一个原因是,高凤岗兄妹和周天虹都把他看成是一个小弟弟。有一次高红竟公然地叫他"小鬼",自然引起他的不满。他心里说,你不也是小鬼么,有什么资格单叫我小鬼呢?尤其令他不能容忍的,他们有时还拿他开玩笑,嘲笑他写诗,仿佛写诗是什么缺点!甚至把手伸到他的胳肢窝里来胳肢他,乘机抢去他还没有修改的诗稿;尽管是善意,可叫人多么难堪啊!每逢这时,高红竟在一旁咯咯地笑……

令他不解的是,这次见了她,不知怎的便一下爱上了她。而且爱得这样深,来得如此突然,仿佛夏季突发的山洪一般,喷涌而至。这是什么缘故?是自己过去没有发现她,今天忽然发现了?还是自己过去懵懂无知而今天成熟了?再不就是她内在的美忽然展现出诱人的魅力?一句话,他无法解释也不需要解释。总之,这就是现实,自己情感的现实。不论你承认或者不承认,它已经是人们所说的爱情了。

他这样想着,情感更加涌动起来,就像海水涨潮,一队浪花跟着一队浪花起伏不已。他想,自己应该写一封信来告知对方,表示自己是如何倾心于她。

他想到这里,便猛地站起身来,选了一张最洁白的纸,铺在农家的炕桌上。可是当他写了第一句"亲爱的高红",心便噗通噗通地跳起来,写不下去了。因为这时从那张白纸上突然出现了一个他熟悉的男人的面影——朋友周天虹的面影。那个面影似乎在笑着问他:"晨曦,你要干什么?"他的笔便突然抖动起来,一个字也写不下去。他的脸红了。

"是呀,我究竟在做什么呢?"晨曦把笔放下来,记忆里顷刻涌出许多往事。这些往事本已模模糊糊,或者从来没有多想过,现在却一件件清晰起来。他想起高红第一次出现在晚会上的时候,周天虹听着她的琴声，竟痴痴地好半天没有说话，仿佛进入梦境一般。还有一次，在延河边的小树林里，他同高红整整地谈了半天，双双归来时午饭也误了。谁知道他俩谈了些什么！另有一次，晨曦正同天虹在延河边散步，忽然高红轻盈地走来，天虹一时显得很不自然。过了一会儿，天虹就说："晨曦，你不是忙着出诗墙报么？你就先回去吧！"他当时过于单纯，并没有多想，就像小弟弟似的被打发走了，可是现在回想，他俩究竟是要谈什么话呢？尤其是临近毕业，天虹得到高红不能分配到前方的消息，比任何人都显得焦灼不安。而在来晋察冀的路上，他发现天虹高兴得什么似的，时时刻刻都在关心着高红。不知怎的，两个人走着走着就走到一起去了。这一切都说明什么呢？这不说明，他俩是在深深地相爱着吗？不过这些自己当时不在意罢了。

"事情大致如此！"晨曦想到此处，长长地叹息一声。接着想到，既然是这样，那么自己的行为又是什么意思呢？这不是既干扰高红的心境又损害自己同天虹的友谊吗？自己既然爱着高红，为什么又要去干扰她的情感呢？自己既然是爱着朋友，为什么又要去损害朋友，使朋友陷于不幸呢？尽管他们还没有结婚，自己的行为不与法律抵触，然而却是与革命者的道德相悖的。晨曦想到这里，感到深深的羞愧而无地自容。他把那写了五个字的白纸一把抓起来，撕得粉碎，把它猛烈地甩到字纸篓里。……

# 三五　太行秋色（一）

老䲶团长要结婚了。

在醉人的红叶林里举行了一个简朴而热闹的宴会。参加宴会的，除了团的领导就是本团排以上的干部。周天虹也参加了。

团部所驻的北娄山村，是东线最美丽的村庄之一。一到夏季，整个村庄就包容在绿森森的浓荫里，还有一道弯弯曲曲的溪水穿越其间。在这里，你可以听到溪水的潺潺声伴着宛转的鸟啼。一到秋天，村外的柿树林叶子全红了，尤其那丰硕的磨盘柿，就像一盏盏黄金的灯笼挂满枝头。就在这时，老䲶团长和一个乡村女教师不知起于何时的爱情也成熟了。

按照红军的习尚，会餐一向是四个大盆。今天却略改旧制，是四个冷盘，八个大碗，并且还略备了一点本地出产的枣儿酒。今年春季，抗战进入相持阶段，敌后的战斗日见频繁。东线自桃花堡歼灭战之后，便是边缘区保卫麦收的战斗，进入夏季又是与20天的雨季作战，军衣是湿了又干，干了又湿，连背包里都长出蛆虫来。今天的宴会，颇有一点借机犒劳一番的意思。虽不明说，大家自然欢喜不尽。

老䲶团长一向严肃有余而活泼不足，今天面临这种场合，简直是最大的难关。幸亏他的老伙伴——团政委有意保护，把讲恋爱经过之类的节目全都免了，只让新郎、新娘到每个桌前敬酒一杯。老䲶团长自知此关难过，立即欣然应诺。他笑眯眯地举着一杯酒在前开路，新娘举着一杯酒低头含羞地步随其后，来到大家面前。他那语言自然是精练到不能再精练了，只是说："喝吧，你们喝吧！"接着腼腆地一笑便走过去了。跟着后面是会意的哄然的笑声。

这些带驳壳枪的年轻的干部们,他们在一起会餐也与众不同。一般说文质彬彬、慢条斯理是没有的,吃起来就是风卷残云。而且还夹杂着笑声,夹杂着孩子般的你争我夺,有人甚至把盘子端起来喝了。仿佛不如此就无法表示出他们兄弟般的亲热,就无法表现出他们旺盛的精力。所以你听去总是一片笑声和杯盘声的交响。周天虹参加这种会餐还是第一次,他感到这支军队中人与人之间有一种极为牢固的同志的情感。

宴会散时已近黄昏。周天虹回到连里,因为饮了几口枣酒,头脑昏昏,便倒头睡了。哪知睡梦正酣之际,忽被一阵紧急集合号音惊醒。紧接着,又是急促的哨音。只听连长在窗外用粗哑的喊声叫道:"集合了!集合了!"周天虹一骨碌爬起来,抓起驳壳枪佩在身上,督促战士们打好背包,然后向集合场跑去。

半小时之内,全营已在打谷场上列成方阵,秩序井然地坐在背包上。这时一轮赤铜色的圆月正升起在东方,照得轻重机枪闪闪发光。营教导员——那个陕北红军开始讲话了。他告诉大家,据涞源城的可靠情报,日军一千余人,正准备出动,从长城的白石口进犯边区。聂司令员已决定要消灭这股孤军深入的敌人。杨成武司令员已经看好了地形。军区的几个主力团都将参加这次战斗。他强调我军在兵力上处于绝对优势,这一仗是完全有把握的。这个政治工作的老手,毫不费力气地就把大家的情绪鼓舞起来。

"这一仗我一定要打得出色些!"周天虹暗暗地下了决心。现在他虽然在一团站定了脚跟,但比起人人都翘大拇指的战将,似乎还有距离。这是要靠不断的辉煌的战绩来积累的。他很明白这一点。

部队出发了。穿过一个一个村庄,沿着一道白色的河滩前进。自从今年夏季出现百年一遇的洪水,河滩里的良田被冲毁不少,满条河谷都是大大小小的鹅卵石,走起来非常吃力。

正行走间,只听背后一阵马蹄声响,回头一望有十几骑马奔驰过来。为首的人身披一件宽大的黄呢斗篷,样子颇为威武。在月光下可以分辨出那是老蔫团长。后面跟着的是作战参谋和侦察参谋。几个骑兵通讯员跟在最后。队伍向旁边略略让开了些,十几骑马便嘚嘚地飞驰到前面去了。

"那不是团长吗?"周天虹悄声地问副指导员左明。

"是呀！"

"他不是今天夜里结婚吗，入洞房了吗？"

"入个鬼洞房！"连长刘福山插进来笑道，"等客人散了，刚要入洞房，杨司令员的电话就打来了，要部队立即出发。"

左明听了，哈哈大笑着说：

"这就像猫儿叼着一条鲜鱼，刚要吃就得放下，这个滋味才难受哩！"

"你这个锤子！"刘福山笑骂道，"你就像5月的杏儿发酸了吧。打完仗不是一样入洞房吗？"

左明嘻嘻地笑个不住。他对这个题目似乎颇有兴味，转而问周天虹：

"小周，上次慰问团来，有个很漂亮的女同志，老用一双猫眼看你，那是谁？"

周天虹的心噗通了一下，没有想到目标会转向自己，就支吾着说：

"一个同学。"

"同学？仅仅是同学？我不相信！"

"关系还没有确定。"

"那就算是恋爱吧！"左明一笑，接着叹了口气，"像你们这样多好！"

"副指导员，你呢？你有对象了吗？"

"我？你说的是我？"左明苦笑着说，"我和谁恋爱去？我在家是放牛娃，从早到晚在大山里，我和石头恋爱吧！"

"小周，你瞧他发酸了不是！"刘福山哈哈笑着说，"锤子！像你这样的漂亮小伙，还怕找不到好媳妇吗？将来要到了大城市里，那些姑娘们说不定还抢着要你哪！"

左明有点不好意思了。

"连长，您结婚了吗？"周天虹问。

"不要提了！"刘福山摆摆手说，"我比你们是谁也不如。我刚不穿开裆裤就结婚了，正像人们说的，我那老婆是提起来伤心，见了面恶心，搁到家放心！"

左明和周天虹都笑起来。

经过一百三四十里的长途行军,部队于次日下午三时进至黄土岭、司各庄一带隐蔽集结。这里已是预定战场的边缘。

周天虹他们坐在村头上等待分配房子。从北面一条狭窄的山沟里,不紧不慢地走出十几匹马来。为首的正是老蔫团长。他骑在一匹火炭般的红马上,悠然自得,面带笑容。显然他细致地勘测过地形,早已成竹在胸了。

"你瞧,他还怪精神呢!"左明悄声说了一句,然后和刘福山相视而笑。

部队进了房子,吃了饭,早已困得东倒西歪,随之像烂泥一般倒在炕上进入了梦乡。

周天虹有个记日记的习惯,每天或多或少总要记上一段。他觉得今天团长的事很有意思,正像西战团的一首歌曲里所说:"这是我们献身的时候,爱情和生命都放在背后。"这里所有奔上战场的人,不是都把"爱情和生命放在背后"了吗?

周天虹取出小本,正准备记上几笔,通讯员送来一份《敌情通报》。他展开一看,涞源城的敌军1500余人,果然已经出动,其中一路600余人,已经抵达白石口外,准备明日向我进犯。他不禁默默想到:这和涞源城提前送出来的情报竟分毫不差,实在耐人寻味!

这件事,多年来,一直像谜一般存在天虹心中,也存在大家心中。直到全国解放,周天虹已是师级干部的时候,才得知分晓。那次,他旧地重游,在涞源城中遇见了一位瘦弱而谦卑的老人,名叫冀诚。提起雁宿崖战斗,他笑着说:"那个情报就是我送出去的。"谈起来,冀诚也是"三八"式干部。共产党的县委书记梁正中,看他是当地人,忠实可靠,就派他打入敌人的情报队去。怎样打进去呢?说也有趣,他开始化装成卖花生的小贩,天天挑两担花生到日军情报队的门前叫卖。一喊"南鸡麻卖",敌人就出来了。其中有两个日本人,最喜欢吃花生,他们不给钱,冀诚也照样地"卖"给他们。他们就越发喜欢上这个小贩了。日久天长,便让他给情报队做饭,外加烧澡堂子。每月给蒙疆币九元。自此以后,他就成了日军提鸠情报队的杂役。1939年10月末,涞源城突然增兵600余人,又要民伕,又要牲口,冀诚就知道要"扫荡"了。这天清晨,他看到提鸠的桌子上放着一份路线图,标志着进攻的方向。他就看在眼里,记在心里。

提鸠发现他看到了路线图,就瞪着凶恶的眼睛问:"那个东西你懂不懂?"他笑着说:"我一个大字不识,怎么懂得那个?"提鸠信以为真,也就不再追问。这时,我方的情报站设在城外,有一个侦察参谋外号叫"催命鬼"的专司其事。另有一个叫杨老万,是一个很不起眼的小老头,每逢集日,总头戴破毡帽,赶着两头小毛驴来县城赶集。实际上专来收集情报。冀诚得悉敌人出动的消息,连忙绘了一份路线图,交到杨老万的手里。这就是那份情报的来历。假若没有这份情报,那场轰轰烈烈永垂史册的战役自然不会发生。往往创造历史的人是并不被人所知的。

周天虹那段日记没有写完,钢笔已从手中脱落,头一歪便斜依在炕头,呼噜呼噜地进入了梦乡。

## 三六 太行秋色(二)

部队经过一整夜休息,精力完全恢复。刚刚吃完早饭,骑兵侦察员回来报告:日军600余人带着民伕、驮子已经进了白石口了。

团部命令:部队立刻向战场开进。

出了司各庄村口,向北一望,就是那座巍然矗立的白石山。此山海拔2000米,山头终年埋藏在白云里。山中奇峰竞秀,花草繁茂,且盛产白色小雪花大理石,故取名白石山。今天的战场就设计在它的胸怀中。

本团一营,布置在雁宿崖东山的内斜面。指挥员们在山头上静静地观察着地形。周天虹跟着刘福山、左明也爬上了山头。他往下一看,不禁暗暗称奇。山下是一条异常狭窄险峻的山谷,最宽处不过百余米,最窄处仅有几十米,一条小河蜿蜒其间。仅有几十户人家的一个小村,像山水画般挂在高高的河岸上,那就是雁宿崖了。往上去是三岔口,往下去是张家坟,这条峡谷大约有数百米长。从白石口下来的敌人,只要进入三岔口,也就进入了死亡之谷插翅难逃。这真是打伏击的绝妙地形!仿佛天造地设专门为八路军打伏击似的。周天虹不能不暗暗赞服红军将领的指挥经验。

营长何彪子向大家传达了整个战场的部署。本团一营和二营担任正面突击;三营在三岔口截断敌人的归路;张家坟两侧的阵地已由三团占领,准备由南向北突击;二团占领西侧阵地,准备由西向东突击。

何彪子刚刚讲完,本来还想鼓动几句,三岔口方向已经传来了枪声。原来高凤岗所在的涞源支队,已经将敌人引进"口袋"来了。

"好!到底还是来了!"

"这一次老子可没有白跑!"

阵地上一片欢腾。周天虹排最活跃的七班长孙超还说:"我早晨就劝你们不要吃饱,等着下午吃饼干嘛!"

何彪子立刻命令隐伏在内斜面的部队爬上山来,在各个山头上布置好火力。

周天虹和他的排,静静地伏卧在山头上凝望着山谷。不一时,日军的先头部队,从北面的峡谷里大摇大摆地走了进来。他们穿着黄呢子军服,戴着微微隆起的令人恶心的黄呢军帽,背着赤红色的牛皮背包,扛着三八大盖和歪把机枪,在河边小路上咔嚓咔嚓地走过来。显然,他们在中国的土地上早已骄纵成性了。

"你瞧,他们要休息了!"小孙眼尖,在周天虹耳边悄悄地说。

周天虹凝神细看,果然日军的先头部队在雁宿崖村下面的河滩里停下来。有的点火抽烟,有的到河边饮水,散散乱乱地挤在河滩上。

"排长,快打吧,多好的目标呀!"小孙又叫。

周天虹也心里痒痒的,认为是不可多得的良机。他往刘福山身边蹭了蹭,轻轻地问:

"连长,能开火吗?"

谁知这个挂满红丝的独眼连长把眼一瞪:"这个战场归你指挥吗?"周天虹不敢言语了。

日军休息了大约十几分钟,接着继续前进。往北一望,其后续部队已经进来,像一条黄褐色的毛毛虫慢慢地向前蠕动。再往后就是无精打采的民夫赶着的驮子。接着,三岔口方向又传来一阵密集的枪声,显然是三营的部队关上了峡谷的大门。

天虹再往南看,日军的先头已经接近了张家坟。他心中不免纳闷:老鸢团长怎么搞的,为何现在还不开火呢?……正在此时,背后响起了洪亮的冲锋号声。往后一看,号声是从后面一座尖尖山上发出来的。那里正是团指挥所。随着号音,各个山头的火器一起开火,整个山谷战栗在战场音乐的大合奏中。敌阵顿时大乱。进至张家坟的日军遭到猝不及防的迎头痛击,眼瞅着几个骑马的敌人翻身落马,队伍立刻回卷过来。三岔口的敌人遭到尾击,则朝前拥去。顷刻间,在雁宿崖下面的河滩上搅成一团。有的朝石头下面躲,有的乱跑乱窜,一片鬼哭狼嚎。这时,尖尖山上的号音再度响起,二营出击了。眼看着敌人的尸体横七竖八地倒毙在河滩上。那些负了重伤的,则蜷卧在石头上痛苦地呻吟。他们的血汩汩地流到雁宿崖下的溪水中。

但是,这支被武士道武装的侵略军毕竟还是有战斗力的。那些剩下的日军,拼死地爬上西侧的山头,占据了无名山和六一五两个高地;大队长辻村大佐和炮兵中队则退回到雁宿崖村中固守。战局逐渐稳定下来。

显然,夺取无名山和六一五高地已成为全局的关键。

这时,何彪子从后面急匆匆地跑过来,对刘福山说:

"瞎子,下面的戏该你唱啰!团长的命令,要你立刻拿下无名山!"说过,他那黑而瘦的脸上显出异常严肃的表情。

刘福山那只布满红丝的独眼眨巴了两下,一摆头说:"行!"

"要快!"何彪子临走时又说,"我用全营的火力来掩护你。"

刘福山再次望望无名山,心想这个任务不轻,眼睛就瞅着一排长韩廷林了。韩廷林是陕北红军,战斗经验相当丰富。他长着一副宽脸,面色略黄,似乎有一点病容。至于有什么病,他从来没有说过。他的背也有些驼,不知道是当长工落下的还是长期背弹药箱留下的印记。他行军时背上背包、米袋,上面再盖一件大衣,使人往往想到沙漠中远行的骆驼,默默地走着无尽的路。

刘福山走到他跟前,略带笑意说:

"老韩,这个戏你就唱主角吧!"

韩廷林微微一笑,点了点头。他立刻检查了一下战士们的装备,平平常常说了一声:"跟我走!"就提着驳壳枪,按照连长指定的路线冲下去了。

待他们接近无名山时,全营的轻重机枪一齐开了火。很快就看见山头上开出一大片手榴弹的蓝花,把整个山头蒙盖住了。烟雾还没有消散,就听见烟雾中一片冲杀声。接着,灰蓝色的烟雾中就飘浮起一面红旗。顷刻我方阵地腾起一片喝彩声。在团部那个尖尖山上,也隐隐有"好哇!""好哇!"的声音传过来。

刘福山自然是面含微笑。

可是没有多久,六一五高地上的轻重机枪爆响起来,日本人的掷弹筒也连续发射,无名山又埋在重重的硝烟中。接着,日本人冲锋时特有的呀呀声也传过来,眼瞅着韩廷林和他的战士们又被压下山来。来人报告,韩廷林和十几名战士都负了重伤。

刘福山脸上的笑容消失了。

营部通讯班长从后面跑过来说:

"刘连长,营长叫我告诉你:赶快组织第二次冲锋!"

"我知——道。"刘福山瞪了他一眼,有点儿不耐烦。那意思是,即使你不催我也是要组织的。他用眼瞟了瞟周天虹,又瞟了瞟二排长刘二虎。嘴里没说,心里觉得周天虹太嫩,刘二虎又太愣,不够灵活。一时拿不定主意。

左明心眼透亮,立刻跑到刘福山身边,把袖子一挽,说:

"老刘,我去!我就不相信我们红军不行,看小鬼子会硬到哪里!"

刘福山会意,又似乎带着几分感激地点了点头。左明立刻对着二排颇带威严地喊了一声:

"放背包,把你们的啰唆东西全留下来!"

一声命令,大家噼里啪啦地把东西丢在一起。左明一面脱去自己的棉衣棉裤,又从战士身上取下几个手榴弹插在腰里。然后把驳壳枪一挥,说:"今天我走在头里,你们谁也不要装孬!"

声音刚落,就率领二排冲下去了。

时间不长,二排就在轻重机枪的掩护下冲上了无名山,敌人连滚带爬地滚下去了。远远近近的阵地上又是一片欢腾的呼喊,一片热烈的彩声。

但是,为时不久,由于友邻部队没有把六一五高地同时攻克,日军又开始了第二次反冲击。这时只见硝烟中,一个年轻的身影高高地站起来,挥动着一面红旗高声喊着:"同志们!坚持住哇!誓死不能后退呀!"一听那尖尖的年轻的声音就知道那是左明。可是一瞬间,一梭子弹过来,这个年轻人便带着一身子弹滚到山崖下去了。回来的人报告:副指导员全身中了五颗子弹,负了重伤,已经送往后方医院。

刘福山的心往下一沉,几乎把嘴唇咬出血来。

何彪子大步流星地赶过来,那张瘦黑的脸,沉得像一块铁板。他瞪着一双凶狠的眼睛大声喝问:

"刘瞎子！你今天是怎么搞的？"

刘福山的那只独眼全部红了。他本来想辩白几句，说明那是六一五阵地没有及时攻克才造成的；可是他不愿意在战场上顶撞上级，强忍着没有做声。

"告诉你，你要不立刻拿下来，我就要你的脑袋！"

"好好，你瞧，我亲自把部队带上去！"刘福山也急了，把驳壳枪从匣子里嗖地抽了出来。

通讯班长连推带劝，把营长弄了回去。

周天虹一看连长真的恼了，心想：他已经负过六七次伤，全身上下都是枪眼儿，身子骨儿已经很弱，怎么能让他带上去呢？想到这里，就三脚两步跳到连长跟前拦住说：

"连长，杀鸡怎么用牛刀呢？任务你交给我，如果我再拿不下来，你再去也不迟么！"

周天虹略停了停，又说：

"再说，我看这阵地并不难攻，主要是没有和攻击六一五的部队协同一致。只要协同一致是完全可以攻下来的。"

说过，他立刻整顿了一下部队，简短地鼓动了几句，就带着部队冲下去了。

部队沿着较隐蔽的路线，接近到无名山的南侧。他让部队暂时隐蔽起来，自己静静地注视着友邻部队的动向。半小时过后，他看到进攻六一五高地的部队开始向山上蠕动了，他才高喊了一声："上刺刀！"然后带着部队向无名山悄悄爬去。这时从四面八方掩护进攻的火力，正像狂风暴雨一般在头上回旋。战士们的劲头很足，迅速地向山上爬去。等到快接近山头时，周天虹把哨子嘟嘟一吹，大家才一齐把手榴弹抛上去。七班长孙超今天带的手榴弹特别多，差不多全身都挂满了。他一气就投出了五六个。一个个的手榴弹就像小老鸹似的纷纷飞向敌人的阵地。厚重的咣咣的爆炸声，就像大合奏中的鼓点一般。乘着弥漫的硝烟，周天虹高高地喊了一声："同志们，冲啊！"战士们也跟着他喊："冲呀！冲呀！"就挺着明晃晃的刺刀冲上山头去了。

刚一冲上阵地，小孙就抓住了一挺歪把子的枪腿，那个留着小日本胡子的家伙还不松手，就同小孙厮打起来。周天虹立刻跑上去,乒乒两枪结果了那厮的性命,一脚把他踢到山洞里去了。接着是一阵短暂的肉搏,敌人留下五六具尸体,其余的狼狈逃向六一五高地。哪知此时,六一五高地已同时被我攻占,敌人不得不再次掉转头来。周天虹早有准备,立刻命令用密集火力扫射敌人。他见有的战士仍卧倒射击,就喊:"站起来打!端着机枪扫啊!"这个排原有两挺捷克式机枪,又加上新得的歪把子机枪,战士们端着三挺机枪哗哗地猛扫过去。小孙超简直像着了魔似的,手榴弹打得又远又准,不一时,就把这群从异国来的武士全压到山涧里去了。他们在山涧里乱跳乱蹿,发出一阵阵凄惨的叫喊。整条山涧,全是灰蓝色的烟雾。周天虹领着战士喊了一阵跟敌工干事学来的口号,毫无回应。烟雾渐渐散去,周天虹往山涧中一看,下面全是横七竖八黄呢子和红领章的尸体。其中有一个穿细呢军服的人,偷偷藏在一块大石头后面,似乎蠕动了一下。小孙眼尖,立刻就攀沿着石壁走了下去。哪知刚刚走近,那个家伙就举起手枪来乒地打了一枪,幸而没有击中;接着他扑过来,又打又咬,小孙就用刺刀猛地一捅,结束了这个家伙的性命。从他身上搜出一本书,然后爬了上来。周天虹接过那本书一看,封面上印着《宣抚心得集》几个字,轻轻叹了口气说:"怪不得这样顽固,原来是个宣抚官呢!"

"小孙,快把红旗插起来吧!"

红旗在硝烟中飘起来了,接着六一五高地上的红旗也树了起来。这时,远远近近的阵地上都传过来一阵阵的欢呼声。

战士们高兴极了。他们纷纷拆开缴获的许多小白口袋,吃起饼干来。饼干袋中还装着红红绿绿的小糖块儿,吃起来十分香甜适口,小孙对大家说:

"同志们,吃早饭的时候,我就告诉你们不要吃饱,准备下午吃日本饼干,我没有白说吧。"

"小孙,你是个预言家嘛!"周天虹说。

大家笑起来。

至此,残余的日军全被压进雁宿崖这个名不见经传的山村,黄昏时被全部歼灭。在辻村大佐据守的农家小屋内,搜出写着辻村大佐名字的军大衣和一把战刀。600余名日军的尸体和几门山炮,都全部留在这个荒僻的只有冷风和溪水的山沟里了。

## 三七 太行秋色(三)

日军辻村大队在雁宿崖全军覆没,仅辻村宪吉大佐率几名零星人员乘隙逃出。这一惨败,使张家口的日军蒙疆驻屯军最高司令官阿部规秀中将深为震惊。震惊之余是恼羞成怒。这个在日本皇军中被誉为"山地战专家"的将军,于一个月前刚刚晋升为陆军中将。以一个旅团长而升任中将,怎不令人踌躇满志!偏偏此时此刻遭到这样的打击,这是不堪忍受的。他不仅没有深刻反省引咎自责,反而认为必须立刻讨回失去的面子。于是,他当即调集了五六十辆汽车,凑集了 1500 余人,并且不顾自己 53 岁的高龄,亲自出马了。

这股气势汹汹的日军,沿着辻村大队的老路,于次日下午进抵雁宿崖一带。他们的目标,首先是搜集战死者的尸体,并寻挖两门掩埋起来的山炮。搜集尸体自然是容易的,因为整个一条山沟和坡坡岭岭,全是戴黄五星军帽的尸体。如果时间来得及,八路军出于人道,是会将他们掩埋的;可是他们来得太快,只好由他们来搜集了。这种令日本士兵胆战心惊的工作,进行了整整一个下午,才将搜集到的尸体,分别架在雁宿崖的河滩上焚烧起来。然后将骨灰分别装在许多小口袋里,写上战死者的名字。然而这些工作,无非是对死者家属些微的安慰罢了,谁能保证这些骨灰就是他们亲人的骨灰呢?即使如此,有些尸体仍未搜集干净,几十年后,随着山洪的暴发和小河的冲洗,仍不断有侵略者的骸骨被冲刷出来。

第二天下午,日军主力已进至涞源最南端的银坊镇。也许阿部的怒气一时无法发泄,就下令烧起房子来。在战场各处都能看到,银坊镇上空升起的烟火竟日不熄。

巧妙利用敌军指挥官的心理,以助其犯错误,也许是军事指挥的奥妙之一。阿部的急欲求战,就被我战场指挥员紧紧地捕捉住了。雁宿崖战后,我军主力即转移到战场附近休息,仅以一小部节节抗击,诱敌东进。银坊以东,有一个名叫黄土岭的村庄。这是一座古堡,还留着一段残破的寨墙。阿部果然上了钩,当即占领了黄土岭,重新陷入新的包围之中。

周天虹所在的一营,自撤离雁宿崖战场,即转移到黄土岭以东的寨头村休息整顿。这次他们连缴获了两挺歪把子轻机枪,还有一挺很好看的九二式重机枪和一门步兵炮,自然欢喜不尽。这支部队一向有这样的特点,只要消灭了敌人,缴获了武器,不管伤亡再大,战斗情绪依然热火朝天。再加上这次还缴获了不少零零碎碎的战利品,像日本兵的牛皮背包,整袋的大米,装满饼干的小白口袋,牛肉罐头,以及铝制饭盒和专供野炊用的小油盒,等等。周天虹和他的战士们,白天隐蔽在树林里,除了开战斗检讨会,就是嚼着饼干说笑。还有人为了新奇,把饭盒装上水和米挂在树枝上,然后点起小油盒,搞起野炊来。饭做熟了,就用刺刀挑开罐头,你一筷子我一筷子地大嚼起来。笑声此伏彼起,陶醉在胜利的欢乐里。

但是,在这欢乐之中,周天虹也有一点不安的东西,这就是对左明的挂念。左明已经送到后方医院去了。可是他中了五颗子弹,那伤自然很重,不知道安危如何。自从周天虹来到一团,他觉得左明是最关心他的人了。每念及此,他便有一种深深的感激之情。幸亏几天之后从后方医院来了人,说左明已脱离危险,才放下心来。

中午,周天虹和刘福山正坐在林中说笑,那边一个大高个子,披着日本军官深绿色的细呢子大衣走了过来。两人扭头一看,正是营长。他那一向严肃的又黑又瘦的脸,也因胜利之风绽开了几丝笑意。两个人马上立起身来。何彪子望着周天虹说:

"小周哇!你这次打得还可以嘛!我看慢慢锻炼出来了!"

"打得可以",已经是很高的奖赏了。周天虹红红脸,不好意思地说:

"比起你们,我恐怕还差得远咧!"

何彪子听了这话也很高兴。忽然又觉得单单表扬这个年轻的排长似不周全,又望着刘福山说:

"这次你们四连打得都不错嘛!"

"有什么不错?!"刘福山板着脸说,"这次我没丢了脑袋就是好的。"

何彪子觉得话头不对,马上笑着说:

"咳,瞎子,看样子你是对我有意见吧?"

"我就是有意见!"这个山东汉子梗着脖子说,"营长,你一打仗就要脑袋,请问我有几个脑袋?去年粉碎敌人八路围攻,你就要我的脑袋,这不是第一次了!"

"好好,这是我的错误!"何彪子带着笑说,"老战友嘛,你还不知道我这炮仗脾气!我一急就要发火,其实,你的脑袋不是照样长着嘛!不要说全营,就是全团、全师,谁不知道你刘瞎子是能打仗的!打完仗,在大会上你好好地批评我!"

一席话说得刘瞎子像孩子般地笑了。

"营长,我还有个意见。你瞧,我们连指导员负伤还没回来,副指导员又负伤了,还得给我配个连级干部吧?"

何彪子看了周天虹一眼,转过头说:

"这个我有考虑,你不要说了。"

说过,又恢复了严肃的神态,说:

"这个仗越打越大了。上级已经下了决心,要歼灭黄土岭的敌人。分区的迫击炮连也调来了。很可能明天一早就要上阵地。你们要让战士充分休息好,把精力养得足足的!"

次日拂晓,部队开始进入阵地。出发前,营教导员做了简短动员。他特意告诉大家,今天是11月7日,正是伟大的十月革命22周年的纪念日,也是晋察冀军区成立两周年的日子,大家一定要打好这一仗。经教导员提醒,人人精神抖擞,把劲儿憋得像小老虎一般。

一营的阵地,位于黄土岭东南方的一带山岭。周天虹率领全排爬上山头的时候,早雾还没有消散,周围的山头还埋在浓重的雨云里,牛毛细雨不一时就打湿了衣襟。放眼看去,山下是雾气蒙蒙的一条东西大川,山谷相当开阔,与雁宿崖大不相同。敌人的大炮,不时从西面打过来,在空中发出一阵嗖嗖声,有时落在山前,有时落在山后,升起一股股蓝烟,缓缓地上升着与雨云合在一处。

过了一小时左右,太阳从东方升起,早雾渐渐散去。战场看得更清晰了。刘福山走过来,对周天虹指点着说,西面山口那个村子就是黄土岭。昨天敌人离开黄土岭向东进攻,整整打了一天,进了几公里,无法继续前进就缩回去了。而这时一二〇师的特务团乘机占领了黄土岭,把敌人的后路完全切断,敌人只好缩到一个名叫较场的村子里。还有一个紧靠山边只有几户人家的上庄子,也在他们手里,那里似乎是敌人的指挥所。刘福山说着指了指较场村和上庄子。接着又指着西北方向的大黑山说,那个山名叫孤石山,是敌人的重要阵地。刘福山眨着那只亮晶晶的独眼说:"现在敌人就困在这几个阵地上,进不能进,退不能退,已经是我们的一口菜了。"

周天虹仔细地观察着敌方的阵地。那个依山而建的较场村,不时发出闷声闷气的炮弹的出口声,除此而外,别无动静。仅有几户人家的上庄子,却有一处院落不断有挎着战刀的军官进进出出,显得颇为忙乱。而那个大黑山,由于山势太高,还有小半截埋在雨云里,显得死气沉沉。这一切都使人想到,敌人的最高指挥官已经陷入进退失据、彷徨无主的窘境中。

周天虹正在思索什么,蓦然间听到飞机的隆隆声。不一时天空便出现了四架涂着太阳旗的飞机。它一面在上空盘旋,一面在我方阵地上投弹。这里那里不断地升起黑色的烟柱。可是人们对此似乎并不在意。

"你看,出来了!出来了!"七班长孙超用尖尖的声音叫道。

"小孙,你又乱叫什么?"周天虹问。

小孙往上庄子一指:"你瞧,那里不是出来了五六个人吗?"

周天虹一看,果然,在上庄子的一个小院子里陆陆续续走出了五六个人,个个都挎着战刀。他们停住脚步,在那里指指画画,颇像是一群军官的样子。

"咳,恐怕轻机枪够不到哇!"周天虹叹了口气。

"咱们的迫击炮连不是来了吗?多好的目标儿!为什么不开炮呢?"

小孙超满脸稚气,抓耳挠腮地说。

说话间,只听东北方团指挥所的大山上发出炮弹的出口声,接着一颗炮弹在那群人的附近升起了一团浓浓的蓝烟。那伙人似乎有点慌乱,刚要走开,接连又是三四发炮弹正正地落在人群里。一团团浓烟把那几个人掩盖住了。

"好哇！神炮手打得好哇！"阵地上腾起一片喝彩声。

炮烟散去，那伙人有的倒在地上，有的拉着死尸，急急忙忙地跑到院子里去了。

"这些赵章成的徒弟们，还真是有点本事哩！"刘福山赞叹着，一边扭过头对大家笑。赵章成是红一军团的神炮手，在大渡河大显神威，这是大家都知道的。

可是他们究竟打死了谁，立下了多大功劳，人们自然是不知道的。只是战后，从广播里，从东京《朝日新闻》哀叹"名将之花凋谢在太行山中"的报纸上，人们才知道丧命于上庄子的正是那位"山地战专家"阿部规秀中将。据说他的骨灰抵达东京时，东京曾为他的"赫赫战功"下半旗志哀。以柴大将为首，杉元大将、东防司令官稻叶中将、代理陆军大臣中村等头目，都手持吊旗去迎接他的骨灰回国。称他是日本皇军创始以来战死的最高级军官。足见黄土岭之战对他们的打击了。

尽管人们当时并不知道这位中将已经命丧黄泉，却从种种迹象上感到敌军士气的低落。其明显的表现就是不再东进了，也不再出击了。尤其那个大黑山显出一片死气沉沉的气氛。

下午，敌人的飞机又来了。与上午不同，这次是四架战斗机掩护着一架运输机，在战场上空盘旋起来。转了好几个圈子，然后从运输机的肚子下面抛出几个降落伞来，在阳光里飘飘摇摇闪着白光。

"你们瞧，飞机上下来人了。"小孙超又用尖尖的声音嚷着。

"什么，飞机上还会下来人吗？那是往下扔饼干呢！"人们纷纷嚷道。

"不不，其中有一个降落伞吊的是人。我看得真真的！"小孙超坚持说。

"我也看见了，那个人落到孤石山了。"另一个战士说。

"这究竟是怎么回事？"小孙超仰着脸天真地问，"飞机上怎么会下来人呢？"

刘福山皱着眉头寻思了一阵，疑疑惑惑地说：

"是不是敌人的指挥官被打死了，又派来一个指挥官呢？"

周天虹从来没有见过这种新鲜事，就说：

"那就且听下回分解吧!"

果然黄昏时分,敌人的大炮、小炮,一炮接一炮地打过来。阵地上顷刻间升起了一股股浓烟。接着黄土岭方向枪声大作,敌我双方的机枪声都响得很繁密。营长何彪子跑过来说:

"敌人要突围了!你们注意一点,从哪里突出去,哪里负责!"

接着,黄土岭方向枪声越发激烈起来。情况已可判明,敌人向东打过来的炮火,不过是虚张声势,而真实的意图却是向西北突围。时间不长,黄土岭的手榴弹声已响成一片,爆炸的红光就像打闪一般。显然双方已进入近战状态。一个小时过后,枪声逐渐稀落,趋于平息。上级通报,敌人在黄土岭突围未成,已被一二〇师特务团打了回去。现在敌人仍退缩在较场村和孤石山上据守。我军准备于明日拂晓发起总攻。届时将在团指挥所的山上点起三堆大火,那就是总攻的信号。

此时虽不过11月初,然山高风寒,已经冷气刺骨;深夜,又飘起零星小雨来,使人更加难耐。周天虹就让战士们解开背包,披上被子御寒。对面那个黑魆魆的孤石山上,不时响起手榴弹的爆炸声,那是游击小组在袭扰敌人。他们每投出一个手榴弹,就引起一阵纷乱的枪声和惊慌的嚷叫声。虽然听不出这些异国人在嚷叫什么,但却听出那声音异常的悲惨。

神采奕然的启明星从东方升起来了。早早被冻醒的人们已经开始作战斗准备。早饭刚刚吃完,就看见团指挥所的山上,燃起了三堆红艳艳的大火。部队纷纷下山向前开进了。

四连的任务是进攻孤石山,在山下一个较隐蔽的地方,营长何彪子亲自向刘福山、周天虹等交待了任务,具体指明进攻的道路。刘福山指定周天虹排为突击排,其他几个排随后跟进。

孤石山山高路险,孤立于群峰之中。远远望去,全是黑黝黝的巉岩。在枯藤败叶中,仅有一条羊肠小路。攻击这样的山峰,靠一鼓作气是不行的,必须有顽强持久的耐力。这时的周天虹,已经有了一些经验,不再像以前那样紧张。他率领全排以单兵跃进,穿过敌人的火力封锁地带之后,就沉着地向这座孤峰攀登了。

与此同时,友邻部队也展开了对较场敌人的进攻。这就大大减少了侧射火力的杀伤,周天虹他们能够比较安全地向山上爬去。但是这座山过于陡峻，不一时就汗流浃背。周天虹觉得爬了很长时间，才渐渐接近山顶。这时，他让战士们停下来喘息了一下，上好刺刀，把手榴弹弦都舐了出来，做好充分准备。然后把脖子里挂着的哨子嘟嘟一吹，随着一顿手榴弹的猛砸就冲上去了。

周天虹登上山顶，看见阵地上挖了一道浅浅的U字形的战壕，一个戴黄五星军帽的尸体，正俯卧在一挺歪把子轻机枪上。另外还有十几具各种姿势的尸体，横在山顶之上。其余的敌人溃逃到山下去了。机枪射手立刻端起还在发热的歪把子扫了下去。

这时，小孙超眼尖手快地掏了一下那个日本轻机关枪射手的口袋，从里面掏出了两封家信，一张照片，还有一个用金纸剪成的"金甲守护神"，一个白色的小玉佛，还有一面写着"祈武运长久"的太阳旗，上面签满了密密麻麻的名字，那自然是死者的亲朋好友了。

大家一边喝着水壶里仅剩的一点水，一边传看着这些死者的珍藏之物。尤其是那张照片，大家看得最认真。那上面是一个穿着宽大和服的年轻妇人，还有一个五六岁的女孩，一个两三岁的男孩，都瞪着圆圆的眼睛。大家看了不禁发出轻声的喟叹。

"排长，日本人还信佛吗？"小孙仰起下巴颏问。

"听说不少人信佛。"周天虹随口答道。

"既然信佛，他们为什么还来杀中国人呢？"

"这个我就说不清楚了。"周天虹苦笑了一下，"也许他们是要老佛爷保护他们更多地杀人吧！"

"为什么他们老写'祈武运长久'呢？"一个战士问。

"这个好说。"周天虹答道，"他们祈望武运长久，就是梦想在世界上任意横行，永远保持帝国主义的侵略和统治。可是，凡是侵略者，武运是注定不能长久的。"

"是啊，是啊，谁愿意受他那个？叫他们见鬼去吧！"大家纷纷说道。

忽然一阵强劲的秋风吹来，把大家扔在地上的相片、金甲守护神和那面祈武运长久的小日本旗，乱纷纷地吹飞在空中，飘飘摇摇地落到山下去了。在面前卧着一具日本兵的尸体毕竟是令人厌恶的，小孙拽着他那穿着粗糙的臭皮鞋的双脚，把他扔到山顶下面去了。

这时,刘福山已经带着部队爬上山顶。他往四外观察了一下形势。那只布着红丝的独眼忽然注视着山坡上的一片树林,说:

"小周,那片树林子搜索了吗?"

"没有。"周天虹说。

"那怎么能不搜索?"刘福山带点儿斥责的意味说,"你快带一个班去搜索一下。"

周天虹连忙带上七班,沿着一条羊肠小路向小树林走去。

树林静悄无声,显得相当阴暗。小孙带着三个人走在前面。忽然停住脚步,惊叫了一声:

"排长,你看那是什么?"

周天虹赶上去一看,一棵柳树杈上挂着一个人,双脚离地有两尺多高,身上的黄呢子军服穿得整整齐齐,戴着黄五星军帽的头,歪斜地耷拉着。再往脸上一看,伸着长长的舌头,样子很是怕人。一支三八式步枪,静静地靠在树干上。

"他吊死了!"周天虹轻轻地自语,随后转过头说:"小孙,你把他放下来嘛!"

"我不敢。"小孙嗫嚅着,头歪到一边,连看也不敢看。

"你这个小鬼,那么勇敢,今天怎么倒怕起死人来了?"

"我从小就怕吊死鬼呢!我怕他夜里找我。"

周天虹笑了一笑。这时一个战士早走上去,举起刺刀把带子砍断,尸体噗通一声很沉重地落在地上。

大家围上去,收了死者的枪支。一个战士搜了搜他身上的口袋,除了家信、照片、金甲守护神之类,还有一个黑皮小日记本,交给了排长。周天虹翻开一看,扉页上写了两句唐诗:"可怜无定河边骨,犹是春闺梦里人。"不禁心中一跳,再次端详了一下死者,见他面孔白皙,戴着一副近视眼镜,年纪不过20岁左右。不由叹了口气,把小本收在自己的口袋里。

接着,大家继续向树林深处搜索。在接近一棵高大的古柏时,突然从古柏后面钻出一个满脸络腮胡子的日本兵,挺着长枪刺刀呀呀地向小孙冲过来。小孙立刻端着上了刺刀的枪迎上去。由于那家伙冲得过猛,小孙一侧身使他扑了个空,接着用枪把狠狠地一击,将他打倒在地。另一个战士抢上来夺了他的枪支,他只好呆呆地坐在那里。

"俘虏优待以嘻马斯!"周天虹说了一句他仅仅会说的日语口号。

但是这个日本兵无动于衷。他翻着一双阴沉而凶狠的眼睛,瞪着众人,显出一种不服气的傲慢的样子。这时大家才从他的肩章看出他是个军曹。他那满是灰尘的脸上满是黑乎乎的胡子,大概已有多日没有刮脸了。

接着,从灌木丛中又抓了一个俘虏。这个日本兵不过十八九岁,面目清秀,戴着一副近视眼镜,看去像是一个入伍不久的学生。他的眼睛里充满不安与惶惑。

周天虹把他们押上阵地。刘福山一见大为高兴,脸上充满笑意。

"哈哈,这真是意外的收获!"

说过,就派人把他们送到营部去了。

黄昏过后,涞源增援的敌人已经迫近战场,坚守较场村的残敌乘机突围。这次黄土岭之战,遂以阿部丧命敌军惨败而告终。然而本可全歼的敌人却因协同不够未能全歼,这不能不使指挥员们扼腕兴叹!

# 三八　敌人怎样化为朋友（一）

　　黄土岭之战结束，除留下一小部分打扫战场，掩埋尸体以外，部队奉命返回驻地。一路上真是红旗飘飘，战马萧萧，鞭敲金镫响，人唱凯歌还，说不尽的欢乐，说不尽的欢笑。

　　周天虹他们正行进在苑岗一带宽阔的山谷间，后面十数骑马过来了。为首的是老鸢团长，他仍旧披着黄呢斗篷，笑眯眯地骑在马上，显出一派悠闲自得的神气。后面是王政委，他的双眼灼灼有神，脸上也含着笑意。在他们经过四连面前的时候，勒勒丝缰，放慢了脚步。老鸢团长望着刘福山和周天虹流露出赞许的眼光微微一笑。王政委则用江西口音说：

　　"这次你们四连打得蛮不错嘛！就是抓的那个俘虏太顽固了，现在还用担架抬着他走哩！"

　　周天虹和刘福山听了首长的表扬，像孩子一般红着脸没有说话。沉了沉，政委又说：

　　"这次在黄土岭打死了一个日本中将，你们知道了吗？"

　　"中将？"周天虹惊奇而又兴奋地问，"是真的吗？"

　　"我们已经听到广播了。"王政委笑吟吟地说，"日本报纸还称赞他是'名将之花'，是'山地战专家'，他的骨灰到了东京，还给他下半旗志哀呢！"

　　"这个胜利真不小！"周天虹乐滋滋地说。

　　"蒋介石还给朱总司令发了一个电报，嘉奖我们哩！"

　　政委的话刚刚说完，刘福山就把嘴一撇：

　　"他那伙人不是说我们是'游而不击'吗？'游而不击'又怎么能打死一个中将呢？我看他不要传令嘉奖了，给我们发点枪支子弹比什么都强。"

这几句话,引得战士们都笑了。

周天虹一面走,一面仰起下巴颏问:

"政委,我可以提个问题吗?"

"你说。"

"像阿部这样一个有名的将军,不能说军事上一点儿不懂,为什么失败得这样惨呢?"

王政委沉思了一会儿说:

"依我看,最根本的原因是轻敌,所以一误再误。日本人跟俄罗斯军队打过,跟清朝的军队、国民党的军队都打过,但是他们还不认识我们红军,还不懂得这支军队的厉害。"

"是这样。"周天虹点点头说,"阿部自以为是山地战专家,他不知道还有比他更高明的山地战专家。"

"对,你说得对。"王政委点头微笑,又说,"我们先走了,新娘子还在等着团长呢!"

"你这个老王!"老蕿团长不好意思地说了一句。说过,两个人一抖丝缰,立即在队伍旁边奔驰而去。

每次打完仗回到原驻地,就尝一次回到"家"的滋味。老大娘、老大爷、二婶子、大妹子、小弟弟一齐向你围过来,那种亲热劲儿自不必说。这天早饭后,连里通讯员小白子跑来说:

"周排长,军区来了一个人来看望你,他说是你的朋友,还说你是他的大恩人,非要来看看你不可!"

"朋友?大恩人?"周天虹疑疑惑惑地说,"我做什么好事了,我会是谁的恩人呢?"

"你快去吧,别让人等急了。"

"这会是谁呢?"周天虹一路走一路想,简直不得要领。

待他走到连部的院子,看见连长正同一个人客客气气地谈话。那人身着八路军的军服,绑带打得整整齐齐。仔细端详他的面容,似乎在哪里见过,却又想不起来。刚一踏进屋子,那人却刷地站起来,向周天虹恭恭敬敬地打了一个十分标准的敬礼,然后赶过来,同周天虹热烈地握手,几乎把周天虹拥抱起来。

周天虹一时愣了神,试探地说:

"你是……"

"哎呀，"刘福山笑哈哈地说，"他不就是今年春天……那个小林清么！"出于礼貌，他避开了"俘虏"两个字。

"啊哟，我的大恩人，你怎么就把我忘了？要不是你俘虏了我，我怎么会有今天呢！"

周天虹再仔细一看，果然是那个日本上等兵小林清。不过那时他瞪着一双凶狠而恶毒的眼睛，现在却是那样友爱而温和，前后判若两人。再说他已经换了一身八路军的军服，举止文明有礼，也就认不出来了。周天虹再次握住小林清的手，带着几分歉意地笑着说：

"是我眼拙，一时没有看出来。"

周天虹笑吟吟地凝视着他，想起半年之前在战场上俘虏他的时候，他那股武士道的精神是多么地顽强，他当时又打又咬，把自己的脸都抓破了。如今却出人意料地变成了另一个人，而且汉语说得这么流利，实在令人惊奇。

"你这半年到哪里去了？"

"我刚从延安回来。"小林清兴奋地说。

"噢，你也到了延安？"

"是的。"小林清乐滋滋地笑着说，"延安不光是你们的么，她是世界无产阶级革命的圣地么！现在我回来，就是要在晋察冀成立一个在华日本人反战同盟支部。"

"啊，好好！"周天虹一连声赞叹着。

"前两天，我听说你们又抓了几个俘虏，而且有一个很顽固，我和金硬同志就赶来了。可是我一回到这个地方，我就想起你来。我越想越不安，觉得十分对不起你！……"他说着指指自己的心口，显出非常难过的样子。

周天虹见他很动感情，就说：

"这有什么，那是在战场上嘛！"

"不不，我想你是不会忘记当时的情景的。"小林清带有几分痛苦地说，"我当时在近距离投出那个手榴弹，说实话是要与你同归于尽的。可是我死了，不过少了一个侵略者的士兵；而你死了，却是少了一个优秀的革命青年。我在延安有了一点觉悟的时候，一想起这件事就悔恨万分。我总觉得我应该见见你，向你谈谈我这种忏悔的心情。我们发动这场侵略战争，对中国人民造成的痛苦实在太大太深了。"

小林清说过，不住地叹气。周天虹给他倒了一杯水。刘福山见他们要长谈，就打了一个招呼忙别的事情去了。

周天虹思忖了一会儿，带着安慰的口气说：

"这场战争，是日本的垄断资产阶级和军部发动的。日本人民是不愿打这个仗的。像你们这些人不都是被迫地来到中国的么？"

小林清沉吟了一会儿，神态严肃地说：

"总的来说，这种看法是正确的。但具体来说，日本人民受到统治阶级长期的愚弄和欺骗，这种毒害也是不可低估的。我本身就是一个例子。我可以坦白地告诉你，我不是被迫的，我是自愿地来参加这场所谓'圣战'的。"

"怎么，你是自愿参加这场战争的吗？"周天虹有些惊奇。

"是的，是自愿的，甚至可以说是狂热的。"小林清坦然地说，"我是大阪府松原市农村一个穷苦农民的儿子。我们生产大米，却从来不舍得吃纯净的白米，还要把稗子掺进去吃。我上学连书包也买不起，只能用一块手帕包着。可是我从小受的教育，却是如何做一名忠于天皇的赤子。再加上我的父亲在明治天皇时期服过兵役，当过东京皇宫警卫团的士兵，这使他一生感到自豪。他从小就教育我要忠于天皇。战争发生了。政府宣告说，7月7日晚上，我皇军在卢沟桥进行夜间演习，中国军队突然向我方开炮。我方当局曾想尽一切办法，想把问题就地解决。而南京政府却自恃军备，一味向我方挑战。迫不得已，我皇军为了保护在华侨民和东方的和平，才展开了这场膺惩中国的神圣战争。我听了非常气愤，心想，如果没有日本，中国恐怕早就成了英美的殖民地了。此后，听见我无敌皇军的节节胜利，真高兴得跳跃起来。看见一批批挂着红布条出征士兵的雄姿，我也梦想成为一名天皇的士兵。昭和十三年春，也就是去年，我家接到印在红纸上的'征召令'，我被应征入伍了。那天，我从学校一回到家，天真的妹妹就向我鞠躬、道贺说：'祝贺你，哥哥，你成为帝国的军人了！'全家人都为我感到高兴和光荣，认为我们家从此也就成为忠于天皇的'爱国'家庭了。入伍前一天，家里简直是贺客盈门。邻居和亲友们送来了很多饯别的礼品和旗帜。送来的旗子挂在大门口,正厅上挂着一面很大的太阳旗,上面密密麻麻签满了亲友们的姓名。这一天最高兴的是我的父亲。他的眼睛快乐得闪闪发光,他一面招待着跪坐在'榻榻米'上的亲友们,一面庄严地叮嘱我:'你到军队里一定要好好地服务,效忠天皇,为国争光,可不能给我们全家丢脸啊!'我说:'是,爸爸,我一定为国争光,为家争光,立下战功回来见你!'妈妈把亲手做的'武运长久'的红佩带斜佩在我的身上。然后父亲就手执著自制的小太阳旗,头上裹着印有太阳旗的毛巾,和亲友们簇拥着我去报到了。一路上,围观的人群、喇叭声和鼓声伴我们到了军营,好不热闹。报到以后,就立刻换上了新军服,我穿起来在大镜子面前一照,不禁心里惊喜:哎呀,多么精神,我已经成了威武的帝国军人了!在我们拉开阵势操练的时候,我看见了在人丛中的父亲咧着大嘴笑着,似乎说:'瞧,我的儿子多光荣啊,我们脸上多光彩啊!'……现在回想起来,这些都是多么的愚蠢!"

"确实,人民受武士道的毒害太深了!"周天虹在一旁叹息道。

"事情还不止于此。"小林清继续说,"入伍的第二天,又重新检查了身体,我被检查出有脱肛的毛病,要我回去治疗。家里人见我回来了,很惊奇。我把事情的原委还没说完,父亲就骤然变色说:'丢人!没出息!我还有脸见人吗?你为什么不早治?'我委屈地说:'我一天上学,哪里有时间啊?'他发怒了,把双臂一拦:'你不能进我的屋子!我是一个守卫皇宫的军人,你太伤我的面子了!'妈妈见我可怜,就说:'还是让他进去吧!'我说不用了,当晚就到医院动了手术,很快就回到军营里去了。经过新兵训练,出征的日子到了,妈妈偎依着我,哭成了泪人。我那杯离别酒也是和着眼泪喝下去的。为了保佑儿子的平安,母亲还把一个小铜佛和一个'千人针腹带'给我系在身上。这个腹带有一尺宽五尺长,是妈妈亲自拿到街上人多的地方,请来往行人用准备好的红线缝一个结。这就是说,将有1000人来祈祷我的平安。临行前,父亲的眼睛也湿润了。他再一次叮嘱我说:'在战场上,你不要想念我们,你要效忠天皇。身为大日本皇军的武士,你要有敢死的决心!'出发的日子到了,我们登上6000吨的'赤城'号轮船,全家人都到了大阪港码头。码头上送行者人山人海,都挥动着太阳旗呼喊着:'胜利!胜利!'我和许多士兵都自知不免一死，也流着眼泪高喊着：'胜利！胜利！'现在回想起来，为了日本垄断资本家少数人的利益，为了一场对日本人民毫无价值的侵略战争，我们竟这样忠心耿耿，这样狂热，这样是非不分，是多么的愚昧和可怜啊！"

"你到了部队以后，又如何呢？"周天虹问。

"这也正是我要对你谈的。"小林清说，"我们日本人总爱说，无敌的皇军呀，威武的皇军呀，倘若你了解它的内幕，你就会知道它是一支最野蛮、最黑暗的军队。在日本军队里做一个士兵，那就完全是一个十足的古代奴隶社会的奴隶！甚至比奴隶还可怜。出发前，发了一个针线包，里面有三根针，我不小心丢了一根，就在街上偷偷地买了一根补上，谁知道叫眼尖的曹长检查出来了，因为买来的那根针，上面没有象征天皇权力的菊花徽章，曹长说我对天皇不忠，就狠狠地抽了我40记耳光。因为他个子小，他就站在凳子上狠命地抽我，把我的一张脸完全抽肿了。第二天妈妈来看我，抚摩着我的脸怜惜地说：'孩子，你这是怎么了？'我还不敢说实话，只好说是我牙肿几天了。又一次，实弹射击，我和另一个士兵有两发子弹没有中靶，教官就命令我们两个，互相用力抽对方30记耳光。这本来是应付上级，本不该那样用力的，可是在教官的监视下，谁也不敢不用力，都抽得对方的脸火辣辣地发烧，眼泪直在眼眶里打转，还不敢流下来。这究竟算一个什么样的军队呀？！晚上还叫我们背操典，背天皇敕谕，如果背不出，就让我们在'榻榻米'上学狗爬，从教官的胯下爬过去。如果有两个人背不出，就叫我们两个人互相厮打，甚至学狗叫。我们夜里钻在被窝里偷偷地哭，可是白天却要装出笑脸。要露出一点点不满，那就是对天皇不忠了。"

小林清越说越气愤，眼睛里闪射出愤怒的光芒。周天虹原先对日本军队的内情一无所知，今天听了，也感到骇人听闻。他让小林清喝了点水，又问道：

"你们来到华北以后怎么样？"

"那些污辱士兵人格的事，不可能改变。一次，我的一个扣子忘记扣了，曹长一把将我的扣子揪了去，立刻劈头盖脸地打了我两个耳光。随后叫我在肩头上挂上破布条，举着一把破扫帚在营房里游街，一边走，一边叫：'我升了"参谋长"啦，特来拜见各位！'将兵们看见我这副滑稽样子哈哈大笑。我们新兵除了经常挨打挨骂,还要给曹长、老兵端饭端菜,洗衣服,擦皮鞋。这些都不说,最难受的是饭不够吃,经常挨饿。按规定,每人每顿饭二合(约半斤),煮成饭只有一大碗,本来就不够吃。可是官长营私舞弊,把军粮悄悄卖给侨民,就更不够吃了。只能等熄灯到街上买块大饼,躲在被窝里吃,或者跑到厕所里吃。为了练习饿肚子,中队长还下令把该发的粮食减去1/3或1/4,名之日'减食训练'。可是长官们就不同了,他们每顿饭不是日本的肴馔,就是中国的特产。高级官员甚至以军用飞机把名菜运来。他们还经常会餐,用的都是士兵的伙食。我们一、二等兵,每月的军饷是8.8元,一个准尉每月是120元,超过一、二等兵13倍还多。即使这样,他们还要从我们身上刮取油水。我们饭吃不饱,只有向家里要钱。可是家里寄来的汇款单,往往不知去向。我们中队有一个叫平田的新兵,家里汇来30元钱,写得明明白白,可是汇款单不见踪影。平田不敢向长官追问,只好再次写信,问家里是否真的把钱寄来了,家里说钱是的的确确寄来了,而且是卖了仅有的一亩田寄来的。平田非常伤心,拿了信到野战邮局询问,才知道汇款单和钱已被中队长领走了。平田气愤极了,找到中队长讲理,中队长大怒,说平田玷辱了皇军的声誉,把平田吊到马棚里打得死去活来。后来大家去求情,才把平田放了。平田羞愤之余,就在当天夜里剖腹自杀了。这就是我们皇军的内幕啊!"

小林清低头叹息了一阵,停了停,又说:

"这些只不过是军队内部的黑暗。随着战争的发展,我们越来越觉得这场战争,同我们日本人民的利益是背道而驰的。由于战争的持久,国内的困难愈来愈多。许许多多士兵的家庭陷在贫困饥馑之中。这从士兵众多的家信中可以反映出来。长官们不放心了,开始了对家信的检查。但是他们又无法一封一封地全都拆开检查。他们实行抽查的办法,叫你自己拆开,当众朗读,弄得每个人都十分难堪。在这些家信中,最让人惊心动魄的是二等兵长谷川的父亲写给中队长山本的一封信。这时长谷川已经战死了,在给长谷川烧尸开追悼会的时候,山本中队长才把这封信拿出来。信上说:'我们全家已经陷入贫困饥饿之中,饥寒交迫,没有任何生路。虽然这样做对不起我那孝顺的儿子,但是,还是请中队长想法让我的儿子长谷川快点战死吧,除了指望他那笔战死抚恤津贴以外,再也没有别的生活出路了。'我们看了这封信,所有的人都哭了。我们只想到自己苦,哪里知道家里比我们还要苦啊!这场战争究竟是为了什么呢?究竟有什么必要来进行这场侵略战争呢?……"

"从这时候起,我发现军队的士气越来越低了。"小林清悲伤地继续说道,"一开始长官们对我们说,国民党的正规军已被击溃,华北方面已经没什么战场。只不过有几个'八路匪军',我们来中国等于一次'官费旅行'。后来我们才知道国民党的正规军不顶事,他们往往是一触即溃,而这个'八路匪军',却是非常难对付。坦白地说,尽管你们比国民党的正规军装备差得多,但是战法确实高明,作战勇敢,而且出没无常,不知什么时候就会受到你们的袭击。弄得我们人人提心吊胆。只要一听说出发的消息,就好像大难临头,士兵们就三个一群,五个一伙,到随营妓院去玩妓女,或是到酒馆里去疯狂酗酒,以缓和战争带来的恐怖心理。大家喝醉了,就疯狂一般地唱歌,什么'花开必有花落时,壮士捐躯在沙场……'一边疯唱,一边淌着眼泪。半年之前我被俘那时候,就是这个样子!现在,值得庆幸的是,我总算把这噩梦一般的过去摆脱了。朋友,你也该为我高兴吧!"

说到这里,刘福山从外面走进来,他笑嘻嘻地说:

"哈哈,你们这两个朋友谈得好亲热呀!开饭了,吃了饭再接着谈吧。我让伙房给你们加了两个客菜!"

"不不,等一等,我到小铺里给他打几两酒去!"周天虹说着站起来,兴冲冲地要往外走。刘福山眨眨那只独眼说:"咳,小周,你想这件事我还会忘吗?我早让通讯员准备好了。"

不一时,饭端上来了。除了小米饭和土豆丝以外,又另加了一盘辣椒炒肉丝,一盘炒鸡蛋。刘福山说:

"小周,你就陪着客人吃吧!我还有别的事呢!"

显然,这是推托。因为那时规定得很严格,是不允许借口请客大吃大喝的。

# 三九　敌人怎样化为朋友（二）

在一张红油漆的八仙桌上，摆着一把古香古色的小锡酒壶和两个农家常用的小酒盅。周天虹满怀情义地斟满了两盅土产枣酒，然后举起酒盅说："让我们共祝中国人民抗日战争的早日胜利，也祝日本人民早日获得解放！"说过，两个人一饮而尽。

刚才小林清推心置腹的谈话，不断引起他的深思。他想起在延安读过的列宁的《帝国主义论》，觉得自己的理解还是太抽象了，太肤浅了。日本帝国主义给中国人民造成的苦难，自己已有了一些体会；而这个帝国主义对它本国人民造成的灾难，却是第一次听到。他觉得这个帝国主义，实在太野蛮了，太残酷了，人们说日本帝国主义是一个具有浓厚封建性的野蛮的帝国主义，真是一点不错。因此，他对日本人民更同情了。

但是，他对面前的小林清，还是有一些不够理解：为什么半年之前，在他被俘的时候，他的武士道精神是那样十足，今天却像另一个人呢？想到这里，就笑着说：

"小林，你是否可以谈谈你的觉醒过程？"

小林清喝了一口酒，然后点头叹息道：

"坦白地说，这个过程是很艰难的。当时，也就是我被俘以后，我确实是想一死了之的。我逃跑不成，又被你们捉回来了。我整天都在悔恨，在战场上我为什么不找个机会剖腹自杀呢？这是我对天皇最大的不忠，已经损害了一个武士的荣誉。我对你们非常粗暴无礼，说实话，是故意触怒你们，想借你们的手来杀我。我想你们如果杀了我，消息传回到我的部队，也许会对我的声名有所补偿。可是你们偏偏不杀我。金硬同志还给了我一本河上肇的《政治经济学》

看。说真的,这种书我哪里看得进去?再说,那些深奥难懂的名词我也不懂。我翻了几页,也觉得有些道理,仍然是似懂非懂,半信半疑。可是,我不能不说,你们的诚恳和耐心,对我有些触动。我曾经想,假若调换一下位置,我有这样的耐心吗?我们日本人抓住了八路军和老百姓,不是很快就把他们杀了吗?尤其是抓住中国的老百姓,不是连问也不问,就把他们杀了吗?那是比踩死一个蚂蚁还容易的。而八路军是怎样对待我呢?他们只有一个,就是讲道理。在日本军队里,我是三天两头挨耳光的;在八路军这里却没有人动过我一个指头,而且没有一句带污辱意味的言词。还常常问我吃了没有,喝了没有。我觉得这支军队太奇怪了,世界上哪里有这样的军队呢?于是,我决定不跑了,我要观察一下这支军队。"

说到这里,他沉了沉,面带愧色地说:

"可是,由于我的立场没有转变,我还是做了一件对不起八路军的事。那时俘房里有一个军曹,非常顽固,他曾经在没人的时候悄悄地跟我说,我们夜里偷偷地跑吧,当时我已经不想跑了,我就含含糊糊地说,恐怕跑不出去。半夜三更,他起来了,就来到我的身边,向我打手势,要我跟他一起走。我装作睡着了没有理他。他只好慌慌张张地走了。这件事我本来应当报告,但我一想,他究竟是我的同胞,我又何必给他找麻烦呢?也许他回去还会给我说几句好话。这样我就把这事隐瞒起来了。后来我每逢想起这件事,就觉得心里不安,毕竟我的觉悟太低了,立场上还没有根本转变。"

"以后,你就到延安去了吗?"天虹问。

"是的。以后,金硬同志就决定把我和另外四名被俘的士兵送到延安去学习,意图是进一步提高我们的觉悟。路上由八路军的一个排护送。在日本军队里,我们自然也行军,可是像八路军那样一天走七八十里,遇上过封锁线甚至要走100多里,我们就没有吃过这种苦头。这时候,什么牢骚怪话都出来了。而护送我们的八路军,不仅和我们同样走路,到了宿营地,还要给我们找房子,挑水做饭,烧水洗脚,找铺草,等等。夜里还让我们睡在炕上,他们睡在地下的铺草上。第二天出发,又给房东把水缸挑满,把院子打扫得干干净净,把铺草卷好送还房东。有的俘房发牢骚说怪话的时候,我就说:你们这些人有良心吗?你们就不想想,那些护送我们的八路军,他们不是同我们一样疲劳吗？他们为什么还千方百计照顾我们呢？难道仅仅因为我们是俘虏？假若调换一下位置,我们能够这样对待他们吗？你们就不想想,世界上有这样的军队吗？我说这话的时候,他们就不言语了。当时,八路军的行为,确实给了我们很深的感动。我们同八路军的距离渐渐缩短了。

"但是,我们从日本军队带来的坏习气,一时还难以扫除。比如,我们每到一个地方,就有许多老百姓围着看,有的人就粗野无礼地把眼一瞪:'滚开！不要围在这里！'自己已经是俘虏了,怎么能这样对待根据地的老百姓呢？此外还随便拿老百姓的东西,在日本军队里这是常事,老百姓根本不敢吱声,可是在根据地这样就不行了。有一天,天气比较冷,我们中的一个人,抱起老百姓的柴禾就去烤火,老百姓不满意,就同老百姓吵起来了。八路军就赶快跑过来,向老百姓道了歉,还了柴草钱,才算完事。事后在小组会上,八路军就向他进行了批评教育,说:'八路军的纪律是不拿群众的一针一线,我们怎么能随便违反这项纪律呢？'同时,从实际行动里我们也看到,八路军的指战员,确实时时处处都是严守这些纪律的。因此,他们能够同人民群众亲密无间,每到一个地方就像到了家里一般。这个你从男女老少的笑脸上就可以看到了。在我们那里,每到一个地方,老百姓早跑得光光的,就是剩下一两个孤寡老人没有来得及逃走,也对我们怒目而视,我们哪里见到过这样的笑脸呢？自然日本军队也有许多规定,《陆军刑法》就严格规定:犯掠夺罪者处一年以上、十五年以下的劳役。犯强奸或杀伤罪者处七年以上劳役,重者处以死刑。犯放火罪者,处死刑。以上这些罪行,从各级长官起,他们都直接间接地大犯而特犯了,士兵们怎么会不犯呢？如果按照这个刑法,我看绝大多数的人都是该执行枪毙的！单从这方面来看,我想八路军也将是最后的胜利者。

"有一天,我们走了八九十里才到了宿营地。我们想,可该好好地休息一下了。哪知这个地方,是日军刚刚扫荡过的一个村庄。村庄有 3/4 的房子都被烧毁了,到处是烧黑的断墙残壁,瓦砾遍地,满地都是猪毛、鸡毛。真是惨不忍睹。护送我们的八路军为难了。如果再选宿营地,我们已经走不动了,只好住在村角角里几处比较完好的人家。一路上为了避免麻烦,八路军尽量让我们少说话;可是话总是要说,结果还是被村里人发现了。等到他们发现我们是日本人,就惊呼了一声:'鬼子!'许多人就恶狠狠地把我们围起来了。他们用非常可怕的仇恨的眼睛望着我们,甚至有人想动手厮打,幸亏八路军拦住,一遍又一遍地向他们解释八路军的俘虏政策,才算把他们劝住。可是,我们住到房子里,也就是天刚刚黄昏的时候,猛听见一声尖厉的惨叫,一个披头散发的中年女人,手里握着一把切菜刀,疯狂地跑到我们的院子里。她一边高声叫着:'日本鬼子,你们快滚出来,我今天要和你们拼了!'我们几个日本人都惊呆了。几个八路军的战士一见事情不好,赶快跑过来。可是她已经陷入疯狂,力量非常大,一把就把一个战士推了一个趔趄。四五个人上去才抓住了她的臂膀。她见不能得手,就往地下一坐放声大哭起来。这时人们才从她的哭诉里得知,她的丈夫和儿子都被日本人杀死了,儿媳也被日本兵轮奸后自缢了。她大叫道:'日本鬼子,你们把我逼到这个地步,我哪里还有什么活路啊?'说得八路军的几个战士都哭了。看了这令人惊骇的一幕,我们几个日本人简直呆若木鸡,觉得无地自容,不知说什么好。不说别人,仅说我自己,我的心灵战栗了。我觉得我们日本人给中国人造成的苦难实在太大了,太深了,我们的罪恶简直是天地难容,是无法饶恕的!是一代两代日本人所无法挽回的!当天夜里,我们自然无法安睡。我发现我的几个同伴在炕上辗转反侧,大概都在受良心的谴责吧!直到第二天走在路上,我还在想,假若是中国人打到我们国内,如果这样对待我们,我们日本人又该作何感想呢?……"

小林说到这里,仿佛回到当时的情景,眼睛也有点湿润起来。周天虹也唏嘘不已,为了缓和他的情绪没有多说什么。

"此后,我们经过长途跋涉,终于来到延安。"小林继续说道,"那时延安已经有了二三十个日本人了。我们见到自己的同胞,自然是非同寻常的高兴。山南海北,说个没完没了。中国共产党帮助我们成立了一个'日本工农学校'。校长就是日本共产党的领导人冈野进同志。学校设在延安宝塔山半山腰的窑洞里。开始,我们以为,这不过是中国人对我们日本俘虏的另一种管教方式而已,是绝不会有什么人身自由的。事情恰恰和我们的想法相反,我们过的完全是自由民主的生活。如果说这个学校的特点,那就是民主自治。这和日本那种以打耳光为家常便饭的法西斯的管理方式完全不同。我们完全由学员投票选举成立了自己的学生会,来管理自己的日常生活和各种活动。还经常有组织地向学校反映学员的意见。学校和中国同志都充分尊重我们的人格和日本民族的生活习惯。说老实说,我们即使在国内也从未享受过这样自由自在的生活。当时八路军的津贴费分为五等:士兵一元五角;排级二元;连级三元;营团级四元;师级包括毛主席、朱总司令等中央领导同志均为五元。而我们日本工农学校的学员一律按连级干部待遇。在供给上中国同志以小米为主,我们却主要是大米、白面。上午是一菜一汤,下午是两菜一汤,几乎天天都有一点肉。这样的生活,当时在延安是很难得的。这样的精神与物质的生活,使我们渐渐忘记了自己是一个生活在异国他乡的战俘,而是把自己也当成一名八路军的战士了。我们饭后,经常到延河边散步、游戏,和中国同志亲切交谈,觉得非常愉快。那时延安有一个诗人,名叫刘御,他写过一首民歌风的诗:'嘉陵绿,延河清,城里城外有几个日本兵;这里跑出,那里跑进,我们好像一家人。'这大概就是那时候我们生活的写照了。

"我刚才说过,我要仔细观察一下八路军到底是一支什么样的军队。有一天晚饭后,我和几个同学到延安城里散步。一路走一路说笑,没有注意走到中央的驻地去了。那里人们正在比赛篮球,围观的人很多,不断传出笑声和掌声。我们也就挤进人群观看。这时候,我们才知道从前方回来的八路军的总司令朱德也在其中。这天,他像其他人一样穿件白背心,汗流浃背地在篮球场上奔跑。尽管他比那些年轻的士兵年长得多,但却显得精壮有力,兴致很高。说实在的,谁也看不出这个脸色赤红朴素得像普通农民一般的汉子,就是举世闻名的朱总司令。我们自然看得很有兴味。因为在我们那里,从来没有见过长官同士兵一起吃饭,更别说在一起游戏打球了。何况是一支军队的总司令呢?忽然间,我们看见总司令把球揽在怀中,他发现敌后空虚,就兴高采烈地快速向敌方运行,大家也为他的好机遇向他鼓起掌来,并大呼:'总司令,加油!''总司令,加油!'总司令志在必得,跑得更有劲儿了,哪知刚刚接近球篮,一个年轻的士兵,出其不意从他身后楔入,把他的球截过去了。那个士兵立刻向相反方向运动,总司令毕竟上了几岁年纪,想返身夺球已不可能。说话间,那个年轻战士已经一举命中,引起一片掌声。总司令只好把两臂一摊表示遗憾。又一次,总司令正好站在对方篮下,一个女同志将球运过来。这真是一个千载难逢的机会,如果那个女同志立即传给他,那是肯定要得分的。这时总司令迫不及待地喊:'小康!小康!快把球给我!'谁知那个叫小康的女同志偏偏没有给他,反而传给中锋去了。那位中锋因为过分急切,篮球在篮内打了一个转转又滚了出来。大家不约而同地发出一声:'咦!'急得总司令把脚一跺说:'小康,你是怎么搞的?'那个女同志嫣然一笑说:'我给你,你没有把握嘛!'大家哄然大笑起来。这时候,我们才知道那个女同志就是朱德的夫人康克清同志。那场球赛,我们几个日本人简直看得如痴如醉。我不禁在想:天底下哪里看到过这样的官兵关系?哪里看到过这样人与人的关系?我们有生以来,在军队里看到的,就是高声的怒骂和无端的斥责,再不就是难以躲避的耳光!那完全是一种奴隶主和奴隶的关系。我渐渐懂得了:什么是法西斯主义的人际关系;什么是共产主义的人际关系。我想只有共产主义的人际关系才是真正符合人性的。我的一个同伴深有感触地说:'看了今天这场篮球,我是再也不愿回到日本部队了!'我说:'是的,我有同感。'

"你知道,我们日本人很喜欢打棒球,在日本可以说老少都会。我们工农学校的棒球队也组织起来了。每天晚饭后,我们就在延河滩上划出一片场地打起来。来看的中国同志很多。有时中央领导同志散步走到这里,也围着观看。有一天,毛主席也来到这儿悄悄站在人丛中。我们开始没人发现,后来有人看见了,就低声说:'毛主席也来看我们打棒球了。'我们真是高兴万分,在场上纵横奔驰,打得特别起劲。等到大家休息的时候,毛主席就说:'我来试试可以吗?'大家就说:'当然可以!'就把大棒交到他的手里。毛主席把大棒掂量了一下,猛力一击,一棒就把球远远地打到界外去了。大家一阵哄笑。散场时,我们把毛主席围起来了。毛主席笑着问:'你们生活得怎么样?在我们这个穷山沟里还觉得方便吗?'我们说:'中国同志对我们照顾得太周到了,我们实在太感谢了。'毛主席又问:'你们想家不想家?身居异国,恐怕还是有点想家的。'大家笑而不答。毛主席说:'我们的敌人只有一个,这就是日本帝国主义和中国的汉奸卖国贼。我们联合起来把他们打倒,你们就可以回到日本同亲人团聚了。我相信这一天是一定会到来的!'大家热烈地鼓起掌来,一直把毛主席送过延河。

"当然,在延安最重要的是我们受到了毕生难忘的革命理论的教育。学校的课程有:《日本问题》《联共(布)党史》《时事问题》《政治常识》《社会发展史》《政治经济学》等等。任教的除冈野进同志外,都是中国的专家、学者,像李初梨、赵安博、王学文、何思敬等同志。他们都讲得通俗易懂,联系实际,使我们明白了许多有生以来从来也不懂的道理。我觉得最重要的是使我们明白了,什么是剥削,什么是阶级,在这个世界上,什么人是吃人肉、喝人血的不劳而获的剥削者,什么人是终年劳动不得一饱的劳苦大众。一句话,使我们明白了什么人是我们的敌人,什么人是我们的朋友。明白了这一点,我们也就明白了:那些把我们送上战场、要我们'效忠天皇'、为他们当炮灰的人,才是我们真正的敌人;而全世界的无产者和中国人民才是我们的朋友。从这时起,那种把日本大和民族标榜为'天之骄子''独得神佑'的武士道精神,以及'保卫日本生命线''防止中国赤化''膺惩暴戾支那'的欺骗也就彻底瓦解了。在延安的这一段生活如果概括为一句话,这就是共产主义思想彻底瓦解了我们根深蒂固的武士道精神,或者说是我们的新生。"

听到这里,周天虹感慨地说:

"怪不得呢,刚一见面,我就觉得你变成另一个人了。让我为你的新生来干杯吧!"

说过,他又满满地斟上酒来,两个人一饮而尽。小林两颊上升起一层幸福的红晕。

饭吃好了,小林起身告辞。周天虹一直把他送到村外。临别时,周天虹说:

"小林,我还没问你,今后有什么计划呢!"

小林笑着说:

"我现在跟你一样也是八路军了。我现在最重要的就是投入工作,赶快把'日人在华反战同盟支部'成立起来,争取更多的日本人和我们站在一条战线上。我现在马上回到团部就要同那两个新俘虏进行谈话。"

"那两个人,其中一个很顽固,曾经拒绝吃饭。"

"知道,知道。"小林笑了,"他叫渡边一郎,是个军曹。他那股顽固劲儿,大概和我被俘时差不多吧。另一个叫吉尾,是个学生,态度比较好。你放心吧,我是有信心有办法教育他们的。"

小林说过,就像有坚定信念明确目标的人那样,放开大步昂头挺胸地向前走去。

## 四〇　来也匆匆,去也匆匆

黄土岭一战,日军损兵折将,使华北敌人惶恐且又震怒。于是从张家口、保定、石家庄等地凑集了万余兵力,对北岳区进行了整整40天的"扫荡"。一个冬季就这样过去了。转瞬就是1940年的春天。

在易水河的河岸上,又是浅浅的雾一般的绿色。接着山桃花、杏花和梨花又相继开放了,远远望去,就像一片白雪似的。

这天,周天虹和刘福山等人正在连部议事,左明从后方医院回来了。他的一条腿稍稍有点儿拐,脸色因失血过多而发黄,但眼睛依然炯炯有神,一笑一口白牙,还是那样漂亮。他一走进屋,就被大家围起来了。刘福山搂着他的脖子亲热地说:

"锤子,你可回来了,我真想死你了!"

"你想死我大嫂了吧?"左明笑着说。

"不不,真的,"刘福山说,"你和指导员都不在,弄得我又是拳打,又是脚踢,简直连喘气的工夫也没有。"

周天虹一直怀念着这位朋友,今天见他回来真是高兴万分。他拉着左明的手,眼睛一直盯着他。

"听说这次你中了四五颗子弹,伤了骨头没有?"周天虹亲切地问。

"咳,没事儿。"左明摇摇头说,"我这人从小就命大。我当放牛娃那会儿,有一次下大冰雹,我钻到牛肚子底下,也没有砸死我;有一次从山崖上摔下来,也没有摔死我;当兵负了两次伤,也没有事儿。这次几颗子弹,有两颗从肺上穿过去了,两颗从腿肚上穿过去了,还有一颗打中了我的大腿根儿,我想可别把我传宗接代的玩艺儿给打掉了,谁知道也没有事儿……"

他说得人们哈哈大笑。刘福山用那只独眼亲昵地瞅着他说:

"锤子,说实在的,开头儿我听说你负的伤那么重,我想你恐怕回不来了。你最好的前途,也就是保住条命,在山沟沟里找个媳妇,像别的老红军一样在这里安家了。"

"别说泄气话!"左明把手一扬,"把小日本打走,我还要建设新中国呢!"

正在这时,哨兵进来报告,说:

"周排长,外面有一个女同志找你。"

一说"女同志",左明那双明亮的眼睛滴溜一转,瞅着周天虹笑着说:

"是去年春天来看你的那个女同志吧?"

"快,快请进来,让我们也认识认识。"刘福山起哄地说。

"我还不知道来的是谁呢!"周天虹故作镇静地说,其实心里已经怦怦直跳,红着脸走出去了。

走到门外一看,果然就是高红。尽管春寒尚重,她已经换上了浅蓝色的夹衣,紧紧地束着一条皮带。肩头上搭着一个薄薄的铺盖卷儿,似乎要远行的样子。

周天虹望着她那双猫眼和鲜艳的双颊,似乎春天又为她带来一层新的红润。他紧紧地握着她的手,简直不愿放开。因为哨兵就在面前不得不克制住了。

他想,连部自然是不能去的,到排里更不方便;只好将她引到村边比较僻静的地方。两个人在一棵大树下就地坐下来。

"你怎么这么长时间没有来呀?"周天虹望着她怨怨艾艾地说。

"我到游击区去了。"她说。

"到游击区干什么?"

"征粮呀!开辟工作呀!"高红笑着说,"这穷山沟能出多少粮食?不出去征粮你们吃什么?吃石头么?"

"遇到危险了没有?"

"哪能没有危险呢?"高红一笑。

"你给我详细说说。"

"不行,今天没有时间。我还要赶路,只是顺便来看看你。"

"怎么,你要到哪里去?"

"去看看我哥哥。我总觉得他会要出事儿。"高红脸上出现了一些愁容。

"他会出什么事?"周天虹说,"他最近不是已经提升为副支队长了吗?他比我进步多了。"

"不不,不能这样看。他最近和支队长的关系很紧张,已经受到分区的批评。"

"这个我倒没听说。干部间有些磕磕碰碰是常事,那没有什么奇怪。"

"不不,听人说他非常傲慢自大,目中无人。我是了解他的,他的个人英雄主义一向很强。难道你跟他在一起这么久,你就没察觉吗?"

周天虹沉吟了一下,说:

"在他身上,个人英雄主义的色彩是有一些,不过我认为这些也是可以逐渐克服的。"

"可是那要有一个好的态度啊!没有这一点就很难说了。我这次去,就是想帮帮他。我希望你们什么时候碰上也帮帮他。"

"那也得吃了饭再走啊!再说,高红,你也想想我们多长时间没见面了!"

高红深情地望了天虹一眼,显出十分为难的样子。随后决断地说:

"不行,那样我就更赶不到了!请你谅解吧,下一次,下一次我再来!"

"咳!"天虹失望地长长地叹了口气,"下一次……那要等到什么时候?"

高红嫣然一笑,深情地望着他说:

"我会找出时间来的。"

高红说着站起身来,拍了拍铺盖卷儿上的土挎在肩上。然后伸出了手准备告别。

说实在的,天虹从心里不愿她走。他还有许多话要说,尤其那十分关键性的话,他心窝窝里那句最重要的话要掏给她。可是哪里还有时间!只是握住她那白嫩的肥肥的小手不愿放开。最后,慢腾腾地说：

"我再送你一程，好吗？"

"不用了。"

也许这手握的时间太长，高红的脸红了。她急忙抽出手去，轻轻把手一招，走了。

咳，来也匆匆，去也匆匆！

等到天虹慢腾腾回到连部的时候，神思还没有恢复正常。刘福山立刻问：

"客人呢？"

"走了！"天虹无精打采地说。

"怎么走了？怎么不留她吃饭？我已经给你报了客饭。"

"她有事儿。"他叹了口气。

左明笑嘻嘻地问：

"那句最重要的话你说了没有？"

"没有。哪有时间呀！"

"咳，你这个傻瓜！什么事儿也不抓个主要矛盾！"

说过，左明搂住他的脖子问：

"你亲了她一口没有？"

"哪有时间哪？"周天虹红涨着脸说。

"咳，你们这些知识分子！"左明说，"简直太文雅了！连恋爱也不会搞，要是我，先搂过来啃她一口！"

左明一句话，说得大家哈哈大笑。可是周天虹心里却酸酸的不好受。

# 四一　世界观领域也有战火

高凤岗所在的游击支队,驻在涞源南山一带崇山峻岭间的一个山窝窝里。

当地的民谣说:"狼山高,狼山高,到不了五迴岭的半截腰。"是讲这里地势的高峻。何况此处已在五迴岭之北,越出长城,可说是名副其实的塞外了。当关里柳绿桃红的时候,这里的杏花还刚刚含苞,山头还留着冬季的苍黄,大川里的杨柳被无尽无休的寒风吹打得歪歪扭扭,似乎还没有苏醒的样子。高红一过五迴岭,就后悔衣服换得太早了。幸亏还带了件旧棉衣才得以聊避风寒。

驻在这里的游击支队,按当时习惯,以支队长兼政委马飞的姓氏为名,都呼之为"马支队"。其实下属只有四个连,仅相当于一个大营。可是支队长马飞在那一带却颇有威名。他是一个长征干部,不知何时因为负伤截了左臂,成了一个独臂将军。他打仗相当勇敢,传说他断臂前,一打冲锋就脱光膀子,一手提驳壳枪,一手拿大砍刀便冲到前头去了。但是这不过是传闻,迄未得到证实。也有记者询问过他,有无此事,他均笑而不答。而他指挥下的部队很能打仗倒是事实。因此,使当地的日伪军吃了不少苦头,提起他不免有些惧怕,日军背地里常称他为"独臂太君"。当然,他也不免有自己的弱点,这就是性格比较粗鲁,批评人不讲方式,尤其作战时往往出口不逊,爱骂人。就是这样的一支小小的游击队,经常出没在涞源城南的那块小平原上,打击小股敌人,摧毁汉奸政权,宣传群众,开拓局面,支持着北线的天空。

高凤岗开始调来,就任本支队下属的连长。那时他的工作热情极高,立誓要踢好头三脚,打响第一炮。对部队管理严格,井井有条。出去打了几个小仗,也显得毫不胆怯,并略有斩获。尤其是在本支队诱敌进入雁宿崖伏击圈时,指挥得当。此外,他还特别表现了对支队长的尊重。凡本连有所举措,必事先请示,事后报告,显得十分恭谨。在几次工作总结会上,他还不失时机地着重指出,支队工作所以取得这些显著成就,全是由于我们的独臂将军领导有方的结果。这样一来,一向比较单纯的马飞,便对这位新派来的干部表示相当满意。久而久之,又由满意变为赞赏,常常在上级面前称赞他:"你们这次给我派的干部,可真是不错,真是文的武的都来得。我这个支队长的工作,恐怕日后由他来接班了。"说这话不久,就正式向上面建议,将高凤岗提升为本支队的副支队长。哪知命令下来时间不长,这位"文的武的都来得"的副支队长便面孔大变,不再把"领导有方"的"独臂将军"放在眼里了。同是一副面孔,昨天还是阳光熙和的春日,今天却变成万物肃杀的寒冬了。对支队长的意见也动不动就驳回去,甚至有几次还流露出:"这个你还不懂!""这个你恐怕没有学过。"这样双方的关系便一天比一天紧张。尤其令马飞感到不快的是,下面有几个对马飞有些不满的干部(多半都是由于马飞不择场合地骂了他们),已经成了高凤岗的拉拢对象。他们越来越密切地联成一气,在背后窃窃私议。甚至偶尔传出"这个姓马的大老粗不行"这样的话。显然,马飞的支队长的位置已呈动荡状态;那个团结一致的、生气勃勃的、威慑敌胆的马支队已经起了很大变化。

这些情况,高红自然是不知道的。她听说的不过是表面的传闻罢了。但即使这点传闻,也足使做妹妹的不放心了。

高红在路上整整奔波了三日,第三天夕阳衔山时,才赶到这个山窝窝里的村庄。这时正是炊烟四起,牛羊归来的时节,村庄里还不算冷落,但放眼看四处的群山,寒气一阵阵袭来,就不免使人有荒凉之感。

高红来到支队部门前,哨兵一听是副支队长的妹妹,就立刻领她来到院中,然后进去报告。这时,高红听到屋子里有争吵的声音。不一时,只见高凤岗怒容满面地走出来,把门使劲一磕,发出很大的响声。给高红带来一种紧张不安的气氛。

高凤岗把妹妹引到自己的小屋里,冷冰冰地问:

"这个鬼地方,你来干什么?"

"怎么,这里只许你来不许我来?"高红也没好气地回答。

高凤岗觉得自己话说得太生硬了,连忙收回来说:

"不是我不欢迎你来,是这里太远也太冷了。"

高红这才把挎包和行李卷儿扔在床上,说:

"要不是为你,我还不来呢!"

"为我?"

"是呀,你和支队长团结没有搞好,外面早传得满城风雨了。"

"团结?我和他没有搞好团结?"高凤岗冷笑了一声,带着鄙夷的神色说,"他是个大老粗,什么也不懂,又要处处事事管着我,我同他怎么搞好团结?"

"你怎么能说人家什么也不懂呢?"高红睁着一双猫眼,带着惊讶不满地说,"人家是老红军,长征干部,我们才参军几天?如果人家什么也不懂,那长征是怎么胜利的?至少他们在打仗方面比你们这些人强吧!"

"打仗?"高凤岗鼻子里哼了一声,笑着说,"他们那个打仗,就是一捋袖子,把驳壳枪往天上一举,大喊一声:'同志们,跟我冲啊!'这就是打仗!此外,他们还懂得什么?"

高红听不下去了,气得把脖子一扭:

"我看你这人也忒骄傲了!"

"不是骄傲,是事实如此。"高凤岗立即辩驳说,"他们的文化太低了。学校门没有进过,斗大的字识不了半升,看个通知、训令也看不下来,还得文书帮助念。确实,太可怜了!上级还常常强调我们知识分子加强改造,我就不明白:究竟应该是文化高的改造文化低的,还是文化低的改造文化高的呢?"

高红听到这里也冷笑道:

"照你说,是应该由你来改造老干部了,是不是?不过照我看,你不过多上了几天学,多识了几个字,还不能说明你的文化就高多少,更不能说明你的觉悟就高多少。老干部经过多方面的斗争实践,经过生与死的考验,他们的立场和觉悟,比我们要坚定得多也高得多。这里并不产生由我们来改造他们的问题。而且,据我所知,你就是个不怎么爱读书的人;你既比不上天虹,也比不上晨曦;我在北平读过的那些书,你都没有读过,你怎么能说有多高的文化呢?依我看,你那点文化也是很可怜的!"

一席话说得高凤岗脸上有点发烧,没有想到小妹竟这样厉害。他一时语塞竟怔住了。

这时通讯员已经端着饭走进来。一小盆小米饭,半盆山药蛋汤,另有一盘炒土豆丝。

高凤岗皱着眉头看了看,瞪大眼睛问:

"客菜呢?"

通讯员冲着那盘炒土豆丝一指,笑着说:

"这就是客菜。"

"这是什么客菜?"高凤岗发怒了。

"可能厨房没有肉……"通讯员畏畏缩缩地回答。

"没有肉就不能炒个鸡蛋吗?你有没有脑子?你是个死人吗?"

高凤岗站起来,指着通讯员连声质问,把通讯员——一个十五六岁的小鬼吓得脸色发白。高红看不过去,没有想到哥哥当了几天官,架子大得吓人。她连忙说:

"土豆丝不也很好吗?一天三钱油三钱盐,哪里来的炒鸡蛋啊?"

说着,她安慰了通讯员几句,让通讯员吃饭去了。

吃饭时两个人没有言语,都在想着自己的心事。对高凤岗来说,今天出现的场面是他万万想不到的。妹妹远道而来,自然是令人高兴的事。按道理自己向她倾诉一番,应该得到足够的同情,至少有几句抚慰才是。可是一句也没有,反而是一路批评过来。这简直太不近人情了。而高红呢,也觉得十分别扭。过去兄妹之间,因对人对事看法不同,也常有争论。可是这次却深感两个人的思维方法是如此天悬地隔,简直格格不入。自己的意见他竟一句也听不进去,两个人之间的距离显然是越来越大了。但是她又想,自己跑了这么远的路为的是什么?不就是为了对自己的哥哥进行一些思想上的帮助吗?即使一时听不进去,也要尽力说服,才算尽了兄妹之情。

饭菜都很简单,很快就吃完了。两个人又接着继续交谈。

高红竭力压下自己的性子,缓和自己的语调,脸上还露出几丝微笑说：

"哥哥，我想我们都是从旧社会走过来的人，身上是不可能没有这样那样缺点的。人只有不断地改造自己才能使自己完美起来。在我看，你还是虚心一些，客观一些，多从自己方面找找原因。"

高凤岗一听，又觉得不对劲儿，勉强笑着说：

"噢，你是要我自己来找原因？我有什么问题？"

高红仍尽力克制着自己，耐心地说：

"别人不了解你，我想我对你还是有些了解的。据我观察，你的个人英雄主义的色彩应该说是相当浓厚的。"

"有什么证据？"

"比如，在我们流浪的时候，你就常说：'人过留名，雁过留声。'我就觉得你的个人名利心太严重了！"

"这话我可能说过。不过这能说明什么呢？"高凤岗侧目而视，斜睨着妹妹，"这话也可能被人误解。可是你仔细想想，难道没有一点道理吗？人生一世，是要轰轰烈烈地活着嘛！无声无息又有什么意思呢？人过留名，雁过留声，大家不都是这样想的吗？这又有什么不对呢？"

"这话当然不对！"高红立刻反驳道，"这是旧社会遗留下来的旧思想，是早就腐烂了的东西。我们革命青年怎么能有这种思想呢？因为这种思想是极端自私自利的个人主义思想，如果抱着这种思想，那我们在国民党那里也可以干，在日本人那里也可以干，我们何必千里迢迢奔向延安呢？你这种思想不放弃，在我看是非常危险的！"

"危险？我倒没有感觉到。"高凤岗轻蔑地一笑，"恐怕不是我这种思想危险，是你那种思想有点没出息吧！"他站起身来，疾言厉色地说，"不错，我是参加革命了；但是我是人，我不是工具，更不是任何人的工具。我属于我自己。我不能由别人说怎样就怎样。我要发展自己，不能有任何人来妨害我的发展。我承认我的确想要搞出一番轰轰烈烈的事业……"

"可是，假若你妨害了别人，妨害了党的利益呢？"高红冷不丁地杀出了一句。

高凤岗一时语塞。高红撩撩头发，继续说道：

"鲁迅说,有一分热,发一分光。我赞成一个革命者充分发出他的光和热,发挥他的个性和特长。但是我不赞成那种念头,老是想着把自己变成一个什么大人物。因为我们参加革命是为了民族的解放和劳苦大众的解放,绝不是把自己存入银行来索取更大的利息。"

"哦,新鲜!"高凤岗笑道,"那么,你参加革命就没有任何的个人企图了?"

"我自然不能跟你比啰!"高红也带着讥讽的意味笑道,"我是一个普通人,我不过是这大地上的一棵麦穗或者是谷穗,土地给了我养分、阳光和雨露,我就尽量地把自己结得饱满一些,结得沉甸甸地,来献给人类,我也就满足了。"

"真是奇谈!"高凤岗哼了一声,冷笑道,"这样说,你是大公无私了,是吗?不过我相信,在这个世界上真正大公无私的人是没有的!"

"你是说,所有的人都是自私自利的吗?"高红反问。

"是的,我的确这样认为。不过人的表现不同:有的暴露一些,有的隐蔽一些而已。"

高红过去没有同他深谈过这些问题,今天听了,不免感到震惊,就立刻反驳道:

"你这种看法是完全错误的!过去,无数的先烈为革命而牺牲,你怎么能说他们是自私自利的呢?现在,每天都在打仗,也每天都有人英勇牺牲,你怎么能说他们是自私自利的呢?你说这话,不觉得亏心吗?"

"但是,多数人还是自私的,这你是不能否认的。"高凤岗强辩道,"我们一天喊,反对自私自利,反对个人主义!究竟你反掉了多少?这不过是一种教条,因为你是不可能把自私从人性中消除的。你想达到这一点是不可能的。"

"不对!完全不对!"高红反驳道,"自私并不是人的本性。自私是长期的私有制度造成的。不错,确实还有许多人没有摆脱自私自利的观念,但是随着社会制度的变化,随着教育,随着人的自我改造,至少人类的大多数是可以逐步抛弃这种思想观念的。我们不能对人类失望,更不能对劳动人民失望。"

"嗬，好长时间不见，想不到你已经变成理论家了！"

高凤岗冷冷地说。这时他已经失去了辩论的兴趣，站起来打了一个哈欠，伸了伸懒腰，说：

"这样吧，天已经不早了，你今天走了很多路，恐怕很累了，大家休息吧！"

高红也自觉很难谈下去，勉强点了点头。高凤岗就把房间留给妹妹，到别的房子里休息去了。

尽管高红此时又累又困，但躺在床上却无丝毫睡意。她感到自己对哥哥的了解是太少了。她少年一直在北平读书，只是暑假时才回家一次，两个人志趣不同，谈心更少。她印象最深的是，父亲一向重男轻女，对哥哥宠爱备至，因之从小就养成哥哥娇纵成性，目中无人。此外就了解不多了。还是抗战爆发，两个人一起流浪了几个月，高红才对他有些了解。可是今天一谈，才发现彼此的距离是多么的遥远啊，看起来要在短时期解决思想问题，怕是无能为力了。

第二天，高红考虑到，自己回去之前，还是应当与支队长见一见面才是合适的。至少出于礼貌应当如此。于是早饭后她就来到支队长的屋里。

支队长很有礼貌地接待了她。当她向支队长说明此行的来意，并表示哥哥确有重大缺点时，支队长把那只独臂一挥，很爽朗地说道：

"那些没有什么，同志们在一起工作，总是会有些磕磕碰碰的嘛！"

高红默默地观察了一下这位独臂将军，他生得魁伟高大，面色乌黑，两眼炯炯有神，一望而知是战火中久经锻炼的人物。不禁生出一种由衷的敬意。心中暗想，和这样的人在一起合作，该是多么愉快的事！为什么竟会出现那么紧张的关系呢？

"您是老革命，您多多教育和帮助我的哥哥吧！"高红诚恳并带着深深的歉意说。

"那是自然。我们互相帮助吧！"

高红走了。可是在回去的路上，仍然心绪不宁，不知还会发生什么变故。

## 四二　你把我的部队毁了

谁也没有料到,几个月后这支游击支队发生了一场惊人的变故。

转眼已是麦收时节。敌我间对粮食的争夺一向是很激烈的。为了打击敌伪政权,配合地方干部的征粮工作,马飞支队又进到涞源城南一带平坝上去了。

这里被称为游击区。也就是敌我活动都很剧烈的地区。在这样的地方,敌人的据点比较稠密,既有敌人的政权,也有我们隐蔽的政权;既有敌特的活动,也有八路军的活动。敌人的情报网和我方的情报网也都交织在这个地区里。

在这样的地区活动,那是要十分小心、处处警惕的。一般游击队常于夜静时进入村庄,住在比较熟悉的房东家里,接着就要封锁消息,防止敌人的情报人员到敌据点报告。惩治汉奸,发动群众,种种工作,都要在夜间和第二天白天进行。然后又在夜静时转移。有时情况复杂,还需要一夜转移两次,以防意外。这些活动规律,马飞是相当谙熟的。

这一天黄昏出发,走了50多里,来到一个名叫张家营的村庄,已经是后半夜了。随同马支队一起来的地方工作队,由县政府的李科长率领,立即在本村展开征粮工作。他们忙了整整半夜一天,才将粮食集中起来。第二天晚间,送粮的群众和地方工作队,由一个连掩护将粮食送到根据地边缘。他们返回时,已近午夜。就在这时,在部队行动问题上,发生了一场激烈的争论。支队长马飞向连长们宣布,部队准备凌晨二时出发转移到 20 里外的一个村庄。话音刚落,高凤岗就带着几分气发言了。

"我不同意这个决定!"他把脖子往旁边一扭,"周围的情况没有变化,几个据点都没有增兵,掩护送粮的人刚回来,才睡了不到两个小时,为什么又要转移呢?"

这突如其来的意见,在几个连长面前公然提出,似乎使马飞感到意外。尽管暗淡的小油灯下,看不清这位"独臂将军"的表情,他那支空袖管确实抖动了一下。

"凤岗同志,"他尽力用克制的语调说,"我们不能从表面看问题。这个村子是比较复杂的。虽说我们封锁了消息,不见得敌特就不报告了。再说我们已经出来十几天了,在这里又住了一天两夜,如果再不转移,那是可能有危险的。"

"危险?我看不出有什么危险!"高凤岗立即反驳道,"这不过是主观估计,自相惊扰!"

"什么,你说这是自相惊扰?"

"是的,我是说,周围的据点没有几个兵,他们是不敢来的。"

"那远处的据点呢?涞源城呢?插箭岭呢?"马飞反问。

高凤岗哈哈一笑,带着揶揄的意味说:

"支队长,你忘了距离了吧,涞源、插箭岭都在五六十里以外,他们来得了吗?"

这时,平日常同高凤岗接近的一连连长,也试试摸摸地说:

"依我看,两位首长说的都有理。不过,支队长,部队实在太疲劳了!我们一连刚才掩护送粮回来,有好几个战士一路走一路睡,结果掉到路边水沟里了。是不是多让他们休息一下,明天晚上转移比较好一些。"

马飞性格刚烈,本已怒不可遏,一再忍住,现在听到一连连长帮腔,霍地站起来,挥动那支独臂在桌子上猛地一拍:

"不行!凌晨二时准时出发!"

这一掌不要紧,惊得桌上那盏菜油灯也跳了几跳几乎熄灭,整个屋子的人哑然失色,静默了。

人们面面相觑,没有说话。随后高凤岗站起来,嘟嘟囔囔地说了一句:"好好,你有权,你说了算!"说过大步跨出门外,把门猛地一磕,发出很大的声响走出去了。屋子里的人随即散去。

马飞坐在那里连续抽烟,以平息怒气。"这还像个部队吗?连一个普通的命令都不执行,这样的部队还能打仗吗?"他心里暗暗地想。不用说,像这样的怪事,在他十几年的军事生涯中是从来没有遇到过的。

不一时,县政府的李科长来了。

"刚才发生了一点儿小争论?"他小声地试探着问。

"是的。你听说了?"马飞反问。

"刚才副支队长同我说了。"李科长慢声细语地说,"我想,部队确实太疲劳了,我们工作队更是累得要死,有的睡了两个钟头,有的到现在还没有合眼。现在一个个睡得像死猪似的。你叫都叫不起来。你说这事儿怎么办好?"

马飞一愣,盯着李科长说:

"你的意见呢?"

"我,我的意见,也是明天晚上转移为好。"他吞吞吐吐地说。

"要是出了问题呢?"马飞神情严肃地问,又带着警告的意味说,"如果出了问题,那可就不是疲劳的问题了。你不妨再想一想。"

"我已经想了。"李科长和颜悦色地说,"这一带我很熟悉。根据几个老百姓的报告,情况没有变化,我想是不会出什么问题的。如果你一定要转移,是否你们先走,明天晚上我们再去追赶你们。"

马飞一听,觉得有问题了。自己的任务,本来是保证地方干部的安全,怎么能分开行动呢?既然他们这样坚持,自己再固执己见也就不好了。他想来想去,几乎有几分钟默不作声。

"怎么样,支队长?"李科长催问。

最后,马飞长长地叹了口气,勉勉强强地说:

"那就照你们的意见办吧!怎么能让你们单独行动呢?"

于是,让参谋通知部队:今晚暂不转移。

命令下达后,各连队安然进入甜蜜的梦乡。比饿汉遇上丰盛的宴席,酒鬼得到大桶的美酒还感到幸福。而这时的马飞却反而难以入睡。尽管他在游击战争里养成了很好的习惯,10分、20分钟的零星时间,也能进入梦境,但今天似乎全无作用。他总是隐隐地感到不安,仿佛一种来自远方的隐蔽的暗影正在向他的部队迫近,而且愈来愈近。他似乎听到远村的犬吠声,急骤的马蹄声,那支戴着黄五星军帽的队伍在默默行进。他觉得自己刚才修改原来的命令,可能是犯了一个很大的错误。作为一个多年的指挥员是不应该随便放弃自己正确的意见的。但又一想：自己担心的情况不过是依据经验的判断，也许是不会发生的吧；果真能够这样，那么同志们很好地睡一下，恢复一下体力，也是好事。这样，两种思想在头脑里交替出现，哪里还有睡意呢？

"通讯员！起来！"他推推身边的通讯员，一面爬了起来。

"干，干什么？"通讯员迷迷糊糊地问。

"不要学那个死猪样！"他申斥道，"快起来，跟我到外面去。"

马飞从枕边抓起驳壳枪佩在身上，通讯员也挎上小马枪跟在后面走出去了。

夜，静寂无声。他到所有的连队走了一遍，到处是鼾声如雷，此起彼伏，偶尔夹杂着一些呓语，睡得好生香甜。各连的哨兵，也都警惕性很高，没有偷偷睡觉的。随后他又沿着村边，检查了各要路口的哨位，静静地潜心地谛听着远方的动静。但见星垂平野，万籁俱寂，只有一两阵轻风偶尔从树丛间掠过，没有发现任何异常。这样他才稍许地放了点心，回到支队部睡了。

可是在他睡得最沉时，一声清脆尖锐的枪声把他惊醒了。他习惯地一骨碌爬起来，揉揉眼，看见窗纸透过几丝银白色的微光，正是朦朦胧胧的拂晓时分。他还没有穿好鞋子，接着又是第二声、第三声枪声从不同的方向传过来。他的心跳动了一下，默默地对自己说，昨天晚上他一直担心的、惟恐发生的情况还是到来了。

接着，值班参谋有点慌张地闯进来，说：

"报告支队长，村南村北都发生了情况。一连说，还看见敌人的黑马队了。"

"快通知各连：就地固守。把村口堵起来！"马飞那张黑脸绷得像块铁板，沉着地说。

马飞抓起驳壳枪准备到村边观察一下，刚走到院中，高凤岗闯进来，带着满脸的惊慌之色，说：

"支队长，怎么办哪？"

马飞看见他那种熊样子就腻了；想起他刚才那副傲慢轻狂、目中无人的样儿，又觉得好笑。遂不屑一顾地答道：

"什么怎么办？来了就打嘛！"

"我听四面都有枪声,怕是被包围了!"

"包围了又怎么样?"马飞瞪着眼睛反问。

"我看咱们快突围吧!"

"突围?四处都是平川地,大白天突围,我看你是想找死吧!"

高凤岗还要争辩,马飞挥了一下独臂厉声地说:

"快去带领一连守住阵地!"

说过,又骂了一句:"你这个龟儿子!"径自带着通讯员朝村边走去。

马飞沿着村边走了一遍,看见各连都已进入阵地,战士们在墙上纷纷挖掘枪眼。他仔细观察了四处敌情,既有日军,也有伪军,还有伪蒙骑兵黑马队。看来兵力很厚,总有一团兵力。估计涞源城和插箭岭的敌人都出动了。对比之下,支队已处于绝对劣势,马飞更加下定了固守的决心。

天色渐渐明亮起来。敌人大约已做好了准备,开始向马支队发动了进攻。轻重机关枪响得很繁密,日军的掷弹筒发射的炮弹也不少,加上游击队反击的手榴弹,不一时就把一个不大的村庄搅得烟尘迷漫。支队部驻的是一座相当大的地主院落,周围高高的围墙上还有城墙似的垛口。这时,马飞早已经爬到高处,在一个垛口边进行观察和指挥。

村边几个重要路口,敌我在进行着反复冲杀。近午时分,各连报上来的伤亡数字已有六七十人。这对一个小小的游击支队来说,几乎等于减少了一个连队。部队渐渐有点支持不住了。这时候,高凤岗又慌慌张张地跑上来,他的脸色有点苍白。

"支队长,这样搞下去不行啊!"他上气不接下气地说。

"你有什么意见?"马飞冷峻地反问。

"我想还是要突围,不然……"

"不然什么?"

"不然就会全军覆没。"

"呸!你这个龟儿子!"马飞狠狠地骂道,"你是想把我的部队全毁了吧?……我问你,这六七十个伤员怎么带走?"

高凤岗不言语了。但接着又说:

"我只是提个建议,你怎么骂人?"

气得马飞又把那只独臂一挥,厉声说:

"我不光骂你,你要再动摇军心,我毙了你!"

说过,把头转到一边,观察敌情去了。

高凤岗待了一会儿,只好低下头沿着台阶慢吞吞地走下去。

为时不久,只听村子的西南角枪声突然激烈起来,轻重机枪和手榴弹连成了一个声音。马飞朝西南凝望,只见西南角有一股部队猛烈地向外冲。开始他还以为是进行反突击呢,不一时看见那股部队冲出村外,飞快地向原野上逃跑。他心里猛地一惊:"是不是一连自己突出去了?"正在这时,一个参谋跑了上来,气急败坏地说:

"报告支队长,副支队长带着一连突围了!"

"什么?你说什么?"马飞的脸上有些发白。

参谋又重说了一遍。马飞严厉地问:

"你怎么不制止他呢?"

"副支队长说,是你命令他们突围的。"

"这个王八蛋,龟儿子!"马飞气得跳起脚骂,一边说,"高凤岗啊高凤岗,你真把我害苦了!"

这时,眼看着进攻西南角的敌人,一部分嗷嗷叫着狂热地追击着一连,一部分潮涌般地向村中心逼近。

"怎么办哪,支队长?"参谋紧盯着马飞。

马飞略略沉思了一会儿,镇静地答道:

"快传我的命令:赶快收紧阵地。让二连和三连都到这个大院里来!把负伤和牺牲的同志都抬到这里!我们就在这里坚守吧!"

一个小时后,两个连交替转移,都撤到这个比较坚固的大院里来了。战士们在高墙内用粮袋搭起了战垒,分兵固守。马飞还下了严格的命令:要十分注意节省弹药,只有敌人接近时才开枪射击。形势倒比刚才还要稳定。

"共军士兵们!你们跑不了啦!快快交枪吧!快快投降吧!"四处一片喧嚣声。

"好,老子先缴你个子弹头!"战士们在高墙上叫骂着。

敌人发动了几次进攻,把一个小庄院弄得烟笼火罩,看不见人,但是一次一次都被打了下去。

不幸的是,马飞在高墙内巡视时,刚一站起身子,被一颗子弹击中右臂,倒在垛口内,顿时洒下一片鲜血。

"哎哟,支队长,你负伤了!"参谋惊慌地叫了一声。

"你嚷什么!"马飞瞪了参谋一眼,"快让卫生员给我包扎上。"

卫生员跑上来,很利索地给他包扎好伤口。参谋要扶他下去,被他瞪了一眼。他黑着脸像一尊战神似的仍旧坐在大家都看得到的地方。因为他深知这时指挥员的一言一行,甚至一个表情都关连着士兵的战斗力。

天渐渐黑下来了。本来夜间突围是八路军一向采用的战斗手段,但是一来敌人兵力过厚,二来我军伤员过多,三来我方兵力连一个连也不够了。即使突出去也无法行动。马飞静静地思索了一番,仍认为以固守待援为宜。

正如马飞所设想的,我方的情报人员和革命的群众绝不会不报告的。原来从情况发生起,就有一个老百姓,骑着一头毛驴紧跑慢跑地到了根据地边缘,向一个主力团报告了。这个团不需命令,立即向张家营主动驰援。

午夜时分,村外突然响起了激烈的枪声。马飞知道增援部队来到,遂乘势反击。经过一场激战,敌人自知恋战无望,即纷纷退兵而去。

增援部队的团长是马飞的老战友。当他们见面时,问起事情的来龙去脉,这个钢铁般的汉子,竟止不住滚下两大滴眼泪,带着呜咽的声音说:

"老战友,我碰上了不同一般的人物了,真是一言难尽啊!"

事后得知:那个由高凤岗率领擅自突围的一连,脱离张家营不远,即陷到一片光秃秃的洼地里;既无村庄作依托,也无地形可利用;很快就被消灭,遗尸遍地,仅高凤岗只身逃脱,回到分区。

而坚守张家营的两个连,因伤亡过大,最后仅剩下四五十人。负伤的马飞被送进医院。从此,由独臂将军率领的赫赫有名的马支队,相当长时间销声匿迹,听不到他们的消息了。

## 四三　侵略者的长恨歌

高凤岗只身逃脱,回到分区。经过政治部门的认真调查,自然给予较严厉的处分:行政上撤消副支队长的职务,党内给予严重警告。

时光飘忽,转眼间到了1940年的盛夏。

从8月上旬开始,无论昼夜,在华北的原野上,都有一队一队的子弟兵团和民兵,纷纷向正太铁路集中。显然,在华北战场上,一个规模空前的战役开始了,这就是人们所说的"百团大战"。

这个大战役,是由晋察冀、晋冀鲁豫和晋绥三个大军区联合进行的。据八路军前方总部的计划,是要对全华北敌人占领的交通线及沿线的城镇据点展开大规模的破袭。战役的目的,是力图击破日军进攻西北的计划,影响全国的抗战局势。因为这时在国民党内部正笼罩着一片悲观失望和妥协投降的气氛。

这个大战役把根据地群众的热情动员起来了。从井陉、娘子关前线直到晋察冀腹地,在绵延数百里的大路两边,每隔十几里路,都搭着一个小小的棚子。棚子旁边架着一口大锅,木柴火终日不熄,棚子里坐着几个妇女儿童,那就是她们设的茶水站。每一个军人经过,都可以到那里饮水歇脚,并保准会遇到笑脸相迎。那茶水自然是败火的绿豆汤和红酽酽的枣茶。如果是从前方下来的伤员,说不定老大娘们和姐妹们会把一颗颗紫葡萄放到你的嘴里呢。

从8月20日晚十时起,正太前线打响。经过五天的激战,井陉、娘子关等地均被我占领,整个正太铁路陷于瘫痪。

在正太战役中,周天虹和高红都参加了。不过一个在前方,一个忙于动员群众,两个人并未见面。

正太战役结束后即转军向北,开始了百团大战的第二阶段——涞灵战役。9月20日,部队突然出现在涞源一带,企图将涞源小盆地的敌人据点全部拔除。

周天虹所在的部队担负着攻击东团堡的任务。东团堡位于涞源东北,村庄不大,不过200户人家,但它却是通向张家口、宣化的交通要道。日军为扼守此要点,利用村西南角地主的庄院,筑有上下三层的大碉堡,还有地堡、围墙、外壕、铁丝网、鹿砦,构成了坚固的环形工事。驻守这里的是日军独立第二混成旅团的一个士官教导大队,约100余人,全是从下属部队调来受训的士官。这些人不仅训练有素,武器精良,且受武士道毒害很深,自然战斗力也较强。

从9月22日夜开始,战争的暴风雨突然把涞源的小盆地覆盖住了,到处是一片硝烟,一片枪炮的轰鸣。在东团堡,第一晚和第二晚的战斗尚称顺利,外围的几个据点一一扫除,可是第三晚的进攻却被阻止住了。

这时,部队已攻进了村内,将敌人压缩到村西南角地主的庄院里。日军不时地施放毒气,使进攻的部队很多人中毒。进攻出现了困难。

自从正太战役结束,四连的干部有些调整。连长刘福山被提升为副营长,考虑到副指导员左明战斗经验丰富,由他接替连长;周天虹提升为政治指导员。雁宿崖战斗表现很出色的孙超提升为排长,战士小迷糊也提升为班长了。左明和孙超都是周天虹入伍以来最知心的朋友,他们都齐心协力要"打出点名堂来"。但他们却被严重的困难阻挡住了。前面是高大坚固的围墙和碉堡,既没有大炮,也没有炸药,他们隐伏在农家低矮的茅屋里毫无办法。

战斗到第三天上午,团营干部已经十分焦急。副营长刘福山来到四连,和左明、周天虹在一座房子里商量。屋里墙上挖有枪眼,从枪眼里可以看到50米外就是围墙和斜对面的大铁门。他们一面向外观察一面研究。最后认定必须首先炸开铁门,才好向里发展。

然而那时还没有出现外部爆破的战斗方法,只能用集束手榴弹的强力攻开铁门。班长小迷糊是一个愣家伙,他把这个任务抢到手后,很快就把20多个手榴弹弦串在一起,抱起来就往铁门跟前飞跑。敌人打了两枪没打中他,他已经靠近铁门,迅速拉动了导火索,随着一阵滚雷般的响声,烟雾过后,铁门已经瘫倒在地。

在此以前,左明已经命令一排作好准备,一旦铁门炸开,即发起冲锋夺取碉堡。这时他们早已打开了手榴弹的盖子,上好寒光闪闪的刺刀。周天虹觉得短枪不顶事,也拿起上了刺刀的步枪准备率领一排冲锋。

倒塌的铁门前,一片烟尘弥漫。加上突击队的手榴弹的浓烟,已经对面看不见人。激越的冲锋号响起了,周天虹高喊了一声:"同志们,冲啊!"率领一排向大门里冲去。可是当他们刚刚冲进铁门的时候,正好有三四十个鬼子端着刺刀哇哇地冲出来。为首的一个家伙(事后得知那就是队长甲田),故意脱光膀子挥着一把明晃晃的战刀嗷嗷怪叫。这两支队伍很快就拼在一处。这种白刃肉搏,容不得丝毫怯懦,容不得半点犹豫,只能是你死我活。院子里一片噼噼啪啪、钢铁交鸣之声。那日本人拼刺刀时,惯于高叫"呀——呀——"声以震慑对方,小孙和周天虹毫不示弱,以更强烈的"杀"声将对方压倒。今天孙超显得特别神勇,他身体壮健而灵活,不一时就刺倒了四个敌人。周天虹虽是第一次参加肉搏战,早已将生死置之度外,他看见敌队长甲田正在向一个战士猛砍时,鼻孔里哼了一声就猛地一个突刺刺进甲田的肋骨里了,眼看着这个狂徒倒在地上。经过十几分钟的拼杀,敌我都已倒下十几个人,而这时小孙却遇到了一个强有力的对手,双方都把刺刀刺进对方的腹中,而日本人的刺刀要略略比我们长几分。小孙不顾一切地向前猛力一挺,鬼子惨叫了一声倒在地上,小孙也同时倒在了血泊中。这时候,鬼子们见队长已死,斗志早降下了一半,剩下的十几个人,丧魂失魄地跑回去,钻到炮楼中去了。

周天虹乘势率领一排占领了一座地堡和几间房子。接着左明带着二批、三批也冲了进来。他们总算在院子里站定了脚跟。随后,他们把拼刺刀伤亡的十几个同志抢了下来。周天虹看见小孙脸色惨白,摸摸他的胸口心还在跳,就亲切地叫了一声"小孙",小孙竟慢慢地睁开了眼,神情清爽地望着他。周天虹看见他的腹部还在汩汩流血,难受地问:"伤口很痛吧?"小孙腼腆地笑了一笑,就把眼睛闭上了。周天虹想起自己初到部队时,虽然名义上是个干部,但不妨说是个新兵。小孙超是一个淳朴的农家子弟,文化不高,但战斗经验却相当丰富，处处以一个下级来提醒他，帮助他，简直可以说是自己的教师。今天，遽然失去这个纯洁可爱勇敢过人的战友，怎么不令他悲痛呢？在同志们面前，他本来想克制着自己的眼泪，却无论如何也难以止住，顷刻间两股热泪如小泉眼似的涌流，几乎哭出声来。他双手捂住脸，结果把一张脸弄得满是泪痕。左明抑制住悲痛，婉言劝解着他："快研究一下下一步的攻击计划吧！"

小孙超和其他烈士都被送往东团堡的村边掩埋去了。周天虹是一个热情如火的人，小孙的牺牲简直使他心如刀割。但是他必须克制住自己的情感，来考虑眼前的情况。

下一步自然是攻击院中那个最高的炮楼。这时村里群众提供了一个有价值的情况，这个炮楼虽然高大，却没有来得及修上顶盖。只要把集束手榴弹从上面塞进去，就可以解决问题。

当天午夜，他们从村子里借了两架长梯紧紧地捆在一起，乘夜静悄悄地把长梯靠在碉堡上。谁去执行爆炸任务呢？小迷糊又来争了。左明考虑到他已经有了经验，就把这个任务交给了他。小迷糊动作熟练，不一刻就把40多个手榴弹串在一起，佩在身上，顺着梯子悄悄地向上爬去。左明和周天虹以及全连把全部的希望都寄托在他身上，他果然十分沉着果敢，不慌不忙地爬上去了。可是他刚爬到最高顶时，不知碰着了什么，发出了响声，对面小碉堡上射来一串子弹，不幸把他击中，他当即身子一软，由于绳索的羁绊，被挂在梯子上了。"小迷糊！小迷糊！"人们轻轻地喊了几声，上面没有回应，才知道他牺牲了。左明一看急了，战斗已经进行了两个夜晚，如果今晚再不能解决战斗，就无法向上级交代。想到这里，他当副指导员时就形成的那股蛮劲来了，立刻扔掉棉衣，抓住梯子就要攀登。周天虹一惊，心想他不久前在雁宿崖负了重伤，早已是九死一生，现在刚从医院回来，怎么能让他担负这样危险的任务呢？想到这里，他立刻抢上去，紧紧拽住左明，把他推到一边，果断地说："不行！绝对不行！我来！"说着两手紧紧抓着梯子，嗖嗖地爬了上去。大家想拉他也来不及了。待他爬到顶部时，他沉着地把手榴弹从小迷糊身上解了下来，随后拉动导火索，将40多个手榴弹全投在大碉堡里。不一时，山摇地动的爆炸声就呼隆隆地响了起来，烈火浓烟冲天而起，震得周天虹不得不紧紧抱着梯子，以免震落在地。这时，左明抓住时机炸开碉堡门进入了碉堡,消灭了没有被炸死的敌人。可是当周天虹满怀喜悦顺着梯子将要跨到地面时,却被对面小碉堡里射来的子弹击倒了。

战士们立刻把他抬到屋里。左明一听"指导员负伤了",赶快过来看望,见周天虹胸口中了两颗子弹,已经昏了过去。左明叫了几声,也没有回应。左明心情沉重,急忙让卫生员绑扎好,送往后方医院去了。

东团堡战斗的第五个晚上,左明的连队已经居于绝对优势,由于占据了大碉堡得以控制全局。残敌龟缩在一个小碉堡和一个不大的院落。左明正在策划进攻时,从敌人的小院内跑出一个人来。他一边跑一边晃动着一个白布条,示意他们不要打他。见到左明,他乓地行了一个正正规规的军礼,然后用流利的汉语说:

"报告官长,我就是金翻译官,我要向你们报告情况。"

原来团里早就知道,这里有个翻译官,是个朝鲜人,对抗战的八路军颇表同情。因此在战斗陷于僵持时,团长曾给他写了一封信,派人秘密地送给了他,要他透露里面的情况。他看了之后,就随口把信吃了。

"现在里面是什么情况呢?"左明问。

他摇摇头,带着极其疲惫、颓丧的神情说:

"不行了,他们已经不行了,现在只剩下27个人了。从今天下午起,他们就发狂地喝酒,唱《君代国歌》,跳武士舞,还向天皇遥拜。他们把掷弹筒、机枪、粮食、弹药浇上汽油,准备跳到火里,统统死啦死啦的。"

"什么?他们要把枪支、弹药都烧了?"左明惊问。

"是的。"

"他们还要跳火?"

"是的。"

"那些日本兵愿意跳吗?"

"谁敢不跳呀!有一个兵不愿意跳,队长立刻拿指挥刀把他杀了,把肠子都挑出来了!"

左明听了,惟恐他们把武器全都烧掉,就立即率领全连冲了进去。幸而他们动作快,还抢出不少枪支,而那些忠于天皇的武士们,已经被烧成了灰烬。但是最后从偏僻的角落里,还是搜出了两个藏匿起来的活人,他们不愿意作天皇和武士道的殉道者。

战斗胜利结束。在烟火未熄的时候,那个泥水匠出身的团政委亲自来到四连慰问。他深有感慨地说:"东团堡之战,很有典型意义,敌人的武士道精神和我军的共产主义革命精神都发挥到了最高度。但是谁最顽强呢?究竟谁战胜了谁呢?还是我们的革命精神压倒了他们的武士道精神。"同志们听了政委的话热烈地鼓起掌来。

后来日军重占东团堡后,日军驻涞源城的警备司令小柴俊男中佐,写了一首《东团堡警备队长恨歌》,刻在石碑上。最后有"一死遗憾不能歼灭八路军,呜呼团堡"之句,但是这个《长恨歌》,得永远地长恨下去了,因为葬身烈火,将是一切侵略者应有的下场。

## 四四　甘　泉

周天虹负伤以后,被送到后方医院来了。

后方医院设在根据地腹地的深山里。不知村庄何以起了一个很少见的名字:甘河净。伟大的共产主义战士白求恩医生在这里留下一个动人的故事。去年黄土岭战斗前夕,白求恩就是从这里到前线去的。当时手术器械、橡皮手套全装上驮子出发走了,却忽然从别处转来一个数月前负伤的伤员。他的头部因受了感染伤势很重。白求恩急欲减轻他的痛苦,没有橡皮手套,只好用手指将伤口里的碎骨头渣子抠出来。这位伟大的医生就是因此受到感染,于十数日后因病情发作而逝世的。

村庄是安谧而美丽的。一座座尖顶的农舍,颇有诸葛庐的风格。靠山根有一眼四时不竭的甘泉。四处除了整齐的梯田,村里村外全是苹果树和桃梨树。每到春天,就开成一个花疙瘩了。尤其秋景天,那绯红绯红的苹果,那鹅黄鹅黄的鸭梨,都一个个吸收了足够的阳光笑傲枝头,就像比俏的村姑一般。

这些战时医院的设备,自然十分简陋。药品更是格外匮乏。从敌人的封锁线外,能够带进来一星半点药品,就是十分难得了。但是医护人员的那种白求恩式的医德医风,却是令人敬慕的。加上军民亲如家人的情感,这里已是很理想的休养所在了。

而这一切都像与周天虹无干似的。因为他的伤势很重,加上长途坐担架受了风寒,发起高烧来,一连数日处于昏迷状态。偶尔睁睁眼睛,转瞬间就又沉入梦乡。据他后来告诉人说,他的一生从来没有做过这么多的梦。这里有欢乐的梦,也有悲伤的梦,有金戈铁马豪壮的梦,也有孤苦无援陷于绝境的梦。周天虹自从离家出走投奔革命之后,是从来不想家的,但是他那已经逝世的母亲,却常常出现在他的梦境里。如今那位在旧社会不幸的可怜的妇人又经常出现了,让他有时甚至哭醒,醒来之后还留有泪痕。那位同窗的少女,那位第一次搅动自己感情波澜的穿紫衣的姑娘,纵然阔别已久,也还是闯到他的梦境里来了,此时不知她身在何处。出现频率最多的自然还是高红。他多次梦见她在除夕晚会上出现的动人场面,她那微微歪着头的拉琴的姿势,以及从钢锯上发出的好听的乐声;还有他和高红在那延河边柳树下的谈话。这些都像刻在胶盘上的旋律一样一再重复着,看来在他的生命停止以前是不会消失的了。

据病历记载,周天虹入院的第五天,高烧退去,渐渐苏醒。随着苏醒,他开始感到创口的痛楚了。然而在医院里因剧痛而呻吟,是不符合一个战士的风格的。他只能咬着牙默默地忍受,有时额头上浸出一层黄豆大的汗珠。正在生死未卜时,好消息传来,一位有几粒麻子但却非常和蔼的医生告知他:击中他胸膛的两粒子弹,都是只从肺叶上穿过,绝无生命危险。他才放下了心,更加增强了承受痛楚的能力。

随着情况的改善,他反而感到病榻生活孤寂得可怕。尽管这里比前方安适,医护人员殷勤负责,房东亲如家人,但他依然感到寂寞。这时他最想念的,仍是高红。他躺在那里,仰望着这里尖尖的屋顶默默想道:为什么高红不来看我呢?是她不知道,还是不把我搁在心上?如果是不知道,那自然情有可原;如果是不把我放在心上,我的满腔热情一片痴心就算统统白费了!想到这里不禁黯然神伤,心头酸酸地滚出一点泪来。但是刚一想到这里,又叫着自己的名字说:天虹呀天虹!人家工作那样忙,又不知道你负伤,你还怨天尤人,这不是错怪了人家吗?想到这里又不自觉地破涕为笑了。

由于他思虑过度,不知不觉又昏沉入睡。恍惚间,仿佛奉了什么紧急命令向某地赶进,路上口渴得十分难受,急欲找到一条小溪或者一条大河喝个痛快。可是面前都是绵绵无际的山岭,哪里也找不到有水的去处。后来遇到一个白髯老者,老者指着一道齐天高岭说,翻过岭去有一个马刨泉,是古战场留下来的。他接受了老者的指点,又奋力攀登,费了很大很大的劲,才爬过了岭,谁知马刨泉也干涸得一滴水也没有了。正在失望之际,那边过来一个女人,模样颇似高红,送给他一把镢头,还笑着说:老天不负有心人,你就挖吧,总会挖出水来的。他就挖起来,可是嗓子里就像起了火似的,实在忍不住了,眼看要渴死了。他就喊:渴!我渴啊!……朦胧间,只听耳边似有两个女人在轻声说话,一个说:"你听,他说渴了,快给他喂点水吧!"另一个说:"好好,这就来!"接着,嘴唇边似乎有小勺儿递过来,他就习惯地张起嘴喝了。这样一连喝了十几口,那种难忍的焦渴才算稍稍缓解。只听一个女人说:"再给他喝点吧,你看他还渴得很哪!"又一个女人答应说:"好,好。"周天虹又一连喝了十几口,心里才觉着舒服了许多。这时他才微微地睁开了眼睛。看见十四五岁的女护士小张正拿着一把铜勺儿喂他,旁边站着一个女人手里托着一个茶缸。那女人双颊绯红,留着齐眉的娃娃头,样子似是高红。但恍惚间又一时不敢认定,就模模糊糊地问:

"你是谁?"

"天虹,你怎么连我也不认识了?"那女人说着走过来,坐在他身边的炕头上,用一种爱怜的眼光注视着他。

"不,是我觉着你不会来。"

"为什么我不会来呢?"高红感到被误解了,赶忙申辩说,"我昨天晚饭后路过一团,才听说你负伤了,晚上来已经来不及了,所以今天一早才急急忙忙地赶来了。"

周天虹一听,心里十分熨帖,脸上就不自觉地笑了。但为了进一步探测姑娘的心境,又故意问:

"那又为什么这么急急忙忙赶来呢?"

"来了就是来了,还要问为什么!"高红忽闪着一双猫眼微笑着,"你为人民负了这么重的伤,我怎么能不来看看你呢!"

"不,我是说除了这个……"

"除了这个,你不是我的老同学么?"

"仅仅是老同学,是吗?唉!"周天虹长长地叹了一口气,眼角里悄悄地爬出一个泪蛋蛋来。

高红笑了:"瞧,你这个傻孩子!"

"你笑什么?"

"我笑你太傻!"高红笑着说,"你以为世界上一切情感都要由语言来表达吗?"

周天虹咂摸着话里的滋味,不言语了,失去血色的憔悴的脸上漾出了笑纹。

小护士见他俩谈得亲密,就躲了出去。两个人更加自如。高红掀开被边看了看周天虹的伤口,轻轻地问:

"伤口疼吗?"

"当然疼啰,可是你一来就不疼了。"

"我不信,就那么神!"

"真的!"

高红笑了。

周天虹乘势抓住高红的手,说:

"高红,你知道吗,我最近常梦见你!"

"常梦见我什么?"

"你还记得那年除夕的晚会吗?那是我第一次看到你。从那以后你就像印到我的灵魂里似的,我就再也忘记不了你啦。我耳边还常常听到你弹奏的曲子。"

"啊!"

"还有,那次我们俩在延河岸边的谈话,也常常出现在梦里。说真的,从那次谈话,我的心就对我说:这是一个勇敢、纯洁的女性。"

"咦,是吗,你真把我说得太好了!"高红涨红着脸,两只猫眼亮晶晶的。

"还有,还有……"

"你就别再说了!"

"我的心就是这样对你,可是你对我老是不冷不热,不即不离……"

"你要我怎样对你呀?"高红一笑。

"你应该稍说明白一点儿。"

"怎么说明白呀!"

"你应当说:'天虹,我爱你!'"

"可是,你也没有说呀!"

"我,我……"

"不要说这个了,好不好?"

"好好,不说了,"他把高红的手握得更紧了,"你什么时候走呢?""我下午就得回去。""你今天不走成吗?""不成,我请了假,已经说定了。""咳!……人生总是这么匆匆。"天虹长叹了口气,然后直望着高红的眼睛说,"那你得答复我一个要求。"

"什么要求?"

周天虹还没说出口就先涨红了脸,但是他还是鼓足勇气说了出来:

"请你给我一个甜蜜的 kiss!"

高红登时羞红了脸,四顾无人,轻声地说:

"天虹,我也早就爱上你了!"

说过,她一下扑下身子伏在周天虹的脸上,浓浓的黑发也搭到天虹的脸上去了。一个长长的、甜蜜的、深沉的吻开始了。长时期以来,特别是周天虹负伤以来,一切的思念、焦虑和彷徨不安的情绪都消融在这个长吻中。

# 第三篇

第一篇

## 四五　在生与死的边缘

漫长而单调的医院生活是很烦人的。周天虹经过大半年的休养,伤才渐渐痊愈。不料行将出院时,又患上了疟疾病。这种病俗称打摆子,冷起来如冰水浇头,浑身战栗不已,即使盖上两床棉被也不顶事;热起来高烧40多摄氏度,烧得人昏昏迷迷,死去活来。而且这病每天或隔日必来一次。治这病的特效药倒有,名叫奎宁,但在敌人封锁下很不易得。边区自造的疟疾丸效果又不理想。这样,很快就把一个身强体壮的周天虹折磨得面黄肌瘦,衰弱不堪。正在这时,敌人对北岳区空前残酷的"扫荡"到来了。

这次大"扫荡",是由新上任的日本华北派遣军总司令冈村宁次策划的。他一上台,就立刻集中五个师团、六个混成旅团,加上一部分伪军共七万之众,向晋察冀的北岳区开刀了。他把这次战役称为"百万大战",意思是要报复八路军的"百团大战"。为了消灭边区的领导机关和主力部队,他采取了"铁壁合围""梳篦式清剿""马蹄形堡垒线"和"鱼鳞式包围阵"等战术。从1941年8月中旬开始,在平汉路保定至石家庄以西的这块数百里山区内,处处烈焰腾腾,烟火四起,枪声交织,血流遍地,人民陷于深重的灾难之中……

说起敌军的"铁壁合围",那其实就是多路分进合击,不留任何空隙地将八路军主力严密包围加以聚歼。而八路军的中高级指挥员,都是多年打游击的能手,不管敌人如何来势汹汹,大致能不早不晚地跳出合击圈。当然这是极为凶险的事,不妨说也是一种艺术。如果时机掌握不当,跳得早了,就有被敌人发觉的可能;如果跳得晚了,就要陷入灭顶之灾。一般说,我们的部队多半能闯过这道险关。但是第二步敌人的"梳篦式清剿",对于后方机关、学校、医院等非战斗单位以及手无寸铁的老百姓就很难度过了。

反扫荡开始以后,周天虹就随着医院的一个休养所行动。这样的单位,除了轻伤员就是重伤员,少数几个医护人员哪能照顾周全,只有靠大家相互扶持了;加上没有武装掩护,只能凭所部负责人的机警善断及时转移。

现在,周天虹他们正隐蔽在易县西北的玉皇山下。山下有一条险峻狭窄的山沟,名叫玉皇沟。一般越是偏僻险峻的地方,越容易成为敌人"梳箅清剿"的目标。他们在这里暂时安顿了几天,眼看敌人就要把清剿的重点转到这里。于是所部决定向另一条山沟转移。

此刻时已近午,伤病员们提前吃了午饭,背起行装,在崎岖的山径上开始行进。可是出了玉皇沟门不远,侦察员回来报告,说从龙泉关下来的敌人,正在大路上运动,已经把路隔断了。所部当即决定,伤病员暂时拐进一条小沟里隐蔽起来。这时周天虹忽然觉得脊背上似有一股冰流悄然而下,显然这是疟疾袭来的征候。他急忙吞下几粒边区自制的黑药丸,然而已经迟了,何况没有水送下去,只停留在喉管里。果然,不一刻疟疾原虫的恶作剧就发作起来,剧冷剧热闹得不亦乐乎。周天虹只好闭着眼躺在山坡上默默承受。这状态持续了几个小时,迷迷糊糊间,只听耳边有人喊:"走了,走了,敌人已经过去了!"他睁开眼,果然所有的伤病员都背好了行装,准备转移。他挣扎着站起来,勉强随着队伍向前走去。队伍越走越快,显然要乘敌人大队过去的间隙穿过大路。周天虹跟不上了,两条腿像有千百斤重,每迈出一步都喘息不已。加上口渴如焚,嗓子眼儿像要生烟起火一般。幸好路边正有一条清澈的溪流,淙淙有声,格外诱人,他就全身伏倒在溪边痛饮起来。等到他站起来,抹抹嘴想再追赶队伍时,队伍已经无影无踪看不见了。

他坐在溪边一块大青石上,略想了想。此时已经暮色低垂,部队行动甚疾,又如何能赶得上呢?倒不如干脆休息一下,等疟疾过去,体力稍有恢复再作道理。抬头一望,在玉皇沟门的高坡上,有几户人家,他就站起来强打精神向高坡上爬去。

村里的老百姓大部分都到深山里逃难去了。周天虹进了一座农家小屋,空空落落,只有两个军人在那里坐着。他认得其中一个是卫生部的丁干事,人生得机警灵巧,能言善辩,会拉胡琴、唱京戏,还能画上几笔。平时常下来帮助开展文化娱乐工作。另一个是位副连长,名叫张宏,山东人,生得人高马大,外号张大个子,因长时间发疟疾瘦得只剩下一副骨头架子。他生性木讷,见人只是笑一笑,不多说话。周天虹问他们为何掉队,丁干事用棍子指了指他的脚,说脚坏了;张大个子有气无力地说,他在打摆子,原来和周天虹同病相怜。最后,丁干事说,那咱们就在一起活动吧,大家也好有个照顾。

这时,天虹的高烧未退,仍然浑身无力,在炕上一歪就睡着了。哪知刚睡下不久,就听外面响起了几声枪声。几个人出门一望,见沟外的老百姓纷纷向沟里逃难。有的扶老携幼,有的赶着毛驴耕牛。显然,已经发现了敌情。周天虹他们也不得不背起背包、米袋,沿着山径,走向玉皇沟的深处。

在狭窄的山谷里,夜色越来越浓,山岭黑得就像炭块一般,隐在深草中的山径已经模糊难辨。为了夜间行动有个助力,周天虹和张宏两人也学丁干事的样子,在路边折了两根树枝作为拐杖。三个人的拐杖在石头上发出笃笃的声音。彼此间有时交换一两句话。但是走着走着,两个人发现,既听不见丁干事说话,也听不见他的拐杖声。他们向后面喊了几声:"丁干事!丁干事!"后面并没有回应。不禁心里猜度:也许丁干事顾虑重病号的拖累,已经躲到别处去了。

两个人相互扶持着向上攀登。老实说,在这样黑的夜间,走这样的山路,一半是凭微弱的星光,一半就是凭走山路的经验了。他们本来想爬到玉皇顶那个最险要的去处隐蔽起来,哪知刚刚爬到半山时,突然间,山顶上响起一梭子机枪声。这枪声,在这样的深夜,在这样的深山里,不知怎的显得这样惊人。"糟糕,走到敌人的枪口上来了!"周天虹吃了一惊,连忙招呼张大个子往回返。在回返途中两个人在夜色中失散。这时只剩下周天虹孤零零一个人了。

看来,敌人明天在这一带搜山是无疑的,只有找一个隐蔽的地方栖身才是。周天虹这样想着,就在山坡上寻寻觅觅地摸索起来。在巉岩石缝里,不是密匝匝的荆棘难以进入,就是悬崖壁立难以登攀。寻了好长时间,他的双手早已刺破多处,摔了几跤,还没有找好匿身之地。走着走着,在星光下忽然发现有一个好像蛤蟆嘴般的石崖,用手一摸,里面是一个石洞。天虹试试探探地爬进去,里面恰可容身。他从挎包里摸出火柴,用火光一照,洞里还有一块比较平的大石头,石头上毛毛烘烘,似乎有野兽卧过的痕迹。人说这条山沟里,狼虫虎豹都有,也就不足为怪了。经过这番折腾,估摸已到后半夜了。山地的深秋之夜,近似冬日,一阵阵山风袭来,不禁全身瑟瑟战抖。天虹想,纵然遇到险境,如果不休息好,没有一点精力,还是难以应付的。这样想着,他就把被子打开,中间一折,穿过一条带子,像斗篷一样地披在身上。顿时觉得温暖了许多。可是这时又觉得饥渴难忍。本来早已饥肠辘辘,不过因为情况紧张没有注意罢了。他解开米袋,这里装的一半是小米,一半是干粮。所谓干粮,就是反扫荡前他的自制饼干,那是玉米窝窝头切成的云钩状的薄片晒制而成。他取出这些薄片送到嘴里,方才发现其坚固程度有如顽石,吃掉一片要花不少力气。何况更重要的是水,没有水那是难以下咽的。而要取水,必须下到深山下的河沟里,而喝过水,在如此漆黑的夜里,是否还能找到这个神秘的洞口,那就很难说了。想到此处,天虹只有望而止步。这时他对火烧火燎的焦渴,只有克制、克制再克制,仅勉强啃了几片他的自制饼干,就昏昏沉沉地入睡了。

这一夜竟睡得非常好。自然又做了许多的梦。大部分的梦都是找食物、找水,这无疑是过度饥渴的反应。其中当然又梦到高红,高红又到医院来看望他了,两个人在幽静的密林中说着甜蜜的话,最后是又长又深沉的吻。这自然是上次相见的印象太深刻了。天虹醒来时,晨光已经透进洞口,望望周围,那野兽的毛茸茸印迹和蹄痕更加清晰。此情此景,反而更加思念高红,不知在如此凶险的环境中她身在何处。

随着白天的到来,也就意味着凶险时刻的临近。一句话,生死存亡就决定在今天。周天虹很想走出洞口,观察一下周围的情况,又怕暴露目标招致更大的灾祸;如果在洞里隐匿不动,岂不是干脆等死吗?想来想去,觉得难以抉择。在战场上固然随时都有生死的考验,但手中有武器,身边有战友,上级有指挥,主动权是操在自己手中。而现在却像圈中任人宰割的牛羊一般,不知何时饮刃而亡。想到这里他的心志忐起来。他懊悔自己不该脱离部队、脱离集体,以致陷于这种难堪的境地。

他听听洞外,耳边只有呼呼的风声;望望洞外,只能望见洞口前山草不停地摆动。他判断外面的天色是阴沉的,不然洞里何以这样的阴暗呢?果然他的判断不错,不一时外面淅淅沥沥地下起小雨来。他高兴了。把茶缸子伸出洞外迎接雨水,以便解除焦渴。同时想如果雨再大一点,也可以阻止敌人搜山。哪知道接了半天雨水,一口就喝完了。时间不长,雨也停了。他只好凝神谛听着外面的动静,静等着凶险时刻的来临。

突然间,山谷里传来几声枪响,接着是日本人特有的野里野气的叱骂声,随后便寂然了。又隔了好长时间,附近山坡上传来杂乱的脚步声,橐、橐、橐、橐地向山上走来。仔细听,很像是日军笨重的军靴在山石上发出的声音。脚步声愈来愈近。周天虹的心紧缩了一下,心想:"最后的时刻到了!"他伸手一摸,从挎包里拽出一颗手榴弹来。这是反扫荡前夕,休养所发给每一个伤病员的,而且只有一颗,一是为了防身,二是为了保全自己的革命气节。想不到现在真的用上它了。周天虹立刻将木把上的盖子咬开,将手榴弹紧紧握在手里。

可是,脚步声却没有继续靠近,而是转向山顶去了。不一刻就听见山顶上嘀里嘟噜地喊叫了一阵,声音十分粗野。接着是中国话的翻译:"太君说喽,把那两个八路带上来!"想来这是翻译官了,他的声音也很威严。过了一会儿,大约是人被带上来了。下面是生硬的中国话问:"你的什么名字?"没有回答。接着又问:"你的什么干部?"仍然没有回答。显然,"太君"急了,哇里哇啦地叫了一阵,又用生硬的中国话说:"你的不说话,死了死了的!"这时回答的只是一声冷笑,还有一句:"狗强盗,你们没有资格问我!"周天虹听出,不是别人,正是失散的副连长张宏的声音。想不到这个木讷少言的人说得这么利索。显然"太君"暴怒了,大声命令道:"挑了他!"接着只听张宏轻微地哎哟了一声,想来是被结果了。

周天虹在洞里轻轻地叹了口气,对这位战友不禁升起一种深深的敬意。接着,日本军官大概审问第二个人了:"你的什么名字?"只听下面接着回答:"我叫丁立。"声音是温顺而恭谨的。日军军官又问:"你的什么的干部?"又是一声温顺的回答:"干事,文化娱乐干事。"周天虹登时心里一惊:这不是昨天晚上见面的那个丁干事吗?他怎么也被捉住了?再往下听,日本军官又问:"这里八路藏的有?"

丁立回答:"有,有。我可以领你们去找。"接着是日本军官一阵哈哈大笑:"真的?你肯帮我们的干活?"下面又是一句:"太君,我愿意为皇军效劳。"话音刚落,日本军官就嘎嘎地笑起来:"你的顶好,大大的良民!"听到这里,周天虹不禁怒火攻心,狠狠地骂道:"这个人面兽心的家伙,当汉奸了!"与此同时,他感到,自己的处境更危险了;如果他要真正领着敌人一路搜来,自己无论如何是躲不过去的。这时,他忽地想起,自己的日记本上还记了些秘密的以及一些自己感情世界的东西,这些绝不能落到敌人手里。于是他立刻从上衣口袋里取出来,撕了个粉碎,埋入土中。同时为了让活着的同志们了解自己的忠贞,他取下钢笔,在金黄色的手榴弹把上写下了如下的文字:"为共产主义事业流尽最后一滴血。周天虹。"然后用舌尖舐出雪白的手榴弹弦,套在手指上。此刻,他听见笨重的军靴声从山顶走下来,橐、橐、橐、橐,越来越近,而且听见那个名叫丁立的人尖尖的喊声:"皇军来搜山了,已经看见你们了,藏是藏不住的,快快出来投降吧!"周天虹把手榴弹攥得更紧了,心里狠狠地骂道:"来吧,来吧,你们这些汉奸,你们这些强盗……"

## 四六　火光中的女神

　　周天虹拉着手榴弹弦,咬紧牙,准备随时与敌同归于尽。哪知敌人橐橐橐橐的脚步声,似乎愈走愈远,渐渐地移往山坡下面去了。

　　他这时才发觉出了一身冷汗。随着情况的暂时缓和,饥渴又成为主要矛盾。他恨不得立刻扑到那条山溪旁边喝个够,很明显这是不可取的。可是如果在这里傻呆下去,不也是个死吗?再说,即使今天敌人不来搜剿,明天不是还会来吗?经过反复思考,他决定黄昏之后下山,转移到比较安全的地方。

　　决心一定,精神安定了。但是时间却格外难熬。过去有度日如年的话,现在看对处于困境险境中的人,真是一点不假。他只好在洞里做些零碎的事。如很细致地收拾好自己的鞋带,又三番五次地打好绑腿,以防紧急时刻脱落下来。尤其是对那颗惟一的、赖以保全革命气节的手榴弹,显得特别珍爱,把刚才咬开的盖子重新拧到盖上,小心翼翼地放在挎包里。背包也打得方方正正,结结实实。专心等待黄昏时分的到来。

　　事实上天还不到黄昏,周天虹就爬出了洞口。但是深山中天黑得很快,刚才山头上还有一抹淡淡的斜阳,还没有走到山脚,天就黑下来了。他先是迫不及待地伏在溪流上饮水,几乎把肚子喝圆才贪馋地站起来。然后就坐在河边石头上啃嚼那铁片似的干粮。喝了水觉得干粮也好下咽了。吃饱喝足,顿时觉得精神好了许多,于是就动身上路。

　　不管夜多么黑,山路多么崎岖难行,天虹早已习惯了。而今晚的踽踽独行,却另有一番滋味,就像在黑沉沉的大海中摸索似的。他一边走一边谛听着周围的动静。今晚实在静得古怪,不仅没有火光、灯光,也没有人声。除了山谷中的风声和水声,就什么也听不到了。群众呢?他们都藏到哪里去了?敌人呢?他们现在是在山上还是隐伏在村里?这一切都不知道,也无法从一些征候上去判断。这样一想,就觉得不只静得古怪,而且静得可怕。

出了玉皇沟门,又走了十余里,蓦然间,望见山头那边,有半边天红澄澄的,似乎是火光反照出的颜色。天虹心想,怕是白天敌人烧的房子还没有熄灭。转过山湾,果然前面靠近大路的一座村庄,正烈火熊熊,烧得一派通红。火势忽大忽小,一时暗淡,一时又升腾而上。天虹走到村边,目光所及,看见每座房屋都在燃烧,房檐上噗嗒噗嗒地落着火星,就像夏季的雨水一般。随着火舌的流窜飞舞,不断发出毕毕剥剥的爆裂声和房顶沉重的塌落声。天虹的心顿时沉下来了。

走着,走着,他的心猛然间收缩了一下,为面前的场面惊呆了。在一座农舍前,一个中年妇女被剥得光光的,赤身露体地倒在地上,肚子上有好几处刀口,流着殷红的血。一个幼儿离她两三步远,似乎正在向她爬去。一个壮年男子,倒在一边,手里还握着一把铁锹,生前似乎作过拼死的搏斗,此刻还留着狂怒的表情。另有一个老者作乞求状,也被刺了几刀倒在那里。一个白发老婆婆,手里拿着一根拐杖,有半个身子扑出门外。他们身边都流着大摊大摊的血。很明显,生活在深山里的这个与世无争的家庭,在日落之前已经全部完了。天虹在明明灭灭的火光里看见这种场面,不禁肝胆俱裂,不忍再看下去,就脚步沉重地离开了。

向前走了几十步远,粉墙围着一个较整齐的院落,似乎是个学校,也正在燃烧。门前大槐树上,牢牢地缚着一个壮汉。他的头垂在一边,肚子已被剖开,五脏六腑流泻在外。再往树前一看,更使人惊骇。数十具横七竖八的尸体,倒得满地都是。其中有不少妇女儿童。有的像是被战刀砍杀的,有些像是机枪射杀而死的。在燃烧的火光中,还可以看到两侧的粉壁墙上,用红油漆写着粗大的字,一边写着"灭共",一边写着"王道乐土"。天虹是第一次看见这种惊心动魄的场面,不禁五内俱焚,浑身战抖,热泪夺眶而出,不能自已。他在心里狠狠地骂道:野兽,野兽,毫无人性的野兽!我只恨自己在战场上杀他们杀得太少了!

出了村庄,就是敌人的大队人马常常经过的东西大道。周天虹刚刚踏上大道,准备进入对面的山沟时,借着村庄的火光,看见东面大道上有七八个人影,正围拢在一起,不知在干什么。他们似乎有人发现了天虹,一声猛吼:"什么人?"周天虹顿时吃了一惊,心想:糟了,怕是碰上敌人了。在这样的时候,显然自己人是不会公然呆在大道上的。他这样想着,就连忙退回几步,隐伏在路边的草丛里,打算继续观察一下。等了一会儿,听到背后有极轻微的脚步声,刚要回头,就被两个壮汉死死地扭住臂膀,一点也动弹不得。挣扎了两次,简直无济于事。这样被三推两推就来到那伙人附近,其中一个用报功似的声调充满喜悦地说:

"报告高主任,我们抓住了一个俘虏!"

天虹一看,人群旁边,火光里立着一个年轻女郎。她紧紧扎着皮腰带,很随便地披着一件破大袄,显得神态自若,十分潇洒,颇有一点指挥员的风度。那女郎向前走了几步,来到自己跟前仔细一看,不由扑哧一声笑了,说:

"好,你们把八路军的指导员也抓来了!"

天虹也认出她是高红,真是喜从天降,全身的每个毛孔都感到畅快。几天来郁闷、焦虑和惶惶不安的情绪为之一扫。

"天虹,一个月没见,你怎么弄成了这个样子?"高红深情地望着他,紧紧地握住他的手说。

"一言难尽,高红,真是差一点见不到你了!"

高红听到这里,心里酸酸的,在众人面前,不好表示什么,就问:

"你大概还没有吃饭吧?"

她没有等周天虹回答,就冲着大路南侧的山沟一指:

"在那边,我们做的饭还剩下半锅呢!等把这几个地雷埋完,我就领你去。"

说实话,他现在见了高红,一切饥渴全都忘了。只是看着高红,简直就像看不够似的。一时竟觉得站在火光里的高红,那勇敢的神态,那优美洒脱的风度,那头发,那装束,那手势,简直就像一尊女神一般。他觉得他的高红简直更可爱了。

这时,周天虹才注意到,高红指挥下的这十几个民兵,正在大路上埋设地雷。有的举着镢头挥动铁锹在挖掘雷坑,有的在小心翼翼地安装踏板。路边上放着不少大大小小的铁雷和石雷。一个坑挖好了,轻轻地招呼一声,立刻就有人抱起一个地雷,小心地温柔地就像抱着婴儿一般轻轻地放到雷坑里。这一切都进行得十分静穆、迅捷、巧妙,而且非常有感情、有味道。一个地雷埋好,又从别处弄来一些旧土、草叶撒了上去,左右端详,看去与周围的地面没有两样才笑吟吟地离开。

"李成山!"高红清脆地叫了一声。

"唉!"一个比常人高出一个头的大汉温顺地应了一声,用坚实的大步走过来。

周天虹听说过李成山这个名字,知道他是这一带的爆炸英雄。人说他割电线也很有名,别人要爬上电线杆去割,他抱住电线杆子,三晃两晃就扳倒了。今天一看,他那副山里人铁铸般的体魄,确实魁伟异常,两只踢死牛的大脚往那里一站,简直就像半截铁塔似的。

"成山,"高红亲切地叫了一声,指着路两边的草丛说,"这里也得埋上几个呀!路上的雷一踩响,鬼子势必往两边跑,这样就有好戏看了。"

"唉!"这个山里人听见说得有理,又温和地应了一声,随之就招呼他的游击组在草丛里挖掘起来。等到把地雷埋好,又铲过几块草皮盖好,弄得没有两样才算完成。

本来通向山沟里的要路口,高红也计划埋上几个,可惜带的地雷已经用完,只好带着遗憾地轻轻叹了口气,说:

"算了,只好到明天晚上再来了。"

说过,高红招了招手,一支十几个人的小队,立刻扛着镢头、铁锹集合起来,由李成山领头下了大路,向南侧一条山沟井然有序地走去。高红和周天虹走在后面。

看了这番情景,周天虹感到自己的爱人在战争里已经成熟,心里十分高兴。他脸上不断浮出动人的微笑,不过因为夜色的掩护谁也没有发现。

他们在狭窄的山沟里走了颇长时间,才在一个仅有十多户人家的小山庄里停住脚步。山里人睡觉早,村庄早已悄然无声。他们开了房门,点上灯,高红立刻点火热饭。不一时,就把一大碗红薯粥端到周天虹的面前。

周天虹盘着腿坐在炕头上，吃得又香又甜。高红笑眯眯地看着他。他吃一碗高红给他盛一碗。一连吃了四五碗，几乎把小半锅红薯粥吃了个底朝天，才放下碗筷。高红扑哧一声笑了，心里却又怜惜又心疼。

周天虹吃饱喝足，懒洋洋地往被摞上一仰，真觉得从来没有过的幸福。他简直有点不想走了。高红又何尝不是同样的心情！多日不见自己的情人，他经过了那样的凶险，又病成这样，怎样能忍心让他再去奔波呢？可是……可是……情况允许吗？

"下一步怎么办？"高红忍不住问。

"我自然是要找部队，他们不知道我在哪里也不放心。"

高红告知他，前几天医院从这里经过，一直往南去了，现在的位置还不清楚。接着沉吟了一会儿，微微皱着眉头说：

"敌人清剿了玉皇沟，估计明后天就会清剿这里。这里也很不安全。我们跑得快没关系，你呢？"

周天虹听她说得有理，点了点头。高红停了一会儿，又说：

"再往南走一天多的路程，就到唐县境了；那里敌人刚刚清剿过，估计暂时不会再去。再说晨曦也在那里，一面采访，一面领导游击组。医院也可能在那一带。你看到那里可以吗？"

"行。"周天虹又点了点头。

"如果行，我就派李成山给你带路。"

事情就这样定了。但是周天虹依然欲行不行，只说不动。两个人又欢快地谈了很长时间。

"三星快晌午了，到底还走不走啊？"李成山瓮声瓮气地发话了。

"好好，走走。"

周天虹立时下炕，背上背包，高红又给他装上几块干粮，才恋恋不舍地握手告别。碍于众人在旁，周天虹没有搂住她亲上一口，感到分外的遗憾，走了很远还觉得缺少了点什么。

## 四七　诗人在游击组里

在漆黑的夜里,行走在崎岖的山径上,是极其困难的。在不经意间,一步踏错就可能落入万丈深涧。幸亏李成山在行前就带上了两根火绳,他把火绳燃着,拿在手里在前面引路,才得以顺利前进。在晋察冀的山地,每到秋末冬初,山民们就把收割的香蒿拧成七八尺长的粗绳,一条一条挂在房檐上,等到晒干,这就是火绳了。原来是他们自己夜里走路照明用的。八路军一来,军人们或是地方干部们,夜间行动总要找人带路,这些带路的人手里便拿着这种火绳。夜间你看到一朵朵小小火光在游走,那就是说他们在行动了。晋察冀的诗人方冰就写过一首《拿火的人》,表达了这个时代浓郁的诗意。周天虹紧紧地跟随着拿火者的巨影,火绳不断噼里啪啦爆出细碎的火星,好闻的浓郁的香味一阵阵扑面而来,不仅毫无孤独之感,而且深深地感到一种幸福。他深切地感到是他们,是无名的群众在支持着这场战争。

两人相伴在山沟里走了整整一夜。大部分时间李成山把背包抢过去背着,使他衰弱的身体感到轻松多了。拂晓时分走出这条山沟,来到唐县、阜平的县界。这一带敌人刚刚清剿过,凡稍为大一点的村庄几乎焚烧殆尽,断垣残壁,一片焦土。

前面来到三岔路口,周天虹正要进入西南一条山沟口时,只听有人喊:"停住!停住!"声音又尖又亮。循声望去,山坡上立着一个少年,头戴白毡帽,身披羊皮袄,像是一个放羊的孩子。周天虹没有理他,朝前又走了两步,那个孩子又急得挥着手喊道:"停住!不要往前走了!"两个人不得不止住脚步。只见那个少年从山坡上飞跑而下,来到他们身边说:"叫你们不要走,你们干吗还要走呢?"一面说一面还瞪着亮亮的眼睛。周天虹说："小兄弟,你干吗不让走哇?"那少年用手指了指山口,眨眨眼,神秘地说："要想死你们就走!"两个人哦了一声就笑了,大约是沟口上埋着地雷。周天虹说："小兄弟!那你就领着我们走过去吧!"

少年领着他们绕了一个大弯儿,贴着山边子走过去。

"你们这儿有区里的人吗?"周天虹问。

"有。"少年见他是八路军,显得很亲热,马上冲山坡上的农家小院一指,"区里人,还有游击组都住在那儿。"

两个人爬上高坡,进了小院。院落里静悄悄的,只有两个民兵在忙着劈柴做饭。他们进了上房屋,见炕上睡满了人,鼾声此伏彼起,睡得十分香甜。有两三支老套筒步枪靠在炕沿上,地下摆着半屋子地雷。只有一个人,披着没有挂面的老羊皮袄,戴着一顶白毡帽在炕头上坐着。他似乎没有发觉有人进来,只是低着头吟吟哦哦地写着什么。周天虹问了一句:"同志,这里有区里的人吗?"那人才慢腾腾地抬起头来。周天虹一看,愣了:这不是晨曦吗!看他那身打扮,完全像个山里的羊倌,要不是他那副黑框眼镜,简直不敢认了。而晨曦却仍然没有从某种境界里走出来,没有看清来人的面目,还傻乎乎地问:"你找区里人干什么?"天虹说:"晨曦,我找区里人就是为了找你这个诗人呀!"晨曦这才往炕下一跳,两个人互相擂打着对方的胸脯笑起来了。

"晨曦,你就天天和他们在一起吗?"周天虹指着睡在炕上的民兵。

"是的。"晨曦笑着说,"反扫荡一开始就跟他们混在一块儿。吃在一个锅里,睡在一条炕上。他们埋地雷,打伏击,我全跟着。真学习了不少东西!对他们的体会比过去深得多了。"

说过,晨曦仔细凝望着天虹,叹口气说:

"你怎么瘦成这样?脸色也忒黄了。"

"我掉队了。隔一天打一次摆子,怎么还胖得了?"

周天虹说了此行的来意,晨曦立刻表示:高红的判断是对的,敌人刚刚清剿过这个地区,估计暂时不会再来。他可以找一个比较安全的地方,让天虹休息几天。

李成山见他的任务已经完成,起身要走。晨曦要他吃了饭再走。这个憨厚人执意不肯,拍了拍手巾包说:"我还带着干粮呢!"周天虹虽觉十分过意不去,也只好让他走了。

不一时,民兵们起了床,屋子里顿时热闹起来。一个嘎里嘎气的小伙子,一下炕就伸了一个大懒腰,打着哈欠说:

"这一夜贴白菜帮儿真把我窝憋坏了!你猜怎么着,我到外面解了个手,回来没我的地方儿了。我推了推二赖子,他死猪似的动也不动,气得我狠狠地往他屁股上拧了一把,他才哼了一声往旁边挪了挪,我这才加塞儿加了进去。"

那个想必叫二赖子的回了言:

"小嘎子,你就别说了。你说你昨天偷吃了些什么!那个屁一个接着一个,简直比鬼子的毒瓦斯还厉害,熏得我上天无路,入地无门。要不是我困坏了,非把我熏死不可!"

"你嫌我的屁臭,你老婆的屁香,你去找你老婆去。"

大家哄然大笑。小嘎子又走到晨曦身边,攀着他的脖子亲昵地说:

"晨记者,昨天埋地雷的时候,你不是说给我们写个埋地雷的歌么,你写出来没有?"

"写是写出来了,就是不一定好。"晨曦笑眯眯地望着他谦虚地说。

"你给大伙念念行吗?"

晨曦掏出他的小本,一板一眼地念道:

　　地雷像个大西瓜,
　　刨开鲜土埋上它,
　　浇上鬼子的血和肉,
　　让它开朵大红花。

晨曦话音一落,大家就噼噼啪啪地拍起巴掌来。晨曦脸上泛着红光,高兴地说:

"如果你们认为行,我就去找李劫夫谱曲子。咱们一边唱着,一边埋雷,那才带劲哩!"

"好!!!"大家又是一片掌声。小嘎子快乐地说:

"咱们这里大西瓜有的是,鬼子想吃多少尽管吃。"

饭熟了。是南瓜棒子楂大糨粥。民兵们对周天虹这个八路军客人很亲热,立刻给他盛了一大黑碗端过来。周天虹吃得津津有味,一气吃了三大碗才罢。饭后,晨曦说,不远处有个很偏僻的山旮旯儿,名叫仙人峪。那里有几户人家房子还没有烧。准备把他安排在那里休歇几天,病稍好些再寻找部队。

天虹同意了。晨曦就替他背上背包,一起上路。

一路走来,真是令人惊心动魄:沿途经过的大小村庄,全部烧得一片乌黑,片瓦无存。放眼望去,往日那些繁荣的村镇,温暖的农家,全都成了一个个房壳篓了。有些树也烧得没有树冠,只有焦干枯枝。街头巷尾,不是成堆的猪毛,就是成堆的鸡毛。那些较富庶的人家,箱子里的衣物,全被倒在院子里,好的拿走,不好的就乱糟糟地弃置在那里。那些仓皇出逃的村民们,正在携儿带女纷纷归来。他们满脸都是无衣无食无枝可栖的悲哀,不得不在空房壳篓里支起一个小小的窝棚暂时栖身。

看了这满眼凄凉的景象,周天虹心里凄惶得很,好半天没有说话。晨曦忍不住说:

"天虹,我不知道你注意了没有,鬼子连水井上的小棚棚,都没有放过。冈村宁次的'三光政策',真是搞得彻底啊!"

周天虹点了点头,默然无语。晨曦接着说:

"这次在平阳镇,他们就杀死了1000多人。全县的数字还没有统计上来。你知道他们为什么这样疯狂地杀人吗?第一是,他们想从根本上毁灭根据地,因为他们知道根据地人民的抗日的决心是不会改变的;第二是,他们屠杀一个平民百姓,也可以作为击毙一个八路军报功。这是我们抓到的一个日本俘虏提供的。"

"哦!"这一点周天虹还不了解。

"这次鬼子抓走的青壮年也特别多。他们往往突然包围一个村庄,留下妇女供他们奸淫,青壮年全部装上大卡车,像牲口似的运到石家庄和保定。然后运到东北或者日本本土。你知道他们为什么这样做?一来是为了摧毁根据地的人力;二来是把这些掠夺来的劳动力,卖给日本资本家去赚一笔大钱。过去帝国主义在殖民地是榨取廉价的劳动力,现在是无代价地掠夺大批的劳动力了。其野蛮性绝不逊色于古代的奴隶制度。这就是帝国主义血腥的本质。"

周天虹听得十分气愤。战争的现实使他对帝国主义有了更深的理解。接着他问：

"这次反扫荡，阜平老百姓的表现怎么样？"

"真是好样儿的！"晨曦称赞说，"平阳镇就出了一个女英雄刘耀梅。她是罗峪村的妇女救国会主任，共产党员。她被捕以后，敌人把她捆在一棵柿子树上。日军大队长荒井问她八路军的粮食、武器埋在什么地方。她说：'这些地方我都知道，就是不能告诉你们。'荒井发怒了，挥着战刀说：'你怕死不怕死？'刘耀梅说：'抗日不怕死，怕死不抗日！'这个年轻姑娘如此坚强，大出这个刽子手的意外，他恼羞成怒，狠狠地咬着牙齿说：'共产党员有气节，我今天就要尝尝共产党的肉是什么滋味！'汉奸们像狗似的抢上去挑破了刘耀梅的裤腿，扒开了她的衣裳。荒井这个恶魔就真的走上去用战刀从刘耀梅的大腿上割下一块肉来，在路边火堆上烧了烧，放在嘴里吃了。……在这个世界上，你听说过这样的事吗？刘耀梅看见敌人吃她的肉，眼都红了，她恨恨地大声骂道：'你真是个牲口！我告诉你，中国人是压不服的，你们小鬼子的日子是不会长的！……'这位女英雄就这样地牺牲了！"

听了晨曦的叙述，周天虹的灵魂像受了巨大的撞击，全身索索地战栗起来。显然他承受不了这样的刺激，怎么也想不到鬼子竟野蛮无耻到这样的程度！

## 四八 仇恨之歌

平阳附近的神仙山,是北岳恒山的主峰之一。其中幽僻的山谷很多。周天虹随着晨曦进得山来,路愈走愈窄,坡愈爬愈陡。终于在一个山旮旯里,发现了六七户人家。此时已是深秋时节,木叶尽脱,满地都是黄叶。山楂树满是红澄澄的果实,红得耀眼,因鬼子扫荡没有人收,有许多落到地上去了。

晨曦领着周天虹进了一个农家小院。院子里住着两户人家,是兄弟二人,分家过了。老大是个老实巴交的农民,住在北房;老二是个小学教师,住在东房。这两家的遭遇都很不幸,反扫荡开始不久,老大的儿子和老二两人都被掳去当劳工了。妯娌二人,一个失去了儿子,一个没有了丈夫。终日里笼罩着悲哀的气氛。幸而老大家还有个男人支撑着门户,晨曦就把自己的朋友安排在老大家了。老大当过村农会主任,觉悟很高,一听八路军要在自己家里养病,自然没有问题。他满口答应说:"那没啥,也不过做饭时候多下一把米就是了。"接着老大娘就过来扫炕,扫得干干净净,然后把天虹的被子放在炕头上。

晨曦把天虹安排好了,起身想走,忽听东房里有抽抽搭搭的哭声,忙问:

"是他婶子在哭么?"

"可不是么!"大娘叹了口气。

"她的情绪还是很不好吗?"

"遭了这样大难,哪能一下子就转过来。"大娘说,"自她从洋鬼子那儿回来,就整日价哭。有时候,一天哭好几回。有时哭,有时笑,有时骂,有时喊,就像中了邪似的。我怕吓住孩子,就让孩子到他姥姥家去了。这年头儿,做个女人家难哪!做个男人,敌人来了,能打就打,不能打就跑;敌人抓住了,要杀就杀,要剐就剐。当个女人,落到那些王八蛋手里,你当他们是人吗?不是人!他们是一群牲口!你就什么也洗不清了,也说不清了……"

晨曦立刻想起东房里那位小学教师的妻子。她叫荷花,生得聪明伶俐,性格活泼,爱说爱笑,又上过几年小学,差不多算是这个偏僻山村里的人尖子。工作也积极得很,妇救会一布置下来什么工作,什么做军鞋啰,照顾伤员啰,动员新兵啰,她样样都走到头里。可是晨曦不久前见到她,觉得她一下子变了。脸上一点笑影儿也不见了,眉眼间全是愁苦。话也不会说了,就像原来的她已经死去了似的。她怎么一下子就起了这么大的变化呢?

"天虹,我想去找这位大嫂谈谈。你要想听,就跟我一起去。"

晨曦说过就站起身来,周天虹随他一起走出门外。看来晨曦做群众工作已经相当熟练,来到东屋门外,就停住脚步,轻轻地喊道:

"大嫂!我们来看你来啦。"

两个人进了屋子,看见荷花坐在里间屋炕上,旁边放着小孩鞋的鞋帮子和针线,正用衣角擦着眼泪,强打精神起身让座。

"嫂子,我和我的朋友来看你。"晨曦亲切地说,"几天不见,你怎么就瘦成这个样子?你可得多保重啊!"

"我现在只想死。"荷花垂下头说。

"哪能呢?你还有孩子,为了孩子你也不能走这条道儿。"

一提孩子,荷花又呜呜地哭起来。

晨曦劝慰了几句,等了好一会儿,才问道:

"嫂子,那天你是怎么被鬼子掳去的呢?"

"现在还说这些干什么?"荷花的神经有些紧张,脸也白了。

"不不,嫂子,"晨曦连忙解释道,"这是敌人的罪行,是应当调查清楚的。"

荷花停了许久,才说:

"反扫荡一开始,我那当家的,不是去游击组,就是去坚壁公粮,常不家来。那天早起,我刚要烧火做饭,就听见外头打枪,人们就往沟里跑,说洋鬼子进了沟门了。那天凑巧孩子到他姥姥家去了,我就赶忙抓了两块干粮,包了几件衣裳,跟着一群妇女往沟里跑。离这儿三四里,有个小山庄,半山坡上有个山洞,我们就藏了进去。洞里人越聚越多,总有二三十人,把个洞挤得满满的。不一时,几十个黄糊糊的鬼子兵就来到坡根底下。一股在山庄上烧房子,另一股就上了山坡。我们在洞里抖抖索索地谁也不敢大声出气,怕孩子哭,把小孩的嘴也捂起来。没有想到,山坡上还有一个妇女,因为她抱着孩子上山走得很慢,来不及钻进山洞,就在山坡上停下了。鬼子们首先发现的是她。一个鬼子兵就端着刺刀,两个帽耳朵呼扇呼扇地过来了。他对那个抱孩子的妇女叽里咕噜地说了几句,谁也不知道他说的是什么。那个妇女只是紧紧地把孩子搂在怀里。鬼子兵端起刺刀就戳。那妇女惟恐伤着孩子,就用两只手把鬼子的刺刀攥住了。鬼子连刺几下都没有成功,气得他一脚把孩子踢开,向着妇女的肚子狠狠地刺去。哪知道这一刀刺得太深,刺刀拔不出来。这个鬼子就用牛皮靴踏上女人的胸脯,哼了一声才拔出来。接着把那个呱呱哭叫的孩子也刺死了。因为我在洞口上,这一切就看得真真的。

"这时候,我想,鬼子不上来今天兴许躲过去了。哪知一个汉奸眼尖,他说,山上好像有个洞呢!接着鬼子兵就踢踢踏踏地爬上来了,用刺刀逼着我们出洞。还大声喊:'不出来死了死了的!'没有办法,妇女们只好抱儿携女地出了洞子。他们用刺刀逼着,用枪托打着,把我们押到小山庄那块打谷场上。……"

荷花说到这里,两眼直呆呆地看着地面,不言语了。

"以后呢?"晨曦轻声询问。

荷花迟疑了片刻,只好再说下去:

"这时候。小山庄已经点着了。还从屋子里弄出来一些庄稼人的东西,堆在一起,全都点着了火。我们估摸着可能要杀我们了,谁知道不,那个拿东洋刀的怪叫了一声:'叫她们把衣服通通地脱光!'汉奸也立时大叫:'你们这些娘儿们,听见了没有?太君叫你们把衣服通通脱光!'妇女们谁肯脱啊?这里面有老太太,有中年妇女,还有不少是黄花闺女。她们就惊慌地往一处挤,圪蹴成一个疙瘩。日本兵和汉奸就一齐围上来,用刺刀挑开我们的裤带,强拉硬拽地把我们的衣服脱了个精光,脱一件就往火堆里扔一件,通通烧了。大家一看,自己赤身露体一丝不挂,觉得无地自容,就都哭起来了。有的闺女就捂着下身往人群里钻。这时候,那个拿洋刀的鬼子,站在一个碌碡上,又咕噜了一阵,汉奸就立刻说:'太君说,你们边区妇女秧歌舞跳得很好,今天你们就跳一跳,让皇军看看!谁不跳,就立刻枪毙!'这时我们一个个羞得头都抬不起来,还怎么能够跳呢!鬼子见我们不动,又过来打,才逼得我们只好走着圈子。鬼子还嫌兽性发泄得不够,就把他们抢来的鸡,两个拴在一起放在我们光光的肩头上。那些大鸡在我们的前胸后背乱扑腾,弄得我们不知道如何是好,这些鬼子就乐得大笑起来。……后来,他们又觉得不过瘾了。那个挎洋刀的家伙,发现人群里有一个小脚女人。她是财主家的儿媳妇,人长得好,脚又缠得极小。就叫大家不要跳了,单独把她挑出来,把她的裹脚条子解下来,叫她赤着脚跳。那媳妇平时连走路都困难,光着脚怎么能跳呢?走不了两三步就跌倒了,这些野兽又哈哈地狂笑起来。……"

荷花说到这里,气促声咽,又停住了。

停了一会儿,才继续说:

"……他们要回去了,就叫妇女们给他们背上抢来的东西,背上他们的牛皮背包,还背上那些鸡,跟他们一道回去。我们跟着他们赤身露体地走了 20 多里,到了他们住的地方。这时候……这时候……这时候……就把我们每个人拉到他们屋里去了……"

说到这里,荷花再也说不下去,放声大哭起来。

哭了好大一阵,荷花才又断断续续地说:

"瞅着鬼子不注意,我才偷跑出来。路上还是赤身露体,半道上才拣了一个小褂穿上,下身还是光着。一回来,我就想死,我是再也不能见人了……"

说过,又大哭起来。

周天虹听了,心头像被压上一块巨石透不过气来。他本想安慰一下这位女子,可是除了鲁迅那句"血债必须以同物偿还"的话,任何语言都轻飘飘的没有意义。他把牙齿咬得格格作响,狠狠地骂道:

"这些家伙还有一丝一毫的人性吗?如果有,他们怎么会做出这样的事?这不光是中华民族的耻辱,也是日本民族的耻辱!他们任何时候想起来都应当感到羞耻!"

晨曦是个诗人，感情忒重，听了这些已经泣不成声，哭成泪人。他胸前全被那不止的泪水打湿了。走出东房的屋门时，他只说了一句话："我要写一首诗：仇恨之歌。要全世界的人都明白，帝国主义是什么样的鬼怪！一直到这些害人虫彻底绝灭为止。……"

## 四九　文旗随战鼓

周天虹在仙人峪住了四五天,身体好了许多。东屋里的荷花,还是终日啼哭,眼看着一朵鲜花要凋谢了。这自然使天虹的情感备受压抑。这天,晨曦到山上来,告知天虹:野战医院已转到平山地界。周天虹立刻收拾行李追赶部队。

路上整整走了两日,来到平山地界,才知道野战医院又转至别处。他正在街头彷徨,看见人们正在围观一张新贴出的《晋察冀日报》。报纸似乎还散发着新鲜的油墨香味。他一打听,报社就住在附近的滚龙沟。天虹立刻想起欧阳行老师,跟他已有两三年不见面了;借此机会,何不去看望看望他呢?这样想着就移步向滚龙沟走去。

滚龙沟不过是山峡峡里一个仅有三四十户人家的村庄。天虹进村不远,就听见咔哒咔哒印报的声音。村头上还拴着欧阳的那匹大洋马。天虹一望而知这是报社。他打问了几个工人,都说"老马"在排字房里。来到排字房,欧阳果然坐着小板凳伏在炕沿上修改稿件。他轻声地叫了一声"欧阳老师",欧阳行才慢腾腾地抬起头来,似乎定了定神,才看出来的是谁。

"啊呀,是你呀天虹!"欧阳说着要站起来,被天虹双手摁住。他接着又问:

"你怎么到这儿来啦?"

"我掉队啦。今天从这儿过,来看看你。"

"好好,你稍等一会儿,我正修改一篇社论,很快就完。"

说着,欧阳又伏在炕沿上,用毛笔蘸了蘸红墨水,奋笔疾书。他的书法一向很好,可谓笔走龙蛇,意气纵横,天虹觉得看他写字也是一种艺术享受。

屋子里静静的。几面墙上都排列着字架。两三个工人正在来来往往地拣字,像是忙碌的工蜂一般。他们遇到看不清楚的字,就跑到欧阳身边去问。连"社长"也不叫,只叫"老马"。欧阳毫不介意,反而愈发显出彼此间的亲密。

社论修改完了。欧阳把笔一掷,伸了个懒腰,向着天虹很轻松地笑了一笑:

"敌人到底没有毁灭我们。现在他们的'扫荡'已到强弩之末,快收场了。聂老总要我写篇社论,号召边区军民发起反击,尽量多给敌人一些杀伤。"

"那太好了。"周天虹用崇敬的目光望着欧阳,"欧阳老师,前些时那么紧张,报纸还能坚持出版吗?"

"只要有24小时较安定的时间,我就保证出版一期报纸。"欧阳目光灼灼地说,"我们的报,决不能停刊。报纸的存在,就说明根据地军民在坚持战斗。"

"欧阳老师,外面传说你是'八头骡子'办报,这么大一个报社,用八头骡子行吗?"

欧阳笑了笑,顺手从字架上取出一个铅字递过来,说:

"你瞧瞧,这铅字是不是与众不同?"

天虹接在手里看了看,说:

"似乎比平常的铅字字身短一点儿。"

"不是短一点儿,是要短五分之一。"欧阳说,"我把铅字数也减少到3000个,这样分量就轻多了。有了情况,我只要把字架往起一合,放上驮子,有两头骡子就差不多了。"

欧阳说着一指字架,天虹这才注意到,这几个字架合起来就是箱子,真是轻巧得很。

接着,欧阳把天虹又拉到印报房里,指了指印刷机说:

"你再看看它有什么特点?"

天虹一看,这是一个小型的手摇印刷机。除轴承和一小部分是铁制的,整个的架子都变成木制的了。欧阳笑着说:

"这都是我同工人师傅共同研究的。比原来的印刷机的重量减轻一半还多。用一头骡子也就够了,必要时用人背也可以。再加上油墨、纸张等印刷材料,总共还用不到八头骡子呢!"

此时,欧阳那张清癯的脸上,流露出一种自信、乐观和坚韧不拔的神情。天虹随着欧阳来到一间斗室。

欧阳再一次亲昵地望着自己的朋友,充满感情地说:

"天虹,你负了重伤我是知道的;那场战斗很惨烈,我也听说了;只是工作实在离不开,无法去看你。后来你生病掉队我就不知道了。你确实比原来瘦多了,也弱多了。"

天虹把他凶险的经历作了简短的叙述。欧阳半是慨叹半是鼓励地说:

"我们这一代人,必须付出沉重的代价或者说足够的代价,才能使革命有所成就。这是不可避免的。同时,也只有经过这样的考验,才能锻炼得更坚强。"

天虹点头称是,接着问道:

"你们报社,这次也遇到了危险吗?"

"是的。"欧阳点点头说,"反扫荡开始前,我们是进行了充分准备的。我把全体职工组织成两个梯队:第一梯队是战斗队,由年轻力壮的同志组成,全副武装,执行侦察、放哨和保卫印刷器材的任务;第二梯队是工作队,也有武装,负责抄收电讯、编印报纸。反扫荡一开始,聂老总指示我们向阜平转移。我们刚出发不久,就接到群众的报告,敌人已经完全封锁了到阜平的大路;再往后退,后路也被切断,这样陷入了四面包围。"

"这时候,你们怎么办呢?"

"我一看情况很危险,就立刻下马,在路边一个小山神庙里开了个紧急会议。最后我决定,不去阜平,就在滚龙沟附近与敌周旋;队伍立刻化整为零,五六人一组,分散突围。拂晓,敌人攻上来了,又是炮轰,又是飞机扫射。我一看情况很危险,我就对大家说:'你们都有手榴弹,在万不得已时要同敌人同归于尽,保存民族气节。我有手枪,我会把最后一发子弹留给自己。'我说过,拍了拍腰里的手枪,同志们神情肃然。最后大家都分散突出去了。等敌人撤退后才在滚龙沟重新集合。其实,这次仅牺牲了三个人。"

天虹用敬慕和惊异的眼光望着自己的老师,想不到这个文弱书生,在艰险的情况下竟这样有胆量有办法。他又问:

"在这样的情况下,你还能坚持出报吗?"

"是的。"欧阳微笑着说,"敌人一走,我就立刻出报;敌人一来,我就立刻把机器埋起来。后来我们又转移到铧子沟,这是一个只有几户人家的小山村。我们在这里七次把机器埋起来,又七次挖出。在两个月反扫荡中,我们共出了32期。大家叫这是七进七出铧子沟呢!"

"真是新闻史上的奇迹!"天虹赞叹说,"不过也够危险的了。"

"说起危险,可以说全边区上上下下,几乎没有不遇到危险的。"欧阳说,"我们的聂司令员和领导机关,这次也很危险呢!"

天虹眉毛一扬,惊奇地问:

"怎么,聂司令他们也遇到危险了?"

"可不是么! 有几天他们的消息一点也听不到了。北平的敌伪电台宣布:聂总部的电台已被英武的空军炸毁。不仅各分区的电台和聂司令的电台失去联络,连中央的电台也呼叫不到他们。大家真担心啊,中央真担心啊! 不知道聂总部发生了什么事情!"

"他们究竟到哪里去了?"天虹问。

"事情是这样的。"欧阳不慌不忙地说,"聂司令带着军区领导机关,本来想从阜平中心地带南渡沙河;可是刚过沙河,就遇到晋察冀分局党的机关向北转移,说南边的道路已被切断。他们当即再次回渡沙河,折而北行,来到雷堡。谁知这时又遇到边区政府机关的人员。这两者都是非武装人员,合在一起有一万人。中午时分,敌人的飞机又追随着他们进行轰炸。而且据敌情报告,敌人的合击圈已经压缩过来,离他们不过十几里二十里路。怎么办呢? 这样多的非武装人员,是打也不好打,走也不好走的。这时,忽然一阵'嘀嘀哒哒'的电台呼叫声,唤起聂司令员的注意,他忽然醒悟道:'哎呀,为什么我们走到哪里,敌人的飞机就跟到哪里呢? 恐怕是敌人从电台的呼叫中测出了我们电台的方位。'于是他立即命令侦察科长罗文坊,带了一部电台到另一个方向继续呼叫,而本部的电台却停止了活动。敌人果然中了聂司令的妙计,集中力量轰炸侦察科长所去的地方,并且向他们包围过去。而聂司令员却带着大队人马,从一个不足一里的空隙中穿过去,悄悄地向西去了。"

天虹听到这里,紧张的神经松弛下来,轻松地笑了。

欧阳神采飞扬，清癯的脸色泛出兴奋的红光。他拿起旱烟袋，在烟荷包里满满地灌了一锅儿，然后像老农民似的把烟袋夹在胳肢窝里，咔嚓咔嚓地用火镰敲击火石，不一时火绒着了，他悠悠然吐出一团白烟，然后说：

"这次敌人的'扫荡'，确定是毁灭性的。冈村宁次的'三光政策'就表明了这一点。可是他们并没有毁灭我们，而且永远不能毁灭我们。原因只有一个，这就是我们在人民中扎下了根，这是敌人永远无法了解的，也无法对付的。"

饭熟了，小鬼端来大半盆热腾腾的羊肉饺子。这对周天虹自然是一次不同寻常的"改善"。他吃得很多，简直比他的老师多出一倍。后来他自己也不好意思了，只好放下了筷子。直到晚年，当他回首往事时，他认为这一次的饺子是他平生（吃过的）味道最好的，以前和以后再也没有吃过这样的饺子了。

## 五〇　倒在冰雪上的战士

　　1941年12月,太平洋战争爆发。日本侵略者把华北当作大东亚战争的兵站基地,对我人力物力的劫掠日甚一日。从此,敌后抗战进入最艰苦的阶段。

　　随着1942年的到来,平原上长出一批批面目可憎的怪物。这种怪物,呈圆筒状,但它又绝不是烟筒;说它是高楼,却浑身都张着黑乎乎恶狠狠吃人的血口。它就这样光秃秃直挺挺地傲立在我们的家乡、我们的田园。日日夜夜都在监视着这土地上的人们,把他们当作犯人,看作可以随时处死的奴隶。如果谁敢于接近它,或稍有不敬,它会立即使你死于非命。这种怪物,按军语说叫做"堡垒""碉堡",按老百姓的说法叫做"炮楼"。过去蒋介石曾把它奉为神明,用来对付缺少重武器的红军,现在日本法西斯又青出于蓝而胜于蓝,用来窒息抗日根据地的生存。据晋察冀军区司令部的统计,敌人在边区共构筑了3000多座据点和碉堡。从来深沟高垒必须联成一体,所以日寇又挖掘了将近四千公里的封锁沟、筑起了将近500公里的封锁墙,企图将根据地活活扼死。1942年的晋察冀军民,就是在这种点碉如林、沟墙如网的围困之中浴血苦战。

　　周天虹所在的东线,敌人正在易县、满城、完县、唐县、曲阳、行唐、灵寿以西和以北地区,继续推进,企图挖第二道封锁沟。单说周天虹面对的满城,敌人在700平方公里的土地上,就修了170多座炮楼,挖了150多公里的封锁沟。这些沟深宽各7米,沿沟修着炮楼,道口设有哨卡和吊桥,要想随意往来绝非易事。平原和山地,是根据地血肉相连的两个部分。平原依靠山区得到巩固;山区依靠平原的粮棉得到补充。现在平原被敌占领,而且向山区步步蚕食,山区根据地不能不陷入严重的困境中。

在反蚕食斗争的尖锐时刻,一天,周天虹去营部开会,副营长刘福山笑嘻嘻地递给他一纸命令,还半开玩笑地说:"高升了!"周天虹接过一看,上面赫然写着:"着调一团四连政治指导员周天虹同志任第三游击支队支队长;着调一团四连连长左明同志任第三游击支队政治委员。"周天虹红着脸看完,心中虽然高兴,也感到这副担子不轻。因为他知道这个支队是活动在保定和满城的平原上,这是敌我斗争十分尖锐的地区。同时他觉得把左明调来同他做伴,又特别合乎自己的心意。左明是他的引路人,同自己情投意合,且有相当丰富的战斗经验,很可能是上级有意让这位兄长式的老红军来扶助自己。想到这里,他就微微地笑着说:"老连长,这不都是你们培养的吗!"

左明得知这个消息,也很高兴。第二天营里就派了一头骡子,驮着他俩的行李前去上任。

三支队驻在距山口子三四十里的一个山村里。村子名叫钟家店,依山傍水,风景秀丽。两个人在下属的三个连队里转了一遭,得悉每个连不过七八十人,合起来也就是一个小营。全支队不着军衣,一律便装,看去有如当地农民,然武器装备齐全,战斗力颇强。尤其是每人身披一件大棉袍,有如旧戏中江湖好汉的大氅,走起来呼扇呼扇的,颇有些古代英雄的风采。这一切都使周天虹和左明眉开眼笑。但是有一点使他们郁郁不乐的,是各连的干部一致反映,粮食的定量太低。他们说,几乎每天都要到第一线执行任务,把敌人修成和没有修成的炮楼拆掉,要折腾一个通夜,第二天不等天明,就饿得顶不住了。

其实,这个问题他们不去调查也是了解的。因为他们的肚子就是凭证。按照上级规定,前方战斗部队每人每天的粮食定量为一斤半,后方机关为一斤二两;为了救济地方的灾民,部队每人还要节省一两半或二两;这样就只剩下差不多一斤了。如果肉食、蔬菜充足,肚子里还有油水,一斤粮也是可以的;而此时肚子早已被刮得空空的,一斤粮要做出三顿饭就难办了。所以有的部队机关就改为每日两餐。而战斗部队任务重,活动多,自然不行。只能是一稀两干。这样,按老秤十六两一斤,早晨六两,其余两顿均为半斤。半斤米煮出饭来,也就平平的两小瓷碗。部队的每个成员都很自觉,盛饭时只平平地盛上两碗,也就完成了自己的一份。如果有哪一位偷偷地多盛上一点儿,或者用勺子摁上一摁,那别人就要吃亏了。即使把这两平碗饭全都吃到肚里,又能顶几时呢？一般说,离开饭还有一两个钟头,就渐渐顶不住了。不是你的肚子咕咕地响,就是他的肚子咕咕地叫,全都提抗议啦。这就是那个苦战年代的真实情景。

两个人回到支队部,对这些问题商讨了一阵,简直没有任何结果。只有盼清明时节早来一点儿,今春雨水大一点儿,树上早长出绿叶,地上早长出更多的野菜,好来作为部队粮食的补充。

自从苏德战争以来,政治机关给每个单位都印发了一张颇为详细的苏联地图。坚持敌后抗战的战士们,几乎时时刻刻都在关注着这场战争的发展。他们制作了一些小红旗,随时追随着红军的脚步,就好像是一条战线休戚相关的两端。共同的反法西斯的战争把他们紧紧地联结在一起了。周天虹和左明望着墙上的苏联地图,又议论起那里的战事。这时苏联红军的不利局面还未结束。英美早答应开辟第二战场,但迟迟没有行动。这使敌后的军民感到愤懑。两个人大骂了一通这种企图牺牲盟友的自私心理。

正在这时,手摇电话机丁零丁零响了一阵,周天虹连忙拿起耳机,原来是分区司令部作战科长的电话。只听电话里声音朗朗地说:"你是新任支队长周天虹吗？"周天虹应道"是"。对方又说:"奉司令员和参谋长的指示,你们今晚务必要把满城方面大栅营的碉堡彻底平掉。你们要知道,这个碉堡正好堵住我们的嗓子眼儿,敌人下一步就要把碉堡修到你们的炕头上去了。你听懂了吗？"周天虹连称"听懂了",随后放下了电话。

他同左明简单商量了一下,就通知部队于晚饭后出发,同时也通知满城县武装部,与民兵一起行动。原来大栅营的碉堡,敌人在白天修起,我们在夜里拆掉,已经连续了七个昼夜,今天是第八次了。这就是当时蚕食和反蚕食的艰巨斗争,已经是家常便饭了。

太阳离西山老高,他们就出发了。前面走的是部队,后面走的是民兵。全是便装,一时不易分辨,不过民兵背的都是镢头铁锹之类。一路经过白堡、上紫口、下紫口,山口外就是保定以西、满城以东的那块平原了。

此时已经夜幕低垂。周天虹和左明站在小山上往下一望,大栅营就在脚下。远处从东到西,贴着山边子,每隔一段距离,就有鬼眯眼似的灯光。这自然是那道深深的封锁沟了。周天虹当即作了部署:以一个连作第二梯队,两个连分别隔断两侧的敌人,由民兵来拆除将要修成的两人多高的碉堡。

　　枪声响了,曳光弹鲜艳的红线不绝地扫过漆黑的夜空。周天虹已俨然是一派老战士临战不惊的神态,高高地站立在一块岩石上,全神贯注地望着战场的变化。左明惟恐民兵有失,早跑到下面村子里去了。拆除碉堡的镐锹声,嚓嚓嚓地响成一片,大约能传出好几里远。

　　枪火,寒夜,杂乱的铁镐声和偶尔的叫喊声,一直持续了一个通夜。将及拂晓时镐锹声停了下来。大栅营的碉堡已经彻底摧毁。三声长长的号音,表示要鸣金收军。

　　这时东方天际已经撒下银色的晨曦。队伍开始回返。哪知大衣上的霜花还没有抖净,阴霾的天空又飘下雪花来。

　　在归途上,周天虹默默观察着自己的队伍。尽管人们劳苦了一夜,但是情绪还是很高的。行列里不断有人哼着贺绿汀的《游击队歌》。周天虹自然更为高兴,因为他第一次独立地率领部队完成了一项任务。

　　雪越下越大了,很快就落下了厚厚的一层。身上枪上和毡帽头上全是厚厚的雪花。有个小鬼在山坡上滑了一跤,爬起来就骂:"这老天也是汉奸,现在是春天了,还下这么大的雪!"周天虹笑道:"小鬼,你别骂,要没雨水,怕你连野菜也没得吃咧!"

　　这时,一连通讯员从前面跑过来说:"报告支队长,有一个战士昏倒在山坡上了。"周天虹未加细问,就带着通讯员和卫生员赶上去。只见路边,一个战士侧着身子倒卧在雪地里,身上已经盖了一层雪花,一挺歪把子轻机枪也搁在一边。守着他的指导员,显出很焦急的样子。周天虹在那个战士身边蹲下来,仔细一看,见他身高体大,方型大脸,生得十分魁伟。但他的脸却蜡黄蜡黄,连一点血色也没有了。周天虹摸了摸他的脉搏却依然在跳,额头上浮着一层虚汗。

　　"他平时有病吗?"周天虹问指导员。

"没有。"指导员说,"他是我们连最棒的劳动力了,一个人能顶几个人干活儿。"

"那是怎么回事?"

"我看他是饿的。"指导员不好意思地说,"他叫柳郁文,人们都叫他柳大个子。你想这么大个人,每顿吃两平碗饭怎么能行?再说他是共产党员,还得起模范作用,实际上吃一碗多,就悄悄地把碗筷放下了。日久天长怎么能顶得住?"

"你们也照顾他一下嘛!"

"怎么照顾?一人一份,可钉可铆的!我多次提醒他,我说柳郁文!你就吃够你那一份吧,这也没有什么不好。可是他只笑一笑,过后还是那样。你想这样下去,谁受得了?听说,他过去给地主扛长活,能吃一扁担长的馒头……"

"一扁担长的馒头?"

"就是说把一个一个馒头摆成一扁担长,他全能吃进去。可是地主富农还是愿意雇他,因为他一次能扛几百斤,能干好几个人的活儿!"

周天虹听到这里长长地叹了一声,心想:这么一个大食量的人,现在一顿吃一碗多饭,是靠什么力量支持的啊。想到这里,心里一酸,几乎要落下泪来。他握着柳郁文的大手,轻轻叫道:

"柳郁文!柳郁文同志!"

"柳大个子!"别人也跟着喊。

这时只见柳郁文微微地睁开了眼睛。

"柳郁文同志,你是怎么了?"周天虹亲切地问。

"不怎么,我只觉得眼一黑,腿一软就……"他望着众人,像很抱愧似的。

"你是不是饿了?"

"我是觉着……有一点儿……"他像孩子一般害羞地说。

周天虹连忙把他扶起来,一边转过头对通讯员说:

"把我的干粮口袋拿过来。"

通讯员从脖子上取下干粮袋,周天虹解开口袋,把一些炒黄豆倒在柳大个子像小蒲扇般的掌心里。这时的柳郁文在众人面前显得十分忸怩,就像自己出了什么漏洞,存在着什么缺欠似的。但是由于饥饿过甚,也就低下头,一把一把地吃了。

周天虹还要劝他吃,他已经摆手谢绝。接着把水壶打开,仰起脖子咕咚咕咚喝了一气,就站起来,连忙背上机枪追赶队伍去了。

这时政治委员左明,已经从后面赶了上来。周天虹同他谈起这事,他也唏嘘不已。最后他们商定,用两个人的名义向上打一个报告,以特殊的事情特殊对待作理由,要求司令员明白宣布给柳大个子发双份口粮。

## 五一  月夜樱花歌

　　敌人步步逼进,根据地日益缩小的严重局面,不能不引起军区领导深入思考。1942年1月,聂荣臻司令员召开了高级干部会议。他一方面指出了形势的严重性,另一方面又指出,由于太平洋战争爆发,敌人兵力更加不足,加上敌人以堡垒向我推进,造成敌人后方空隙反而增大,这样更便于我军向敌后开展活动。因此他号召,游击队要勇敢地到敌人侧后去开展游击战争,积极进行政治攻势,更有力地打击敌人和瓦解敌人。这一号召的简明说法是:敌进我进,到敌后之敌后去开展活动。

　　在这样的号召下,周天虹和左明领导的第三游击支队,有如涸辙之鱼跃入大海,在堡垒如林的敌占区开始了新的畅游。

　　这天,他们正策划晚间的行动,分区政治部来了电话,说"在华日人反战同盟支部"第一队将到三支队去,向敌人开展政治攻势,要他们积极配合。

　　左明接到电话,立刻对周天虹说:"日本同志很快就要到了,不管怎样困难,还是要好好接待他们才好。"周天虹说:"上次打炮楼,还缴获了一些日本酒,我让司务长再买几斤肉去。"说过就立刻布置去了。

　　两小时后,山径上出现了一支军容严整的小队。他们身着八路军草绿色的军装,腰束皮带,绑腿打得整整齐齐。走在前面的人打着"在华日人反战同盟支部"的红旗。他们迎着春天的太阳,人人面带微笑,生气勃勃。

　　周天虹站在大门口,一眼就看出为首那个打红旗的人是小林清。他脸上充满自信、庄重和欢快的神情,也显得很有政治风度。

和过去相比,简直不像一个人了。周天虹抢上几步去同他握手,两个老朋友相见,亲热得不行。

小林清转身指着一个身材结实强悍、有着络腮胡子的人说:

"他叫渡边三郎,现在是我们反战同盟的支部长。我是反战同盟的支部书记。你认识他吗?"

周天虹立刻想起,他就是黄土岭黑石山上抓到的那个日本军曹。当时他在一棵大树后边突然出现,挺着刺刀呀呀地冲过来,由于用力过猛扑了个空,被小孙一枪托打倒了。周天虹想到这里,连忙笑着说:

"认识!认识!"

渡边三郎仔细辨认了一下,有些不好意思地说:

"我们仿佛见过。"

小林清随后又指着一个戴着近视眼镜,面目清秀,有点斯文的年轻人说:

"你认识他吧?他叫吉尾,现在是我们的宣传委员,很多传单是他写的,他还是位画家。"

周天虹仔细一想,也想起来了:他是同渡边同时被俘的那个沉默寡言的年轻人。

接着,小林清又指着一个身体粗壮得像头小牛,面貌开朗乐观,脸上总带着微笑的年轻人说:

"他叫石田雄。是陈庄战斗过来的。他是我们的歌手。日本的民谣小曲,他没有不会的。"

随后,小林清又把其余的十几个人,都一一作了介绍。周天虹和左明把他们迎进了院子。

时已近午,太阳晒得暖洋洋的。周天虹立刻在院子里摆了几张八仙桌,摆开酒宴。当司务长把七八瓶日本的大清酒往外一拿,大家都乐了。这种日本清酒,中国人不大习惯,日本人却喜欢得很。何况今天见了老朋友,大家立刻开怀痛饮起来。渡边三郎开始还端着支部长的架子,颇有几分拘谨。随后酒喝得多了,就放开了,话也多了,像是被卡住的洪水打开了闸门。

"坦率地说,这里所有的日本人,"他用手划了一个大大的圈子,"数我最顽固了。没有人超过我!"说到这里,他盯住周天虹说,"你还记得吧,在战场上,我被俘的时候,本来是能够走的,可我就故意不走,看你们有什么办法!结果你们不得不用担架抬上我。现在我觉得实在给你们添了很多麻烦!后来我想,要是换一个位置,我早把你们毙了!而你们却宽恕了我。"说着,他面带愧色地擦了擦脸上的汗珠,又望着小林清说,"我也对不起小林清君。他同我第一次谈话,本来是善意的,意在挽救我,可是我不仅不听,还骂他没有骨气,说他是卖国贼。尤其不应该的是明治节①那天,我偷偷地带着几个日本兵爬上山顶,向着东方遥拜,还高呼:'天皇陛下万岁!'现在看起来,我实在太愚蠢了,受武士道的毒害太深了!如果日本人都像我这个样子,那就永远也没有摆脱愚昧的一天!"说过他痛苦地饮下满满一大杯酒,眼眶里滚出两大颗眼泪。

这时,小林清连忙劝解道:

"现在这些事,不是过去了吗?你不是已经转变了吗?还说它干什么呢?"

"不,我还要说,我觉得说出来痛快!"他说,"我还要时时刻刻警惕自己。因为我中的毒太深。比如说,你们选我当了支部长,我本来应当学习八路军的作风,搞官兵平等,上下亲密团结。可是我身上还是日本军队那一套,动不动就训斥你们。前几天在整风会议上你们给我提了意见,我是很痛苦的。我身上中的毒害实在是太深太深了。"

"现在你不是也改正了一些嘛!"小林清劝慰地说。

"我是工人出身,可是我没有站在工人阶级的立场,我实在是太惭愧了!"

渡边三郎的表现,使所有在场的人都深为感动。左明趁机站起身来,高擎着酒杯说:

"这些都不要提了,现在我们是站在一条战线上了。我提议为全世界无产阶级的解放干杯!"

大家都一饮而尽,接着是一片掌声。

晚饭后,部队出发。三支队的两个连队走在前头,反战同盟支部的小队背上宣传品走在后尾,于黄昏时分越过山口。

---

① 明治节:11月3日明治天皇诞辰。

渐渐地,封锁沟沿线的灯光出现在他们的视野。远处和近处,不断传来断续的犬吠声,还有炮楼周遭的更梆声。那是敌人抓来的民夫在替他们巡逻,以安定他们那颗惊慌的心。大家知道封锁沟已经到了。

封锁沟一般深达五到六米,宽达四到九米,要想穿越那是很费事的,可是随着敌后之敌后游击战争的开展,这成了游击队的家常便饭。往往是走在前面的部队,先将大沟铲开一个豁口,两侧劈成斜坡,也就可以自由出入了。

周天虹指挥部队放好警戒,掩护反战同盟支部的同志越过封锁沟,迅速地向大沽店敌据点前进。

这时,大车轮一般的圆月,已从地平线上涌起,把平原照耀得如同白昼一般。他们不一时来到大沽店的村边。那个黑森森、直矗矗的满身枪眼的怪物,已经出现在他们前面。据说,这里只驻着一个班的日军和一个排的伪军。周天虹指挥部队迅速包围了炮楼。反战同盟支部的人各找了坡坡坎坎可以隐身的地方准备喊话。

此时已近午夜,四野静寂无声,正是进行喊话的好时机。小林清碰碰石田雄的胳膊,说:"可以开始了!"石田雄随即举起铁皮做的大喇叭筒用日语高声喊道:

"喂,喂,碉堡里有人吗?"

石田雄有一副好歌手一般的铜嗓子,声音宽阔洪亮。这一声喊不打紧,炮楼里传来一阵杂乱的脚步声,随后沉静片刻,在炮楼的最高层有人答话了:

"你们是哪一部分的?来干什么?"

"我们是在华日人反战同盟,今天是特意来看望你们的。"

"哦!是你们这些卖国贼呀!"里面慌张地说,"赶快滚!要不我们就开枪了!"

"莫要开枪,听我给你们唱支家乡歌曲,好吗?"石田雄沉着而老练地说。

这时碉堡里的人好像都起来了,其中一个说:

"要是唱得好,我们就听一听。"

在日本,这时正是樱花盛开的季节,石田雄立刻放开喉咙,唱起了日本家喻户晓的《樱花之歌》:

樱花呀,樱花呀!
暮春时节天将晓,
霞光照眼落英笑,
万里长空白云起,
美丽芬芳逐风飘。
去看花,去看花!
看花要趁早。

石田雄真不亚于一个歌手,他那浓郁的乡情,十足的日本味,立刻使这些身居异国战地的日本士兵,深深地沉醉于乡情之中。碉堡里立刻传出一片热烈的喝彩声:

"好,好,唱得好极了!"

在笑声中,还有一个人问:

"你是群马县的人吗?"

"是呀!"石田雄愉快地答道,"怎么,你听出我的口音了,你也是群马县的?"

小林清见石田碰上了老乡,立刻说:

"石田,跟你的老乡谈谈心。"

石田雄立刻把大铁喇叭正了正,高声说:

"咱们的家乡有信来吗?亲人们的生活怎么样?"

"别提了,家乡人的生活苦得很。"石田的老乡直率地说。

"你们士兵的生活怎么样?"

"我们士兵的生活嘛——"对方犹豫了一下,接着说,"还不错。每天都是大米、白面,像过年一样,还有肉呢!"

"那是你们抢老百姓的粮食和猪羊。"

"现在不是战争年代吗?"石田的老乡不加掩饰地承认了。

"战争?这是什么战争?"石田提高声音说,"这战争是为了什么呢?"

"是为了建设大东亚新秩序!"里面有人抢着说。

小林清一听,讲到重要问题上来了。这个欺骗成千上万日本士兵的口号,是非揭露不可的。于是立刻接过喇叭筒说:

"什么是新秩序呀？难道对中国老百姓抢掠、烧杀就是新秩序吗？"

"这些问题我不懂。我不是学者，我是军人。我只知道服从命令。"

"战友们！你们要好好地想一想。这个新秩序，不仅给中国人民造成灾难，也给日本人民造成很深的痛苦。这个战争只对日本的极少数人——日本的军阀、财阀有利，使他们发了大财。你们要仔细想想，这个战争究竟给你们带来了什么好处！咱们国内的亲人连饭都吃不上，这就是给我们带来的好处吗？"

明月已经升上中天。万籁无声。只有一个觉悟的日本士兵的声音在田野上回荡。黑森森的碉堡在静静地倾听着。

小林清见初步地说服了对方，更加理直气壮地联系到当前的形势说：

"自从日本军阀发动了太平洋战争，战线拉得更长了，日本人民的捐税负担更重了，日本军队的伤亡也大大增加了，战争的前途更加渺茫了。什么时候才能回到自己的家乡呢？就说现在，你们的生活也是多么苦哇！……"

这时，炮楼里一个声音把讲话打断：

"我们的生活好极了，好东西吃不完，就像过年一样！"

"不，战友们，不要自我安慰了。"小林清不慌不忙地笑了一声，接着讲道，"我知道，你们吃的是掺着黑豆的饭，菜也是漂着几块白菜叶的清汤，烟也不够抽。你们不光抢老百姓的粮食，还有衣服，你们穿的衬衣都是代用品吧！"

"妈的，你怎么知道得这么清楚？"

"是的，你们大大小小的事情我都清楚。"

"既然你知道，为什么讲出来让我们伤心呢？"

"我是要你们知道，你们的生活为什么这样苦。"

"这是在战地么！"

"可是，同是在战地，你们知道将校们是怎样生活的吗？他们住在安全的城镇里，每天都穷奢极欲地享乐。他们吃的是日本军用飞机运来的最好的食品。正是因为他们的贪婪，所以你们的生活才越来越糟了！你们应该向长官提出要求，改善你们的生活！"

一个士兵无可奈何地叹了口气,说:

"你这是说胡话!这是日本军队,这种要求能办得到吗?"

"我告诉你们,只要团结起来就办得到。最近独立第五混成旅团第十七大队的士兵们已经团结起来了,长官们不能不答复他们的要求。当官的人少,士兵人多,只要团结起来,就能做到。"

"哼,你这人真能说,佩服佩服!"从话音里可以听出一种讪笑。

"你要不信,那你们只有永远吃黑豆了。"小林清也带着讪笑说,"但是,有一条你们要记住,不要再抢老百姓的东西。不然,小心八路军的游击队来收拾你。你们要好好地想一想,日本军队的末日不会有太长的时间了,到那时候,中国人民是要同你们算账的!"

"我们都是军人,只知道服从命令,管不了那些事。其实我们也很想早点结束战争,好回家团聚呀!喂,时间不早了,我们要休息了。"

"好,好,那我们就再见吧,祝这场不义的战争早日结束,祝你们都能回去和家人团聚!"

说着,小林清收起了喇叭,面含微笑地站起来。

在月光下,周天虹站在不远的地方,自始至终地听着这次喊话。尽管他不懂日语,但他感到气氛是相当好的。如果这种政治攻势能持续地进行下去,将会起到多大的作用!同时,他深深感到小林清在党的教育下已经成长起来,成为一个坚强的战士了。

月亮已经平西。部队在村头集结,准备返回。这时,周天虹看到村头的一面大墙上,出现了一幅巨画。画的是一位日本老妇思子图。画得相当动人,正好对着碉堡的方向。原来这是那个沉默寡言的吉尾,在他们正在喊话的时候完成的。

# 五二  一次心灵的交战

1942年2月1日,毛泽东在延安发表了整顿学风、党风、文风的演说。从此,一个对党风影响深远的运动就在敌后各抗日根据地展开了。

这天,高红正抱着一本粗麻纸印的《整风文献》潜心学习,忽然通讯员递过一封信来。高红一看信封是哥哥高凤岗的笔迹。打开一看,每个字足有核桃般大小,而且笔画凌乱粗率,每个字都透出桀骜不驯的神气:

红妹:

　　屋漏又逢连阴雨,船破偏遇翻江风。我最近倒霉透了,碰上了一件十分意外的事。我不知道命运之神将指引我走向何处。望见信后立即来我处一谈。如果你还认为我是你哥哥的话。我仍住在政治部招待所那个小破屋里。

凤岗即日

高红看了信,不免吃了一惊。自从她哥哥犯了那次大错,使一支闻名的游击队遭到毁灭性打击之后,就受到了党内严重警告和行政撤职的处分。从这时起,情绪一直不高。每次见面,都是牢骚满腹,愤愤不平。高红常常劝导他,看来没有多少效果。这些情况,高红都是知道的。但是他现在提到的"十分意外的事"又是什么呢?何况信里似乎还隐藏着一种不吉利的暗示!

高红不安起来,书看不下去了。她匆匆忙忙地收拾了一下,就向分区驻地走去。

从裴庄到狼牙山下的岭东村,不过十几里路,只过了一个小山就到了。

高凤岗说的"那间小破屋",是一座普通的农家小屋,因为他住久了,住腻了,就给它取了一个带有感情色彩的名字。高红站在屋外,用她的猫眼向里一扫,看见哥哥的两只脚跷在桌子上,脸色灰暗,神情沮丧,正叼着一个喇叭筒大口大口地喷烟。在高红的印象中,哥哥出身正规军校,一向是很重视军人仪表的,嘴里常讲什么"立如松,坐如钟,行如风"之类。今天不知道怎么这般模样。

高红一踏进屋,刚要说句什么,就被那呛人的烟草气味熏得咳嗽起来。高凤岗纹丝儿没动,只翻了翻那双略带红丝的眼睛,说:

"啊,你还记得有我这个哥哥呀!"

高红见哥哥的气儿很不顺,就耐着性子说:

"这不,接到你的信就来了么!……你碰上什么意外的事儿了,这么大的气?"

高红说着,随便靠在炕沿上坐下来。

高凤岗大大咧咧地从桌子上收下了腿,说:

"什么事儿,你想都想不到!就因为我偶尔犯下了那点小错,竟受到那么大、那么严厉的处分。这且不说;为了等待分配工作,在这个小破屋里一蹲就是两年!好,现在给我分配工作了,你说分配了个什么?"

高红睁大了那双猫眼,等待着他说下去。

"真是万万想不到,竟分配我到一团去当参谋!"

高凤岗由于过于激愤,把桌子拍得啪啪地响。

"参谋?……"高红沉吟了一下,慢慢腾腾地说,"参谋不是也很好吗?"

"你呀,太幼稚了,真是什么也不懂!"高凤岗气儿更大了,"那参谋根本就不是主官,在操典上是僚属!何况团里的参谋不过是连级,这不是明摆着降我的职吗?从抗大一出来,因为我上过中央军校,受过正规的训练,所以一分配就比别人要高。周天虹他们当小排长的时候,我已经是连长,等他升了连级,我已经早就是支队长了。现在又把我降为连级,这不是在大家面前,故意让我丢人现眼吗?这不是有意出我的丑,出我的洋相,羞辱我吗?你叫我的脸往哪儿搁呢?"

他说着,气昂昂地立起来,像头怒狮一般在屋子里走来走去。高红注意到他的一双眼睛都气红了。她了解自己的哥哥,一向就相当高傲,过去也见他发过脾气;但今天却不像一般动怒,而像是被深深刺痛了神经。在高红看来,事情本身并不大,何必动这么大的肝火呢!她也明白在对方盛怒之下,戗着来也不行,就放低声音温言相劝道:

"哥哥,依我看这事儿也没啥,当个参谋也没有什么不好。从组织上说,想必是因为你犯了错误,给你一个考验的机会。过了一段时间,还是会重用你的。在这样的问题上,你何必那么介意呢!"

"哎呀,我的傻小妹,你吃亏就吃在脑子太简单了!"高凤岗停住脚步,瞪着眼,面对面地教训道,"你简直就像一个什么也不懂的孩童!你说我犯了错误,我犯什么错误了?还不就是跟那个目不识丁的老红军意见不一致吗?难道他就真的比我高明?即使部队受到了一点小损失,古话说,胜败乃兵家常事,就值得给我那么严厉的处罚吗?你想没想到,这其中包含着什么用意?"

"用意?什么用意?"高红惊奇地问,眼睛睁得大大的。

"哼,这你就不懂了!"高凤岗冷冷地笑了一声,"这是因为我们不是工农分子,家里还是地主成分!当然,这是不能明说的。"

高红还是第一次听到哥哥讲出这样的话,她有些不能容忍了,她是不容许对自己的党存有这种诬蔑性的猜疑的,接着也冷冷地说:

"你就放谦虚点吧!你犯了那么大的错误,使得一支有名的游击队几乎毁灭,让一个老干部也差一点送掉性命,弄得这支游击队到现在都没有恢复元气,这怎么能说是小错误呢?上级给了你点处分,依我看并不算重,你倒胡思乱想,不知想到什么地方去了。我看还是从你本身找原因吧!"

"什么?你又让我从自己身上找原因?"高凤岗死死地盯着高红,"从我身上找什么原因?你说的无非是什么思想根源,阶级根源。现在政治部要我去参加整风学习,也是要我找思想根源,阶级根源。一句话,要我投入思想改造。告诉你,我根本不听这一套!他要改造我,我还要改造他咧!"

高红越来越对这位哥哥感到惊异。但是她还是耐着性子说：

"我真奇怪，你怎么会有这样的思想。俗话说，人非圣贤，孰能无过？就是圣贤，恐怕也难免有过吧。一个人从旧社会走过来，总会沾染一些旧思想、旧意识，把这些洗掉，让自己更加纯洁，更加高尚，有什么不好呢？你怎么会对思想改造这么反感呢？我真不懂。回想我们奔向延安的时候，我们是抱着多么高的热情、多么崇高的理想呀！我们不是想把自己变成一个高尚纯洁的革命者吗？难道我们的初衷你都忘了？……"

高凤岗没有把话听完，就摇摇手厌烦地说：

"快别说这个了，不提我还不后悔呢！"

"怎么，你后悔了？"高红着实吃了一惊。

"是的。我后悔不该听了你们那些不切实际的话。"他慢腾腾地说。

高红急了，立时憋得满脸通红，不自觉地提高了声音：

"那么，是不是说我们欺骗了你？"

"那当然不能说是有意的欺骗。"高凤岗沉着地说，"因为你们是理想主义者，生来就爱听那些虚无飘渺的东西。一听那些革命的词藻，什么自由呀，平等呀，劳苦大众呀，消灭剥削呀，理想的天国呀，就都陶醉了。所以你们也就拿这些东西做宣传。而我，我是个现实主义者。这两年我常想，假使当初我不听你们的话，不到延安去，凭我这个中央军校的高材生，我现在恐怕是上校团长了，最低也是中校了。怎么也不会像现在这样在这里吃黑豆、吃马料吧！而即使这样，还要天天让我参加整风，不是反省检讨，就是改造思想。思前想后，我怎么能不后悔呢！"

高凤岗说过，丧气地坐下，抓起一大撮碎烟叶卷起了一个大喇叭筒抽起来。

高红也一时默然无语，而内心的斗争却非常剧烈。最初她还以为哥哥不过是一般的认识问题，某些问题暂时想不通，经过一番劝解也就会冰释了。今天一谈，才发现问题已是十分严重，这是对所走的革命道路发生动摇的问题。而且更令人惊疑的是，这些问题他平时埋在心里，彼此虽为兄妹，也没吐露过，今天却和盘托出了。依高红的性格，她平时要是听见这些污辱革命的话，是会立刻拂袖而去的；今天她却想得更多一些。她清醒地看到，她的哥哥已走到悬崖的边缘，如果不赶紧拉他一把，谁又能挽救他呢？于是她把一腔的怒气、厌恶都压下来，说道：

"凤岗，"这次她没叫哥哥，"我可以说，直到今天才真正了解你。你反对自我改造，你反对查自己的阶级根源和思想根源。其实，你用不着怕。因为这些都是客观存在。我们不赞成唯成分论，因为它不符合马列主义；但是也用不着否定阶级出身的客观影响。你自小在剥削阶级的家庭中长大，又受到父母的百般娇惯，养成你自小就傲慢自大，目中无人。你说你不到延安，现在可能是国民党的上校团长了，依我说也未必。国民党内部腐朽黑暗，矛盾重重，是大家都知道的。即使你当上了团长，又比八路军的参谋光荣多少呢？你这次又为高一级、低一级斤斤计较，愤不欲生，仿佛天都要塌下来。这说明你从旧社会带来的地位观念太严重了。当初，我们怀着很高的热情到延安去，是为了抗日，为了革命，为了民族解放与社会解放献出自己的一切。这是一个炎黄子孙，一个中国青年应尽的责任。我们绝不是利用革命把自己造就为什么显赫的人物，更不是来经商入股。如果谁抱着这样的目的，那就不能说是一个革命者，只能说是一名投机商人。你现在稍稍地受到一点挫折（何况是你自己的错误造成的），就后悔了，后悔自己不该参加革命，这本身就说明你参加革命动机不纯。我劝你好好地读一读《整风文献》，在《论共产党员的修养》那一篇里，特别在论述个人英雄主义那一节里，你可以找到自己的画像。你如果找不到，我还可以替你找到，最近以来，你所以怨天怨地寝食不安，根子就是你'好名的孽根未除'……"

高红刚说到这里，冷不防桌子"啪"地响了一声，高凤岗霍然跳起，指着高红说：

"你简直说得太漂亮了！我还没想到，你已经进步到这个程度！你说我'好名的孽根未除'，我问你，谁不好名？谁没有个人主义？自古就说，'人生一世，名利二字'，'人过留名，雁过留声'，这怎么就错了？告诉你吧，我来到世上，决不能默默而生，默默而死，我信奉的是'大丈夫不能流芳百世，也要遗臭万年'！"

这些话，确实把高红惊骇得心惊肉跳，她再也坐不住了，不自觉地从炕沿上跳下来，用手指着高凤岗严肃地问：

"你说这话,是不是想要当汉奸呀?"

只见高凤岗嘿嘿地冷笑了两声,两个黑眼珠骨碌碌地转了两转,换成缓和的语调,说:

"汉奸?当汉奸?那倒还不至于吧!"

这时,高红觉得再也无话可说,甚至不愿再看这位哥哥一眼。平时她觉得他的脸还不算难看,今天看去却异常丑恶可憎。她头也没回,就走出去了。

## 五三　心儿朝着海洋

三天以后,高红听到一则惊人的消息:高凤岗叛变投敌了。临走前还盗走手枪一支,并打死追赶他的两名战士。

高红乍听到这个消息,真是惊骇莫名,全身战栗不已。开始她还不敢相信,随之周围议论纷纷,传言愈来愈多,最后分区司令部的正式通报也发下来了,也就不由她不信。

据通报透露,政治部附近一个村庄,有一个姓卢的地主,生得肥头大耳,在北平上过大学。抗战前是国民党县党部的成员。自从汪精卫投降日寇,入主南京以后,这个姓卢的就常以探亲为名,进出保定、北平等敌占城市,形迹颇为可疑。边区政府为了在政治上瓦解敌人,本年初,在各地召开了反法西斯坦白座谈会,对这些可疑分子晓以大义,陈明利害,鼓励他们坦白有害于民族的种种罪行。当时这位姓卢的地主也参加了。他迫于形势,就坦白了自己与保定和北平汪记国民党特务机关的联系,并保证今后再不给他们送情报了。有关部门看他还算坦白诚恳,也就没有关押他。哪知这高凤岗在投敌前居然来到他的家中。在他家中喝了一天酒,两人谈得十分投机。结果两天后的一个夜里,高凤岗就乘招待所李副官熟睡之际,将他的一支20响驳壳枪盗走逃跑了。待李副官发觉,率两个通讯员追赶时,却不意受到高凤岗的暗中狙击,白白地牺牲了。

高红初次听到这个消息,真是又惊骇,又羞愧。惊骇的是自己虽有不幸的预感,还是不相信他真的会走这一步;羞愧的是他毕竟是自己的哥哥,不能不使自己蒙受羞辱。高红越想越难受,不禁暗自流下了眼泪。她甚至后悔,在武汉流浪时,不该把这个总梦想当大人物的纨绔子弟带到革命队伍来。她再次想起在武汉的一家小旅店里，为了动员他到延安去，是很花费了一番口舌的。因为他始终认为，只有当权的国民党才是"正牌"，共产党八路军不过是一般游杂武装而已。经过再三的规劝说服，才同意到延安去，但是他这个根深蒂固的旧思想和剥削阶级的旧意识，并没有根本去掉。"强扭的瓜不甜啊！"高红现在才认识到，立场和世界观的转变，对有些人是极其困难的。看来自己的一切心血都付诸东流了！

她也想到自己。自从踏上延安的土地，可以说开始了一生的黄金时代，简直整日生活在快乐里。来到敌后抗日根据地，也处处感到新鲜，眼看着一个新的中国在面前诞生，一切都充满着光明和希望。可是说到工作，自己就觉着做得太少了，成绩也平平。几年来的战争烽火，风风雨雨，还是自己得到的锻炼多，工作上的贡献少。想到这里，她有些不安起来。前几天，就听说周天虹调到满城当支队长去了，那里大部分是敌占区和游击区，正需要开辟工作，自己何不要求到那里去一试身手呢？如果组织上能批准，那该是多么的惬意呀！

想到这里，她的心又像一个自由自在的鸟儿飞翔起来。一种跃跃欲试的心情，迫使她拿起笔，给地委书记写了一封极其诚挚的信，要求调到游击区去工作。

## 五四　海　燕

那时,写诗的红杨树发表了一首诗,题名《春天,苦战的阵地》,其中有句云:

　　春天,春天的菜盆,
　　筷子在久久地彷徨。

　　春天,春天的知识分子,
　　梦里会餐咬伤了自己的臂膀。

诗句晓畅,简直通俗得不能再通俗了。尤其前两句,几乎用不着解释。因为凡是有那段经历的人都知道,每逢开饭,端上一大盆菜汤,上面只漂浮着几片菜叶;如果谁的手稍快一点儿获取了先机之利,剩下的星星点点的菜屑,也就难以打捞捕捉了。可是后两句就不免叫人费解。有人就问及红杨树:怎么叫"梦里会餐咬伤了自己的臂膀"呢?红杨树莞尔一笑,坦率承认道:"这是一段我自己的经历。"他说他确实做过一个这样的梦。有一次,或者睡前过于饥饿,或者犯了馋病,梦见自己的一条臂膀变成饺子馅了。他咬了一口,味美无比,就一口一口贪馋地吃起来。醒来时才觉得臂膀生疼。这就是那句诗的来历。听的人不免哈哈大笑。

说实在的,那年头儿,人们虽不像红杨树都做过这样的梦,但"精神会餐"却是较普遍的。这主要是来自大中城市的知识分子,比如机关工作人员或者文艺团体的男女演员们。每逢相聚闲聊,不管从什么问题上聊起,都会不知不觉谈起吃的问题。一谈起吃,就会像闸不住的水漫出来。这个说过去在家吃过这个,那个说在家吃过那个,这个说,这个如何如何好吃,那个说,那个又如何如何解馋,真是谈得人馋涎四流,也真像是过了一点馋瘾似的。此之所谓"精神会餐"是也。

但是,客观上的困难,并不因辘辘饥肠而止步。粮荒愈来愈严重。开春以后,充作军粮的小米已经供不应求,只好以马料充作军粮。这时整个晋察冀部队,不管前方后方,吃的都是黑豆。这种东西作为马料,自然是上好之物,可以使宝驹良骥驰骋千里,作为人食,三天两天尚可,长年累月就难以下咽了。幸好这支军队克服困难的精神忒强,干部的办法也多,将黑豆砸成糁子制成窝头,或制成豆浆,也就改变了它那马料的形态了。

粮荒问题,自然也困扰着周天虹和左明的游击支队。不过他们关心的还不是马料是否好吃的问题,而是数量是否充足的问题。他们盼望的是老天痛痛快快地赐几场春雨,以便野菜赶快出土,树木早生绿叶。可是今年的老天仿佛与抗日的军民故意为难,竟吝啬得滴雨不下,左明几乎要斥骂它为"汉奸"了。春天来得很迟,毕竟还是来了。2月兰花开过之后,山野间陆陆续续钻出来一些野菜。但扯着篮子的小姑娘早已上了山坡捷足先登,哪有军人的份儿?后来,柳条儿青了,小叶杨的绿叶也像猫耳朵般地长出来,军人们才开始采集。这一来确实解决了很大问题,大大缓解了困难。

可是,这天,左明从团部回来,立刻找到周天虹说:

"老周,快下个通知,别让部队采树叶了!"

周天虹一愣:"为什么?"

左明立刻取出一份文件,递给他。

周天虹展开一看,原来是晋察冀军区发下来的《政治训令》。训令说:查最近清明过后,许多部队纷纷采集树叶,此举虽有利于缓解部队的困难,但应知当此春荒严重之时,老百姓已把树叶当作主要食粮,我各部队所有伙食单位均不得在驻地附近采摘杨、榆树叶,与民争食。接此训令后应严格执行。后面的署名是:聂荣臻。

周天虹看后,默默点了点头说:

"好家伙!我几乎又犯了一个错误!我本来想给各连布置,要大量地采集树叶呢!"

"现在,情况确实很严重。"左明声音沉重地说,"上面提出这是'黎明前的黑暗'。我看一点不错。现在我们的根据地几乎缩小了一半,好多平原地区被敌人占领了,我们的粮食怎么会不困难呢?最近,军区召开后勤会议,各部队、各地方汇报到下面困难的情况,聂司令员也流泪了……"

"怎么,聂司令员也流泪了?"天虹惊问。

"是的。"左明说,"有的干部汇报到我们的战士打了一夜仗,在返回的路上,因为饥饿而牺牲的时候,聂司令的眼泪就流下来了。"

周天虹听到这里,长长地叹了一口气。

这时,哨兵进来报告:

"周支队长,外面有个女同志找你。"

"是谁?"

"就是前两次来的那个。"哨兵微笑着说。

"真会装洋蒜!"左明斜了周天虹一眼,"不是高红是谁!"

说着,高红已经进来了。女同志的棉衣总是脱得比男人早,她早已换上了浅蓝色的夹衣,依然扎着那条深棕色的皮带。春天仿佛给她脸上的红霞添上了新的光泽。

"哎哟,高红,你真是越来越漂亮了!"左明抢上去同她握手。一面又转过脸对周天虹说,"老周,你真有福气,找了这么一个好媳妇儿!我这个放牛娃,大老粗,就是不行,谁来找我呀?"

"左政委,你真的要找吗?"高红笑着说,"这事儿包在我身上,我们那儿好的女同志有的是呢!"

"咳!"左明叹了口气,"我这不过是发发牢骚,痛快痛快!要真结婚,一来我资格不够,二来我还真要考虑考虑。像我们当兵的,有今天,没明天,我今天找个大闺女,明天就让人家唱《小寡妇上坟》,多对不起人,多让人丧气呀!倒不如等打败日本鬼子,太平了再说……"

"好,那我就听你的信儿吧!"高红笑着说。

周天虹坐在一边,只是傻笑。

"我要退位了!"左明站起来,边走边说,"不然我就成了不受欢迎的人了!"

左明刚离开,周天虹就一把抱住高红说:

"你怎么好久也不来了?"

"瞧,有人!"高红推开他,笑着说,"以后,我就可以经常来了,只要你不怕踢破门槛就行。"

"怎么,你有时间了?"

"不,是我调到满城县来了。"

周天虹惊喜地说:"真的?"

"自然是真的,哪个小狗子哄你。"

周天虹高兴得几乎跳起来,眉飞色舞地说:

"调到这里干什么?"

"副县长。"

"唉哟,当了县太爷了,失敬!失敬!"周天虹站起来,开玩笑地拱了拱手。接着说,"希望以后多照顾点。你看现在子弟兵多可怜哪,吃没吃的,喝没喝的……"

高红一摆手说:

"别叫苦了!我接受的第一个任务,就是运粮。"

"运粮?"

"是的。上级已经布置了,要加强敌占区、游击区的粮食征集工作,把粮食运到山里来。今后恐怕还要你们部队多掩护我们呢!"

"这个好说。反正我们不能让敌人困死!"周天虹把手一挥,接着又沉吟着说,"不过……"

"不过什么?"高红忽闪着两只明亮的猫眼。

"我是说,这件事也不大容易。"周天虹慢腾腾地说,"以前从冀中大平原运粮食过来,那时候只有平汉铁路一道封锁线,只要两边一卡,大队就过来了。现在添了多少炮楼呀!再说,你们满城县,有3/4在敌人手里,你今后经常在那里活动,等于在老虎嘴上拔毛,恐怕还要小心一点才是。……"

周天虹终于把他的担心说出来了。高红听了哈哈大笑说:

"不怕!人家'老济公'在那里活动两三年了,都没有事儿,我怕什么!"

她说的"老济公",是满城的县委书记。小学教员出身,因为爱喝酒爱抽烟,不修边幅,邋里邋遢,就被人送了这么个绰号。此人颇有一些活动能力,又长于做统战工作,无论在我方或敌方都很有名。

周天虹点点头说：

"不过你还是要注意一点儿。"

"那是自然。"高红很有信心地说，"天虹，你知道我的性格：平庸的生活对我是缺乏吸引力的；比较起来，我更喜欢一点带冒险性的生活。我十五六岁读高尔基的《海燕》，那时候我就非常喜欢它。我读到'让暴风雨来得更厉害一些吧'，我的心就飞起来了，就像自己也是一只海燕似的。一看到暴风雨要来就连忙把头藏起来的企鹅是多么没有意思！"

这时，周天虹望着她闪射着英气的眼睛，那微微仰起的头，那向后扬起的短发，真有点暴风雨中海燕的姿态，越发觉得她可爱了。

他站起身来，正想再抱抱她，以表示自己的爱意，通讯员却闯了进来。他一只手端着一盆菜汤，一只手托着蓝花粗瓷盘子，上面摆着四个黑豆窝窝头，一边叫着：

"开饭了！开饭了！"

两个人立刻动手吃饭。艰苦的生活对他们已经十分习惯，高红一边吃，一边喝，竟吃得十分香甜。

饭后，高红动身返回。周天虹送了很远，在山径无人处，牢牢地把心爱的人儿抱住，接了一个十分悠长、十分酣美的甜吻。眼前的一切艰苦和困难，都像化为云烟飞到了九霄云外。

## 五五　谁支持着这场战争

满城县大部地区已为敌占领，因为党的基础较强，形式上不存在的抗日政权，却奇迹般地继续发挥着作用。经过高红他们紧张的动员工作，还是把征集救国公粮的工作完成了。他们分别把粮食存在若干工作基础坚强的村庄里。

运粮工作开始了。过去运粮，一般是敌占区的群众将粮食送往山区，现在敌人控制极严，这种办法自然不行；只能动员根据地的民兵，突过封锁线到敌占区去背粮。

这天，黄昏以前，高红就将四五千民兵集中在一个很大的村子里。村子的名字叫石井，此地山谷开阔，已去平原不远。聚到这里来的青年，都是勤劳而纯朴的山区人。他们戴着圆圆的毡帽，脚下穿着踢死牛的山鞋，腰里捆着粗绳，肩上搭着空口袋，精神饱满地坐在那里准备下山背粮。

同高红一起去的还有区武委会主任邢三。邢三以前也是民兵，家里挨着铁道，他从小就能扒火车。当了民兵以后，不断上车散发传单，偷日军的子弹，还有一次将一个日本兵诓到车门口，冷不防将其推下车去活活摔死。这件事使邢三出了名，以后就提上来当了脱产干部。高红这次同他一起执行任务自然是很放心的。邢三头上戴着一顶不知从哪里弄来的军帽，上身穿着破军装褂子，下身穿着老百姓裤子，既不像军，又不像民。他左肩上斜挎着一支手枪，俨然像一个军官。但了解内情的人知道，那个枪套里装着的不过是一支"独一撅"罢了。

出发以前，高红和邢三在队伍中穿行着，进行了一番检查。高红发现有几个青年人没有带口袋，就问："你们怎么没有带口袋呢？"

其中一个青年脸色有点黄,但眉眼颇为清秀,他大大咧咧满不在乎地说:"反正我们把粮食背回来就是了。"高红又问:"你用什么背呀!"这个青年不慌不忙,从挎包里伸出一条蓝粗布裤子,有点诙谐地说:"你瞧,这就是我的口袋!把两个裤腿一扎,装上粮食再把裤腰口一收,驮在脖子上比口袋还得劲儿呢!一点也不少背!"高红笑了一笑,说:"哦,原来你是个老行家呀!"邢三捏了捏他的脸蛋,对他笑着点了点头,似乎他们认识。

夕阳衔山时,各村民兵已经到齐。邢三整理了一下队形,然后用极其威严的嗓门喊了一声:"立——正!"接着跑到高红的面前打了一个敬礼,然后说:"报告高副县长,石井全区民兵4500人已经到齐,请你讲话。"高红虽然是第一次经历这种场面,但毕竟有了三年多的锻炼,她不慌不忙、大大方方地走到众人面前。人们早就风传着,满城县来了一个女副县长,可是并没有一睹她的风采;今天当这个带小手枪的年轻女郎出现在大家面前,人们的视线齐刷刷地全集中到她身上。她的那几句动员背粮的讲话,也全湮没在一片嗡嗡的议论中了。

夜幕刚刚下垂,民兵们就出发了。高红和邢三走在最前面。后面是轻快有力的脚步声。这种脚步声在夜静时听来,显得非常有力,就像刮风一般。说真的,高红此时此刻才真正有了一种女性的自豪感。过去在延安搞军事演习,那毕竟是纸上谈兵,现在才是真刀真枪了。今天运粮的任务本来县委书记要分给别人,是她力争才争到手的。这使她深感快慰。

一小时后,前面已经出现了一长串连绵的电灯,垂挂在地平线上。高红知道前面就是封锁沟了,就立刻让民兵们停下来,自己和邢三到前面取联系。

他们走了不远,在一棵大榆树下,找到了周天虹和左明。原来他们已在这里等候多时,高红高兴地说:

"都准备好了吗?"

"早准备好了。"周天虹说,"两边的炮楼都截断了。大沟也平了个豁口,随时过没有问题。不过动作尽量快些。"

"好,马上就过。"高红愉快地说。

左明又亲切地补充道:

"你们通过以后,由老周带一个连亲自掩护你们背粮。我仍旧守在这里等你们回来。"

"那太好了。"

高红说过,就同邢三一起指挥民兵过沟。那个深宽各两丈多使人望而生畏的大沟,此时已劈成斜坡状的缺口,人们很容易就爬了上去。但是因为人多脚步声传得很远,几千人过了一半,炮就轰通、轰通打过来了。大沟两侧顷刻间爆起两大团火光,掀起高高的烟柱。

民兵们立刻乱了,有几个远远地跑开去。

"同志们!不要跑!有部队掩护我们哪!"高红直直地站在沟岸上高喊着。

"快过!你们跑什么?"邢三一边吆喝着,一边跑上去把几个跑散的民兵截回来。

这些民兵毕竟训练有素,经过招呼,迅速稳定下来,继续过沟,动作更加迅速。尽管敌人又打过来十几炮,但队伍已经离封锁沟愈来愈远,迅速消失在夜海中。

敌占区的夜,是恐怖而悲凉的。它不像根据地,一到晚间,就传来村剧团幽雅的管弦声和喧闹的锣鼓声,民校里男女青年的歌声和村头上儿童的欢叫声。这些美妙的合奏就像最动听的夜曲一般,抚慰着晋察冀的田园和勤劳战斗的人们。而这里则完全不同。不到天黑,就家家关门闭户,提防着一切不测的事情发生。即使树叶落地,也会引得人心惊肉跳。原野是枯索和寂寥的。只有远远近近的炮楼闪烁着鬼火一般的灯光。

高红和邢三依然走在队伍的前头。前面两个向导尽量避开敌人的据点迂回曲折地前进。高红是既兴奋又担心,惟恐完不成任务给人留下笑柄。她最心烦的莫过于村庄的犬吠了。这东西的听觉太灵,本来距村子还很远,它们就叫起来了,而且一唱百和,全村的狗顿时叫成一团。这不是分明向敌人报警吗!好容易离开村子远了,它们才渐渐偃旗息鼓;而另一个村子的同类,像得到接力棒一般,又大声吠叫起来。高红不禁在心里暗暗地骂:可恶!实在可恶!真该下一道命令,干脆消灭这些敌我不分的狗杂种!

大约走了 30 余里,才来到预定背粮的目的地。这是一个大村子。大队民兵还未到村边,已经有人来接。看来村长同高红已很厮熟,一见面就笑嘻嘻地说:"高副县长,我们全都准备好啦。一口袋是120斤,每人背40斤,正好三个人背一口袋。我们准备的粮食足够你们背的。"高红问:"鬼子的据点里有情况吗?"村长说:"没事儿。他们离这儿还有七八里路呢!刚才周支队长派人来说,已经把敌人截断了,叫你们放心运粮。"高红听了,立即对邢三说:"你把队伍组织得有次序些,动作要快。"

工作紧张顺利地进行着。装好粮食的民兵就扎好口袋,按规定集合在打谷场上静静地等候。

因为负着重责,在几千人中最着急的就是高红。她时而走到仓院,时而走到村头,静静地谛听着周围的动静,惟恐发生什么变故。

这时,北边敌据点方向传来了几声枪响,在夜静时刻显得特别清晰。

村长慌慌张张地跑过来说:

"怎么办哪,高副县长?"

"什么怎么办?"高红立在村头,眼望着北方镇静地说。

"我是说,你们是马上走呢,还是把粮食装完?"

"装完得多长时间?"

"恐怕至少得半个钟头。要是让敌人发现,我们可就没有命了。"

高红沉吟了一下,安慰道:

"村长,你就放心吧,现在还不能断定敌人就出来了,我们是不会轻易让你们暴露的。"

说过,她立刻转向邢三吩咐道:

"你赶快派两个人到老周那里了解一下情况,另外叫大家装粮的速度加快一点。"

接着,高红来到了打谷场,看见民兵们果然显出惊慌的样子,就高声说道:'

"同志们!不要慌!敌人过不来,有三支队在那里顶着呢!"

她的鼓励很有效,大家立刻稳定下来。但是枪声越来越密,还夹杂着哒哒的机枪声,显然三支队已与敌人在交火。

高红就像战场上的指挥员一般,在人群中悠然自得地走着。然而这不过是有意装出来的沉着罢了,实际上心里最惶恐的就是她。且莫说这十多万斤的粮食,对于饥饿的军队有多么重要;还有四五千山区青年的生命,以及这个秘密储粮点全村老少的身家性命,都在她这个年轻女郎的手中啊!她是要为这一切不幸的后果负责的。

粮食终于装完了。去前面了解情况的人也回来了。他们说见到了周支队长。捎来的口信是:敌人出来了;双方正在激战;不管粮食是否装完都要迅速撤离返回。

在返回的路上,为了加快行进速度,邢三将四千多人的队伍改为五路纵队。每个人的肩头上都鼓起一个又粗又圆的东西,有偏在一个肩头上的,也有搭在后背上的,最妙的是人字形的裤子粮袋搭在脖子上,活像背着一个孩子。此时虽然已近午夜,但因人们背上了粮食,达到了预期目的,情绪反而更加高昂。

刚刚离开村子,就听见北边的枪声愈来愈近。而且天空里陡然腾起两个贼亮贼亮的天灯,飘飘悠悠把大地照得雪亮。山里人不知道这是照明弹,又是惊慌又觉新奇。也有人赶快卧倒。究竟邢三的见识多,立刻鼓动说:"不要卧倒!这是敌人怕我们看不见路,点起天灯送我们哩!"大家嘻嘻一笑走得更欢了。

山里人行路,本来脚就抬得高,加上肩上扛了粮食,步子迈得大,落脚很重,几千人在一起,咚咚咚咚,走起来就像地心里响闷雷一般。这声音在夜静时能传出好几里远。高红本来想使大家的脚步放得轻些,但是毫无效果。因为大家来时是初到敌占区,还有点拘谨,现在却彻底放开,远远听去,呜呜的就像卷过平原的风声。

终于,在黎明之前,他们平安地越过了封锁沟。高红以动人的微笑同左明握手告别。

但是,刚踏上根据地的土地,人们就像皮球泄了气似的松软下来。接着袭来的就是沉重的疲劳、困倦和难忍的饥饿。其实高红自己又何尝不是如此呢!

掉队的人愈来愈多。队伍稀稀拉拉不再严整了。高红和邢三不得不走在后面进行督促和收容。在清水一般的晨光里,高红看到人们的脸色很不正常,几乎近于死人一般的灰青色。这显然是一种极度疲劳和饥饿的反应。她心里酸酸的,又是怜惜,又是难受。

高红走着,走着,看见一个小山村的坡崖下,倒着一个背粮的民

兵,以为他正在休息,就随口喊道:

"同志,走啰!再坚持一下就到啦。"

哪知这人毫无反应。邢三觉得不对,立刻跑上去,蹲下身子摸脉,叹了口气,转过脸对高红说:

"已经不行了!"

高红一惊。上前一看,见那人嘴边有白沫,摸了摸他的胸口,心脏已经停止跳动。再仔细看看他的面容,像是在哪里见过似的,想了一想,才想起他就是昨天同自己答话的青年。不由得叹了口气说:

"昨天还好好的,怎么就没有气了?"

"咳,别说了。"邢三难受地说,"他叫李柱,是个很不错的民兵。昨天我跟他说:'你身子骨不强,还有点病,你就别去了。'他还是要去。高同志,你想,他们出发前,只在家喝了几碗糠糊糊,吃了几个菜团子,跑了一整夜,哪里能顶得住?叫我看,主要就是饿的。……"

高红听到这里,不禁默默想到,人民真是太忠厚太可爱了,他们肩上背的不就是小米吗?只要解开口儿,吃上两把,何至于如此呢?但是他们羞于这样做。高红想到此处,心里一酸,眼里立刻涌满了泪水。

邢三见她动了感情,又似安慰又似感叹地说:

"高同志,你不知道,我们每次执行这种任务,都要牺牲两三个人,今天就算顺利的了。"

高红擦擦眼泪,上前去解死者肩上的粮袋,准备自己来背。邢三一把拦住,说:

"高副县长,你是女同志,哪能叫你背呢!"

邢三说过,将粮袋扛上自己的肩头。一面吩咐一个民兵说:

"你到村里要一付担架,亲自把李柱送回石井去。"

说过,两个人就追赶队伍去了。但是高红的步子很迟缓,似乎在她的脑子里有一件过于凝重的需要她长期思考的东西。

## 五六　五颗人头

运粮工作的胜利完成，使县委书记老济公深为满意。从此，高红被当作得力干部使用了。邢三也升任了县武委会主任。

这天，高红和邢三正在一个村里做发展组织的工作，忽然接到通知，老济公找他们去接受紧要任务。

老济公住处非常机密，只有极少数人知道。自从敌人几次大搞强化治安运动，环境越来越残酷了。老济公晚间忙碌一夜，白天也无法安心休息，于是就在敌人的眼皮底下，距满城八里处的小西村，挖掘了一条地道作为他的隐秘的住处。高红还没有来过，邢三参与过这条地道的营造工作，自然是知道的。

夜静以后，高红和邢三开始上路。邢三手提撅枪走在前面，高红也把手枪顶上子弹，跟随在后。两个人避开公路和炮楼，在乡间便道上摸索着前进。大约走了两个小时，才来到小西村。小西村果然小得可怜，仅有三户人家。邢三在其中一家的后山墙上，用手掌拍了三下，时间不长，院门便呀的一声开了。随后走出一个人来。那人辨认出是邢三，显出颇为亲热的样子。邢三轻声地问："在吗？"那人点了点头，便领他们两人来到宅旁的一块园子地里，走到井台旁边停住了。这口井不大，井口上架着辘轳，井绳上垂着柳罐。那人一手扶着辘轳，一手握着辘轳把，转过脸悄声低问："你们谁先下？"邢三说："她是第一次来，我先下吧。"说着就手扶井绳，把两只脚蹬在柳罐里，井绳缓缓下垂，吱吱扭扭地消失到黑黝黝的井里了。时间不长，只见井绳轻轻地摆动了一下，那人便把柳罐摇了上来。"同志，上吧，挺稳当的。"那人转过脸笑着对高红说。这时高红才看清他是个须发斑白的老人，就轻轻地叫了一声"老大爷"，轻手轻脚地蹲在柳罐里。井绳缓缓移动,她向下一看,满眼漆黑,如同坠下黑森森的万丈深渊,既觉得可怕,又觉得有趣。不一时,只听邢三在暗影里说:"到了!"接着伸过一只手来。原来井壁上有一个半人高的洞,高红便拉着邢三的手猫着腰钻进洞里。这时,她越发觉得新鲜和神秘,随着邢三曲曲弯弯走了一二十步,望见前面透出一小片微弱的灯光。走到灯光近处,才看见旁边又有一个小洞,约有半间房子大小。里面用柴草搭了一个地铺,铺着两床粗布被子。铺前摆着一张小炕桌,点着一盏老辈子的铁灯。在朦朦胧胧的灯光里,老济公正坐在地铺上,噙着旱烟袋吧嗒吧嗒地抽烟。

高红一见老济公那副样子就不由得笑了。这个县委书记上头光着脑瓜子,下头光着两只大脚丫子,穿了一件破衣拉撒的黑夹袄,五个扣子扣了两个。说他像个农民,小炕桌上摆了不少书,其中有《论持久战》《唐诗》和《三国演义》之类;说他像个知识分子,又的确是个活脱脱的农民。

"高红,你是第一次来,你看我这个地方儿怎么样?"老济公笑着打招呼,他那双眼睛倒是十分机警有神。

"你这里自然是神仙洞府了!"高红说笑着,一面坐在地铺上。

"你说得不错,这就是我的老龙宫了。"老济公说,"我这个老龙王本来住在大海里,被鱼鳖虾蟹欺侮得没有办法,连觉也睡不成,我们的二郎神就给我造了这么一个临时落脚的地方。"他笑着指了指邢三,邢三蹲在旁边嘿嘿地笑。

老济公磕去烟灰,接着又装了满满一烟锅子,伸着脖子在铁灯上点着吸起来,然后说:

"我找你们来,有一点要紧的事。你们听说了东佃庄发生的事吗?"

"什么事?"高红问。

"昨天,日本宪兵队长朱野,在那里砍了五个人头,挂在电线杆上,还对老百姓说:今后每少一根电杆,就要砍一个人头。"

"啊!"高红睁大了那双猫眼。

"今天我到山里去了一趟,已经同三支队和老三团的侦察连取得联系,准备明天晚上打它一个破袭战,把保定到满城公路上的电杆全部砍掉,电线也收了狗日的,给朱野一点颜色看看!要不然,让敌人的气焰把我们压倒,今后就不好办了!"

说着,他把烟锅子在小炕桌上磕得乓乓地响。

"我非常赞成!"高红睁着一双大眼热情地说。

"早就该搞一下了。"邢三也说。

"好,"老济公高兴地说,"既然你们赞成,今天晚上就把任务布置下去。把青年抗日先锋队、自卫队全发动起来。东段从保定到东佃庄由邢三负责,西段从满城到东佃庄由你高红负责,你们两个就当总指挥吧!"

高红笑着说:"行!"邢三也愉快地接受了任务。

三个人又研究了一些细节,谈话就结束了。老济公忽然用温和与怜惜的眼光望着高红,说:

"高红,你来咱满城已经个把月了,你觉得还习惯不?"

"早就习惯啦。"高红笑着说。

"你不觉得我们心太狠,对女同志使用得太多了吗?"

"我觉得这样才好。不然怎么能锻炼出来呢?"

"高红,话是这样说,我有时心里也是矛盾的。你看这地方,抬头就是炮楼,举步就是公路壕沟,在敌人眼皮底下穿来穿去,一不小心就有……"

高红不等他说完,就打断他的话说:

"老书记,你还不了解我,我觉得这样的生活才有意思呢!"

说过,两个人与老济公握手告别,随后又在吱吱扭扭的辘轳声中离开他的"老龙宫"。那个须发斑白的老汉一直守候在那里。高红又轻声地叫了一声"大爷",怀着深深的谢意离开了他。

两个人离开小西村,当晚将任务与两个区长布置下去。等到高红在一家农户里睡下的时候,已经鸡叫头遍了。

第二天黄昏,高红与邢三分别在保满公路东西两段开始行动。高红在西段一个大村子里集中了300余人,行前作了动员。她站在一个土台上高声说:"同志们!敌人在东佃村杀了我们的人,把人头挂在电线杆上。这是要吓倒我们。但是,我们中国人决不能被他们吓倒!这个仇一定要报!今天我们要把保满公路上的电线杆全部锯断,把电线通通收回来!你们说好不好?"

"好!!!"下面齐声喊道。

高红从声音里听出大家的情绪相当好，心里十分高兴。接着宣布了几条纪律就出发了。

保满公路是一条东西公路，是日本人用皮鞭和刺刀硬逼着附近的农民修起来的。在这30里路上，不知道洒下了多少人民的血泪。路相当宽，隐隐发出白光，就像一条巨蟒卧在夜色里。

高红来到公路近处，把手电筒拢在袖筒里照了照自己从家里带出来的那块小坤表，离预定的时间还有十几分钟。她让队伍停下来，有意地让大家歇了片刻。待时针指向晚十时整，公路沿线的灯光忽然间全熄灭了，高红知道东段的行动已经开始。随即带着队伍涌向公路，按照事先的分工开始破袭。

这些公路附近的庄稼汉子，对于破路、收电线已是家常便饭。那些小伙子自幼就会爬树，爬电线杆自然也不外行，高红眼看着一个小伙子，抱着光光的电线杆，噌噌噌，就像猿猴似的爬上去了。然后两腿交叉夹住电杆，伸出老虎钳嘎嘣一声，长长的钢丝就仓琅琅地垂落下来。也有人根本就不爬电杆，早把大镰刀绑在长长的竹竿上，只要把镰刀搭上钢丝，嘎嘣嘎嘣割得飞快。下面的人就把钢丝盘上肩头，边走边收，不一时就是很大一盘。高红笑眯眯地在旁边看，心里好不高兴。

组织工作也搞得很好。一拨人刚把电线割断，另一拨人就上来锯电线杆子。有一个人用小锯的，也有两个人拉大锯。你从远处听吧，一片刺棱刺棱的声音，就像春天的蜜蜂接近花丛一般。还有一些人专门破坏公路。他们在这方面更有经验，有的地方是拦腰斩断，有的地方则只在公路一侧切去长方形饼干似的一块。这样汽车也就没法走了。

大家正干得起劲，远处响起了枪声。开始是一个地方的炮楼响起来，接着是多处的炮楼呼应，枪声由疏而密，噼噼啪啪地打起来。民兵们自然有些惊慌，高红就一边走，一边在人群中鼓动："同志们！不要紧，没有事儿！我们的三支队、老三团围着他们哪，他们不敢出来！"

人们的情绪稳定下来了，干得更起劲了。远远近近的枪声和满城敌人的炮声，仿佛只不过为这场大破袭来一个有趣的伴奏罢了。

不经意间，高红听见背后几个小伙子在窃窃私议：

"你瞧,这个女县长还怪沉着哩!"

"自然啰,听人说人家当过女团长嘛!"

"有人说她会双手打枪,不知道真不真?"

"那倒不知道;不过她会唱歌,琴也拉得不坏。"

"你听过她唱歌吗?"

"没有。我是听人说的,说她唱得好极了。"

"她到你们村里去过吗?"

"去过好几次呢,谁都说她和气,待人亲热,大人小孩都很喜欢她。"

高红微微笑着,心里美滋滋的。再往下听,语声已经停了。她回过头望了一望,人们正忙着刨土,面貌也看不清楚。

尽管枪声时密时疏,持续不停,但已可断定,包括满城的敌人在内,都未敢轻动。经过一阵狂风暴雨式的袭击,各个民兵连长前来报告,任务已经完成:电线杆已全部锯断,电线也全部收回,公路早破得像癞子的脑瓜,无法使用。这时,高红又用电棒照了照袖筒里的那块坤表,时间还不到一个半小时。在人们集合返回的时候,高红在夜色里望着这些土生土长的庄稼汉,默默地念叨着一句话:"还是人民群众的力量伟大!"这大概是她今夜感触最深的地方。

## 五七　骑毛驴的新嫁娘

一夜之间,保满公路被弄了个稀巴烂,电杆全部锯断,电线无影无踪,敌人怎么能不感到强烈的震撼呢?

第二天,敌人的搜捕就全面开始了。

高红回到她住的南沙营村,已近破晓时分。这时她已经困得不行,往热炕头上一倒,就睡熟了。

她的老房东,李秋月是一个 40 出头的女人。丈夫被日本人抓了劳工,生死不明。家里只有一个儿子,已经 20 岁了。这女人提起日本人,真是切齿痛恨,因此抗日工作非常积极。为了掩护来往干部,她在家里挖了一个小洞。村干部就把高红安排在她的家里。这位女房东性格坦率,处事机警,对高红尤其亲热,简直像对自己的女儿一般。高红也常以婶子相称,非常愿意在她家落脚。

高红由于连日奔波,劳累过度,早饭也没吃,直睡到小晌午还没有醒来。秋月婶子见她这样辛苦,很怜惜她,就让儿子到集上买点豆芽豆腐之类,想给她"改善改善"。

为了高红的安全,秋月还不时到门口观察动静。她一面纳鞋底子,一边向周围观望,看看一切平静如常,心想可能没有事儿了。哪知正在这时,村南头腾起一片嘈杂声,接着有十几个人踉踉跄跄地跑过来,一边嚷着:"敌人进村了! 敌人进村了!"再往后看,穿着黄军服的日本兵已经端着刺刀追过来。秋月婶子心里一惊,立刻跑进来,推醒高红,说:"快起! 快起! 敌人进村了!"

在敌占区睡觉,一般都是格外警惕的。高红听见呼叫,揉揉眼,一骨碌爬起来。她立刻抓起小手枪和装文件的小挎包,就跳下炕,蹬上鞋子,顾不上系鞋带,往门外就走。这时她的想法是,在敌人来到之前,钻到柴禾棚下面的地洞里去。秋月也是这个想法。哪知刚出屋门口,秋月用眼一扫,敌人已经闯到大门外了。高红还在犹豫未决的当儿,被秋月一把推回屋里,把她手中的小手枪和文件包夺过来,连忙塞进炕洞。一面比划了一个纺线的姿势,低声说:

"脱鞋,上炕!"

炕上摆着一辆纺车,那是秋月婶子刚才纺线的地方。高红立刻会意,上了炕,面向窗外,盘着腿儿,把纺车揽在怀里,顺手拈起一绺棉絮纺起来。

这时,两个日本鬼子和两三个伪军,已经骂骂咧咧地闯进来。他们在屋里开开柜子,看了看都是破衣烂裳,没有什么值钱的东西;又用枪托砸砸墙壁,也没有听见异样,就把眼光集中到炕上坐着的高红。高红自进入敌占区以来,就改变了娃娃头的发式,改为披肩长发,额前留着齐眉刘海,跟满城姑娘一模一样。再加上她又穿了一件老式的大襟花袄,就更显得土味十足。令人惊疑的是,今天她显得特别镇静自若,神情如常,凝神低眉,把那张纺车轮子摇得像一团花般地旋动,线儿纺得又匀又细。

"老太婆,她是你什么人?"

"她是我亲闺女。"秋月婶子装出笑脸应酬。

一个伪军狐假虎威,把枪栓猛地一拉,吼道:

"她是不是八路?"

高红用眼角斜了一眼,照旧纹丝不动。秋月婶子忙上前赔笑道:

"老总,您别说笑话了,我的亲闺女怎么会是八路呢?她胆小,你可别吓着她。"

他们没有看出破绽。一个日本兵喊了一声:"开路!开路!"就迈着杂乱的脚步到邻家去了。

"好险啊!"秋月婶子拭去一头冷汗,喘着气坐在炕沿上。那高红推开纺车,一头扎在她的怀里,亲热地说:"我的亲婶子!你真机灵!"秋月婶子也搂着她甜甜地笑了。

不一时,秋月婶子的儿子大民赶集回来,买回一块豆腐,秋月给高红炒了,算作是对这次胜利的庆祝。

高红吃了饭,接到通知,要她迅速赶回县里开会。满城县的后方设在山里的岭西村,距此处还有好几十里,而且要在大白天越过封锁沟,这就难了。

秋月婶子见高红沉吟不语,知道她的难处,就低下头儿想了一会儿。只见她想着想着,忽然不自觉地微笑起来。

"婶子,你笑什么?"

"我倒是想了个主意,就是不大好说。"

"那有什么不好说的?"

"我说出来怕你恼了……"

"你说吧,我不恼。"高红诚恳地说。

"那我就说了,"秋月婶子带着笑说,"那你就扮作新媳妇儿吧,叫你大兄弟送你……"

她说着,又用手指了指旁边站着的大民。

一句话出口,逗得高红咯咯地笑起来,脸上只不易察觉地红了一红;那大民却比大姑娘还要害臊,头快低到胸脯上去了。

"行!"高红立刻点点头,大大方方地说。

秋月婶子得到批准,立刻从破躺柜里翻出她当年的嫁衣,那是一件印着红牡丹花的大袄,还镶着花边。虽然样式有点古旧,但依然十分鲜艳。她立刻给高红穿上。接着又给高红梳头,把她的长发在脑后挽成一个好看的圆髻。

"好了,好了,像个新嫁娘了!"秋月婶子一边做着这一切,一边说。

"婶子,今天我就听你的了,你把我扮成什么样儿就算什么样儿吧!"

接着,秋月婶子又煮了20多个鸡蛋,染成红色的喜蛋。临走又从炕席下摸出几张老头票,交给大民说:"要是岗楼不好过,你就把这个喂了那帮狗日的吧!"

高红的文件没有带,那只小坤表也没有带,只把小手枪放在竹篮里,红喜蛋搁在上面,以便随时应变。

大民也换了件干净衣服。一切准备妥善,大民托上篮子,两人就出发了。

在临送出大门时,秋月婶子叫住大民,千叮咛万嘱咐地说:

"大民,你可要当心啊!千万不能马虎啊!"

"娘，我记住了！"大民温顺地说。

"要是遇上危险，你可不能先顾自己。"大婶又说。

"娘，你就放心吧。"

这时，大民早就备好一头小毛驴，让高红骑上去。把篮子也递给她。自己提着鞭子在后面赶着，那小毛驴就迈着轻快的小碎步嘚嘚地上路了。

大约两小时左右，已经赶到封锁沟边的抱阳。这里是敌人的据点。封锁沟上有一座吊桥，旁边是敌人的岗楼。

这天正好是抱阳逢集的日子。桥上不断有人来来往往。一个伪军披了一身黄皮，大模大样地斜背着一支大枪，在那里盘查行人。大民很机灵，向高红使了个眼色，从她手里接过篮子，然后走上前去说：

"我媳妇回娘家去了，她家是云阳村的。这是我丈母娘煮的红鸡蛋，老总，你吃几个吧！"

大民一面说，一面揭开篮子，抓起几个红鸡蛋就往伪军怀里塞。伪军也不客气，顺手抓起一个，在枪把上一磕，就剥着吃起来。他一边吃还一边睃着眼睛找茬儿：

"你是哪村的？"

"我就是这抱阳的。我是张大财主家的儿子，叫大民。你有空儿，到我家喝茶去。"

"我怎么没见过你？"他的口气软一些了。

"咳，老总，你一天得见多少人哪，您怎么能认识我呢？"大民知道他找茬儿无非是为了要钱，就顺手往口袋里一摸，摸出几张早就准备好的老头票，笑嘻嘻地往他口袋里一塞，说："买双鞋穿吧！"

那伪军把头一摆，大民立刻牵上毛驴不慌不忙地从吊桥上走了过去。

"这小子，找了这么一个漂亮媳妇儿！"伪军在他们后面喃喃地说。

大民把高红送到石井方才分手。高红跳下毛驴，笑眯眯地望着他。大民越发不好意思。等高红走了很远，他还站在那儿，望着这个从来也不敢正眼相看的"媳妇"。

# 五八　这日子终于来临

这天晚上,县委会的中心议题,是讨论区长冉大成的被捕叛变问题。大家都觉得这人工作能力虽不甚强,平时蔫蔫乎乎,少言寡语,给人的印象还算是个老实人,就是环境残酷以来,表现比较胆小。哪知这人被捕后很快就叛变了,在敌人手下当了一名特务。接着,在他原来领导的区里发生了一连串村支部书记被抓的事。有的村庄党组织便瘫痪了。群众的情绪也大受影响。县委书记老济公看来很着急,他不停地抽烟,把烟袋锅子磕得乒乒直响。他要求委员们立刻分工下去,恢复瘫痪的组织,振奋群众的情绪,打击特务的活动,压倒敌人的凶焰。高红也是其中的一个。

会开得很晚,第二天也起得很晚。洗了洗头,又洗了洗衣服,时间就没有多少了。本来想挤出点时间去看看天虹,已经做不到了。在那战争年代,人们并非不懂得爱情的位置,实在是没有时间。

黄昏时分,她和组织干事小苑爬过了封锁沟,走了好几十里,才来到她分工的夜借村。这时已经后半夜了。他们只好在熟悉的农户家歇息过夜。

第二天,他们就紧张地忙碌起来:找党员谈话,了解群众的情绪,选举支部书记,直忙了整整一个上午。饭后,高红觉得有些疲劳,很想转移到南沙营村休息一下。此处去南沙营并不远,在那里住惯了,一想到李秋月婶子就感到温暖。

高红和小苑来到南沙营,哪知刚刚进街,就见人们乱跑起来,说敌人已经进了村了。高红用眼一扫,看见对面街口已经出现了日本兵的身影。这时,她浑身激灵了一下,心想,如果她和小苑还往李秋月家里跑,岂不是连累了她一家吗?那后果是不堪设想的。这样,她就扭头随着群众往村外跑。小苑在后面紧跟着她。

出了村,正北方向就是通山区根据地的大道。他们拼命往北跑。不一时小苑就跑在她的前面。敌人在后面穷追不舍。还一面追一面喊:"抓活的!抓活的!"此时高红猛然想起,文件包和自己的小手枪,都在小苑身上,如果他让敌人抓住,损失就大了,这个小伙子也就凶多吉少了。想到这里,她就喊了一声:"小苑,我不能跟你一块跑了,你快跑吧!"说着,就顺着沙河的边岸向东跑去。她的意思很明白,就是把敌人引开,使小苑能够脱险。这时小苑向北跑得已经比较远了,敌人果然转头向东来追高红。大皮鞋在鹅卵石上发出杂乱的脚步声。敌人一边追还一边喊着:"不要跑!不要跑!再跑我就开枪了!"高红心想:"我决不能让你抓到活的!"决心一定,鞋也不脱,就开始涉水过河。心想走到深水处,就随清流而去,结束自己的一生。哪想到天旱水浅,走到对岸还没有膝盖深呢!她叹了口气继续奔跑。这时敌人已经追过河来,乱糟糟地嚷道:"站住!跑不了啦!"说话间,高红的头发已经被人揪住,耳边响起一片笑声说:

"哈!大闺女!"

一种受污辱的怒火,立刻从心头升起,高红一转身狠狠地打了那人两个嘴巴。那人一脚把她踢倒。高红倒在地上,仰脸一看,那人脸孔比较白净,身穿黄呢军服,像是一个伪军军官,就顺手捡了一块土坷垃向他狠狠打去,一边骂道:

"你这个披着人皮的狼!你根本就不是中国人!"

几个伪军走过来,劝阻说:

"你不要打他了,他本来不是中国人;他是高丽人,是我们的翻译官。"

高红站起来,拍了拍身上的土,用眼淡淡一扫,眼前围着几十名伪军,就说:

"这么说,你们这些人是中国人了?"

众伪军默不作声。高红接着说:

"你们要是中国人,就立刻枪毙我。否则,你们就不是中国人。反正我不能跟你们走!"

这是刚才高红想起的办法,她想激怒对方把自己杀掉,以保全自己的清白。

"我们到南沙营,就是为的抓你。"一个伪军军官模样的人说,"早有人报告,你是八路军的女干部,日本宪兵队没有审问,我们怎么敢枪毙你呢?你还是不要跟我们为难的好。"

"胡说,我不是什么女干部,我是中国老百姓。"高红打断他的话。

"不管你是什么,你不走我们不好交代。"

高红一想,不走也不是办法,就说:

"好,那就让我去看看日本鬼子的刑场,也看看你们这伙中国人的所作所为。"

说着,高红就步态从容地走在前面;一伙伪军押着她,越过沙河,回到了沙河营。在街上,老百姓看见被抓住的竟是高红,都显出异常吃惊和忧虑的表情低下头去。晚上,她被关在一家地主庄院的小屋里。

夕阳落山了,小屋里越发显得幽暗。屋子前面有一个伪军荷着枪咔咔地走来走去。大厅里人声嘈杂,不断传出吆五喝六的猜拳声。高红知道那是这伙魔鬼们正在行乐。

"让这些王八蛋混糟吧,他们迟早要完蛋的。"

她扫视了一下这间小屋,似是过去佣人住的房子。屋角里堆着一些杂物,一铺小炕上铺着破席。高红就靠着墙斜倚在冰凉的小炕上,开始冷静地思索着面临的一切。

"考验我的时间到了!"她喃喃自语地说。

她首先感到今天的行动太大意了,不应该随便白天转移。究竟是敌人事前察知了她的行动,还是事后有人向敌人报告,暂时还难以判断。但是正如老百姓说的,"常在河边走,哪能不湿鞋",在敌占区工作,被俘被捕是难以完全避免的。自己来到满城工作之日起,就有这种精神准备。这件事在今天发生,自己并不感到意外。

接着,她冷静地分析了一下当前的处境。她认为,现在自己的身份虽未暴露,但长期保持是不可能的。开始来满城工作的时候,县委书记老济公就告诉她,不久前县大队全军覆没,大队长和指导员都被俘变节,投降了敌人。以后又接连有几个干部被捕,经不起敌人的严刑拷问,也当了叛徒。最近这个区长的被捕变节不过是最新的例子。这么一伙叛徒、特务全在满城,自己怎么能不暴露自己的身份呢？她明确地意识到，现在自己不仅要同日本强盗作斗争，还要同那些过去被称为同志，一个锅里吃饭而今成了叛徒的人作殊死的搏斗。

"看来，我的出路只有两条：一是死；二是坚持斗争，死不了出去继续为党工作。第三条道路是没有的。我不能对敌人有任何幻想。"高红默默地对自己说。

时间大约已近午夜，大厅的猜拳行令声已经沉寂下来。窗外只有呼呼的风声和哨兵不死不活的咔哒咔哒的脚步声。在这个凄凉的漫漫寒夜里，高红思绪纷纭，几乎想起了自己的一生……

她默默想道：我本来是剥削阶级家庭的孩子，吃不愁，穿不愁，过着养尊处优的小姐生活。但是马克思主义的书页叩开了我的心扉，许多革命先贤擦亮了我的眼睛，使我看到了人间的不平，看到了私有制度的罪恶。也看到了一百多年来我们伟大民族所受到的屈辱。我愤怒了，我不能忍受了，我开始追求真理，站到了人民一边。"一二·九"那天，是一个寒风搅着雪花的日子，面对着国民党的水龙大刀，一个女孩子能说一点也不害怕吗？但是，我想起鲁迅的话，真的猛士，敢于直面惨淡的人生，敢于正视淋漓的鲜血。他称赞的中国女子刘和珍君的形象，也仿佛出现在我的面前，于是我就同大家一起不顾一切地冲到前面去了。这些都是我引以为自豪的事。但是家里人却斥责我，许多朋友也来劝阻我，说我不应该干这样的傻事、有风险的事。说一个人活着，太太平平，舒舒服服就可以了。其实他们不过是一些庸人。我不愿做这样的庸人。此后，随着卢沟桥的炮声，我又千里迢迢来到了延安，千里迢迢来到敌后，现在又来到敌占区工作，仍旧是处在风暴的前沿。但是，我后悔吗？不，我并不后悔。因为每一步都是出于我的自愿。我现在已经更深地懂得：一个人除非是浑浑噩噩，一旦觉悟就会参加斗争，而斗争本身就包含着付出代价，天底下没有不付出代价的胜利。我今天陷身敌手，以至于牺牲，就是我应付出的代价，绝不是我当初的选择错了，我的选择并没有错。即使让我重新选择一次，我也不会作出庸人们的选择。

高红这样一想，心里更加平静坦然了。只是夜深风寒，冻得有些难受。她只好站起来，活动了一会儿。接着重新躺下，想睡一会儿,养养神,准备应付明天的审讯。然而思绪绵绵,像抖开的线团一般继续伸展开去。

西北高原那座披着黄色风沙的古城,这时又闯到她的脑海里。她想起延河边红旗招展、歌声如潮的日子,那真是她度过的最辉煌最愉快的黄金岁月。当她舞动双臂,指挥万人大合唱时,同学们的情绪是多么地高涨呀,那歌声简直要飞过宝塔山的塔尖了。当她在晚会上,奏起她自制的乐器时,同学们的掌声又是多么的如痴如狂啊!说实话,她以前还从来没有感受过人们如此的钟爱。这就是革命大家庭的温暖!她来到敌后根据地,来到晋察冀,又同劳苦的人民结下了深厚的情谊;不管到了哪个乡村,那些婶子大娘们都把她看作自己的女儿。各级领导、干部,也都十分地爱护她,并委以重任。这些在旧社会是从来没有得到过的。在这生死关头,她怎么能背叛自己的人民呢?

不用说,今天夜里,她最思念的人就是周天虹了。自从延河边上的那次长谈,她就发现他是有点儿爱上自己了,但是这傻瓜也许太老实了,总是说不出口。直到医院那次见面,她才发现他是多么地爱她!她为此也深深地感到幸福。自从自己调到满城工作以后,两个人每次见面,他都告诉自己,要小心,不要大意,她懂得这是在为她担心,惟恐发生不幸的事。可是事情还是发生了。现在他还不知道自己被关在这样的地方,假若知道,他心里该是多么地难过呀!……

长夜已尽,窗纸上已经透进微明。推开门,她望望门外,荷枪实弹的哨兵,仍在门前逡巡。她想,等那帮家伙吃过早饭恐怕就要开始审讯了。她应该利用这个空隙给组织上写一封信,以便党组织了解自己的态度和立场。这是至为重要的。

她端详了一下门外的哨兵,看见这个看守者年纪尚轻,脸色黝黑,似为一般农民,就和颜悦色地说:

"老总,你能帮我一点忙吗?"

"你有啥事儿?"

"你看这屋子多冷呀!我晚上也没有被子。你能给我找个纸笔,让我写封信,叫家里把被子给我捎来,行吗?"

"这这……"那个伪军犹豫着。

高红想起兜里还有几张老头票,就随手掏出来塞给他,说:
"你买碗茶喝。"

不一时,伪军就打发一个做饭的把纸笔送来。高红立刻找了块板子垫在膝头上挥笔疾书,把自己昨晚定下的决心,用板上钉钉般的语言写出来。那无疑是一篇向党再次发出的誓言。

可是难题来了:怎么把信送出去呢?……

正在无奈时,伪军招呼她,说门外一个小姑娘前来送饭。"这是谁呢?"高红疑疑惑惑地走到门口。一看门外站着一个十一二岁的小女孩,留着小干巴辫子,穿着一件破花袄,一只手提着个饭罐子,一只手托着两个黄饼子,神情张皇地站在那里。她一见高红,就亲热地叫:

"姑姑,我给你送饭来了。"

高红只是觉得小姑娘眼熟,却想不起是谁。她怕露了马脚,也不便多问,就让女孩走了进来。

"你快吃吧,姑姑,别叫白粥凉了。我娘说,你一天没有吃饭了。"

"你娘怎么知道我在这里?"高红压低声音,悄声地问。

"你叫抓住的时候,我娘在街上看见你了。"

"你家住在哪里?"

"姑姑,你忘了吗?就在隔壁。"

高红这才想起,她确实在这家住过。想起群众的关心,心头一热,不禁流下泪来。

"快吃吧,姑姑,不要凉了。"小姑娘又说。

高红打开饭罐子,还腾腾地冒着热气,就接过棒子面饼子吃起来,边吃边低声地问:

"你认识李秋月婶子吗?"

"你说的是大民他娘不是?"小姑娘眨巴着眼睛。

"是,是。"

"我知道,她住在村北头。"

"你能给我捎封信吗?"

"能。"

"一定要交到她的手里。"

"行。"

高红吃了干粮,粥也喝了不少。为了应付斗争,她有意地多吃了一点。瞧瞧外面的伪军没有注意,她撕开小姑娘的衣角,把那封信装在衣角里。又叮嘱她千万不要丢了。

"姑姑,我要走了。"小姑娘说着提起了罐子。高红心里一热,又几乎滴下泪来,不由自主地一把把小姑娘搂在怀里,亲了她的脸颊,说:"你替我谢谢你娘。将来我要还能出去,一定要去看她!"

"多好的人民啊!"高红望着小姑娘走出门外去了。

下面,她专心致志地等待着即将来临的斗争。

## 五九　从未经历过的战场

紧要的时刻到来了。

门外响起了大皮靴的咔咔声,还夹一声吼叫:

"出来!"

高红往门外一望,一个翻译官带着两个日本兵、两个伪军,枪上上着寒光闪闪的刺刀站在门外。那个面孔白皙的翻译官,脸上似乎带着讥讽的笑容望着高红,问:

"你认识我吗?"

高红默不作声。

"昨天,你打的就是我。"翻译官从鼻子里哼了一声,"我看你今天还敢那么厉害!走吧!"

高红镇静地停顿了一刻,用手指把几缕乱发拢在耳后,又略略整理了一下衣襟,便走出门外。她微微地仰着下巴颏,没有看他们一眼,似乎他们并不存在。

高红由日本兵押着走在大街上。不知怎的,街上已经伫立着不少的村民。男女老少都有,有的立在街道旁边,有的胆怯地挤在胡同口,有的躲在栅栏门里偷偷观望。他们似乎都知道这不吉祥的时刻。

高红仍然穿着那件朴素的蓝布衣裳,长长的头发披在肩后,神态坦然地走在街心。她望望乡亲们,一个一个都是那么憔悴,用哀伤的怜悯的眼神看着自己。每逢和这样的眼神交汇,心里便感到温暖和一阵轻微的战栗。她懂得这眼神所包含的深情厚谊。为了使他们不要过于哀伤,她的脸上出现了一点微微的笑意,仿佛是用笑意来答谢他们,抚慰他们。那意思好像说:"乡亲们,同胞们,人生终有一死,这算不了什么,请不要过于为我悲伤吧,我谢谢你们了。"

高红有意把脚步放得舒缓一些,因此她的步态特别从容。

审讯的地方,设在另一家地主的大院里。高红用眼一扫,立刻看出这不过是一种有意的安排。只见大厅的廊柱下,摆着一张黑檀木桌子,后面太师椅上,坐着一个留着小日本胡的日本军官。台阶下一边站着十几个日本兵,另一边站着二三十个伪军。中间凳子上放着一块大磨石,旁边摆着水盆,一个日本兵拿着一把战刀在霍霍地磨刀。更令人怵目的是院中有一棵大椿树,树杈上垂下一根粗绳。这一切阴森恐怖的举措,都在宣示着一个字:死,死,死。"哼,无非是说不投降就是死吧。"高红在心里鄙夷地一笑。

刚要开始审讯,只听门外有一个女人的尖声叫道:

"你们不能抓她!你们不能抓她!"

说话间,从旁门里闯进一个女人。高红凝神望去,原来是秋月婶子。她望着自己,像是心都碎了,向自己一连走了几步,哀伤欲绝地说:"闺女,你怎么就被他们抓住了呢!"

几个日本兵冲过来拦住她。她转过头冲着台阶上的日本军官说:

"你们不能抓她,她不是八路,她是我的闺女!"

"她的说什么?"留着小胡子的日本军官侧过头问。

翻译官连忙躬身答道:

"她说,那女子是她的女儿。"

"哼,女儿?"日本军官从鼻子里冷笑了一声,挥挥手,示意把她轰走。

几个日本兵立刻过来赶她。李秋月扑通一声跪在地上,一面高声叫着:

"太君!太君!我求求你们,放了她吧,她确实是我的孩子!"

高红知道秋月婶子一向对日本鬼子怀有刻骨仇恨,今天跪下来完全是为了救她。但她却感到一种难以忍受的屈辱,立刻大声说:

"娘,起来!不能给他们下跪!他们没有人性!"

"她的说什么?"小胡子又侧过脸问。

翻译官犹豫了一下,又躬身答道:

"她说皇军人性差一点。"

"八格牙鲁!"小胡子激怒了,"把老太婆轰出去!"

几个日本兵推推搡搡地赶着李秋月。李秋月一边哭喊着,被跟头趔趄地赶出去了。

可是紧接着外面又是一阵喧嚷,涌进来十几个人。这些人大都是上了年纪的老婆老汉。他们一进来,就扑通扑通地跪下了一片。

"你们要干什么?"翻译官走过来问。

"我们要保她!"一个头发斑白的老汉指指高红说。

"我们要保这闺女!"其他几个老婆也接着说。

"你们要保她什么呢?"

"她确实是李大婶的闺女,不是八路。"人们又乱纷纷地说。

"你们敢担保吗?"

"我们敢担保。"人们又肯定地说。

翻译官跑到台上,咕噜了一阵,小胡子军官凶神恶煞般地把眼一瞪:

"把他们通通地轰出去!"

人们又被赶出去。连那个旁门也锁上了。

这时,小胡子军官轻微地但是颇为威严地打了一个手势,两个伪军就把高红推到台阶前站定。她的旁边,那个日本兵早把战刀磨好,高高地擎在臂上。

"你的,要说实话!"小胡子军官恶毒地瞪着高红,"不说就死死了的!你的明白?"

高红默不作声。她觉得这种话没有必要回答。

"你的什么名字?"他问。

"李秀英。"高红回答。因为她想起秋月婶子说过,她有一个女儿名叫秀英,几年前就病故了。今天既然秋月婶子认她作女儿,她就想起了这个名字。

"你的什么时候八路的干活?"

"不,我不是八路军,我是老百姓。"

"老百姓?"日本军官从鼻子里冷笑了一声,"你的事,早有人的报告,你的实话的说!"

"不管哪个王八蛋报告,我真的是老百姓。"

"胡说!"小胡子猛地把桌子一拍,"你的八路的女县长!"

"什么,女县长?"高红心里一惊,但却哈哈笑道,"你看我像吗?我有这个资格吗?"

"把她吊起来!"小胡子又把桌子猛地一拍,吼叫道。

大椿树下,早就站着两个膀大腰圆的汉子,听到命令,立刻像狗一样地猛扑过来。他们把高红拽到树下,用垂下的粗绳把她的腰紧紧捆住。接着发了一声喊,一用力就把高红吊在空中,离地面有两人多高。这些家伙整人很有一套,待将人空悬至相当的高度时,突然将手一松,人便从空中嗵的一声重重地跌在地上。这一下直摔得高红五内俱裂,头昏眼花,一时间不辨东西。耳际间只听得那些魔鬼哈哈大笑。

少顷,高红微微地睁开眼睛,勉强挣扎着站起来,怒视着敌人:

"你们这些法西斯,你们这些狗强盗!你们太无耻了,太野蛮了!你们披的是人皮,却毫无人性!"

"她,她说的是什么?"小胡子问。

"她还是说皇军没有……没有人性。"翻译官说。

小胡子满脸通红,两个眼珠子瞪得像两个黑纽扣似的,大声呵斥说:

"你敢骂皇军?我们怎么的没有人性?"

高红也提高声音说:

"你们在别人的国土上横行霸道,杀人放火,强奸妇女,抢掠财物,做尽了坏事,还能说有一丝一毫的人性吗?"

小胡子怒不可遏地从台阶上跳下来,从日本兵手里嗖的一声把战刀夺过来,高高地亮起战刀,大声说:

"说!你到底是什么人?"

高红坦然引颈就戮,默不作声。

"说!你是不是八路军的女县长?"小胡子面孔狞恶地瞪着她。

"看来你只有使用暴力了!"高红脸上露出嘲弄的笑容。

小胡子怒吼道:

"吊起来!再吊起来!"

这时,翻译官跑过来劝阻道:

"天色不早了,还是押到城里审问吧!"

"好,押下去!"小胡子乘势作了结束。

# 六○ 在沦陷的小城里

平原上,麦苗已经有膝盖深了。在暗绿色的麦浪中,有一条不时卷起风沙的黄土公路,直通满城。这条公路,由于经常遭到民兵、游击队和沿途农民的破坏而显得凹凸不平。现在一辆骡马大车正咯噔咯噔地行走在这条公路上。车上坐着一个被捆绑着的年轻女子,她的长发不时被风吹乱,落上一层黄尘。走在最前面的是那个小胡子日本军官,他骑在一匹日本种的高头长颈的大洋马上,显得洋洋自得。马车周围是十几个呼扇着长帽耳的日本兵,再后便是七八十名伪警备队了。他们颇有一点得胜回朝的气势,要将这个女县长押解回城。

高红不动声色地坐在大车上,有时偶尔抬眼望望周围,有时低头沉思,忖度着面临的严峻形势。从昨晚起,她就意识到,最险恶的战阵还在满城。因为那里有七八个叛徒,都在敌人的特务队里。他们过去都是自己的"同志",其中有区长、区委书记,还有县大队长、教育科长、工会主席等等,因为经不起考验都叛变了。一旦到了满城,自己怎么能保住自己的真实身份呢?她认为,在这种形势下,仍然坚持说自己是一个农村姑娘已经没有多大意义了。倒不如公开自己的身份,学习当年季米特洛夫式的英勇,对敌人进行公开的审判,对党更为有利。这样一想,刚才忐忑不宁的心,便安定下来。

这时她抬起头来,不由自主地向西北望去,那里是一带迤逦的群山。远处锯齿状的狼牙山,隐伏在紫郁郁的山岚里。近处的山因为天气干旱还留着冬季的苍黄。山上曲曲弯弯的盘山路隐约可见。那里都有她来来往往出入山地的足迹。一看见这些,她的心就像要碎了,她怎能不想起自己的亲人、自己的同志?今天早晨她托小姑娘带出的信,他们恐怕还没有收到吧;假若收到,她的天虹该是如何地痛苦啊!老济公他们该会如何地着急啊!如今自己身陷敌手,究竟还能不能回到他们的身边呢?想到这里,她不禁神情黯然地低下头去,似乎有一点眼泪要爬出来。但是她蓦然一惊,觉得在敌人面前是不能流泪的。即使有一丝一毫软弱的思想,也可能坏事。她即时挥去这一瞬间的想法,重新使精神镇定,强固起来。

满城到了。

这不过是一个城围仅有四华里的小城。其实也就是一个大镇。但是今天适逢大集,人们在伪军的岗哨旁边进进出出,还显得相当热闹。

押解高红的大车进得城来,街上那些挑挑儿的,担担儿的,以及熙熙攘攘的行人,都好奇地停下来驻足观看。愈往城中心走,围观者愈多。骑在大洋马上的小胡子军官,似乎更神气了。他颇想借机炫耀一下,就扶着大洋刀向一个特务咕噜了一句什么。接着那个特务便大声喝道:

"老少爷儿们,皇军打了大胜仗啦,把八路军的女县长都抓来啦!快快看吧……"

他这一喊,人们几乎停止了交易,把眼光齐刷刷地集中到囚车上来。

高红听到人群中在窃窃私议:

"哪个是女县长?就是车上坐着的那个么?"

"是,就是她!"

"人多年轻啊!最多20出头儿!"

"长得也挺俊!"

"听说还是个大学生哩,满城县的布告上有她的名字。"

"还会唱歌,有人听过。"

"咦,怎么就让抓住了,太可惜了!"

这时,高红很想拍拍衣襟上的土,把头发也梳理一下,来迎接敌占区人民的目光;无奈双手被捆绑着,无法动弹。只好以雍容自如的姿态,微微含笑的目光,向群众颔首致意。人群里又啧啧称赞道:

"你瞧,这闺女还笑哩!"

"你瞧,她一点也不害怕!"

"当然,人家是女县长嘛!"

前面已是城中心的十字路口。这里人拥挤得水泄不通,马车走不动了。那个特务又大声嘶喝道:

"老少爷儿们!皇军打了大胜仗啦!把八路军的女县长都抓来啦!你们看吧……"

高红一看不说话不行了,这里有这样多敌占区的群众,怎么能失去这个千载难逢的良机呢!她要把抗战胜利的信念留到他们心中。想到这里,她的肘弯抵着车帮,一只脚用力一蹬,便在车上站了起来。

"亲爱的同胞们!"高红用清脆响亮的声音喊道,"你们在沦陷区受苦了!我代表边区人民向你们表示慰问。"

登时,集市上的喧嚣声沉静下来。下面几百张不同的面孔齐刷刷地朝向了她。那些赞许的、热烈的、吃惊的、惶恐的目光全投向了她。一时间,她竟成了一个从天而降的女神,披着飘拂的长发,昂首挺胸地立在马车上。

"同胞们!"她继续讲道,"请你们不要相信敌人的胡说。他们并没有打什么胜仗!相反,他们进山扫荡,被八路军打得屁滚尿流,落荒而逃!我是在敌占区活动,一时不小心被抓住的。请问,他们兴师动众,带了100多人,抓住一个手无寸铁的妇女,这算得上什么本事呀!"

人们哄地笑起来。

这时,小胡子已经骑着大洋马转到南街去了,而大车却一时转不过去。高红就利用这机会继续讲道:

"同胞们!你们要看清形势。小日本已经越来越不行了。苏联红军打了很多胜仗,已经把希特勒顶住了。盟军在太平洋也快要反攻了。小日本就像秋后的蚂蚱,蹦跶不了几天了!……"

这最后一句,是高红从农民中学来的庄稼话,今天在这里使用,恰到好处。顿时在人群中引起一阵哄笑,还有些人鼓起掌来。

"不要她讲话!不要她讲话!"一个伪军官喊。

高红立刻转向他,用嘲笑的口吻说:

"怎么,军官先生,你害怕了?我随便讲了几句你就害怕了?这就证明,你们快完蛋了,我奉劝你们快回头吧,将来日本人是不会把你们带走的!"

人们又是一阵低低的笑声。

那个伪军官涨红着脸,大声呵斥道:

"闪开!闪开!不要听了!"

马车好不容易在人丛中掉过头来,向南去了。

高红乘势结束了讲话,用清脆的声音喊道:

"同胞们!再见吧!记住,最后的胜利是我们的!"

后面又响起一片掌声。

十字路口往南不远,有一座石牌坊。过了石牌坊,坐西向东是一个大财主的庄院,日军的指挥机关就设在这里。马车赶进大院,给高红松了绑,关进一间临时牢房。

下午三时左右开始审讯。

审讯是在一个并不太大的厢房里进行的。光线相当幽暗,周围摆满了各种刑具,皮鞭、绳索、抽筋凳、专门轧腿的大杠子之类。桌子后面坐着的,仍然是那个一脸阴险的小胡子军官。旁边站着的翻译官,似乎显得习以为常。左右两边站着四个彪形大汉。屋子里一片阴森,使人感到恐怖。

高红在进门不远的地方站定脚步。她只在进门时向周围扫了一眼,仿佛对这些人视而不见,显出一种蔑视的神情。

"刚才是你在大街上发表演说了吧?"小胡子通过翻译问,脸上露出几丝阴笑。

"是的,我向沦陷区人民表示问候。"高红坦然说。

小胡子咕噜了一阵,翻译又说:

"那你就等于承认是共产党的女县长了?"

"不,是副县长。没有命令,我不敢冒称。"

"既然如此,今天上午你为什么要说是农村姑娘呢?为什么对我们不说实话呢?"

高红回答得十分敏捷坦然:

"这原因很简单,因为你是我们的敌人。而我对人民应该说实话。"

小胡子瞪着眼,没词儿了。沉了沉,接着说:

"既然你是满城县的负责人,你应该把各区各村地下组织的名单交代出来。"

"这些我不知道。"高红断然说,"就是知道,我也不能告诉你。"

"为什么?"

"我已经说过,因为你是我们的敌人,全中华民族的敌人。"

小胡子瞪眼了,他怒气冲冲地把桌子一拍,指指周围的刑具说:"看见了吗?我的刑具可不是吃素的!"

高红没有说话,只在嘴角处露出几丝轻蔑的讥笑。

小胡子咕噜了一阵,翻译又过来说:

"这个名单,你今天暂时不回答也可以,你先说说给八路军送公粮的是哪些村子?要想一句不说,今天你是过不去的!"

高红摇摇头,断然说:

"这个我既不知道,也不能告诉你们。"

小胡子站起来了,举起左臂晃动了一下手指,大声吼道:

"上刑!"

一声令下,两个彪形大汉立即扑过来。一个人紧紧拧住高红的两臂,使她动弹不得;另一个人把专门夹手指的刑具拶子,套在高红两只修长好看的白手上。高红并不知道这是一种酷刑,毫不在乎。哪知这个大汉用力狠命一压,她不禁"哎哟"了一声,就昏迷过去倒在地上。脸色顿时变得苍白,额头上全是明晃晃的黄豆一般大的汗珠。

高红醒来时,她的两只灵巧的、美丽的,曾奏出许多美妙乐曲的手指,已经七歪八扭,变得不像样子。手指上都是肉窟窿,露出了白骨。高红愤怒万分,她的目光逼视着小胡子,咬着牙齿骂道:

"你们这些畜牲!你们这些法西斯匪徒!你们作的恶太多了!总有一天,中国人会要清算你们的罪行!"

此后,小胡子再问什么,高红一句也不说了。翻译官在小胡子耳边咕唧了一会儿,小胡子无可奈何地把手一挥:

"押下去!"

## 六一　不幸的消息最怕传给亲人

这天,老济公正在县委的后方——岭西村处理一些事情,接到一封地下组织送来的急信。信纸揉得皱皱巴巴,没有信封,只用简便的形式折叠着,上写"速交老济公收"。此外,还有高红的一个文件包,一只小坤表,却是李秋月转来的。他打开一看,不禁大惊失色。信上写道:

老济公和亲爱的同志们:
　　我被捕了。
　　现在还未审讯。我经过反复考虑,认为:我面前只有两条路,一条是死,为国为民而死,为党而死;一条是经过斗争活下来,继续为党工作。第三条道路是没有的。
　　请党相信我。
　　　　　　　　　　　　　　　永远是党的孩子　高红

老济公看完信,像遭到沉重的一击似的跌坐在木椅上。他连忙装上一锅烟,火镰打了好几下都没有打着。这件事的出现,使他相当难过。高红初来的时候,说心里话,他并不十分欢迎,一来她是一个小资产阶级知识分子,工作经验并不多,究竟能力如何,能否担起县长的重任,他是有怀疑的;二来她是一个女同志,来到敌占区工作,要时时刻刻担心她的安全,一旦出事向上级不好交代。当然,这些想法只是装在心里。后来经过一段工作,他发现这个女同志还真有点不寻常的地方。她不仅朝气蓬勃,有一种超人的热情,而且对几项重大任务,例如运粮工作,宣传组织群众,领导民兵破坏敌人交通等诸多方面都完成得很出色。说实在的,其眼光、见识和勇气,都不在自己之下。渐渐地,他觉得工作上离不开她了。他甚至萌发了一种想法,想建议上级,提高红为县长,并兼县委副书记。可是正在此时却发生了这不幸的事件,怎么能不令他难过呢!

此外,使他深为不安的还有他内心深处的歉疚。尽管在敌人的鼻子底下活动,被捕和死伤并不是什么稀罕的事情,但让这样一个女干部被捕,总觉得不好交代。尤其对周天虹就觉得有点负罪了。他深知周天虹是如何地爱她!他过去同周天虹没有多少交往,自高红来县里工作,周天虹就来得很勤,对自己显得特别热情,还送过一些战利品之类。他虽然没向自己说过什么,交代过什么,但显然有一句潜台词:"亲爱的同志,请你要注意高红的安全!"老济公是有世故经验的人,他对这一点是能够领会的。可是今天却偏偏发生了这样的事情,自己又怎样向战友交代呢?

不幸的消息,最怕传给亲人,而又必须让亲人知道。太迟了也不好。这是老济公所考虑的。他这样想着,把那封信装到兜里就出发了。

三支队这时住在十余里外的北赵庄,老济公不到一个小时就赶到了。

周天虹正蹲在院子里洗衣服,穿着一件白衬衣,把两只袖子捋得高高的。一边洗,还一边哼着什么歌曲,显得很愉快。老济公一看见这般情景,先就不安起来,脚步迟迟疑疑地走进了院子。

"哎哟,老济公,是你来了!"周天虹说着,连忙跑过来,伸出两只湿漉漉的手把老济公的手攥住了。一面笑着说,"老济公,怪不得人们给你送了这个外号,瞧瞧你这身打扮!你这衣服有多少日子没有洗了?幸亏你当了县委书记,要是你来我这里当兵,我都不要你!"

"不要,我就回家喝我的菜白粥去。"老济公勉强笑着说。

"老济公,我给你说,你今天就别走了。我今天运气真好,一出村就碰见一只野兔从我眼前跑过去,停在不远的地方,也不动,还用眼睛瞅我。我心想,嘀,真巧!正好老子多少天没开荤了,也试试我的枪法准不准。我就掏出驳壳枪,瞄准了,这么一枪,就把它打倒了。现在已经炖上了,我再给你弄点酒,你痛痛快快地喝一杯!"

他说着,两个眸子亮晶晶的,放射着热情的光彩。

"不，我今天有事儿。"老济公勉勉强强地说。

"哎，老济公，你这人就是有这么个缺点，婆婆妈妈的，有什么了不得的大事？"

周天虹一边说，一边扯着老济公的破袖子回到屋子里去了。

老济公坐下来，就掏出烟荷包装烟，慢腾腾地打着火镰，慢腾腾地抽烟。一时凄然无语，他觉得这事很难出口。

周天虹也觉出他的神色不对，就问：

"老济公，怎么啦，你有事么？"

老济公点点头，下狠心从衣兜里掏出那封信，还有高红的小坤表，一同交给周天虹，一面低声地说：

"老周，我对不住你。"

周天虹接过信，立刻打开。一看见那熟稔娟秀的笔迹，心就噗噗跳动；没有看几行，那只拿着信的手就索索地抖动起来，几乎连那张薄薄的纸都拿不住了。

老济公看见他的脸顿时变得煞白，什么话也说不出，只是用凄然的目光望着信纸。自己心里更加难过，再一次说了一句：

"老周，我实在对不住你。"

"也不能那样说。"周天虹轻微地动着嘴唇。

老济公想了想，在这种场合，尽管语言是没有用的，是最为苍白无力的，但还是应当安慰天虹几句，就说：

"老周，不要难过。被捕也不等于就没有救了。大家还是多想点办法。敌人那里，我们也有人；至少我们可以经常得到她的消息。吃的，穿的，也可以送进去。我回去马上就布置。你就放心吧，不要弄坏身子。"

老济公说过，把那封信重新装起来，就起身告辞。临分手前，他握住周天虹的手握了很长时间，一切都在不言中了。

周天虹回到屋子里就倒在炕上。晚饭也没有吃。内心痛苦万分，彻夜无眠。眼前老是浮现着高红的面影。不是她在兽兵的狂笑中遭受酷刑，就是她被关在黑屋里满脸血迹，孤苦无援。老实说，自从高红调来满城，他一直是半喜半忧，喜的是她同自己近了，也得到了提升；忧的是他始终担心着高红的安全。一听说从敌占区回来了人，他就要打个电话询问，问高红回来了没有。他有时也不是没有预感，但又不敢认真去想，怕是一种不吉之兆。现在这样的事终于还是发生了。他将怎么对待呢？

　　适才他看了高红的信，她那种以身许国的坚贞态度，并不出他的意外。他平时就深知这一点。今天大难临头，她果然能挺风而立，显得卓异不凡。在未来的刑讯中，她是否经得起考验，倒不是他担心的事。相反，他担心的是她将要受到难以想象的摧残。怎么办呢？怎么来营救她呢？如果是一个小据点，那倒是可以去袭击一下，以解救她于危难之中。而满城是一个城，要攻打满城，那就要策划一个战役，那是上级的事。他个人是无能为力的。

　　在整个漫漫长夜，他摩挲着高红的那只小坤表，一颗心陷入到从来没有过的痛苦中。

## 六二　与叛徒交战

高红受刑以后，就被关在监狱里。犯人们听说来了一个女县长，都很敬重她。尤其那些女犯人见她的双手被拶坏，都很心疼她，帮助她端水、洗脸、梳头、喂饭，使她的精神得到很大安慰。

几天后的一个早晨，来了两个警察说要再次传讯。她知道事情不会就此完结，必须准备继续战斗。警察押着她穿过一道街，来到一个富家庭院。没有门卫，像是一个住家户的样子。高红一进门，就看见镶着玻璃的五间大北房。走廊上放着一些花草之类。其中一个警察先到屋子里禀报，随后走出来和悦地说：

"先生在屋子里等你！"

高红不知道要搞什么名堂，停顿了一下，故意放慢脚步。她慢慢地上了台阶，站在门口，往屋里一看，里面座位上站起一个西装革履的中年人。他的身量十分矮小，最多不过一米五挂零，瘦孤拐脸，留着分头，眼睛很小却机警有神。他一见高红进来，就迎上来彬彬有礼地说：

"高县长，听说您来满城好几天了，您多受委屈了。今天我把您接来，是想同您谈谈心，交个朋友。"

说过，他请高红在一把太师椅上坐下来，又面带笑容地说：

"您可别误会，别以为我是日本人，我就是本城的绅士。不过我自幼到东北去了，在东北上的大学。九一八事变后，我也很爱国，我也抗过日。'我的家在东北松花江上'那首歌我也会唱。你要不信，我就给你唱唱。不过，我后来觉得中日两国总是对抗这并不好，还是中日亲善，互相提携，共建东亚共荣圈好。你是有知识的人，一说就明白，所以我想同你交个朋友。"

高红再一次看了看他,从他那举止、眼神、姿态,以及他那话语中偶然流露出的生硬的词句,都可以判定他是日本人,而绝不是中国人。不由心中暗暗冷笑。

"好好,咱们不说这个了,先吃饭吧!"那人说着,朝旁边的大圆桌上一指,"这几天高县长够受苦了,监狱里那些粗糙的东西,简直连猪食也不如,怎么能下咽呢!"

高红朝那大圆桌上一看,各种菜肴、水果、点心摆了满满一桌,就彻底明白了。心里又不禁一阵冷笑。

"好吧,请您入席吧!"那人站起来,躬身一指。

"不行,这个饭我不能吃。"高红把头一扭。

"为什么呢?"

"因为我是抗日的,你是主张投降的,你和汪精卫是一派。中日两个民族是要亲善,但是在打倒侵略者以前,羊和狼还是不能讲亲善。"

"可是我也是中国人哪!"

"既是中国人,你就应当知道中国人的道德。今天,我以阶下囚的身份,吃你们的东西,中国人就会不答应,中国妇女也会不答应。"

"好,好,还是你想得周到。不吃就不吃吧。"那人的眼珠骨碌了几下,收住了笑,"可是,你今天处在这样的地位,不多少说一点应付应付,总是过不去的。我即使同情你,想保你出去,也没有办法。"

高红闷声不语。

那人拧了拧眉头,又问:

"你们共产党的组织,不要说全部,说出一部分也行。"

"一部分我也不知道。"

"咳,我知道,你不是不愿说,是内心有苦衷。"说到这里,那人的瘦脸上出现了鬼笑,"怕将来回去不好交代。这样吧,你不愿说真的,说点假的也行。"

"这个家伙真是太无耻了!"高红心里暗暗地说,立刻回答:"真的假的我全不知道。"

那人见高红把口全封死了,不由得生出一脸愠色。可是他仍不死心,总想有点收获,于是又耐着性子,忽然问:

"我现在要放你走,你敢走吗?"

这突如其来的问话,使高红一愣,但接着就敏捷地回答:

"当然敢走。"

"你能给我带一封信吗?"

"给谁?"

"给你们分区的杨司令。"

"当然可以。"

"你以后还能回来吗?"

"既然走了,当然就不可能回来。"

"你不回来,那么我们同谁联系呢?你这里有比较可靠的人吗?"

哦,说到这里,高红才明白了这个狐狸设下的圈套。就冷冷地嘲笑说:

"你也真够挖空心思了。我看这里,没有谁比你更可靠了。"

那人恼羞成怒,图穷匕首见,乓地把桌子一拍,瞪着眼珠子凶相毕露地说:

"你敬酒不吃吃罚酒,有你后悔的时候! ……把她带下去!"

他说着,向门外挥了挥手,两个警察又把高红带回去了。

"这个家伙究竟是什么人?"高红一路走一路想。监狱里有个老看守,大家都喊他老张,他对高红是又敬佩又同情。高红找他悄悄一问,原来上午审讯她的就是日军驻满城的情报主任朱野,是这里的特务头子。不久以前在电线杆上挂人头的就是他。高红轻轻地"噢"了一声。

下午,高红正坐在监房的廊檐下沉思默想,从外面进来一个身着黑衣黑裤的特务。他老远就同高红亲热地打招呼,走到高红面前,还恭恭敬敬地鞠了个大躬,脸上带笑说:

"老高,好久没见了,你还认识我吧?"

高红仔细一看,原来是县农会副主任杨利民,被捕后叛变了。他生得肥头大耳,一副蠢相,很有点小说里猪八戒的样子。加上他有点儿烂眼边儿,眼老是怕光似的乜斜着,人就给他取了一个外号,叫"瞎羊"。

"你不是瞎羊吗?……你现在做什么哩?"高红明明知道他当了特务,故意这样问,无非是有意嘲弄他。

"咳,你们过去不是说我思想意识不好么,还说我以后会当特务,现在真应验了你们的话啦!"

高红想起自己确实说过这话。因为他一向很自私,曾一度想让他的老婆也吃一份公粮。试想粮食一人一份还不够吃,哪里能供他老婆吃公粮呢!因此,老济公就没有准许他。他对此一直心中不满,一天到晚嘟嘟囔囔。这样高红就批评他思想意识不好,只从个人利益上看问题。也有的人批评得很严厉,说如果不改,发展下去会经不起考验。这一切今天确实都应验了。

"老高,大家叫我来请你,到那边聚一聚,你肯赏光吧?"瞎羊说。

"大家?你说的是谁?"

"就是那边过来的人么!"

"哼,都是叛徒!"高红心里说。一边又默默想道,这一关在预料中,是必须要过的;同时也有必要给他们做些工作。于是就点了点头。

瞎羊领着高红来到日本宪兵队的院子里。进屋一看,里面早已坐满了人。炕上摆着一个大炕桌,上面摆着烧鸡、熟肉、烧饼、水果之类。在座的有前区长王老凯、前教育科长老邵、前区委书记辛在汉等,挨着王老凯的身边,还坐着一个涂脂抹粉的妖艳女人。他们有的坐在炕上,有的坐在炕下的椅子上。据高红所知,这几个人,除了王老凯是在一个大风之夜自动携枪投敌以外,都是由于被捕后意志不坚定叛变的。其中以辛在汉表现较好,思想比较忠实,党组织很快把他的老婆派进来,坚定他的意志,让他留下来继续工作,他也答应了。

这几个人看见高红进来,都站起来表示亲热。尤其王老凯还笑嘻嘻地问:

"老济公现在怎么样?他们都很好吧?"

高红一看他那副假惺惺的样子就腻了,立刻嘲笑说:

"你也想起他们啦?你是想抓他吧?那可要领到不少赏钱呢!不过他可不好抓呀!"

几句话说得王老凯面红耳赤。他长得贼眉鼠眼,样子本来就难看,这一来更难看了。那个涂脂抹粉的女人见自己的丈夫很尴尬,立刻插上说:

"妹子,你可别这么说。自你被抓到这儿,你大哥可揪心啦。前天听说你在监牢里几天没有吃饭,他连觉都睡不好。妹子,他这是为了你好,你可别屈了他!"

高红瞥了这女人一眼,只见她梳了个高高的飞机头,戴着两个明晃晃的金耳环,厚腻腻的粉把一张脸涂抹得不像样子。高红早听说,王老凯投敌后在城里娶了个妓女,今天一见更觉腻味。她只撇了撇嘴没有说话。

瞎羊一看阵势不妙,赶快打断说:

"我看先别谈这些,咱们先吃饭吧!"

一边说,一边躬身带笑,请高红上炕。

"你们有什么事快说。这饭我不能吃!"高红断然拒绝。

瞎羊仍嬉皮笑脸地说:

"好久不见面了么,聚一聚么,有什么不能吃的呢?"

高红略带怒容回答道:

"我不能像有的人那样没有脸,一被敌人抓住,连打也没有打,只给他吃了两个烧饼一碗凉粉儿,就问什么说什么。"

瞎羊一张脸登时红得像猪肝;因为高红讲的就是他,不过没有指名。亏得他脸皮太厚,那张脸红了几红就渐渐复原了,还强自辩解道:

"这次扫荡边区,我也去了。这个人抢这个,那个人抢那个,可是凡老百姓的东西,我是一点也没有拿。要不信你就去调查调查。"

"我也不调查。你把这酒席撤了,我们再谈。"

"好,好,我们撤了。"

酒席撤去。那女人也乘机溜掉。屋里陷入沉默中。大家一时无话。显然,那些人在女县长高屋建瓴的进攻姿态下,已经处于劣势。

"你们有话快说!"高红神色冷峻地说。

原教育科长老邰,鼓了鼓勇气,说:

"古书上说,识时务者为俊杰,不识时务者为匹夫。民谚也说,在人房檐下,怎能不低头。现在不管怎么说,你总是攥在别人的手心里啦。这是客观事实。我也不管你心里怎么想,反正'留得青山在,不怕没柴烧',这是个真理。现在总得先把命保住才行。命都保不住,一切就全完了;命保住了,能够出去,你抗日也好,不抗日也好,他能管得着吗?……"

老邰刚说到这里,高红乓地把桌子一拍:

"你被抓住的时候,就是这样想的吧?嗯?怪不得你当了叛徒!"

老邰面红耳赤,讷讷地说:

"咳,我,我这是为了你好。……反正你不说一点儿,你是出不去的!"

"出不去就不出去。我就死在这里。文天祥不是说过吗:人生自古谁无死,留取丹心照汗青!老邰,你是个读书人,我问你,你读过的书,是不是都叫狗吃了?"

高红见老邰低头无语,觉得开导他们的时候到了,就不慌不忙地侃侃而谈:

"老邰,你刚才不是说要识时务吗?我就给你们谈谈现在的形势。"

于是高红拉开架势,从苏德战场讲到欧洲战场,从中国战场讲到太平洋战场,把世界反法西斯的形势讲得头头是道,把德意法西斯势力日暮途穷,把日本法西斯因兵力不足到处捉襟见肘的情景讲得真实可信。高红见他们一个个低下头去,像经霜打的树叶一般,就以劝导的口吻说:

"你们就不想想,你们凭日本人的势力作威作福,你们还能混几天哪?你们不敢出城,你们就扒着城墙往外看看,外面整个是八路军的天下,几个城窝窝能待下去吗?日本人要垮了台,他们能把你们带到日本国去吗?那时候你们怎么办?你们已经走错了路,还不赶快立功赎罪,给自己留条后路!到时候人民能够饶恕你们吗?你们想过没有?"

这一席话,完全击中了这些人的要害,扣动了他们的心弦。每个人都在心里打起小鼓来。惟有王老凯暗自嘀咕道,高红讲的这些话,并非没有道理;但是朱野交下来的劝降任务不完成,却是无法交代的。想了想,就铁着脸说:

"老高,你知道我是个老粗,不识多少字,没有你学问大。要讲道理,我讲不过你。可是,你要不交代几句,那是过不了这一关的!"

"你要我交代什么?"高红瞪着他,严峻地问。

"你只要说一句:出去后再不抗日,就行。我们就可以去替你说好话了。"

高红腾地从座位上站起来,响亮地说:

"这不可能!"

屋子里顿时冷静下来。

"那我们可就没有办法了。"王老凯显然带有威胁的意味,"那你知道,日本人的刑法可不是吃素的!"

"哦,你说的是要用刑吧,这个我已经领教过了。"高红盯着王老凯笑道,"如果再用刑,那我可就要胡说了。"

王老凯也很机警,从高红的眼睛里辨出了一点不祥之兆,立刻问:

"你要胡说什么?"

其他几个叛徒似乎也嗅出了味道,纷纷抢着问:

"你想说些什么?"

高红看他们慌了,愈发沉着地笑道:

"胡说么,那可就没有准儿了。"

这一说,几个叛徒全慌了神,纷纷从炕上跳下来,围到高红身边,着急地央求着:

"那你可不能胡说呀!可不能乱拉别人呀!"

"你们放心,"高红说,"好人我一个不拉,专拉坏人。坏人要我死,我也不能叫他活着!我要不叫他死在我前头,我就不算本事!"

高红说着,站起来就往外走。大伙一窝蜂地追着她,还抢着说:

"你可不能乱拉别人呀!我们好歹在一个锅里吃过饭哪!"

今天,惟有辛在汉没多说话,也不像别人那样慌张。

粉碎了叛徒的围攻,高红像打了胜仗一般的愉悦。晚上,辛在汉在没人时悄悄递过来一封信。高红打开一看,信是老济公来的,上面写道:

高红同志:

来信收到。知你在工作中不幸被捕。你对革命表现的忠诚与坚定,在群众中影响极好,同志们深为敬佩。敌人若不杀你，就要争取活下去。并注意斗争策略。我们将设法支援与营救。此事已转告天虹同志。

老济公

高红读完信，又接连读了几遍。每读完一遍，就流一大阵眼泪。这是她被捕以来第一次流下的眼泪，也是第一次不加抑制地任其倾流。……

## 六三　在爱情天平的两端(一)

　　抓住一个共产党的女县长,这本来是一个难得的胜利;谁知软硬兼施竟弄不出一点材料。这不免使朱野感到懊恼。这天,正在他无计可施的时候,从保定来了一个头戴平顶草帽、身着长衫、戴着墨镜的客人。如果仔细辨认,就会认出他就是本书第四十五章提到的那个丁干事。不过他和那个走坏了脚、穿着臃肿棉军服的穷八路已经有很大不同。自从他在玉皇陀上屈膝投降,并带领日军搜山之后,就随着日本人到了保定。由于他为人乖觉,机警善变,不久就飞黄腾达,当了保定新民会的总干事,还兼着一份情报机关的工作。这次他专程来到满城,就是为了协助处理高红的事。
　　"老实说,我还没有审讯过这样的人。"矮小的朱野有些无可奈何地说,"不要说女人,在男人中也很少。有些人,你用不着动刑,光是吓唬一下,他就什么都供出来了;而她呢,我们的部队长山本,把刀搁在她脖子上也无用。而且那张嘴好厉害,你简直说不住她!……"
　　丁立坐在朱野的客厅里,并不显得多么拘谨,显然他出入于日本人的机关已经习以为常。听完朱野的话,他不慌不忙地说:
　　"办法还是有的。我在路上已经想好了。"他脸上流露出颇为自信的表情。
　　"什么办法?"
　　丁立没有马上回答,还卖了一个关子,说:
　　"我这个办法,不仅可以使高红俯首听命,乖乖服从皇军的命令,还可以从八路军那边拉过一支队伍来。"
　　他说这话时,不论语调和姿态,都显出洋洋自得、自命不凡的样子。

朱野是很自负的,他原以为不大有人能超过自己的智慧;现在眼前的这个中国人竟敢口出狂言,不免有损他的自尊。他于是斜了丁立一眼,有些粗鲁地问:

"你,什么办法的有?"

这时,丁立才意识到自己的奴才地位:中国人不管当多大官,在日本人面前都是奴才。于是他收敛了一下,立刻带着笑用谦卑的口气说:

"您知道高红有个情人吗?"

"不知道。是谁?"

"就是三支队的支队长周天虹。"

"哦!周天虹?"朱野立刻睁大了眼睛,"这家伙很厉害。他们结婚了吗?"

"还没有。但是两个人如胶似漆,感情好极了。真是有一点在天愿作比翼鸟,在地愿为连理枝的样子。这次我们抓住高红,那对周天虹的打击是很大的。"

"那是自然。……你想怎么样?"

"我想这里大有文章可做。比如,我们可以以山本部队长的名义给周天虹写信,劝其来降。如果不降,我们就将高红杀掉。你想,周天虹会忍心让人把他至亲至爱的人杀掉吗?所以我说,他会把部队也一起拉过来投顺皇军的。到那时候,嘿嘿,你恐怕就要高升了!哈哈哈……"

朱野一听,不由喜上眉梢。尽管心里对丁立暗暗佩服,但嘴上却不愿过分赞扬。只是有分寸地说:

"嗯,这办法么,可以试一试。"

丁立得到赞许,当下就动笔将劝降书写就,由山本部队长签名,然后送到邻近根据地的村庄发出去了。

在高红被捕的七八天里,周天虹可谓度日如年。他时刻都处在精神不安的状态。工作繁忙时,或者到敌占区执行任务时,还多少好一些,一停下来就觉得日子难熬。尤其夜静更深时难以入睡。有一夜,他行将入梦时,蒙眬间,看见一个人飘然而入,仔细一看正是高红。她披头散发,容颜憔悴,还戴着脚镣手铐来到床前,一副含悲欲语的样子。天虹惊问:"红,你逃回来了么?"高红说:"不是逃回来了,是我回来向你告别来了!"天虹又惊问:"告别?你要到哪里去?"高红流着眼泪说:"我要到很远很远的地方去,以后我们恐怕再也不能见面了。"天虹说:"那是什么地方?我要和你同去。"高红说:"不,你不能去。我本来不愿离开你,想同你今生今世都待在一起,可是现在不能够了。请你原谅吧!……"说过,就掉转头走出去了。天虹大声喊:"不行,不行,我要和你同去!"一面挣扎着要起来追赶,醒来原是一梦。看看桌上那盏菜油灯,半明半灭,自己的心仍然扑通扑通跳个不住。想起刚才的梦境不禁神色凄然。

尽管周天虹是唯物论者,但总觉得这是不吉之兆。像这样的噩梦,老是纠缠着他。又一天夜里,他觉得似乎置身在一个小县城里。天色十分阴暗,还不停地落着小雨。可是街上的人却挤得水泄不通。他问,今天街上何以有这么多人,人们纷纷说,"今天要处决人,你还不知道么!"他又问处决什么人呢?人们回答说:"咳,一个抗日的女县长,你还不知道哇!"他一听,噢,果然要杀高红!说话间,一队日本兵打着太阳旗,敲着洋鼓,吹着洋号,走过来了。一个女囚犯,披头散发,站在囚车上,正是高红。他拼命地往前挤,想挤到她身边去。可是人太多,无论如何也挤不动,最后反而被拥挤的人群挤倒了。醒来时出了一身冷汗……

第二天上午,还为这噩梦折磨得心神不宁。早饭也吃得不多。近午时分,一个侦察员自前方来,说敌占区的村长交给他一封信。天虹接过来一看,一个旧式信封上,用毛笔写着"中国八路军三支队周天虹支队长亲启"的字样。信用胶水封得严严实实。急忙拆开,在八行书上赫然写着:

周天虹支队长麾下:

  本军于一周前捕获贵方女县长一名,自供高红。据悉。此女乃阁下之意中人。本部队长向以慈悲为怀。如阁下能率部下幡然来归,我方将保障其生命安全,并使阁下夫妇团聚。如不听劝告,则言出法随,恐悔之晚矣!现以七日时间为限,逾时不候。

  敬颂

军祺

大日本华北派遣军驻满城部队长

山本五十七启

周天虹一连读了两遍,不禁怒火填胸,勃然变色,连声骂道:

"卑鄙!卑鄙!竟企图利用我的个人感情,动摇我的抗日意志,迫我投降。这是绝对办不到的!"

他抖抖索索地铺开一张白纸,本想立刻将敌人臭骂一顿,算作答复;继而一想,这事恐怕需要报告组织,不然日后恐怕说不清楚。于是他立刻拿着信去找政委左明。

左明正在忙别的事情,接过信件一看,不禁轻蔑地笑道:

"嗬,山本这小子,竟然想在这上头做文章哩!"

说过,左明又以信任的眼光望着周天虹说:

"老周,这事儿就由你来处理吧。你觉得怎样办好?"

"这是敌人对我的污辱。我当然给以断然拒绝。另外,也请你把这封信转给上级。"

"好好。"看样子,左明并没有把这件事看得有多么重要,就忙别的去了。可是他走了几步又转过头来说:

"这事也怪,敌人怎么会知道你和高红的关系呢?看来其中必然有坏人报告。"

"我也想到了这一点。"

周天虹给山本五十七的回信,于当晚就发出了,仍由那个敌占区的村长转交敌方。古往今来,留下了多少缠绵悱恻动人肺腑的爱情故事,但是世人知道吗:共产党人有最崇高、最真挚、最热烈的爱情,而祖国的利益高于一切。

## 六四　在爱情天平的两端(二)

周天虹的回信,第二天就到了情报主任朱野的桌案上。他拆开看了两遍,眉头就皱起来了。那封信是这样写的:

日军驻满城部队山本部队长阁下:
　　来函已悉。
　　日寇发动侵华战争,已逾五载。罪恶滔天,罄竹难书。日军在我军民英勇打击下,败局已定。尔等终日蛰居小城,不敢出战,即其明证。在此情势下,阁下非但不深刻自省,反而出此下策,企图以私情诱我,既属可笑,抑且可鄙矣!我堂堂抗日之战士,岂能为私情所动哉?望见字速来降我,我军定当优待有加也。专此
奉复。

八路军三支队周天虹

朱野反反复复看了几遍,找不出丝毫可以利用的东西,不得不长长地叹了口气。随后命人把丁立找来。丁立一听说来了回信,兴冲冲地,一进来就问:

"怎么样?行了吧!"

"你看看去。"朱野把信甩给他。

丁立看了两遍,笑容消失得无影无踪,愣了。

"我本来就认为不行,你硬说行。八路军的干部哪有那样简单的?……除非是个别光想升官发财的家伙!"

丁立的脸红一阵,白一阵,心里很不是滋味。特别朱野最后那

句话,使他很不自在。这究竟是指谁。

"我可能估计得顺利了一些。"丁立尴尬地说,"不过我想对方这样回信,也是出于不得已,并不能说明他就不动心。哪有人在这样的事情上不动心的!我想,如果是高红的亲笔信,那恐怕就成功了。"

"你是说,让高红自己写一封信?"

"对。"

"那高红会答应吗?"

"这个由我来想办法。"

"审问我可就不参加了。"

"行。"丁立颇为自信地点了点头。

下午的审讯在审讯室里进行。

这是山本第一次审讯高红的地方,也是高红初尝拶刑,手指受伤残的地方。丁立选择这里,想来是有意增加自己的威严。

他身着长衫,装模作样地坐在上面。

高红踏进审讯室,一眼就看到了他,不由暗暗吃了一惊。因为她曾听天虹说过,这个家伙在玉皇陀向敌人下跪并领着敌人搜山的事。

"高红,你认识我吗?"他略带笑意地问。

高红又看了他一眼,默不作声,心想:"你不就是那个贪生怕死的家伙么?"

丁立见她不予回答,以为她真的不认识自己了,又说:

"你到医院看望周天虹的时候,我们见过面么;有一次开晚会,我们还一起演过节目么,我还听过你的演奏么;我就是那个丁干事,你怎么就不认识了?"

"我倒是认识一个丁干事。"高红说,"不过后来听说他出了一件很不光彩的事,说他贪生怕死,向敌人下跪投降了。还说他领着敌人搜山,抓捕抗日同志。后来他到了哪里,我可就不知道了。如果他今天还活着,那也是行尸走肉,虽生犹死,我怎么会认识他呢?"

"高红,你不要变法儿骂人!"

丁立正要发作,一想不妥,这样计谋也就施展不成了。于是又平了平气,强忍着说:

"今天,尽管你对我有不少误解,但我不能同你一般见识。我是真心实意地为了你好。自从我在保定得知你被捕的消息,我就心里非常不安,一心想营救你。因为我知道你是个才女,很有才华,十分难得,如果处理不慎,作无谓的牺牲,那就太可惜了。再说天虹,我们虽然说不上是朋友,也算老熟人了。而且他跟你的关系,别人不知道,我是很清楚的。……"

听到这里,高红面有不悦之色,立即打断道:

"你们该治我什么罪,就治什么罪,你扯这些干什么?"

"你误会了,我今天就是要谈这个。"丁立说,"因为我觉得你们俩是天生的一对儿,天底下没有那么更匹配的。可惜的是,你被抓起来了,说是伤了一个,其实是伤了一双。就好比一对儿鸿雁,一只被枪击落,剩下一只虽然逃脱,也只能高飞云天,夜夜哀鸣了。你想,你被捕之后,我那天虹兄能够心安理得处之泰然吗?因此,我思来想去,心神不宁。不说同志,我们之间,总是有些同事的情分。于是我日思夜想,才想出了一个万全之策,不知你愿听不愿听?"说过,他翻起眼来看高红的表情。

高红沉着脸,默不作声。

"当然,我知道你是愿意听的。"丁立觍着脸继续说道,"我所谓的万全之策,就是一不伤害你们的名誉,二可以让你们俩夫妇团聚。而且我说的办法很简单,很容易办,就是由你亲笔给天虹写一封信,让他过来……"

"你是让我来劝他投降,是吗?"高红立刻打断他。

"不,不,非也。"丁立拉着长声说,"绝不是这个意思。我是说,你只要劝他过来,带部队过来也行,不带部队过来也行;带枪过来也行,不带枪过来也行。人一过来,你这案子就可以结束了,自然你们这对情人也就可以团聚了。到那个时候,你们愿意在这里做事也行,不愿意做事也行。你们愿意到北京就到北京,愿意到天津就到天津。再不然,你们就留在保定,咱们在一起做伴儿。……"

"丁立!"高红厉声叫道,"你是要我们走你的道路,当汉奸,是吧?告诉你,我们决不能背叛自己的祖国!"

"咳,"丁立毫不羞惭地长叹了一声,"你们这些人我真没有办法!脑子里装的全是从延安学来的条条框框,什么忠于祖国,什么抗日，什么共产主义、社会主义，什么组织纪律、人民大众、艰苦奋斗、英勇牺牲、吃苦在前、享受在后，这些乱七八糟的东西，把你们的脑袋塞得满满的。我请问，人活一辈子，短短的几十年，到底为的是什么？不就是为的痛快一点吗？人常说，好花不常开，好景不长在，人不就是为了及时行乐，吃点儿、喝点儿、乐点儿吗？干了几年穷八路，弄了个一身虱子两脚泡，你究竟得到什么了？说是为人民，那人民怎么不为我呢？……"

高红见他滔滔不绝地说着，实在听不下去，就打断了他：

"丁立，你真无耻！听了你的话，我才知道你为什么当了汉奸，当了日本人的狗奴才！你们抓住了我还不满足，还想把周天虹也弄来！你也忒恶毒了！你是想踩着我们的尸骨往上爬！告诉你，我们是堂堂正正的中国人，决不能让你的阴谋得逞！"

丁立在一顿臭骂下，恼羞成怒，勃然变色，叫着高红的名字说：

"你既然这样不识抬举，我也就不客气了。你说吧，这封信你到底是写呀不写？"

"不写！一个字也不能写！"高红声音朗朗地说。

丁立向几个打手，轻轻地把头一摆，说了声：

"钉竹签！左手！"他的意思很明白，还要留下右手来达到他预定的目的。

几个打手立刻像虎狼一般地扑上来，扭住高红的两只臂膀。钉竹签是一种酷刑，就是把竹签钉到指甲缝里去。人常说十指连心，其痛楚可知。自高红上次受了拶刑，伤残的手指还未复原，这种酷刑如何忍受得了。当一根竹签刚刚钉进去时，高红早已痛得汗如雨下，不一时就昏厥过去，倒在地上。刑讯室第二次洒下了高红青春的鲜血。

丁立怅怅地走出房间，因为他一无所获。

## 六五  高红，你在哪里？

早饭刚过，电话铃就急急地响起来。

周天虹拿起耳机，一听是老济公的声音，就问：

"你是老济公吗？"

"是呀，你听着，有一个重要的消息。"

"什么消息？"

"我告诉你，明天敌人要把高红解往保定。"

周天虹明明听得清清楚楚，又问："你说什么？"老济公再次重复了一句，并说这是来自敌人内部的可靠情报，是后半夜派专人送出来的。老济公最后特意说："老周，请你考虑一下，看有什么打算。"

周天虹一听，心中蓦地一亮：这不是解救高红的好机会吗？自古以来，就有劫囚车的事。乘此机会，不仅可以搭救日夜挂心的恋人，而且可以借机歼敌。但这事自己不好做主，必须同政委商量。

左明正要下连，周天虹拦住他，告知他老济公打来的电话。左明刚刚听完，就兴奋得把大腿一拍，说：

"这真是天上掉下来的好机会！我看咱们打个伏击吧！"

左明的这句话一出口，完全碰到周天虹的心坎上了。周天虹对自己的战友，真是说不出的感激。左明又接着说：

"我可以打电话，叫老济公的县大队也配合一下。不过这事要好好计划一下才行。总之，我们要坚决把高红救出来！"

"老左，我，我……"周天虹的声音有些发颤，竭力忍着将要涌出的泪花。沉了好一会儿，才接着说，"我判断，敌人押解高红到保定，兵力不会过小，也不会过大。我们一个支队完全可以对付。只要县大队能配合一下，截断敌人的归路，免得打响后敌人退回满城就可以了。就是敌人出动的时间,情报没有说,这一点不好掌握。"

"我们可以选择好隐蔽地点,在那里等着,兔子总有碰网的时候。"左明蛮有把握地说。

"地点可以选择在保满路的中段。"天虹说,"因为太靠近保定,或者太靠近满城,弄不好他们都会窜到城里去。"

左明以充分信任的口气说:

"你决定吧,那里的地形就像你的手掌纹似的,你是熟悉得很嘛!"

周天虹经过缜密的思考,很快就制订出一个战斗方案,并与老济公取得了联系。

晚上,部队悄悄出发。于夜静时越过封锁沟,秘密进到保满路中段附近。在中佃村隐蔽休息。

中佃村距保满公路约两华里,中间有过去某贵族家一座坟地,约一二百亩。其间坟茔累累,松柏森森,是理想的藏兵之地。拂晓前,周天虹即将支队主力隐匿于此处。将一个排布置在东佃村,以便迎头痛击。满城县大队则布置在距满城十华里处,断敌归路。一切布置妥善,周天虹才略略放下心来。

天亮后,周天虹的心又焦急起来,盼望敌人早些出动,早些打响,以使高红能早日脱离苦海回到自己身边。今天,他像游击队员一样身着便装,头上蒙一条白毛巾,而脖子里却挂着一副望远镜。他时而在林茔间走动观察,时而又跑到树林外举起望远镜向西瞭望。他的眉眼间流露着焦躁不安的神情。

5月的太阳,已经相当炙人。加上没有风,越发显得闷热。埋伏在坟茔间的战士们,一遍又一遍地擦汗。而天虹则对这一切似乎并不觉得。只是不断地在考虑着,布置是否周密,还有没有什么漏洞?一旦打响,敌人会采取什么措施?甚至考虑到,既要消灭敌人,又千万不要把高红也伤着了。他脑子里还出现了许多幻象,以至想象战斗胜利结束后,高红从囚车上跳下来,扑到自己的怀里……

可是,整个上午这一切都没有出现。西边县大队方向沉寂如常。公路上只有少数挑挑儿、担担儿的老百姓在来往,也时而有一些小股特务骑着车子在奔驰。此外,就是面前这一条呆滞的死气沉沉的黄土公路了。

中午，周天虹只好让大家吃些干粮，喝些开水作为午餐。继续等待。

敌人上午未来，下午必来是无疑的了。因为敌人的一般活动规律是选在白天。周天虹再次对部队做了检查，以免因懈怠误事。哪知人们眼巴巴地等了一个下午，直到日落西山时，仍然踪影全无。天虹有点沉不住气了。他往西北一望，西山一带上空，阴云四合，天黑得像锅底一般。一阵冷风吹来，像要下雨的样子。

这时，政委左明从一个坟头旁边站起来，打了一个哈欠说：

"老周呀，我看敌人今天不一定来了。如果不是情报有误，就是改了日期。"

"很有可能。"周天虹点点头，因为敌人一般都是白天活动。

"既是这样，你看大家也都疲劳了，不如拉到村里吃点饭，稍稍休息一下。这里留少数人担任警戒。如果敌人出动，还可以赶快过来。你看怎么样？"

周天虹看看战士们，从天不亮就到这里，确实很累了；何况天快下雨了，让大家都弄个落汤鸡就不好了。于是就点点头说：

"可以。"

一声令下，包括东佃村的少数部队都撤回休息。

可是万万没有想到，大家刚端起饭碗吃了一半，县大队方向就响起了枪声。周天虹把饭碗一丢，立刻集合部队向原隐蔽地跑步前进。走了不足半里，忽然狂风大作，接着瓢泼大雨倾泻而下。"同志们，快点跑啊！"周天虹边跑边喊，冲在最前头。战士们也一身泥一身水地向前飞跑。等跑到坟地占领阵地时，一辆大卡车已经开着大灯从前面飞驰过去。说话间，第二辆也接着开到。周天虹大声喊道：

"同志们！快打呀！机关枪开火！"

机关枪开火了。第二辆汽车也冲过去了。但是第三辆车却被阻止在公路上。敌人跳下汽车进行还击。战约十几分钟，周天虹即指挥部队冲上公路，在一阵手榴弹声中结束了战斗。

天虹最关心的是高红是否在这辆车上。他用一支电棒到处寻找，然而车上已经空无一人。在下面壕沟里横七竖八倒着十几个日军和伪军的尸体。周天虹高声喊道：

"高红！高红！你在哪里？"

然而空旷的田野，没有一点回应。

最后，战士们从车底下揪出一个身着长衫的人来。周天虹用电棒一照，原来不是别人，正是丁立，不由得说："是你呀！"丁立脸色惨白，两腿筛糠，等他辨认出面前站着的是周天虹的时候，扑通一声就跪下了。

"哦哦，老周，不，周支队长……"

周天虹冷笑道：

"你到这里干什么来了？"

"我，我，不瞒你说，我一听说高红被捕，心里真是焦急万分，惟恐她遭遇不测，就从保定赶来保护她。我还计划叫你们两人见面呢！"

"呸！你是想让我投降吧！"

"不不，你千万不要误解，我只是让你们见面。"

周天虹无意和他纠缠，立刻打断他，问：

"高红现在在哪里？"

"她在第二辆汽车上，已经冲过去了。"

周天虹的心立刻凉了半截。想不到辛辛苦苦一场策划，失误在一瞬间。他长长地叹了口气，挥挥手，叫人把这条癞皮狗带下去。然后呆呆地怅望着东方，默默喊道：

"高红，高红，高红，我对不起你！"

## 六六　友谊,生活的珍珠

那天劫囚车未成,一回来,周天虹便有些精神恍惚。左明有所察觉,就问:

"老周,你病了么?"

"没……有。"

"那你怎么一点精神也没有。有时候叫你,你好像没有听见的样子?"

"是么?"周天虹露出一丝苦笑。

"咳。"左明叹了口气,"这次没有把高红抢下来,真是叫人遗憾。这事我也有责任。"

周天虹连忙摇了摇手:

"不能那么说!是敌人太狡猾了,我也没有想到。"

"这样吧,老周,你先休息几天,养养神。工作我先顶一阵儿。"

周天虹没有反驳。心想,自己这种精神状态,工作上出了差错也不好。左明见他没有反对,就找了一个偏僻的农家,把他安顿下来,以便他的精神能有所调整。周天虹对战友的这番情意自然深为感激。

高红被关在满城时,他精神上虽负担沉重,还能经常从老济公处听到一点她的消息;解到保定之后,便杳如黄鹤,一点消息也没有了。这使他陷入更深的痛苦中。他自料高红此去凶多吉少,难以生还。这种精神折磨几乎使他难以自拔。左明经常来安慰他,也难以奏效。好端端一条汉子,没有几天就瘦得不像样子。

晨曦得知这一消息,心里非常着急。他敏感地察觉到,这可能是自己的友人所遭遇的精神危机。他必须来看看他,以便尽一点朋友的责任。这样,他便从报社出来,连续赶了三天的路程,才来到周天虹的身边。

周天虹正坐在一把破木椅上看书,由于神思困倦,便打起盹来,那本书也跌落在脚下。晨曦悄悄捡起了书,端详了一下自己的朋友,只见他面色憔悴,瘦损了很多,着实吃了一惊。便轻轻地推醒他,说:

"天虹,你看看谁来了?"

周天虹睁眼一看,见是晨曦,笑了。

"你怎么来啦?"他问。

"听说你病了,我还能不来!"晨曦说着,坐在炕沿上。

"不,我没有病。"天虹说,"只是吃不下饭,睡眠不好。他们说我精神不够集中。"

"不够集中?"晨曦笑着说,"只怕是精神过于集中,都集中到高红身上了吧。"

天虹也笑了。他眯细着眼望着晨曦,说:

"我一向认为你是个书呆子,老实人;可是有时候你也鬼得很!"

"你这话不错。"晨曦坦白承认道,"你和高红的爱情,最先发现的就是我。"

天虹感兴趣了,憔悴的脸上浮起一层红光。

"你什么时候知道的?"

"在除夕晚会上,我们一起看高红演出,我给你说了两次话,你都没有听见;我看见你的眼睛流露出一种特别的光彩,我就知道你爱上她了。你说是不是?"

天虹孩子般地笑着,不好意思地说:

"那个,也只能是单恋。"

"另一次,在合作社吃饭,高红兴致勃勃谈她的经历,我发现你的眼睛一直没有离开过她。你说是不是?"

"哎呀!你这个家伙,我还以为你只是闷着头写诗呢!"

天虹说过,沉了沉,长长地叹了口气,说:

"是的,我的确是太爱她了!"

晨曦扶了扶自己的近视镜,身向前倾,热诚而亲切地说:

"天虹,正是因为这个,我必须来看望你,劝说你。你是一个纯洁的人，单纯的人，你对爱情是十分诚挚的，专一的，甚至有一些痴，这当然是一种高尚的感情，我也非常赞成。但是碰到今天这种不幸的事情，你就不能不想开一些。"

"唉！"天虹又长叹了一声，"晨曦，我不是不懂这个，可就是想不开呀！前几天，我满以为能把她抢回来，谁知空欢喜了一场！眼睁睁地望着她被敌人弄到保定去了。她这一去肯定是活不成了，这辈子我们恐怕永远也不能相见了！……"

天虹说着，捂住脸，眼泪从手指缝里流出来。

晨曦心里也很难过，沉了沉，继续劝解道：

"天虹，你听我说。我的看法与你不同。我以为，敌人不一定立刻杀她。因为敌人抓住一个女县长，对他们说，这是一件很难得的事。敌人一定会继续利用她做文章。只要战争的进程顺利一些，将来你们的重逢还是有可能的。"

"唉，但愿如此吧。"周天虹频频地摇着头，一面用坚定的语气说，"如果她有可能出来，我要永远地等着她！"

两个人由此又谈到全国抗战的战局，谈到国民党消极抗战、积极反共，最近中共南方局负责人被国民党逮捕杀害的事件。他们又谈到世界反法西斯战争的战局，谈到苏联红军在斯大林格勒的苦战，以及英美迟迟不肯开辟第二战场的问题。两个人都对此表示忧虑和气愤。谈到这里，周天虹说了一句粗话：

"他妈的！我就不明白他们为什么不实践诺言，不早点开辟第二战场？"

"还不是为了使自己少受点损失，使苏联多受点损伤？这是这些资产阶级政治家的一贯作法！"

"现在的形势很明显，"周天虹愤愤地说，"在中国，国民党消极抗战，积极反共，把重担压在我们的身上；在世界，英美又把重担压在苏联的身上。这样，明显地使战争延长了，使敌后军民要付出更多的牺牲。"

"的确如此！"晨曦点点头说，"但是我看时间也不会太长了，大约正像中央说的'黎明前的黑暗'吧！"

两个人山南海北地谈着，周天虹觉得心里愉快了许多，也渐渐有了精神了。

两个人直谈到吃饭时间,随便吃了点东西,晚上睡在一起又谈。真是知心话儿说不够,好友见面话没头啊!最后,晨曦附在天虹的耳边亲切地说:

"天虹,我认为你在我们一群伙伴之中,是一个有希望的人。高红的事,是对你的一个严重打击。但我要劝告你,要以工作为重。多打几个胜仗,狠狠地打击敌人,这也就是对高红的爱了!你说对不对?……这也就是我来的一番心意。"

周天虹为晨曦的话所感动,心头一阵热,几乎流下眼泪。他连忙伸过手几乎抱住他的朋友说:

"你说得对!你说得对!我一定听从!"

# 第四篇

## 六七　新　任　务

1942年9月，周天虹的精神已经好了很多。虽然他对高红仍不时地系念，在周围同志和晨曦等友人的劝慰下，只好耐心地等待。高红自从被送到保定监狱，已经很难得到她的消息了。

这年是历史上少有的大旱之年，晋察冀的群山，到了7月，还是一片苍黄，没有一点绿色。河谷里的一点可怜的庄稼像被太阳烤焦了似的蔫头耷脑的。人们饿得走不动路，有的人爬到地里用小锄耪地，希望能有一点收成。加上日寇连续两次开展"强化治安运动"，不断向我进攻蚕食，敌后抗日根据地几乎缩小了一半。形势是极其严峻的。

在这期间发生的最重要的事件，就是敌人对冀中平原空前残酷的大"扫荡"。这次"扫荡"是在华北敌酋冈村宁次亲自指挥下进行的。他调集了第一一〇师团、第二十七师团的主力以及第四十一师团和五个混成旅团的一部共五万人，配置飞机、坦克对这块平原地区进行猛烈突击。经过两个月极端艰苦的战斗，冀中主力兵团不得不转到外线。这块晋察冀人力、物力最丰厚的地区就被敌人占领了。

为了坚持敌后斗争，逐步恢复冀中地区，军区决定派出多支游击队向敌占区挺进。

周天虹正在军区参加一个营以上干部会议。

会议将近完了时，他接到通知，军区组织部的王部长要找他谈话。他从延安来到晋察冀，工作就是由王部长分配的。王部长是长征干部，人很年轻，不过二十四五岁，对人谦逊和蔼，有一种温文尔雅的风度。凡接近他的干部，都感到一种春风般的温暖。他是跟随聂老总在敌后开辟根据地的干部之一。据说，政治部刚成立时，只有政治部主任舒同和他，另外还有两个警卫员、两个马夫。真是找一条炕就够住了，打一盆菜就够吃了。王部长有一个惊人的长处，就是他那不同凡响的记忆力。据说，1941年日军大扫荡，把组织部埋藏的文件箱子挖出来了，敌人发现了军区营以上干部的名单。以后，聂司令员就规定，不许把干部名单登记成册坚壁起来。从这时起，王部长硬是把全军区几千个营以上干部的名字，以及他们的家庭出身、文化程度、年龄等等，死死地记在脑子里。等到反扫荡一结束，需要上报时，他就搬一个小凳子坐在那里，在膝盖上把几千名字一个一个毫无差错地全写出来。在全军区他这个特点简直是无人不知无人不晓。

今天，周天虹听说王部长找他，知道有事，就兴冲冲地来到组织部。王部长正在翻文件，一见周天虹进来了，就立刻亲热地叫了一声"老周"，放下文件起身相迎。周天虹敬礼的手还没有放下，就被他紧紧地握住了。

"王部长，你是革命前辈，你叫我小周也就行了。"

"我比你不过大个三两岁嘛！"王部长笑着说，一面又关心地问，"听说你不久前病过一次，现在可好了些？"

"完全好了。"周天虹连忙回答，同时心中暗想，"他怎么知道我病了呢？"

王部长接着说：

"你同高红同志一起从延安来，再过三个月就整整四年了吧。我想起来就像昨天似的。说老实话，我那时候就看出来，你们俩有一种比较亲近的关系。……"

听到这里，周天虹怦然心动，吃惊地望了王部长一眼，脸有些红。

"老周，"王部长亲切地叫了一声，"你的眼光没有错。我认为，高红不仅是个好姑娘，而且是妇女干部中比较杰出的好党员。可惜年轻轻的就被捕了。但是在敌占区工作，成天在魔鬼的鼻子下跳舞，也是难以完全避免的。我劝你的负担不要过重。你知道，到处都有党的组织，组织上会想尽办法去营救她！"

周天虹低头不语，这些贴心话使他感动。

王部长略沉了沉,就转变话题道:

"老周,今天找你来,是要同你商量一个问题:我们准备调动一下你的工作。"

周天虹立刻支起耳朵,凝神静听。王部长说:

"你知道,今年5月1日,敌人对冀中区进行了一次大扫荡。冀中区的主力部队,一部分转到晋东南太行地区,一部分来到冀西。现在这块根据地已经变质——也就是说,已经由根据地变成敌占区了。现在聂司令员决定,要组成若干东进支队,开赴冀中,争取逐步恢复这块地区。因为冀中部队的干部,在'五一'大扫荡中伤亡很大,我们准备把你派到冀中第一东进支队工作,不知道你是否愿意?"

王部长说过,默默地用那双明察秋毫的眼睛观察着他。

周天虹立刻意识到,这是个不同寻常的艰巨任务。而愈是危险的任务,愈是不容许有丝毫的犹豫。这是战争年代形成的共同风格。于是,周天虹略加沉思就回答道:

"可以。"说后又觉得语气还不够坚定,又立刻追补了一句:"我很乐意去!"

"可是,我告诉你,这个任务可能是困难重重,而且……"

周天虹没有等他说完,就打断说:

"没有问题!我在敌占区活动,也有了一些经验。"

王部长的嘴角上露出几丝满意的微笑,又以解释的口气说:

"不过你的职务需要变动一下。因为这个支队的支队长,是农民出身,土生土长,对当地情况很熟悉,人也很老实,就是文化程度低一些。如果把他改成政治委员,显然是不合适的。那么,把你派去,就只有把你改成政治委员了。我想,你该不会有意见吧?"

"没有意见。"

"那就好。"王部长满意地说,"根据我军的制度,司令员同政委、团长同政委,本来是一样的;但有些人总觉得司令、团长就高些,宁愿当司令、团长,不愿当政委。这都是怪事!你现在改成政委,责任就加重了。不仅在军事指挥上要负责,对整个部队的建设,政治任务的完成,部队的倾向是否健康,都负有政治责任。到达冀中后,你还要参加当地县委,掌握斗争策略。我想这对你的锻炼也是有好处的。"

周天虹连连点头。王部长满意地说：

"既然你都同意,很快就要下命令了。"

周天虹见事情已谈完,又说：

"王部长,我这次到冀中去,又隔了一道封锁线,以后见面更困难了,你对我还有什么指示？"

"什么指示哟！谈不上,谈不上。"王部长连连摇手,关切地说,"你来敌后,已经快四年了。部队各级领导对你的反映都是好的。开始一段,他们说你这个学生兵,打仗不行,还想调动你,后来你打得很勇敢,很好,他们又争着要你,把你当成香饽饽了。我们认为你是个老实人,脚步扎扎实实,一步一个脚印,是个优秀的知识分子。要说弱点,也有,就是对部队抓得还不够严格,对同级还有点温情主义、自由主义,对同志提个意见也磨不开情面,这样对一个政治委员来说就是应当注意克服的了。……"

一席话说得周天虹心悦诚服,热乎乎的。告辞出来的路上,还一直回味着：怪不得党派这样的人来做组织工作、干部工作！许多人都把组织部当作"干部之家",不是没有原因的。

第二天,"任命周天虹同志为冀中第一东进支队政治委员"的命令,已经带着新鲜的油墨香味,传到周天虹手里。他再一次感受到它那沉甸甸的分量和伴随而来的光荣感。随后他想到的是,应当在赴任前去看看好友晨曦和老师欧阳行。晨曦不久前在自己出现精神危机时,多次耐心地来劝慰自己,使自己从内心深处感激不已。欧阳老师也多次来信劝导,大大减轻了自己的痛苦。今后到了平汉铁路以东,就很少有机会见面了。临行前,怎么能不去看望看望他们呢！

报社距此处不过十余里,周天虹一路健步如飞,不到一小时就赶到了。欧阳行和晨曦见到天虹,又得知他荣任新职,真是高兴万分。中午特意炒了两个荤菜,又买了一壶枣酒为天虹壮行。

谈话的主题,一直围绕着冀中。欧阳和晨曦都到过冀中平原,他们都盛赞这块土地物产丰富,人物俊秀,人们把它比喻为苏联的乌克兰不是没有道理的。尤其是冀中人民坚强的抗战意志,给他们留下了难忘的印象。他们都为这块美好的根据地沦为敌占区感到伤心,希望周天虹能在恢复这块地区的斗争中做出贡献。周天虹也感到他们的话给自己增加了信心和力量,劲鼓得越来越足。

但是,周天虹却觉得晨曦的神色有些异样。他开始是沉默无语,接着是脸红脖子粗,像有满肚子的话要说而说不出口。只见他憋了半天才蹦出了一句:

"我也到冀中去!"

天虹和欧阳见他突然冒出了这么一句,且嗓门蛮大,不禁愣了。天虹就问:

"晨曦,你是想到冀中采访去吗?"

"不,我要到那里工作!"

欧阳吃了一惊,说:

"晨曦,你不是在这里工作得蛮好吗?你怎么要到冀中去呢?你是今天喝多了吧?"

"不,我没有喝多。我是对你有意见!"晨曦红着脸,黑框眼镜后面,眼睛瞪得大大的。

欧阳那张文雅而又略显发黄的脸上,满是惊异之色。因为晨曦一向性情温和,是从来没有这种表现的。

"哦,原来你对我有意见,是吗?有什么意见,你就说吧!"

"我一来到敌后,你就把我牢牢地捏在手里。"晨曦说,"别人都分到前线去了,连高红都到前边去了,你要我在报社当记者。你说,报社人手少,知识分子少,要我顶一阵。好,我就依你。后来报社不断增加人,你该放我了吧?不,你又说报社骨干少,还是不放我。欧阳社长,你说我顶了几阵了?"

听到这里,欧阳立刻严肃起来,正色道:

"晨曦,你这样说就不对了!现在是战争时期,武装斗争是第一位的,但是没有抗战文化行吗?整个根据地没有我们这张抗战报纸行吗?能够统一思想一致对敌吗?你们从延安来,一路上唱着冼星海的《到敌人后方去》,现在根据地的千百万群众,不论男女老少,每天都离不开抗战歌曲,这不都是抗战文化发挥的巨大作用吗?你写的那些街头诗,不是也在发挥作用吗?你怎么也说出这样的话来了?"

欧阳说到这里,简直有点生气了。晨曦的语气和缓下来,说:

"欧阳社长,你说这些,我通通承认。但是我一直没有机会在火热的斗争生活里滚一滚,没有做点实际工作,我自己心里一直觉得不踏实。你给我一定的期限,在下面干一段也行。毛主席也说过当记者的要做一做工作,或者是一边做工作,一边当记者,你说这样可以吗?"

"如果这样说,那当然可以。"欧阳的脸色仍然比较严肃。

"欧阳,你真的答应了?"晨曦立刻像孩子似的一跃而起,笑了,瞳子里放出快乐的光彩,几乎把欧阳抱在怀里。

欧阳长叹了口气,说:

"唉,你们这些诗人,真是叫人受不了。感情一来就是排山倒海,汹涌澎湃!不过,你不要高兴得太早,再过几个月,才能把你的工作调整一下。即使你到了冀中,也还得给我写稿子,反映冀中人民的斗争。"

"那,没有问题!"

周天虹也高兴得唱了起来:

> 快赶上来吧我们手牵手,
> 去同我们的敌人搏斗!
> ············

小小的酒宴在欢笑声中进行着。

## 六八  他从血与火中走来

周天虹回到原部队，整顿行装，准备上任。左明政委得知他将要离去，不胜依恋。天虹更是一往情深，不忍离去。自从他分配到一团，正像人们说的还是一个"新兵蛋子"，一不会打仗，二不会管理部队，都是得力于像左明这样的放牛娃子的帮助和鼓励，才一步步锻炼成长起来。时至今日，内心里如何能不感激他们呢？临别之日，两个人在三杯枣酒落肚之后，都不免掉下了大颗的眼泪。左明还派了一匹马，驮上天虹的行李，并亲自送了他好几里路，才依依而别。

新组成的东进支队，驻在唐河岸上。这是冀西根据地比较富庶的地方，沿着宽阔的河谷，是一眼望不到边的稻浪，风景也颇为秀丽。从冀中平原的血火中突围出来的部队，已经在这里歇息了一些时日了。

周天虹整整走了一天，傍晚时才来到目的地。一进村就看见有不少穿着瓦灰色军服，佩戴着"八路"臂章的军人，就知道冀中部队住在这里。而冀西部队则穿的是草绿色的军装，这一点显著不同。

周天虹来到东进支队的支队部时，出来迎接他的是一个身背驳壳枪的年轻军官。中等略高的个儿，生得相当漂亮精干，尤其剑眉下那双炯炯有神的眼睛，显得格外灵活机警。他一见周天虹，就亲热地赶过来握手，带着笑说：

"你是周政委吧，我是支队长徐偏。前天我就接到军区的电话，等候你好几天了。"

接着，他招呼通讯员帮马夫卸下行李，吩咐炊事员准备晚饭。然后陪着周天虹来到屋里，擦了把脸，坐下喝水。

"我早就要求上级给我们派个政委来,因为我从小只上过三年小学,文化水平还没有脚脖儿深,工作太困难了。今天总算把你给盼来了!"

周天虹笑了笑,对支队长的热情表示谢意。他很想了解一下支队长的经历,这对今后的合作是很必要的,就随口问:

"徐偏同志,你是冀中哪个县的?"

"我是河间府的,我们那儿的大鸭梨很有名。"徐偏笑着说,"咱们这个部队,大部分都是河间、肃宁、饶阳、深县、安平那一带的人。你不用问,差不多全是庄稼汉,连蚂蚱放屁都带点儿庄稼味儿。"

周天虹哈哈大笑,觉得这人诙谐有趣,又问:

"你从小干什么?"

"我刚才说,我上了三年小学,后来我爹死了,只剩下我娘,日子过得很艰难,就不上了。托亲戚,托朋友,找窗户,找门子,才到天津卫一家小店里当了个学徒。先别说挨打受气,还得跟老板娘抱孩子,给老板提尿壶,简直不是人干的,我就跑回来了。回到家给财主家当小做活的,累得腰酸骨头疼,还不叫你吃饱。他家做了成缸的酱,倒让我们啃白菜疙瘩,真把长工们气坏了。我说:'你们别生气,我有办法!'他们说:'你这小嘎子,你有什么办法?'我笑而不答,心想,你们看着。因为我早就瞅准了,那狗屎和酱的颜色差不多,我就把一大泡狗屎悄悄地放到酱缸里。财主家一吃,嗯?这酱怎么变成这个味儿了?一缸酱全不要了。哈哈,你不让我们吃,你也吃不成!后来,他们才知道是我这个捣蛋鬼干的,就把我骂了一顿,轰出来了。从此,财主们谁也不用我。直到八路军来了,我才参了军。……"

周天虹一直笑微微地听着,觉得这个人很有意思。又问:

"你是一直在这个部队吗?"

"不,不是。"徐偏摇摇头说,"我原来是冀中骑兵团的。'五一'反扫荡前,我在骑兵团当连长。"

"现在这个部队是原来的骑兵团吗?"

"不是。"徐偏又摇摇头。

"那么,你原来的那个连呢?"

徐偏的笑容顿时消失,半晌无语。沉默好一会儿,才带着痛苦的神情说：

"讲起来，一言难尽啊！"

天虹默默地注视着他，听他讲下去。

"这次'五一'大扫荡，敌人真是下了大本钱了。"徐偏说，"规模这样大，时间这样长，都是我们没有料到的。一开始，敌人还耍了一个花招，只'扫荡'边缘地区，等到我们的主力都纷纷回到腹心地带，敌人就倾巢出动，向我们压过来了。在这紧急时刻。上级指定我们骑兵团留在中心地区吸引敌人，主力分别跳出了包围圈。5月12日这天，一大早四面八方枪炮轰鸣，接着飞机就飞到头顶上来了。冈村宁次这个恶魔，就坐在飞机上，亲自指挥着数万敌军，分成多路纵队，像拉大网似的包抄过来。你知道，平原上的人口是多么稠密，敌人在中心地区包围的群众总有几十万人。这些鬼子一个个都是疯狂的野兽，他们一见逃难的老百姓就开枪，机枪一扫一大片，手榴弹一炸一大堆。真是尸横遍野，惨不忍睹啊！你听吧，远远近近，原野上不是小孩哭，就是大人叫，到处都是哭喊声、惨叫声！简直把人的心魂都撕裂了，我一生一世也忘不了那个场面！……"

徐偏的脸抽搐着，陷入极度的痛苦中。停了半晌，才继续说下去：

"幸亏冀中平原上村落与村落之间挖了许多道沟，我们才利用道沟突出了包围圈。第二天，敌人又要合击我们，我们必须向北渡过滹沱河。午夜时分，我们到达了河边。向北岸一望，大堤上每隔50米，烧着一堆大火，并且隐隐听到日本鬼子哇啦哇啦的说话声。敌人已经把北岸全部封锁了。情况是紧张的，不过河不行，要过河还不能惊动敌人。我一看团长脸上显出严肃的表情，我就说：'团长，这样吧，我先带几个突击组摸过河去看一看，得手后再说。'团长点了点头，我就带着三个小组，每个人的步枪上都上了刺刀，另外还带了一把马刀，并且告诉他们，不要打枪。接着，我们就不声不响地游过河，悄悄地爬上了堤坡。小伙子们干得真痛快，不一会儿就把三堆火边的鬼子收拾了。然后，我把两个机枪组往两边一摆，就掩护全团人马神不知鬼不觉地渡过了河。等全团过完，天就蒙蒙亮了，这时我才看见滹沱河里不断漂过老百姓的尸体，几具刚刚漂过去，接着又是十几具漂下来。我心里说：这一次我们的家乡死了多少人啊！……

"这样，我们就在平原上纵横驰骋，和敌人捉起迷藏来。敌人从正面扑过来，我们就从他的侧后跳过去。敌人到了中心区，我们就飞驰到了敌人的城边。有时打了就走，有时边打边走。半个月后，敌人从中心区纷纷撤出来了，我们奉命回到根据地的腹心地带。这一带有几个村庄是冀中军区机关常驻的。我们黎明时分刚到，村民们就全从家里出来了，他们一见我们，就像久别的亲人似的全哭了。还含着眼泪问：'吕司令和黄敬政委他们全在冀中吧？他们都还安全吧？愿老天保佑他们！'我们一听，也全流下了热泪，人民遭了这样大难，还挂念着我们。接着姑娘、媳妇们也全出来了，这些天，她们为了躲避敌人的奸淫，一个个全在脸上涂了一些锅黑子，脑后挽起了发髻，身上穿着老太太又长又大的脏裤子。她们不是打听丈夫的去向，就是打听孩子的下落。也有的丈夫被打死了，哭哭啼啼。我们临走时，不少青年要求参军，要跟我们走，孩子们抓住我们的马尾巴不放。可是我们这支骑兵部队怎么能带他们走啊！此情此景，真叫我心里难过。

"可是有一天，我们还是和敌人的大部队遭遇了。敌人从四面八方来包围我们。大白天碰上这样的情况是非常危险的。我们的团政委是个长征干部，这时候，他那长征干部的本色就显出来了。他平时话不多，是个很老实、很随和的人，这时候却不容争辩地说：'你们赶快突围，由我带着二连担任掩护。'团长死活不肯，但他梗着脖子坚持。团长只好带领部队突围了。临走还嘱咐我说：'徐偏，你要注意政委的安全！'我说：'是。'于是我就同政委一起留下了。我们匆忙地在村沿构筑了一些工事，同敌人整整打了一天。我和同志们都为政委的精神所鼓舞，打得非常英勇，打死了好几百敌人。但是最后因为子弹缺乏，手榴弹也打完了，黄昏以前，敌人就突进了村子，政委和大部分同志都牺牲了，战马也打死了。整个一个骑兵连，只剩下我们三五个人突出了重围。在黄昏的原野上，我一看只剩下这几个人，整个连队完了，政委也牺牲了，我作为一个连的连长，怎么向上级交代呢？当时，我真想举起枪来，一死了之，可是我一想：不对！我一个共产党员怎么能走这一步？难道我忘了敌人欠下冀中人民的血债吗？……"

徐偏说到这里停下来,抖抖索索地把烟叶卷起了一个大喇叭筒,抽起来。

"以后呢?"周天虹问。

"以后,我就跟着一个小部队过到路西来了。最近才把我调到这里当了支队长。现在我抱定这样的决心:一定要为冀中人民复仇,叫日本鬼子也尝尝我的厉害!"

"好!"

天虹听了徐偏一席话,对这个未来的伙伴,已经有了一个基本的了解,刚才又听了他的决心,不禁大声叫出一个"好"字。

这时通讯员已经把饭端来。周天虹看得出,徐偏限于条件已经作了颇大的努力。饭后,由徐偏陪同,到下属的两个连队看了一看。周天虹从驻地的卫生和内务的整洁有序,都看出部队管理严格,训练有素,心里好不高兴,越发增强了信心。

## 六九　故乡变了

数日后,周天虹和徐偏即率领东进支队,向冀中挺进。

这个支队是由原来的一个步兵营编成的。由于在"五一"反扫荡中受了些损失,只剩下两个连了。支队部人也不多,编了一个通讯班,一个侦察班,一个参谋,一个干事,一个后勤管理员。组织上相当精干。武器弹药配备得很充足。出发前,为了适应新的环境,一律换成便装。头蒙羊肚手巾,身着紫花粗布衣,腰扎皮带,一个个年轻人,看去十分英武。加上大家思乡心切,都急于回到平原上,为乡亲们复仇,所以显得格外有生气,就如生龙活虎一般。

这支颇为精悍的部队,从望都与定县之间越过了平汉铁路,进入冀中平原,随后继续向东挺进。

平原的夜,就像大海一般深不可测。周天虹自离开家乡回到这无遮无拦的平原还是第一次。加上敌情、环境不熟,颇有一点神秘感。而徐偏的感情却较为复杂。一方面他为回到故乡而激动,同时又觉得心头分外沉重。回想"五一"反扫荡之前,这块根据地是多么美丽、欢乐和活跃啊。那时,他也常常夜间行军或单独行动,平原上那些稠密的乡村,就像一座座乐园似的,远远近近,不是儿童团和青年妇女们从识字班里传来的歌声,就是村剧团的管子、胡胡、锣鼓声。那是多么叫人愉悦的事!可是现在呢,除了炮楼上闪射着恶魔般的灯光,所有的村庄都是黑沉沉的,连一点声音都没有,就像死去了似的。看到这些,心不禁又疼起来。这些天来,人们究竟在怎样地生活呢!

平原上,这时敌人已经构筑了千百座密密麻麻的碉堡。为了限制抗日人员的活动,县与县之间还挖了县沟。行进的部队不得不跳到一丈多深的沟里,搭上人梯吃力地翻过沟去。人们一边爬沟,一边愤恨地骂。这些小鬼子,不仅残害着我们的人民,把我们的土地也挖得千疮百孔,弄得不像样子。

沿着滹沱河北岸行进的东进支队,终于经过三日行程,秘密进到冀中根据地的腹心地区肃宁县境。这是徐偏的故乡。据说他的家就在县城附近。他过去常在这一带活动,对这里自然是很熟悉的。

已是午夜时分。徐偏命令部队停在一个颇大的村庄外,然后回过头说:

"政委,我看就在这里宿营吧!"

同级干部,他本来可以称周天虹为"老周",但他仍称他为政委,以表示客气和尊重。周天虹点了点头,问:

"这个村庄叫什么名字?"

"丰乐堡。"徐偏还情不自禁地带着欢乐的调子说,"这一带我很熟悉,今后在这里活动,就不用请向导了。"

说过,他带着参谋王乐和一个通讯员就悄悄地向村子里走去。临走还丢下一句话:"这地方群众条件很好。部队一连走了几天,也疲劳了。你就让大家准备进房子吧!"

周天虹自然满心欢喜。为了安全,他让部队离开大路,隐蔽在青纱帐里,四周放上了警戒。然后静静地等待着。

此时夜色深沉,万籁俱寂,只有秋风吹着高粱叶沙沙的响声。由于困倦,战士们倒在高粱地里早已沉沉入睡。可是周天虹却不免焦躁起来,他看了看自己的夜光表,已经一个小时过去了,还没有一点消息。

终于在万分焦急中,看见村头上有几个人影晃动,果然是徐偏他们回来了。不过他们的脚步疲疲沓沓,有点无精打采的样子。

等他们走到身边,周天虹就焦急地问:

"老徐,怎么去这么长时间呀?没有见到人吗?"

"人是见到了,就是他妈的变了!"他气愤地骂了一句粗话,十分沮丧地说。

"怎么变了?"

"这里有个村长姓张。叫了好半天才叫开了他家的门。他一见我,就吃惊地说:'你是徐连长吗?'我说:'怎么,你不认识我了?'此后,再问他什么也不说了。问他敌情,他不说;问他县干部在哪里,他也不说。我气急了,就厉声说:'老张,你是怎么搞的?你叛变了吗?'他扑通一声就给我跪下了,还可怜巴巴地说:'徐连长,你饶了我吧,你可千万别带日本人来抓我呀!'我一听就明白了,他是把我当成投敌分子了,我就骂了他一句:'你混蛋!你把我徐偏当成什么人了?你看我是那号人吗?'说着,我就把他拉起来了。他哼哼唧唧地嘟哝着说:'现在谁是那边的,我也分不清了。'我说:'我是带部队打回来的!你赶快给我号房子、弄饭,让部队住下来。'他又十分为难地说:'徐连长,你们可千万别住下呀!这个地方,四处都是炮楼,他们一天来两三次。这可怎么行呢?'我说:'这怕什么,他们一来就打!'他又惊叫了一声,说:'啊哟,你们可千万别在这村里打仗啊,一打仗,咱们这里的老百姓可就倒了霉了!'我说:'老张,你连子弟兵也不要了吗?你是想把我们困死、饿死吗?'他又可怜巴巴地说:'我可不敢有这个想法儿。你们缺吃的,我可以给你们送干粮去。只求你们别住在这里,别在这里打仗!这不是我一个人这样想,你问问老百姓,哪个不怕你们在这里打仗呢?'……"

徐偏说完,仍然激动得不行。参谋王乐也气愤地插话说:

"今天盼冀中,明天想冀中,真没想到,千辛万苦回来了,碰上了一个不欢迎!"

"我看,不管他欢迎不欢迎,管理员快进村号房子去。反正不能住在高粱地里!"

周天虹一听,连支队长也这样说,就有点沉不住气了,连忙说:

"老徐,我看,咱们新来乍到,对情况还不了解。还是要慎重一些。"停了停,又说,"现在,单从这个村长的情绪,恐怕还不能说群众对我们是不欢迎的。我们必须赶快和地方党,和分区取上联系,进一步了解情况才行。"

"那么,今天晚上我们住在哪里?就住在这高粱地里吗?"徐偏问。

"我看先在高粱地里住几天,也未必不行。"周天虹说,"强扭的瓜不甜。如果大多数老百姓都怕在村子里打仗,我们一味硬干,恐怕后果不好。何况现在已经后半夜了,我们勉勉强强住下,惊动了坏人,到炮楼上一报告,我们再转移也就来不及了。"

徐偏一听,政委讲得也很有道理,就点点头说:

"那就按政委说的办:今天晚上先在野外露营。"

此时大家早已饥肠辘辘。为了使大家的情绪不致引起波动,周天虹把各连的干部召集起来,做了一番解释,并号召党员起模范作用,人们才安定下来。

又等了一两个小时,村长总算带了两个人送来了一些仓促搜集的干粮。这些干粮无非就是窝窝头、高粱面做成的红饼子甚至糠饼子之类。战士们也不管好赖,像风卷残云一般送下肚去,又喝了一些凉水,才打开背包,在高粱地里呼呼入睡了。

徐偏只铺上一块雨布,就枕着背包躺下来。

"你怎么连背包也不解呀?"周天虹问,"这样会冻着的。"

徐偏没有应声。周天虹看出他的情绪很不好,也就不再问了。他往徐偏身边凑了凑,把自己的被子给他盖上一半。天虹是一副热心肠,很善于理解人。他认为,徐偏今天回到朝思暮想的家乡,原来想会遇到故乡人民热烈的欢迎,哪里会想到碰上这种冷遇,连房子也住不上呢? 不仅徐偏,就是自己,在根据地的数年间,一向同群众亲如家人,穷人家房小屋窄,有时就同群众睡在一条炕上,哪里遇到过这样的情景呢!节令已近中秋,后半夜已颇有寒意。加上秋风一阵紧似一阵,吹得高粱林哗哗作响。作为政治委员,周天虹嘴里不说,心里也是怪难受的。

不想天不作美,将近黎明时分,又渐渐地下起小雨来。觉自然睡不成了。人们纷纷起来,披上个小雨布闷闷地坐着。

周天虹更是思绪纷纭。他想起自己接受这一任务时是抱着很大雄心的,不料环境如此恶劣。像这样下去,不仅打不开局面,连如何生存下去都成问题了。他不免焦躁起来。

"老徐,你醒了吗?"他轻轻地碰了碰徐偏。

徐偏在熹微的晨光里睁开眼,一骨碌爬起来。

"你还有烟叶吗?"天虹问。

"你不是不抽烟吗?"徐偏反问。

"有时候,我也得抽一点儿。"周天虹含含糊糊地说。

徐偏从腰里拿出了一个大烟荷包,又从小口袋里抽出几张裁成条条的废报纸递给他。

他慢慢地卷了一个大喇叭筒,又问:

"火呢?"

徐偏全身上下找了个遍,才找出两根红头火柴。不想第一根刚划着,就被一阵疾风扑灭,第二根没有划两下,就脱落了头,只好叹了口气,说:

"我看你就别抽了吧!"

"不,我今天真是想抽得厉害。"

"好,那你就稍等一会儿。"

徐偏说过,从挎包里找出一根手指粗的小木棍儿,又找出一条破布条,就把布条缠在木棍上,然后在地头上捡了一块半截砖,就在膝盖上搓起来。越搓越快,不到几分钟,把那个布条猛地一抖,便看见布条冒出了一股青烟。

"抽吧,"徐偏笑着把布条递过来。

周天虹一看,布条果然已经燃着,就马上点着烟吸起来。当他喷出一大口浓烟之后,不禁用赞赏的眼光久久地望着自己的伙伴,微笑着说:

"老徐,想不到你把燧人氏的本事也学来了,你真不愧是个老游击队员啊!"

"这都是小鬼子逼出来的。"徐偏也微笑起来。

# 七〇　无村不戴孝,处处闻哭声

东进支队在高粱地里又苦挨了一天。

夜里凄风苦雨使他们饱尝了寒冷的滋味,白天是炙人的太阳闷热异常,连一丝风也没有。无边无涯的青纱帐,就像穿不透的绿色的墙壁,把他们紧紧地围困着。眼前只有几只蹦来蹦去的蚂蚱和歌曲单调的蝈蝈陪伴着寂寞的人们。

大路上不时传过来粗野的叱骂声:"他妈的,快走!难道你要找死吗?"一听就知道,是鬼子和汉奸赶着老百姓前去挖沟修路。战士们听了心中十分难过,却又无可奈何。

周天虹和徐偏一再商议,认为当前的惟一要事就是找到县委或分区,了解情况,定下活动计划。而要找到他们却必须找到最可靠的群众。

当天,黄昏过后,他们开始转移,来到肃宁城南的梨花湾村。

"就住这儿吧,这是我过去的老窝。"徐偏有点儿兴奋,"这里有一个李大娘,待人亲热极了。她家三天两头住县区干部,不会找不见他们的。"

"我跟你一块儿去。"周天虹也高兴地说。

徐偏仍旧把部队安置在青纱帐里,在要路口布置了警戒。

这时,西天上露出一弯新月。徐偏带着通讯员走在前面,周天虹厮跟在后。虽然夜色迷离,但徐偏轻车熟路,就像走进自己家门一般。不一时,他就沿着村边,拐进了一个胡同。这条胡同并不长,出了胡同,是一个碾盘。旁边有一个油漆剥落的小门。徐偏在门首停住脚步,似乎思量了一下,没有立刻动手敲门。他示意天虹先等一等,然后绕到屋后,举起手来,向着后山墙不急不慢地拍了三下。

听听没有动静,随后又依照原有的节奏拍了三下。不一刻,就听见院子里有脚步声响,接着那个小黑门便呀的一声开了。

徐偏连忙赶到前面,借着暗淡的月光,看见门里一前一后站着李大娘母女二人。令人惊异的是两人都身戴重孝,头上裹着长长的白纱,垂在身后。

"大娘,我是小偏儿。"徐偏轻声地说。

李大娘凑近他的脸望了望,才招招手把他们让进了门,随后插上门,说:

"小偏儿,怎么好多日子不见你了?你到哪儿去啦?"

"我到山里去了。"徐偏说。

"咱们的队伍全回来了吗?"

"我们先回来了。"

"谢谢老天爷!你们可回来了,再不回来老百姓可真没法活了!"

李大娘说着用袖子拭了拭眼泪。

"娘,到屋里再说吧!"女儿说。

说着,她先摸进屋,点上了灯。然后又用破被子蒙在窗上遮住灯光。

徐偏看见屋子里凌乱不堪,炕对面那个红漆躺柜也不见了;再看看她们身穿的重孝,哀戚的面容,就知道家里发生了变故。他问:

"大娘,你这是给谁戴的孝呀?"

这一问不打紧,大娘立刻呜呜地哭起来了。一边哭,一边抓住徐偏的手说:

"你大伯叫日本鬼子用刺刀挑了!"

"什么时候?"

"就是昨天。……"

大娘哭得说不下去,女儿接着说:

"我爹不愿给日本鬼子出伕,就藏在村北柳子地里。鬼子兵把他搜出来,就把他扎死了。"女儿也泪涔涔地呜咽着说,"当时,我们藏到西洼里了,一点也不知道;后来还是邻家大伯给我们捎了个信儿,我赶去一看,我爹肚子上扎了两个大血窟窿,连肠子也流出来了。乡亲们就用门板把他抬回来。"

"临死连个棺材也没有。"老大娘哭着说,"死人死得太多了。不是被打死的,就是被杀死的,哪里有那么多的棺材呢?我说,就把他装在躺柜里吧。临走,连身新衣裳也没有,只换上了双新鞋。以前他给财主扛长工,八路来了他当农会主任,一年到头风风雨雨的,他可是没享一天福啊!"

　　说过又呜呜地哭个不住。

　　听到母女二人的哭诉,天虹、徐偏和两个通讯员无不为之酸鼻。天虹打量了一下母女二人,李大娘大约四十三四年纪,面呈紫糖色,穿着黑衣黑裤,看去是一个朴实勤劳的农家妇女。女儿不过十八九岁,穿着柳条土布褂子,黑裤白鞋,生得相当秀丽聪颖。不过她们都陷到深深的哀痛中了。

　　为了摆脱过于沉重的哀痛,周天虹改换了一个题目,问:

　　"大娘,这村成立了维持会没有?"

　　"早成立了。"大娘说,"日本人一来,杜大头就拿着小日本旗去欢迎,当天下晚就成立了。"

　　"在全县来说,也算头一份儿。"女儿补充道。

　　"杜大头是什么人?"周天虹问。

　　"是这一带有名的大地主杜福祥。"徐偏解释道。

　　"这是一个心毒手黑的家伙!"大娘愤恨地说,"维持会一成立,杜大头就说,过去八路在这里,你们闹减租减息、合理负担,说什么有钱出钱,有力出力,还搞什么反黑地①斗争,把负担全搁在我头上了。现在咱们真正搞个平均分摊吧。他说的平均分摊可好,都弄到中农、贫农头上了。一天到晚,不是要捐,就是要税,不是要白面,就是要香油。一会儿来一个条子,一步交迟慢了,就打得你死去活来。这个日子可怎么过呀!"

　　女儿向乌黑的墙上一指:

　　"你们瞧瞧,那墙上贴的都是什么?"

　　大家这才注意到一面墙上,贴了许多大大小小形状不一的条子。周天虹站起来,捏开电棒一照,那些盖着维持会红印的条子,用

---

① 在抗日战争中,地主为了减少负担,隐瞒部分土地不报,这部分被隐瞒的土地被称为"黑地"。

潦草的字迹写着:"白面五斤""香油二斤""小米十五斤""修碉款贰拾元""修路费叁拾元""檩条十根""铁锨两把""绳子一捆"……几乎把一面墙都贴得满满的。

"这个杜大头,对咱家恨得厉害。"李大娘说,"因为你大伯是农会主席,反黑地的时候跟他进行过说理斗争,他就恨死了。有人说,你大伯藏在柳子地里,就是他向日本人报告的。"

"哦!"周天虹领会地点了点头。

"娘,这些以后再说吧。看同志们还有什么要办的事情。"

周天虹望了姑娘一眼,觉得她虽然年轻,却显得很干练,很精明,就趁势说:

"我们这支部队新来乍到,需要很快同县委取得联系。你能帮我们找到他们吗?"

姑娘眨了眨眼睛,犹豫了一下,望了望母亲。显然这是一件机密要事,是不能不慎重的。

"对,大妹子,你就辛苦一下,帮我们找找。"徐偏说。

李大娘默默地向女儿点了点头,表示她完全同意。姑娘才说:

"那,你们准备在哪里接头呢?"

"如果方便,在这里就行。"天虹说。

"那就等明天吧。"

一件大事有了着落,周天虹心头顿时轻松了许多。徐偏望了天虹一眼,轻声地问:

"你看今天晚上住在哪里?"

"你看呢?"

"我看,这村子情况复杂,杜大头势力很大,如果住在李村里,有人报告,恐怕很不安全。"

"我也觉得是这样。"

"那么,我们就在高粱地里再住一宿吧。"

听到这里,大娘心疼地说:

"这怎么能行?同志们回来了,让他们睡在地里,我们对得起他们吗?"

"娘,这也是没有办法的事。"姑娘说,"你就快烙饼吧!我再找可靠的几家帮帮忙。赶快做好了,给他们送饭去。"

周天虹和徐偏起身告辞,悄悄地离开了这个农家小院。出门不远,天虹轻声地问:

"这姑娘叫什么名字?"

"姑娘叫邢盼儿。母亲是村妇救会的主任,名叫李捧,女儿是妇女自卫队队长,两个人都是党员。"

他们刚要走出胡同口,接近村边时,听到近处一个小院里,传出一片男男女女的哭声。接着门开了,走出六七个男女,都戴着重孝,一路哭着,向村边走去,走到村口才停下来,一边烧纸,一边跪下哭着:"爹,你死得好惨啊!""爹,你慢慢地走吧!"

"又是一家死人的!"徐偏嘟哝了一句,为了避开他们,绕到一条小路上。周天虹一边走,一边望着那哀哭的人群,默默想道:这场空前的劫难,究竟死了多少人呢?真是无村不戴孝,处处闻哭声啊!

# 七一　老　书　记

周天虹他们,又在青纱帐里苦挨了整整一天。

黄昏后,他和徐偏就在村边一棵大柳树下隐伏起来,这是同邢盼儿约定会面的地方。

等到夜静时分,才见村口飘动着一个白色的人影。那人一路走来,脚步轻捷,悄然无声。待走到近前,借着淡淡的月光一看,果然就是邢盼儿。

"他们来了!"她低声地说。

"在哪里?"天虹急问。

"就在俺家。"

说过,她前头带路,天虹和徐偏远远跟在后面,不一时就来到她家门前。邢盼儿把房前房后察看了一番,听听四处没有动静,才推开虚掩着的小黑门,让他们进去。随后又立刻插上了门。

周天虹进了北屋,一揭门帘,看见灯下坐着两个人,李捧大娘正陪他们说话。其中一个年纪稍大,生得方面大耳,满脸黑胡楂子,头上蒙着一块说白不白说黑不黑的毛巾,一副庄稼汉的派头。只是他那双明亮机警的眼睛和沉着坚毅的神态,还有怀里斜插着的一支光屁股驳壳枪,显出一种威力和神采。另一个面孔白皙的人,看去却显得文弱,且精神疲惫,无精打采。

周天虹和徐偏一进来,大娘就指着那个方面大耳的壮汉说:"这个大胡子,就是咱县的刘书记。鬼子、汉奸天天要抓的就是他。他这个头可值个万儿八千的哩!"大家呵呵地笑起来。接着,大娘又指了指另一个说:"这也是头儿,是咱们的县长傅萍同志。"说过,又介绍了徐、周二人,然后就下了炕,和邢盼儿一起到小东屋去了。

徐偏上前拉着刘书记的手亲热地说：

"刘书记！你是个大干部，我是个小兵崽儿；你不认识我，我可认识你。我参军不久，还听过你的报告哩！那一次你讲的是毛主席的《论持久战》……"

刘书记哈哈大笑起来，说："徐偏，看你说的！我不认识你，也听说过你嘛！你这个骑兵连长打得很不错嘛！"

徐偏也高兴地笑了。刘书记停了停，长长地叹了口气，感情深沉地说：

"说心里话，你们一走，我确实就像失去了靠山似的。说是度日如年，一点都不假。你们这一回来，我就有了主心骨了。……"

"刘书记，我们找到你也很不容易啊！"周天虹用尊敬的目光望着对方，"这次大家回来，可以说憋足了劲儿，都想大干一场。可是情况不熟，方针不明，斗争策略也还没有掌握住，这些都要向你讨教哩！"

刘书记名叫刘展，是个乡村的知识分子，卢沟桥事变前就入党了。在本县许多地方当过小学教师、小学校长。八路军来了以后，又在本县当过教育科长、副县长多年。对本县的历史文化、风土人情、阶级关系、自然环境，以及村干部的门都是冲哪里开的，他都了如指掌。今晚他介绍的敌情，使周天虹、徐偏深为满意。他把全县敌人一共修了多少据点和碉堡，以及这些据点碉堡里敌伪军的数目和武器装备，都说得清清楚楚，使他们心里亮堂多了。

"徐偏，这同你们在的时候，可大不相同了！"刘书记叹了口气说，"现在，敌人已经完成了面的占领，伪政权也普遍地建立起来。群众现在过的就是亡国奴的生活！真是天昏地暗，日月无光啊！"

"那么，群众的情绪呢？"徐偏问。

"你们走后，是群众最难受的时期。当时流传着这么一首歌谣：

　　八路军进了山了，
　　儿童团也不撒欢了，
　　妇女们也不上识字班了，
　　鬼子和汉奸翻了天了。

周天虹叹了口气,问:

"这个时期,你们怎么活动呢?"

刘展苦笑了一下,从腰里摸出一个烟袋荷包,装了满满一锅子烟,说:

"过去我们说,共产党的字典没有'难'字;可是说实在话,那时候要开展工作,可真是难啊!……前半夜还好说,你去找维持会长谈话,找伪保长谈话,找伪军家属谈话,教育他们,叫他们身在曹营心在汉,这还好说;一到后半夜,该找住处了,这就难了。因为不管是谁,他留你住下了,如果有人报告,他整个的身家性命都是非常危险的。"

"这是自然。"天虹说。

"从群众的角度说,这是自然;可是我们的同志有些人就觉得委屈了。他们说,我们舍生忘死出来抗战,连个住处都没有。我就给他们说,不要这样,谁让我们是共产党人呢!我们既当了共产党就应该多吃些苦。因此,我在高粱地里,铺上高粱叶,再弄点高粱叶一捆当作枕头,就睡得蛮舒坦。公家一天只给一斤多小米,刚够吃;一年一套单衣,挂得破破烂烂,不够穿,还得从家里拿。日久天长,老百姓看在眼里,有一天就问我:'刘书记,你一不为名,二不为利,一天到晚在外面跑,吃不上,喝不上,敌人还到处捉拿你,你到底为的是什么呢?'群众提出这样的问题,我高兴了,这说明,我们的上帝受感动了,至少是感到了兴趣。我就利用这机会,宣传我们争取民族独立解放的意义,以及将来光明的前途。这以后我就有了住的地方,群众甘愿为我保守秘密,注意保护我的安全,自觉自愿地承担风险和牺牲。"

周天虹、徐偏不知不觉间也为这位老党员的精神所感动。周天虹问:

"刘书记,在当前情况下,你看我们怎样才能站住脚跟,打开局面呢?"

刘展略一沉思,一面抽烟,一面回答道:

"在我看,当前的中心问题,是教育群众,依靠群众,并且以武装斗争开路,把现有的伪政权改变成革命的两面政权,局面就会慢慢打开了。"

"什么,革命的两面政权?"

"是的。"刘展解释道,"就是表面上是支应敌人的政权,而实质上仍然是我们的政权,抗日的政权和革命的政权。过去一段时间,对这个问题是有争议的。有人认为,我们怎么能赞成两面政权呢?这不是迁就、妥协和投降吗?实际上不是这样。因为整个地区被敌人占领了,如果村政权一点也不支应敌人,群众天天都会饱尝烧杀之苦,付出的代价就太大了。但是,这个地区过去毕竟是我们的根据地,党的基础和群众的基础都是相当好的,依靠我们的武装斗争和群众的支持,将这个政权改变成革命的两面政权是完全可能的。这就是当前党的指示。"

周天虹和徐偏听了觉得很开窍,真是斗争出智慧,使人感到又新鲜又有趣。周天虹又问:

"你看,我们当前军事斗争的焦点放在什么地方?"

"单打一政策。"

"什么,单打一?"

"就是镇压最凶恶、最疯狂、人民最痛恨的敌人,也就是对我们威胁最大的敌人。另外对夜间敢于出来骚扰的敌人,也要痛打,把夜间完全掌握在我们手里。"

周天虹闷着头沉思了一番,觉得他的话很有策略性,现出赞赏的微笑点了点头。接着他把部队最近遇到的困难也讲了一遍。刘展听后,摸摸胡子笑道:

"我看,这样不行。好几百人在一起活动,就当前的情况说,太大了,太集中了。先说吃住就有问题,再说暴露了目标,打起来也不好脱离。你们研究一下,是否先分散一些,必要时再集中。我们带的那个游击队,不过20多人,行动起来就很灵活。每个村都有可靠的堡垒户,就像李大娘家这样。这样,你这个鱼儿就游起来了。"

从老书记的话,周天虹进一步领会到毛主席说的"在什么山上唱什么歌,有什么条件打什么仗"的道理。同时他觉得经过全党整风,干部们很注意一切从实际出发,具体情况具体分析,真是思想作风大大提高了一步。他望望徐偏,徐偏也点头称是。周天虹问:

"这里不是住了一个日军中队吗,他的头目是谁?有什么特点?"

一提这个,刘展眉头皱成一个疙瘩,牙根咬得连下巴骨都凸起来。他把烟袋锅子乒地一磕:

"这个家伙,可真是头顶长疮,脚跟流脓——坏透了!他叫酒井武夫,是个极端残忍的家伙。杀了人,取出苦胆,用油纸包着吊在房檐上,晾干,每天切一小块儿用米纸包着吃……"

"你说什么,吃人的苦胆?"周天虹惊问。

"是的,杀了人,他就取出苦胆来。"

"这是为什么呢?"

"开始我也不明白。后来我请教一个老中医,他说,《本草纲目》上讲:有等残忍武夫,杀人即取其胆和酒饮之,说是能令人勇,此乃军中谬术,君子不为也。"

"哦,原来这些武士还是胆小啊!"

天虹轻蔑地一笑。刘展继续说道:

"要说这个人的特点,只有一个,就是无尽无休地强奸妇女。过去,他在山西盂县上社一带驻过,每天都要强奸三四个妇女。当地人恨透了他,给他起了一个外号,叫他'毛驴太君'。这人长得高而瘦,长脸,样子也像个驴。他的胡子总是刮得精光,嘴边和两腮呈蓝色,样子很怕人。他一出来,妇女们就像大难临头似的鬼哭神嚎地躲藏。他还偏爱串门。在上社,他命令全村老百姓把房屋院落打通。他从炮楼下来以前,先通知全村妇女把衣服脱光,然后才下来任意奸淫。奸淫以后,还让全村男女在一起光着屁股跳舞,他搬把椅子坐在那里哈哈大笑地观看取乐。你说,这样的人还像个人吗?"

"真他妈比畜牲还要畜牲!"周天虹咬着牙齿狠狠地骂道。

"这头毛驴连他的亲信也不放过。"刘展继续说,"有一个汉奸想讨好,请毛驴到家里吃饭,没想到酒菜都摆到桌上了,毛驴倒没有看他的酒菜,而一眼看上了他的漂亮媳妇,马上拉她就要上炕。汉奸一看慌了,连忙跪下来哀求,毛驴哪管这个,把手一摆:'这个,没有的关系!'就在炕上当面宣淫了。……"

"叫我看,这个王八蛋是自找!"徐偏说。

"最叫人可恨的,"刘展接着说,"是有一次毛驴强奸了一个十三四岁的闺女,他还用指挥刀逼着少女的父亲与女儿当面性交。你说这个王八蛋究竟是什么心理呢?"

"在北岳区,我常常听到这样的事。"天虹说,"有一年敌人扫荡,在阜平一个地方就发生了六起。这些兽类,让婶母同侄子,叔叔同侄女,爷爷同孙女,甚至父亲同女儿,当着他们的面性交,看着取乐。这些王八蛋究竟是什么心理,实在叫人不可理解,也无法理解。这种心理,无非是加别人以最大的痛苦,最大的羞辱为最大的愉快。我只能说这是一种超兽性的兽性心理。因为野兽最多不过把你吃掉完事,绝不至于如此卑鄙。但是这种卑鄙的心理,是从什么条件,什么卑鄙的文化培养成功的,我实在想不清楚,只能请将来的历史学家细细研究。至少,在我看这不仅是加到中华民族身上的耻辱,也是日本民族的耻辱。"

刘展点点头,又接着说:

"这个'毛驴'自调到这里,兽性更加猖狂了。他先是在沙河桥据点,每天向周围的村庄索要三个妇女,如果送不到,他就要出来放火杀人。最后驻在城里,又发展到专门索要十三四、十四五岁的少女。这一来,周围的百姓可就受了苦了。毛驴现在常常出来讨伐、扫荡,除了抢粮、抢物,抢掠妇女也是他的重要目的之一。……"

听了这番话,周天虹和徐偏,牙齿都咬得嘎嘣响。徐偏说:

"这样的兽类,如果我不亲手打死他,真是死不瞑目!"

沉了沉,周天虹问:

"这地方的伪军头目是什么人?"

"咳,臭鱼碰上臭虾,这个家伙更坏得出奇。"刘展说,"据说他是今年春天投降过来的叛徒。在冀西曾当过八路军的什么副支队长,以后犯了错误,受了处分,嫌给他的官小,跑过来了。敌人就给了他一个'反共救国军'支队司令的名义。在附近两三个县活动。这个家伙无恶不作,我看比一般的汉奸要厉害得多!"

周天虹心中一惊,忙问:

"他叫什么名字?"

"高凤岗。"

"哦,果然是他!"

"你认得他吗?"

"认得,还是我的同学呢。"周天虹点点头说,"这家伙个人英雄主义十足,但我没想到他会走到这一步。"

"嘿,他可不同于一般的伪军。"刘展说,"这里的伪军,一般有这样几种类型:一种是过去的土匪,没有什么政治头脑和政治背景,只图吃喝玩乐。他们所以投靠敌人,主要是保住地盘和权势。再一种是土豪恶霸,借日本人的势力巩固自己的统治,勒索群众,鱼肉乡民。而高凤岗和这两种都不同。据说,他到北平秘密加入了国民党,决心同共产党对抗到底。这种伪军比其他伪军都难争取,因为他是内心里仇恨共产党的。因此群众管他叫'铁杆汉奸'。"

"他在这里都干了些什么?"

"这可多了。"刘展说,"他来这里干的第一件事,就是命令所有的抗日军人家属,门口都要挂上一个灯笼。……"

"挂这个干什么?"

"那意思就是,凡是挂灯笼的人家就是'匪属',而既是匪属,所有的伪军、汉奸都可以进去强奸。这是合法的,不犯罪的!"

"哦!"周天虹惊奇地瞪大了眼睛。

"他干的第二件事,就是残酷地捕杀、活埋抗日干部。因为他熟悉我方的情况,熟悉抗日干部的活动规律,常常出其不意地偷袭、捕捉,在短短的几个月中,咱县的区村干部就被捕被杀近百人,县里的干部也损失不小。第三,他还严密地监视、控制伪组织和伪军,切断他们与我们的联系。原来在伪组织和伪军里,我们做过不少工作,也有不少人同我们有联系。他来以后,杀掉了一些,其余的就不敢动了。为了彻底切断这种联系,他把城外的伪军家属也迁到县城。第四,他还利用毛驴太君的淫欲向他献媚,随时掳掠妇女……"

听了刘展的谈话,周天虹不平静了。一个高而瘦、长着驴脸、两颊和嘴窝发着蓝色的"毛驴",一个他熟悉的目空一切、自命不凡、自我扩张的狂徒,这两个面目狰狞的恶魔,都活脱脱地站在他的面前。他的心感到极度的压抑、愤恨,有一种要爆炸的感觉。他觉得当前,就是这两个恶魔站在人民的头上,如果不打死他们,消灭他们,怎么能对得起这里的人民呢?

刘展说过,就笑眯眯地以兄长的神情,望着这两位年轻的兄弟。对今晚的谈话,周天虹露出非常满足的神情,盘旋在脑海的模糊不清的问题,已经清爽了许多。真是闻君一席话,胜读十年书了。

"傅县长还有什么指教吧?"周天虹转过头问。

"没有,没有。"傅县长双手一摊,淡淡地笑了一笑。他终席未发一语,仍然显得是那样的疲惫。

"老周,你今后就是咱们县委的成员了。"刘展笑着说,"今后大家就不要客气了吧!"

刘展说过,把烟袋荷包挂在腰带上。随后把那支光屁股驳壳枪掏出来擦抹了两下,又重新插到腰里。然后同大家握手告辞,看起来还有什么重要的事在等待着他。

# 七二　一个女人坎坷的人生之路

第二天,周天虹和徐偏在青纱帐里召开了排以上干部会议,研究今后的斗争方式。最后决定,将每连编成四个大班,每个班20余人,配备轻机枪两挺。当前的主要目标,是"单打一"——惩治最凶恶的敌人,压下敌人的凶焰,建立起革命的两面政权。

当晚,各大班按照划分的地区分别行动。徐偏带领一个大班住在附近村庄,周天虹带了一个班就在梨花湾邢盼儿等几家堡垒户宿营。

此时,早晚寒气袭人,天气已很有些冷了。这些冀中平原的子弟,原本想回到家乡,土热人亲,大被子热炕头,该比山沟沟强上百倍,哪知到了这里,竟是有家难归。每天住在高粱地里,中午是灼日难当,夜里是凄风苦雨。这样的生活,竟过了多日,真是令人难熬。现在又重新躺在婶子大娘的热炕上,怎不叫人舒心啊!

周天虹和几个通讯员住在邢盼儿家,邢盼儿母女对他们十分亲热,宛若家人。冀中平原的农舍,一般中间盘着锅灶,东西两头盘着火炕。这样母女二人住在西头,周天虹等人便住在东头。每天天不亮,母女二人就起来帮他们做饭,吃了饭,又去喂猪喂鸡,还不时地跑到门外观察动静,防止敌人突然袭击。显然她们时时刻刻都在为此担心。

屋西头放着一架织布机,已经十分破旧。木架烟熏火燎成了黑色,织女的坐板也磨成了弓形。从织机的年龄判断,至少送走了三四代这家女人的青春。如今邢盼儿又端坐在那里,在咿呀的机杼声里默默地制作花布,想来是日子困难,用来贴补衣食。

李大娘在门外观望了一会儿动静,回来宽慰地说:

"外头很平静,兴许今天没有事儿了。"

周天虹见大娘马不停蹄地忙着,心里颇有些不忍,就把她拉在屋东头说:

"大娘,您就歇一会儿吧!我看您也忒辛苦了。我们在您这儿住着,真是给您添麻烦了。"

"看你这个老周,怎么说这个话!"大娘责备地说,"你是个党员,我也是个党员,到底是谁麻烦了谁?我看是日本鬼子麻烦了咱们。"

"这话不错。"周天虹一看大娘性格很爽朗,就笑着说,"大娘,我是嫌您忒辛苦了。"

大娘也微微一笑:

"你没听人说吗,苦水里生苦水里长,苦根苦苗苦秧秧,我就是这种苦人儿!自打我嫁给你大伯那天起,就跟着他受苦。没吃没喝不说,还跟着他住过一年官店!……"

"官店?什么官店?"

"咳,这个你不懂哇?"大娘笑着说,"就是那种管吃管喝不要钱的店——监狱。我们这里乡下人都管监狱叫官店。"

"哦,原来是这个!大娘,你住过监狱?"周天虹有点惊奇。

"还不是因为缴不起租,拿不起税嘛!当官的说我们是'抗税',把我家的几升红高粱都抄走了,还用一根绳子把我们捆上送到官里。"

话头儿一打开,就像抖开的线穗子一样收不住了。大娘有些激动地说:

"所以八路军一过来,我从心眼儿里高兴,觉得穷人有指望了,有盼头了。我闺女从小只有小名,没有大名,后来我就给她取了一个大名,叫做'盼儿'。我就是盼个好社会,好世道。共产党定的那些政策,处处碰我的心坎儿,就像冲着我的心思定的。因此上,你大伯在这村第一个入党,我就第二个入党。"

"哦,大娘,原来您是个老党员了!"

"只能在这个村里这样说吧!"大娘面含笑意,略略显出一些自豪的神情,"以后大家选我当了妇救会主任,我这心气就更高了,在村里最早办起了识字班。可是妇女们白天做饭、织布、看孩子,没有时间;晚上又没钱买灯油。我就跟姐妹们商议,咱们凑几个钱冟点酒卖,多少赚几个也就有了灯油钱。大伙都赞成。这个困难也就解决了。每天晚上,妇女们集合起来,唱唱歌,识识字,情绪可高啦。可是村里还有一件事让我揪心,就是有七户孤寡老人没饭吃,有的还出来讨饭,叫人看着真可怜。我就又同姐妹们商量,在集上设了个粮食摊儿,挣几个零钱,打扫一些粮食,解决了他们的问题。这一来,我在村里的威信就提高了,可是倒霉的事也就跟着来了……"

"啊?什么倒霉事?"

"唉,老周,你不知道,许多稀奇古怪的事,都叫我碰上了……"

随着李大娘的叙述,揭开了梨花湾一篇曲折复杂又令人心惊的故事。原来这村的地主杜大头,为了逃避负担,曾隐瞒了许多黑地。李捧的丈夫是农会主席,自然要把他隐瞒的黑地揭发出来,这就使杜大头怀恨在心。杜大头有一个年纪很轻的小老婆,常受杜大头的虐待,受气不过,只有偷偷跑到妇救会哭诉。李捧既是妇救会主任,又是正义感极强的女人,怎么能不管呢?有一次,她就亲自找到杜大头,把他当面训斥了一顿,并要他保证今后不再打骂。杜大头不得不低头认错,可是心里却是一百个不满。李捧走后,他就在家里大骂:"这年头儿连兔子王八都成了精了,连草鸡也会打鸣了,都骑在我的脖子上拉屎。咱们骑驴看唱本——走着瞧!"

就在此后不久,发生了一桩奇事。这年春荒,妇女们到麦田里采麦苗,忽然听到一个破窑里有婴儿啼哭的声音。李捧进去一看,原来是一个蓝布包着的女婴。当时她一摸孩子手脚冻得冰凉,哭得上气不接下气,怪可怜的,也没多想,就让闺女邢盼儿抱回家去。一家人吃糠咽菜,变法儿弄点好的给这个小东西吃。李捧还走东家串西家,从有孩子的妇女那里匀出一点奶水。谁也没有料到,这件好事却引出一场灾难。这年上级布置整党,从上面下来一个章工作员,这个工作员偏爱住好房子,一住就住在杜大头家里。别看杜大头长得臃肿难看,对上面下来的人却特别善于逢迎,每天好吃好喝地待他。茶余酒后,就不免谈了些本村的情况,其中就谈到李捧这个"娘们",实在是全村的祸害。她还有严重的"男女作风"问题。其最明显的证据,就是她借男人不在家的工夫,偷野汉子生下了这个私生的女婴。在中国这个封建传统相当浓厚的国家里,用男女关系抹黑一个人是最方便也是最有效的。再加上酒肉在章工作员胃里所起到的良好反应,他便立即相信了。几天后全村开了一个党员大会,章工作员便在会上揭发了李捧的问题,并当场宣布开除她的党籍,撤消她的妇救会主任的职务。这样一来,远远近近的几十个村庄都传说着李捧的桃色新闻,从此这个模范人物就被踹进黑窟窿了。

  李捧是一个经过斗争锻炼的人,这样的气她岂能忍受。她不仅把自己的冤情向来往的干部说,还向县委、政府和法院提出申诉。上述机关经过几个月的调查,终于弄清了事情的真相。原来这个在破窑中捡来的女婴,不是别人的,正是杜大头的另一个小老婆生的。因为杜大头一心想要男孩,就把女孩扔了,从别处抱回一个男孩。事情真相大白,杜大头弄巧成拙,县法院便判决杜大头拿出20亩好地给李捧,作为抚养过女婴的费用,并罚他拿出边币100元赔偿李捧的名誉损失,女婴由杜大头的小老婆抱回。李捧立即把100元边币捐献给妇救会作为活动经费,按照法院判决收下土地。这20亩土地对李捧一家有举足轻重的意义,大大缓解了一家的贫困生活。自然李捧的党籍和职务都得到了恢复。事物的辩证发展真是奥妙无穷,本来是一桩好事、善事却引出了灾祸,现在却由灾祸逢凶化吉。前后两次变化都是人们意料不到的。

  周天虹听到这里,不禁眉开眼笑。但紧接着就看见李大娘的脸色起了变化。因为事情并没有到此为止。那杜大头,白白拿出20亩好地,简直像割肉一般的心痛;何况又在大庭广众之前出丑现眼,更使他羞愧难当。他也因此仇上加仇,恨上加恨,必欲将李捧一家置之死地而后快。果然不久机会来了,这就是日寇带来的"五一"扫荡那场席卷冀中平原的黑色风暴。对广大群众来说,这是天昏地暗,日月无光的浩劫,而杜大头灵机一动,却从中看出了一点门道,立刻率领一帮虾兵蟹将,打起日本旗,把日本人迎到村内,很快便成立了维持会。一旦大权在握,杀几个人,报仇雪恨又有何难。但是这个老狐狸还是有一些算计。俗话说:十年河东,十年河西。如果八路军再打回来,自己岂不要"吃家伙"吗!何不借刀杀人以除后患?这时,日本人每天索要民伕出工,不是修炮楼,就是修公路。杜大头发现李捧的丈夫总是躲躲藏藏,避免出伕。时间一长,就发现了他总是藏在村北的柳子地里,于是就秘密报告了敌人。一天早晨,这个当过农会主席和粮秣委员的善良农民,就惨死在日本人的屠刀下了。

李大娘说到这里,用双手捂住了脸,眼泪从指缝间流了出来。停顿了好半响,才说:

"老周,你们住在我这儿,咱们就是一家人。我不嫌累,也不嫌苦。看到你们,我这心里就好受一些,不然这个日子多难挨呀!"

周天虹听了这些,对大娘的遭遇,心里又是酸楚,又是敬佩。他一直在部队工作,对地方的情况了解得并不深刻,今天才知道阶级斗争是如此复杂。而且它同民族矛盾又交织在一起了。他正要安慰李大娘几句,西头屋里"哐嗒——哐嗒"的机杼声停了下来,只听盼儿说道:

"娘,你就别说了,该给同志们做饭了吧!"

"好,做饭。"

这时,大门嘭嘭嘭地响了起来,还杂着粗野的叫骂:

"他妈的,大白天把门关起来干什么!"

周天虹急忙抓起驳壳枪,大娘沉着地说:"不行,赶快钻洞吧!"

说着,大娘一面喊"就来,就来",一面掀起炕席,又揭起几块砖,露出一个不大的洞口,让周天虹和几个通讯员钻了洞。然后,把洞口盖好,才从容地走出去开门。

这是周天虹第一次钻地洞。初期的地洞不过是人们说的"蛤蟆蹲",只能容两三个人。现在五六个人挤在一处,不一时就憋得出不来气。这滋味实在难受。幸亏时间不算太长,就听见盼儿在外面轻声呼唤,接着洞口呼啦呼啦打开了。周天虹他们贪馋地吸了几口新鲜空气,才一个接一个地钻了出来。

"这些王八蛋,都是近处炮楼上的。"大娘紫糖色的脸上露出一点宽慰的笑容,"给了他们两只母鸡,才把他们打发走了!"

周天虹几个人望着彼此浑身泥土,相视而笑。

"大娘,不行啊,这个洞太小了,从明天起,由我们来挖吧!"

这是周天虹出洞后的第一句话。

## 七三　为虎作伥者戒

从此以后,周天虹就带着这个大班,神出鬼没,在这一带的几十个村庄打起游击来。一天,在杨各庄与徐偏率领的大班合兵一处。两个人正在议事,不料六七个伪军一下子闯进了院子。这真是鱼儿撞在网里,兔子碰上枪口,几个通讯员毫不费力地打了一个漂亮的院落伏击,把六七个家伙全部生擒,经过周天虹一番教育,留下他们的枪,把人通通放了。为了防止敌人袭击,当晚转移到梨花湾来。

夜静时分,他们来到李大娘的院外。通讯员照例朝后山墙击了三掌,等待开门。要搁往日,很快就会听见有人出来,哪知今天却听不到一点声息。通讯员不得不连拍了数次,才听见门呀的一声开了。

来开门的是小盼儿。周天虹看见她扶着一根棍子,艰难地站立着,就低声问:

"你怎么啦?"

小盼儿轻轻地叹了口气说:"我们娘儿俩都被人打了!"

"叫谁打了?"

"还不是杜大头那伙人!"

小盼儿说着,腿一拐一拐地把人引到屋里。在暗淡的灯光下,周天虹一看,屋里的家具什物和锅碗瓢盆,全被砸得稀烂,满地都是碗碴子。李大娘盖着一条破印花棉被,在炕上低声呻吟。小盼儿掀开被头,轻轻地叫:

"娘,老周和小偏他们来了!"

"嗯?你说谁来了?"李大娘迷迷糊糊地问。

"是老周和小偏他们来了!"

大娘十分艰难地翻过身来,望着周天虹和徐偏眼泪汪汪地说:
"你们可来了!那些王八蛋可把你大娘打苦了!"
周天虹、徐偏一齐走上前安抚她,劝她不要难过。徐偏说:
"大娘,你详细说说是怎么回事。"
"还是我来说吧。"小盼儿靠着炕沿说,"今天刚吃过早饭,杜大头就领着十几个保丁凶神恶煞地来了。一来就说:'你们家住了多少八路,快快交出来!'我娘就说:'俺家有没有八路,你不是长着眼吗,你不会看吗!'杜大头冷笑了一声,说:'你这个臭娘儿们,你不要嘴硬,我早派人调查你多日了,你那房前屋后那么多的脚印,都是谁的脚印?不是八路是谁?'我娘就说:'你说有八路你就去搜!'杜大头就说:'搜就搜,你当我不敢搜!'立刻命令十几个保丁在屋子里搜起来,这个用枪把捣,那个用铁钎探,把箱里柜里翻了个遍,什么也没搜出来。我娘早气得脸都紫了,就说:'杜大头,我这里有八路吗?'杜大头说:'那是你放跑了,明明你这里住过!'我娘又说:'杜大头,你不要仗着洋鬼子撑腰,把事做绝了。你知道村里人都骂你啥吗?——他们都骂你是汉奸!'杜大头听了,脸一红一白,冷笑了一声:'汉奸?汉奸有什么不能当的!你们这些穷小子,把财产攒到一块儿能值几个钱?日本人一来,你们拍拍屁股走了;我是什么家业?我带得动吗?我不当汉奸当什么!我当汉奸照样吃香的、喝辣的,你们愿当你们也来当嘛!'我娘用手指着他说:'杜大头,全村人数你最不要脸了!我男人也是叫你害死的,你当我不知道?我告诉你,你是不会有好下场的!'杜大头一听,气得那脸就像猪肝似的,立刻大叫:'给我打这个臭娘儿们!'这几个如狼似虎的保丁,就一拥而上朝着我娘劈头盖脸地打起来。还有几个跑到屋里砸东西。我一看,急了,就马上冲上去抓他们,咬他们,他们就一枪托把我打倒了。一直把我娘打了个半死,杜大头才领着他们骂骂咧咧地走了……"
听了这话,徐偏气得脸色发黄,立刻说:
"我看得把这小子除了!"
周天虹沉吟了一下,也马上说:
"行!这完全符合'单打一'的政策。……你看让谁去好?"
"我去。那里我路熟,只带两三个侦察员就行。"
周天虹考虑了一会儿说:"恐怕还得写一张布告。"于是,要宣传干事拿过纸笔,在炕上一挥而就。

一切准备妥当,徐偏就带上三个侦察员开始行动。这些游击队员,一个个都像惯于在夜色中活动的夜猫子,走路轻捷无声。不一时就来到杜大头的庄院附近。

徐偏先隐在树下,观察了一会儿动静;随后同侦察员咕哝了一会儿,就命侦察员前去敲门。

几个侦察员把那扇黑油漆大门砸得山响,一面粗暴地叫:

"他妈的,开门!快开门!"

只听里面迷迷糊糊地说:"你们是谁呀?"

"我们是丰乐堡楼上的。找你们杜保长有事儿。"

"有什么事呀?天都这么晚了!"

"混蛋!耽误了事儿,你们担待得起吗?"

门打开了。侦察员立刻蹿进去,收缴了几个保丁的枪支,把他们全绑了起来。随后徐偏大摇大摆地闯了进去。

此时已近午夜,内院的上房屋里还亮着灯光。徐偏站在窗外,隐隐听见杜大头与女人调笑之声。侦察员又喊道:

"杜保长!快出来!楼上太君找你。"

"找我?这么晚了,有什么事啊?"杜大头在里面说。

"有急事!你快一点!我们是楼上宪兵队的。"

一说是"宪兵队的"果然很灵。只听屋里一阵响动,接着门开了,杜大头披着衣服走出来。徐偏用眼一扫,还是几年前那副模样:你几乎看不见他有脖子,一颗上尖下宽的大脑袋,仿佛直接搁在胸脯上;腿又短得出奇,整个看去就像一只笨重的圆滚滚的木桶。徐偏声音不高却颇带威严地说:

"杜大头,你还认得我吗?"

杜大头把头向前伸了伸,仔细一看,立刻筛起糠来,极力装作镇静地笑着说:

"哦!是徐连长啊,您回来啦?"

"对,我回来啦。"徐偏说,"听说你高升啦,是吗?"

"咳,瞎胡混吧。"杜大头略显镇静了些,"这年头儿,大面上的事儿没人维持也不行啊!还不是为了乡亲们少受些损失……"

"嗬,你倒会说!"徐偏冷笑了一声,"杜大头你认贼作父,你害了多少人,发了多少国难财,你当我不知道?老百姓恨不得扒你的皮,吃你的肉,你知道吗?"

"这,这……"杜大头慌了,上句不接下句地说,"可是,徐连长,你也不能只听老百姓一面之词啊!你们这次来,要我办什么事儿,是要粮还是要款,我都会照办的。"

听了这话,徐偏又冷笑了一声说:

"我们什么也不要,今天晚上只向你借一件东西。"

"你快说,借什么东西?"

"借你的人头。"

杜大头大惊失色,扭头要跑。徐偏举起枪来,乓乓两枪,杜大头像一只笨重的大口袋扑通一声倒下来。

在徐偏离开杜大头的庄院时,一张发着墨香的布告贴在了大门上。

## 七四　犹大与"毛驴"

杜大头的伏法,在周围几十个村庄引起了很大震动。对广大群众说,自然是大快人心;对汉奸狗腿子,却是不寒而栗,不知道哪一天,自己就会遭到同样的命运。人们在悄悄地传布着一个令人振奋的消息:"冀中的子弟兵回来了!""山里的队伍下来了!"传说中还加了不少渲染,说得有声有色。

周天虹借此时机,恢复了梨花湾的抗日政权。选了一些群众中觉悟较高而又并不太红且富有社会经验的人当了保长、联络员,去应付敌人,而以一些老党员暗中主事。梨花湾从此成为一个稳固的堡垒。这且不提。

话分两头。却说高风岗自投降日寇当了一名反共救国军的支队司令之后,他是既满意又不满意。满意的是自己毕竟是"司令"了,尽管人数并不算多,也是一呼百诺,一锤定音,一派奉承,整日价司令长司令短,叫得心里蛮舒服的。加上那身呢子军服,武装带,长统马靴,走起路来咔咔作响,比起一身虱子两脚泡的土八路,真是强上百倍。吃的喝的更不必说,到晚上找三两个女人奉陪也是很方便的,八路军哪里有这样的"自由"呢?但是满意中也有不满意的事儿。一是自己的队伍太小,总共不过200来人,往队伍前面一站,虽号称司令,连个营长也不如。其次是身上呢子军服笔挺,却没有军衔,未免大为减色。原因是自己带的队伍不过是收编的土匪,仍属伪军中的杂牌。其三是,自己的部队如果与日军同驻一个城市,不管日军头目的官职军衔如何卑微,即使是一个小队长甚至军曹,都是你的领导,你都要绝对服从。倘有一点差池,就立刻有杀身之祸。因此,取得日军部队长的信赖,常常是头等重要的大事。呜呼,一向目中无人如高君者,也不得不屈居人下了。

但是,既然过来了,总要安定下来做一番事业。这就是高凤岗心中的想法。他是绝对相信自己的能力的,他认为自己想干的事没有干不成的。在这个世界上,如果说他还有崇拜的人,那就是他自己。他觉得当前最重要的,就是做出几件出色的事来向皇军报功。有功才能取得信赖,也才能出人头地。不久以前,他就出过两个怪招:一是在抗日家属门前挂红灯笼,让伪军自由出入进行抢掠奸淫;二是用奔袭的方法捕杀了大量的抗日干部。按说这两项都是为皇军立了大功的,可是驻本县日军的最高指挥官酒井武夫,似乎并未引起足够的重视,也未给予应有的褒奖。这都引起他某种不快。他必须利用机会,继续卖力,务必再立下几桩显赫的功绩。

高凤岗的司令部,设在肃宁城内距酒井武夫部队不远的地方。这天早晨,他刚坐在办公室里准备议事,一个参谋报告说,本日凌晨在西门外抓住一个八路,自称是县长的秘书前来投降。高凤岗一听是县长秘书,立刻命令参谋快带上来。

人带上来了。高凤岗用那双鹰眼一扫,原来是一个其貌不扬、神情猥琐的汉子,不过二十五六岁的样子。他头上蒙了一块白毛巾,穿着一身破旧的夹衣,不时投过来胆怯的眼光,抖抖索索地站在那里。

"你叫什么名字?"高凤岗带着几分威严。

"我姓贾,名叫贾义。"回答的声音不高。

"你过来干什么?"

"我是来投降你们的。"

高凤岗冷峻地淡淡一笑:

"怎么证明你是来投降的呢?"

"我带了一支手枪,几发子弹,已经缴了。"

参谋这时递过来一把"独一撅",高凤岗接过来掂量了几下,随手乓的一声扔到桌子上,嘲笑道:

"这种破玩艺儿,还能叫枪吗?"

贾义脸上一红一白,有点口吃地说:

"我还带了几份文件。"

他说着从口袋里掏出几份油印文件,抖抖索索地递过来。高凤岗粗粗地翻了几页,又冷笑了一声:"这些东西早过时了。"

对方手足无措,显然处于十分虚弱的地位。高凤岗此时不失威严但语调略有缓和地问道:

"你真的是县长的秘书吗?"

"这没有错。我的确是傅县长傅萍的秘书。"

"当县长的秘书不是很好吗?你为什么要来投降呢?"

"我看抗日越抗越不成气候了,地面都叫皇军占了,还能抗出个什么!"

"哦,你是悲观失望啊!可是你来投降,又没带来什么有价值的情报,我们怎么能相信你呢?"

"哦,哦,情报,最近倒是从山里下来一支部队……"

"什么部队?"

"名叫东进支队。"

"有多少人?多少枪?"

"他们都是分散活动,这个我还说不清楚。"

"瞧,你什么都说不清楚,这叫什么情报?我问你,他们的支队长叫什么?"

"支队长叫徐偏。这个人胆子大极了,哪里都敢去;枪法百发百中,着实厉害。"

"政委呢?政委叫什么?"

"政委叫周天虹……"

"什么?叫什么?"高凤岗不由心里一惊。

"周天虹。"贾义再次重复道,"人都说,此人很有学问,作战特别沉着,工作也很有路数。"

"你是来替共产党作宣传吧?"高凤岗立刻打断,用一双鹰眼死盯住他,乓地把桌子一拍,"我看你是假投降,你准是八路军派出来的探子!"

贾义顿时吓得面如土色,筛起糠来。一面下气不接上气地说:

"不不不,我绝不是,绝不是,要是有假,天打五雷轰,我不得好死!"

"那你还有什么有价值的情报呢?"

"有是有一点。"

"你说。"

"我觉着我们傅县长情绪不大正常。"

"怎么不正常呢?"高凤岗感兴趣地问。

"自从'五一'扫荡以来,我就觉着他情绪不高,经常唉声叹气。有一次我说,抗战抗战抗到洞子里来了,整天就像个耗子,不知道什么时候钻进去就出不来了。"

"他听了这话说什么呢?"

"他没有做声。有一次我还更明显地说,我有一个哥哥在那边做事儿,给我来了信,劝我识时务者为俊杰。……他听了这话又没做声。"

"那就是说,既没有表示赞成也没有表示反对,是吗?"

"是的。"

"那你为什么不同他一起过来呢?"

"他是个大干部,我怎么敢呢?"

高凤岗"哦"了一声,沉思片刻,脸上露出微微的笑容。又问道:"这个傅县长过去是做什么的?"

"抗战初期,他是个小学教员,以后当了教育科长,这几年就升了县长,发展还是很顺利的。"

"他有老婆吗?他的家住在哪里?"

"他有老婆,家就住在小张庄。"

说到这里,高凤岗就挥挥手说:

"你既是真投降,今后就要给我们效力了!你懂吗?"

"懂。"投降者温顺地鞠了一躬,没敢多看一眼就退下去了。

高凤岗站起身来,在室内轻松地踱着步子,一双高统马靴发出不疾不徐的咔咔声。他稍稍转了几圈儿,一篇文章便已成竹在胸,接着在穿衣镜前略加整理了一下军容,就带着两个护兵走出门去。

酒井武夫的司令部距此不远。高凤岗早就摸熟了"毛驴太君"的规律。他平时并不老在办公室里,更多是滞留在他的后宅。后宅又分内外两院。内院上房是他自己居住,两个厢房住的是他抢来的妇女。一个时期至少是四人,供他轮流淫乐。不久这四个人便需更换一次。这个内院是绝对不许人去的。有公务急事需要处理,就要在外院南房里等候。高凤岗刚跨入外院,便听见从里院飘出《何日君再来》的歌声。也许因为唱片放得过多,偶尔有些嘶哑。高凤岗连一眼也不敢多看,便赶忙收住脚步。在一个日本兵的引导下,进到一个房间里了。

人说,"毛驴"的房檐下,经常挂着人的苦胆,每天都要吃上一块儿。此事高凤岗也是知道的,但他从来不便多问,也不敢问。今天,在他隔着玻璃窗向里院张望时,就看见那个包包垂在房檐下,被风一吹就来回摆动。"这个毛驴为什么要吃这个东西?这里面到底有什么讲究?"在高凤岗心里也不免是个疑团。

南屋里陈设简单,正面只挂着一面太阳旗。四个角写着"武运长久"四个大字,其余便是支持酒井武夫出征的亲友们的签名了。那些名字密密麻麻,一时也看不清楚。高凤岗坐在那里等得索然无味,只好站起来去欣赏那些签名。

大约等了将近一个小时,才看见酒井武夫穿着宽大的和服缓缓地走出来。高凤岗压着自己的性子站起来施了一个军礼。对方为显示自己的身份,仅略略颔首便在上首坐了。

高凤岗虽已同酒井见过多次,仍然很不愿看他那副长相。他那张长脸确实长得同驴脸差不多。也许因为贪欲过度,两颊和眼窝嘴窝都现出一层蓝色。两个嘴角下垂,眼睛里射出一种凶光。但是你不看他的脸是不行的,那会被认为是一种失敬。所以高凤岗还是笑眯眯地看着他,表示出一种敬意。

"你有事吗?"酒井不加任何虚饰地问。

"是的,有一件要事向您报告。"高凤岗带着几分恭谨地说。

"什么要事?"

"我们将要钓到一条大鱼了!"

"什么,大鱼?"

接着,高凤岗兴高采烈地把刚才的事说了一遍。酒井武夫的驴脸上渐渐出现了笑意,两个嘴角翘起了不少。

"你有把握?"

"有,我有百分之百的把握。只要我们配合行动。"

酒井武夫的汉语尽管生硬,基本还是说得过去。他把手一指:

"快快地干活!你的顶好。"

高凤岗很久没受到过这种嘉许了。当他一路回去的路上,那双高统马靴咔咔地走得十分轻快。

## 七五　对傅萍的议论

梨花湾现在已是比较巩固的根据地了。

以此为中心,在周围的村庄又一连打了几个小仗。尤其在丰乐堡大集上,将一个作恶多端的伪军队长王大疤当场打死,并张贴了县政府的布告,影响甚大。

这天,县委在梨花湾邢盼儿家中举行会议,商讨下一步的工作。县委书记刘展、县长傅萍和县委委员周天虹,以及组织部长牛犇、宣传部长齐鸣都到了会。大家劲头儿很足,都有一点要打翻身仗的样子,惟独县长傅萍很少发言。

会议开到薄暮时分,忽然李捧大娘走进来说:"傅县长,你兄弟来了,说是有事要来见你。"

"既是县长家里来人了,那就让他进来吧。"刘展说。

接着,李捧大娘就引进来一个年轻后生,约摸十七八岁,面色灰暗,神情沮丧,一进来就气急败坏地说:

"哥,不好了,我嫂叫鬼子抓去了……"

"你,你,你说什么?"傅萍急问,一张脸立时变得煞白。

"我嫂叫抓走了!咱娘也吓病了!叫你回去看看……"

"哎哟,我的妈呀!……"傅萍话没听完,就叫了一声,捂住脸呜呜地哭起来。

刘展皱了皱眉头,磕了磕烟锅子,走过来坐在傅萍身边劝慰道:

"老傅,别这样,别这样。叫人看着多不好!"

"这可怎么办哪,老刘哇!这可是怕什么来什么呀!"

"老傅,你听我说。"刘展耐心地抚慰他,"这当然是一件很不幸的事,这种事是随时都可能发生的。因为我们的家就在这里嘛!我那个家敌人就抄了好几次。俺娘今年快70了,不敢在家里住,今天这里躲一天,明天那里藏一天,说不定哪天会出事。这都是日本鬼子加给我们的苦难么!可是,既然出了事,我们就得沉着一点,慢慢地想办法。我们可以设法去营救她么,你说是不是?"

周天虹听了,对这位县委书记暗暗佩服,觉得他真不愧是一个群众工作的老手。接着,也走到傅萍面前安慰道:

"老傅,刘书记不是说了嘛,咱们可以想些办法去营救大嫂。需要我们部队出什么力气,我们会尽力而为。你就把心先放宽一点,不要把身子骨弄坏了。"

听了解劝,傅萍的情绪稍有缓和。他也觉得刚才太失态了,就收住泪,用手绢擦了擦眼睛,说:

"不管怎么说,俺娘既然派人来叫我,我总得回去一趟。"

刘展抽了两口烟,皱着眉头想了一会儿,心中暗忖:傅萍一个人回家看看,根本解决不了任何问题;但是如不同意他回,又似乎有乖一般人情。这样想着,也就犹犹豫豫地点了点头,说:

"那就快去快回吧,不要多耽搁了。"

傅萍随着他弟弟在夜色里仓皇离去。会也散了。小屋里只剩下周天虹和刘展两人。

傅萍妻子的被捕,使周天虹不禁想起自己的往事。自己听到高红被捕的消息时,那种痛苦的确是极为剧烈的;但是他总觉得傅萍在党委会上大哭,毕竟有些失态。由此,又联想到与傅萍的初面。那次刘展书记介绍情况,兴致勃勃,侃侃而谈;而他作为县长竟终席不发一语。此后历次党委开会,他也很少发言。即使发言,也是三言两语,很少内容。他觉得傅萍的情绪是不高的、沉闷的,政治热情是不饱满的。傅萍究竟是个什么人,心中不免产生疑问。于是,他就向老书记问道:

"傅萍同志过去是做什么工作的?"

"我们俩都是教书匠。"老书记咂巴着旱烟袋说,"他参加革命并不晚,八路军一过来他就出来了。工作也挺积极,当了几年教育科长,以后就升了副县长、县长。可是有一个毛病,工作上爱搞形式、繁文缛节、旧衙门那一套。尤其是老是端着个架子,怎么也放不下来。见了群众找不着话说,就像隔了一层什么。群众开头儿还想接近他,渐渐地也就疏远了。所以,人们背地里就议论他:'傅萍,傅萍,真是个没有根的浮萍,老是漂浮在水面上。'这个毛病,我个别同他谈过几次。我说,咱们革命靠群众,没有群众寸步难行;不要说工作,你连饭都吃不上。像你这样,在群众里扎不下根怎么能行呢?他的脸红一红,笑一笑,也不反驳,也不改正。这个毛病就拖下来了。人的毛病有时是很难改的啊!"

老书记说过,叹息了一声。

"他为什么会这样?这究竟是怎么一回事?"周天虹问。

"大概总是认为自己比群众高明吧,也许这是不少知识分子的通病。"老书记摸摸胡子笑着说,"你我都是知识分子,也就不必护短了。像毛主席那样认为'群众是真正的英雄,而我们自己往往是幼稚可笑的',这样的人恐怕是太少了。"

周天虹欣然点头说:

"我倒认为,经过群众斗争的锻炼,在斗争中认识到群众力量的伟大,是可以做到的。"

"那是自然。"

周天虹转变话题说:

"我觉得傅萍的情绪似乎也不大好。"

"是的。"老书记说,"以前他的情绪还可以,就是自'五一'扫荡以后,他就像被严霜打了的叶子蔫下来了。工作也不认真抓,会上很少发言,有时钻到洞里不出来。连警卫员都看出来不对劲儿,有一次还向我汇报说,他同秘书贾义偷偷摸摸地说私话。我看这次贾义投敌,同傅萍老婆的被抓未必没有关系。你看呢?"

"我也有同感。"周天虹点点头,"这件事对傅萍打击很大,得很快想办法才行。"

"对。"老书记磕磕烟灰,沉思着说,"咱们在城里,本来还有内线关系。只是因为高凤岗一来严加控制,不敢动了。对傅萍的老婆,我要尽量想办法去营救她。"

外面初冬的风吹着窗棂。只听李捧大娘在外间屋说:"老刘,老周,炕已经烧热了,你们该休息了吧!"

"大娘,你忙活一天,也该歇了!"刘展和周天虹亲热地回答。

## 七六  饿狗·骨头·群众

傅萍连夜赶到家里,安慰了年老的母亲。母亲倒也深明大义,认为儿子既当了抗日的县长,哪有不受敌人侵扰之理,只是要尽力设法营救儿媳要紧。左邻右舍得知傅萍归来,也来劝解安慰。这时天也就亮了。

傅萍躺在炕上休息了一会儿,睹物思人,尤为伤感。尤其想起妻子的安危,真如百爪挠心,哪里能够入睡。回想自己年轻轻的就参加抗战,风里来雨里去,苦头吃了不少,同妻子没团聚过几日,结果抗来抗去,把家也抗没了。想到此处,不免伤心落泪。

这一天是傅萍有生以来最难过、最百无聊赖的一天。饭没有吃多少,只是半躺半卧,唉声叹气。薄暮时分,只听门外有人叫:"老大娘,可怜可怜穷人吧!有残茶剩饭舍给一口半口吧!"这显然是乞丐讨吃的声音。傅萍的弟弟向外面喊道:"今天没有剩饭,快到别家去吧!"但是那乞丐穷追不舍,一遍又一遍地叫:"老大娘,可怜可怜穷人吧……"傅萍被扰得心烦,就对弟弟说:"快给他拿块饽饽去,别让他叫了。"傅萍的弟弟就从干粮篮子里拿了一块饽饽走了出去。哪知出去不大一会儿,就转回来说:"哥,要饭的进来了,他说要找你。"傅萍觉得蹊跷,就蹬上鞋来到院中一看,一个破衣烂衫的乞丐,手里拿着根打狗棍,胳肢窝里夹着破瓢,立在门首。那乞丐呲着牙一笑,说:"傅县长,你还认得我吧?"

傅萍定睛细看,才看出不是别人,正是自己的秘书贾义。只因他把手脸涂得乌黑,就像小花脸似的。傅萍不禁吃了一惊,忙问:

"你怎么变成这模样了?"

"还不是为了一路上方便些么!"贾义又嘻嘻地一笑。

傅萍的心怦怦直跳，惟恐邻人发现，四顾无人，连忙把贾义引入屋中。贾义一进屋便把棍子和破瓢丢在一边，没有等让就大模大样地坐在炕头上了。一边说：

"傅县长，你要早听我的话，跟我一同过去，哪还会有这样的事？"

傅萍一时低头无语，沉了好半晌才说：

"你来干什么？"

"傅县长，你是我的老上司，你家里出了这种事儿，我怎么能袖手旁观，不来看看您呢？"那贾义伶牙俐齿，特别能说，又接着说道，"我嫂子一到城里，我就见着她了。我当时就同高凤岗司令和酒井部队长说：'这是县长夫人，你们可不能怎么样她！要是出了差错，我是不依的！'现在把我嫂子安顿得妥妥帖帖，吃喝都没有问题。你就放心好了。"

"你见着她了？"傅萍试探地问。

"当然见到了。咳，我几乎忘了，她还要我给您带来一封信呢！"贾义说着，撕开夹衣掏出一封信来，递给傅萍。

傅萍连忙接过，将信打开，原来是一封很短的信，上面写道：

傅萍夫君如面：

　　现在我在肃宁城里。一切都好。他们没有虐待我。望你速下决心，赶快过来，不要犹疑。我很想你。愿我们早日团圆。
　　　　　　　　　　　　　　　　　　　　妻秀春

这封短信，傅萍看来看去，心潮澎湃，竟看了半日。其中词句虽然生硬，但确系妻子的笔迹。他的妻子一度教过书，后来精兵简政又回家为民了。傅萍手里捧着信，目光呆滞，竟一时不知说什么好。

"县长，你看怎么办哪？"贾义催了。

傅萍仍默然无语。

"你怎么不说话呀，我的县长！"贾义急了。

傅萍抬起头，一双无神的眼睛望着贾义，迟迟疑疑地说：

"你说我该怎么办呢？"

"叫我说嘛，"贾义的嘴角露出一点冷峻的嘲笑意味，"那就简单啰！你随我今晚就进城投降皇军。"

"那怎么行?!"傅萍立刻翻了他一眼,"小贾,你替我想想,我也算抗战初期的干部了;全县的大人小孩都知道我,我今天公开去……去投敌,你叫我这脸往哪儿搁呢?"

贾义的眼珠转了几转,略微想了一会儿,说:

"要不,这样吧:为了照顾你的面子,你可以蹲在家里,由他们明天派人来抓。对外就说是把你抓走的。你看这个办法行吗?"

傅萍又在那里嚼着牙花子,不做声。

"怎么,到底行不行啊?酒井和高司令就等你一句话哩!"

傅萍终于点了点头。

贾义咧着嘴笑了。

他不愧是个精明人,临走又要他的原上司给妻子写了一封亲笔信,把信装在怀里。然后才捡起了那根讨饭棍,夹起破瓢,匆匆地消失在夜色里了。

贾义走后,母亲从小东屋里走出来,问:

"刚才那个要饭的,跟你咕哝了半天,你们说什么了?"

"没有说什么。"傅萍搪塞说。

"你认识他吗?"

"不认识。"

"不认识怎么说了老半天呢?"

"他说他肚子饿,一个饽饽不够……"傅萍第一次欺骗了自己的母亲。因为他知道母亲抗日是很坚决的,他不能告诉她,也不敢告诉她。

第二天,刚刚吃过早饭,就听村外人喊马嘶,村庄被敌人包围了。高凤岗和毛驴太君骑着高头大洋马,由贾义引路,径直奔傅萍家来。傅萍早就把门虚掩着,静坐在屋子里等候。

高凤岗和毛驴太君来到傅萍门首下马。贾义在头前一撞而入,进入院内。此刻傅萍已穿得整整齐齐迎了出来。他抬头一看,面前站着两位大军官,都穿着笔挺的军服,高统马靴,身挎指挥刀,十分威严。一个是鹰鼻鹞眼,威风凛凛;一个是狰狞的驴脸,闪着蓝光。心里着实吃了一惊,不禁索索发抖。这时,穿着黑色裤褂,戴着墨镜的贾义,抢先为他们作了介绍。傅萍竟一时不知说什么好,立刻鞠了一个90°的大躬,把他们引入屋内。

傅萍让座倒茶后,又不知说什么好了。贾义一个劲儿地向他递眼色,他才慢吞吞地说:

"酒井部队长和高司令驾临敝舍,实在欢迎。贵方对鄙人的妻子进行了保护,还给了种种优待,我傅某非常感谢,非常感激!"

毛驴太君听了这话,心里感到怪舒服,因为他很少听到中国人有说这种话的。立刻也说:

"傅县长,你的归顺皇军,我的也很高兴。"

"今后大家就一起建设王道乐土吧。"高凤岗也面含笑意地微微点了点头。接着他用鹰眼向外扫视了一下,注视着酒井说,"部队长,我们就起身吧,八路军的消息一向是很灵通的,免得迟则生变。"

"好。"毛驴太君点头同意。接着又转过头来盯着傅萍说,"枪呢?你不是还有一支手枪吗?快快地拿出来!"

"这家伙真精明,一点都不忽略。"傅萍心中暗想。一面把手伸进被摞取出自己的二把盒子,恭恭敬敬地交给酒井。

"开路,开路的!"酒井把手一挥,一行人押着傅萍走出门外。

傅萍的母亲一直藏在小东屋里,一见儿子被抓走了,不顾命地跑出来大声喊着:"你们不能带走我的儿子呀!"一面哭,一面呼天抢地地追上去。贾义走过来拦住她,说:"老太太,回去吧!没有事儿!"老人哪里知道其中原故,仍旧拼命地追着,气得贾义把她连推带搡地掼倒在地上,还骂了一句:"你儿子享福去了,你还拦他干吗?真是傻透了!"

毛驴太君和高凤岗骑着大洋马走在前面,傅萍在队伍里低着头屁颠屁颠地跟着。大约走了十余里路,来到本县一个大镇。傅萍一看,前面小广场上,聚集着好几百人,周围站着日伪军,人群前面摆着几张桌子,上面摆着茶水点心。尤其触目的是前面还扯着一条长长的会标,上面写着"欢迎伪县长傅萍反正"几个醒目的大字。傅萍心里顿时感到不快,心中暗想:怎么,我当了好几年抗日县长,现在倒成了伪县长了?但是一看周围的阵势,半个字也不敢吱声。

这时,毛驴太君和高凤岗已先后下马,把傅萍招在一个角落里。毛驴太君手扶着指挥刀,面上略含笑意地说道:

"今天,开一个欢迎你投降反正的大会,你的要讲讲话。"

"你要我讲什么?"傅萍一愣。

"当然你要讲投降皇军的顶好。"毛驴太君说,"你劝大家不要抗日,要当顺民,和我们一块儿建设王道乐土。"

傅萍着实吃了一惊。昨天不是明明讲好条件了吗?不是说要照顾点面子吗?为什么又变卦了?何况这个全县有名的镇子,我不知道来过多少次了,家家户户的门坎都让我踢破了,男女老幼没有不认识我的。我也在这里召开过多次大会,讲的都是要大家积极抗日,今天怎么又讲反对抗日的话呢?想到这里,他有些不自在了。他说:

"这个话,我不好讲。"

毛驴一听他不愿讲,驴脸立刻拉长了,把指挥刀往地下狠狠地一戳,吼道:

"不讲?这个的不行!"

高凤岗也赶快走过来,半硬半软地劝解道:

"已经到了这个份儿上,我看还是讲吧!不然,夫人的生命恐怕难以保证了。"

傅萍默然无语,像端着一杯苦酒似的硬吞了下去。抬起头望了望毛驴太君的长脸,跟着他们乖乖地坐在桌子后面的长凳上。

毛驴太君开始讲话了,加上翻译,一共不到十分钟。大意是:伪县长傅萍的反正,是本县一个很好的消息。这说明皇军和平建国的感召力,使强化治安、肃清八路匪军有了希望。希望有更多的人投到和平阵营。接着,就宣布请反正的伪县长讲话。

傅萍强打精神勉勉强强地站起来,习惯地喊了一声:"老乡们!乡亲们!"整个会场静极了,简直连出气的声音都听得见,人们的眼睛齐刷刷地望着他。他一连干咳了几声,接着说:

"今天,今天,我……我……我……"

他说不下去了。毛驴太君很厉害地瞪了他一眼,他才说:

"我……我……我觉得抗日没有出路了,应当,应当和平建国……"

只听台下哄的一声,有的人低下头去,有的人怒目而视,有的人把眼睛望着别处,再不像他傅县长往日讲话时下面喜笑颜开的样子了。他立刻像受到迎头痛击,头嗡嗡作响,不成语句地说:

"我希望……我希望你们要好好地与皇军合作,建设王道乐土,皇军是帮助我们的……"

话刚一出口,只见下面的眼光,像一支支利箭射过来,不少人纷纷地往地下吐口水。傅萍本来还想应付几句,可是怎么也讲不下去。这时站在后面的人还散去了不少。高凤岗立刻站起来,挥着手臂大叫:

"不要动!不要走!再走就要开枪了!"

事实上会已经开不下去,只好仓促结束。

穿着黄呢子军服的日军和穿着绿色军服的"反共救国军"又向前开动了。走在最前面的是身挎指挥刀骑着大洋马的毛驴太君和高司令,跟在后面步行的是神色沮丧的傅萍。队伍的最后面是两挂大车,车上载着七八个年轻的啼啼哭哭的农家妇女,其中几个不过是十二三岁的女童。不用说,这都是以捕捉共产党干部的名义为毛驴太君抓来的猎物,当然也是这次行动的副产品。她们都将很快送到毛驴太君的后宅。

## 七七　笔下不能留情

在比较偏僻而又距炮楼稍远的小娄庄，召开了县委的紧急会议。会议的中心是讨论傅萍的叛变问题。参加会议的，除了老书记刘展，组织部长和宣传部长外，还有周天虹。大家心情沉重，表情严肃。都认为，这是敌人设下的圈套，而对傅萍来说，则是既意外又不意外。老书记沉着胡子扎煞的脸，一连抽了好几袋烟，把烟锅子磕得乓乓地响。最后总结式地发言说：

"我认为，傅萍最后走上投敌叛变的道路，首先是他的世界观并没有得到根本改造。他参加革命虽说好几年了，但眼里一直没有群众，也不屑于去接近群众。所以形势一变，他就没有主心骨了。认为我们不行了，天下是日本人的天下了。他确实很悲观。最后只有走上动摇叛变的可耻道路。"老书记稍沉了沉，又说，"当然，作为县委书记，我也有责任。他的毛病我不是不知道，也不是没有劝说过他，可是没有效；我也觉得，都是同级干部，说太深了不好，就这样拖下来了。结果出了这样的事，我总觉得对不起党……"老书记显得很难过。

"老书记，不能这样说吧！"周天虹说，"叫我说，什么原因也不是，就是这小子骨头太软！他一听说日本人抓走了他的老婆，他就没有魂儿了。当然，这种事放在谁身上，谁也难受，可是总还有民族大义嘛，还有共产党员的立场嘛！关键时刻，把什么利益看成是最高的利益，这是应当心中有数的。"

周天虹说得理直气壮。自然，这已经是他的生活实践了。

下面接着讨论如何肃清傅萍事件带来的恶劣影响。会议通过了以下三点：

一、永远开除叛徒傅萍的党籍。在党内立即宣布,进行教育。

二、布告全县,暂由刘展兼任县长。

三、在全县开展声讨叛徒傅萍的活动。

此外,还决定向上级写一个报告,要求迅速派一个新县长来。

决议作出后,刘展望着宣传部长齐鸣笑着说:

"你是不是编一个声讨傅萍的歌子,这样大家唱起来,威力就大了。"

县委宣传部长齐鸣,仅仅上过初中,由于勤学苦练,进步很快,已经是本县最得力的笔杆子。他点点头,笑了一笑,略一沉思,就在小本上一挥而就。随后递给周天虹说:

"老周,听说你常偷着写东西,你给看看,行不?"

"谁说我偷着写东西了?"周天虹笑着反驳。一面接过本子细看,那上面写的是三首歌谣,或者说是快板:

> 傅萍草,草浮萍,
> 认贼作父当害虫,
> 汉奸帽子头上戴,
> 万古千秋留骂名。

> 傅萍草,顺水流,
> 为虎作伥不害羞,
> 有朝一日拿住你,
> 下场不如一条狗。

> 军和民,不怕难,
> 越过高山是平原,
> 团结起来同心干,
> 消灭日寇狗汉奸。

周天虹看后,点点头,称赞说:

"我看可以。现在的东西,通俗,生动,有力,能够打击敌人就好。"

会后,决定的几项活动都开展起来了;尤其这几首歌谣,配上河北民歌的曲调,很快流传开来。那一度风光的县长傅萍,登时成了臭不可闻的狗屎。印着这几首歌谣的红红绿绿的小传单,也传播开去,一直传到傅萍的家乡,传到肃宁城傅萍的手中。傅萍看了比吃了一颗真子弹还难受,一连数日卧床不起。连忙派人传过话来,请刘书记"笔下留情"。老书记听了这话,把烟袋锅子一磕,愤然说:"你去告诉傅萍:我们对出卖民族、出卖祖宗的王八蛋,绝对不能笔下留情!"

时间不长,因为傅萍寸功未立,一个人也没拉过去,不免使毛驴太君大失所望,随后就把他送往石家庄去了。他的老婆有些姿色,被留在毛驴太君后宅住了几天。

由于周天虹与老书记配合密切,又一连打了几个小仗,开辟工作进展得相当顺利。不想,又出现了一件意外的事。

这天晚上,周天虹在李大娘家正准备行动,老书记的警卫员慌慌张张地跑来,说:

"不好啦,刘书记被打伤啦!"

周天虹一惊,忙问怎么回事,警卫员说:

"今天天还不大黑,我就跟刘书记从小娄庄动身了。我们刚来到村东十字路口,忽然从高粱地里蹿出几个人来。其中一个说:'刘书记,我们在这儿等着你哩!'我一听不对劲儿,很像是贾义的声音。刘书记很机警,连忙站住。我立刻掏出枪来,那人就开了枪,把刘书记打倒了。我立刻打了一个连发,那几个家伙就跑了。我怕刘书记有失,没有敢去追……"

"刘书记伤在哪儿啦?"李大娘和小盼儿都急得什么似的插进来问。

"打到腿上了。我连忙撕开了一个急救包,给他包上。你们赶快去找人抬他吧!"

周天虹来不及多问,就派了几个战士,匆匆忙忙卸下一块门板,跟着警卫员走出去。

时间不长,已经把刘书记抬了进来。周天虹和李大娘母女一起走上去,关切地问:

"老刘,伤怎么样?"

"不要紧,就是叫恶狗咬了一口,大意了。"

"准是贾义那个王八蛋干的!"李大娘气愤地骂道,"那小子我早就看出他不是个好人。除了他,谁能那么熟悉我们的情况呢?"

小盼儿赶忙上炕,铺上褥子、被子,扶着老书记躺下来。老书记说:

"可别把血沾到被子上,不好洗。下半夜还是把我送到小娄庄去,我的被窝都在那里。"

"不,你哪里也不要去,就在这里养着。敌人不来,你就在这里躺着;敌人来了,就把你送到洞里。我们娘儿俩还不能服侍你吗?"

"我看也是先在这里养几天好。"周天虹说。

不一时,支队的卫生员背着药包赶来,给老书记擦洗了伤口,上了药,重新包扎了一番。刚刚收拾完,小盼儿早把两个热腾腾的荷包蛋端了上来。小屋里洋溢着热情温暖的气氛。在暗淡的灯光下,老书记的眼里闪着感动的泪光。

"老书记,"周天虹带着忧烦的表情说,"我们不是要求派一个县长来吗?现在有回音没有?"

"没有。"刘展摇摇头说,"我催过几次,一点消息也没有。"

"你瞧,县长没有了,你兼了县长;现在你又负伤了,这县里的工作可怎么办?"

"干部缺哟!"老书记叹了口气,"干部的伤亡太大,被捕的也不少,哪里有那么多的干部来补充呢?我看,你们就一个人顶两个、三个人用吧,另外我再写封信去催一催……"

老书记说过,眉头皱了一个疙瘩,轻声说:"快给我装一锅烟!"周天虹明白他的伤口疼起来了,连忙从他的腰里摸出烟袋和烟荷包,装了满满一烟锅,在菜油灯上吸着,然后递过去。老书记贪婪地抽了一大口,停了好几秒钟,才徐徐地喷出来,说:

"你们可要千万小心恶狗啊!"

## 七八　新县长赴任

老书记刘展在梨花湾休养了十几天,感到李大娘母女过于辛苦,就转到小娄庄去了。

县委书记的工作,由周天虹临时代理。这一大摊工作一压上来,还要指挥打仗,真是拳打脚踢忙得不亦乐乎。等新县长的到来简直等得心焦。这天傍晚,组织部长牛犇忽然跑来,喜气洋洋地说:

"周政委,报告你个好消息,上级派的新县长兼县委副书记来了。"

"在哪里?"周天虹喜出望外。

"已经来到安平县境了,地委要我们派人去接,估计半夜就到。"

"是个什么样的人?"周天虹笑吟吟地问。

"弄不清。据说是个知识分子,挺能干,挺有学问的。"

周天虹心想:这就好了,只要来了人把地方的一摊工作担起来,自己就好专心打仗了。他躺在炕上专心地等待着。一直等到后半夜,还不见动静,只好脱衣就寝。哪知刚刚躺下不久,就听见后山墙嗵嗵地响。周天虹心想,可能来了,一边穿衣服,一边命通讯员开门。衣服还没穿好,风尘仆仆的交通员,就把一个身着便衣、头扎毛巾、戴着黑框眼镜的人领了进来。一边说:

"报告周政委,新县长来了!"

周天虹在暗淡的灯光下粗粗一看,觉得此人好生面善,凑近细看,不禁哑然失笑,原来是好友晨曦。真是喜从天降,万万没有想到。他喊了一声"晨曦",连忙跳下炕去,一下就把对方抱住了。两个人又是擂对方的胸膛,又是拍打对方的肩膀,亲热了好一阵才撒手。周天虹还一连声说:

"真想不到！真想不到！你老兄真有办法，还是赶上来了！"

晨曦摘下近视镜，用头上的毛巾擦了擦脸上的土，坐下来笑着说：

"我有什么办法？不过软磨而已。欧阳老是把我攥在手心里不放，被我磨得烦了，最后生气地说：'你这个晨曦，就是轻视革命文化的作用！'我说：'欧阳社长，我写了这么多的通讯、报告文学，还有这么多的诗，怎么能给我扣上轻视文化工作的帽子呢？我是响应毛主席的号召，深入火热的斗争去生活嘛！'气得他把手一摆，说：'算啦，算啦，你走吧！'说实话，我确实想真刀真枪地干一干，不然，这样伟大的斗争，总觉得有点说不过去似的！"

"你这种精神我很佩服！"周天虹衷心地赞美道。

这时窗纸已透过微明，在银色的晨曦中，这位新县长红扑扑的脸庞和热情的眼睛，愈发显得生气勃勃。

"这次来，你一路上还顺利吗？"周天虹问。

"顺利，基本上很顺利。"晨曦答道，"除了过铁路有部队护送，其余都是由交通站把我转送来的。"

"你对冀中平原的印象如何？"

"好极了！"晨曦兴奋得脸上漾着红光，"虽说现在黑夜沉沉，但我已经看到胜利的曙光。"

"到底是诗人！你怎么看到了胜利的曙光呢？"

"我看人民很坚强。"晨曦答道，"你就比如交通站这些最普通的人来说吧，他们夜里领我，送我，要绕过许多炮楼、据点，爬过许多壕沟，至少要走七八十里的路程。可是把我送到了，我安安稳稳住下了，他啃几块干粮，喝几口凉水，稍歇一歇就回去了。这一回又是七八十里。一共一百五六十里。你想想，天天如此，得有多大的毅力、耐力和坚强的意志？但他们毫无怨言。这就是我们的民族，我们的人民。所以我看敌人的炮楼虽多，气焰虽然嚣张，都不过是残枝败叶，只要时机一到，大风起兮云飞扬，一阵狂飙就会把他们吹个精光。"

"你写了诗吗？"周天虹颇有兴致地问。

"写了，不过写得不理想。"

"能念念吗？"

"好,给你念几句。"

周天虹记得,在延安时,晨曦像个姑娘样在小本上偷偷写诗,最怕人看,要他念诗他就脸红,甚至要伸手到他的腋窝里胳肢他,才能让他把诗拿出来。现在他人长高了,也成熟老练多了,风度也变得潇洒了。一提到念诗,他就大大方方地念起来:

你,赤红的脚,
像土地一样朴素的脚,
像山一样坚实的脚。

我跟着你,
我跟着你;
你陪着我,
你陪着我。

我跟着你,
走过原野,
跨过山河;
你陪着我,
穿过硝烟,
穿过炮火。

你,赤红的脚,
像土地一样朴素的脚,
像山一样坚实的脚。

我跟着你,
我跟着你,
你陪着我,
你陪着我。

我跟着你,

> 雷霆万里,
> 震动山岳;
> 你陪着我,
> 穿过黑暗,
> 走向光明的生活!

周天虹刚一听完,就鼓起掌来,连声称赞说:

"好极了!怪不得你是诗人!我们跟交通员走了千百次,有时也很感动,就是说不出来;你只走了一趟,就立刻来了灵感,写出这样的好诗!"

一受称赞,晨曦就又回到从前那样子,变腼腆了。周天虹又问:

"你一路上遇到危险没有?"

"仅有一次。"晨曦笑着说,"很惊险,简直是一段美丽的神话。"

"怎么又是美丽的神话呢?"

"因为那是在人间不大可能发生的。"晨曦闪动着明亮的眸子说,"有一夜,我跟着交通员走了八九十里路,才把我安排到一个老百姓家安歇了。我实在太累太困,睡到第二天小晌午才醒。还没有吃饭,敌人就进了村子。街上大呼小叫的,眼看敌人要进院子。我怕连累房东,想往外冲。这家只有一个女人在家,很年轻,不过20岁左右,不知道是姑娘也不知道是媳妇。她一下就拦住我,叫我躺在炕上,给我盖上一床花被子,把我的眼镜藏在炕洞里,给我的额头盖上一块湿毛巾,然后拉过针线笸箩,坐在炕沿上安安静静地做起针线活儿来。我的心扑通扑通地跳,而她的神色却非常沉着。说话间,一个日本鬼子和几个伪军就端着刺刀闯进来了。一进屋,那个日本鬼子就凶神恶煞地指着我问:'他的什么人?'女人一点也不慌乱,自自然然地回答:'他是我男人,得了伤寒病。'一个鬼头鬼脑的伪军头目说:'恐怕是八路军吧?'女人又说:'长官别开玩笑,我的男人怎么会是八路军呢?'伪军头目又嘻嘻鬼笑着说,'既是你男人,你敢当面和他亲个嘴吗?'女人说:'亲就亲,这有什么!'说着,就抱着我的头亲了一口。一伙王八蛋才嘻嘻哈哈地笑着走了。敌人走后,女人揭开被子,我已经感动得满脸都是热泪,跳下炕给她鞠了一个大躬,我说:'实在太感激你了,今天你救了我的命,我该怎么感谢你呢?'她红着脸说:'别说这话,你为了啥,不是为了我们老百姓吗!'唉,直到离开以后我才忽然想起,竟忘记问问这位姑娘的姓名,连村庄的名字也没有记下来。"

"唉,这故事真是太动人了!"周天虹赞叹不已地说,"你没有写首诗吗?这件事才真该写首诗呢!"

"没有。"晨曦摇摇头,十分惋惜地说,"天虹,我告诉你,对于非常伟大、非常壮观、非常瑰丽的事物,这笔就显得无能为力了。这件事,我曾经想写一首诗,却没有写成。虽然如此,但是,这位姑娘那种无比崇高、无比圣洁的感情,已经成为我这一生看到的最美好的事物,铭刻在我的灵魂中了。我相信直到我生命的结束,也是不会忘记的。……只可惜我的文学才能太有限,知识学问也不够,无法把我们这个时代的美丽的东西都描写出来。"

"不,我不这样看。"周天虹沉思之后,深有所感地说,"我认为你在文学上还是有些天分的。我不反对你现在搞搞枪杆子,但是我认为你不应该放弃文学。"

"老周,这个你不要担心。"晨曦压低声音说,"最后我是不会放弃文学的。因为人民在鼓舞着我,这个时代在鼓舞着我。我的确感到,我们这个时代太伟大了。也许历史上很少有这种人民大觉醒的时代。我们亲眼看见,人民是怎样在赢得战争并创造着活生生的历史。几乎每天发生的事情都是可歌可泣的。假若我们不把人民这一段英雄的历史反映出来,我们真是惭愧死了。因此,我曾经对自己说:晨曦,你应该对得起人民,你应该写出无愧于时代的诗篇!即使今天不能,也许明天能!"晨曦说完,又附在周天虹的耳边说,"我希望这些话你不要给我说出去。"

周天虹笑着点了点头。

这时,天已大亮。李大娘母女已经起来生火做饭。不一时,就把两碗白粥和一算帘热腾腾的山药端了上来。这是专门款待新县长上任的。晨曦望望李大娘母女,眼睛充满感动的神情。

饭后,周天虹劝晨曦休息,但晨曦因为过度兴奋,难以入睡,只好继续谈下去。周天虹给自己的朋友介绍了敌情。特别是介绍到毛驴太君和高凤岗的恶行时,晨曦气愤得咬牙切齿。他最后说:"老周,咱们摽在一块儿好好地干一场吧!我这次来就是准备大干一场的。如果说我刚到边区,生死问题还没彻底解决,那么,现在我可以对老朋友说,这个问题已经彻底解决,将生死完全置之度外了。只要能取得胜利,我可以付出任何代价!"

## 七九　火烧地狱之门

真是知友见面话没头,说个没完没了。等到晨曦躺下时,已近小晌午了。这一觉直睡到日落西山才醒。县委组织部长牛犇来接晨曦,准备到小娄庄去。周天虹说,晚饭后就要讨论作战问题,还是先参加讨论为好。晨曦当然非常乐意。

晚饭后,徐偏已从邻村赶来,同晨曦见了面。接着就举行会议。周天虹首先通报了敌情,说敌人在滹沱河上修的"兴亚"大桥将于近日竣工,还准备举行通车典礼,大大地庆祝一番。如果让敌人的计划实现,滹沱河北岸的粮食、棉花等农产品,就会受到更严重的掠夺。敌人还将加强作战的机动能力,使我方受到更大威胁。因此,决不能使敌人的计划得逞。周天虹还强调说,把这座大桥破坏,比打下一座炮楼影响要大,至少对本县群众将大大振奋他们的斗争精神,有利于打开局面。晨曦、徐偏、牛犇听了,都欣然同意。事情就这样定下来了。周天虹说:

"既然决定了,明天我们就得去实地勘查一下,才能定出一个方案。老徐你看怎么搞法?"

徐偏还没说话,牛犇就兴冲冲地插进来说:

"这个好说。那里离我家南苏村不远,今天晚上你们就到那里隐蔽集结。明天上午我带你们到桥上去看。"

"大牛,你倒说得轻巧,"周天虹笑着说,"那是你修的桥吗?"

"是这样,现在敌人正在赶扫尾工程,每天都有几百人在桥上干活儿,混进去几个人那是很容易的。"

徐偏是在敌人丛中活动惯了的,立刻点头说行。晨曦也高兴地说:"我这人就是走运,一来就赶上打仗。等完成这个任务,再去见老书记更好。"

　　计划一定,当晚部队就转移到南苏村。

　　次日一早,周天虹和徐偏就开始化装。他们本来穿的就是便衣,头上扎着羊肚手巾,跟农民无甚差别;但仔细看,毕竟衣服新些,上衣也长一些。为了做到天衣无缝,又从老百姓那里借了两身破旧衣服换上。后面跟着的两个通讯员穿得更破,肩上挎着柴草筐子,柴草下藏着20响驳壳枪。由牛犇领着,混在修桥的民伕里,挤挤拥拥地上了大桥。

　　这天,天色阴沉,还刮着小风,冷飕飕的。在长长的大木桥上,二三百民伕在忙碌着煞尾工程。站在一旁的日本监工,像红了眼的野兽,拎着皮鞭子,在叱骂着众人。他们一看见谁略有怠慢,就恶狠狠地赶上去,扬起皮鞭子就打。桥上这里那里不时发出民夫的尖叫声。

　　大牛扛着木料在前面走,周天虹、徐偏混在人群里,也装出做活的样子,在桥上溜达,两个眼不停地观察着大桥本身和周围的地形。滹沱河是河北省一条较大的河流,雨季汹涌澎湃,水面相当宽阔。枯水季节又成为一条很不起眼的可以徒步涉过的浅流。今年干旱得厉害,水势显得特别瘦弱。横在它身上的大木桥倒不小,足有300米,桥身坚固,可以行驶汽车和坦克。桥板距地面约有四五米高。桥的两端都耸立着高大的炮楼。北端的炮楼距桥头稍远,约有千把米,南端的炮楼则紧靠桥头。两端各驻有一个小队的兵力,拱卫着大桥的安全。周天虹和徐偏在桥上走了一个来回,这座桥及周围的地形便像一幅画印到胸中。

　　回到南苏村,几个人立即进行讨论。大家一致认为,在当前条件下,既没有大炮,又没有炸药,只有用火烧一法。然而从哪里着手呢?牛犇主张从桥的北头接近,理由是北头的炮楼距桥头远,约有千米左右。还是周天虹有点军事眼光,他说,表面看,从北头下手比较容易;可是北面地形开阔,没有隐蔽,且容易被南面炮楼的火力控制。而南端虽然距炮楼很近,可是南端的桥头紧靠村庄的护村埝,还有一段高粱地,向桥头接近就方便得多了。徐偏对这一方案立刻表示赞同。牛犇也表示同意,并说,只要你们看好炮楼,不要让敌人出来,剩下的问题就由我包了,我去找本村的游击组研究烧桥的办法。

　　接着,牛犇把游击组找到一处,还特意邀请了本村的赛诸葛牛大爷。牛大爷是个织铜箩的老工匠,以足智多谋著称,故得了这个诨号。一接触到烧桥的办法,就遇上了难题:桥离地面有四五米高,如何将引火之物送上桥板?如果堆集柴草,怎么能堆得这样高,又如何运去这么多的柴草呢?将近70岁的牛大爷,只是一个劲儿吧嗒吧嗒地抽烟,笑眯眯地不说话。牛犇说:"大爷,该你说话了,你说吧!"牛大爷这才从嘴里拔出烟管,抹了抹胡子说:

　　"我看,你们就搞个大取灯儿吧!"

　　"什么大取灯儿呀?"

　　当时乡村火柴缺乏,人们就用薄木片蘸上硫磺权作引火之物,名叫"取灯儿";然而牛大爷这里说的"大取灯儿"是什么呢?

　　"你们先找几根丈把长的长杆子,总还找得到吧?"牛大爷说。

　　"这个,当然能找得到。"大家纷纷说。

　　"然后,你们在杆子头上绑上干草,再浇上煤油。"

　　"这个也好办。"

　　"再后,你们把干草上头捆上几捆线香,线香下面捆上十几盒火柴,这就成了大取灯儿了吗?下面的话就不必说了,要用的时候,你把它往桥桩上一靠,划一根火柴就行。"

　　大家一听,都乐呵呵地拍起巴掌来。

　　接着,大家分头找材料,做成了十几根"大取灯儿"。

　　晚饭后,周天虹和徐偏带领部队出发,很快将大桥两端的炮楼分别封锁、包围。徐偏指挥北岸。周天虹指挥南岸。周天虹的指挥位置设在南岸的河堤上。晨曦跟他在一起。

　　是夜西风猛烈,星光明亮。晨曦虽然随部队经历过多次战斗,仍然感到新鲜。他颇有兴致地观察着周围的一切。夜色是深浓的,眼前只有桥两端的炮楼射出耀眼的灯光。一切都沉在黑暗里。在星光下,晨曦望眼欲穿地望着滹沱河的北岸。等到十时左右,才听见桥西不远处有哗哗的蹚水声。晨曦心想,游击组可能抬着他们的"大取灯儿"过河了。又过了约半个小时,模模糊糊看见南岸的堤坡下出现了一个个正在摸索前进的黑影。想来因为抬着东西走得很慢。过了一会儿又看不见了,只有高粱叶哗哗作响。大约他们已进到那片高粱地了。

"他妈的,谁?谁在那里?"炮楼上大声喝问,"老子要开枪了!"

"是敌人发觉了吧?"晨曦有些紧张地问。

"不一定。"周天虹沉着地说,"敌人惯于瞎诈唬。"

果然,敌人并没有射击。

空气沉闷而又紧张。桥头虽相距咫尺,却看不见他们的动静。只能想象他们把笨重的"大取灯儿"一个一个地架起来。这半个小时简直比一年的时间还长。终于在无边的黑暗里,桥身下有一团红光跃然而起,顷刻间蹿出好几条飞舞的金蛇来。

"不好了!有人烧桥了!"炮楼上有人惊喊。

"注意!有人烧桥了!"又是几个人纷纷嘶喊。

接着,炮楼里响起"乓乓"的枪声。

"快封锁枪眼!"周天虹发出命令。

很快哒哒的机枪声撕裂夜空,一条条曳光弹的金线飞向炮楼。不久,包围北岸炮楼的部队也开了火。

这场战斗,与其说是阻止敌人出击,还不如说是催动大火更快地燃烧。果然,在双方交火中,火越烧越大。不一会工夫,南端的大木桥的桥板已经被熊熊的大火吞噬了。

"我真太高兴了,太高兴了!"晨曦拍着巴掌说,"我们终于烧开了地狱之门!"

"你又要做诗了!"天虹笑着说。

"不,这只是诗里的一个句子。"

等他们返回南苏村的时候,游击组早已安全返回。这时才知道此次战斗,无一伤亡。而且特别令他们高兴的是,在"兴亚"大桥燃烧的时候,许多村庄的老百姓,都纷纷披衣起床,跑到村头观看,他们说:"真的,八路军的大部队下来了!日本鬼子该完蛋了!"

## 八〇　梨花湾的姑娘(一)

火烧兴亚大桥大大振奋了人心,也使周天虹他们雄心勃勃。条件成熟了,他们将部队以连为单位集中起来,准备打一些较大的战斗。

这天,县委委员们集中在梨花湾举行会议,讨论下一步作战问题。主要是寻找周围炮楼中的弱点,以便能够一战而下。当晚大家来不及转移,就在梨花湾住下了。

深夜,周天虹正在熟睡中被叫醒,侦察员报告,城里的敌伪军约有六七百人前来奔袭,很快就到。周天虹看了看他那缴获来的破手表,已凌晨五时,天色很快就要大亮,再转移已来不及。他同时意识到,这是敌人对火烧兴亚大桥的报复,想把县委机关一网打尽。如果贸然转移,势必会受到很大损失;如果仅凭自己带的一个连硬顶也难于取胜。只有依靠坑道进行战斗。再说本村的地道,是修筑得比较好的,依靠地道打击敌人,也许不会受到大的损失。这样一想,心里有了底也就不慌乱了。

周天虹立即通知大家起床。时间不长,村东已经响起报警的枪声。接着,本村武委会主任李黑蛋跑来报告说:敌人已经到村边了。周天虹立刻命令部队做好战斗准备,自己登着梯子就上了屋顶进行观察。从朦胧的晓色中望见,不仅东面,连西面、北面、南面,敌人的骑兵、步兵已经将梨花湾团团围住,只等攻击了。周天虹立刻命令王参谋:通知一连,占领高房,尽量用火力杀伤敌人,掩护地方干部及群众进入坑道,然后再退入坑道,继续打击敌人。

战斗开始了。

敌人先向村子里轰了几炮,接着便开始了进攻。据守在高房上的战士们,因为许多天未打大仗,憋得手心发痒,今天一看这么多好打的目标,真像饿汉上酒席,吃了个痛快。县里的干部和村里的老百姓,也就乘机进入了地道。

站在高房上指挥的周天虹,看见村外和村口打死了不少的敌人,非常高兴。战斗持续了将近一个小时,他见周围的敌人已经纷纷攻进村内,有的已经占领了房顶与我对射,不宜再拖,遂命令部队退入地道。

这时,李大娘和小盼儿仍然在地道口守护着,似乎她们要把最后一个人都送入地道,盖好盖子才算尽到责任。周天虹等一伙人从高房上下来,一看她们母女还在屋里待着,就急火火地说:

"大娘,你们怎么还不进去呀!"

"俺们等着你们哩!"

"咳,什么时候了,还等着我们?快快,你们先进去!"

大娘和小盼儿还要推让,被周天虹连拉带扯,推进去了。接着周天虹和支队部的一伙人,也一个一个钻了进去。等通讯员刚刚盖好盖子,大门就呼嗵一声被撞开了;时间不长,接着咔咔的皮鞋声便在头顶上杂乱地响起来。一会儿是柜子的开动声,一会儿是敲击地面的嗵嗵声,还夹杂着几声狼狗的恶吠声。显然敌人正在地面上反复搜索。正在这时,不知从哪个墙缝里射出几粒子弹,只听一伙鬼子惊喊起来:"八路大大的有!"接着呼隆呼隆地跑到东屋去了。原来这里是"凹"字形的"翻眼地道",是王乐带着一个通讯员从东屋的射孔里打出来的。等到敌人跑到东屋里搜寻时,周天虹又命一个通讯员从另一个"翻眼地道"里向东屋射击。"八路大大的有!"又是一阵惊慌的叫喊,都跑到院子里去了。几十个鬼子像走马灯似的在院子里急得团团转。最后,两个"翻眼地道"都响起了枪声,这一伙鬼子不得不拖着几个死尸跑出了院子。

距地道口不太远的地方,有个一间房子大小的地下室。这里地下铺着一些谷草,一领破席,上面还有一床破被窝,是平时干部们藏匿睡觉的地方。另外还有一个小炕桌,一个破瓦壶,一盏古老的铁灯。现在,小盼儿已经把这盏铁灯点起来了。灯光虽然幽暗,但此时此刻却给人异样的温暖。在灯光下可以看到周天虹和县委委员们,新来的晨曦和牛犇、齐鸣等人全在这里。小盼儿和母亲被挤到一个角落里。大家的脸色并不显得胆怯和愁闷。尤其周天虹,也许初次尝到地道战的甜头,脸上还带着快活的神色。

这时从地道南路跑过一个短小精悍的人来,呼哧呼哧地说:

"周政委,不好啦,南边的地道口叫敌人挖开啦!"

周天虹借着灯光一看,是本村的武委会主任李黑蛋,他那黑油油的脸上都是明晃晃的汗珠。周天虹心里不禁一惊,但当着众人,还是显得很镇静:

"不要紧,你领我去看看。"

周天虹说过,就急忙站起来,跟着李黑蛋往南面走。王参谋和通讯员跟在身后。这地道因为仓促挖成,高度宽度都不够,只能弯着腰走。再加上进来许多老百姓在地道里坐着,行走很不方便。李黑蛋在前面一边走,一边喊:"乡亲们,请让开一点儿!让开一点儿!"周天虹很吃力地走了颇长时间,才看见前面透过一小片光亮。李黑蛋停住脚步,说:

"到了,前面就是地道口了!"

周天虹又往前走了一小截儿,在距光亮不远的地方停住,只听上面说:

"八格牙鲁!快,你的下去的看!"

一听就知道是日本鬼子逼迫伪军下来侦察。在伪军支吾推托的时候,接着是"乓乓"几声清脆的耳光,一个黑影下来了,堵住了洞口上的光亮。王参谋手疾眼快,驳壳枪"乓乓"两声脆响,只听洞口哎哟了一声,便无声无息了。也许死尸被拖出去,洞口又出现一小片光亮。

接着又听上面一声吆喝:"那个老头的过来,让他的下去!"只听一个苍老的声音说:"皇军,你们都不敢下去,我怎么敢下去呢?"话音未落,又是几个脆生生的耳光。另一个声音说:"这个老家伙如果下去不出来怎么办?""给他臂上绳子的拴。"不一时,洞口又失去了光亮,一个黑影下来了。但是,紧接着那个黑影就一边往前爬,一面低声喊道:"同志,同志,我是老百姓!你们可别开枪啊!"周天虹把王乐的驳壳枪推到一边,悄声地说:"等一等!"一会儿,一个老头儿喘吁吁地爬过来了,摸摸他的臂上确实有绑着的绳子,就叫通讯员把绳子解下来。周天虹问:"老大伯,上面怎么样?"老头儿说:"咳,别提啦,这回来的人可真不少,总有千把人哩。毛驴太君和高凤岗都来啦,说是非把你和县委的人通通抓住不可!"周天虹听了淡淡地一笑,说:"人全在这里,他们有本事就下来捉吧!"说过,让老头儿到里面休息去了。

周天虹思索了一会儿,命王乐把防守另一条地道的排长叫过来,亲自布置说:

"你调一个班到这里,把这个口子好好守住。他下来一个就打死他一个,再不能让他们往前挖了!"

话刚说完,只听王乐惊叫了一声:"不好,有毒气!"周天虹一闻,确实有一股刺鼻的异味。说话间,李黑蛋也打了两个喷嚏,流起眼泪来。王乐问:"洞里有防毒帘吗?"李黑蛋连声说:"有,有。"说着,连忙把周天虹他们推后了十几米远,然后把一个防毒帘放下来。周天虹在防毒帘后,再次向排长叮嘱了几句,随后回到指挥位置。

他心中暗自沉吟,敌人此次来意不善,倘若继续挖掘地道,并且施放毒气,全体县委委员和村里的群众,还有自己带的一个连队都在地道里,那个威胁还是很大的。在这以前,他曾听说过发生在定县的北疃惨案,日军施放毒气,曾把800多军民毒死在地道里。此事万万不可大意。当他这样想着的时候,脸上不免带着相当严肃的表情。

"老周,前面情况怎么样啊?"晨曦发问。

"没事儿。"周天虹用比较轻松的调子说,"敌人在破坏地道,还施放了毒气。现在已经堵住了。"

"假若敌人继续挖掘地道呢?"宣传部长齐鸣问。

"这个,我想我们可以顶住。"晨曦说,"就是怕敌人住下来,就麻烦了。还得要想个办法才行。"

"我也这样想。"周天虹微微点头。

正说话,一连连长派通讯员前来报告:东路的地道口也被敌人挖开了,敌人正在往里灌水。

"告诉一连连长,快把那个口子堵死。"周天虹当机立断地说。

小小的地下室,气氛立刻紧张起来。一粒豆大的灯火,也许由于氧气不足的缘故,在微微地摇曳着,似乎要熄灭的样子。

"有了!"周天虹霍地把大腿一拍,兴奋地说,"离这里30华里的黑马张庄,住着一个地区队,路上还有徐偏他们,我何不写封信去让他们来支援呢!这样他们从外往里打,我们从里往外打,两面夹击,不就把敌人打退了吗?"

"好!好!"大家齐声赞成。

"可是叫谁去呢?"周天虹为难了,"敌人围得密密层层,我们的人显然出不去。"

"我去!"那声音细细的,也不高,似乎在说一句平常的话。

大家一看,是大娘的女儿小盼儿。原来她穿着白柳条布的褂子,坐在大娘身边,一直聚精会神地听着大家讲话;有时低下秀丽的面庞沉思,有时又抬起头用乌亮的眼睛看人。大家谁也没有注意她。

"你能行吗?"周天虹望望她,带着笑意问。同时又扫了大娘一眼。

"行,我路熟。"小盼儿说,"黑马张庄是我姥姥家。"说过,又用期待的眼光望着母亲。

李大娘是个聪明人,立刻心领神会,带着坚毅的神情,说:

"我看盼儿行,就叫她去吧!"

大家都用敬慕的眼光望着她们母女,心里有一种说不出的感动。周天虹望着小盼儿又叮了一句:

"你出得去吗?再说路上还有两个据点呢!"

"不要紧。你就快写吧。"小盼儿显得很坚决,"这地道有一个出口,在俺家的老坟地里,我可以从那儿钻出去。"

周天虹不再问了,立刻拔笔,从小本撕下两页纸,写了两封短信,递给小盼儿。小盼儿立刻脱下鞋袜,把信放在脚底,然后穿好了鞋袜。又从小包袱里扯出一条长长的孝布,缠在她的黑发上,从身后垂了下来。

"娘,我走了。"她说着,就站起来,望着众人微微一笑,又望了望母亲,就好像真的去串亲似的。

"不不,盼儿,你把这个带上。"李大娘在小盼儿走出几步的当儿,又把她叫住,把一小兜干粮和山药递给她,才让她走了。

"我去!"等她走出好远,看不见她的身影时,周天虹的耳际似乎还响着一个细细的、不高的、像说平常话的声音。……

## 八一　梨花湾的姑娘(二)

邢盼儿的冒险出征,给人们带来暂时的宽舒和希望,但是紧接着东边的地道口又紧张起来。敌人灌水不成又改为挖掘。周天虹不得不来到东口,亲自指挥狙击手进行封锁。虽然接连打死了几个敌人,仍未能有效阻止敌人的挖掘。眼看地道越来越缩短了,部队和群众步步后退,地道里越发拥挤起来。

时间,在地道里显得令人窒息般的漫长,人们无法辨别白天和黑夜的差别。只有周天虹的那块破表是惟一的权威。待到它的时针艰难地爬到下午六时,挖洞的镢头和铁锹声才沉寂下来。周天虹知道天黑了,敌人可能休息吃饭去了。可是明天将如何度过,仍旧像一块巨石压在心头。

整个地道里,只有指挥室亮着一粒如豆的灯火。这点灯火由于氧气不足十分艰难地维持着生命。有时微微地摇曳几下又稳定下来。人们昏昏欲睡。而周天虹的脑海里却不时浮现着邢盼儿的形象。刚才这位看去朴素平凡的姑娘,于危难时刻挺身而出,曾使他的心弦为之颤动。可是她现在怎么样了?她顺利突出重围了吗?她又怎样闯过路上的炮楼呢?如果她已经闯过这些险关,按时间计算,该已经把信送到了,可是现在为何没有一点动静?如果姑娘根本就没有突出重围,反而落入虎口,当然这一切就无从提起了。想到这里不禁默默地叹息了一声。

这时,只听晨曦打了个哈欠,悄声自语说:

"不知道邢盼儿到了没有?"

天虹没有应声。他知道晨曦没有睡着,想的是同一个问题。

"很难说呢!"牛犇也叹了口气,"如果明天敌人继续挖掘,该怎么办?"

周天虹望了望身高体大的牛犇,在这狭小的洞里佝偻着身子整整窝憋了一天,大概有些受不住了。

"你说该怎么办?"他反问了一句。

"我说不能等死。得往外冲!不能叫敌人一锅端了。"

"我认为,如果援兵不来,可以考虑突围问题。至少不至于全军覆没。"晨曦也插进来说。

牛犇一看有人支持,更来劲了,马上说:

"应当接受北疃惨案的教训。军民800多人全让敌人毒死,太可怕了。往外冲,至少可以找几个垫背的!"

周天虹知道,这些话都是说给他听的。但他是最高指挥官,他要对坑道里的全体军民负责,而无权作出任何轻率的决定。他再次冷静地思索了一会儿,缓缓地说:

"突围问题可以考虑。但是部队突围好办,地方干部突围也好说,可是老百姓就难了。……还是先看看明天的情况再说。"

问题也只能讨论到这里为止。

一个最难熬的长夜过去了。周天虹从他那块破表上得知已近拂晓。果然时间不长,洞口上传来一片杂乱的镐锹声,敌人又开始挖掘起来。周天虹指挥部队在东南两个地道口继续进行狙击。

战斗约持续了一个小时,忽然王参谋喜冲冲地前来报告说:

"政委,情况可能起了变化,敌人已经停止挖掘了。"

周天虹面露喜色。立刻从指挥室出来,顺着地道摸到李大娘家。他示意王参谋悄悄把地道口捅开,自己伸出头一听,村外枪声大作,知道援兵来到。他立刻从洞里一跃而出,命令部队迅速出洞反击。

战士们在洞里窝憋了一天一夜,简直气不打一处来,一出来就猛打猛冲,与敌人拼在一处。敌人受到两处夹击,一看处境不妙,很快就撤退了。周天虹带领部队立即转入追击。

通肃宁的大公路上,尘土飞扬。敌人一路上不断地丢弃着辎重和抢掠的老百姓的衣物。周天虹远远望见前面几个敌人正在裹挟着一辆马车奔跑。车上坐着好几个人,穿着花花绿绿的衣服,很像是农家妇女。就带着几个人从一条小道上斜插过去。很快就迎头赶上,把那几个押车的日本兵打死了。马车停下来,车上坐的果然是梨花湾的年轻女娃。

这些女娃,大的不过十五六岁,小的不过十三四岁,还都是一些孩子。她们一见周天虹就哭了起来。一边哭,一边说,毛驴要把她们带到城里。

"这个家伙坏透了,简直是披着人皮的畜牲!"一个姑娘愤愤地说。

"你们赶快抓住这个毛驴吧!"又一个说。

"他哪里是人啊!"赶车的老汉也咬着牙骂道,"昨天夜里,他糟践了好几个妇女。有一个妇女不从,抓起一把剪子把他的手扎了,他就把这个妇女的奶子割下来炒了炒吃了!今天又要把这些小闺女拉走!"

"他现在在哪里?"周天虹急问。

"刚才从这里跑过去。那个骑大洋马的就是。"

周天虹举起望远镜望了望,敌军已经被一带树林遮蔽住了。他无暇多问,立即带领部队跑步追了上去。

刚刚越过那一片树林,就看见敌军在公路上急匆匆地移动。其中果然有一个骑大洋马的。周天虹不禁喜上眉梢,立刻叫过一个特等射手,吩咐说:"干掉他!"特等射手不慌不忙地推上子弹,把帽檐一歪,采用立射姿势瞄准。一瞬间,"乓"的一声,只见那个家伙身子一歪栽下马来。

队伍里登时掀起一阵喝彩声。周天虹带领部队乘势追过去,很想抓几个活的。不想没有追上几步,就有两挺歪把子机枪封锁了道路,眼瞅着两个鬼子架着负伤的毛驴狼狈地逃去。等到迂回过去时,敌人已近肃宁城关,不便再行追击。

周天虹带着深深的遗憾收兵回返。在归途上遇见邢盼儿正与徐偏以及来援的区队长在一起说笑。他赶上去同他们亲热地握手,大家都高兴得不行。周天虹还特意握着邢盼儿的手说:

"小盼儿,你可是立了一个大功啊!"

邢盼儿没说什么,只是略带羞怯地嫣然一笑。

"说说你是怎么跑出去的?"天虹问,"我还怕敌人把你捉了去呢!"

"捉我也不那么容易吧!"邢盼儿笑着说,"我从坟地里钻出来,倒是有两个日本鬼子想抓我,可是我三脚两步就跳到道沟里去了,他们打了两枪也没打住我。我也奇怪,在节骨眼儿上我的身子怎么那么灵!"

她的话,引得人们都笑起来。

"路上你怎么闯过的炮楼?"

"那还不容易。"邢盼儿笑着说,"炮楼上下来人想拦我,我说:'我爹叫你们的人打死了,我要去报丧,你还不让去?'说着我还哭了两声,就这样混过去了。"

"小盼儿行,"徐偏说,"将来还可以到文工团当个演员呢!"

## 八二 狐 狸

酒井武夫狼狈逃入肃宁城内。他觉得这次讨伐很不合算。原本计划可以将中共的县委机关和周天虹的支队部一网打尽,不料损兵折将数十人,连自己也负伤了。尤其使他懊丧的是,在梨花湾停留的那个夜晚,他本想抓几个年轻妇女恣意地享受一番,没想到一个少妇抓起一把剪刀就向他刺来,把他的两只手都刺得鲜血淋漓。至今回想起来,仍心有余悸。因此,他不得不休息养伤,暂不出城。

高凤岗比酒井要狡猾得多。这次行动,他虽抱有侥幸取胜的心理,也准备不利情况出现时随时逃跑。因此在拂晓援兵出现时,他撤得很快。除破坏地道时有些伤亡外,受损失不大。在酒井养伤期间,他的活动反而增多了。今天出动到东乡,明天出动到西乡,不是抓人,就是烧杀。由于他对共产党仇恨,他对跟着共产党走的老百姓也特别仇恨。因此手段格外残酷。

这些事情,当然一件一件全传到周天虹的耳朵里。他觉得这位老同学今天变成这样凶残的敌人,实在有些不可思议,事实上已经成了彻头彻尾的害人虫了。应该想办法早一天除掉他。

这天,周天虹正同徐偏议事,王参谋递过来一份情报。他将一张卷着的纸条打开一看,上面写道:

> 本日高凤岗率特务二十余人,一律着便装,乘自行车赴丰乐堡视察防务,估计明日返回。高凤岗本人头戴大竹帽,请特别留神。

周天虹连续看了几遍,皱着眉头问:

"这情报可靠吗？"

"是他们内部送出来的，我想是可靠的。"王参谋说。

"这家伙胆子越来越大了，带着二十几个人就敢出来！"

"够疯狂的！"徐偏也说。

周天虹沉吟了一会儿，望着徐偏说：

"这机会可不能丢啰，得想法把这小子抓住才好。"

"这个好办。"徐偏笑笑说，"三连离那里很近，明天我带一个排去打他的伏击。"

"那太好了！"

事情就这样定了下来。当晚徐偏到三连布置了任务，随后就带了一个排，进至肃宁与丰乐堡之间的一个小村里。徐偏对这里的坡坡坎坎都非常稔熟。正好这里有一个大苇坑，距公路不远，他们就在这里隐蔽起来。

第二天上午十时左右，公路上尘土起处，从丰乐堡方向一长溜儿自行车队飞驰而来。待来到近处，徐偏命令轻机枪兜头开火。自行车队顷刻大乱，前面几辆夺路飞逃，后面有被打倒的，有跳下车弃车奔逃的。徐偏立刻一跃而出，率队冲了过去。他用眼一扫，其中果然有一个戴着大竹斗笠的，向公路南侧疯狂飞跑。徐偏边追边喊："抓住那个戴竹帽的！"其他人也跟着喊："别让那个戴竹帽的跑了！"那个家伙跑得更快了。徐偏一看前面有一片小树林，如果让那家伙钻进树林就不好办了，便立即站稳脚步，将驳壳枪按在木壳上瞄准射击。果然砰砰两枪，那家伙应声而倒。人们呼啦围上去，缴了他的枪，兴奋地大喊："抓住了！抓住了！"

徐偏也随即赶上去，看见那人已经从地上坐起来，脸色煞白，偷眼望着众人。徐偏心想：你这个家伙总算恶贯满盈，得到了应得的下场。就说：

"高凤岗，你知罪吗？"

那人低头不语，没有回答。徐偏又大声喝道：

"你投敌叛变，当了可耻的汉奸，祸害老百姓，罪大恶极。老百姓恨不得扒了你的皮，吃了你的肉。高凤岗，我问你知罪不知罪？"

沉了半晌，那人才低声嗫嚅道：

"我，我不是高凤岗。"

"嗬,连名字都不敢承认了?"徐偏冷笑了一声,"那你是谁呢?"

"我是他的手枪队长。"

"算了,算了,不要问了,"有人提议,"把他带回去吧!"

徐偏点了点头。人们搀扶他一拐一拐回到村里。又临时绑了一副担架,当晚把他送到了梨花湾。这次伏击,除少数几个逃窜,将敌人基本歼灭。特别是抓住了高凤岗,徐偏怎么能不高兴,一进门,他就兴奋地对周天虹说:

"老周,已经把你的老同学抓来了,你快去看看吧!"

周天虹兴奋万状。立刻抓起手电筒来到院子里,往担架上一照,冷不丁地叹了口气,说:

"咳,这不是高凤岗!"

徐偏像皮球一样泄了气,立刻喝问:

"说!你到底是什么人?"

"我说过了,老爷,我是高凤岗的手枪队长。"

"那你为什么戴他的竹草帽呢?"

"那草帽本来是他的。从城里出来也是他戴着,可是一回来,他就扣在我头上了。还不让我摘,他不说我也明白是怎么回事。咳,我倒霉就倒在这顶草帽上了。"

周天虹挥挥手,叫人押下去。随后说:

"想不到这家伙变得这么狡猾,简直成了老狐狸了!"徐偏听了有些不服气,说:

"老狐狸也得死到猎人手里。我就不相信抓不住他!"

## 八三  蒲疃奇迹

周天虹有一个多月不见晨曦了。听说他经常出入蒲疃村甚至住在蒲疃村。蒲疃村不过四百多户,是肃宁至保定公路上的一个要点。敌人早就在这里驻兵固守,经常驻日军一个小队,伪军一个中队,还有伪警察所和伪县政府办事处。按说敌人的统治力量是很强的,晨曦为什么敢经常住进这样的村子呢?

这天晨曦到梨花湾开会,周天虹见他黑瘦黑瘦,而眼镜后面那双眼睛却炯炯有神。他腰里插着驳壳枪,身披黑棉袍,敞着怀,走起来两腿生风,呼扇呼扇地就像披着黑斗篷似的。当初他身上那股腼腆文弱的气息已经完全被游击队员的风采所代替了。如果不是他那时而沉思,时而入神,时而微笑的姿态,真看不出他是一个诗人。

老朋友许久不见,亲热得很。周天虹笑眯眯望着他说:

"晨曦,听说你这一阵子常到蒲疃村去?"

"是的。"

"你有时候还住在那里?"

"不是有时候,是常住那里。"

"那是敌人的据点呀!"周天虹笑着说,"你不怕敌人把你捉了去?"

"不要紧,那里有我的保护神呢!"

周天虹知道他说的保护神是群众。又问:

"说真的,你在那里搞什么?"

"我想培养一个典型——一个执行两面政策的革命典型。"晨曦认真地说,"我发现那里党的基础好,抗战前就有了党的活动;群众的基础也好,全村没有一户百亩以上的地主,直到现在没有一个汉奸。我认为培养成这种典型是可能的。"

周天虹知道这位老同学干什么事儿都是那么专心,那么认真。人们传说过这么一个笑话:有一年冬天的夜里,他点着一盏菜油灯写诗,由于过于专心又和灯靠得太近,写着写着,帽檐儿冒起烟来,他竟毫无察觉,直到帽檐儿燃烧得几乎要燃着头发的时候,他才惊叫了一声把帽子摘下来,把火熄灭了。第二天好不容易找到一块绿布,请房东大娘把帽檐上很大一个缺口补上。直到第二年春天,他还戴着这样的帽子。这事一直传为笑柄。现在他又把这种专心致志用到现实斗争上来了。周天虹望着他笑眯眯地说:

"蒲疃村我也住过,印象不错。现在怎么样了?"

"真叫人惊叹!"晨曦不胜敬佩地说,"在别的地方,是鬼子、汉奸骑在老百姓的头上拉屎,弄得你大气都不敢出;在这里鬼子、汉奸倒让老百姓给制伏住了。比如前几天,刮大风,刮得天昏地暗,一个伪警察就下了炮楼,在街巷里胡串游。武委会主任李大秋一眼看出来这小子想干坏事,就约了两个人,在一个小院里捉住了他。把他捆上手脚,嘴里塞上毛巾,装到麻袋里,像死猪似的运到区政府把他枪毙了。还有一个伪军小头头,拆房子拆出一份干部名单,他一看是个发财的机会,就扬言如果村里不如数给钱,他就将名册交给日本人。村支部就决定除掉他。一次,乘他在村口站岗,游击小组就去了几个人,拦腰把他抱住,夺了他的枪,把他打死了。打死以后,又连忙跑到伪警备队报告,说是八路军来了20多人把他打死了,要求他们赶快派人去追。敌人不敢出村,只收了死尸了事。这样,敌人觉得一出来就有危险,也就下来得少了。"

"看来斗争必须积极主动才行。"周天虹点头称赞道,"而且我看他们党支部的领导相当坚强。"

"的确是这样。"晨曦说,"他们有两套班子,一套班子专门应敌。应敌的这套班子,所有人选都是经过支部研究确定的,不能有任何含糊。他们还有一个专门领导情报的小组。凡是给敌人送的情报,都要经过这个小组审查。一般说,给敌人送的情报都是假的,给我们送的情报才是真的。就是这些假情报把敌人整得晕晕乎乎,完全成了瞎子。最惊人的例子是最近有一个区队,六七百人住到这个村里一天一夜,而敌人竟毫无发觉,你说奇也不奇?"说到这里,晨曦的脸上露出异常满意的笑容。

"真是奇迹！奇迹！"周天虹惊奇地赞叹道，"谁能想到一个小小的村庄，在敌人的鼻子尖下，会出现这样的奇迹呢！"

"我希望你也去看一看。如果你赞成，我想把这个典型在全县推广。你看怎么样？"

周天虹立刻表示赞成，说：

"我明天正好要到那一带执行任务，明天后半夜，就到那里去吧。"

"好，那我就在蒲疃等你。"

第二天黄昏过后，周天虹就带着20余人出发了。他们在一个据点里打死了两个罪大恶极的汉奸，随后又对炮楼进行了一阵喊话，接着就往蒲疃村来。

这时，三星已经过午，四野静寂无声。蒲疃村西那几个炮楼高大的黑影，已经出现在面前。周天虹他们绕到村东，正向村边接近，有两个民兵已经出来迎接，把他们静悄悄地引到村里去了。不过两袋烟的工夫，已经神不知鬼不觉地安排他们住下，拥着大被子热炕进入梦乡。

周天虹被安排到一个新房里，屋子里收拾得十分整洁。窗户上蒙着被子，屋子里粲然亮着一盏铁灯。不一时，晨曦领着两个人走进来。他们全穿着乡下人那种撅肚儿的小黑袄，头上蒙一块多日不洗的旧毛巾。其中一个身量不高，黄皮寡瘦，不时地打嗝儿，像是有很重的胃病。另一个则身高马大，膀宽腰圆，一双眼还透着精明劲儿。晨曦立刻给周天虹介绍，说黄皮寡瘦的，是村支部书记孟庆雨，壮汉是武委会主任李大秋。说过，又指着周天虹说："这是咱们挺进支队的周政委。"

话音刚落，孟庆雨就亲热地笑着说：

"认识，认识，周政委谁不认识？只怕他不认识俺们。俺们庄稼人，就像地里的麦穗儿，数也数不清，你叫人家怎么去认哪！"

周天虹想不到这个痨病鬼还这么活泼幽默，就笑着说：

"老孟，你是咱们县最早的党员之一，别人是三八式，你比三八式还早一年，我怎么能不认识你呢！"

大家笑了一阵。周天虹又望着李大秋说：

"大秋我也有印象,你好像给我们带过路吧!"

"可不是,"李大秋咧着嘴笑着说,"那一次你怕我肚子饿,还给了我两个烧饼吃。"

周天虹哈哈一笑,接着说:

"大秋,我听老晨说,炮楼上有两个坏蛋想为非作歹,都叫你收拾了。你给我详细说说。"

"这都是过去的事了,还说它干什么!"李大秋腼腆地笑了一笑,"要不我就说说今天的事吧!"

"好,说说今天的事儿。"孟庆雨兴奋地点了点头。

"今天,我们把日本小队长给打死了!"

"嗯?你说的是渡边吗?"周天虹不免有些惊奇。

"对,就是这个家伙。"李大秋乐呵呵地说,"这小子把望远镜挂在脖子上,有事没事就站在炮楼上来照我们。一看到有点不对,就挎上指挥刀下来追人。今天有几个民兵打算操练操练,不知道怎么叫他发现了,就下来死追我们。一直追到村南边,他还穷追不舍。我一想,我们不跑了,看你怎么样!我们就回过头把他围起来,用独一撅把他打了个仰面朝天。"

"以后呢?"

"以后我们就跑到炮楼上报告,说皇军大事不好,小队长太君叫八路军打死了,赶快派人追吧!他们问八路跑到哪儿了,我说往南跑了,跑得还不太远。他们就立刻集合人去追,追了半天,连个屁也没落着。"

大秋说过,笑得很开心。周天虹惊喜地问:

"你们村的民兵还照常训练?"

"当然,照常训练!民兵怎么能不训练呢?"大秋说,"敌人在村西头出操,我们在村东头训练。不过我们放的有警戒,敌人一过来,警戒发出信号,我们就停止了。"

周天虹越听越觉得新鲜有趣,又问:

"听说情报站也归你负责?"

"负责情报的是三个人。"大秋笑着说,"我给你说实话,我们实际上是情报编辑部,就像文工团搞创作。该送情报了,我们三个人一合计就编出来了。不能老说有情况,也不能老说没情况,总得叫他们心惊肉跳才是。有一阵儿,他们觉得情报不太可靠,专门训练了一些十二三岁的孩子当小密探。他们以为这样靠得住,实际上小密探同我们关系很好,到我们这里来拿的也是假情报。只有八路军的情报员,到我们这里来取的是真情报。"

听了李大秋的介绍,周天虹对人民群众的勇气和聪明才智,真是又感动又钦佩,就满口称赞说:

"你们的工作实在做得太好了!"

"说一千,道一万,光靠我们不行啊,是群众好啊!"支部书记孟庆雨插话了,"咱村的村长叫二秃子,另外还有一个村民也叫二秃子。敌人抓住这个村民二秃子,把他打得死去活来,叫他供出村干部来,直到活活打死,最后也没有露一个字。我们村还有一个卖烧饼馃子的老大娘,她有一面小镲锣,我们干部开会,她就在外面观风,她一敲起小镲锣,还吆喝:'烧饼馃子啰!'我们就知道敌人过来了,马上就散了。大秋抓那两个坏家伙,老大娘还敲起小镲锣给他报信呢!"

周天虹听得津津有味。孟庆雨又连着打了几个嗝儿,接着说:

"我们还把合法斗争与非法斗争结合起来。有一次,李老开家住了区小队几个人。敌人来了,他们躲不及,就把一个伪军班长打死了。这一来捅了马蜂窝,敌人下了炮楼,把李老开一家四口全杀了。这事儿激起全村老百姓极大的愤怒。我们村支部因势利导,趁势发起了一个大规模的合法斗争。村里除留下几个老人和应敌人员,全村两千多人,一夜之间全逃到其他村庄。村子空了。然后我们就给敌人报告,说老百姓怕打仗受连累都不敢在村里住了。另外我们还派人到城里去告状。后来敌人也恐慌了,就说,以后八路进村,如果确实没有联系,也可以不受牵连。叫我们赶快把老百姓找回来。这场合法斗争取得了胜利。如果不是群众好,大家齐心,怎么能办得到呢!"

晨曦一直在旁边笑眯眯地听着。忽然一抬头,窗纸有些发白,天已经亮了。

"老孟、大秋,你们就谈到这里吧,老周直忙了一夜还没有休息呢!"

"我越听越有意思,一点也不累。"周天虹笑着说。

"下次再听,好故事多着呢!"

老孟和大秋去了。晨曦笑微微地问:

"你看蒲疃怎么样,够不够个典型?"

"奇迹!真是奇迹!"周天虹带着很深的感慨说,"真想不到,毛主席的人民战争的思想开出这样灿烂的花朵!"

几天之后,在县委会议上,通过了一项决议,在全县开展"向蒲疃村学习"的活动。这一个活动,大大激发了广大党员和群众对敌斗争的主动性和积极性,在斗争的巧妙上也达到一个新的水平。局面渐渐转化,敌人越来越处于不利的地位了。

## 八四　考　验(一)

最近一个时期,酒井武夫和高凤岗的心情都不大好。酒井的驴脸拉得更长了,高凤岗的那双鹞眼,不时地射出凶光。因为他们的诱降计划和一网打尽的计划全落了空。酒井腿部负伤,至今未愈,回想起这事,心里很不舒服。高凤岗虽然逃出险境,也险些送命,不免使他后怕。尤其是周围的环境似乎在悄悄地发生着变化,越来越不利了。比如说征收上来的粮食越来越少,征集民伕的事也越来越不顺利,民兵游击队的活动越来越嚣张,守护炮楼的日军和警备队的死伤大大增加,在八路军的政治攻势下,警备队的内部呈现不稳和动摇。这些都使他们忧心忡忡。

这天,高凤岗正同酒井议事,酒井把头猛地一抬,瞪着眼睛冷不丁地问:

"现在那个废物怎么样?"

"你说的是谁?"高凤岗一愣。

"我说的是那个县长嘛!八路的传单小小地一撒,他就害怕了,躲在城里不出去,废物!大大的废物!"

高凤岗"哦"了一声,知道他说的是傅萍,马上点点头说:"这人的胆子是小一点儿。"

"你们中国人有句话,叫什么'蹲茅坑不……'"

"蹲茅坑不拉屎!"

"对对,'蹲茅坑不拉屎',这个的不行!"说到这里,他又翻翻眼看着高凤岗说,"现在八路新来的县长名字什么的叫?这个人怎么样?"

"哦,你说的这个人我可认识。"高凤岗笑着说,"他叫晨曦,是我在延安的同学。"

"哦,老同学?很好,很好。"酒井的长脸上出现了笑意,"你同他的私交如何?"

"私交很好。"

"把他的拉过来可不可以?"

"这个,绝无可能。"高凤岗摇摇头,"这个人,表面看迷迷糊糊,只想做诗;心里很清楚,对他那个党尤其忠实,是个死心塌地的共产分子。"

"你说不可以?"

"对,不可以。只有把他除掉。"高凤岗用手掌做了一个切砍的姿势。

"除掉?怎么除掉?"

"这件事,我盘算多日了。"高凤岗皱着眉头说,"宰掉他并不难,就是他行踪无定,今天住在这里,明天住在那里,很难找到他。"

"谁拿住,1000块银元的赏!"酒井竖起一个手指,在空中停了半响。

"这个,在那边不顶事!"高凤岗摇头一笑,"不过办法还有。"

"什么的办法?快说!"

"办法就是利用他的弱点。只要把他的弱点抓住就行。"

"他什么弱点的有?"

"他的弱点就是心肠很软,或者说心地过于善良。对穷苦人尤其同情,一见这种人他就站住了,一听他们说几句可怜的话他就流泪了。我有一次去看他,就亲眼看见过这样的事。他当时把口袋里的几块钱全掏出来,给了一个穷老汉。……"

酒井听过,哦了一声,歪过驴脸说:

"这样的人,过来也没有用。还是趁早干掉!"

事情就这样定了下来。

高凤岗眼珠一转,立刻想起傅萍的秘书贾义。此人现在已是特务队的得力干将,早已升任副队长了。高凤岗将这个重要任务交付给他,还交代了完成任务的方法和赏钱的事。贾义自然高兴万分,当场拍了胸脯。

最近一个时期,晨曦确实行踪无定。为了宣扬和推广蒲疃村的斗争经验,他走家串户,去了许多村庄。其活动范围已扩展到了城郊。他的行动非常轻便灵活,只随身带着一个十六七岁的小通讯员董祥。这小家伙耳聪目明,道路又熟,简直是个小机灵鬼。两个人想走就走,想停就停,穿梭在炮楼丛中,就像游在大海中的鱼儿。而且两个人的关系,相处得十分亲密,说起来是上下级,实际上却像大哥哥与小弟弟一般。战争年代上下级之间界线并不十分鲜明。尤其地方工作,下级称呼上级为老张老李,上级称呼下级为小张小王,或干脆以"小鬼"呼之,都是常事。这样董祥常常叫晨曦为"老晨",晨曦听起来也很习惯。

这天将近黄昏时分,他们进了小张庄,准备夜里开展工作。刚走到大街上,就见路边倒着一个叫花子,不断哼哼唧唧地呻吟。等到他们走近,那个叫花子哼得更厉害了。晨曦一看,这人衣裳褴褛不堪,披着一个麻包片,拿着一根枣木棍,身边放着一个破瓢。他睁开眼望了望晨曦,就拉着哭腔说:

"大叔,您可怜可怜吧,我快要饿死了啊!"

晨曦心里一动,不由自主地站住了。

"你是哪里的?"他随口问。

"大叔,我离这里不远哪,我就是本乡本土的人哪!我爹叫洋鬼子杀了,房子也让他们烧了,我娘也饿死了,全家就剩下我一个人了,我没法过了,我好可怜呀!大叔,你给我找碗热汤喝喝吧!"

晨曦还没有说话,小鬼就递过眼色说:

"天不早了,我们还是先……"

晨曦没等小鬼说完,瞪了他一眼说:

"这大冬天,他不吃点东西,还不得把他冻死!"

小鬼不言语了。晨曦向叫花子招了招手,示意跟着他走,叫花子就从地下一骨碌爬起来,胳肢窝里夹着破瓢,拄着枣木棍,踉踉跄跄地跟上来。

晨曦在一个小破门前停住。小鬼叫开了门,出来一个50岁上下的老太太。老太太向晨曦亲切地笑了笑,轻声地说:"饭做好了。"晨曦指指叫花子说:"大娘,我看这个人冻坏了,你先给他弄两碗热粥吃!"

那个叫花子也不客气,就随他们进了屋子。大娘给他盛上饭,他就蹲在灶台边,端着一大黑碗糙粥吃起来。一边吃,一边咕噜咕噜地翻着眼珠向屋里乱看。他整整吃了两大碗,才站起身来,向晨曦笑了笑,鞠了一个大躬,然后出门去了。

晨曦吃过饭,就忙着找积极分子谈话、开会,直忙了大半夜,才躺下休息了一会儿。这村离城不过六七里路,晨曦不敢大意,很早就起来了。他把那支心爱的二把盒子拿出来擦了擦,压上子弹,做好了一切应变的准备。这时房东老大娘已经把一碗糯乎乎的山药粥端上来。晨曦很爱吃这种甜丝丝的山药粥,加上老大娘的慈爱,使他的心头格外温暖甜蜜,不自觉又沉到诗思里。

正在此时,突然门帘一闪闯进一个人来。晨曦抬头一看,此人歪戴礼帽,身穿黑绸袄裤,手里拎着王八盒子,不由暗暗吃了一惊。

"晨县长,你还认得我吗?"那人嘻嘻一笑。

晨曦再次冷冷地翻了那人一眼,才看出他是昨晚那个要饭花子。不禁心里暗暗地叫了一声:"糟糕!上了当了!"但仍然装得很镇静,冷冷地问:

"你是什么人?"

"咳,全肃宁县谁不认识我呀!我就是前县长傅萍的大秘书——贾义。我比你来得还早呢!"

"哦,原来你是个无耻的汉奸!"

"什么有耻、无耻?狼走天下吃肉,狗走天下吃屎。叫我说,你也过来享受几天吧!今天我是奉命请你来的。告诉你,你现在已经被包围了!别让我们动手动脚的,那就不合适了!"

晨曦在与对方搭话的时候,眼角一扫,他的驳壳枪正张着机头放在炕上,心里早想好了招数。这时他不慌不忙地笑了一笑,说:"那好吧,我跟你走。"说着,把碗往炕上一放,以迅雷不及掩耳的动作,顺手抄起驳壳枪就开了火。不想这一枪没有击中。贾义来不及开枪,惊叫了一声扭头就往外跑。晨曦追上去,接着又开了一枪,这一枪正打中贾义的腿部,他爹呀妈呀地叫着就滚到门外去了。

晨曦正要追出去,再给他一枪,小通讯员董祥在后面一把拉住他叫道:"别出去呀!房上有敌人哪!"原来小鬼和老大娘在东间屋里吃饭,对西间屋里发生的事情一点也没在意,直到听见枪声,才发现房上都是敌人,敌人早已压了顶了。

晨曦跑到窗口,撕开窗纸一看,东屋的屋顶上果然爬满了敌人。他立刻意识到,情况是严重的,最后的考验已经到来。

## 八五　考　验（二）

这时，晨曦首先想到的是老大娘的安危问题。她是一个孤寡老人，无儿无女，因为这里清静隐蔽，村干部就安排他住到这里。每次来老大娘都很亲热。没有想到今天由于自己麻痹大意，使她遭到了灾祸。想到这里心里感到十分歉疚。

"老大娘啊，我觉得实在对不起你。"他走到东间屋说。

哪知道老大娘坐在炕沿上神色坦然，很直爽地说："你有什么对不起我？"

"你看，在这里一打仗，还会有你的好吗？"

"狗杂种要来！你就打嘛！多打死几个才解气哩！"

晨曦见老大娘这样通晓大义，放了点心。接着把她拉下来，让她坐在炕下死角处；又找了一块很厚实的木板遮住她，以防备飞进来的子弹。然后才同董祥各守一个窗口，同房上的敌人对射起来。

晨曦采用跪射姿势，把一只腿跪在北屋西头的炕上，在窗户的一侧向东房上的敌人瞄准。只有瞄得准准的，才肯开一枪。因为他清楚，他和董祥拿的那支独一撅，都不超过30发子弹。此外就只有董祥背着的三个手榴弹了。这些弹药，必须万分节省才行。

经过一个小时的对射，东房上的敌人已不敢放肆地露头了。可是这时却忽然有一颗手榴弹从窗外飞了进来，轰然一声，炸得满屋灰洞洞的。等烟雾散去，晨曦才发现棉裤上露出很大一团棉花，顷刻间就被鲜血染成红棉花了。这时，董祥从屋东头跑过来，惊叫了一声："老晨，你负伤了！"晨曦瞪了他一眼，说："你叫什么！"说着，就从棉袍的里襟上撕下一块布和一团棉花，让董祥帮他绑住伤口。晨曦一看这孩子弄得两只手都是血，脸上带着几分胆怯的神情，就说：

"小祥子,你不要怕。一打仗就会有负伤的,这没有啥。当兵人都把负伤说是带花,你听说过吗?"

"说是那样说,"董祥忽闪着天真的眼睛,"恐怕也很疼吧?"

晨曦不禁笑了起来,望着他说:

"我本来想咱们守到天黑突围。现在看咱们的子弹不够。再说打的时间长了,老太太有个三长两短就不好了。不如咱们早点突围。"

"怎么突法?"

"你不是有三颗手榴弹吗?咱们给自己留下一颗,剩下两颗,一颗往房上打,一颗往院里打,乘着烟雾,我们就爬过西墙。只要过了墙,外面就是河沟,就好办了。"

董祥点头说行。于是两人立刻把枪支弹药再次做了检查,把大棉袍扎成卷儿背在身上,鞋带又紧了一紧。然后来到老太太跟前告别。

"老大娘,"晨曦弓着腰亲切地叫了一声,"我们要不走,敌人是不会走的。我们合计了一下,还是突围的好。你老人家千万别出去。等战斗结束了,你再出去,别让子弹打住你!"

"你们跑得出去吗?"老太太在炕沿下担心地问。

"我们有枪!"晨曦拍了拍腰里的枪。

"那就让老天爷保护你们吧!"老太太眼一红,流出了眼泪。

晨曦抚了抚她的肩头,替她擦了眼泪。然后一转身走到外间屋,把手榴弹弦扣出来套在手指上,接着命令董祥说:

"小祥子,把你那颗手榴弹先往院子里打!"

董祥的手榴弹投出去了。随着一声巨响,整个院落烟雾弥漫。两个人乘势一跃而出。晨曦又把一颗手榴弹投到东房房顶,一霎时,敌人的枪声停了下来。两个人开始奋力爬墙。墙虽不算太高,但是由于晨曦腿部负伤,董祥个子太小,两个人都没有爬上去。此时房顶上的敌人又开始射击,再次翻越已很困难。在这种情况下,晨曦考虑到老大娘的安全,遂转入东屋继续抵抗。

这时,房顶上一片闹吵吵的鼓噪声:

"晨曦进东屋啦!注意,带手枪的是晨曦!"

晨曦望见北房上站着几个敌人,正在那里挥臂高喊,不由怒火

中烧,立刻瞄了瞄,乒乓两枪,接着有两个敌人从房上滚了下来。不一时,上面又大叫起来:

"靠南头的是晨曦!往南头打!"

"晨曦,快投降吧!你跑不了啦!"

接着,密集的机枪子弹,像瓢泼大雨似的从窗子里扫进来。晨曦估计,至少有两挺轻机枪对准这里射击。只好暂时跳下炕避一避。然后跑到屋北头,看见董祥这小鬼正靠着窗户的一侧,举着独一撅在聚精会神地射击,并不慌张,心里很高兴。就说:

"小祥子,咱们俩修工事吧。"

"怎么修工事?"董祥转过脸来。

"咱们把炕拆了,把窗户堵上,留个枪眼就行。不然不好守呀!"

"行。"董祥温和地答应。

于是,两人开始动手拆炕,一边拆,一边把炕沿上的砖,在窗台上垒起来。敌人射进来的子弹,不断地击打得砖末飞扬。

"老晨,你看今天咱们还出得去不?"小董祥一边拆炕一边问。

"只要能坚持到天黑,那就有可能出去。"晨曦平静地说,"可是,如果坚持不到天黑,那就……"晨曦没有说下去,忽然问:"小祥子,你是不是害怕了?"

"不怕。只要跟你在一起我就不怕。"小董祥很认真地说,"全县人都说你勇敢,还说你文武全才。"

"什么文武全才?我不过就是写几首诗。"晨曦望着他亲昵地说,"想不到你这小鬼,还懂得给我做工作呢。"

"不是做工作,是我真的听老百姓说的。"小董祥仍然显得很认真。

"革命的人,就是要勇敢一些。不然前怕狼后怕虎,怎么革命呀!小祥子,我看你比从家里出来的时候勇敢多啦。你一定能够锻炼出来。"

听到了表扬,小董的脸上立刻漾起了笑纹,说:

"老晨,你是不是从来就不怕死呢?"

"嚄,你这个小鬼,想掏我心里的秘密呀!"晨曦掀起一块砖,笑着说,"我给你说实话,在我初来边区的时候,我非常想参加战斗,可是也怕一下子就牺牲了,我曾经想过,我这么年轻,一下子就牺牲了,多么可惜呀！以后,我看到人民受到那样深重的苦难,千百万战士都为解放他们而牺牲了,我自己就觉得牺牲了自己的生命又有什么可惜的呢！从这时候起,我就彻底解决了生死问题,再也不害怕了！"

"哦,是这样！这种思想我也有。"小董祥说,"那咱们就好好守到天黑吧！我还想活到抗战胜利那一天呢！"

"不过,你要注意节省弹药！"晨曦告诫他说。

经过一个小时的工夫,两个窗户都堵上了。他们在枪眼里监视着敌人。

这时,忽然小董祥机警地叫了一声：

"看,敌人掏房顶了！"

晨曦仰起脸一看,果然房顶上嗵嗵地响,不断哗哗啦啦落下一些尘土。立刻招呼董祥：

"往屋顶上打！"

说着朝那落土的地方开了一枪。只听见房顶上"哎哟,妈呀"一声,接着嗵嗵的声音停了下来。

但是略停了一会儿,房顶上又嗵嗵地响起来。两个人都意识到头顶上的威胁是严重的,一替一枪地向上射击。后来发现子弹已经没有几粒了,不得不停下来。

终于房顶被敌人掏开一个大洞。一颗小甜瓜手榴弹噗哒一声落到地上,一边冒烟,一边滴溜溜乱转。小董祥手疾眼快,想抄起来扔出去,不料刚刚举起,轰然一声爆炸,这小鬼就倒在弥漫的烟尘里了。

晨曦立刻扑过去俯下身子察看,只见董祥全身上下中弹片多处,到处都在流血。他将董祥抱到里间屋,轻轻放在炕上。想为他包扎一下已经无从下手。"小祥子！小祥子！"晨曦附在他的耳边喊了几声,董祥只勉强睁开眼望着他笑了笑,一句话也没说就闭上了眼睛。晨曦想起这孩子在自己身边已有了不少日子,一切都是那样天真幼稚,认真地说,他还是一株刚出土的幼苗,完全可能成长为一棵参天大树,但是在战争的风雨中却过早地凋谢了。想到此处,晨曦的眼泪,止不住哗哗地流下来。

他一边流泪,一边从董祥身上解下那颗仅有的手榴弹,把它插在腰里。这是他最关心的事情。随后又掰开董祥的小手,取下那支独一撅,掏了掏他的口袋,也只剩一颗子弹了。

这时,只听房顶上又嗵嗵地响起来,洞越开越大,接着一大捆着了火的谷草,从上面呼呼地落了下来。晨曦正想设法扑灭,接着第二捆、第三捆又接连扔了下来,顷刻间周围的家具什物都燃着了。晨曦立刻意识到最后的时刻已经来到。遂对准房顶,把两支枪所剩下的子弹全打了出去。忽地想起,口袋里还有两个笔记本,上面记了些工作上的事情和几首写成和还未完成的诗,以及偶尔记下的灵感片断。这些绝不能落到敌人手中,就很快掏出来扯碎扔到火堆里。此时,火势愈来愈大,烟雾腾腾,把晨曦的头发也烧着了。他立刻把两支手枪在砖头上摔得粉碎,然后,拉开腰里的手榴弹弦,从屋里一跃而出。直挺挺站在门口,向房上的敌人大声喊道:

"小子们!老子就是晨曦,你们谁有种就下来吧!"

不想,门两边早就伏着两个特务想取头功。其中就有贾义。他们没有等晨曦把话说完,就突然将晨曦拦腰抱住,狠狠地说:"你跑不了啦!"晨曦怒不可遏,挥开两臂,乓乓地打了特务几个耳光。然后把伸出的手榴弹弦猛地一拉。火光一闪,响起了一声震天的雷声。两个特务被炸得血肉横飞,晨曦也倒在血泊里。

其实,这是诗人在完成着他早就准备完成的一幕。因为他早就说过,"敌人不能捉住我,当他们捉住我的时刻,也正是我以生命最后交给土地的时刻"。

敌人这时才从房顶上试试探探地走下来。

## 八六　考　验(三)

　　刚才惊心动魄的一幕，仍使敌人心悸不已。他们怕晨曦还活着，尤其怕他身上还有武器，就命令两个老百姓先上去。晨曦勉强睁开眼睛，见老百姓面带惧色，就温和地说："你们去吧，我不伤害你们。"说过又闭上眼睛。

　　敌人一看没事儿，这才围上来。他们发现抓捕的对象还有口气，更高兴了，赶快让两个老百姓用担架抬上，前去城里领赏。

　　此时晨曦全身上下伤及多处，昏昏迷迷，已说不清是何处疼痛了。但是他那颗心，却相当恬适。因为刚才的那一幕正是他预定要实现的。他现在对这世界已没有任何希求了。他只是想到自己的母亲。自从离开家乡，他就经常梦见她。而一到白天，工作的忙碌与战斗的频繁就又把她忘记了。现在他却忽然想起沅江边茅屋里的那位老人。如果她日后得到这个消息，她会如何地悲痛啊！可是在这受难的土地上，那些善良的母亲，哪一个听到儿子的牺牲能不悲痛呢？这是时代和革命的要求，是无须遗憾的。随后他又想起那些他依恋的战友和自己写下的诗篇。幸而他的那些诗稿都留在机关里，此次没有带来。尽管自己离开了这世界，同志们是会珍惜地保存起来，与未来的共和国见面的。这些也都无须挂虑了。在路上，他睁眼看了看他歌颂的亲爱的田园，亲爱的土地，以及湛蓝湛蓝的天空，他很想多看一看，但是由于他过于疲劳不得不再次把眼睛闭上了。

　　不知什么时候，他耳边响起咔咔的皮靴声，夹杂着一声粗暴的叱骂：

　　"你们为什么这时候才回来？"

晨曦睁开眼睛,发现抬自己的担架,搁置在一个似乎是军营的院子里。迎头垂着一面太阳旗。有两个身着呢子军服,穿着大马靴的高个子站在自己身边。其中一个长了一副驴脸,两颊发着蓝光。晨曦立刻猜出这恐怕就是老百姓传说中的"毛驴太君"。另一个鹰鼻鹞眼,神情高傲,晨曦立刻看出是当年的老同学高凤岗。这家伙正对一群伪军和特务吼叫:

"你们去了一百多人,去抓他一个人,差不多去了一天,还伤亡了十几个人。你们这些家伙是干什么吃的?"

一个像是带队的特务,胆怯地说:

"高司令,你别生气。你不知道,这家伙忒顽固了,硬是钻到屋里不出来!冲上去一个,他打死一个。要不是最后用火攻,恐怕还难说哩!"

"通通的废物!"毛驴发话了。

接着,他一转脸对着高凤岗,吩咐道:

"你们是老同学,你的去谈。你说,如果他归顺我们,我可以给他治伤。"

"部队长,还是您同他谈吧!"高凤岗显得有些尴尬,推托地说。

酒井立刻不满地瞪了高凤岗一眼:

"你去!"

高凤岗不得不朝前迈了两步,来到担架旁边。

"晨曦,你还认得我吗?"他厚着脸皮问。

晨曦轻蔑地盯了他一眼,说:

"我不认识你!"

"咦,你怎么会不认识我呢?我是你的老同学高凤岗。"

"因为我过去认识的高凤岗是人,而你现在是一条狗。"晨曦声音不低也不高,很平静地说。

"晨曦,你不要太不近人情了吧,我现在是作为老同学同你谈话。"

"不,这没有什么不近人情。你现在的确是一条跟着侵略者跑的恶狗!你吃中国人的肉,喝中国人的血已经不少了!"

高凤岗的脸色红一阵白一阵,立刻恶狠狠地骂道:

"晨曦,你也忒不识抬举,如果不是你已经负伤,我会用鞭子勒你!"

"当然,恶狗会要露出牙齿。一个出卖民族,出卖祖宗的人,什么坏事都可以做得出来。"

高凤岗见无法压倒他,再说下去还要吃亏,就改口说:

"这些我都不与你计较。我只告诉你,如果你肯归顺我们,我们是可以帮你治伤的。"

"什么,你们帮我治伤?'你们'是谁?你同日本人是奴才与主人的关系,是外国侵略者与汉奸的关系。你不是也得听主人的话吗?什么时候有过'你们'!你也忒不知羞耻了!"

"混蛋!"高凤岗高声骂道,"你喝的墨水多,我不同你理论!"他显然有些色厉内荏,转过脸对酒井说:

"部队长,您来同他直接谈吧!"

酒井的华语对话虽然有几分生硬,刚才的话却听得清清楚楚。他轻蔑地看了高凤岗一眼,觉得高凤岗实在不是晨曦的对手,就庄严地迈着步子走到晨曦面前,用较和缓的腔调说:

"你是个大大的人才!不过你说我们皇军是侵略者,不对!我们绝不是来侵略你们,而是同你们搞中日亲善,共存共荣!你是知识分子,应当明白。"

晨曦看了看酒井那副闪着蓝光的驴脸,一种深深的憎恶油然而生。本来相当疲劳的他,不知怎的陡然有了精神。竭力压住怒火,沉着地说:

"我首先问你,你身上挎的是什么?"

酒井一愣,看了看自己腰上挎的战刀,一时不知如何回答。晨曦说:

"你身上挎的不是战刀吗?有带着枪炮战刀到别人的国家来搞亲善的吗?有用杀人放火、奸淫妇女来搞亲善的吗?有用霸占土地、掠夺资源来搞亲善的吗?"

酒井无言以对,两个眼瞪得像牛蛋。晨曦继续说:

"你说的'共存共荣',是帝国主义与殖民地的'共存',是强盗与被劫掠者的'共存',是吸血鬼与被吸血者的共存'。我们是堂堂中华民族,决不要这样的'共存共荣'!"

"不,你要看到,英、美才是你们的敌人,我们把他们赶走,正是为了帮助你们。你们应当大大地感谢!"

"你说错了!"晨曦立刻回击道,"我们要求的是独立,决不欢迎一个强盗代替另一个强盗!我们不喜欢大鼻子强盗,也决不会喜欢小鼻子强盗!"

酒井无言以对,驴脸越伸越长。他手握战刀的刀把,往地下狠狠地一顿说:

"你的心大大地坏了坏了的!你的不投降,立刻死了死了的!明白?"

"死?老子早准备好了。"晨曦冷笑了一声,"在我死以前,我想问问你:在你来到中国以后,你吃了多少人心?吃了多少人胆?你强奸了多少妇女?为什么老百姓把你叫做毛驴?"

"你的说什么?"酒井把战刀嗖地抽出来,脸孔变得十分狞恶。

"我是说你是一头不折不扣的毛驴!一头两条腿的野兽!你永远进不了人的行列。日本民族出现了像你这样的人,简直是日本民族的耻辱!我想中日人民将来是会友好相处的,但是必须把像你这类害人虫扫除掉!……"

酒井的牛眼红了。没有等晨曦把话说完,双手举起战刀,向着晨曦的脖颈猛力一劈,诗人的头颅已经滚在地上。但是他的一双眼睛,仍然灼灼逼人。

"把他的头,立刻给我挂在城外!"酒井像野兽一般地嚎叫着。

## 八七　无比崇高的赞美词

年轻诗人的头颅,被装在小铁笼里,悬挂在城外要路口的大柳树上。

这件事震动了全县人民的心。晨曦虽然在这里工作不久,由于他深入群众,关心群众,英勇果敢,深得民心。人民对敌人的暴行愤怒了。

周天虹和县委机关的人,第二天一早就知道了这个消息。这一噩耗有如晴天霹雳,使得周天虹肝胆俱裂,痛不欲生。在县委召开的紧急会议上,他没说上几句就泣不成声了。会议决定,利用这一事件进一步激发群众的斗志,并决定立即组织力量,将晨曦的头颅和遗体抢回,重新安葬。

天虹同晨曦的友谊是很深很深的。他非常喜欢晨曦的朴实、纯洁、热情,他有一次曾夸赞他,说他像水晶那样莹洁,而又像一盆火那样灼热。当然晨曦也有弱点,生活上啰嗦邋遢,军事动作上太迟慢,往往拉了全班的分数。尤其他对诗歌那副痴痴迷迷的样子叫人觉得好笑。可是他对人是多么的挚诚啊!周天虹一生也难以忘记今年春天的事。高红的被捕与受难,是自己平生受到的最大打击。说老实话,那种打击的分量真要把他压垮了。正在这时,晨曦向他伸出了援助的手。专程远远地赶来,安慰他,鼓励他,才使他鼓起新的勇气。这是多么地可贵啊!想到这里,周天虹的眼泪又哗哗地流下来了。

当晚的行动计划,已由周天虹与徐偏商妥。计划由徐偏带一个连佯攻肃宁东门,周天虹率一个连封锁西门,劫回晨曦头颅和遗体的事,则由梨花湾等村的民兵担负。出发之前,蒲疃村的民兵也闻讯赶来,是瘦弱的支部书记孟庆雨和膀宽腰圆的武委会主任李大秋亲自带来的。孟庆雨一见周天虹,就流着眼泪说:"老晨在我们村蹲了那么长时间,可没少操心哪,这回他死得那么惨,我们怎么能不去呢!"李大秋说:"我们一听说老晨死了,全村的男女老少都哭了。我们怎么能忍心看着他的头在树上挂着?"周天虹就把他们编在民兵队里,晚上一起行动。

这晚,是个月黑夜,北风怒号,原野枯索。一支带着哀伤与愤怒的队伍,在原野里疾驰。周天虹走在队伍的前列。他腰插着驳壳枪,子弹压得足足的。外披一件黑棉袍,敞着怀,大衣的下摆不时被大风卷起。如果你这时看他的眼睛,一定会发现那里闪射着火光。

30里路,很快就赶到了。部队在距西门不远处停住。周天虹首先到前面察看了地形,随后将部队摆开,封锁了城门。一部分民兵则直奔要路口去寻找晨曦的头颅,另一部分到乱葬坟里寻找晨曦的尸体。

夜11时,东门外响起了繁密的机关枪声。周天虹知道徐偏开始打响了。敌人的注意力被吸引过去。这时民兵们乘机爬到柳树上,将晨曦的头取了下来。一切都进行得比较顺利。只是在乱葬坟里寻找晨曦的遗体费了不少时间。等到他们回到梨花湾时,已经后半夜了。

晨曦的头颅和遗体安放在邢盼儿家的东屋里。周天虹一进屋子,看到晨曦身首异处,尸体上又是血又是泥,头颅还装在一个四四方方的小铁笼里,不由放声大哭起来。他一边哭,一边从小铁笼里把晨曦的头颅取出,安在尸体上。他一看,晨曦的眼睛还张着,似在怒目而视。他一边摩挲晨曦的眼皮,一边说:"晨曦,你把眼睛闭上吧,我一定要给你报仇!"说着又哭了一阵。众人怕周天虹悲伤过度,一再劝说,才把他拉出去了。邢盼儿早烧了一锅热水,把水盛在一个大盆里。李捧大娘把晨曦那身满是血泥的稀烂的衣服脱去,用洁净的棉花蘸着清水给他擦洗身子。蒲疃村的孟庆雨、李大秋和几个战士都参加了。他们都是一边擦一边哭,晨曦的尸体上不知落了多少泪水!

最后,李捧大娘从柜子里取出两件丈夫留下的干净衣服给晨曦换上。由周天虹亲自看着入棺盛殓。这时全村鸡鸣不已,天色已将破晓。周天虹率队护送棺木至村东安葬。安葬时,周天虹命令部队对空鸣枪致敬,作为对年轻诗人的送别。

周天虹睡下时,已是红日临窗。县委组织部长牛犇送来一个黄雨布包包,说是晨曦的遗物。周天虹已无睡意,随手打开包包,看见里面没有多少东西。其中一件是抗大的毕业证书,其中有半页印着毛泽东的手书题词:"勇敢、坚定、沉着,随时为民族解放事业牺牲自己的一切。"另有一个纸包,包了一层又一层,打开来看,是一枚黄底红星的抗大校徽,红星正中有两个金光闪闪的字——抗大。其余的就是些大小不一、边边角角都已磨损的笔记本了。其中一本很厚,是用军衣上的绿布制成的封面。打开一看,是晨曦自己编辑好的诗集,题名为《献给人类的歌》。周天虹在边区出版的《诗建设》上,虽然看过晨曦的诗,但毕竟不算很多。今天一连看了几篇,觉得的确写得好。他顿时感到,晨曦经历的事,他也同样经历过,为什么晨曦的感情和思想竟那样地丰富呢?在这一点上他觉得自己是大大不如了。再看看诗的精神,几乎每一首都渗透着他对党、对祖国、对人民的坚贞,他今天牺牲得这样壮烈完全不是偶然的。周天虹忽然翻到一首诗《为祖国而歌》,读着读着,他的眼睛湿润了:

> 祖国啊,
> 你以爱情的乳浆,
> 养育了我;
> 而我,
> 也将以我的血肉,
> 守卫你啊!
>
> 也许明天,
> 我会倒下;
> 也许在砍杀之际,
> 敌人的枪尖,
> 戳穿了我的肚皮;
> 也许吧,
> 我将无言地死在绞架上,

或者被敌人
投进狗场。
············

祖国啊,
在敌人的屠刀下,
我不会滴一滴眼泪,
我高笑,
因为啊,
我——
你的大手大脚的儿子,
你的守卫者,
他的生命,
给你留下了一首
无比崇高的"赞美词"。

读到这里,周天虹不禁怦然心动,心想,今天晨曦牺牲之壮烈,不就是一首无比崇高的赞美词吗?还有什么能比得上献出自己的生命以延续祖国的生命更为崇高的呢!

下面,他又读到一首:

我的晋察冀呀,
也许吧,
我的歌声明天不幸停止,
我的生命
被敌人撕碎,
然而
我的血肉啊,
它将
化作芬芳的花朵
开在你的路上。
那花儿呀——

红的是忠贞，
黄的是纯洁，
白的是爱情，
绿的是幸福，
紫的是顽强。

周天虹看到这些诗，更深地了解了，晨曦今天的牺牲决非血气之勇，而是对一个战士牺牲的意义有着深刻的理解。正如他的另一首短诗里说的："英雄非无泪，不洒敌人前，男儿七尺躯，愿为祖国捐。英雄抛碧血，化为红杜鹃，丈夫一死耳，羞杀狗汉奸。"他赞叹这几句写得非常好。将来胜利了，如果能为晨曦立纪念碑的话，就把这几句刻在石碑上吧！

在诗稿的后面，还有一则《我的志愿书》，篇幅不长，但很警策，震撼人心。其中有这样的句子："我是劳动人民的儿子。为着人民的利益，我将时刻准备为他们战死，把自己投到战火最响亮的地方去。""在极残酷的斗争里，我举起诗的枪刺。我要把我的生命，我的爱情，燃烧得发亮，一直变为灰烬。——永远为世界、人民、党而歌。""我的歌声是高亢的，钢铁般坚决而有力。我的歌声是自由的，海燕般地在暴风雨里飞翔。我的歌声是勇敢的，像战士，在弹雨枪林里决不躲避，要大踏步地向战斗走去。……""对敌人丝毫不宽容。好像一个战士，把子弹打光了就把血灌在枪膛里；枪断了，用刺刀、手榴弹；手榴弹爆破了，用手，用牙齿！屈服是没有的。我不能叛变世界和人民，也不能叛变诗！敌人不能捉住我，当他捉住我的时刻，也正是我的生命最后交给土地的时刻。""诗是我的生命，我的生命就是诗。""我要替世界、祖国、劳动人民和党，写一首最崇高的震动世界的'赞美词'。"周天虹读到这里，不禁长长地慨叹了一声，以诗人的高度觉悟、勇敢、坚定与非凡的才华，在历经血与火的斗争之后，是完全可以写出震动世界的诗篇的，但是现在已经不可能了，这只能成为人们深深的遗憾了。

黄包包里剩下的那些本子，有不少是记事本，其中有采访笔记、零碎诗篇、灵感随记、群众语言等等。再剩下的就是他的几本日记了。周天虹拿起来随手一翻，竟意外地出现了"高红"的名字，他的心不禁一跳,就格外留神地翻阅起来。一经注意,就发现有多处提到高红。他心中暗想,难道他也爱高红吗?果然后面出现了这样的字句:"这姑娘的歌唱得真好,性格上也天真可爱!""这姑娘很有头脑!真是又聪明,又勇敢!""这姑娘真不愧为新时代的女性!""与这样的姑娘生活在一起,真是难得的幸福!"看到这里,周天虹的血往上涌,耳根发热,头脑昏昏,忙乱地翻着纸页,更急迫地看下去。终于找到了一篇足有几百字的日记。其中说:"我真该死,几乎犯了一个不能饶恕的错误。我竟然要给她写信!幸亏我当机立断,把信撕了个粉碎。周天虹是我的革命战友,是我最好的朋友,我怎么能够夺他人之爱,做这样的事!这是一个革命道德的问题。这是我的耻辱,我要永远地谴责自己。从明天起,再也不能想她了!"周天虹看到这里,不禁泪水模糊了自己的眼睛,喃喃地自语着:"晨曦,你真是个好人!你不仅是一个坚强的革命者、优秀的诗人,你的人品也多么难得啊!……"

## 八八  花轿悠悠

　　1942年是中国敌后抗战最艰苦的一年,也是世界反法西斯战争最艰苦的一年。但是斯大林格勒玛玛也夫岗上的冰雪和华北原野的冰雪,终于在战士的热血中消融,迎来了一个充满希望的春天。

　　由于太平洋战争的扩大,日军不得不从华北抽调走一些兵力。而晋察冀的部队则不断从山地挺进到平原。入春以来,喜讯不断,不是这里的据点被拔除,就是那里的炮楼被端掉。平原上的众多游击队,不约而同地投入到"拿"炮楼的比赛中去了。

　　周天虹和徐偏的挺进支队,这时在本地区内,也拿下了几个炮楼。可这是多么地艰难啊!由于没有火炮,而仅凭血肉之躯去攻击炮楼,不仅伤亡巨大,且难以奏效。这时,在平原上的游击队中,就创造了一种"土坦克"。所谓"土坦克",说来也颇有趣,就是找一张八仙桌子,四条腿安上四个轮子,然后披上两条蘸湿的棉被,就算制成了。向敌人攻击的时候,战士就钻在桌子下,在瓢泼般的弹雨中向前推进。然而这种武器是有很大弱点的。第一本身分量过重,驾驶者过于费力,加上攻击道路坑洼不平,就不免中途受阻;第二桌面上蒙上了被子,虽然遮蔽了子弹,却又遮住了自己的视线不免偏离攻击的方向。可是,在这种艰难的情况下,不用这样的办法又有何妙法呢?令人欣慰的是,周天虹、徐偏的游击队就用这种群众创造的"土坦克"攻下了几处敌人的炮楼。

　　这天傍晚,周天虹同徐偏正在城北的一个村庄里议事,村长跑来说,本村一个姓张的青年办喜事,路过大柳树炮楼时,新媳妇被边麻子弄到炮楼上去了,一直住了三天才放回来。虽说人回来了,可是天天在家里哭……

"这个边麻子是谁?"周天虹忙问。

"是个好色之徒。"村长说,"过去当过土匪,自从投降日本之后,当了一名中队长,一天到晚糟害老百姓。光抢掠的财物,往他家里就拉了八大车。不光这个,还专爱找寻妇女。"

"唔,这个炮楼有多少人?"天虹问。

"大约有80多人。"村长说,"我们村有一个老头儿在炮楼上做饭。他回来说,炮楼上的伪军很恐慌。尤其是这个边麻子,因为杀了不少人,夜里老做噩梦,常常梦见一个黑东西趴在他的身上要吃他,他就怪叫起来!……周政委,你赶快想办法,把这个王八窝端了吧,不然我们老百姓太受制了。"

"好,好,我们研究一下。"周天虹认真地点了点头。

村长走后,周天虹两眼放光地说:

"老徐,我想起办法来了!"

"什么办法?"

"你看我们是不是搞一次化装袭击?"

"化装什么?"

"也化装成娶亲的嘛!"天虹笑着说。

"好,好,"徐偏猛拍了一下大腿,说,"这才叫从实际出发呢!"

周天虹受到同伴的称赞,也很高兴:

"过去,我们用土坦克攻炮楼,实在太费劲儿了。今后仗要打得巧一些。我看其他分区的仗,也都打得很巧。"

徐偏神色兴奋,从炕上跳下来说:

"政委,你看明天这出戏我来演什么?"

"你就来演新郎官吧,骑着高头大马在前面走。"

"谁来当新娘子呢?"

"那当然是机枪射手刘二愣了! 你总不能扛着机关枪走。"

"你呢? 你当什么?"

"我就当送亲的娘家人吧!"

两人说过都高兴得哈哈大笑。

第二天一早,就开始做"婚事"的准备。花轿是现成的,不过手枪班的战士全成了轿夫。乐队自然是响器班的原班人马。又从富裕人家借了不少阔绰的衣物,如礼帽、长袍马褂之类。周天虹和徐偏都煞有介事地穿戴起来。一切准备都很顺利。惟独刘二愣这里不断受阻。一是他长得傻大黑粗,足有1.8米以上。女人又窄又瘦的花衣服,他如何穿得进去?二是他本人思想不通,老是推辞说:"这,这,这像个什么?""我,我,我怎么能穿这个?"化装的人追着他跑。再加上院里有几个姑娘在一边看稀罕,咯咯乱笑,刘二愣更不干了。这样穿了半天也没穿上去。弄得徐偏急了,走到刘二愣跟前说:"二愣,你怎么这么不听话啊?这不是真的么,这是演戏么!你不穿上,人家一揭轿帘,瞧见你这么傻大黑粗的,岂不马上就露馅了?这个戏还演不演?"说得刘二愣脸红脖子粗无言以对。只好拣两件最宽大的紧紧巴巴地穿上去。这时的刘二愣那张大脸已经涨得像红布一般。

　　一支斑斓多彩的队伍出发了。前面新郎官儿穿着新大褂,身上十字披红,礼帽上插着金花,骑着一匹高头红马,走在前面。后面是一队响器班子。再后是一顶颤颤悠悠的花轿。花轿后面是一队抬礼品、抬嫁妆的汉子,不过大食盒里抬的是另一种食品——手榴弹之类罢了。最后就是迎亲送亲的宾客,周天虹也在其中。今天他也是长袍马褂,穿戴整齐,脸上笑眯眯地随队跟进。

　　一出村,响器班子就嘀嘀嗒嗒地吹奏起来。中国的唢呐真是一种奇妙无比的乐器。在表达我们民族的、民间的风情上,简直是最地道、最原汁原味的了。这且不说,当它吹奏起来的时候,一种幸福的、欢乐的、热烈的情绪,便会像魔鬼般地立刻拿住你,浸透你的心,你的全身。何况今天唢呐手吹奏的是《拜花堂》,队伍里立刻欢乐起来,走得很有劲头。花轿也在悠扬有致的唢呐声中颤悠悠地飘摇行进。

　　恰逢天气也好,日丽风和。不过一个半小时,前面已是大柳树炮楼。鼓乐声没有停止,继续行进。

　　"站住!他妈的,给我站住!"炮楼上发出了叱骂声。

　　"老总放行吧,我们是娶亲的!"村长在下面说。

　　"娶亲的也不行,我知道你有没有私货?"

　　新郎官儿把手一摆,下了马,队伍停住。

　　扯得高高的吊桥放下了。一个伪军军官,手里耍弄着一根马鞭子,大模大样地走过来,后边跟着十几个伪军。

村长立刻满脸带笑地迎上去,弓着腰说:

"边队长,您老高高手吧,这是我们村娶亲的,就别检查了吧!"

"那可不行!"边麻子把眼一瞪。

徐偏凝神一看,难怪人叫他"边大麻子",脸上大麻子套小麻子,一张脸坑坑洼洼的,就像战后的炮弹坑似的。徐偏往他身边凑了凑,赔笑说:

"边队长,您多关照……"

哪知道这小子斜了他一眼,理也不理,径直地朝着花轿走去。徐偏连忙赶上前拦住,哀求说:

"边队长,新娘年纪小,您可别吓住她呀!"

边麻子一甩膀子,三脚两步就来到花轿跟前,伸手就揭开轿帘。往里一看,一个黑大汉端端地坐在那里,不禁大吃一惊。刚要扭头,被刘二愣兜头一拳,打了个嘴啃泥。徐偏早已掏出了家伙,砰砰两枪,送他回到西天去了。其他十几个伪军大惊失色,扭头就往吊桥上跑。不想刘二愣早已跳下花轿,端起机枪把他们全突突了。

接着,徐偏扬起驳壳枪,高喊了一声:"快冲!"带头冲过吊桥,首先占领了岗楼。

院子里的伪军,顷刻间乱作一团,向炮楼下面的平房里乱躲乱藏。刘二愣早已忘掉自己还穿着年轻姑娘紧绷绷的花褂子,叉开两腿,端着机枪高声喊道:

"今天,你八爷来了,快投降吧!不然,我全点了你们的名!"

步枪一支接一支地从窗子里扔出来。80余名伪军全部缴枪投降。

穿着长袍马褂的周天虹笑眯眯地走上去,紧紧握着刘二愣的手说:

"新娘子今天打得好啊!"

刘二愣低头看看自己的花褂子,也腼腆地笑了。

在他们押着俘虏走后不久,炮楼已经旋卷着滚滚的浓烟燃烧起来。大家知道这是大柳树的群众在完成着最后一道工序,或者说是拔除着心上的一颗钉子。

# 八九　麦黄时节

巧取大柳树炮楼后，又接连拿下两个炮楼，活动余地渐大，新参军的人很多，支队已扩大为三个连队，开始集中行动了。

又是麦黄时节。城里的催粮队、抢粮队，不断四出横行。粮食问题一向是敌我斗争的焦点。周天虹支队借此机会打了好几个小埋伏战，缴到不少枪支、弹药和敌军的服装。战士们个个眉开眼笑，士气越来越高。饱受凌辱和重压的群众，渐渐抬起头来。

这天，徐偏带回来一封皱皱巴巴的群众来信。周天虹一看，又是杨各庄的群众要求端掉该村的炮楼。信的措词十分恳切，说他们实在生活不下去了。原来该村的炮楼相当坚固，驻有伪军100多人。伪军队长外号王瞪眼，心毒手黑，经常下来勒索群众。最可恨的，他还把杨各庄的年轻妇女编上号，拉到炮楼上供其淫乐。全村惶惶不安，许多人带着姑娘媳妇逃到别处。再加上他善于拍马奉迎，甚得高凤岗的欢心，自恃有此后台，更加狂傲不羁，竟称起南霸天来。凡是杨各庄的群众无不恨得咬牙切齿。周天虹他们接到这样的信，已经第二次了。

周天虹看完信，抬起头望着徐偏：

"你的意见呢？"

"我看把它端掉算了！"徐偏说。

"我也这样想。"周天虹会心地一笑，"你看怎么个端法？"

徐偏沉思了一会儿，说：

"现在城里下来的催粮队很多，我们又有不少敌人的衣服，何不也扮作催粮队呢？再说，王瞪眼这小子，虽然贼横，可又最怕日本人，我们扮成日本宪兵队准行。"

周天虹一听,高兴地点点头说:

"老徐,你这也是从实际出发呀!"

自从1942年整风运动以后,不要搞主观主义、教条主义,一切从实际出发,已经成为大家的思维方式。甚至老百姓的语汇中也出现了这样的语言。如果哪个干部犯主观武断、强迫命令,群众就会指责你:"你根本就没调查研究!""你根本就不按具体情况办事!"今天周天虹也用这话表扬了自己的伙伴。

翌日清晨,一支催粮队就上了公路,大摇大摆地向杨各庄前进。走在最前面的是徐偏。他歪戴平顶草帽,身穿黑绸裤褂,骑着自行车,车把上插着一支小日本旗。后面十几个队员,也都作同样装扮,骑着自行车在后跟进。相隔不远,就是骑着大马的周天虹,他今天穿着一身日军军官的呢子军服,还戴着一副大墨镜,在马上一步三晃地走着。跟在后面的就是几十名"日军"了。

杨各庄是一个七八百户的大村子,大乡公所就设在这里。炮楼修在村外百多米处。队伍刚到村外,就拿出了"扫荡队"的架势,三八枪在村外打得乒乒地响。群众一看扫荡队来了,顷刻乱了营,乱跑乱窜起来。徐偏带的特务队首先闯进了乡公所。一个个横眉立目,满脸杀气。伪大乡长连忙跑到徐偏面前一脸谄笑地说:

"队长,您跑了这么远路,太辛苦了,我马上叫他们做饭!"

徐偏大模大样地往上首一望,板着脸说:"不吃!"大乡长又从里间屋拿出一条三羊牌的香烟,用双手托着送到徐偏面前,笑嘻嘻地说:"队长,您先抽烟!"又被徐偏一巴掌打到地下,骂骂咧咧地说:"不要!你这条烟够谁抽的?"接着,又瞪着眼睛,拍桌子、打板凳地说:"老子这次来,就是要催粮,你赶快通知各村村长到这里来开会!"

这场闹剧大约持续了半个小时,周天虹率领的"日军"已经来到。估计这时炮楼上早已知道情况,遂合兵一处,仍由徐偏率宪兵队向炮楼接近。

这座炮楼颇为高大。周围是又宽又深的外壕。炮楼顶上的哨兵,早就把这一切看得清清楚楚。徐偏不慌不忙地来到炮楼近处下了车子,手扶车把向楼上气势汹汹地喊道:

"王队长在吗?我们是肃宁宪兵队来接头的!叫他赶快出来!"

"宪兵队"是一个凶神恶煞的名字。任何伪军听了都屁滚尿流。只要他说你私通八路,私通共产党,那就没有你的命了。炮楼上的哨兵一听来了"宪兵队",吓得不知东西南北,连忙说:

"我赶快报告!"

不大一会儿,吊桥扑通一声落了下来。接着从炮楼上下来一个伪军军官,后边跟着七八个兵,急急忙忙地跑过来。他们在吊桥上站了一溜儿,以立正姿势表示致敬。伪军军官向徐偏赔着笑脸说:

"辛苦啦,您来得很早啊!"

徐偏也不答睬,斜着看了他一眼,问:

"你就是王队长吗?"

"是。"伪军军官毕恭毕敬地说,"请,里边坐。"

徐偏推着车子,挺着胸脯,就像阅兵似的慢慢地走过吊桥。其他十几个队员也跟着走了进来。

徐偏刚进屋坐定,就吩咐队长说:

"最近八路军活动得很厉害,你要叫站岗的特别注意。"说着,又回过头对一个队员说,"你也到楼上去帮助他们站站岗!"那个队员立即应声到炮楼上去了。

这王队长虽然平时对老百姓吹胡子瞪眼,此时却显得诒态可掬。徐偏刚坐定,他就笑嘻嘻地递上烟来。徐偏很有身份地把手轻轻一摆,表示不抽,接着问:

"最近八路找你们的麻烦了吗?"

"有几个土八路来放过几枪,都让我们给打跑了!"

"哼,看来你还有点本事哩!"徐偏不冷不热、不阴不阳地说了一句。接着问,"你们把杨各庄的粮都催齐了吗?"

"现在还差个几万斤,不过我们天天都忙着催呢!"

"还差个几万斤?"徐偏立刻把眼睛一瞪,"你知道皇军要吃饭吗?"

"知道。"王瞪眼现出惊慌的样子,低声地说。

"你知道太平洋战争要粮食吗?"

"知道。"

"我们刚才到了杨各庄,你看到了吗?"

"看到了。"

这时,徐偏陡然立起身来,厉声问:
"既然你知道我们下来催粮,你干吗不下炮楼配合?"
王瞪眼见宪兵队发了脾气,大惊失色,慌忙解释道:
"我们正准备去哩!"
徐偏听到这里,猛地甩了王瞪眼一个耳光,狠狠骂道:
"我看你是私通八路!"
"不不,我可没有这个事儿啊!"
王瞪眼说到这里,几乎要哭出来。
这时,一个队员进来报告,说:
"宪兵队长到了!"
徐偏把眼一瞪,冲着王瞪眼说:
"还不快去迎接!"
王瞪眼刚要离开,徐偏又加了一句:
"我告诉你,队长这几天脾气可不大好,你要小心一点儿!"
接着,徐偏也跟出门去,看见周天虹率领的大队已经来到。王瞪眼恭恭敬敬地立在吊桥边,把周天虹一行接了进来。周天虹挎着指挥刀,穿着大皮靴架子十足地咔咔地跨过吊桥。徐偏毕恭毕敬地问:
"队长,您要训话吗?"
周天虹微微地点了点头。徐偏立刻转过脸对王瞪眼命令道:
"队长要训话,快把队伍集合起来!"
王瞪眼又是吹哨子,又是大声吆喝,100多人的队伍很快集合起来。然后喊了一声"立正",跑过来报告说:"队伍已经集合完毕,除站岗的和做饭的全到齐了! 请队长训话!"
徐偏立刻说:"把站岗的和做饭的也叫出来!"
王瞪眼又高叫了一声,站岗的和做饭的都跑出来了。
周天虹立刻走到队前,大声喊道:
"今天我们是抓王瞪眼来的,与你们没有关系! 枪放下,向后转!"
话音未落,徐偏砰砰两枪,已将王瞪眼打死在地。刘二愣早一纵而出,端着机枪大声吼道:"你八爷到了! 谁反抗就打死谁!"
伪军们只好放下枪支,抖抖索索地解下子弹带放在地上。

接着一把火烧了炮楼,押着俘虏回到杨各庄村中。周天虹见到围拢来的群众,第一句话就是:

"乡亲们,我非常抱歉,让你们受惊了!"

## 九〇　冈村宁次的血腥战略

不管敌人如何仇恨青纱帐,禁种高秆作物,转眼间平原上又是一片绿海。周天虹他们真是如鱼得水,来去自由,又打了不少伏击,拿了不少炮楼。眼看肃宁境内的炮楼,剩下不到一半。这时,老书记刘展伤也养好了,又重新担起县委书记的重任。

这天,周天虹与徐偏正准备到小娄庄,与刘书记商讨下一步的行动,王参谋领进一个人来。周天虹一看,此人虽然身着便装,但全身都透出一种军人气质,显得异常精明强悍。徐偏见周天虹不认识他,就笑着说:

"这就是分区司令部的邱参谋嘛,你怎么还不认识!"

一边说,一边拉来人坐下来,又半开玩笑地说:

"你们这些上级,真是对我们太不关心了!我们虽然打的胜仗不多,总是打了一些嘛!你们怎么不来帮助我们总结总结?"

"司令员不是在会上表扬你们了嘛!还说你是个化装战的能手。"

徐偏嘻嘻一笑:

"你这次来有什么好事?"

"司令员说,准备把你们的部队调动一下。"邱参谋说,"从今年8月下旬起,敌人在任丘、高阳两个县,搞了一个'新国民运动',杀人很多。那里兵力有些不够,要你们支队到那里活动一个时期,打下敌人的反动气焰。"

"什么'新国民运动'?"周天虹抬起头问。

"咳,提起来真是一言难尽。"邱参谋叹了口气,"简要地说,就是日本人要老百姓宣誓反共。他们订了六条反共誓约,要每个老百姓都背下来，谁不愿背或者背不下来就砍头、活埋。现在许多村庄已经是死尸遍地、血流成河了！……"说到这里，又狠狠地加了一句，"这都是那个大王八蛋冈村宁次策划的！"

邱参谋继续说，敌人为了把华北变成大东亚战争的兵站基地，把根据地彻底摧毁，让人民群众乖乖地归顺他，就想出了这个新招。冈村宁次为此专门在北平日军宪兵训练队训练了一大批特务。于今年8月，由侵华日军华北派遣军司令部抽调特务团三〇分队和50多名"剿共委员"，由情报主任山崎中尉和助手恒尾率领，首先到高阳、任丘两县进行"突击示范"，然后进一步向华北推广。他们下来的人名为"政治工作队"，实际上是杀人队。他们对重点地区实行"淘水战术"。什么叫"淘水战术"？五六年来，日本鬼子吃够了苦头，已经认识到"老百姓是水，八路军是鱼"是一个无可辩驳的事实，因此就想出了一个"淘水抓鱼"的战略。法西斯分子山崎就狂喊道："对付八路军光打不行，不淘干水就打不到鱼。"因此他们就不惜用一切恐怖手段，迫使老百姓与八路军分离，造成一个"绝缘体"。这样一切难以想象的恐怖和罪恶都出现了。

邱参谋停了停，接着又说，在突击示范之前，总指挥山崎还在任丘开了一个群魔会，先来了一个"清内"工作，把任丘、高阳两县科长以上的工作人员和小学教师召集在一起，训话说："你们这些人通通是八路，赶快自首，宣誓反共！"为了显示他的威严，还当场打了县长陈酉科一个耳光，骂他办事不力，随后这场血腥的恐怖就展开了。

听到这里，周天虹问：

"他们要老百姓背的'反共誓约'内容是什么呢？"

邱参谋从口袋里掏出一个小本子，翻了翻，念道："其中有六条：一、皇军及中国军警到达村落时，村民决不逃避；二、对于皇军及中国军警问话时，决无虚伪之陈述；三、今后绝对拒绝八路军军政机关所要求的一切破坏行为；四、绝对迅速提供所得的确实情报；五、严守回心条例及布告等，决不违犯；六、以上各条，如有违犯，愿接受任何处罚，情愿甘受其苦。……一句话，就是彻底当日本人的顺民！"

"这完全是侵略者的主观幻想，我看是永远做不到的。"周天虹说。接着又问，"这次，敌人里面杀人最多，最凶恶的是谁？"

"总指挥是山崎，下面最疯狂最凶恶的两个刽子手，一个是杀人不眨眼的小久保,一个就是山崎的助手恒尾。"邱参谋说到这里,望望周天虹和徐偏说,"你们知道有个小久保吧?"

周天虹和徐偏摇了摇头。邱参谋说:

"咳,你们真是太闭塞了。这个家伙,是个典型的法西斯分子,在那一带妇孺皆知,都说他是个杀人不眨眼的活阎王。"

接着邱参谋介绍说:"小久保是日军的一个小队长,带着40多个日本兵驻在鄚州,可以说是那里的最高司令官了。周围几十个村庄的老百姓,他们的生杀予夺全操在他的手里。他有一个特点,就是未曾杀人之前先笑,只要他对你一笑,你的头就留不住了。为此,鄚州一带的老百姓还给他编了一个顺口溜呢!"

"什么顺口溜?"周天虹问。

邱参谋随口念道:

　　活阎王,小久保,
　　每逢杀人他先笑,
　　前晌害了十条命,
　　后晌又害命三条。
　　他若高了兴,
　　对你笑一笑,
　　马上叫你进冰窖。

"进冰窖是怎么回事?"

"鄚州不是挨着白洋淀吗?"邱参谋接着说了下面的事。

闻名北方的鄚州庙有一口大钟,小久保规定,只要他一敲这口大钟,鄚州镇和周围五里以内的村庄,不管男女老少,都要跑步到鄚州北关集合。晚到十分钟的杀头。按时到的排成队。腊月天男女一律脱去衣服。以大旗为号,大旗一倒,立即趴在冰上。直到大旗竖起,人才能站起来。可是热肚皮贴上寒冰,顷刻粘在一起,待大旗竖起时,人已经站不起来了。这时,小久保就命令鬼子兵硬把人扯起来。等人站起来时,鲜红的皮肉就留在冰块上。小久保看到这种场面,顿时乐不可支,放声哈哈大笑。随后就让鬼子兵,把那些冻僵在冰上起不来的和扯破肚皮的人,通通塞到冰窟窿里,还把这种游戏叫做"冰炸肉条"!

邱参谋说到这里,十分愤慨地说:

"小久保这个法西斯分子,已经用他的战刀亲手杀了 100 多人。新国民运动一来,他想立功受奖,就表现得更疯狂了。他今年才 19 岁,你说什么制度培养了这么凶残的法西斯分子?"

周天虹、徐偏听了,早已在情感上难以承受。

"司令员让我们什么时候出发呢?"周天虹问。

"当然是快一点好。"邱参谋说,"不过要准备得充分一点。"

"也没有什么准备的,只希望手榴弹、子弹再给我们补充一些。"徐偏说。

"我们一两天内就可以出发。"周天虹说。

## 九一　腥风血雨(一)

次日黄昏,周天虹和徐偏率领的支队,沿着潴龙河向北挺进。经过整整三个夜晚的行军,进到任丘与高阳相邻的地区。

拂晓之前,部队在王约村宿营。据老百姓说,这个村正是敌人"突击示范"的重点。村东头有一大片坑坑洼洼的埋人坑,还历历在目。这个血腥的日子刚刚过去还不到半个月呢!

支队部住在老村长的家里。周天虹一进屋,就看见50多岁的老村长还在炕上躺着。原来他被敌人打得很厉害,伤还没有全好。周天虹走到他跟前说:

"老大爷,你的伤好点了吗?"

"没啥。"老村长苦笑着说,"反正我是死过一次的人了。不管活几天都是赚头儿了。"

"怎么,你已经死过一次了?"周天虹惊奇地问。

"可不是吗,日本鬼子已经把我活埋了。幸亏他们走得快,村里人又把我挖出来,我这才慢慢醒过来。说实在的,我已经见过阎王爷了。"

周天虹叹了口气,叫过卫生员给老村长上了药。随后又问:

"老大爷,你能把那天敌人来搞'突击示范'的事说一说吗?"

"惨哪!惨哪!开天辟地,没有这么惨哪!"

老村长一边说,一边从炕上坐起来,从头到尾讲了那个血腥的日子。

这天,阴沉闷热。人们刚要吃早饭,敌人已经包围了村庄。来的有日军、伪军,还有一些穿长衫的人。他们打着"政治工作队"的旗子进了村子。带队的是日军小队长小久保,还有从北平来的恒尾。

他们把全村的男女老少,都赶到小学校前面的广场上。一律跪在那里。会场前面放着一张大方桌。大家一看方桌上平放着两个砍下来的人头,都吓愣了,谁也不敢再抬起头来。原来他们一进村,就把最先碰到的两个人做了试刀的对象,以便造成恐怖的气氛。

先是一个穿长衫的人讲了几句话,宣读了六条"反共誓约"。接着,一脸横肉的恒尾,就用生硬的汉语宣布命令:凡不背或不会背以上六条者,就通通地"死了死了的"!与此同时,一些伪军已奉命在旁边挖起埋人坑来。

可是命令宣布很久,会场上仍是死一般的沉默,没有一个人应声。

"你们,谁的来背?"恒尾大声吼叫。

"快背么!背了就没有事儿了。"穿长衫的汉奸也说。

但是场里仍没有丝毫的反应,甚至连咳嗽声也没有。恒尾暴怒了:

"你们都是死人吗?你们不会说话了吗?"

他抽出指挥刀,像一条恶狼似的在人们面前跳来跳去。他已经感受到这沉默的人群,对他不只是恐怖,而且是蔑视。他无法忍受了,开始扑到群众面前,把跪在最前面的十几个人拉起来。

"你们几个的先背!"他命令道。

命令同样无效。他眼珠一骨碌,想出了一个主意,命令这几个人上到小学教室的房上,然后扒着房檐垂下来。

在日本兵刺刀的威逼下,十几个人终于从高高的房檐上垂挂下来。接着,恒尾就在下面吼道:

"谁掉下来,就先杀谁!"

尽管人都有求生的本能,力争能多挂一会儿,可是不到两分钟,其中的三个老人和一个孩子,已经扑通扑通地跌落在地上。

这时,恒尾像野兽一样地扑到他们面前,凶相毕露地对大家说:

"大日本皇军到中国是干什么来的,你们知道吗?今天我告诉你们:就是来杀人的!因为,不杀人就征服不了你们,就换不了你们的思想!"

不知什么时候他面前已准备了一个水桶。说过,他把那把战刀往冷水桶里一蘸,然后高高地扬起手来,很快一个老人带着花白胡须的头已经滚了下来。那个孩子哪里见过这个场面,立刻吓得"妈呀"一声大哭起来,撒腿就跑,没有跑出几步,就被恒尾追上去,手起刀落,这个孩子的大半个脑袋就被削下来了。其他两个也如法炮制。顷刻间,妇女们在人群里呜呜地哭起来。

"不准哭!"

陡然间,有人像恶狼般地嚎叫了一声,声音尖锐而严厉。大家一看,此人长着一副木瓜脸,留着小日本胡,正是驻郑州的日本小队长小久保。此刻,他那木瓜脸上显出很不耐烦的样子。他觉得恒尾表面上很有威势,做起来却很不利索,例如砍头的动作就很不标准,且有些拖泥带水。扒房檐也没必要,徒然浪费了不少时间。这样想着,他就从队伍的前面走了出来。他手把着战刀柄,高高地仰着脖子,雄视着手无寸铁的群众,显出一派威风凛凛的架势。他虽然才19岁,不过是个微不足道的小队长,但因为独霸郑州,横行一方,在中国人面前作威作福惯了,已颇有些司令官的派头。

小久保在人群前面站定脚步,略一扫视,就把一个青年揪了出来。原来他早已注意这个青年多时,看他相当精明,猜想他不是干部,也至少是个党员。

"你们村,这个的有?"小久保比了个"八"字。

"不知道。"青年沉着地说。

"他们,东西的有?"

"不知道。"

小久保从鼻子里哼了一声,用手指了指跪着的老百姓,又提高声音问:

"你的说,他们谁是干部?党员?"

"不知道!"青年想了想,又加了一句,"就是知道也不能告诉你!"

"哈哈!"小久保的嘴角一翘,那张有两撇小日本胡的脸笑了。接着,他把战刀猛地抽出来高高扬起,顺势一挥,青年的头已经落地滚出好几尺远。小久保还偷偷地看了恒尾一眼,似乎说:"我是否比你干得漂亮?"

少顷,小久保又指指人群,用狼嚎般的尖音叫道:

"说!你们谁是共产党、八路军的干部?不说通通地死了死了的!"

说过,他向机关枪手挥手示意,有两个日本兵立刻把机关枪端起来,作出准备射击的架势。

沉重的气氛压得人们透不过气。

这时,从人丛里霍地站起一个40多岁的中年人,头上蒙着一条羊肚手巾,样子老练而英武。他用不低不高的声音说:

"你们要找共产党八路军的干部,不要找了,我就是。"

小久保显然感到意外,没有想到还有这样大胆的人,暗暗吃了一惊。他从上到下看了看他,问:

"你的,什么的干部?"

"武委会主任。"那位中年人说得很干脆。全场的人都偷偷地抬起头,用眼睛瞅他。此人果然是本村的武委会主任孟庆之。

"村长、支部书记的是谁?"小久保扫视全场,又厉声喝问。

"村长、支部书记,全是我。"孟庆之响亮地回答。

"哦,真英雄!"小久保再次从头到脚看了孟庆之一眼,问:"洞在哪里?八路军东西的有?"

"你过来,我告诉你。"他招了招手。

小久保得意洋洋地向着孟庆之走去,很满意今天的行动有了收获,同时也证明自己的手段比恒尾高明。哪知他走到孟庆之的身边,刚刚站定,没想到孟庆之一张口"呸""呸"两口浓痰吐了他一脸,并且狠狠地骂道:

"小鬼子,你太蠢了!你不想想你是什么人?你是一个强盗,我怎么能把这些秘密告诉你呢?"

小久保的脸立时变得煞白。他掏出手绢擦了擦,刚要扬手挥刀,冷不丁地从旁边站出一个青年拦住他,说:

"他不是干部,你来杀我吧,我是干部!"这个青年只不过是个一般的青抗先队员,他的个子颇高大,一边说,还一边指着自己的胸脯。

小久保一愣,一时不知所措;刚要转身来对付这个新对手,这个青年指着他的脸骂道:

"你这个小日本儿,野心也太大了。我告诉你,没有人当你们的'新国民',你们永远征服不了中国!"

小久保本来有一个未曾杀人先发笑的习惯,但这时他的心乱了,再也笑不出来。他的脸色由白而紫,两撇小日本胡,本来是刮脸后用毛笔涂上去的,刚才加上两口唾沫,用手绢一抹一擦,早已残缺不全,不伦不类。从未受到过的羞辱,使他再次举起刀来。不料这位青抗先队员把身子一闪就去夺刀。小久保慌了,急忙用刀砍他的左手,青年又用右手去夺,右手也被砍掉了。这时,武委会主任孟庆之看见自己的队员,为掩护自己而牺牲,心中激动万分,立刻扑上去夺小久保的手枪,与小久保扭打在一处,最后被几个日本兵赶上来,把他枪杀了。

小久保余怒不息。他横行数年,从来还没想到会碰这样的钉子。为了施展兽性,他从人丛中拉出了30个青壮年,把他们押到村边,命令他们每两个人合挖一个坑子。坑挖成了,又宣布两个人之中,必须有一个人被埋掉。至于两个人之中究竟埋掉谁,则由两个人去商量。这是一条毒计,他要用这个办法来看着中国人之间互相残杀,以便从中取乐。

老村长李凤章和村民王其敏两个人在一个坑边站着窃窃私议。先是李凤章说:"其敏,我想好了,我有三个儿子、两个女儿,你还刚结婚,没有后代。我死了有人给我报仇,你呢?我看,你就来埋我吧!"王其敏立刻说:"那可不行!你拉家带口的,你一死怎么办?我死后老婆一改嫁牵挂少,再说,你是村长,你和八路军还要领导全村给大伙儿报仇!"李凤章见说不服他,就猛地往坑里一跳,拉着王其敏的手,眼泪汪汪地恳求说:"好兄弟,你就别争了吧!"说话间,小久保已经提着战刀赶过来,尖声吼叫着说:"快埋!快埋!不埋全打死你们!"人们只好流着眼泪埋了自己的兄弟。

正在这时,村外陡然响起了枪声。伪军们惊呼着:"八路来了!八路来了!"小久保和恒尾便率领着这个"政治工作队"仓皇逃去。

李村长讲完这血腥的一幕,声音已经嘶哑。停了好半晌才说:

"村里人把我抬回来,我还不省人事。救了好半天才醒转来。我对孩子们说,这个仇我是永远不能忘的,你要是我的儿子,你要是中国人,你就要给我报仇!听了我的话,孩子们也哭了。第二天,我就让大孩子参加八路军了。"

"老大爷,可惜我们来得太晚了!"周天虹带着哽咽的嗓音说。

## 九二　腥风血雨(二)

周天虹支队在高阳与任丘间盘桓,像飞旋在空中的雄鹰一样捕捉着战机。而这时情况出现了一些变化,日寇把大批群众诱入城内,斗争的焦点转移到城中去了。

原来自10月中旬起,敌人就通知两县各个村庄,18岁至45岁的男子进城开会。300户的村庄去150人,200户的村庄去100人,100户的村庄去50人。还欺骗群众说:"进城主要是发良民证,只要开个会,在县城住一晚就回来了,什么事儿也没有。"又说:"皇军按保甲户口册点名,假若不到,那就要把村子烧光,人杀个鸡犬不留。"分区领导机关得知此事,立即令各县干部把守交通要道路口,劝阻群众不要受骗上当。但群众惧怕村庄被焚,亲人被杀,仍有7000多人被骗到高阳,18000人被骗到任丘。即使这些人,进城前也都下定决心,决不投降敌人,决不暴露共产党八路军的秘密。临行前,父母妻子儿女哭泣着送至村外,情景至为悲凉。

哪知进城后的第二天,就发现这不过是一个卑鄙的骗局。亲人们已经陷入亘古未闻的火炕中去了。此后数日,只有从城里传来一些零零星星的消息。一时说,进入高阳的人被关在城隍庙里,会场上摆着12口大铡刀;一时说,进入任丘的老百姓,被关到孔庙等三个大院里,每天都传出拷打声和哭爹叫娘的哭喊声,连城里人都不敢听了;有时说,每天都有成百的死尸从那些院子抬出来,已经无处掩埋了;最后还有一个可怕的消息说,山崎为了制服中国人,宣布用"饥饿法",不给饭吃,不给水喝,不准各村的人给关押者送饭送水。每天城门口都挤满了送饭送水的群众,一看无法进城,都望着城里嚎啕大哭,不得不扛着篮子再转回去。……

东进支队正于此时来到任丘城郊。敌人不出城,既无法以野战方式歼敌;攻城又暂时无此条件。看到群众陷入如此深重的灾难之中,干部战士真是心如刀绞一般。

这天,支队驻在距任丘城不过二三里的村庄里。早晨徐偏亲率一个侦察班到东门外了解情况去了。待到小晌午,忽听东门外响起了一阵枪声,时间不长又沉寂下来。周天虹来到村口观望,只见徐偏和侦察员们正在向回走。令人注目的是侦察员们抬着三副担架。待走到近处,才看清担架上是三个老百姓。一个个全都形容枯槁,面若死灰,说是活人,又像死人。衣服全都褴褛得不像样子。头发一寸多长,脸上全是灰土,眼睛血红血红,简直就像从地狱中爬出来的囚犯。

周天虹刚要问,徐偏就说:

"城里出了事了,今天130多个老百姓暴动,往城外冲。刚才我们掩护了一下,大概有百把人跑出来了。"

"这几个人呢?"周天虹问。

"这几个人没跑出多远,就趴在路上不能动了,我就让侦察员把他们抬回来啦。你想六七天没吃饭,他们哪里来的力气?"

三个人被抬到支队部,周天虹立刻叫炊事员做饭。不一时炊事员就烙了几张大饼,端了一大盆面条汤走进来。这几个人见了饭,立刻眼里放出亮光,不一时就风卷残云,吃了个一点不剩。周天虹知道久饿的人,吃得过多,容易发生意外,就没有再添。

吃过饭,几个人眼瞅着就精神了许多。周天虹再一次打量他们,问起他们的名字。其中一个年龄大些,名字叫杨老勤,似有40岁左右,因为头发、胡子老长,已经像个老人。另外一个20多岁的青年,名字叫杨老壮。还有一个长得很细弱,肉眼泡,还是个孩子,名字叫杨小宝。他们每个人都虚弱得像害过一场大病,长长的头发,加上一双血红的眼睛,如果在黄昏遇到,简直像鬼似的怕人。

"你们受了不少罪吧?"

周天虹用抚慰的口吻问了一句,几个人立刻热泪盈眶。那个大孩子杨小宝竟像遇到亲人般地哭出了声。杨老勤哽咽着说:

"同志啊,我真后悔死了,没有听你们的话,就像到阴曹地府里走了一趟似的。……今后,就是你们说黄土是朱砂我也信了。"

周天虹问起他们十几天的经历。从他们纷纷吐诉中,出现了一幅令人震骇的、闻所未闻的图画。他们说进城的第二天,就被日本宪兵用刺刀赶到城东南角的广场上。"反共誓约"大会的会场就设在这里。东、南两面是城墙,会场四周架着机枪,日伪军端着刺刀,像一堵墙围着他们。会场西边,已经挖好十几排埋人坑。人们刚坐定,督察长就大声狂叫:"机枪扫射时不要抬头!"说着机关枪就咕咕地叫着响了一阵。这是先给大家一个下马威让人害怕。接着汉奸司令大声嚎叫着,宣布了"三不准":一、见了皇军不准逃跑;二、皇军问话不准说不知道;三、皇军要什么东西不准不给。然后,新国民运动的总指挥山崎就大摇大摆地上了台。

一上台,他先宣布了一个"十枪毙":交头接耳枪毙;说话枪毙;走动枪毙;抬头枪毙;解手枪毙;吃东西枪毙;逃跑枪毙;吸烟枪毙;咳嗽枪毙;吐痰枪毙。这十个枪毙宣布完,就把洋刀抽出来,哈哈大笑道:

"你们这些老百姓到底还是来了,过去几年来没有骗到你们,今天算是骗来了。哈哈……我们大日本皇军进中国,已经五六年了,打八路总是打不赢,就是因为你们。哼,你们这些老百姓,总是想法保护他们。八路军是鱼,你们是水,这话不错。这回我们就是要把水淘干,叫鱼不能活!你们懂不懂?"

下面没有人应声。接着山崎又说:

"你们通通的是八路!通通的是俘虏!你们来了就别打算走了,如果不交代出八路军的武器、粮食、文件藏在哪里,不交代县干部住在什么地方,就通通地杀头!"

气氛异常森严可怕。可是1.8万人,没有一个人应声,不是低着头,就是用仇恨的眼睛望着山崎。这个法西斯分子见没有丝毫反应,气得像一头野兽,在台前跳着脚走来走去。

他开始指示汉奸司令一个一个审问。第一个被拉起来的是麻家坞村的王虎。

"你先背反共誓约六条!"汉奸司令吼道。

王虎摇了摇头说:"我不会背。"

"你们村有八路军吗?有八路军的东西吗?"

王虎又摇了一下头:"我不知道。"

"他妈的,不给你点厉害的不行!去,活埋了他!"

汉奸司令一声吼叫,王虎立刻被拉出去了。但埋了半截又把他刨出来,拉到大家面前。敌人满以为这一招会把王虎吓住,谁知王虎仍然面不改色。他的回答还是那两句话。汉奸司令把他打得皮开肉绽,只好放在一边。接着又拷打了十几个人,照旧一无所获。山崎只好潦草收场,把1.8万人分别关在城隍庙、孔庙和汽车站几个大院里。

"从这天起,我们就下了地狱了!"

杨老勤说,他们三个人都被关在城隍庙里。山崎每天领着一帮打手,后面跟着洋狗来这里拷打审问。每天用冷水浇人,叫做"洗冷水澡";还扒光你的衣服,用火钩子烧你、烫你;让你双手举着沉重的木柁,掉下来就砍你的头;用灯草蘸上油放在你的头上来"点天灯",烧得你死去活来满身流油;还别出心裁地把人捆上双腿,头冲下砸地下的砖,一直把一块块砖都砸得粉碎;最惨的是把一个老百姓用铁叉叉住脊背,活活地钉在墙上。……

说到这里,杨老勤用血红的眼睛盯着周天虹说:"我看见城隍庙的墙上,画满了阴曹地府的图画。什么上刀山啦、下油锅啦,我们碰上的刑罚比那个还厉害呀!"

"最厉害的还不是这个。"杨老壮说话了,"不管多么残酷,人无非一死而已。可是他不让你死,他要把你活活地饿死。这是山崎发明的。他说,要征服中国人不用'饿死法'不行。从10月15日起,就不准我们的亲人送水送饭了。他宣布说,不交出抗日人员名册,不画出详细地道图,不缴出统一累进税册,不报告八路军和抗日干部的地址,不缴出武器、弹药、文件,不交出几个八路军,不送缴大批粮食棉花,就别想回去,通通地砍头活埋。从这天起我们就一口水、一粒粮食也见不到了。"

"那你们怎么办呢?"周天虹问。

"头两天还好说,人们总算顶过去了。从第三天起,人们就无法忍受了。"

杨老壮说,城隍庙院子里,种了一些蓖麻子,边边缘缘还有一些杂草。从第三天起,人们就开始抢着先吃蓖麻叶子,后吃蓖麻梗子,然后又搜罗砖缝里的杂草。那么多的人,这些东西很快就一扫而空。没有办法，人们就去剥几棵松柏树的树皮。这些树皮又干又硬，人们硬是嚼一嚼吞到肚里去。可是接着树皮也没有了，真是山穷水尽，再没一点办法。

"那怎么办呢？"

"你让老勤叔说吧！"他朝杨老勤看了一眼。

"说起来真不是个滋味儿！"杨老勤脸上充满痛苦的表情，"临离开家的时候，我只穿了个破夹袄。我闺女说：'你把这个破棉袄也带上吧！'我说：'天还不算冷，带这个干什么？'闺女说：'晚上铺铺盖盖总用得着。'这样就带上了，没想到还真派上了大用场。第三天，饿得我头昏眼花，难受万分。我望望天，连天都不蓝了，成了一片黑的。我觉着活不成了。左看右看，没有一点可吃的。我一低头看到这件棉袄，心想：棉花也是地里长的东西，只要能填填肚子，饿不死就行。这样，我就把棉袄撕开，揪出了又脏又黑的旧棉花套子，放在嘴里嚼了嚼，稀里马虎地咽了下去。吃了一些，果然觉得胃里好受一点儿。不想叫我的邻居看到了，他问：'你吃的什么？我说旧棉花套子。'他说：'好兄弟，咱们乡里乡亲，常说远亲不如近邻，咱哥儿俩平素也挺不错的，你就把那套子也给我一些吧！等到我回了家，我是忘不了你的。'我一想，也是，如果把他饿死，我也不好交代。就揪出套子给了他一块。大家看见了，这个要一块，那个要一块，不到两天我这件破棉袄的套子就被吃光了。谁知道吃了这玩艺儿拉不出屎来，疼得我乱喊乱叫，不料又遭到一场毒打。……"

周天虹叹了口气，又望着那个大孩子杨小宝，问：

"你呢，那几天你吃的什么？"

"我吃了一顶草帽儿。"杨小宝翻了翻肉眼泡儿，天真地说。

"吃了一顶草帽？那东西能吃吗？"

"咳，那天离开家，俺妈给我披了一张饼，怕太阳晒我，又把我爹的一顶草帽儿给我戴上。饼很快就吃完了，饿得我没法儿，只好把那顶草帽儿吃了。"

"咬得动吗？"

"咳，慢慢嚼呗！"他鼓着肉眼泡儿羞怯地一笑，"我想，那马牛羊都靠吃草，人也许能行。再说不光是我，许多人都把戴的草帽吃了。"

周天虹勉强笑了一笑,笑得很凄惨,接着问杨老壮:

"你那几天是怎么度过的呢?"

"说起这事儿太丢人了,我真不愿提。"杨老壮面带羞赧地说,"我从小就是个大肚汉,吃得多,窝窝头一顿我能吃六七个,要吃馒头八九个下不来。这次进城,我老婆在我兜里塞了几个钱,我说:'钱用不着,明天就回来了。'她说:'万一用得着呢!'这不是,可让她说对了。我这人不扛饿,头两天我就饿得吃不住劲。汉奸们一看人们饿得不行,就乘机勒索人的钱财:卖给人们一张饼100元,一个玉米面饼子20元,一瓶水15元,一粒仁丹10元。我一想,人都快要死了,还要钱干什么!我就花了20元买了一个玉米面饼子。可一个饼子顶什么事!过了一天又饿得不行。这时候我兜里就只剩下五块钱了。那天有人说:'咱们凑钱买一张饼吧!'这个三块,那个五块,二三十个人才凑够100元买了一张饼,每个人分了指头大那么一块儿。这一块儿能顶什么用啊!饿到第五天,我就再也顶不住了,前心贴着后背,说不出的难忍。这时候我就发现人们偷偷地往厕所跑……"

"到厕所去干什么?"周天虹惊问。

"哎呀,没法说呀!"杨老壮的脸痛苦地抽搐着,"到厕所还能干什么呀,原来是去喝尿、吃屎去了!我一想只有狗才吃屎,人怎么能吃这个?反正我是不能吃的!可是我转念一想,马上就得饿死,死了还怎么报仇呢?这样想着,我就一步一步地往厕所里走。走到门口,就看见里面挤了不少人。我刚想要进去,就看见鬼子和汉奸赶来了,他们大声叱骂着把人赶开,我亲眼看见一个老百姓正趴在尿池上喝尿,被一个鬼子拥着两条腿一掀,就一头栽到尿池里了……"

周天虹听到这里,真是两眼冒火,五内俱焚,把桌子猛地一击,桌上的茶碗都震得跳了起来。

"天底下还有比这更大的污辱吗?"

他已经没有心思再问,沉了好一会儿才说:

"你们是怎么出来的呢?"

杨老壮说:"敌人虽然用了这些手段,到底也没有把中国人制服。没有一个人说出他们想知道的东西。"

杨老壮还带着几分自豪的口吻说,在关押期间,出现了不少好样儿的。有一个叫李亮的青年,破口大骂日本鬼子。敌人把他捆在电线杆上,用铁锨拍他的头。鬼子拍一下,他就大骂一声。一直骂到咽了最后一口气。还有一个叫董廷湖的,被敌人打得双腿露出了骨头,晕过去三四次。但他仍然瞪着日本鬼子说:"只要我还有一口气,我就要同你们斗争到底!"连伪军都说,不是日本鬼子征服董廷湖,而是董廷湖把日本鬼子征服了!就是在董廷湖死了的那天晚上,大家秘密串连,有130多人起来暴动。人们冲到东关,有个叫陈卜的高声喊着:"中国人不做亡国奴!"就赤手空拳地扑上去夺日本鬼子的枪支。枪是夺过来了,可是因为饥饿的折磨,陈卜身体太弱了,又被鬼子把枪夺了回去。陈卜又拾起一块砖头砸得鬼子满头流血。几个鬼子围过来,陈卜最后英勇牺牲。这次我们牺牲了30多人,其余的人总算冲出来了。

周天虹听了他们的话,受到从来没有过的恶性刺激。日本鬼子把一些善良的人逼得吃屎、喝尿,世界上会有这样的事吗?然而它就发生在身边。这就是帝国主义、法西斯的本性!不管洋奴们用什么样美丽外衣来为他们遮掩都是没有用的。

周天虹安慰了三个受难者,他最后的一句话就是:"回去告诉乡亲们,我们一定为他们报仇!"

## 九三　刽子手没有留下头颅

　　日寇推行"反共誓约"的几个月内,血洗了高阳、任丘的许多村庄。随后,山崎命令各村都要成立"联庄",成立"武装反共委员会",成立"自卫团""情报站",日夜加强巡逻。此外,他还别出心裁地要建立一条"人电线"。要求从高阳到任丘的60公里的公路上,每十步一个岗哨,每个岗哨都有一个手持木棒的青壮年,充当监视、封锁、捕捉抗日军政人员的"新国民"。口令一夜三变,发现情况要立即鸣锣点火报警。为了测试这些"新国民"的忠实程度,常常从据点里传出一支破枪或者马蹄表之类,限定几时几分传到某处。有一次高阳旧城的鬼子,竟传出一个刚刚砍下的人头,命令将人头传到死者的村庄雍城,使得"人电线"上所有的"新国民"莫不毛骨悚然。按山崎想来,他的这一套"创造",就可以将八路军限制住了。不想这条"人电线",反而成了八路军监视敌人的哨兵。一天夜里,旧城的敌人派出十几名特务化装成"八路军"去检查联防,不料他们那种装腔的样子,早就被"人电线"上的青年识破,举起白蜡杆子,将他们打得哭爹叫娘,狼狈逃窜。这些家伙跑回旧城还称赞说:"'新国民运动'真是起了作用!他们都是大大的忠实皇军的新国民!"

　　周天虹率领部队穿行在这些经过血洗的村庄里,每天听的都是人民的哭诉,讲的都是一个又一个血腥的故事。尽管在敌后的几年里,他听到和见到这些悲惨的事真是太多太多了,而冈村宁次搞的"反共誓约",却使他受到更大的伤痛。他认为,自己过去在延安虽然粗略地学过列宁的《帝国主义论》,而自己的领会还是太肤浅了,太抽象了,现在才似乎真正懂得了帝国主义的本质。他认为,尽管帝国主义的吹鼓手和洋奴们,给他们的主子戴上现代文明的桂冠,把他们说成是带来文明和进步的使者,实际上却是最残酷无情、最野蛮、最残忍、最没有人性的野兽。他们为了征服一个民族,使之成为他们敲骨吸髓的殖民地,使之成为驯服的奴隶,不惜摧毁这个民族的一切。他们嘴里所说的人道主义、仁慈、宽容、博爱、人权等等,通通都是假的。人民的这些哭诉、怨愤,在他心底凝成了强烈的憎恨和复仇的愿望。作为一个部队的政治委员,他又把这些及时地贯注到部队之中。这些来自冀中本乡本土的子弟,复仇的怒火熊熊地燃烧起来。有一天,周天虹正向部队传达一个村庄被血洗的事,一个战士当场昏倒,同志们把他扶起来,只见他满脸是泪,说不出话。周天虹走到他的面前,见这个战士面貌俊秀,十分英武,很面熟却叫不出名字,就亲切地问:

"你叫什么名字?"

"我叫孟小文。"他抽噎着回答。

"你是任丘的吗?"

"是的,我是任丘王约村人。"

"你刚才怎么昏倒了?"

"你刚才提到我父亲了。……"孟小文哭着说,"我爹死得好惨啊!我一定要给他报仇!"

周天虹这才知道,在敌人面前挺身而出的武委会主任孟庆之就是他的父亲。连忙帮他擦去眼泪,安慰道:

"小孟,你父亲真是个好样儿的,他牺牲得好英勇啊!希望你也做个好样儿的!"

孟小文复仇的渴望,代表了广大指战员的情感。可是敌人因为天寒地冻,不大出来。挺进支队除捕捉一些零星人员外,很少斩获。周天虹和徐偏的心情也颇为烦躁。这天,徐偏皱皱眉头说:

"老周,我们想法把敌人引出来打吧!"

"怎么引出来呢?"

"端他的炮楼。可是只摆出个架势。"

"好,这主意好。"周天虹眼睛一亮,"还要攻其必救。你看攻哪个炮楼好呢?"

两个人研究了好一阵子,决定打郑州附近的王庄炮楼。这样就可能把郑州的小久保吸引出来。把这个"活阎王"干掉,正是这一带群众朝思暮想的心愿。

第二天正是旧历大年初一。在那战斗的年代,什么节日假日,早已排除在人们的观念之外,有时反而越是逢年过节,越发打得红火。这天也是如此。徐偏和周天虹早已商妥,以一个连攻打王庄炮楼,以两个连埋伏在小苟各庄,等候着到口的猎物。

在这些经过血洗的村庄里,人们不是失去了丈夫,就是失去了儿女。北风刺骨,暗云低沉,满眼都是悲凉,哪里有过年的气氛?但是在敌人据点里,鬼子和汉奸们却是花天酒地,终夜酗酒聚赌,吆三喝四,闹得不可开交。郑州据点更是如此。这天一早,在妓院里,两名伪军中队长又为一名叫梅梅的妓女争风吃醋,动了刀枪。小久保接到报告,勃然大怒。作为郑州最高司令官,他立刻把两个中队长叫来,每人抽了一顿耳光。最后说:"把梅梅马上送到我这里!"一场闹剧才于此了结。

小久保正想借此机会,寻欢作乐一番,不料接到一个紧急报告:"王庄炮楼遭到袭击。"小久保是个狂热的军国主义分子,他可不愿自己的防地有任何闪失;如果万一在大年初一王庄炮楼被占,不要说自己脸上无光,还会直接影响到自己的晋级。想到这里,他立刻集结部队准备出动讨伐。哪知伪军酗了一夜酒,一个个醉得烂泥一般。即使没有喝醉,也不愿在大年初一出动。气得小久保像疯狗一般在院子里乱喊乱骂。终于集合了好半天才集合了100余人,再加上40多名日军,抬上他那挺九二式重机枪,出了郑州东门,直奔战地而来。

小久保来华作战已有一年余,也积累了一些经验。他深知八路军战术灵活,一不小心,就要吃亏,因此每逢作战就多了一个心眼。今天他要救援王庄炮楼,却不直接奔向王庄,而是搞了一个迂回,为的是攻击八路军的侧背,说不定还会有些斩获。果能如此,对自己的升官晋级就大大有利了。升官,晋级,这是他无时无刻不在脑际萦回的思想,即使在睡梦中也念念不忘。如果说日本武士们这种思想都极为强烈,对小久保说就要加个"更"字。他平时嗜好杀人、砍头,也不纯粹是以此作乐,而是在上司面前、伙伴面前,表现自己对天皇的忠勇,以便肩上能够添上一个豆豆,不管需要多少中国人的鲜血。因此,他在杀人前,脸上总带着愉快的微笑。

想到升级的事，小久保刚出发时的怒气，已经渐渐消失，且脸上颇有得意之色。不料这时，耳畔却突然响起如猛雨骤至的枪声。

这是在他带领的部队进到小苟各庄的大街时突然发生的。他立刻意识到中了埋伏。今天的行军序列是伪军走在前面，他率领的40多个鬼子兵居于后尾。当他命令伪军就地抵抗时，伪军已经不听指挥，乱成一团。幸亏他在后尾，八路军还未完全切断，遂率领他的小队突出包围，占领了村东南的一片坟地进行顽抗。

在高房上指挥的徐偏，懊恼地说：

"糟了，前面开火过早，后边又没切断，跑了！"

"不要紧！"周天虹带着安慰的口气说，"你在正面掩护，我带一个排迂回过去从侧后打。今天决不能叫小久保跑了！"

徐偏点头同意，就立刻布置火力，把敌人那挺九二式重机枪压住。还指挥两门小炮，把炮弹轮流向坟地揿去。顷刻间，蓝色的烟尘就把那片坟地蒙盖起来。

周天虹率领的一连三排，沿着"五一"反扫荡前挖的一条道沟，隐蔽地运动过去，在距敌 50 米处集结了一下，然后挥动驳壳枪大声喊道：

"为乡亲们报仇的时候到了，冲啊！"

说着就带领部队冲了上去。

膀宽腰圆的机枪射手刘二愣，最关注的就是敌人的那挺重机枪。当敌人的重机枪射手刚要调转方向时，已经在刘二愣的猛扫中倒下了。刘二愣立功心切，立刻上前去抢重机枪，从后面蹿出一个敌人。

此人身着军官服，长着一副木瓜脸，留着两撇小日本胡，手里挥着一把明晃晃的战刀。很明显这就是小久保了。这时后面有人响亮地喊了一声："二愣，闪开一点！"大家一看，正是王约村武委会主任的儿子孟小文。此时仇恨的火已把他的眼珠烧得通红。他挺着铮亮的刺刀，一个重踏步向小久保猛刺过去，而且一连刺了三枪。小久保带着惊惧的神色向后退了几步。这时三排长赶了上来，也面对着小久保。小久保一看面对着两人，有些胆怯，在手无寸铁的老弱妇孺面前那种面带笑容、趾高气扬的神气，一点也看不到了。但是他毕竟是天皇的军人，还有一股邪劲支持着他，他壮了壮胆子，咬着牙大叫了一声"呀嗨！"一个跃进，用战刀猛力一磕，把孟小文的枪磕掉了。一转身向三排长虚晃了一刀，接着向孟小文砍来。哪知孟小文身子极其灵活，一个黑狗钻裆，把小久保撂出老远。小久保顺势一滚，丢了战刀，急忙去摸腰里的手枪，被孟小文猛踢一脚，把手枪踢飞，接着上去骑在了小久保的身上。孟小文恨在心头，举起拳头狠狠地向小久保的木瓜脸打去，一边打，一边狠狠地骂道：

"你这毫无人性的畜牲，你杀了多少中国人，今天该你偿还血债了！"

说着，顺手拾起小久保的战刀，扬臂猛砍了几刀，这个"未曾杀人他先笑"的魔鬼的头颅立刻滚在了一边。

经过短时间的白刃肉搏，这个在鄚州称王称霸的日军小队，已被全部歼灭。

胜利消息迅疾传开。顷刻间小苟各庄的群众，不分男女老少，都争着到这块坟地里围观小久保的尸体。万千群众的一块心病这时才去掉了。

下午，从任丘城开来了几辆卡车的鬼子，他们是到小苟各庄收尸来的。但是惟独小久保的头颅不知去向，一再打骂追索群众也没有效果。一年多来，小久保在鄚州一带杀人即达一百余人，而且多半都是砍头。他使许多中国人成了无头鬼，而这个刽子手最后也没有留下头颅。

## 九四 鼓 声(一)

几个月来,经过各部队的频繁作战,任丘、高阳两县日军的"突击示范"队大部被歼,小久保被打死,山崎和恒尾几乎丧命,狼狈逃回北平。穷凶极恶的山崎,由于未能完成其主子冈村宁次的任务而被撤职。其实这是中华民族最凶恶的敌人冈村宁次"淘水捉鱼"政策的彻底破产。尽管他在中国大地上留下了罄竹难书的累累血债,但却一无所获。因为水,人民之水是永远淘不尽的!

挺进支队于1944年初返回肃宁。周天虹和徐偏都因为任务的胜利完成感到愉快。尤其法西斯分子小久保的被歼,使他们特别惬意。

回到肃宁地区,形势已起了很大变化。敌人的据点和炮楼,已被拔除了大半。他们已经可以白昼行军了。白天,迎着初春温暖的阳光,踏着松软湿润的土地,显得格外舒适。人民的情绪变化也很显著。周天虹回想起,一年多以前,当他们踏到这块土地上的时候,那是一幅怎样的情景哟,真是人民在受难,土地在哭泣,那些密密麻麻的炮楼,像磨盘一般压在人们的心上,真是连大气也不敢出啊!现在这种令人窒息的压抑感已经为之一扫,人们的脸上已经漾出了笑纹。白天行军,到处可以看到他们在田野里扶着犁耙,牵着耕牛说说笑笑地耕作了。而且还不时飘过来愉快的歌声:

> 一九四三年哪,
> 环境大改变,
> 白洋淀的炮楼
> 端去了大半边……

这首歌自然是白洋淀那边传过来的。但是它传播得很远,几乎整个冀中平原都在唱着这首歌曲。因为它正确地描绘了不仅是冀中而且是整个敌后战场的形势。准确地说,敌后战场从1942年达到困难的巅峰,被称为"黎明前的黑暗"时期。而自1943年下半年起,就逐渐好转了。这是统帅部"敌进我进""向敌后之敌后挺进"战略的胜利。

敌后军民顽强的斗志推动了形势的转变,形势的转变又大大激发了军民的热情。周天虹和徐偏也是如此。他们率领部队,不是今天拿炮楼,就是明天打埋伏。他们整个春夏都在马不停蹄地战斗。至8月中秋以前,肃宁地区敌人的炮楼和据点,已经扫除净尽,只剩下孤零零的县城和两个零星据点了。

一天,徐偏从分区开会回来,一见周天虹就合不拢嘴地笑着说:

"老周,要打县城了!"

"是打肃宁吗?"周天虹问。

"对。"

徐偏说,分区首长分析来分析去,认为第一,攻克肃宁的条件已经完全成熟;第二,肃宁东距河间22公里,西距蠡县20公里,西北距高阳30公里,只要把援兵堵住,争取两天时间攻克肃宁是可能的;第三,肃宁是冀中根据地的中心,攻克以后可以巩固。

周天虹听完,把双手一拍,兴奋地说:

"好极了!这同我的看法完全一致。依我看,早就该让酒井武夫那头毛驴,还有高凤岗那个毒虫回西天了!"

两个人立即召开了支队的干部会议,布置了一系列的准备工作。第二天两人就化装成老百姓,到肃宁城外仔细地察看了地形。原来肃宁并不是一个太大的县城,仅有东西两座城门。城墙高约两丈余。东、西两门,城围四角及南北两侧,均修有碉堡。城内的敌伪机关,据了解也筑有据点式的防御工事,有大碉堡4座,碉堡18座。尤其不利的是城四周都是洼地,因为当年发大水,城北一片汪洋,城南尽是沼泽。只有东西两面可以接近,但又隔着较深的护城河。对于进攻者,显然这是相当麻烦的。

攻打肃宁城的消息一传开,群众的热情便像烈火一般燃烧起来。他们纷纷要求到前线参战、助战,并自动提出"捉驴杀狼,报仇雪恨"的口号。驴自然指的是酒井武夫,狼则指的是高凤岗了。看到群众如此高的热情,周天虹灵机一动,想起古代也有擂鼓助战的事,何不走一下群众路线呢!于是就动员了两千名民兵,携带百余面大鼓,还有大锣大钹,以及鞭炮、洋油桶,准备随军助战。

攻城日期,选在8月13日——中秋节的前两天。战前分区派了一位年轻善战的李参谋长前来统一指挥。李参谋长决定由徐偏率领三个连队主攻西门,周天虹指挥一个连队和肃宁县大队攻取东门。攻城前夕,地下工作人员从城里传出两个消息:一是毛驴部下一名小队长畏战自杀;一是高凤岗将三名表现动摇的下级军官枭首示众。攻城部队的士气更加高昂。

攻城之夜,秋月深藏云层,似有意掩护游击健儿隐蔽待机。22时整,红绿两色的信号弹跃上高空,在它那诱人的彩色还未熄灭时,枪炮声就顿时轰鸣起来。随着枪炮声,那一百面战鼓,那无数的铜锣大钹,那洋油桶里的鞭炮,一齐卷起了震天撼地的狂涛,像风暴,像海浪,像怒雷一般地向小小的肃宁城猛卷过去。几年来,尤其是"五一扫荡"以来,郁积在人民胸中永难平复的愤怒、伤痛和仇恨,一齐迸发出来。那鼓声好像说,复仇啊!复仇啊!复仇啊!打过去!打过去!打过去!一波高过一波,一浪高过一浪。小小的城池,丑恶的敌人颤抖了!

可是第一次登城没有成功。因为护城河太深,两丈多高的云梯太笨重,敌人的火力又很集中,越过护城河时,突击班已经伤亡过半,好不容易将云梯靠上城墙,就没有几个人了。

周天虹站在东关靠近护城河边的一段断墙下。一切都观察得很清楚。他冷静地思索了一会儿,决定进行爆破。第二支突击队出发了。突击队长是亲手斩杀小久保的孟小文。他们在前面驾着一辆"土坦克"。也就是头顶着一张大方桌,上面搭着几床蘸了水的湿棉被,像一个怪物在水面上向前浮动。七八个战士有的扛着大镐,有的抬着炸药,像大雁展翅般地守护在两边。他们终于在激越的鼓声和机枪的掩护下登上了彼岸,进到城门的南侧,接着便在城墙下面挖掘起来。

为了掩护他们的行动,分散敌人的注意力,周天虹便命喊话组喊起话来。喊话者站在护城河边的战壕里大声喊道：

"伪军弟兄们，我们的大部队过来了，你们守不往了，赶快缴枪投降吧！"

"伪军弟兄们，欢迎你们打死毛驴，打死高凤岗，给人民立功！"

还有的喊：

"长江，黄河，在关键时刻你们要起作用啊！"

城墙上的枪声稀疏下来，伪军士兵似乎在谛听。接着，有一个颇为严厉的声音叱喝道：

"他妈的！谁听信谣言就打死谁！"

接着，在月光下看到一个人影，从碉楼里走出来，用垛口挡住身子喊道：

"周天虹来了没有？我是他的老同学高凤岗。"

周天虹在下边听得真真的，立刻应声道：

"我就是周天虹。你这个狗汉奸，无耻的叛徒，你喊我做什么？"

"先不要骂人嘛！要骂人就不好说话了。"

"你要说什么？你要开城投降，我们可以给你留条出路！"

"投降？"对方冷笑道，"你要能打进来我就投降。我知道你那两下子，只怕你没有这个本事。"

周天虹低声吩咐一个特等射手：

"打这个狗日的！"

特等射手略一瞄准，"叭"的一枪把高凤岗的帽子打飞了。

高凤岗立刻钻到碉堡里，又说：

"周天虹，你不是要这个城吗？我可以让给你。只是有一条，你要让我的部队和平地撤走。……我还可以日后给你留条出路。……"

周天虹怒骂道：

"呸！我不要空城，我要的是毛驴的狗命！你要投降，我们可以饶你不死！"

说过，又把手一挥："给我猛打！"

枪声响得更猛烈了。鼓声又掀起了新的高潮。那鼓声雄浑而激越，沉重而威严，使进攻者的热血再一次沸腾起来。时间不长，西门方面传来了消息：那里的登城成功了。

周天虹的心情不免焦躁起来,因为"土坦克"下面的战士,操作不便,挖洞的进展相当迟慢。他暗暗地想道:兵书的原则总是讲要攻击敌人的弱点,我为什么老是攻他的强点呢?想到这里,他立刻喊道:

"王参谋!"

王参谋应声而至。周天虹说:

"你快到一连去。告诉一连连长亲自带一个排,从东门与东北城角之间登城!"

精干的王参谋应了一声,很快就消失在朦胧的月色中。

这里周天虹加强了佯攻的火力。不一时,城墙上一颗红色的信号弹,在东北城墙上跃然而起,登城成功了。

这时,在西门方面,不知是哪个射手的功劳,一枚手榴弹正好钻进敌人炮楼的枪眼里,疯狂射击的机枪突然喑哑。正在卖力掘洞的孟小文见时机来到,把镢头一丢,喊了一声"冲啊!"就带着突击队,沿着原来的云梯爬上城头。西门的登城也成功了。

"我们也上去吧!"周天虹兴奋地说了一句,立刻离开那段断墙,率领指挥部人员,扑通扑通地跳进护城河,向对岸游去。

鼓声依旧激越地响着……

## 九五 鼓 声(二)

月亮穿出云层,像披着几缕轻纱徜徉在碧海中。

周天虹立在城头,方方正正的肃宁城尽收眼底。这本来是一座带着乡村风味的恬静小城,自从鬼子盘踞以来,在城中心修了两个大碉堡群,黑乎乎的、凶神恶煞似的矗在那里,显得十分刺目。敌人正是仗凭着这个乌龟壳,在那里作威作福,成为全县血腥统治的渊薮。现在全城都是枪火的闪光,正在向两个碉堡群逼近。

周天虹和徐偏率领的部队,很快就在城中心会合在一处,分别将两个大碉堡群包围起来。两个人一起看了周遭的地形,决定将毛驴酒井武夫盘踞的碉堡群,作为第一个突击目标;然后再攻取高凤岗盘踞的院落。同时,鉴于日军据守的碉堡群外,有三四十米的开阔地,不易接近,决定以挖掘坑道、埋藏炸药的战斗手段夺取之。

那时,以炸药包(装黄色炸药)进行外部爆破的战斗方式还未出现,在冀中平原上,相当长时间是以挖掘坑道的内部爆破来进行。再说这时也只有以土法制造的黑色炸药。游击队和冀中民兵,对此是有丰富经验的。只要指定目标,定准方向,然后就像土拨鼠掏洞似的挖掘起来。最前面的人挖洞,后边的人掏土。随着坑道的延长,后边掏土的人可以达数十人。这些人在洞里面向前方,一个挨着一个坐着。前边一小堆新土扒过来,后边的人只要将屁股轻轻一抬,便把土扒过去。一边扒土,一边说笑,简直像做游戏一般。这也是冀中人民战争的特别画幅。

毛驴酒井武夫盘踞的碉堡群,有两个大碉堡。周天虹指定首先向外边的一个掘进。许多热情的民兵们都参加了。两三个战士在前面挖,他们就往后边扒土。一边挖,一边说笑,情绪十分高昂。因为他们人人都对这个从东方岛子上来的毛驴恨之入骨。

周天虹守在坑道口旁边,监督着工作的进行。忽然政治处一个干事跑来报告,说在毛驴住的院子里,发现了十几个被囚禁的妇女。周天虹赶去一看,只见有的妇女穿着单薄的衣服,有的赤身露体。问起来,都说是从城外抢来的。一个个泪流满面,放声大哭。周天虹心中再次烧起仇恨之火,连忙让她们穿好衣服,并安慰她们说:"你们自由了,赶快回家去吧。我们一定要打死毛驴,给你们报仇!"

挖掘坑道与政治攻心经常是结合进行的。回到坑道口,周天虹很快吩咐敌工干事,率领喊话队进行喊话。敌工干事是懂日文的,不一时就带头喊起来:

"日军士兵们,缴枪不杀!"

"活捉毛驴!打死毛驴!"

"打死毛驴的有功!"

"八路军优待俘虏!"

跟随部队作战的民兵们,接着也喊起来:

"活捉毛驴!打死毛驴!"

"再不投降,就让你们'坐飞机'了!"

"坐飞机"是当时流行的一句术语,就是让整个炮楼在爆炸中飞上天空。这句术语,无论敌我和老百姓都懂得,也是敌人最害怕的。当民兵们喊出"坐飞机"时,炮楼中顷刻引起了一阵喊喊喳喳的骚动。枪声也稀疏了。接着是敌人军官的叱骂声,枪声才又稠密起来。

一阵又一阵的喊话声,在阵地四周震撼着敌人,正好掩护着挖掘坑道的活动。

整个战场都关注着坑道的进展。各处不时派人前来探问:"坑道挖得怎么样了?"一听说"坑道大有进展",或"将要接近目标"时,整个阵地就会欢声雷动。

在这期间,敌人接连进行了两次反扑,都被打回去了。月亮静静地度过中天,开始沐浴在清溪一般的晨光中。这时候,从坑道口爬出一个战士,他浑身上下像泥蛋似的,手脸都被松明子熏得乌黑,但是却露出一嘴白牙笑着说:

"报告政委,挖到了!"

"挖到什么地方了?"天虹问。

"挖到炮楼根脚了,我亲手摸见的!"

"你要小心啊,小牛,上次我们炸炮楼,就说挖到了,一炸炸了个空,原来摸到的是旧房的墙基。"

"不不,这次是肯定挖到了,我负责!"

"那好!"天虹兴奋地说,"告诉你们爆破组要多放炸药,至少要放500公斤!炸药带得够不够?"

"够,够。没问题。"

"填上炸药,还要夯实一点儿,夯得实实的!"

"对,就让毛驴、小鬼子痛痛快快地坐个大飞机吧!"

小牛说着又咧着白牙笑了。

等炸药装好,夯实,战士和民兵就嘻嘻哈哈地退出了坑道。这时,启明星已经神采奕奕地跃上东方的天际。突击队早已作好准备,战鼓队也来到了现场。

待东方略略现出微红,周天虹令司号员吹出"嘟——嘟——嘟"三声长长的号音。此时,整个战场上的人,都觉得像是发生了地震似的,大地颤抖了一下,接着一声震天巨响,偌大的炮楼在黑烟中升上了天空。人们仰头观望,只见那个黑乎乎的完整的炮楼的顶端,似乎在朝阳的红光中略略停了一下才倾落下来。整个战场,分不清是战士是群众,一齐掀起一片欢呼声和喝彩声,就像在大剧场上观看了最精彩的场面一般。

随着这声巨响和海潮般的欢呼声,冲锋号激越地吹起来,枪炮声响起来,战鼓再一次隆隆地滚过战场。突击队开始冲锋了!

敌人已被炸死大半,剩下的敌人退缩到另一座大炮楼里。这座大炮楼有六层高,正筑在一个四合院中。四合院的房屋全被突击队占领。周天虹紧随着突击队,进入到距炮楼不过十几步的房舍里。

周天虹观察了一下战场。那个像醉汉一般倾倒的大炮楼,已经成了一片废墟。到处都是从空中落下的砖头木块,和鬼子零散的肢体和血迹。向东方一望,正是朝阳初露,早霞满天。他觉得在自己的一生中,从来也没有像今天的早霞这么美丽,这么可爱,这么诱人!

现在他距敌人只有十几步远。一出屋门就是炮楼。如果强攻,势必还会增加伤亡。他左右环顾,忽然发现不远处,靠墙堆着一大堆秫秸,立刻触发了他的灵感。他想,何不把这些秫秸运过来,作一次火攻呢?于是他就传令:把这些秫秸全堆在炮楼周围。立时,战士和民兵,一个传一个,通过房屋的掩护把秫秸捆扔到炮楼跟前。秫秸越堆越高,几乎把炮楼的第一层掩盖住了。

　　周天虹见秫秸捆堆积得差不多了,立刻命令点火。顷刻间,干柴烈火就毕毕剥剥地燃烧起来。这炮楼有一个特点,就像一个大烟筒,顺着枪眼往里吸火。烟筒越大,火势越旺,火势越旺,往里吸火越多。不一时熊熊大火就烧着了楼板。只听炮楼里一片鬼哭狼嚎。他们一步一步地向第二层、第三层逐步撤退。大约越往上退,越容纳不下更多的人,于是就引起争吵声和叱骂声。待退到第六层时,哭叫声已经乱成一团。不一时,整个大炮楼,都成了喷烟冒火的怪兽。在浓烟烈火中,鬼子们再也忍不住了,从炮楼顶层扑通扑通地跳了下来。几十个鬼子,一个一个全摔成了肉饼。这些来自东方岛国杀人放火的侵略者已经找到了自己的归宿。

　　这时,周天虹悠然地燃起了一支香烟,漫步走出房子,观察了一下这些摔得血肉模糊的肉饼。其中,他终于发现了一个长长的驴脸,他的下巴刮得很干净,眼窝处露出蓝光,但是后脑勺却迸裂了一半,倾泻出花红的脑浆。这时,只在这时,周天虹才舒缓地出了一口气,心中的一块石头才落了地。这个奸淫了不下一百名中国妇女的魔鬼,找到了他应得的下场。……

## 九六　病　中

　　火烧毛驴之后,即集中兵力围歼高凤岗部。经两小时激战,即将高部全歼。但是遍查战场上的尸体,并无高凤岗其人。最后审讯俘虏,才得知在攻打毛驴最热闹的时候,高凤岗乘隙化装潜逃,仅带少数贴身人员越过城墙,逃往河间去了。据说那里还有他一个大队。此战没有抓住这只狐狸,使周天虹深感遗憾。

　　由于一年来马不停蹄地南北奔波,连续征战,周天虹过度劳累,再加上肃宁之战,蹚水过河,受到疟蚊叮咬,疟疾病又发作起来。这次病来得凶猛,一烧起来就42℃,烧得昏昏迷迷,不省人事。徐偏一看慌了,就着人送他到梨花湾李捧大娘家,心想李大娘和邢盼儿一定会很好照顾他。

　　周天虹来到李大娘家的头几天,一直是昏昏迷迷。只能由大娘和邢盼儿喂些汤水,接着又昏昏睡去。大娘跑东跑西,请了个老中医看了看,说是回归热,比疟疾还要厉害。这种病要烧九天九夜,才能逐渐退去。当前环境缺医少药,把大娘母女愁得不行。眼看着周天虹的嘴唇烧得都是燎泡,也无计可施,只能不断地用湿毛巾在他的额头上作冷敷。

　　和高烧搅在一起的是无尽无休的噩梦。这天他梦见自己退守在坑道里,有好几个日本鬼子用火把熏他,使得他口渴万分,嗓子像着了火似的难受。这时他奋力地喊道:"渴啊,渴啊！水！水！"忽然间,他觉得有一只温柔的小手,在他额头上抚摩了一下,接着便有一个什么东西碰自己的嘴唇;他张了张嘴,便有一股清泉流到焦渴的心中。他一连喝了很多,心里顿时觉得很是清凉爽快。"是谁给我这清泉般的水呢？"他的意识一闪,很想睁眼看看这人,可是没有想到睁眼这么困难。他费了好大力气,才睁了一条缝儿。原来在飘垂的黑发旁,有一个秀气的红霞般的脸庞和秋水般明澈的眼睛。那眼睛似乎在温柔地微笑。他觉得似乎没见过这样美丽的人和这样动人的脸。他很想多看她一会儿,可是没有这力气,不一时便合上眼睛,又回到混沌和茫然中了……

这时他看到的是一湾不窄不宽的可爱的清流。岸上有许多戴红领章的青年。碧水里似乎还有一个宝塔的影子。人们纷纷地跳到清流里游起泳来。他也脱了衣服跃身到清流里,游得十分畅快。忽然岸上飘来一阵琴声。他往岸上一看,垂柳下坐着一个留着娃娃头的女子。她一边弹奏,一边歌唱。歌声也显得十分美妙。他想,这是谁呢,是谁唱得这么美妙动人?不是高红又是谁呢?他向岸上走去。来到这个女子身边。一看,果然是高红。不过高红没有同他说话,只转过脸对他笑了笑,依然仰着脸儿望着蓝天弹琴唱歌。他就静静地坐在她身边倾听。正在这时忽然起了一阵怪风,吹得天昏地暗。从空中下来一只恶雕,向着高红恶狠狠地扑来。高红惊叫了一声,把琴丢在一边,瞬间变成了一只白天鹅,想藏到自己怀里。那恶雕穷追不舍,嘎嘎叫着,一下衔着白天鹅的脖子,把她叼到天空去了。周天虹没命地追过去,连声叫喊:"高红,高红,你不能走!高红!……"周天虹醒来,登时出了一身冷汗。……

听见周天虹的惊叫声,邢盼儿急忙跑过来,坐在他的身边弯下腰问:

"天虹哥,你怎么啦?"

"没,没什么!"周天虹遮遮掩掩地,心还在怦怦地跳着。

小盼儿笑着说:

"我听见你在喊:'高红!高红!'高红是谁呀?"

"是一个……一个同志。"天虹含含糊糊地说。

"是个女同志吧?"小盼儿笑问。

"是的。"

"她是你的什么人?"

"一个,一个朋友。"

小盼儿"哦"了一声,没有问下去。停了一刻,又问:

"她很漂亮吗?"问到这一句,她的脸先红了。

"不算特别漂亮,可是很耐看。"

"我想,她的文化水也很深。是吧?"

"是的,比我学历还高呢!"

"她现在在哪里?你把她带来,让我们也看看。"

"她被捕了!"周天虹长长地叹了一口气,"现在关在保定监狱里。"

"唉!"小盼儿也叹了一口气,"好人命都不好。什么时候才能出来呢?"

"不知道。"

"你们俩在一块儿该有多好啊!"

周天虹默然。

停了好半晌,小盼儿的长睫毛闪了两闪,若有所思地说:

"我一直很想上学,就是没有机会。我想参军又没有文化。八路军来了,我才上了个识字班。每天学那么几个字。我的这点文化水太浅太浅了,简直还不到脚脖儿深呢!"

她自谦自卑地笑了一笑,异常诚恳地说:

"天虹哥,你能经常教我几个字吗?"

"这没有问题。"

"确实的,我老是盘算着参军呢!"

"那好。我想你的这个愿望可以实现。"周天虹鼓励她说。

说到这里,只听外间屋传来大娘的声音:

"小盼儿,你在那里干什么呢?"

"我跟天虹哥拉闲篇儿呢!"她说。

"你别拉闲篇儿了。"大娘说,"你把他脱下来的那些脏衣服洗一洗,把那虱子捉一捉,不好吗?你看他多受罪,虱子早滚成一个蛋儿了。"

"好,好,我就去。"

小盼儿应着,把那些脏衣服一抱就到外间屋去了。

周天虹果然烧了九天九夜,高烧才渐渐退去。这时人已经黄皮寡瘦,虚弱不堪。李大娘全心全意照料他,家里的活计几乎丢在一边,小盼儿的织布机也喑哑多时。为了给他补养身子,家里几只母鸡下的鸡蛋几乎全给他吃了。有时赶集上庙,给他买些青菜,割一两块豆腐,有时白洋淀卖小鱼的过来,给他称上半斤鱼虾,变着法儿改善伙食。那时候,八路军不发饷,仅有极少的津贴。待遇最高的朱总司令每月才五元钱,以下的干部才两元、三元,战士才一元。这些钱仅能买点牙粉、洗衣肥皂之类,抽烟的人就很艰难了。在这种情况下,周天虹所能拿出的,仅仅是自己的粮票和有限的菜金而已。对李大娘母女的这份深情厚谊,除了满怀的感激外,只有羞愧了。

  经过将近一个月的休养,周天虹的身体已经大有好转了。为了尽快康复,他每天早晨在村外河边转转,做做柔软体操,有时到各农家串串门,同乡亲们谈谈心,过了一段颇为闲散的日子。在这段时日里,小盼儿经常来拉闲篇儿。把周天虹的两本曹靖华翻译的苏联小说《星花》《铁流》也拿去了。一遇到拦路虎和不懂的句子,就来提问。周天虹很热心地给予回答。渐渐地小盼儿看书看得如醉如痴,有时竟独自一人咯咯地笑起来;有时又对着书本悄悄地垂泪。问她为什么,原来都是为了书中的人物。周天虹望见她的那副傻样不禁发笑,从心里觉得这姑娘实在太纯洁了,简直纯洁得像一张白纸。去年大家被围困在地道里,邢盼儿挺身而出,突破重围送信的形象,已经深深刻在他的心底,现在他觉得她更加可爱了。

## 九七 跨"海"东征

1944年岁末,在凛冽的寒风中,从延安传来振奋人心的信息:毛主席发出了扩大解放区的号召,要求敌后军民1945年"必须把一切守备薄弱在我现有条件下能够攻克的沦陷区,全部化为解放区"。这实际是要求敌后军民展开大规模反攻的进军令。

各级领导都在进行积极准备。冀中军区司令杨成武,为了准备反攻的"拳头",把冀中各分区的地区队——这些多半是"五一"反扫荡后成长起来的游击队,拉到冀西山地进行整训。周天虹在梨花湾养病的时候,他的挺进支队也被调去整训去了。等到整训回来,已经是1945年的春天。

周天虹回到部队,扩大解放区的春季攻势已经展开。这时挺进支队,已改编为步兵第三十三团,仍由徐偏任团长,周天虹为团政治委员。这次攻势,战斗规模比以往大多了,经常是几个团甚至十几个团配合行动。战果也赫然可观。从4月到5月末的春季攻势,连续解放了任丘、河间、新镇、文安、饶阳、安平、深县等八座县城,使大清河以南,沧石路以北,子牙河以西,潴龙河以东的原冀中腹心地区完全光复,连成一片。

在春天的田野上,到处可以看到人们在拆除炮楼,平毁壕沟,把敌人为了修这些王八窝强征走的砖瓦、木料、桌椅以及水缸、大锅等等东西搬回自己的家中。这些遍布平原的黑钉子般的怪物消失了,被分割得百孔千疮的土地又平整起来,就像头顶上搬掉一座大山似的,土地也停止了呻吟,开始畅快地呼吸了。人解放了,土地也解放了。

应当说,这是冀中人民第二次的解放。第一次是战争初期从敌人的占领中解放出来,建立了根据地;第二次便是根据地的变质和重新恢复。可以看到,第二次解放,在人民中唤起的热情很不一般,似乎比第一次的热情还要坚实,因为他们真正尝到了亡国奴的苦果和自由的甜味。

这种热情集中体现在民兵的参战上。每次出发打仗,部队后面总跟着长长的群众队伍,其长度似乎远远地超过部队。他们背着破旧的步枪,抬着打铁砂的大抬杆,扛着担架,大车上载着炸药和高大的云梯,浩浩荡荡,好不热闹。说老实话,这时的战斗也确实离不开他们,因为许多攻坚战斗是依靠改造地形、挖掘坑道、埋藏炸药解决的。没有他们的参加,怎么能够完成呢!

春季战役结束,仅仅休息了一周,6月4日夏季攻势就开始了。这次攻势包括子牙河东战役和大清河北战役,目的是打开进攻天津和北平的通路。三十三团的任务,是北进至文安集结,准备夺取子牙河上的要点子牙镇。

这天,周天虹行进在团队的后尾。一眼瞅见民兵队伍里有一个稔熟的身影,黑油油的脸膛,小而精悍的个子,扎着宽宽的皮带,斜挎着一支撅枪,走得十分来劲。一边走,还一边同民兵们打闹说笑。周天虹看出这正是梨花湾的武委会主任李黑蛋。每逢打仗都会碰上他,想不到这次他又来了。周天虹笑着问:

"黑蛋,怎么你又来了?"

"怎么,你们当官的不稀罕我?"李黑蛋反问。

"不是不稀罕你,"周天虹说,"是说你哪儿都去,简直跟我们当兵的差不多了。"

"差不多也还是差一点儿。"黑蛋说,"你们吃的是公粮,我们有时候还得自带干粮哩!"

"那你为什么不参军?我看你参军吧!"

"参军?我早就想参军了!"

"那你为什么不来?"

黑蛋红了红脸,笑着说:

"头年,我本来下定决心要来,跟我那口子一商量,她说:'你看我腆着这么个大肚子,活儿也不能干,等孩子生下来,你再走,这个好说。'"

"孩子生下来了吗?"周天虹笑着问。

"生下来了!这时候我又跟她商量,你猜她怎么说?她说:'参军是个好事儿,这样吧,你让我先去,你在家带孩子,行不?'……"

民兵们哄地笑起来。周天虹也笑了。

经过两天行军,部队来到文安。这是一座刚刚解放的县城。该县位于任丘以东,又称文安洼,是白洋淀以东的一座湖泊。东西南北各25公里,今年水大,城北、城东已是一片汪洋。文安洼的东端就是要攻击的子牙镇。周天虹和徐偏在城内召开了排以上干部会议。根据上级策划,准备对该镇守敌施行正面袭击与侧后迂回相结合的战斗方式。三十三团担负了正面袭击的主要任务。

黄昏时分,部队集结在文安东关准备登船。大大小小的渔船,早已在岸边静静等候。船老大们听说部队要跨"海"东征,一个个黑黝黝的脸乐得眉开眼笑。西天上还停留着几抹红霞,落日的余晖,映在静静的湖水里,泛出蔷薇色的波光。战士们对乘船东渡觉得很新鲜,一个个面露微笑。黄昏刚刚降临,船队已经出发了。周天虹和徐偏的船走在最前面。后面的船分为左、中、右三个纵队,鱼贯而行。每个纵队又各分为几个梯队。战士们轻轻地哼着歌儿,哗哗的桨声有节奏地响着,像是为愉快的战士们作着伴奏。

船行不过一个小时,几阵风过,周天虹望望天空,东天上一块浓云,从水面上涌了上来。开始并不在意,哪知不到一刻工夫,便布满了半个天空。天阴了。周天虹冲口而出地说:"糟了,恐怕要下雨了!"徐偏平时比周天虹性急,这时候反而慢悠悠乐呵呵地说:"下雨更好,给敌人一个出其不意,那才该打好仗呢!"周天虹说:"你说的也对。不过战士们就要吃点苦了。"一面说,又转过头问船老大:"老大哥,你看雨会下起来吗?"船老大一边划桨一边说:"咱们这地方儿的人都说,云往南,雨涟涟;云往北,一阵黑;云往东,一阵风;云往西,披蓑衣。因为,咱们这东边就是渤海,现在云正往西跑,恐怕会下来。"说话间,雨点已经飘洒下来。顷刻电闪雷鸣,风雨大作。平静的湖水,也掀起了波浪,简直像置身在大海的狂涛中似的。船只也在波浪中颠簸起来。不断听见后面船上有人叫:"船进了水了!""船进了水了!"周天虹立在船头上吼道:"吵什么!进了水,就快淘嘛!"在雷鸣电闪中,可以看见每只船都在向外淘水,在风雨中顽强地前进。……

拂晓之前,风也停了,雨也住了,皎洁的启明星像含着笑意出现在东方。人们已经可以隐隐约约看见子牙镇的影子。这时,徐偏跃上一只轻快的小船,在镇外仔细察看了地形,就将队伍布置开,完成了对子牙镇的包围。一声号令,部队从四面八方攻入镇内,许多敌人还在睡梦里,就光着屁股做了俘虏。剩下的敌人全逃到几个大炮楼里顽抗起来。

这里据守的伪军团长,名叫贾文明。他原来是国民党军的一个营长,后来成了铁杆汉奸。经常四处抢掠,无恶不作。群众恨之入骨。这个汉奸还颇以自己的出身自诩,动不动就说老子当过国民党的营长。今天,当进攻部队逼近他的面前时,他就在炮楼上扯着嗓子喊道:

"老子当过国民党的营长,是专门对付共产党八路军的!你们想进我的炮楼,这是做梦!"

徐偏听了,轻蔑地一笑,在楼下随口骂道:

"你当过国民党的营长算个毬!你就等着上西天吧!"

"团长,别同他啰嗦了,叫他坐飞机吧!"

徐偏扭头一看,说这话的是梨花湾的李黑蛋。原来他早带着挖坑道的民兵赶上来了。

"对对,这话对,还是叫他们赶快坐飞机好。"周天虹也点头说,接着问,"黑蛋,昨天,下那么大雨,你们带的炸药湿了没有?"

"那怎么能叫炸药湿了呢?"李黑蛋把嘴一撇,"昨天一下雨,我们先想到的就是炸药。没有苫布,我们就脱了个光膀子,把衣服全给它盖上了。盖了个里三层外三层的,比自己的孩子还亲呢!"

"是吗?你们就光着膀子泡了一夜呀!"

"庄稼人,这算个什么!"

李黑蛋说着,指挥民兵向着大炮楼的方向开挖了。

因为距离不算很远,将近中午已经挖通,结结实实地夯实了炸药。中午刚过,徐偏就命令点火,随着一声震天动地的怒吼,炮楼随着黑烟飞上了天空。说大话的贾文明,被炸得连影子也找不到了。那些没有炸死的人,全震得昏昏迷迷,从土里钻出来,跪了一地,带着哭腔说:

"八爷,饶命吧,八爷,我们算服了八爷了,我们的炮楼不顶屁用,我们算服了八爷了!……"

随着子牙镇的占领,子牙河上游从沙河桥至子牙镇一线,全被我军突破,到达天津的通路,完全打开了。

## 九八　喜　讯

子牙河东战役结束，接着又开始了大清河北战役。这次战役的进攻目标，是天津以西的胜芳、信安、堂二里和霸县、牛坨、南孟、独流等地。其目的是求得进一步打开到天津的通道。周天虹团的任务是攻取胜芳。

一听说打胜芳，徐偏乐得眉开眼笑，说："人常讲，南有苏杭，北有胜芳。一点不错。我小时候跟我爹到天津打小工，经过那里，可繁华了！"

部队来到胜芳附近，了解的情况愈来愈多。据说，这座繁华的市镇，有商店三四百家，人口三四万人。挂过千顷牌的地主就有数家，其中最大的地主拥有7000顷土地。胜芳街道整齐，东西大街约有六七里长。大清河的支流横贯市中，往来船只不断，颇为热闹。自从鬼子、汉奸盘踞以来，每亩地摊派2000多元，合四石多粮食，逼得家家户户死去活来。有半数商户关门歇业。一斤棒子面由六七十元涨到百元，人人叫苦连天，觉得没法活了。

进攻之前，周天虹和徐偏逼近胜芳仔细观察了地形。原来胜芳背靠大清河，处在与崔庄子河的汇流处。三面环水，仅有北面连着陆地。镇内有两个据点，另有九座岗楼分布四周。原来这是日军的重要据点，最近由于八路军攻势凌厉，惧歼撤走，留给铁杆汉奸柳小五驻守。

看完地形，周天虹接着召开了干部会议，研究进攻方案。自从1942年整风以后，各级领导干部都很注意走群众路线。这种干部会议，实际上也就是走群众路线的一种方式。有人把这种会议称为诸葛亮会，也就是三个臭皮匠赛过诸葛亮的意思。在会上，许多干部的意见是从西面进攻,以坑道作业和政治攻势相结合的办法夺取胜芳。但是这时四连却站起来一个平时并不突出的排长。他提出,一面从西面进攻,一面以一部兵力从南面浅水处偷渡,突入镇内,夹击敌人。说这样可以大大加快解决问题的时间。周天虹一听,觉得很有道理,用欣赏的眼光望了他好几十秒钟。渐渐想起来他叫高杰,是抗大二分校的学生。据说他平时很注意研究战术。在最后总结发言时,周天虹热情地支持了高杰的倡议。徐偏也点头同意。

黄昏时分,由徐偏在北面指挥一个连进行佯攻,其他三个连从镇西北较浅的荷塘地区涉水偷渡,一举突入镇内。接着,周天虹率团部人员随队跟进,在镇内一家地主的高房上设立了指挥所。敌中心大炮楼,见我军攻入,恐骇异常,立即进行反扑。周天虹率领指挥所人员及一个排,踞守高房顽强抗击。经一个小时激战,将敌击退,站稳了脚跟。

这时,进入的三个连,分别夺取了几处岗楼,另有几座岗楼惧歼投降。周天虹即指挥部队包围了中心炮楼。

周天虹见敌人已呈动摇状态,遂指挥宣传干事领导的喊话组进行喊话。喊话组举起喇叭筒喊起来:

"快缴枪吧,你们被包围了!"

"日本鬼快完蛋了,你们没有出路了!"

"再不投降,就要让你们坐飞机了!"

一听"坐飞机",伪军们吓得魂不附体。果然枪声稀落下来。

周天虹见时机有利,从宣传干事的手里把喊话筒拿过来,也参加了喊话。他简要地讲了一些当前的形势,以进一步动摇伪军坚守的决心。这时,只听炮楼里有人应声道:

"我们听不清楚!你们再靠近一点儿,我们不打枪!"

"你们真不打枪吗?"周天虹问。

"我们保证,决不打枪。你们也不要带枪!"

周天虹见时机已到,立即挺身站起来说:

"好,我们来个君子协定。我马上过去。"

说着,他解下身上的手枪,一方面布置火力封锁炮楼的枪眼,一面手持喇叭筒,大步来到炮楼的壕沟前,喊道:

"伪军弟兄们,请你们注意,现在我代表部队给你们讲话。"

炮楼里果然停止了射击，一片肃然。周天虹很有讲话才能，他把当前苏德战场的形势和日军在太平洋战争中的不利局面，以及日本必然失败的前途讲了个清清楚楚，最后强调说：

"伪军弟兄们！日本鬼子很快就要完蛋了！他们是不可能把你们带到日本国里去的！你们的家，你们的父母妻子都在这里，你们已经没有任何出路了！还是赶快缴枪投降吧，我们保证你们的生命安全，不然，我们就要让你们'坐飞机'了！……"

周天虹讲完，炮楼里像死一般地静寂了片刻，接着，有人喊了一声："我们缴枪！"就见枪眼里一支接一支的步枪乓乓地落到地上，顷刻间，地下落了一层。见到这般情景，包围炮楼的战士们，就像剧场上看戏的观众看到精彩处，一齐兴奋地鼓起掌来。在掌声里，伪中队长带着一伙士兵从炮楼里低着头走出来。他们在炮楼前排好队，然后伪中队长喊了一声"立正"，跑到周天虹面前规规矩矩打了一个敬礼，报告说：

"本中队115名，全部到齐，特向贵军投降！"

周天虹领首微笑，接受了投诚。

可是，这次战斗仍显得不够圆满，最后向大炮楼发起进攻时，发现伪大队长柳小五已钻暗道逃跑。

胜芳的解放，全团上下无不欢天喜地。胜芳人民也人人面含微笑，走上街头欢迎。部队各级领导，对入城纪律十分重视。第二天早晨，周天虹就带领着几个干部在全镇走走转转，一面察看纪律，一面观赏胜芳风光。

周天虹沿着小清河的支流信步走来，正好从西到东穿过市镇的中心。但见河水碧清，两岸尽是垂杨，东来西往的船只，不断轻悠悠地穿过。有三座美丽的拱形桥跨在河水上。西桥是水产交易区，东中两桥是大商户集中之地，显然最为热闹。八路军模范的纪律已是遐迩闻名，许多商户早纷纷开门了。

周天虹跨过一座桥，走到胜芳的南端。放眼望去，近处是碧绿的稻田和苇塘，远处是一片恬静的湖水，真有点江南的韵味。再信步向东走去，镇东有好大一片荷花，一眼看不到边。当前正是荷花盛开的季节，旭日的红光一照，一枝枝荷花就像端立在莲叶盆中的美人一般。周天虹真为眼前的美景惊讶住了。

正在这时,后面跑来一个通讯员,急匆匆地喊道:

"报告政委,有您的电话。"

"谁的电话?"

"团长说,是军区杨司令员来的。"

周天虹一听,暗自沉吟道:"杨司令员来的,他找我能有什么事呢?想必有什么重要的任务。"这样想着,就一溜小跑回到团部。忙问:

"老徐,这么急,到底什么事呀?"

"我也不知道,司令员叫你亲自回话呢。"徐偏说。

周天虹坐到电话机旁,等着电话员摇杨司令员。这是条新修通的电话线,有些地方是敌人原来架设的电线。摇了好半天才摇通了。周天虹接过耳机,一听声音很小,杂音却很大,就忙用大嗓门喊道:

"您是杨司令员吗?"

"你是周天虹吗?"对方也问。周天虹一听,果然是他熟悉的福建口音,就连忙回道:"我是周天虹。首长找我有什么事啊?"

"我告诉你个好消息:高红出来了!"

可是这句至关重要的话,周天虹却怎么也听不清,一时听成"高峰",一时又听成"考洪"。尽管他时时刻刻都想着高红,盼着高红,盼她能够出狱;但那应该是打进保定城的时候,从来也不敢存有不切实际的奢望。因此他总也听不明白,气得司令员在电话里骂道:

"你是打仗打昏了头吧,怎么连你的未婚妻也不知道了?"

幸亏"未婚妻"这几个字他听清了,才说:

"是高红吧?她怎么出来的呢?"

"这些你以后就知道了。"司令员说,"我已经派人把她接到了西大坞。你赶快到那里去接她。"

又用了很大的劲,才听清了西大坞这个村名。西大坞在白洋淀边上,原来是九分区司令部的所在地,这是人们都知道的。

过分重大的喜悦突然降临,一如过分重大的悲痛的突然袭击一样,使人的情感难以承受。周天虹放下电话耳机,就伏在桌案上了,好半天没有言语。

"老周,你怎么啦?到底是谁要来呀?"徐偏以为是发生了什么不好的事,忙站起来问。

周天虹没有回答。又呆了好半晌,才慢慢抬起头来。徐偏一看,他满脸是泪,而且那泪像泉水一般汩汩地往外流着,流着……

## 九九　这不是梦

徐偏一看政委满面泪痕,不知道出了什么变故。等他弄清原委,才哈哈笑道:

"咳,原来是这个事儿!这是个大喜事嘛!人家蹲了几年监狱,现在好不容易出来了,就应当快去接嘛!叫我看是快马加鞭,越快越好。"

一句话碰在周天虹的心坎上,就不由得笑了。从心里说,他是巴不得立刻能见到她,但又怕引起别人打趣,不敢露出太迫切的心情。如今徐偏一说,正中下怀,就说:

"西大坞离这里,恐怕有200多里吧!再说,今天还要开党委会呢!"

"党委会你就不要管了,由我主持。"徐偏说,"200里算什么,骑上你的枣红马,把我那匹千里驹让警卫员骑上,一天不就赶到了?"说到这里,徐偏还亮开嗓子唱了一句京戏:"快马加鞭一夜还……"

"这个徐偏真够知心的!"周天虹感激地望了自己的伙伴一眼。

于是,周天虹和警卫员小玲子,立即备马上路,沿着大清河的大堤向西驰去。

他们跑一阵,走一阵,互相交替地向前赶路,为的是让马有所喘息。这时候,周天虹便沉到对高红更为急迫的渴想里。高红陷于魔手已经三年有余了。在这样漫长的时日里,对高红可以说无时不在念中。只要频繁的战斗稍稍停息下来,高红那可爱的面影就会浮现在他的面前,或者是梦境里。但他从来没有想到,她会轻易地逃离魔手。他把一切希望都寄托在抗战的胜利和城市的解放。可是这想也不敢想的喜讯却从天而降,使他深感意外。他在想,她究竟是怎样出来的呢？是敌人放出来的，这不可能；是她自己越狱逃出来的，也不那么容易。那么，她是怎么出来的呢？难道是屈服变节？这也绝不可能。满城的考验已经充分证明，她是一个坚强的战士，一个党的好女儿。再说，如果有这样的事，军区司令也绝不会派人去接她了。想到这里，他的脸上现出了自豪的微笑。

周天虹抖抖丝缰，枣红马又跑起来。警卫员骑着的白马紧相依随。柳树林、青纱帐、村庄、田野、池塘，纷纷地移向身后。

"政委，该休息休息了吧，马也该喂点草了。"警卫员在后面提醒他。

周天虹这时候才注意地看了看马。只见这马浑身热汗直流，顺着鬃毛往下滴水。再伸手一摸鞍下，鞍鞯已经湿透。再看看自己的两条腿，腿肚子也被马汗浸湿了好大一片。

"好，好，休息片刻，喂喂马。"周天虹点点头说。他的话似乎有一点歉意，觉得确实跑得太急了。

"政委，什么事儿这么急啊？是去军区开会吗？"小玲子一边下马一边问。

"不不，不是开会。"周天虹红着脸说，"到地方儿你就知道了。"说着也下了马。

小玲子先拉着两匹马遛了几趟，让马落落汗。接着取出几斤粮票，找个农家喂了点草料，饮了水，才又继续上路。

下午三时来到西大坞村。前后不过六个小时，可谓神速了。西大坞是相当大的渔村，一半靠着陆地，一半就在水里。周天虹下了马，警卫员在后面牵马而行。白洋淀的居民为了节省土地，街道留得非常狭窄。他们串了几个胡同，才找到村长家。村长是一个满脸胡楂、很和气的中年人。周天虹打问，是否有一个女同志住在这里。村长笑着说："你们说的是那个女县长吧？"周天虹点头称是。村长说："好，好，我领你们去。"周天虹一听找到了，心就高兴得怦怦地跳起来，不知亲爱的人儿是怎样一副模样儿了。

村长领着他们又串了几个胡同，来到一个面临大淀的院子里。院子放的都是破开的苇眉子，几个女孩子坐在那里编席。村长向着东屋喊了一声：

"高县长，有人看你来了！"

只听屋里"唉"了一声,接着说:"不要这样称呼吧!我还没有恢复工作呢!"

接着,从门里走出一个女人,立在屋门口的台阶上。周天虹一看,果然是高红。不过她脸上赤霞般的红润,已经凋落无余,人显得虚弱憔悴,娃娃头也改了式样,失去了往昔的光泽。衣服已破旧不堪。惟有那秋水般的眼睛和脸盘的轮廓,还可以看到青春美丽的痕迹。此时只见她睁大了眼睛,怔怔地注视着周天虹有好几秒钟。只低声说了一句"这不是梦吧",顷刻间涌出了两大汪明晃晃的泪水。周天虹一看见她那副容貌,那身破衣,忍不住无限的心疼、怜惜,叫了一声"高红",嗓音立刻变得沙哑,忙抢上几步,不顾周围的人,双臂搂住了她,她也乘势伏在周天虹的肩头啜泣起来。

那时男女间还不习惯当众拥抱。院子里的几个女孩立刻羞红了脸,小玲子也向后倒退了几步。村长连忙笑着说:"到屋子里说话去吧。"

两个人来到屋子里。村长见他们的关系不同一般,只打了一个招呼,径自去了。小玲子没有进屋,在门外的码头上开始遛马。

高红坐在炕沿上,周天虹在一把破旧的木椅上和她对面而坐。这时他再一次打量了她穿着的破衣和一双破烂不堪的布鞋,心又剧烈地疼痛起来,说:

"你是什么时候出来的呢?"

"我从保定出来好几天了,"高红说,"就是找不到你们。最后找到河间,找到杨司令员,才派人把我送到这里。"她发现周天虹老是看她那身破衣和鞋子,也自觉寒碜,说,"杨司令员见我穿得太破,叫别的女同志送我一套衣服,一双鞋子,我本来想洗洗澡换上它,没想到你来得这么快。"说过,浅浅地一笑。

"接到杨司令员的电话,我几乎不相信自己的耳朵。你就像从天上掉下来似的,我怎么敢相信呢?"

"你兴许想到我会死吧,"高红笑着说,"或者以为我已经死了。"

"那倒不。"周天虹说,"可是我没有想到你会这样轻易出来。我的惟一希望,是打开保定城,砸开监狱,见到你。"

"告诉你吧,天虹。"高红收敛了笑容,严肃地说,"我们都是共产党员,是讲原则的。你也一定想知道我是怎样出来的。告诉你,我出来得并不轻易。"

周天虹见高红很敏感,连忙赔笑解释道:

"你听我说,高红,我并没有要审查你的意思。"

"不不,应当审查。"高红说,"在敌人那里呆了三四年,怎么能不审查呢?党应当审查,亲人也应当审查。不过我告诉你,我一到保定,地下党组织就同我联系上了。他们为了营救我,作了好几年的努力,都没有成功。最近,敌人有些恐慌,要把大批犯人转到石家庄去,党组织花了很大一笔钱,才以'查无实据'为名,把我放了。党组织就派人把我送到了根据地。这才找到杨司令员。我的介绍信已经交到组织部了,你还想看看我的介绍信吗?"

"啊哟,我的女皇!"周天虹叫道,"想不到你在敌人那里这样厉害,回到家里也这样厉害。"

周天虹立刻感到,在她身上生长了一种极强有力的东西和极强的自尊感。他也因此觉得她更可爱了。立刻扑上去,紧紧地拥抱着她,来了无比深长、甜蜜和憨厚的长吻。两个人三年来无尽的渴望、想念、焦虑,都在这一个憨憨的长吻中融化了。

长吻过后,他仍然依偎在高红的身边,把高红的手拉过来在手掌上把玩。这时候他惊讶地发现,她那双可爱的手已经残损变形,过去,她那双手柔而且嫩,一伸出来指关节还有四个小窝窝儿,简直像白玉一般。如果弹起琴来,简直像梅花似的飞舞。可是这一切都不存在了。他不由得抚摩着她的手,心疼地说:

"红,你的手怎么成了这个样子?"

"是那些王八蛋用拶子夹的!"

"将来还能弹琴吗?"

"弹琴,恐怕不行了!"高红叹了口气。

"高红,"周天虹深情地望着她,"你受的苦实在太多、太重了!"

"也许这是好事。"高红平静地说,"只有经过炼狱的火,才能检验出谁是合格的战士,谁是叛徒。"

"你说得对。"周天虹目不转睛地望着她热诚地说,"高红,我过去只是爱你,现在不仅爱你,而且更加敬重你,爱你。我觉得你很不简单,是一个很不寻常的女子!我周围的同志也都这样看。你作为我们队伍中一个合格的战士,那是无愧的了。"

"不要这样说了!"高红轻轻地摆了摆手,低下头羞怯地一笑,这时一块红云飞上了她的双颊。周天虹忍不住搂住她又亲了一口。

两个人的话,简直是无尽无休,一直到小玲子送上饭来。饭是白洋淀的家常饭,也是白洋淀美好的饭食:白面饼、烩小鱼。两个人一边吃,一边说。饭后又说。直到夜深,周天虹看高红身子虚弱,不宜过于劳累,才回到小玲子的房子里安歇去了。

第二天早饭过后,周天虹向村长告别说,他要接高红一同回胜芳去。村长一笑,说:

"你们三个人两匹马,怎样个走法?"

"我们就轮流骑吧!"

"那怎么行?"村长又一笑,"高县长刚出狱,身子那么虚弱,怎么能走呢?再说她骑马也不相宜。不如我给你出个主意。"

"好好,那你说怎么走呢?"

"依我说,你让警卫员骑着马从原路回去。你同高县长一同在我这里上船,我派一个老艄公,把你们俩稳稳当当、轻轻快快顺大清河送到胜芳。"

周天虹不禁笑起来,笑得非常开心,简直要把嘴巴咧到耳根去了。

他把小玲子叫过来叮嘱了一番。小玲子临走时,挺神秘地笑着,悄悄地问:

"政委,那个女同志是你什么人哪?"

"你说呢?小玲子,你看我们是什么关系?"周天虹笑着反问。

小玲子挤眼一笑,说:"反正我看你们俩的关系很不一般!"

小玲子骑着一匹马,拉着一匹马走了。这里周天虹和高红一起到堤坡下上船。原来高红在昨晚天虹走后并没有立刻休息,她跑到村边,跳到淀水里,痛痛快快地洗了个澡,把头发用肥皂搓了又搓,把身上的积垢和风尘洗得干干净净。换上了军区给的新衣和鞋袜。给人的感觉已是焕然一新。再加上两人倾尽肺腑的交谈,有如干枯的禾苗得到爱情神水的灌溉,高红脸上重新发出青春的光泽。

老艄公是个须发斑白的长者,胸前飘着一部半尺长的白髯。他带着慈祥的笑意望着这一对青年男女。周天虹也亲切地同他打了招呼,然后与高红对面而坐。接着船就开动了。

白洋淀，确实是华北原野上的一颗明珠。周天虹虽在淀边活动过，还从未到过淀里。今天也许心情特别愉快，看到白洋淀天光水色，实在美极了。放眼望去，那一个一个的渔村，就像浮在水面上的绿岛一般。船行在一丛丛芦苇间，就像穿过一道道绿色的胡同，而一旦穿过胡同进入大淀，霍然间海阔天空，又是一番天地。这时往上看是蓝天白云，碧空如洗，往下看，蓝天白云又反映在淀水里，天水一色，一叶扁舟就仿佛飘游在空中。一对经过烈火考验的恋人相视而笑，简直像神仙般的欢乐。尤其是高红，几年来令她身心交瘁的紧张、焦虑和无边无际的愁苦，曾像一座大山似的压着她，今天才算脱身而出，有如鸟儿一般地轻松自由了。

周天虹的一双眼睛简直离不开高红。时时刻刻注视着她，就像看不够似的。现在他看见高红伏在船舷上，正在欣赏着清清的淀水。那水简直清得见底。每根水草，都有一支支长长的红茎，像丝绳一般从水底飘到水面上。高红也许觉得它太可爱了，就坐在船舷上脱去鞋袜，把一双美丽的赤脚泡在淀水里。有时候，她的脚被红色的水草缠住，天虹就赶快把水草拽掉，两个人就咯咯地笑上一阵子。

在船儿悠悠行进中，有一阵好听的锣鼓声从水面上飘过来。两个人举头一望，远处水面上飘着几只渔船，锣鼓声正是从那儿飘过来的，隐隐约约似乎还伴着一两句歌声。周天虹眯细着眼望了望，转向老艄公问：

"老大伯，他们敲锣打鼓是干什么的？"

"那是在赶鱼呢！"老艄公笑着说，"把鱼赶到一处，就好下网了！"

两个人看了一阵风景，又倾谈起来。

"我们的老同学晨曦呢？他现在怎么样了？"高红问。

"他已经牺牲了。"周天虹沉重地叹了口气。

"他不是在报社吗？怎么牺牲了？"

周天虹就把晨曦如何要求到冀中工作，如何来到肃宁任县长，如何能干，以及最后如何被俘，牺牲得如何壮烈，讲述了一遍。眼瞅着高红的眼圈红了。

"太可惜了！"高红掏出手绢擦了擦涌出的泪水。停了半响，又说:"他是个好人。一个心地善良、诚实的人。表面看,他没有什么,实际上很内秀,很难想象,他怎么能写出那么多好诗!"

"是的。"周天虹说,"他也爱过你。"

"你怎么知道?"高红惊问,两颊飞红了。

这句话,周天虹本来不准备说,竟一时脱口而出,只得回答说,他是在晨曦牺牲后,检查烈士的遗物时发现的,"他的日记上几乎有整整一页说了这件事,但是他考虑我们俩的友谊主动放弃了。当时我几乎感动得掉了眼泪,因此,我认为他不仅是个诚实的人,而且是个灵魂高尚美丽的人"。

"你说得很对。"高红缓缓地、带着深深的感情和怜惜说,"他的这种情感,我也偶尔察觉到。只是他没有挑明,我也不愿伤害他。"

过了一会儿,高红又问:

"高凤岗呢?也就是我那位丢人现眼的家兄,他怎么样了?"

周天虹怕高红伤心,本来不愿提他,现在既然高红问起,只有一五一十地回答。最后说:

"杀害晨曦的虽然是毛驴酒井武夫,但是他也在场。"

"哦,他也在场?"高红有些惊愕。

"是的。"周天虹说,"当晨曦申斥了他,骂了他,他就把酒井叫过来,把晨曦的头砍了。"

"这个坏蛋!"高红愤恨地骂道,"真是无情的东西!你怎么没有抓住他呢?"

"他很狡猾。本来有两次几乎抓住他,都让他跑了。"

"我真后悔!"高红沉了半响,像是自语似的低声地说。

"你后悔什么呢?"

"我后悔不该把他带来。"高红像在回首过去,说得很慢,"他本来不愿到延安来。因为他的思想深处,认为国民党才是正牌儿,我们这边成不了气候。我对他说:'什么叫正牌儿?真正的人民革命才是正牌儿。'我说:'你看过京戏没有?那些穿着大红背心的"兵"不都是国军吗?而今安在哉!'为了说服他,我用了好几个晚上,他这才勉勉强强跟着我来了。可见强扭的瓜不甜!"

"你说得对。"周天虹说,"我也感觉到,他跟我们的思想始终合拢不到一起。"

"他还有一个致命的弱点,"高红说,"就是个人中心主义,个人英雄主义,或者说是唯我主义。不管做任何事情,考虑任何问题,都以个人为中心。他要当英雄,要当伟大人物,要站在人民群众的头上。如果他的这些想法不能实现,或者受了挫折,他就要叛变。他的行动已经做了证明。想起这些,我真后悔!"

周天虹见高红脸上出现了痛苦的表情,就安慰她说:

"这也没有办法。虽然来自一个家庭,但受的影响不同,立场也就不同。人各有志,就由他去吧!"

这时船正从芦丛旁边经过,不经意间,突然一群水鸟从芦苇丛中飞起,扑扑啦啦地向远处飞去。周天虹抬头一看,见老艄公脸上流下不少汗水,就急忙站起来,说:"老大伯,我来替你划一阵儿吧!"老艄公说:"不用!不用!"周天虹已经到了他身边,笑嘻嘻地把他的木桨接过来。老艄公也就来到船舱里,找出毛巾擦了擦汗,坐在船头吃起干粮来。

黄昏时分,船只越过宽阔的白洋淀,进入了东去的大清河。两岸垂柳依依,又是一番景象。在夜幕降临的时候,他们又继续交谈起来。不过他们坐得越来越近,谈话声也越来越低了。只听周天虹问:"红,这几年你想我吗?""怎么能不想呢?我几乎夜夜都梦到你。""我也是。""不过我有时候也想,你会不会变?我受到这样的摧残,人也老了,你还会不会要我,爱我,等着我?""傻话,你在监狱里受难,我哪能不等着你呢?""我也这样想,你决不会抛弃我。我也因此更加强了战胜敌人的决心。不管遇到多大压力,多么危险,我都在想,我一定要活着,见到你。"语声停下来,借着夜色的掩护,周天虹亲着她,把她紧紧抱在自己的怀里。……

在静谧的夜色里,只有轻柔的、哗哗的桨声。

# 一〇〇 火 把

高红的到来,成为团队的特大新闻。人们一听说来的是政委的未婚妻,还是个女县长,莫不想借故来团部瞻仰一下她的风采。尤其是团长徐偏,表现得分外热情。高红刚刚坐定,他就风风火火地跑来了,一见面,就笑嘻嘻地拉着高红的手说:

"我当连长的时候,就听说咱们边区有个女县长。当时我想,县长自古以来都是男的,从来也没听说过有女的。这事儿可真新鲜!人想必本事不小。后来又听说叫敌人抓去了,我又想,这可糟了,要是男儿还好受点儿,女同志就要遭大罪了。可是传来的消息不错,说她表现得非常坚强,非常英勇,把鬼子汉奸骂了个狗血喷头,我真暗暗佩服她,心想,这真是个女英雄!哈哈……"

这一席话,把高红说得两颊绯红,手也被他捏疼了。

接着,团长又跑到厨房里,要炊事员格外添几个好菜,灌了一大壶酒,把几个连的干部通通找了来,以示庆祝高红的出狱。

团长徐偏,酒量不大,一杯下肚脸就涨得像关二爷,可他却忒能闹酒,因此被称为"酒闹儿"。今天,他又发挥特长,"闹"起来了。首先他让高红和周天虹坐在上首,自己坐在高红一旁相陪。每个人面前都是小酒杯,他却以一对恋人相会不易为名,给他们俩设了两个相当大的杯子。他把每个杯子都斟得满满的,然后端起来,对高红说:

"高红,我问你,我同老周,一个团长,一个政委,算不算生死与共的最亲密的战友?"

"那当然是。"高红笑吟吟地说。

徐偏又问:"我们俩算不算最亲密的兄弟?"

高红又说:"那当然是。"

徐偏说:"着哇!既然是生死与共的战友,既然是最亲密的兄弟,那么两个人应不应当交心?"

高红笑着说:"当然应当交心,时时交心。"

徐偏说:"着哇,既然应当交心,时时交心,可是你们俩的事儿,他从来不告诉我。纹丝没露哇,这个密保得很好哇!你知道,我什么时候才听到你的名字?"

"什么时候?"高红笑眯眯地问。

"他做梦的时候!"徐偏敞大嗓门说,"这两年我们俩是一个锅里吃饭,一铺炕上睡觉。有一天半夜里,我正睡着觉,听见他嘴里嘟嘟囔囔地,一时听不清楚,凑近一听,只听他轻轻在叫:'高红!高红!'我怕他中了邪,把他叫醒,问:'老周,你在做梦吧,你在叫高红!高红!高红是谁?'他不答理,很粗鲁地说:'快睡你的吧!'你瞧,他这个态度!高红,你说,该不该罚他一杯!"

连干部们哄然大笑,都齐声说:"该罚!该罚!"高红也幸福地红着脸,露出一口白牙咯咯地笑起来。

周天虹虽是知识分子,比徐偏文化高,但却不如徐偏会说。这时候越发显得腼腆,不得不端起酒杯来,一饮而尽。

周天虹刚刚放下杯子,徐偏又把酒杯端在高红的胸前,说:

"高红,我再问你:你和老周是不是相爱已久?"

高红不知道徐偏还要搞什么名堂,带着几分羞怯,忽闪着一双猫眼答道:"是,相爱已久。"

徐偏又问:"你们俩是不是你忘不了我,我忘不了你,时时想,夜夜盼,最亲密的爱人?"

高红涨红着脸,挤出了一个字:"是!"接着说,"徐团长,你究竟想搞什么,你就说吧!"

徐偏说:"你们俩既然是相爱已久、最亲密的爱人。那么,他这样对不起我,你是不是也应当分担一点儿,罚你一杯!"

大家也起哄说:"该罚!该罚!"

高红明知拖不过,也就颤巍巍地端起杯来,分作几口,终于把一大杯酒喝下去了。大家登时响起一片掌声。掌声未落,高红的脸上已经飞上两片鲜艳的红霞,眼睛也亮得像黑宝石一般,完全沉醉在友情的幸福里。

　　高红从此就住在团里休养起来。周天虹特地在自己的住处不远,给她找了一个僻静的小院。那时,组织上为了照顾干部的身体,每月都给干部发几斤"保健肉",再加上党委组织部派人送来的抚恤费,也够用了。胜芳几乎天天有集,随时都可以买到鸡蛋、青菜和新鲜鱼虾,伙食的调剂不成问题,尤其是周天虹对她的体贴无微不至。不管多忙,每晚都要到她那里坐坐,谈得很晚才回来。一个女人得到男人的爱抚,心地充实,精神欢愉,身体恢复得很快。不到半个月,就见她脸色红润起来了,头发也乌黑发亮了,枯黄憔悴之色渐渐褪去,肌肉也丰腴起来。那个美丽的高红又重新出现了。

　　高红很喜欢散步。每天都要沿着大清河边,在垂柳下走一走,观赏胜芳的风光。这天是星期天,周天虹陪着她并肩而行。他们过了桥,又不知不觉地走到镇东那片大藕塘边上。这时正是朝阳初露,满眼的荷花蒙上一层玫瑰色,显得十分娇艳。随着微风,荷叶上的露水滚来滚去,有时不胜其负担,就将一汪亮晶晶的水倾流到另一个荷叶上去了。高红睁着她那双猫眼,入神地望了一会儿,不自禁地背出一首古诗来:

　　　　毕竟西湖六月中,
　　　　风光不与四时同。
　　　　接天莲叶无穷碧,
　　　　映日荷花别样红。

　　她背完后,又微微地侧过脸儿,带着笑意问:
　　"天虹,我背得对吗?"
　　"很对。一字不差。"天虹也笑着说。
　　"你知道,我在监狱里是经常背这些诗的。"高红说,"小时候,我就爱唐诗。我能背许多首唐诗。进了监狱以后,开始是应付审讯,每次审讯都是一场恶战,事先要做好充分准备,那是很紧张的。到了保定,敌人贼心不死,仍幻想诱降我,就把我挂起来了,也就有了时间。这时候,苦痛,焦虑,寂寞,还有对你的渴念,那是很沉重的。这些都足以把一个人压倒,也要有办法对付。我就开始背那些唐诗。凡是小时候学的,我都苦思苦想地背下来。不但背诗,国际歌我也背,《马赛曲》我也背,鲁迅的那些警句,毛主席的那些警句,我都背。天虹,你说我为什么要背这些东西?"

"你是为了寻找精神的支持。"

"这自然是一个原因。"高红说,"另外,我还是为了锻炼说话,学习说话。你知道,我们在延安的时候,就遇到过一些老同志,他们坐了国民党多年的监狱,出狱以后不会说话了。因为他们长时期不说话,就把话忘了。例如一个老同志见了草帽,就不知道怎么说,一着急把它说成是'锅盖'。真是悲剧啊!不能说话,即使将来出狱,怎么工作呢?所以我就不停地背唐诗,背警句,温习语言……"

"哦,原来是这么回事!"周天虹心酸地点了点头。

两个人又向南走了一段,忽然,高红停下了脚步。这里前面是一片芦苇。湖水静静的,只有紫郁郁的芦花在风里飘舞。

"天虹,我有一件事要同你商量。"

"什么事?"

"我老在你这里住着也不行。"高红寻思着说,"我想到组织部去,谈谈我的工作问题。"

"杨司令员不是要你休养一个时期吗?"周天虹有些急了,"你的身体略微好了一点,总的说还没有恢复,你怎么能工作呢?我问你,你现在还做噩梦吗?"

"当然还有,"高红说,"不过比前些天好多了。"

原来高红出狱以后,尽管脱离了魔窟,告别了那不堪回首的炼狱生活,但是那连续三年的非人的摧残,无尽无休的刑讯、殴打、叱骂、污辱,那日本鬼子狰狞的嘴脸和汉奸的无耻,仍然化作噩梦,每天晚上都在袭扰着她,使得她不能安宁。因此,她常常被惊醒,甚至哭醒。周天虹说的噩梦,就是这个意思。高红见自己的爱人极力反对,也就沉默了。

"还是安下心来吧!等你的身体真正恢复以后,我是会放你走的。"

"那你给我找几本书吧!"高红说。

"这当然可以。"周天虹宽心地笑了。

当天,周天虹就搜罗了一些小说,例如丁玲、赵树理等解放区作家的作品,还有田间、邵子南等诗人的诗,以及苏联的小说,等等。另外,还把他保存了数年之久的高红的小坤表也拿来了,这是李秋月在高红被捕后托人捎来的。高红接过来,不禁想起这位热情的大婶,很感慨了一番。

转瞬间已进入8月。一天晚间,周天虹到高红处闲坐,两个人在院子里乘了一会儿凉,周天虹就回住处安歇去了。夜半睡得正香时,只听有人嘭嘭敲门,一边大声喊:

"老周,快起!快起!日本投降了!"

周天虹一听,是团长徐偏的声音,迷迷糊糊地问:

"你说什么?"

"日本投降了!"徐偏又大声说。由于过度兴奋激动,他的声音显得特别洪亮。

"什么,日本投降了?"周天虹立即披衣起床,一边对着窗子问,"你说的是真的吗?"

"这是军区发来的电报,还会假吗?"

周天虹急忙跳下炕,开开门,问:

"老徐,你能不能说得详细一点儿?"

"电报很简单,"徐偏说,"日本天皇广播了《停战诏书》,宣布无条件投降了!陆军大臣已经自杀了!"

徐偏匆匆说完,又兴奋地打着电棒到别处叫门去了。不一时,四邻八舍,人人奔走相告,顷刻间,整个镇子都沸腾起来,到处都在高叫狂喊:

"日本投降了!日本无条件投降了!"

"应该赶快让高红知道这个喜讯,"周天虹一边想,一边急步来到高红的小院,轻轻扣着窗棂叫:

"高红,高红,你快起来,有特大的喜讯呢!"

一连叫了几声,只听屋子里轻声说:

"天虹,别诓我了,哪里会有什么'特大喜讯'?"

"军区来电报了,日本已经无条件投降了!"周天虹说,"难道这不是'特大喜讯'?"

只听屋里长长的"哦"了一声,接着,灯亮了,门开了,高红披着衣服站在那里,喃喃自语般地说了一句:

"这些恶魔,这些杀人犯,总算完蛋了!"

高红说过,就一头扑在周天虹的怀里啜泣起来。

这时,镇子上鞭炮齐鸣,歌声如潮,像海浪般地传过来。

周天虹拉着高红的手说:"我们也到外面看看吧!"

两个人相伴而出。街上已挤满了人,三五成群地都在热烈地谈论。两个人上了大清河的大堤,向前信步走去。四外一望,两岸的村庄都亮起了点点灯火,犹如繁星一般。而且从那些远远近近的村庄里,随着轻风传过一阵阵的鞭炮声,管子、胡胡和锣鼓声,听去异常悠扬有致。显然人民都沉浸在最大的欢乐里。

"今天晚上,人民是多么欢乐呀!"高红忽然变得像少女一般活泼地说,"天虹,你听我的心都快要蹦出来了!"

"我也是。"天虹说。

"天虹,你曾想到我们会有今天吗?"

"当然想到。"周天虹说,"我从来不怀疑,我们伟大的中华民族是不会屈服在任何人的奴役之下的。"

"我也是。"高红说,"但是我没有想到我会活到现在。胜利或者死,这就是我的选择。"

"的确,为了这一天,我们这一代人付出了很大的代价。"

"我曾认真思索过,"高红说,"独立、自由、解放,这些神圣的东西,其代价都很高昂,不用鲜血和生命是无法得到的。"

两个人边说边走,忽然高红往远处一指,惊喜地叫:

"你瞧,火把!"

周天虹向南一望,不知何时原野上出现了一支火把的长队,那火把一支接着一支,顷刻间成了一条长龙,向着大清河的大堤延伸过来。再向北一望,一支支的火把队也出现了。不一时,这些火把全汇集到大清河的大堤上来了。远远望去,像一条红色的巨龙在黑魆魆的原野上奔腾着。听着人群中一阵一阵的欢呼声、呐喊声,周天虹和高红兴奋极了,两个人也不由自主地向前跑去,想走到他们的队伍里。……

# 第五篇

## 一〇一　徐偏哭了

炎热的8月,全军上下,弥漫着到大城市接受日军投降的热烈气氛。

在乡村的柳荫下,到处都可以看到妇女们在急急忙忙地缝制军衣,因为她们的子弟兵到现在还穿着紫花布的便装呢!

说也神奇,这个没有被服厂的大被服厂,不到一个礼拜,已经使平原上的子弟兵团,整整齐齐换上了瓦灰色的军服。向天津进军的号声响了,一个万人大会在胜芳进行。杨司令员以他那略带尖音的高亢声调,宣布了朱总司令的进军令。会场上欢声雷动,士气高昂。

此时平原上已由"五一"反扫荡后留下的一个团和若干游击队,发展成26个有相当战斗力的步兵团。这支颇有自信力的部队,在一声命令下便向天津横扫过去。沿途不少的乡村搭起彩门,欢送子弟兵去夺取最后的胜利。

外围战进行得比较顺利,很快便攻克了天津外围重镇杨柳青、杨村车站、北仓车站和飞机场,斩断了平津、津浦之间的铁路交通,还占领了灰堆、大沽、歧口等地。周天虹和徐偏自然非常高兴,尤其徐偏,他还不时地哼几句小曲,骂几句:"抗战八年,你们这些王八蛋总算完蛋了!"

可是,当他们的团队攻到天津西站时,却意外地被阻止住了。眼前出现的是高大的钢骨水泥的碉堡,一辆一辆的坦克和铁甲车堵住了去路。尽管他们一遍又一遍地喊话,把朱总司令要日伪军投降的命令,把我军的最后通牒,广播了一遍又一遍,日军仍然高高地站在碉楼上不理不睬。太阳旗仍然在高傲地飘扬着。徐偏和周天虹都气急了。他们向碉堡发动了两次攻击,因为没有炮,急切中也不便于挖掘地道，攻击不仅没有奏效，反而伤亡30余人。令人痛心的是一位很优秀的连长也阵亡了。周天虹和徐偏心里很不是滋味。战斗一直持续到下午。他们本来准备夜黑时再行攻击，不料上边来了一道命令，将部队撤回待命。周天虹和徐偏只好憋着一肚子的气撤下来。

其实，他们心里窝的这口窝囊气，也是全体解放区军民心中的怒火。由于报纸来得不及时，他们还不了解，在日本投降前后的几天中，形势已起了根本的变化。事实上，8月12日即日本投降的前两天，麦克阿瑟即以远东盟军总司令的名义，对日本政府和中国战区的日军下令，只能向蒋介石政府及其军队投降，不得向中国人民的武装力量投降。8月14日，日本天皇发表《停战诏书》，8月15日，日本宣布无条件投降。当天，朱总司令即电令侵华日军最高指挥官冈村宁次向我投降。蒋介石也于同日发表广播演说，要国人"不念旧恶"，并命令冈村宁次所统率的日军据守城市，抵抗八路军、新四军的进攻。23日，国民党的陆军总司令何应钦命令日军，禁止向八路军、新四军投降。任何据点如果为非国民党军队攻占，日军应负责收回，再交给国民党军队。自然，上面发生的情况就不奇怪了。

两天后，周天虹和徐偏的团队撤回胜芳。徐偏一路上闷闷不乐，很少说话。第二天他们在村边坟地埋葬了那位在受降中牺牲的连长。这位连长，名叫杜升仁，生得身躯高大，英勇慓悍，战斗很有名，平素又与徐偏感情很好。在这位英雄下葬时，徐偏不禁痛哭失声，在墓前停留了很长时间，才被大家劝了回去，午饭也没有吃，就倒在炕上睡了。

下午两点徐偏还没有起。周天虹觉得自己的伙伴情绪不好，就来到他住的屋里。只见徐偏依然在炕上躺着，悄悄走近一瞅，见他满脸都是泪痕。周天虹轻轻地拍了他一下，半开玩笑地说：

"老徐，怎么还在压床板呀？"

徐偏一骨碌坐起来，擦了擦眼睛，红着眼说：

"老周，你不知道，我心里难受极了！"

"我知道你心里难受。"周天虹劝慰道，"这样的好同志牺牲，谁能不难受呢！可是你也不能不吃饭呀！"

徐偏端起茶缸子喝了点水，接着说：

"咱们到天津以前，老杜向我请过假，说是他母亲日子过得很困难，虽然村里有照顾，可是村里收成也不好，粮食快断顿了。我一看老杜红着脸说出这句话，那绝不是假话。要不是出于万般无奈，他是决不会说的。可是出于任务需要，我没有批准他。我说：'老杜，你看，很快就要胜利了，我们就要去接收大城市了，你那点儿困难，算什么！等我们到天津受降以后，你再回去吧！'他二话没说，就跟我们去了。谁知道那些王八蛋不把枪交给我们，又谁知道老杜会得到这个结果呢？我越想越后悔，我真是对不起他，也对不起他的母亲……"徐偏说着，又滴下泪来。

"这件事，我们可能想得太简单了！"周天虹叹了口气。

"我还不是专为这个。"徐偏说，"想起受降问题我就有气。不是别人，是蒋介石他把华北丢掉了；是我们，从敌人手里一点一点夺回来。我们付出了多大的牺牲呀！可现在为什么他能受降，我们倒不能受降呢？这件事，不要说战士们搞不通，老百姓搞不通，连我也搞不通！"

"叫我看，上上下下都搞不通。"周天虹说，"因为这是荒谬绝伦的么！毛主席就说，蒋介石连一担水也不挑，就要下山来摘桃子。"

"我就不准他摘这个桃子！"徐偏怒气冲冲地把桌子一拍，"他要来摘，我就同他拼！"

周天虹沉思着说："这些天，我模模糊糊意识到，一场大规模的内战，大概是不可避免的。"

正说话，王参谋手里拿着一张报纸一份敌情通报进来了，一进来就说：

"现在是谁当汉奸谁升官。政委，你瞧，你的老同学高凤岗，现在是平津保三角地带的反共游击司令了，比你的官还大哩！"说过，又指着报纸说，"团长，你看，当了汉奸的阎锡山已经进了太原城了，而且是被日军迎进去的，你看稀罕不稀罕！"

正说着话，警卫员在窗外喊：

"快出来看，过飞机哩！"

周天虹、徐偏一听，果然由远而近一片沉重的隆隆声。徐偏跳下炕来，随着周天虹出来一看，果然，一架一架的巨型运输机，正接连飞过头顶，后面还不知道有多少。大约飞机将要在天津降落，已降低了高度,在阳光下可以清清楚楚辨认出美国的国徽。不要说这两位团级干部,即使解放区的老百姓,也都知道天上飞的是美国的飞机,飞机上载的是蒋介石的军队,他们的目标是到华北从人民手中夺取胜利果实。因为这样的飞机执行此项任务已经多日了。

徐偏一言不发地仰头望着一架又一架的飞机,眼里渐渐腾起红色的云翳,沉默了半日,才狠狠地骂道:

"好,那就在战场上见吧!"

周天虹望着警卫员,说:

"还不快给团长弄饭去?再给他弄点酒来!"

说着,把徐偏拉回到屋里去了。

飞机震耳欲聋的噪音,依然长时间地震撼着村庄、院落,震撼着付出无数牺牲的洒满血泪的田园。……

# 一〇二　分手前夕

战争时期,夫妻也好,恋人也好,都是分别之日多,相聚之日少。周天虹和高红也是这样,他们在长期分别之后的相聚极其短暂,现在又要分手了。

自从8月8日,苏联对日宣战,百万红军横扫东北以来,毛泽东一声令下,我军便展开了全面反攻。但是由于敌军拒不投降,我军解放的惟一较大的城市就是张家口了。这座塞上的山城,当时曾被诗人称为塞上之花。除了延安,她几乎成了解放区的首府。同时,她也成了蒋介石的眼中钉,恨不得立刻拔掉她。晋察冀军区司令聂荣臻在张家口立足未稳,进攻的鼙鼓即动地而来。首先进窥张家口的是傅作义。抗战时期,他深居河套,日本一宣布投降,他便抢占了归绥,把已经进城的共产党的部队打出来。随后便沿平绥线东下,占领了柴沟堡。柴沟堡距张家口不足百里,自然构成了对张家口的威胁。这时的聂荣臻,怎么能不调兵遣将,来保卫这座新生的城池呢?

周天虹接到命令,是在深夜三时。命令要求,即刻将冀中部队改编为野战军,三日内完成一切准备工作,开赴张家口地区。周天虹的心情是沉重的。他不仅意识到与高红的分离,而且也意识到这一工作的艰巨。因为他很熟悉这支部队和这支部队的脾性。尽管这支部队机智灵活、英勇善战,但基本上仍是些穿着军装的农民,他们具有很浓厚的地域观念,若是看不见本村的歪脖柳树,魂儿就要迷糊了。像这样的千里转战,又来得如此突然,他们怎么能接受得了呢?再说,战争的性质也有了改变,以前面对的是民族的敌人,现在又回到国内的阶级战争。这也需要有一些新的教育才行。天一亮,他就召开了团党委会,随后就投入到新的工作中去了。

一项一项准备工作,使他忙得不可开交。他大会讲了小会讲,小会讲了又个别谈话,一遍一遍地分析了当前的危急形势,以激发起大家新的热情。第三天下午,他才来到高红住的小院里与高红话别。

"我们又得分手了。"周天虹坐在高红的身边,带着几分难过地说。

"没啥,你们在前面走,我们就随后跟吧。"高红带着几分勉强地笑着说,"蒋介石不让我们团聚,又有什么办法呢!"

周天虹轻轻地叹了口气,接着说:

"日本一投降,我总在想,打了八年了,总会有一段和平的日子。真没想到,很快就又打起来了,连口气都不让你喘一喘。"

高红说:"不要说你这样想,叫我看,全国的老百姓,没有人不是这样想的。可是蒋介石他偏不给你和平,你有什么办法?你一定要也行,那就给他乖乖地当奴隶。可是谁又愿当这样的奴隶呢!"

周天虹愤愤地说:"蒋介石这个人,我算看透了,他是个极端残忍的家伙,对人民他是一点情义也不讲的,对民族敌人他倒大度得很。卢沟桥的炮声已经响起来了,他还说,牺牲未到最后关头,决不轻言牺牲;抗战初期他打了一下,可是武汉失守以后,他又消极抗战、积极反共了;日本一投降,他立刻说'不念旧恶'!你瞧,现在蒋介石、日本鬼子、汉奸和老美滚成了一个蛋蛋,全成了一家人了。他们惟一对付的就是共产党。"

"也许他们本来就是一家人!"高红沉思着说,"我有时候也感觉到,阶级矛盾似乎比民族矛盾还要深刻!满清末年,统治者说的'宁赠友邦,勿予家奴',不也是这样的吗?"

说到这里,高红的一双猫眼忽闪了几下,带着坚决的口气说:

"打就打吧,无非是再打上几年。现在我们的力量也不小,我看用不着再打八年了。你们明天一走,我就找组织部给我分配工作去!"

周天虹侧过脸仔细地端详了一下高红,见她的脸色虽有些红润,比初来时也胖了一些,但毕竟还虚弱得很,就说:

"不行!不行!你至少还得再休养几个月。"

高红跳下炕来，在屋子里很有劲地走了几步，笑着说：

"你瞧，比刚出狱时好多了吧？"

"你就算了吧！"周天虹把她一把拉过来仍旧坐在自己的身边说：

"我们走了，你就到老根据地休养去。那些地方的老房东对人可亲热了。"

说着，他就说起梨花湾的李大娘，说她和她的女儿邢盼儿对八路军如何如何地热情，他自己得了一场严重的回归热，几乎死去，就是在那里被救过来的。高红笑着说：

"组织部会给我安排的。这些你就不用操心了吧！"

正说话间，窗外喊了一声：

"老周，来稀客啦！"

接着，徐偏笑嘻嘻地引着一个年轻的乡村姑娘走了进来。那姑娘身着素花小褂，黑裤子，一只手提着小包袱，一只手提着一包红枣，脸上笑盈盈的满是喜色。周天虹仔细一看，正是邢盼儿，就笑了：

"小盼儿，你可真是从天上掉下来的！"

说着，连忙接过她手中的东西，一面回过头对高红说：

"这就是我给你说的李大娘的姑娘邢盼儿。"

高红从上到下把邢盼儿打量了一番，不自觉地流露出一种爱慕的神色，将她亲热地拉过来坐在自己的身边，说：

"这闺女长得多俊！"

"不光长得俊，还勇敢哩！"周天虹笑着说，"以前我们被包围在地道里，要不是她突围送信，我们早完了！"

邢盼儿登时双颊飞红，用双手捂着脸说：

"快别说了，再说可就臊死人了！"

周天虹略沉了沉，望着邢盼儿说：

"小盼儿，我问你，你怎么找到这儿来了？"

"怎么，你们这儿不许来呀？"邢盼儿笑着反问，"是俺娘叫我来的。她想你们了，她说看不见你们，心里空落得慌。再说，她的情绪很不好，干什么都没有心思，就像病了似的。"

"这是怎么回事？"周天虹、徐偏一齐抬起头问。

邢盼儿缓缓说道：

"这一阵子,她总是觉着心里窝憋得慌。她老是问:那些日本鬼子他不向我们缴枪,他向谁缴枪？那些当汉奸的王八蛋怎么又都升了官成了国民党啦？再说,这美国飞机天天在头上飞,天天帮国民党运兵,这是怎么回事？特别是,村里的地主一个个又都神气起来,说他们的军队很快就过来了。你想想,我娘的心怎么会好受呢！"

"打是肯定要打了！"徐偏语气坚决地说,"你让老人家放心,老蒋怎么来,就叫他怎么滚回去！"

"唉！"周天虹叹了口气说,"你这次来,我们本来该好好招待你住几天,很不凑巧,我们明天就出发了。你今天晚上好好歇一歇,明天……"

"明天？"邢盼儿鬼笑着说,"明天,我不回去了。"

周天虹一愣:"那你要到哪里？"

"我要跟上你们走。我要参军！"

周天虹、徐偏一听,都呵呵地笑了。

"小盼儿,你别打喜诨了。"周天虹笑着说,"你经过大娘同意了吗？"

"同意了。"邢盼儿喜滋滋地说,"我娘就是这种人,村里的地主一神气,她就受不了。我跟娘一提参军的事,她就说,眼看着还要打起来,兵荒马乱的,要去就去吧！这不是,我把衣服都带来了。"

"可是,我们战斗部队不准收女兵呀！"周天虹为难地说。

"要不把她介绍到后勤去吧！"

邢盼儿把小嘴儿一撇,说:

"不管你们怎么说,反正我是不回去了。"

"好好,我和老徐给后勤写封信去。"

说过,徐偏带邢盼儿去吃饭。高红望着她的背影说:

"真是个好姑娘！我要是个男的,真想娶了她！"

## 一〇三　在战与和的变幻线上

一支仓促编成的野战军,浩浩荡荡向西进发了。

千里进军自然是艰苦的。赶到张家口这座山城,还没有仔细看上一眼,就向傅作义展开反击。后又协同贺龙的部队,向敌军横扫过去。在卓资山歼敌一个师,将敌人一直追到归绥城下。然此时正值塞外天寒地冻,屯兵坚城之下,甚为不利,遂毅然回军平绥线上。

此时,周天虹和徐偏的团队,驻在怀来城以东的康庄车站,其前哨连驻在西拨子,与驻守青龙桥的国民党部队对面相峙。

前已提及,这是一支地方色彩极浓的部队。平时叙谈起来,似乎普天下哪里也不如他们的家乡好。什么老大娘啦,热情的大嫂子大妹子啦,大被子热炕啦,深州的大蜜桃、河间府的大鸭梨啦,红山药、白山药和吃不完的长果①啦。这些平原上的孩子,是没见过山的,也许只在天气极好红日欲坠时,才在西方天边看见过太行山淡淡的山影。因此,刚一进山,感到特别新鲜,看见一块石头也觉得很新奇。可是过不了多久,他们的眉头就皱起来了,头就耷拉下来,想念他们的家乡了。随着日月的增添,这种思念愈来愈深。他们甚至说,山里的小米也与平原不同,沙子太多,吃几年肚子里就拉出一个碌碡来。有一次,一列火车过来了,周天虹听见两个战士在谈话。一个说:"你听这火车在说话哩?"另一个说:"它在说什么?"那个又说:"你没听见么,它在说'要回——冀中!要回——冀中!'"周天虹不禁哈哈大笑。要说最突出的事例,怕就是流传在部队中的一个谜语。这个谜语共有四句:"西下有女人人爱,口中有口口难开,北山

---

① 长果:冀中称花生为长果。

有田共同种,忠心保国把心摘。"打四字。谜底不难找到,还是:要、回、冀、中。

在这种思想情绪的氛围中,加上对时局缺乏正确的理解,部队中不断发生逃亡现象,甚至某些连排干部也不辞而别。这是让周天虹最感头疼的事。为此,他不得不苦口婆心地进行说服教育,来保持部队的稳定。

另一个更重要的问题,也在困惑着人们。从去年8月日本投降以来的半年间,战与和的问题一直盘旋在中国的上空,也盘旋在人们的脑际。虽然毛泽东单刀赴会似的到重庆去了,但进攻解放区的枪声却一直未停。直到毛泽东回到延安,解放区的军民才松了一口气。《双十协定》的发表,就像浓密的黑云中透出一缕阳光。也许这缕阳光过于灿烂夺目,把人们的眼睛弄花了。尽管毛泽东去重庆之前说过"我们要有清醒的头脑,这里包括不相信帝国主义的'好话'和不害怕帝国主义的恐吓";自重庆归来之后又说过"纸上的东西并不等于现实的东西",但是由于对和平的希望过于殷切,还是有不少人更相信和平的到来是真实的。于是种种传说,纷纷来到耳际,说什么军队要改编了,八路军也要实行军衔制了,共产党员要到国民政府里去当官了。总之,似乎美丽的和平鸽已经展翅向人间飞来。

不久,部队开始了整编复员工作,要求把老弱及多余人员作复员处理。许多在抗日战争时期参军的老战士,将背负行装回到他们的家乡去。一天下午,周天虹刚从张家口开会回来,警卫员就过来说:

"报告政委,有个排长找你,在这里整整等你半天了。"

"那你就让他来吧!"

周天虹说过,不一时,一个相当英俊的青年人走进来,行了一个标准的军礼。周天虹一看,原来是本团的战斗英雄孟小文。因为他亲手斩杀了那个未曾杀人脸先笑的小久保,立刻就遐迩闻名了。此后不久就提升为班长和排长。因为他接连负过两次伤,脸色发黄,身体显得虚弱些。周天虹没有忘记他的父亲孟庆之也是一位老英雄,因此对他们父子都很敬重。今天一见他神色异常,似有满腹心事,就赶快拉他坐下来,亲切地问:

"小文,你找我有什么事啊?"

"他们不要我了！……"孟小文一句话没有说完，就满眼含泪啜泣起来。

"不要激动，有话慢慢说。"周天虹安慰了一句，接着问，"谁不要你了？"

"教导员。他要让我复员，明天就得离开部队。"

"复员？让你复员？"周天虹显得很惊讶，"为什么呢？"

"他说我是三等残废，身子骨不行了；再说文化程度也不高，将来实行军衔制，很难再当军官了。还不如早点回去好。"

周天虹一听就急了，立刻插进去说：

"把你这样的人都复员了，将来部队还打仗不打了？"

孟小文接着说："我也给教导员提了，我说：'教导员，现在说是要和平了，究竟靠不靠得住还很难说。蒋介石一心想消灭我们，他是不会真心同我们和平的。一旦打起来，我总是还能带着战士冲上去。你还是把我留下吧！'你猜他怎么说？"

"他怎么说？"

"他说：'小文同志呀，你的思想不行了，已经跟不上形势了！现在美国、苏联都不愿意打，就是蒋介石想打也不行，和平是肯定地到来了。'他还当着全营的同志说：'现在有一些同志，思想跟不上形势，到现在还不相信和平会到来。我给你们说，和平是肯定地到来了；假若实现不了和平，将来你们到我家吃饭去！我管饭！……'"

周天虹听到这里，觉得又可气又可笑，就说："这人怎么这么大的口气！那你们就同他签订个协定，如果打起来就到他家里去吃饭！"

停了停，周天虹口气变得严肃起来：

"依我看，当前的和平局面能不能保持下去，还真难说。东北现在就打得很凶，并没有停。美国人究竟打的什么算盘我们也看不透。不过毛主席说过，纸上的东西并不等于现实的东西。还说过，敌人善于玩两手的把戏，战争的一手与和平的一手，我们不能过于天真……"

孟小文听到这里，脸上渐渐出现了笑意，两个机灵的眼珠一骨碌，就说：

"政委，那末你的意思是不是说，我可以不走了呢？"

"当然,我认为你这样的人是不应该离开部队的。"

"可是教导员让我明天就要卷铺盖呀!"

周天虹笑了一笑,说:

"小文,不要紧,我来给你写个条子。"

说过,周天虹立刻写了一个条子,递给孟小文。孟小文接过一看,就不由得像孩子一样地笑了。那条子上写道:

张教导员:

  我认为,孟小文这样的战斗骨干不宜离开部队。请立即恢复其原职。

周天虹　1946 年 3 月 30 日

孟小文立刻将条子装起来,恭恭敬敬地打了一个敬礼,一跳一蹦地离开了。

# 一〇四　何时是佳期

4月,早晚还有些寒意,但桑干河两岸的沙果树和八达岭上的野花都已悄然开放。

周天虹他们驻守的康庄,既是一个车站,又是一个颇大的市镇。街上店铺不少,还有一个小小的戏院,经常演些山西梆子与杂技之类,还算热闹。团部就驻在镇子边沿的一带民房里。除了晚上有几盏电灯,伙食略有改善,其余与过去几乎无甚差别。不同的是张家口的日军仓库储存了很多白糖,给部队发下不少。这样,凡是客人到来,都给泡糖水喝。另外,这一带盛产葵花子,几分钱就能买上一大包,可供几个人聊上大半天的。人们称之为"穷吹"。相形之下,与国民党的官僚们在抢占的大城市里,大闹"五子登科",弄得天怒人怨,当然天上地下,无法相比了。

但是不管人们对现实是否满意,毕竟有了一个短暂的和平。在这段时间里,团级干部们结婚的不少。因为这时条件放宽了,规定了25岁的团级干部并有八年军龄的,可以结婚,时人称之为二五八团。结婚的对象,多半是从冀中老根据地来的那些老相识或恋人。婚事极其简朴,公家给做一两床新被子,举行一个雅俗共赏、雅谑混合的仪式,两个新人同时啃一啃一只吊在空中的苹果,就可以成其好事了。尽管周天虹心里也痒痒的,但高红不在身边又如之奈何。

这天,周天虹到驻西拨子的前哨连检查工作。看到我方的哨兵与国民党驻青龙桥的哨兵站了个面对面,彼此间仅有几步远近。我方的哨兵神情庄重严肃,全神贯注,武器披戴整齐,颇有军人仪表。而对方的哨兵,则显得军容不整,精神萎靡不振,吊儿郎当。周天虹感到暗暗满意。

下午回到康庄,还没有进屋,就见团长徐偏笑嘻嘻地迎上来,说:

"老周,请客吧,好事来了!"

"什么好事?"周天虹随口问。

徐偏向旁边的警卫员挤眉弄眼地笑了一下,然后冲着周天虹说:

"你还不知道哇,咱康庄来了一个名角,要演一出《千里寻夫》!"

"什么《千里寻夫》?"周天虹说,"是讲的孟姜女吧?"

"不不,不是孟姜女,是新排的,比孟姜女可高明多了!"

旁边的警卫员不说话,只是抿着嘴笑。

周天虹正在愕然,只听上房的门儿吱扭一响,走出一个身材苗条,穿着银灰色列宁装的女同志。周天虹一看,正是自己朝思暮想的人儿——高红,脸上不由自主地堆下笑来。这种笑只能是从心底自自然然地流出来的。

"老周,你说,这是不是一场《千里寻夫》呀?"徐偏一句话,引得大家哄然大笑,连高红也像8月的石榴裂开了嘴儿。

周天虹再一次打量高红,她已经不是刚出监狱时那种面容枯槁可怜巴巴的样子了。经过大半年的休养,似已重新恢复了青春的活力,她的两只猫眼依然那样明亮,脸颊依然那样绯红,那样容光照人。只是那种天真活泼的稚气,已为一种久经锻炼的沉稳的风度所代替了。

"你到底是从哪里来呀?"周天虹望着她问。

"我已经调到张家口一个多月啦。"高红说,"现在在市妇联工作。因为早晚要来,也就没有给你来信。"

"从军事上说,这就叫保持行动的突然性嘛!"徐偏说,"我觉得这才有点味道。"说过,又挥挥手臂说,"先吃饭去。你们那些体己话慢慢谈。"

伙食自然比在乡村时要丰富一些。徐偏对同志的亲人来队总是特别热情,对高红尤其如此。这一点使周天虹特别感动。席间,周天虹说:

"老徐,什么时候把大嫂子接来呀!"

"咳,"徐偏叹了口气说,"我不能同你们比呀,我那口子没文化,没有出过门,再说俺娘又有病,她一天不是忙里,就是忙外,不是地里,就是家里,哪里出得来呀!"

周天虹说:

"那也该叫她出来看看,住个半月40天的。你要不好意思,我派警卫员给你接去!"

徐偏把手一摆说:"算了!"

大家吃了个酒足饭饱,然后周天虹和高红就回到自己的屋里。

一坐下来,周天虹就有些埋怨地说:

"你来一个多月了,干吗就不说一声呢?"

"看把你急的!"高红笑着说,"我一分配工作,就忙得脚手不沾地儿。先是让我到宣化龙烟铁矿,考察工人生活情况。那里的工人,被日本鬼子搞得苦极了。许多人都是从根据地抓来的。不给工资,只给一碗饭吃,没完没了地干活儿,死了就扔在后山上,到处都是骷髅、死人骨头。我到那里看了一下,真是目不忍睹,有的骷髅还在山坡上伸着手,像是要爬上来。可见人扔到这里的时候还没有死呢!你说惨不惨!过去我们在延安学过政治经济学,似乎没有说到还有这样一种剥削方式!"

"这是一种什么剥削方式?"周天虹气愤地说,"既不是资本主义的,也不是封建的,这简直是古代的奴隶制,甚至比奴隶制还要残酷的奴隶制!日本鬼子每到根据地扫荡一次就要抓上成千上万的老百姓,给他们到矿山上去挖煤,直到扔到'万人坑'里为止。"

高红接着说:"从龙烟铁矿回来,接着又让我去解放妓女。哎哟,你别看张家口这城市不算很大,光妓院就有好几十家。这些妓女多半都是良家女子,被骗或者被卖到妓院去的。她们见共产党来了,就到政府里去控告。每个人都是一部血泪史。谈起来鼻涕一把泪一把的。有一个叫杨小脚的老鸨儿,勾结官府,虐待妓女,坏透了,叫我们把她毙了!"

"没想到,你干的事儿还真不少呢!"周天虹高兴地说。

高红受到称赞,浅浅一笑,随后说:

"日本人占领过的城市,那是很肮脏的,简直就像一包脓疮。如果不下大力气改造,怎么能成为一个新的城市呢?"高红说到这里,抬起头笑着问:

"你知道张家口这地方有多少抽鸦片、吸毒的吗?"

周天虹摇了摇头。高红接下去说:

"张家口附近有个万全县,这个县抽过大烟的成年人,占一半以上,其中吸毒成瘾的竟占 1/3。为什么吸鸦片的人这样多呢?因为日本人来了以后,为了扩大经济掠夺,就让这一带种罂粟,一个县就种了五万亩。这样吸毒的人就越来越多。光张家口的烟馆就有 30 多家。这些吸毒成瘾的人,没一个不是倾家荡产,卖儿卖女,卖老婆,最后有的把亲娘都卖了。这些吸毒者有男也有女,最近又让我筹备一个女烟民戒毒所,你想我怎么能不忙呢!"

听到这里,周天虹笑着把手一摆,说:

"好好,别说这些了,我对这些表示谅解!"

说过,沉下来不言语了,只是歪着脖儿瞅着高红笑。

"你笑什么?"高红问。

"我想问你个事儿。"周天虹略显迟疑地笑着说,"咱们俩的事儿什么时候办哪?"

高红的双颊不自觉地泛起红潮,抿嘴一笑,反问道:

"你说呢?"

"依我说,最近就办,越快越好。"

"不要那样着慌吧。"高红沉吟了一会儿说,"你总得让我在那儿站定脚跟儿才行。我的意思:今年 8 月中秋如何?"

高红一言出口,周天虹那股热情的火从心头燃起,立刻扑上去,把高红紧紧地搂在怀里,接了一个酣甜的长吻,然后低声地说:

"就依着你!"

## 一〇五 再晤欧阳

高红在康庄住了两天,第三天就要回去了。周天虹决定去送她。他们都想去看看欧阳老师。欧阳行是周天虹革命的引路人,周天虹一直把他当恩师看待,内心里是很感念他的。但是由于到达张家口后,军情紧急,马不停蹄,一直没有去看望他。高红初来晋察冀,就对欧阳行有极好的印象,认为他不仅是个学者,而且是个革命家和战士,对他非常敬重。何况她出狱后还一直没有见过他呢!

此时已是暮春时节,早晨的风不热也不冷,非常凉爽宜人。周天虹和高红上了火车,挨着窗口对面而坐,感到十分愉快。火车开动后,周天虹望着高红的黑发不时被风吹得轻轻飘动,拂在她绯红的面颊上,乌黑的猫眼隐隐含着笑意,心里真是要陶醉了。

从康庄到张家口这一小段铁路,不足200公里。这就是经过八年浴血抗战,共产党在关内控制的惟一铁路了。周天虹经常往返此间,对沿途的怀来、沙城、新保安、下花园、宣化等地是很熟悉的。在路经鸡鸣山时,他还兴致勃勃地给高红讲了一个慈禧太后的故事。当年八国联军进北京,西太后和光绪皇帝就是从这条路逃到太原去的。据说西太后扮成一个乡下老太太,在鸡鸣驿住了一晚,后来洋鬼子的马队又追上来了,幸亏当地的矿警抵挡了一阵,把洋鬼子打退,西太后才没有当俘虏。高红看着车窗外的鸡鸣山,一面嗑着葵花子,一面微微地笑。

《晋察冀日报》社驻在张家口的西山坡,相距聂荣臻的总部不远。周天虹他们赶到时,天已经近午了。

他们来到欧阳行的住处,小勤务员摆了摆手,悄声地说:"你们等一等吧!社长写了一夜社论,天亮才睡,现在还没起呢!"周天虹向屋里一望,欧阳果然在里间屋高卧未起,外间屋的书案上,摞着高高的书和报纸文件,一只大铜墨盒还没有盖,一支毛笔正搁在铜墨盒上,仿佛主人刚离开书案不久的样子。

勤务员搬出两把椅子,他们俩就坐在院子里等着,一面轻声说话。大约等了个把钟头,只听欧阳在屋里叫道:"小鬼,外面谁在说话?"周天虹一听,知道把欧阳惊醒了,就连忙跑到屋里。欧阳睁开眼望了一望,就一骨碌爬起来,拉着周天虹的手说:"天虹,是你呀!我们好几年不见了吧,你是不是把我忘了?"周天虹笑着说:"我怎么会把老师忘了呢?这不是来了,还给你带来了一个呢!"欧阳行说:"还有谁来了?"话音未落,高红已经笑吟吟地走进来。欧阳一见高红,神色十分激动,急忙跳下床,向前赶了几步,紧紧握着高红的手,几乎像父亲一样地把她抱起来,说:

"高红,你回来了,你是我们的女英雄啊!"

高红登时羞红了脸,好半天才说:

"我只不过坐了几年监狱,没有做出多少贡献!"

"不,我不这样看。"欧阳说,"革命气节对共产党人是至关重要的。我也蹲过监狱。许多人平时讲得漂亮,关键时刻就顶不住了,自首了,叛变了,把党出卖了。叛徒是世界上最可耻、最可鄙的。他们之中有的人也读过不少马克思主义的书籍,一看形势不利,就掉过头来,摆出先知先觉者的姿态,把马克思主义批得一无是处。这种人实在太可恨了。高红,你作为一个年轻党员能够表现得这样坚强,我觉得太可贵了。"

欧阳一面说,一面把他们让到外间屋里坐下。他的稍显清癯的脸上闪着兴奋的红光,接着说:

"你们这一批从延安来的青年,经过战争的实验,一般都表现得不错。"欧阳以赞叹的语调说,"可惜的是,也牺牲了不少好同志。像晨曦,有思想,又有才华,如果不死,很可能成为中国最优秀的诗人之一。他平时对我有些埋怨,说我不肯放他;的确从心里说,我不舍得他走。结果走了,不久就牺牲了。他明知道那样的地方是九死一生,却要争着去,也许这就是古人说的'视死如归'吧!后来我听说敌人把他的头挂在松林店的柳树上。我再也止不住自己的眼泪哭了好几个晚上,真是太可惜了!"欧阳说到这里,显得颇为伤感。

高红想起,他们与欧阳初面时是四个人,除她和周天虹外,就是晨曦和她的哥哥了。想不到哥哥今天竟变成另一种人。每念及此就感到羞耻。

"当然,也有经不起考验的。"高红说,"像我哥哥。想起来我真恨他。"

"想不到人家当了几年汉奸,现在又成了国民党的大官了!"周天虹用嘲讽的口吻说。

"那是另一种人,另一种典型。"欧阳说过,又凝望着高红微笑着说,"你们兄妹二人真是两个对立的典型。高红,从你身上也可以看到,'唯成分论'是靠不住的。"

这时,小勤务员走进来,笑着问:

"开饭了,怎么吃?"

"你说怎么吃?当然是在这里吃。"欧阳说,"你让伙房增加两个客菜!把我的酒也拿出来。"说过,又对周天虹说,"现在不是反扫荡那时候了,总要让你们吃得稍为好些。"

几个人亲热地谈起来,无非是一些别后的往事。谈话中,欧阳似乎想起了什么,望望周天虹,又望望高红,笑着问:

"你们俩的事怎么样了?"

高红的脸又微微红起来,只是抿着嘴笑。周天虹望望高红,转过头笑着说:

"这次来,就是准备向老师报喜的。我们的谈判已经达成了协议。"

"什么时候?"欧阳笑着问。

"今年 8 月中秋节。你看这日子好吗?"

"很好。"

不一时,饭菜已经端上来。四个菜,一壶酒,大米饭,显然比根据地好得多了。欧阳给他们斟上酒,立刻举起酒杯,高兴地说:

"首先,让我为你们的好日子干杯!"

大家一饮而尽。高红的脸立刻艳若桃花,陶醉在深深的幸福里。

吃饭中间,他们依然边吃边谈。周天虹忽然问道:

"现在,对时局的看法,很不一致。有的说,和平很快就要实现,尽管还有些枪炮声,总的趋势是走向和平,没有多大问题了;而另一种看法却相反,认为这个和平靠不住。关外战火未停,关内蒋介石的大批军队源源运到华北,他们不是要打仗,是干什么?欧阳老师,请问,您的看法呢?"

欧阳皱着眉头,沉思良久,然后缓缓说道:

"我们报社每天都收到这两种不同的议论。当前的局势,确实扑朔迷离,令人难以捉摸。我们党的态度是,只要和平还有一分可能,就要尽量争取和平,因为这是人民的最大愿望;但是假若蒋介石一定要打,我们也坚决奉陪,在人民的根本利益上,决不退让。我的看法是,和平的可能性有,但战争的可能性更大。看问题,还要通过现象看敌人的本质。我相信毛泽东同志的看法,看敌人的过去,就可以知道它的现在;过去大革命时期,革命刚取得一点胜利,他就把人民一个巴掌打下来,推进血海。现在怎么会对人民客气起来呢?"

欧阳的话,很合周天虹的心思。高红也不断点头称是。

吃过饭,周天虹和高红要回去了。欧阳一直送出门外,望着他们走出很远。但是高红忽然又回过头跑到欧阳身边,低声地说:

"欧阳老师,你可不要忘记今年中秋节参加我们的婚礼啊!"

"那是一定的,非去不可!"欧阳笑着说。

# 一〇六　佳期又误

尽管毛泽东一再警告,写在纸上的东西并不等于现实的东西;一些人依然像大旱之望云霓一般渴望着和平,相信着和平。

可是和平真的能够到来吗?

到了6月下旬,隐藏在现象后面的本质就暴露了,这就是惊人的中原事变:蒋介石突然以30万大军包围了中原军区李先念部。全面内战的序幕拉开了。

这时,张家口两面受敌的形势也更加明显。为了改变这种不利态势,8月我军开始进攻大同。这些来自冀中平原的游击健儿,游击战是拿手好戏,而大规模的攻坚战就有些吃力了。何况又缺乏重武器的装备呢?这样就不得不一个据点一个据点地啃。光扫清外围就用去了半个月,城关战斗又用去了半个月。眼看要攻城了,蒋介石玩了一个花招:将大同划归傅作义的第十二战区管辖。这一着大大刺激了傅作义的积极性,傅作义立刻自绥远倾巢出犯。集宁打援有误,大同也就打不成了。在此期间,承德和冀东十余县也纷纷沦陷敌手。蒋介石看到时机已到,就命令孙连仲和傅作义以东面的三个军和西面的两个军共七万余人,向张家口同时展开了进攻。

形势严重了。周天虹和徐偏的团队,被调到怀来以东的火烧营一带构筑防御阵地。这个村子紧靠铁路,村西有一条小河。前面的地形甚为开阔。周天虹和徐偏每天都率领部队挖掘着工事。怀来一带的群众也参加进来。此时已是9月下旬,长城外的深秋,严霜早降,早晚已是寒气袭人。但是,战士们和民工们,为了保卫胜利果实,依然挥汗如雨地赶修工事。不少人脱光了膀子大干特干。因为他们知道面前的敌人是九十四军、五十三军和十六军,都是机械化部队,将要到来的战斗是严酷的。经过十天的努力,从岔道到怀来、延庆地区,已经修了几百个土木碉堡和数十里的交通壕。防御的准备工作算是完成了。

9月29日,敌人向我展开了进攻。经过四天激战,敌人付出重大代价,冲破了我一线阵地,占领了岔道、东西花园地区,来到了周天虹、徐偏团队的面前。

团指挥所设在背靠火烧营村边的地堡里。入夜,周天虹躺在地堡里正准备休息,只听徐偏在外面叫道:

"老周,你出来一下!"

周天虹从声音听出似乎有事,就立刻爬起来,钻出了地堡。徐偏机警地向敌阵一指,轻声地说:

"你听这是什么声音?"

在朦胧的月光下,周天虹向敌阵望去,黑乎乎的一时看不清楚。侧耳细听,从敌军远后方隐隐传来隆隆的马达声。接着汽车的灯光在丛林后面时隐时现。徐偏说:

"你瞧,这不是敌人正在调整部署吗?我看明天早晨一定有事。"

周天虹点了点头,完全同意团长的判断。随后说:"应该马上通知部队做好准备。"

徐偏立即摇通电话通知各营。周天虹似乎还不放心,就踩着月光,沿着交通壕作了一番检查,才回来休息。但他一时并不能入睡。因为他深知这是一支从游击队编成的正规军,尽管打过不少仗,都是伏击、急袭、化袭之类,并没有经过大的阵势。如果在严酷的考验中不及格,那可就无颜见江东父老了。

心中有事,就睡不踏实,这是他一贯的毛病。而徐偏则不同。这位团长是睡得着,吃得香。不管有什么大事,只要布置妥当,不要几分钟就可呼呼入梦了。他还有军事干部的好习惯,睡得早也起得早。黎明前多半是出现意外情况的重要时刻,他早已起身做好准备,因此从不误事。这天又是如此。周天虹几乎一夜未睡,正想再迷糊一会儿,徐偏在外面喊了一声:

"老周,飞机!"

周天虹揉了揉眼,钻出了地堡。看看天色还似明不明,头顶上果然出现十余架敌机。有几架声音沉重的轰炸机,还有几架P51——野马式战斗机。它们开始在头上盘旋起来。等它们看好了目标,就俯冲轰炸起来。几乎与此同时,美式榴弹炮也由疏而密,向我阵地倾泻。顷刻间,震耳欲聋的榴弹炮声和烟与火织成的高墙,就把怀来以东几十里的战线掩盖住了。

周天虹和徐偏都钻在地堡里,随着炮弹的震动,他们的身子不断地起伏颤动。突然有几发炮弹落到近处,地堡顶部的土哗哗地落着,盖了徐偏一头一脸。徐偏掏出手绢擦了一把,吐了一口唾沫,狠狠地骂道:

"这些狗杂种,劲头儿还不小哩!"

徐偏一边骂一边转过头说:

"我就不明白,这蒋介石怎么一碰上外国人,他就成了狗熊,一碰我们他就成了英雄?老周,你说说这是怎么回事?如果想当年他们用这种劲头去打日本,不是也能顶两下子嘛?"

"你说什么?"周天虹的耳朵被炮火震得有些聋,一时听不清楚,徐偏不得不重说了一遍。周天虹笑着说:"这就叫内战内行,外战外行嘛!"说过,又增加了一句:"在我看,他们这样凶,主要是仗着美国的武器,如果没有美国人的武器,他们就又成了狗熊了。"

周天虹说过,举起望远镜,从瞭望孔里观察起来。

这场炮火急袭时间颇长,据估计落在阵地上的炮弹,不下七八千发。炮火延伸后,接着就是坦克和步兵。火烧营似乎是敌军突击的重点,一连的部位战斗尤为激烈。这场反复冲杀的激战,整整打了一天。直到太阳落山,进攻的敌军才停止了进攻,遗弃下四辆被击毁的坦克和不少尸体,撤回到马圈子和东西花园一带。这时,只有这时,周天虹心中的一块石头才算落了地。

"老徐,我们到一连去看看吧!"周天虹说。徐偏立刻表示同意。显然两个人都对一连非常挂心。

此时已是黄昏时分。他们迎着秋风,向一连走去。沿途的交通壕大部被毁,有些地堡也坍塌了,不少芳草地被熏得乌黑一片。他们来到一连时,只见阵地前有四辆被击毁的美式坦克,歪歪斜斜地翘着炮口歪在那里,还在旋卷着几丈高的黑烟。有不少戴着青天白日帽花的尸体,也被他们的主人遗弃到这里的荒草中了。

周天虹转身一望,一连的工事几乎荡然无存,几座地堡全坍倒了,战士们正在那里补修工事。这时,人群中有一个人步伐敏捷地跑过来,向他们打了一个敬礼。周天虹一看,他的脸被硝烟熏得乌黑,衣服多处被撕破。仔细辨认,才看出是战斗英雄一连的排长孟小文,就问:"你们的连长呢?"

"连长、指导员都牺牲了。"小文说,"我一看没人指挥,我就代理连长了。"

"你们伤亡了多少人?"徐偏插过来问。

"58名,正好一半的样子。"

徐偏围着坦克转了一个圈圈,很有兴致地问:

"这几辆坦克是怎么打坏的?"

"都是用莫洛托夫酒瓶打坏的。"孟小文兴致勃勃地说,"开始我对这玩艺儿还信不准。我一看坦克呜噜呜噜地过来了,战士们有些害怕,我就夹了两个这样的酒瓶爬上去,想试一试,谁知道这东西一扔上去,刚一炸开就'噗'的一声燃烧起来,我觉得不解气,又扔上去一个,坦克里面的人爹呀娘呀地乱叫,这辆坦克就报销了。有两个班长手心发痒,也爬过去如法炮制,这几辆坦克就完蛋了。战士们一看情绪高了,专心一意地追杀敌人的步兵,这样就把敌人打退了。我看这些家伙虽有美国装备,到底也还是肉做的……"

徐偏高兴得咧着嘴笑了。

"孟小文!你们打得很好!"周天虹满腔热诚地赞美道,"现在你就代理连长吧,等我们团党委讨论以后,再正式发布命令。"

"政委,我可不是为了当官哟!"孟小文接上去说,"我们教导员要让我复员,托你的人情才留下来,我就很满意了。要说还有不满意的话,我就是对教导员有意见。等这个仗打完,我得找他理论理论。"

"你同他理论什么?"周天虹笑着问。

"我要首先向他提一个问题。"小文颇为认真地说,"我要问问他:现在到底是战争还是和平?因为他在大会上斩钉截铁地说,和平要不实现,就到他家里吃饭去。古人说,君子一言,驷马难追。这话是他说的,现在我就带着全连到他家里吃饭去!"

徐偏听了哈哈大笑着说:

"你这傻小子,也忒认真了。对这个问题我也有意见。现在事情过去了,历史已经证明了,还纠缠什么?"

"不,这不是一般问题。"孟小文正色说,"这是一个严肃的政治问题,要弄清谁是谁非才行。"

"算了,算了,"周天虹以和解的语气说,"原则问题自然是原则问题,而且在历史关头是一个十分重要的原则问题。但同时,它又是很难辨别判断的。如果不是毛主席那样的火眼金睛,恐怕又会犯什么错误。总之,这不是一个人的问题,只能作为一个教训来记取吧!"

孟小文没有说什么。周天虹、徐偏又到战士群中慰问、鼓励了一番,才转回去了。

回到指挥所时,蓦然抬头,东方地平线上已经滚出一轮磨盘大的圆月。此时,阵地上的战火硝烟,已被秋风吹去。除了某几处的零星的枪声外,依然和平如初。

看见团长、政委回来了,几个警卫员跑过来,笑嘻嘻地说:

"今天要过中秋节了,张家口慰问团发给每人一个月饼,你们什么时候吃呀?"

"哎哟,怎么把这个重要的日子也忘了呢?"徐偏惊讶地叫了一声,然后望着周天虹神秘地眨了眨眼,问,"老周,你还记得今天是什么日子吗?"

"今天不是中秋节吗?"周天虹沉了一会儿,反问。

"你别装糊涂了!"徐偏说,"我们天天吵着中秋节喝你的喜酒,想不到到了这一天,我早忘了。我看你是不会忘记的!"

"不忘又如何呢?"周天虹带着几分苦味儿地笑了一笑,然后说,"今天的火炮比过年的鞭炮还热闹,也就算敌人给我们的祝贺吧!"

说过,他默默地望着东方那轮古铜色的金月,想起了张家口的高红,低吟着苏东坡的词句:"但愿人长久,千里共婵娟。"

## 一○七　我们一定要回来

怀来前线,国民党的三个军——第九十四军、十六军和五十三军的猛烈进攻,一直持续了五天,竟无任何进展。这时,解放军反而乘敌人疲惫沮丧之际,踏着朦胧的月色进行了一次强有力的夜袭,一举歼灭了十六军一个整团。周天虹和徐偏的团队也参加了这次战斗,士气越发高昂起来。战前周天虹的那份担心——他的部队能不能经得起新的考验,已经烟消云散了。

相反,敌军的受阻,却使蒋介石忧烦起来。10月4日,派他的参谋总长陈诚,亲赴南口视察督战,并策划九十四军从怀来东南的马刨泉、横岭城迂回解放军的侧背。这一企图当即被我高级指挥机关识破。于是就在马刨泉附近隐蔽设伏。马刨泉四外环山,坐落在半山坡上,仅有七八十户人家,是一个一向缺水的村庄。只有村边一条半干的小河。当敌军进到马刨泉时,已疲惫不堪。他们除在山头上布置了两个连担任警戒,大炮卸在空场上,步兵一窝蜂地跑到河沟里去抢水。这时我军早已切断了敌人的后路,炮弹枪弹像冰雹一样地从天而降。接着,我军就居高临下地展开了突击,很快这个在缅甸受过美国顾问训练、全部美械装备的团,就全部完蛋了。

周天虹和徐偏的团,没有参加这次战斗。这使徐偏有些眼红。当他看到其他部队牵着俘虏背着崭新的美式卡宾枪回来,就有些眼馋地对周天虹说:

"咱们这个团,不是啃骨头,就是叫你顶牛儿,再不就是甩得远远的,叫你泡蘑菇,吃肉的事儿都是别人的!"

周天虹知道他急了,就笑着说:

"老徐,我给你说,这场大戏不过刚刚开始,仗可是有你打的!"

周天虹和徐偏就伴快两年了,他认为徐偏性格中的最可爱之处,就是他那股战斗的积极性,那股生气勃勃的求战精神,好像永远吃不够似的。

两个人正在说话,王参谋(他现在已升任了团副参谋长)急匆匆地走过来说:

"团长,师里刚才电话通知,要你马上到师部开会。"

"什么事?"徐偏仰起头问。

"没有说。好像很急。限你一小时以内赶到。"

"你瞧,"周天虹插话说,"任务不是马上就来了嘛!"

"好,备马!"

徐偏一挥手就站了起来,很快就跃身上马,和骑兵通讯员一起飞驰而去。

两小时后,徐偏已经匆匆赶回。周天虹发现他神情沮丧,脸色阴沉,本来很清秀的脸拉得老长。就问:

"有任务吗?"

徐偏没有回答。把周天虹拉到附近一个比较僻静的小屋里,才嘟囔了一句:

"什么任务?转移!"

"向哪里转移?"

"察南一带。"说着,徐偏冲南边一指。

"那么,谁来接防呢?"

"谁也不接防!"

周天虹有点丈二和尚摸不着头脑,忙问:

"怎么,阵地不要了?"

"对,不要了,撤退!"

"你开什么玩笑?"周天虹急了,说,"打得好好的,为什么要撤退?"

"因为张家口丢了!"

这消息有如晴天霹雳,惊得周天虹目瞪口呆,张着嘴好半天合不拢来。他简直不相信自己的耳朵。

徐偏这才把突然发生的不幸事件从头至尾说了一遍。原来敌军在怀来前线,十余日来,不仅毫无进展,且连受重创。这时军区命杨成武、王平率四个旅突然于平汉路北段发动了攻势。一举攻克了四座县城,歼敌8000余人,并将保定南北铁路全部拆毁,给了敌人一个重大打击。蒋介石一看张家口难以到手,就又故伎重演,再次把张家口划归傅作义的十二战区管辖。但凡在旧中国生活过的人都知道,自北洋军阀以来,新旧军阀们最爱的并且视如生命的东西是两个:一个是军队,另一个就是地盘。这两者相辅相成,没有军队就无从争夺地盘,没有地盘也无法养活军队。蒋介石的这个物质刺激和权力刺激,自然大开傅作义的胃口。于是自10月7日起,即乘我张家口西北方向空虚之际,用少数部队向兴和方向佯动,调集他的起家老本三十五军和骑兵第四师等两万余人,企图经张北偷袭张家口。而我方的判断,敌人可能的进攻方向在兴和,对张北方向缺乏警觉。直到8日敌人进抵南壕堑、大清沟时,地方部队还以为是小股骑兵窜扰。待敌骑兵主力迫近张北,该地仅有两个连及县游击队防守。军区闻讯,急派一个警备团和一个骑兵团驰援张北。因沿途遭敌机轰炸,到达张北时,敌人已经到达。经过激烈战斗,被迫撤退。这样,敌人即倾全力向张家口猛进。军区速派教导旅在狼窝沟一线抗击敌人。经过竟日激战,阻止了敌人的前进,才掩护了张家口机关的安全转移。

"现在,张家口已经撤退了吗?"周天虹听完,再次盯住徐偏问。

"撤退了。昨天晚上就撤完了。"徐偏神色黯然地说。

周天虹好半天没有说话,像一块重石压着胸口。刚才徐偏所说的那些情况,什么步兵、骑兵、傅作义、张北、狼窝沟……全像烂柴禾一样向他脑子里塞过来,他觉得一样也接受不了。沉默了好久,才说:

"你们刚才开会,布置了些什么?"

"撤退,要求今天晚上撤退完毕。"

周天虹的脸色显得十分难看,沉了半晌,直倔倔地说:

"你们撤吧,我不撤!我就死在这里算了!"

"哟,我的政治委员!你怎么也说出这话?"徐偏撇撇嘴,苦笑了一下,"刚才在会上我也是这么说的,师政委好把我骂了一顿,又批了半天,简直要在关键时刻拿我做典型了。现在你又来这个。可是,我们这样说说可以,你这样说就不行啰;因为你是政治委员呀,党代表呀！平时都是你来给我做工作，这次也该我给你做点工作了。"

周天虹立刻不做声了，因为政治委员是一顶光荣的桂冠，也是一顶铁帽子。一般的牢骚话，别人能说，他就不能说。别人说了没事儿，政治委员说了，就几乎成了严重问题。今天徐偏一念这个紧箍咒，周天虹就不言语了。可是他还是忍不住又嘟哝了一句：

"撤就撤吧！可是我们总有回来的时候！让傅作义看看吧，我们总有一天要打回来！"

当晚，这支刚刚打出经验，打出信心的队伍，带着怨气，带着牢骚，忍痛从坚守了十数日的阵地撤下来。他们静悄悄地、脚步沉重地踏在山径上。周天虹不时地举起头来，望着东方那轮金色的圆月。

## 一〇八　回到根据地去

在张家口通往察南和冀西的条条道路上，到处都是撤退的人流。他们之中夹杂着汽车、驮子和骡马大车。大车上满载着各种物资：炮弹、炸药、军用被服、纸张、布匹等等。很明显，把这些战略物资运往根据地，为的是继续坚持这场战争。

公路上人喊马嘶，尘土飞扬，但是秩序井然，并不惊慌失措。只是人人脸上都显露出沉重的表情。

在撤退的人流中，大部分是张家口党政军各机关的干部和他们的家属。他们差不多都是从老根据地来的，身上还带着浓郁的土地的气息。自去年8月张家口解放以后，他们就背着自己的小背包来到这座人民惟一拥有的城市，辛辛苦苦地工作着。而他们本人，不过领过几双胶鞋、几条毛巾，抽过几盒八达岭牌的香烟，分过几斤白糖，其他可以说没有得到任何所谓胜利果实。转瞬之间，一年过去了，却忽然传下命令，从这座城市撤退，仍然回到山沟里去。尽管对他们的生活没有多大的影响，但毕竟心理上很有些不平衡处，怨言也就多起来了。

高红也在撤退的人群中。她的行李放在驮子上，只挎着一个大大的蓝挎包。身体显然已经健康如初，步伐相当敏捷矫健。她的短发不时被秋风吹起，神采依然。看来她的心情比较坦然。但也并非没有遗憾。半年来，她兴致勃勃地工作着，接触了多方面的妇女。有几个纱厂女工同她的感情特别好，分手时都哭了，拉着她不放，弄得她自己也止不住流下了眼泪。她曾有过一个雄心勃勃的计划，就是清除旧城市的污毒，能够把张家口改造成崭新的城市，不料这工作刚刚着手，就得撒手而去，怎能不让她感到遗憾呢！

中午过后,太阳仍然有些炎热。在尘土飞扬的公路上,高红看见前面有一个女同志,走得相当吃力。走过去一看,才发现是个孕妇,肚子已经很大了。再仔细辨认了一下她的面庞,才看出是张家口卫戍司令的夫人小王,也在张家口搞妇女工作。高红就上去打招呼说:

"小王,你怎么就一个人哪?"

"那不是,前面还有他的警卫员,帮我背着行李呢!"小王说着,冲前面一个背行李的战士一指。

"你走得动吗?"高红笑着问,"司令员怎么不帮你找辆大车呢?"

"他的大车要拉炮弹。"小王流露出不满说,"他说:'一辆大车拉四颗炮弹,要是给你一辆大车,就要少运四颗炮弹,还是让我的警卫员给你背着行李,你就跟上慢慢地走吧!'"

高红听后不禁莞尔,说:

"这个司令也真算计到家了!难道你们两个人就不值他四颗炮弹?等到了根据地,咱们妇联开他的斗争会!"

小王这时也笑了,说:

"这些天他也够忙活的了。自从敌人偷袭张北,他就没有睡过囫囵觉。现在张家口的撤退工作,归他负总责。聂老总对他说:'所有张家口应该撤的人撤完了,你才能撤。你应该是张家口撤退的最后一人!'"

正说话间,后面有马蹄声嘚嘚地响。高红回头一看,后面来了一匹日本大洋马。马上坐着一个面色清癯的中年人,他像是一面默想着什么一面信马由缰地走着。高红一眼就看出这是欧阳行,就脆声脆气地喊了一声:

"欧阳老师!"

欧阳行立刻惊醒过来,冲着高红、小王笑了一笑,然后勒住丝缰,在路边跳下马来。

"高红、小王,你们都走得很累吧?"

"我没有事儿。"高红向小王努了努嘴儿,"你瞧瞧她!"

欧阳注视了一下小王,不禁惊叫了一声:

"哎呀,怎么没给你找一辆大车呀?"

高红说起了原委,欧阳行立刻笑着说:

"这位司令也真该受批评了,不能只顾一头儿不顾另一头嘛!"

说过,他就指指路边的大洋马说:

"小王,你就骑着马走吧,我们把你扶上去!"

"不行,这个可不行!"小王把双手一推,拒绝了,"你们的事儿重要,我早一点晚一点到都行。"

"我今天没有重要的事儿呀!"

"不行。我怎么能骑负责同志的马呢?"

"哎呀,小王,"欧阳有些急了,"你也不是不知道,在马兰村,哪家娶媳妇、送闺女不是骑的这匹大洋马呀!它可是为边区人民尽了力了,怎么你就不能骑呢?"

高红也来说服小王,小王仍然不肯。欧阳只得让步说:

"这样吧,我们搞点折中。咱们先坐下歇一会儿。很快报社拉纸张的大车就赶上来了,你坐在大车上行不?"

小王笑着点了点头。他们在路边坐下来。

"这次张家口撤退,工作搞得很好。"欧阳行说,"开始有两种意见,一种认为,既然我们撤退了,就应当把一切重要设施给予破坏,使其不能为敌所用。但是聂老总坚决不同意这种搞法,认为我们虽然离开了,但人民没有离开这座城市,他们还要利用这些设施。再说我们不过是暂时离开,我们还是要回来的嘛!怎么能破坏呢?所以一切重要设施完好无损。再说,我们的撤退工作很有秩序,一点都不混乱,完全没有惊慌失措的样子。遗憾的就是老百姓不愿我们走啊!虽然仅仅不过一年,但这一年对人民群众的印象太深了。许多工厂工人拉着我们的干部不放手,流着眼泪说:'你们什么时候才回来呢?'也有一些工人,不愿离开我们,怕敌人报复,跟我们一起撤出来了!连一些戏班子的演员们,也撤出来了。你们都知道那个在宣化唱山西梆子的郭兰英吧,她就在我们后边哩!"

大家一边说一边叹息。不大一会儿,果然报社拉纸张、机器的大车上来了。欧阳行让其中一辆停下来,扶小王上了车。随后说:

"高红,你也坐上大车走吧!"

"不,我还有几个问题要向您请教呢?"

小王坐在堆满货物的大车上,回头向大家笑了一笑,然后就颠簸在灰蒙蒙的尘沙里。

欧阳牵马步行，同高红边走边谈。高红说：

"这次张家口撤退，大家有很多怨言。"

"都说些什么？"欧阳行注意地听着。

"一听说张家口要撤退，大家都接受不了。"高红说，"我们在华北抗战八年，桃子都让蒋介石摘去了，我们拿到手的就是一个张家口，还丢了。大家都很泄气，怨言自然很多！"

"什么怨言？"

"比如说，大同不该打呀，集宁指挥不得力呀，张北方向疏忽大意呀，还有战前强调和平多了，复员的兵力也多了，等等，讲起来没有个完。"

欧阳行神情严肃，心情沉重地思考了半响，才说：

"我这两天，也在思考这些问题。一时还没有想出个头绪。自然，在战与和的问题上，经验教训是有的，战略战术上，也有失当之处。不过我认为，应当从大局看，从长远看，不宜把张家口失守的问题看得太重。因为按照毛主席的战略思想，不应着眼在一城一地的得失，而应以歼灭敌人有生力量作为主要目标。同时，敌我力量，要有一个消长过程。从长期看，我们的力量超过敌人，但从眼前看，我们的力量还处于劣势。我们的潜力是很大的，可是还没有发挥出来。这要有一个过程。昨天领导上把我找去，要我写一篇社论。我连夜写出来了，就是这个意思。你们今天到了住地，大概就可以看到今天的报纸了。"

高红点点头，觉得思想上清醒了很多。

两个人又谈了一些别的事情。不知不觉间，夕阳已从大山的后面沉落下去。一轮圆月已经悄然涌起。欧阳行望着圆月，像蓦地想起了什么，说：

"哎呀，我几乎忘了，今天是你们预定结婚的日子吧？"

高红也向着那轮明灿灿的满月看了看，笑而不答。欧阳行说：

"我还记得，上次见面时你还特别嘱咐我别忘了呢！"

"那都是老周性急，要我说一个日子。"高红不好意思地说。

欧阳行笑着说：

"别说他性急。俗话说，年过 25 岁，衣破无人补。周天虹已经 26 岁了嘛！"

"我总想趁年轻多干一些事情。"高红说,"不想我被敌人抓去,在监狱里一蹲就是几年,把我的青春年华都夺去了。欧阳老师,你给组织部门说说,叫他们赶快再给我分配工作吧!"

欧阳行点点头。高红知道欧阳行事多,一再催他骑马先走,欧阳才骑上马赶到前面去了。

高红踏着月色,精神饱满地行走在公路上。耳边满是马蹄声、车辆声和嚓嚓的脚步声。

# 一〇九　无巧不成书

敌军攻占张家口后,蒋介石得意洋洋,于占领张家口的第二天就宣布了召开国民大会。他公然宣称"共军已总崩溃","可在三个月至五个月内,完成以军事解决问题"。傅作义也参加了这次大会,在会上他受到了凯旋英雄一般的欢迎。报纸上纷纷刊出《塞上将军傅作义》的大块文章。他这时也不免自鸣得意,不可一世了。这个平日宣称"不说硬话,不做软事"的将军,却心血来潮,一反常态地抛出了一封《致毛泽东的公开信》。这封信的后果不仅大大超出他本人的意料,而且使他日后与毛泽东会面时愧悔莫及了。

周天虹和他的团队,此时正在察南蔚县某地休整待命。这天,他正在院子里处理公务,徐偏满脸怒容地从外面进来,从口袋里掏出一张报纸往他怀里一撂,说:

"你看看,这个人说了些什么?我看他也忒猖狂了!"

周天虹接过一看,原来是一张傅作义办的《奋斗日报》,上面赫然登着一篇《致毛泽东的公开信》。当周天虹念到"这次被消灭的不是我们,而是你们常常自诩的经过两万五千里长征的红军贺龙所部、聂荣臻所部"时,脸色就变了。他将报纸用力甩到地上,在桌子上猛地击了一掌,怒冲冲地说:

"我看这人也太不知道天高地厚了!我今生不消灭他,誓不为人!"

徐偏接着说:

"这张报纸,弄得我一夜也没睡好。我看傅作义这人不仅狂妄,目光也忒短浅了。不是说笑到最后才笑得最好么,难道他占了张家口就算板上钉钉了?笑话!咱们骑驴看唱本——走着瞧!"

徐偏说过，抓起地上的那张报就扯，周天虹连忙抢过去说：

"别，别，我要给全团都读一遍，让大家发表评论！"

晚上，在广场上开了一个全团的军人大会，周天虹从头到尾，把傅作义那封公开信读了一遍。一石激起千层浪，顷刻间指战员们怒火沸腾，一个接一个地发言，发誓要消灭蒋傅军，为解放华北而战。没想到，这封"公开信"倒成了激发士气的好教材。本来从张家口撤退下来，怨言很多，这一来倒把怨气变成对敌人的怒火，熊熊地燃烧起来。

不久，部队转移到冀西易县地区。这里是古燕国的首都，至今在易县城外仍可寻觅到倾圮的古城。"风萧萧兮易水寒，壮士一去兮不复还"的易水，和荆轲的故里都在这里。同时这又是抗日战争的老根据地。狼牙山五壮士的故事更是无人不晓。那座锯齿状的狼牙山总是披着紫郁郁的山岚傲立在那里，简直是一首又雄奇、又美丽的诗。对于周天虹说，这里无疑是他的第二故乡。处处的山岭溪水都使他想起当年的血战，也使他想起他与高红的恋情。

接着，敌军跟踪而至。为首的就是那个九十四军。该军自恃是全部美械化装备，又是在缅甸由美国顾问亲自培训出来的，因而傲气十足。11月初，该军竟集结了十个团的兵力，向我根据地腹地进犯，企图北击紫荆关，打通与察南的联系，以便分割我根据地。战场指挥员杨成武一看，歼灭敌人的好机会到了。遂命部队节节抗击，诱敌深入。将敌先头团诱至二十里铺、南北桥头、门墩子山等村庄，将敌完全包围。

周天虹和徐偏率领的团队，受命切断了敌人的归路。天黑以前将敌压迫至门墩子山下的南桥头村。这个山取名门墩子，真是名副其实，完全像两个大窝窝头似的骑着一条向西去的公路。入夜，一声令下，周围的几个团一齐向敌发起进攻。这个美械化团果然名不虚传，顿时把全套本领施展出来。首先是照明弹，一个接着一个，头一个还未落下，第二个就腾空而起，简直照耀得像白昼一般。其次轻重机枪射出的曳光弹，像绵密的红丝线织成的蛛网，把自己包裹起来。炮火爆炸的闪光，像雷鸣电闪似的闪个不停。说老实话，抗日战争中战士们还不曾见过这样强的火力。各部队攻了一夜，也没有突破。

徐偏一看攻不进去，心里急了。将近黎明时分，把战斗英雄孟小文找来，说：

"如果消灭不了这帮家伙，那我们就无法见江东父老了。现在我把轻重机枪、迫击炮集中起来掩护你，你能不能把突击队带上去？"

"团长，你就放心吧。"孟小文满有信心地说，"要是攻不上去，我就不回来见你。"

"你怎么攻法？"

"我用飞雷开路，用炸药解决问题。"

"好。"

徐偏点点头，立即调整了火力，顷刻间，造成了局部优势，把敌人的火力压倒了。孟小文把棉衣棉裤脱去扔到一边，带着突击排，每人手里提着几个飞雷，一路打过去，不一时，只见爆炸的火光一闪，长长一段围墙立刻倾倒在地，敌人的阵地被突破了。

徐偏立刻指挥后续部队继续跟进。友邻部队也随后纷纷突破。敌人动摇了，立刻向东北方向突围，与来接应的一个营合兵一处，狼狈逃窜。各部队随即转为追击。这帮敌人离开阵地，已经无所作为。终于在早晨的阳光下，缴枪投降。各部队押着两千多名俘虏走下战场。徐偏和周天虹的团队也抓了二三百名。这个完整的美械化团和另一个营被全部歼灭，无一漏网。

在团部的院子里，堆满了美式轻重机枪、六〇炮，还有两门榴弹炮。王副参谋长正忙着统计这些东西，一面对周天虹笑着说：

"怪不得快板诗人毕革非说蒋介石是运输大队长，真是一点不错！"

不一时，徐偏带着大批的俘虏回来了，周天虹见他乐得合不拢嘴，就说：

"老徐，这次你可别说上级叫你光啃骨头不叫你吃肉了吧！"

"我是希望多吃几次才好呢！这样我们的装备就可以改善了。"

周天虹走到徐偏身边，问：

"俘虏里抓到大家伙没有？"

"团长一直没有找到，可能是打死了，只抓到一个营长。"

"你把他找来，我了解一下情况。"

政治处的一个干事,把俘虏的营长送来了。周天虹一看,是一个细高挑、面容上还流露出几分倨傲的军人。他的军帽不知什么时候掉了,中校的领章,只剩下一个。满身都是灰尘。他扫了周围一眼,站在周天虹面前。

"你是一二一师三六一团的营长吗?"周天虹问。

"我是中校营长。"他纠正说。

"噢!"周天虹心中暗笑,看来这家伙对这一点倒很重视。又接着问,"你认为,这一仗打得怎么样?"

"你们虽说打胜了,但我并不佩服。"他轻蔑地一笑,"因为你们的武器太差,打得也很不正规。"

周天虹看他很狂,就说:

"既然我们打得不好,你怎么就成了俘虏了呢?"

"那是出于偶然。"他说,"你们可能不知道,我们师是全军第一,我们团又是全师第一。平时,木马、双杠、单杠的考核,我们全团每次都是冠军。师长傅天骄每次来我团视察,都伸出大拇指,说我们是这个。"这个营长说着,还得意地把大拇指伸出来。

周天虹觉得这位国军营长既高傲又浅薄无知,简直好笑得很。但是他刚才提到的一个名字,却使自己怦然心跳,不自禁地又问了一句:"你们师长叫什么?"

"傅天骄。"

"噢,傅天骄!?"周天虹蓦然想起,十年之前,即自己离家出走的前夕,本来是想同那个爱穿紫衣的姑娘秦碧芳一起奔赴延安的,不料却受到阻挠,这中间插进来的一个人物,就是秦碧芳的表哥傅天骄。傅天骄当时就是国民党的少校军官,不知道现在提到的傅天骄是不是他,就继续问道:

"这个傅天骄是哪里人?"

"河北人。"

"今年多大岁数了?"

"二十六七岁了。"

"他带家属来了吗?"

"来了,听说是他的表妹。我到师长家里去过,看见过她,很漂亮,平常爱穿紫色的衣服。"

"噢！果然是他！"周天虹暗暗地说，"真是无巧不成书，不想倒在华北兵戎相见了。"

周天虹无心再问，又问了一下敌军情况之类就匆匆结束，挥了挥手让人把那位中校营长带下去。

## 一一〇 新 考 验

随着解放战争的开始,那场因抗日战争中断了十年的土地革命又轰轰烈烈地展开了。

高红是一个不安静的女子。她不安于后方机关的工作,仍要求到一个县里去。理由是,自己虽然在县里工作过,但为时不久就被捕,因而并没有做出什么成绩。现在是一个新的革命高潮,她愿意再次到基层去,贡献自己的一分力量。不久,她的报告被批准,分配她到雄县担任县委书记。

雄县位于大清河北的平津保三角地带,抗日战争时期就是一个斗争十分残酷的地区,现在仍是敌我斗争的焦点,同时这里又是高红的故乡。前已提及,高红的家庭是一个并不太小的地主。由于她的父亲重男轻女,又对她管束极严,所以她一直住在北平叔叔家里就读,每年只是寒暑假才回到家。自从她偷了金子离家出走,奔赴延安,就再没有回去过,转眼之间已经十年过去了。

欧阳老师的驻地马兰村离她不远,她觉得行前应该去看看他。

她把工作调动的消息告知了欧阳行,欧阳行立刻用沾着红墨水的手点点她,笑着说:

"我真把你好有一比。"

"你把我比从何来呢?"

"当年我听说,瞿秋白曾把丁玲比作飞蛾,说她是飞蛾扑火,至死方止。我看你也有一点像这种飞蛾。"

"追求光明,追求真理,这是人的本性么!"高红笑着说,"这有什么不好呢?"

"不是说不好。"欧阳行解释说,"我认为这是很好的品质,革命战士的品质。不过战士的路上风险是很多的。"

"这个我不怕。"高红笑着。

欧阳行忽地想起了什么,问:

"你要到雄县去?"

"是的。"

"听说那里是你的故乡?"

"是的。"

欧阳行犹豫了一下,迟疑地说:

"如果时间来得及,你可以请求改换一个县份。"

"为什么呢?"高红一双聪明的猫眼忽闪了两下,笑着说,"你是说我的家庭出身不好吧?"

"不是说不好,家庭出身是不能选择的。"欧阳行神情严肃地说,"土地改革是一个十分伟大的革命运动,直接涉及一些同志的家庭。我想,地主家庭出身的同志,还是回避一下的好,比如说调到别的县份去工作。"

高红默想了一会儿,很认真地说:

"既然组织上定了,那就说明组织上信任我。我自己也相信能够正确处理家庭的问题。"

"那就好。"欧阳行点了点头。他沉吟了片刻,又说,"既是这样,那我就嘱咐你几句。当前的土地改革,对推动中国历史的发展,是至关重要的。因为封建势力和帝国主义互相勾结,已经成为中华民族发展的最大障碍,这个障碍不扫除,中国人民是无法前进的。孙中山提出'耕者有其田''平均地权',但他无法解决,也没有能力解决。这个任务只好由共产党来实行。资产阶级的民主革命,以法国为最彻底,但它并没有彻底解决农民的土地问题。现在我们进行的这场革命是由无产阶级领导的,我们就要彻底解决这个历史任务了!"

高红神情严肃地听着,微笑着说:

"这个我能理解,也从来没有抵触。因为我经常住在农民家里,看到那些贫农实在太可怜了。他们辛辛苦苦一年,打下的粮食大部分送到地主家里去了,糠菜半年粮,常年不得一饱。遇到年景不好,还要卖儿卖女,还哪里有发展生产的积极性呢?"

"你说得对。"欧阳行接着说,"再说,这次战争,蒋介石有美国人的全力支援,我们依靠谁来打败他们呢?不依靠农民又依靠谁呢?可以说,不彻底地实行土地改革,不把农民进一步发动起来,我们就不能赢得这场战争。"

高红点点头表示同意。欧阳行又说:

"因此,我认为你这次到雄县去,任务很重要。我之所以多说几句,无非是因为你是一个地主家庭出身的同志,家又在那里,这个,很不方便啊!大家的说法是革命革到自己头上来了。"

欧阳行说最后一句时,是带笑说的。高红立刻说:

"你放心,欧阳老师,凭我这几年的锻炼,这个问题我相信能够处理好。"

"可是,也不能走另外一个极端。"欧阳行告诫说,"有一些地主家庭出身的同志,怕别人说自己不坚定,不坚决,搞起斗争来特别'左',那也是不好的。"

高红笑着点了点头,表示心领神会。欧阳行紧紧地握着她的手,和她作别。

经过十几天的长途奔波,这位新任的女县委书记来到雄县。

消息立刻不胫而走,很快就传遍了全县四乡八镇。当然也传到高红父亲高老万的耳朵里。回去不回去呢?这是高红遇到的第一道课题。当然,按一般人之常情,那是应当回去看一看的。再说高红虽然自幼同父亲感情不深,对母亲还是有感情的。母亲是一个贫苦人家的女儿,自嫁到高家就备受虐待,见了父亲就像老鼠见了猫似的。高红常把自己同母亲看成是同病相怜的奴隶。自己离家整整十年了,何尝不想去看看自己的母亲呢?但是转念一想,现在正是土改时期,全县农民都在盯着共产党干部的立场,如果一个新任的县委书记,突然来到一个地主的家,岂不在客观上大长地主阶级的气焰,大灭贫雇农的威风吗?这就等于还没有开始工作就犯了一个政治错误。因此这家是断断回不得的。

再说高老万。在大清河北来说,他并不是一个很大的地主。因为在旧社会,这里属京畿地面,达官贵宦,多在这里置买大量田产。因此大地主不少。但在雄县来说,高老万已经是拥有良田千亩雄踞一方的地主了。再加上他在北平还经营了一爿商店,半土半洋,不完全属于土财主一类。近日,他听说土改即将开始,穷汉们摩拳擦掌,吵嚷着分田分地,闹得沸沸扬扬。心里真像百爪挠心,真是又畏惧,又担心,觉得立刻要大祸临头。在这样的重要时刻,忽听说女儿归来,又做了本地的父母官,真不啻天外飞来的南海观音,地上蹦出来的救命菩萨,顿觉满天愁云为之一扫。

可是,眼巴巴一连等了三日,不见女儿的踪影,且连个讯儿也没有。他急了。于是立刻换上一套既不张扬也不寒酸的长袍,戴上礼帽,让长工备上轿车,就一路格登格登地赶往雄县城来。

雄县城,说是县城,还不如说是一个幽僻的古镇。到处都可看到肥猪在门口自由出入,老母鸡在大街悠闲漫步。县衙门已经破得不能再破。同时高红也不喜欢这样的地方,就把中共县委机关搬到一般的民房里。

这天,她正在院子里一边散步一边考虑工作,忽听值班人员来报:

"高书记,外面有人找你。"

"谁?"

"你的父亲。"

"现在哪里?"

"就在门口。"

高红有点吃惊地"唔"了一声。但是父亲来到门口,岂可拒而不见?只好点了点头,让值班员把父亲迎了进来。

不一时,高老万已经大步走了进来。高红举目一望,见父亲虽已年近60,看去并不衰老,风度举止,仍然很有些气派。高红迎上去喊了一声"爸爸",把高老万迎到屋里。高老万一坐下就说:

"小红,你现在是共产党的大官啦!连爹也忘了是不是?我问你,你为什么不回家去呢?"

"爸爸,我怎么能忘了你哩!"高红勉强笑着说,"我新来乍到,什么都还没有安顿下来,怎么能先顾私后顾公呢!"

高红说过,立刻给父亲端上一杯水,笑着说:

"爸爸,你这些年还过得好吧?"

"没有死,就算好吧。"高老万苦笑着说,"这是个红、黄、蓝、白、黑的地界,谁来都得应付,我怎么能过得好呢?"

"你说的是什么红、黄、蓝、白、黑呀?"

"红就是你们——共产党,八路;黄就是日本皇军;蓝就是国民党——蒋介石、汪精卫;白就是汉奸、白脖儿;黑就是土匪、绿林好汉。你杀过来,我杀过去,你来抽税,他来派款,哪个应付不好都不得了。我当了几天维持会长,就给我戴了一顶汉奸帽子,我不干行吗?"

"哦,他还当了几天汉奸!"高红心中暗暗说道。但是脸上没有显出来,又转口问,"我妈妈还好吗?"

"她呀,别提了!"高老万带着几分气说,"这个人蠢得很。一条道儿走到黑,连个弯儿都不会转,简直是个糊涂虫。她也说我不该当维持会长,不该支应日本人,她就不明白,这是为了保住我们的家业嘛!我们吵了几次嘴,她磨不开,就,就自寻短见了。咳,这个家有她不多,没她也不少!"

高红听到这里,脸色有些变:

"怎么,我妈死了?"

"已经死了好几年了。"

高红勉强忍住,没有做声。沉了一会儿,高老万瞅了高红一眼,低声问道:

"听说现在共产党又要打土豪分田地啦?"

"是的,我们准备实行土地改革。"高红爽朗地说。

"那,我们的家业呢?"他的声音像蝇子哼。

"不管什么人都一样。"高红的口气很坚决,"一律按政策办。"

"这怎么行?"高老万瞪着眼说,"你能不能给上级说说,照顾照顾咱们。咱们家出了两个抗日的,也算是有功之臣么!"

"哪两个抗日的?"

"你和你哥哥不是都出去抗日了么!"

"快别提他,他早叛变当汉奸了。"

"那是曲线救国,实际上跟你们一样。即使他不算数,还有你嘛!"

"不行。不管有几个抗日的都不行。连中央首长家里的地也要分,不能有任何例外。"高红坚决地说,"爸爸,我劝你回去,老老实实地待着,决不要有任何反抗。尤其要听贫农团的话,要怎么分就怎么分。我保你安全没事儿。"

老万一听,眼睛红了,瞪着高红说:

"噢,你也这样说!你是想把我饿死吧?"

"怎么能说要把你饿死呢?"高红坦然一笑,"政策规定得很明确,地主也要分应得的一份儿,保你没有冻馁之苦,决不会像过去那些农民。再说你在北平还有商店,这是属于工商业部分,规定是不动的。"

听到这里,高老万怒火攻心,气冲冲地说:

"小红,你说得好轻巧哟!你知道这个家业是怎么来的吗?那都是你老爷爷起五更、打黄昏挣来的呀!那都是咱们一辈一辈舍不得吃、舍不得穿、刮牙缝积攒的呀!这个家业保到这会儿是容易的吗?想不到共产党要来共我的产,我这家业到今天算是完了!我实指望你回来帮我一把,想不到你们共产党一个鼻孔出气,天哪!还有谁来帮我一把呢?……"

高老万说到这里,止不住嚎啕大哭起来。

高红的气一直忍着,不发作,但脸上也出现了怒容,提高声音说:

"快不要这样!"

高老万一看女儿的脸色出现了怒容,知道事情不好办了。他的眼珠骨碌骨碌转了几转,扑通一声跪在地上,哭着说:

"小红,我生了你,养了你,没想到你这样没良心呀!你要是今天不帮我想个办法,我就死在这里算了!"

高红一见父亲拿出最后一着,真是又羞,又怒,又气,她拉了一把没拉动他,只好说:

"爸爸,我实在没法说服你。"

说着,就带着厌恶的表情离开了他。

## 一一一 壮 举

高老万见事情毫无结果,只好从地上爬起来拍了拍土,坐着轿车败兴而归。

他一回到自家的客厅,孙管家就带上一脸谄笑跑过来问:

"老爷,怎么样,见到大小姐了吗?"

"别提了,"高老万满脸怒容气鼓鼓地说,"这人,一加入共产党心就变了,六亲不认!"

"不会吧,不管怎么样,她总归是你的女儿吧!怎么会一点情面都不给呢?"

"这你可不知道!"高老万把手一摆,"你说下大天,她就是四个字:党的政策。还叫我听贫农团的话,服服帖帖把田分给那些穷棒子们。一钉一铆,连点儿活泛气儿都没有。"

"要真是这么着,那事情可就难办啦。"

孙管家叹了一口气,站在一边傻愣愣地发起呆来。

高老万两个黑眼珠骨碌了几下,忽然盯住孙管家说:

"老孙,这事儿你可不能传出去!那些穷棒子,听说我闺女回来了,本来都很害怕;你要把这事儿传出去,他们可就不把我当人看了。"

"那怎么说。"

"你这么说,"高老万想了一下,"政府说我高老万是个有功之臣,土改中是应当照顾的;你再说,我高老万共产党、国民党两边都有人,谁敢动我的田地、家产,就小心他们的脑袋!"

果然,谣言很快就在这个张家庄传开了。一传十,十传百,把一个张家庄和附近的佃户庄闹得沸沸扬扬。1947年春末夏初,土地改革已进入第一个高潮。周围的村庄群众的土地斗争进行得如火如荼,而张家庄一带却似乎风平浪静,甚至静得令人感到奇怪。

这正如平静的江水,下面却掩盖着汹涌的激流。

贫农团中的一部分激进分子,早就对这种状态看不下去。有一天夜里,他们终于聚集在张铁旦的家中。这个张铁旦,年轻时在高老万家当过几年长工,后来嫌他克扣工人过分厉害,就甩手不干,参加了八路军。他生得人高马大,膀宽腰圆,勇气过人,成长为一个相当优秀的机枪射手,且加入了共产党。后来,他接连负了几次伤,其中一颗子弹,正好从左腮穿过右腮,说起话来,瓮声瓮气,就像是咬着牙齿说的。由于身体相当虚弱,去年精简复员,就让他回家了。回家时已经年过30,又是三等残废,家里穷得丁当响,媳妇就很不好找了。亏得乡亲帮忙,找了个半傻的女子,支起了一个破家。这个女子说是半傻,其实不如说是过分善良憨厚,多少缺个心眼儿。结婚后给他生下一个白胖小子,夫妇间相当和美。这张铁旦由于处处关心群众的利益,凡事为大家说话,也就自然而然成为贫农中的领袖人物。

当晚议论的中心,自然是本村的土改斗争问题。他们首先发了许多牢骚,主要是反映了两方面的不满。一是派来的两个工作组,都让高老万收买了。高老万在这方面很有经验,工作组一来,他就用直接或间接的方式,请他们吃吃喝喝,说些花言巧语,用"筷子头"把他们打倒了。这两个工作组搞些表面文章,走过场,回去做个报告也就百事大吉。牢骚的第二个方面,就是贫农团的领导人。有的是直接间接和高老万有某种联系,有的是顾虑重重,生怕触犯了高老万的后台,他们完全被高老万制造的谣言震慑住了。说到这里,有的青年就说:"铁旦哥呀!你瞧瞧别的村是什么样儿,你再瞧瞧咱们村是什么样儿!别的村斗地主斗得热火朝天,有的把地都分到手了,咱们村还纹丝不动。难道说,咱们村的贫雇农都是熊包吗?"这个声音刚落,那个又接上去:"铁旦哥,现在大家无非是怕他家的后台,怕捅了马蜂窝不好收拾。其实,这都是高老万瞎诈唬。听说他闺女是到过延安的,是受过毛主席教育的,很难说她会站在她爹的立场。即使她心眼儿里同情她家,她也不敢明说出来。我们可有什么可怕的呢?再说,高老万的大儿子高凤岗,他本来就是个汉奸、国民党，我们不能因为他反对就不实行土改呀！"大家越说越气，有人说得更干脆："铁旦，你到底敢不敢挑头儿呀！你要敢站出来挑头儿，我们大伙儿就跟上你，你要是不敢，咱就拉毬倒，从今往后，再也别提什么土改不土改了！"张铁旦只是含着个小旱烟袋吧嗒吧嗒抽烟，一声不吭。听到这里，看看大家说得差不多了，就不慌不忙乓乓地磕了烟灰，然后像指挥员似的咳嗽了两声，慢慢腾腾地说："你们都说完了吗？"大伙回答说说完了，他这才一板一眼地说："老少爷儿们，我张铁旦多少也在外面混了几年，身上也穿过几个窟窿，我给你们实说，我从来没有想到能活到今天。我这条命已经是白拣的了。第一，我们贫雇农靠的是共产党。我不管他这个书记，那个书记。第二，我更不怕他国民党，不要说高凤岗，就是他蒋介石亲自来，也挡不住我们搞土改。我怕的只有一个，就是你们不齐心。今天既是你们齐心了，咱们说干就干，明天就干！你们说行不行？""行！""行！"大伙立刻吼吼起来，把个小破屋几乎抬到半空中。张铁旦立刻站起身子，像是咬着牙齿蹦出了几个字："好，那就明天到火神庙前面集合！谁也不要装孬种！"大伙轰的一声拍起了巴掌。

　　第二天早饭过后，火神庙前人越聚越多，不一时就是黑压压的一片。一眼望去，都是那些身着破衣烂衫的贫雇农们。张铁旦被一伙青年人众星捧月似的拱卫着。令人惊疑的是，他们身边停放着一口没有上漆的柳木棺材，白花花的很刺目地放在那里。众人用惊疑的目光观望着，不知道要干什么。张铁旦平日一见人笑眯眯的，今天却显得沉着坚毅，满脸杀气。他一看人差不多了，同周围的几个青年咕哝了几句，接着就开始讲话："同志们，乡亲们，贫农团的老少爷儿们！"他放大嗓门说，"别的村都已经把地分了，惟独咱们张家庄纹丝不动，大伙早就看不下去了！贫农团推举我带个头儿，找高老万讲理去。我琢磨着，我是个扛大活的出身，又是共产党员，我不应该推辞。"说着他指了指身边的棺材，神情变得格外严肃，"你们看到这口棺材了吗？这是干什么？实话实说，这是给我自己准备的。今天要斗不倒高老万，我就当场死在这口棺材里，你们马上把我埋掉。这就是我的决心！乡亲们！你们有种的，有勇气的，就跟着我走吧！"

　　说着，他就命令两个青年穿上扛子把棺材抬起来。张铁旦大步走在最前头,两个青年抬着棺材跟着他。

"走啊,斗地主去啊!斗高老万去啊!"几个青年领着头儿呐喊着,人们便像潮水似的跟上去,朝高老万家进发了。

高家看家护院的一见这种阵势,早已吓得面如土色,索索战抖,正要上前拦阻,早被张铁旦和为首的几个青年推到一边。人们从大门里一拥而入。

在华丽的厅堂前,人们挤得密不透风。一片喧嚷声:

"高老万快出来!高老万快出来!"

高老万战战兢兢地从后宅里走出来,站在厅堂的台阶上。虽说心里害怕,还勉强端着个架子。但是猛一抬头,看见张铁旦那副横眉立目的样子,尤其是看见那口白花花的棺材,以为是要枪毙他,身子就瘫软得站不住了,幸亏仆人赶快上来才扶住他。

张铁旦和高老万站了个面对面。他今天显得特别沉着,那双机关枪手的眼睛炯炯有神。他扫了对方一眼,轻蔑地笑了一笑:

"高老万,你还认得我吧?"

"我,我一时想不起来,你是……"高老万胆怯地偷看了一眼。

"贵人多忘事,我就是在你们家当过小做活儿的张铁旦么!"

"哦,哦,是你。"

张铁旦不慌不忙地说:

"今天,我们来,一不是为了借粮,二不是为了借债,三也不是要求你增加工钱。是要跟你讲理来的。"

高老万没有说话。张铁旦接着说:

"听说,你讲过,共产党和国民党,你两边都有人,都有当大官的,谁敢动你一根毫毛,就小心自己的脑袋。你说没说过这话?"

"没有。我从来没说过这种话!"

"好吧,"张铁旦笑笑说,"不管你说过也好,没说过也好,今天我要告诉你:我们不怕!现在搞土改,是共产党、毛主席给我们撑腰,你那个后台不顶屁事儿!就是天皇老子来,我们也照样分你的地!你那个汉奸儿子,我更不把他放在眼里,他要敢来,我就用机枪把他突突了!今天,咱们不是鱼死,就是网破。你看见这棺材没有?你别怕,这不是给你准备的,这是给我自己准备的,今天要斗不倒你,我就死在这口棺材里,马上抬出去。"

说过这话,他就面对众人放大嗓门说:

"乡亲们!你们有冤诉冤,有苦诉苦,你们有什么就说什么吧!"

话音刚落,一个青年人就站了起来。他用手指着高老万说:

"高老万!你是汉奸不是?日本人一来,维持会长是你,保长也是你,你不光给日本人送女人,你还坑害老百姓。这一带你是首户,派款派捐,你自己不拿,你倒弄到穷户头上。大伙儿都瘦了,你倒肥了!高老万!你这是吃穷人的肉,喝穷人的血呀!你究竟贪污了多少,今天你给大伙儿说说!"

"说说!叫他说!"下面一片声嚷。

声音刚住,一个50来岁的面貌黧黑的老汉,胡须颤抖着说:

"高老万!你还记得发大水那年不?那年颗粒无收,你不是不知道呀!按说你该减免一点才是。可是你是分毫不让,少一升一合都不行。大冬天,滴水成冰,我就跪在现在这个地方儿求你。我给你磕了好几个响头,你连眼皮都不眨。高老万,你也太狠心了,我到哪里去还你的租子呀!万般无奈,我只好狠狠心,把我的小女子卖了。这才顶了你的账。可是我老婆受不了,哭了一天一夜,半夜里就上吊死了!高老万,我问你,你还记得这事儿不?"

"说!你还记得不记得?"大家一起怒吼起来。

高老万眼皮抬了一抬,无言以对。老汉又流着眼泪说:

"像我这样的可不是一家呀!张羊妮家、张老丑家、张大秋家都逼出过人命。高老万,今天我不打你,也不骂你,你给大伙儿说说:全村你逼死了多少人命?"

"那年统计过,光这个村18条人命不少!"有人插话说。

"你们别插嘴,叫他自己说!"大家吼吼着。

"说吧,高老万,大家要你答复呢!"张铁旦在旁边催促着。

高老万略略抬了抬眼皮,声音不高也不低地说:

"这么多年了,这些事我都记不得了!"

"嘀,你倒说得轻巧,不记得了!"张铁旦说,"你不记得,我们都记得!我们桩桩件件,一件也没有忘!"

说过,他转向大家说:

"乡亲们,今天我们不是给他来算这些细账,我们是要彻底挖掉他剥削我们的总根子,把他的地分了!除按人口留给他一份外,通通分了!"说着又转向高老万:"高老万,你说你这些地该分不该分?"

"我从来没说过我不拥护政府的政策。"他一字一板地说。

"好,从明天起我们就开始分地!"张铁旦斩钉截铁地大声宣布。

"打倒地主！平分土地！"

"彻底消灭封建制度！"

"共产党万岁！"

下面掀起震耳欲聋、排山倒海的口号声。

## 一一二 血 人

平分土地的工作在华北原野上翻天覆地地进行着,绵延了数千年的封建剥削制度顷刻间土崩瓦解了。

平分土地,这是一件十分繁重复杂、政策性很强的工作。按晋察冀边区的办法,并不是打乱平分,而是抽肥补瘦,使得每一个无地和少地的农民,包括他们怀中抱着的婴儿,都公平地得到一份儿土地。除地主的工商业不许侵犯外,其多余的房屋、农具、用具,也要分给农民。这就要准确地划分阶级成分,精确地丈量土地和统计人口,使得平分工作做得公平、合理、人人满意。特别重要的,党员、干部还要事事先人后己,廉洁奉公。在这艰巨的工作中,基层的党员、干部和贫农团这些一般的普通群众,表现了出色的组织才能,把这场伟大的革命变成了现实。

张家庄自然也是这样。张铁旦领导群众将高老万斗倒以后,就开始了平分土地的工作。他差不多天天都同贫农们一起,在地里丈量土地。每丈量好一块,就在地边上钉上橛子,橛子上写明张三、李四几亩几分。过后就填写土地证,盖上边区政府拳头大的庄严的红印。当这些"土地证"分到贫雇农手中之后,你可以发现农村中从未有过的欢乐。在一向充满愁苦、悲叹的农村中,忽然扑来一股喜气,你说不清这股喜气是从天上来的,还是从地心里钻出来的。你只能感觉到它是这样沁人心脾,令人陶醉,搔得人心里痒痒地直想笑,随后也就自自然然地笑在脸上了。你走到大路上,可以看到人们不管有人没人,不知为什么脸上就漾起了笑纹。尤其是那些贫无立锥之地的老贫农,不管有事无事,都要背着粪筐到分得的地里看一看,仿佛土地是个孩子,生怕这个孩子丢了似的。到了地里,他就转一转,左瞅右瞅,冲着土地傻笑。也许不是他对着土地笑,而是土地先对着他笑了。张家庄还有一个贫农老汉,小苗刚刚长出,既非盛夏,又非护秋,他却每到日落西山,背着铺盖,一路唱着小戏,甜甜蜜蜜睡在自己的地里。

在这不是节日又胜似节日的欢乐的日子里,晋察冀野战军在南线战斗正酣。这时狡猾的高凤岗却钻了一个空子,来了一个长途奔袭,将张家庄突然包围。以张铁旦为首的18名贫农团的骨干,逃跑不及,全遭逮捕。他们一个个全被押到高老万家的厅堂下。高凤岗身着军官服,头戴青天白日帽花的大盖帽,足穿高统大马靴,威风凛凛地坐在他家的厅堂上。

"张铁旦!"高凤岗脸上漾着胜利者的笑容,轻蔑地、恶狠狠地望着张铁旦说,"那天,抬着棺材到我家里搞斗争的是你吧?"

"不错,是我。"张铁旦怒目而视,毫不示弱。

"你那天说,你从来不把我高凤岗放在眼里,我要敢来你就把我突突了。这话也是你说的吧?"

"不错,是我说的。"张铁旦反问,"这些是不是你爹跟你说的?"

"现在是我问你!"高凤岗把眼一瞪,"张铁旦!你从小在我家当小做活儿的,是我们把你养起来的。想不到你当了几年小八路军学得这样坏!我问你,你为什么带头分我家的地?"

"因为你家搞剥削!"张铁旦大声说。

"剥削?你懂得什么叫剥削?"

"你们身不动,膀不摇,吃人肉,喝人血,这就是剥削!早就该打倒你们了!"张铁旦讲得理直气壮,铮铮有声。

"哼,又是共产党那一套!"高凤岗满面怒容地说,"不是我家的地,你们这些穷光蛋早饿死了。你们恩将仇报,是丧良心!"

"高凤岗,你说反了。"张铁旦大声说,"不是我们一个汗珠摔八瓣,早就把你们这些老爷、太太饿死了!没有寄生虫,我们照样生活,生活得更好。"

"张铁旦,你不要忘,这地是我老爷爷用钱买来的,置来的!"高凤岗高声吼叫着。

"笑话!"张铁旦从鼻子里哼了一声,"你那钱不是你老爷爷当县官刮地皮刮来的吗?你还有脸提这个啊!"

一句话把高凤岗激怒了。他站起来提高嗓门叫道：

"不跟你磨牙了！来人，把梯子抬过来！"

几个士兵把事先准备好的大梯子抬过来，搭在高高的房檐上。

"把他们赶上去！"高凤岗挥了挥手。

这些贫农骨干全被逼上了屋顶，让他们一个一个躺在房檐上。张铁旦却被意外地留在下面。

"都躺好了吗？"高凤岗仰着脸儿厉声喝问。

"都躺好了。"一个军官在房顶上回答。

这时，高凤岗脸上露出狰狞的笑，对张铁旦说：

"八路军一来，就叫你们吐苦水①，今天我叫你们统统喝进去！"

说过，他打了个手势，那些士兵就把人接二连三地、扑通扑通地推下来。因为房子很高，人们立刻摔得七窍流血，有的哼了几声，有的连哼也没有哼就一命呜呼了。个别没有死的，高凤岗拔出手枪砰砰结果了他。然后睥睨地望着铁旦一笑：

"张铁旦，你看，这个饺子下锅还挺好看吧！"

"你们完全是一帮畜类！"张铁旦狠狠地骂道。

"你还嘴硬，我另有办法优待你！"高凤岗说过，就转回头向后面喊了一声，"把那个东西抬出来！"

接着，两个人从后面抬出一块门扇大小的木板，哐啷一声放在张铁旦的跟前。张铁旦一看，木板上满是密密麻麻的钉子。每一颗钉子都尖头冲上，自然是从后面钉进去的。

"你明白吗？这个就叫钉板，中国自古就有。"高凤岗指着说，"你们不是天天喊着要翻身吗？今天我就叫你来个大翻身！"

说着，他厉声命令士兵：

"把他的衣服剥光！"

立刻，张铁旦的衣服被扒光，只剩下一个小小的裤头。高凤岗阴险地一笑：

"铁旦，人都说你是个英雄汉子，我就用这个来优待你。今天，我看你到底是铁旦还是个肉旦？"

说过，他挥了挥手，使了个眼色，人们立刻把张铁旦推倒，让他

---

① 吐苦水，即诉苦。

伏在钉板上。然后,高凤岗就亲手拿着马鞭子,朝着张铁旦的背脊狠狠地甩去,每打一鞭就恶狠狠地骂一句:

"张铁旦!你给我翻身啊!翻啊!翻啊!"

不一时,张铁旦就浑身上下成了一个血人。可是正在高凤岗得意洋洋的当儿,却冷不防张铁旦一跃而起。只见这个可怕的身材高大的血人,夺过鞭子,劈头盖脸地朝高凤岗打去。他一边抽,一边喊:"我们就是要翻身!要翻身!要消灭你们这些剥削人的王八蛋!"一连抽了高凤岗十几鞭子,周围的护兵马弁愣了好几秒钟才清醒过来,一拥而上,用乱枪将张铁旦打死了。这一幕,是高凤岗丝毫没有料到的。

多年以后,张家庄还传说着这个血人的故事。

## 一一三　为死难烈士送葬

1947年春夏,晋察冀野战军南攻正太,东取青沧,两战俱捷,共歼敌4.8万人。这是自张家口撤退以来主动作战的巨大胜利。然后野战军北移,进攻保定以北地区,高凤岗闻讯,急忙逃窜。

张家庄发生的残酷的阶级报复事件,高红当天就接到报告了。这件事引起她心灵上巨大的震动和深深的不安。何况制造这惨案的罪魁祸首,就是她的胞兄和她的家庭。如果她自己不去亲自处理,她将何以面对革命的群众呢？因此,她在高凤岗退走的第二天一早,就带着几个人赶到张家庄来了。

一进村,高红就感到一种令人压抑的、恐怖的气氛。再加上密云不雨,天色阴暗,更使人有出不来气的感觉。村公所里没有人,找了半天,才找到两三个村干部。他们一听来的是高老万的女儿——县委书记高红,眼睛里立刻流露出一种狐疑不定的神色,说话也闪烁其词。高红的那双猫眼眨了几眨,心里立刻就明白了。

"被害的人都埋了吗？"高红问。

"没有。"40多岁的村长回答,"昨天晚上才找好棺材,把他们成殓了。"

高红心想,第一步还是应当先慰问受难者的家属。她问：

"张铁旦家里还有人吗？"

"有一个傻媳妇儿,一个不满周岁的孩子。"

"你先领我们到他家看看。"

村干部把他们领到一个破旧的院门前,说："这就是！"高红一看,院墙还超不过半人高,里面只有一间土坯房。屋门口放着一口未着漆的柳木棺材,一个年轻的妇人怀里抱着一个孩子,正坐在棺材旁边哭呢！高红一阵心酸，心想，这个复员军人大概还没有来得及修葺自己的穷窝，就投入到这场伟大的斗争了。

"铁旦家的，别哭了！"村长招呼说，"县委书记看你来了！"

大家接着走进了院子。那妇女仰起一张泪脸望了望众人，接着又哭起来。还边哭边说：

"他死得好惨哪！浑身是血窟窿呀！没有一个好地方呀！连裤头都脱不下来呀！快给他报仇吧！……"

高红看见眼前的棺木，听了未亡人的哭诉，虽尽力镇静，眼泪早已夺眶而出，急忙掏出小手绢掩住鼻子，免得放声失态。

"确实，太残酷了！"村干部补充说，"那天我们到高家去抬人，一看铁旦哥，成了血人，上上下下没有一个囫囵地方！"

"这种刑具，我可从来没有见过！"另一个说。

话，一句，一句，都像鞭子抽打着高红的灵魂。她的哥哥真是太残忍了，早已失去了最后一点人性。今天的事，不仅使她深感痛苦，而且从心里恨他。她擦了擦眼泪，走到妇人身边，伏下身子说：

"铁旦嫂子，别哭了！铁旦是条英雄汉子，他是为大家死的。你的仇也不是你个人的，是大家的仇，我们一定给你报仇！"

"他一死，我们娘儿俩可怎么活哩！"妇人哭着说。

"不要紧，嫂子，有咱们政府就有你的饭吃！我们一定要对得起你。"

接着，高红又说了一些贴心的话，把铁旦家的好好抚慰了一番，又当场让秘书取出五百斤粮票算作临时抚恤，然后才离开这个残破的院子。

随后，高红让村干部带着去看望了其余17家被害者的家属，一一作了慰问，并当场给了抚恤，这才向村公所走来。

在十字街口，高红猛一抬头，正好路过自己的家门。她虽然离家已经十载，但幼年经历过的事情毕竟是相当深刻的。那一对庄严的大石狮子，石狮子旁边的上马墩，还有朱红大门上刻着的"忠厚传家久，诗书继世长"的楹联，以及大门上方的"积善人家""乐善好施""德被乡邻"的匾额，还都一一宛然在目。高红的一颗心不禁猛烈地跳动起来，脸色立刻变了。她本来想避开自己的家门，却不期而遇。刚才被害者家属的哭诉，以及受难者被虐杀的惨象，立刻浮现在眼前。她仿佛听到从这个大门里传出来的高房抛人和滚钉板的惨叫声。这一切都是发生在这个以"忠厚""和善"相标榜的大院内,也就是发生在自己的家中。一种负罪感和羞辱感悄然而生。诚然,家庭出身不能自己选择,但为什么要出生在这种罪恶的家庭呢?

回到村公所,高红半晌无语。沉默了好一阵,她才问村干部:

"对这个事件,村里群众都怎么说?他们的情绪还好吗?"

"怎么会好呢?"村长苦笑着说,"有的干部跑了,有的干部躲在家里不出来,说是有病。"

"群众呢?群众怎么说?"

村长眨眨眼,似乎忖度了一下,才勉强说:

"你是要我们说实的呢,还是要我们说虚的呢?"

高红觉得话里有话,就说:

"我自然是要你说实的,要你说虚的干什么?"

"要说实的,对你可就不大方便了。"村长很难为情地说。

"没有关系!"高红把手一摆,显得十分坦然,"我虽是地主家庭出身,可我是共产党员,是党的女儿,人民的女儿。我是站在贫下中农立场上的。有话你就说吧!"

"着,我看也是这个理。"村长显然放心了,"这场阶级报复,村里多数群众都说,是你爹勾结你哥哥干的。他们说你爹不是一般的过错,是对抗土改,破坏土改,勾结敌人,镇压群众。应当抓起来治罪才行。不然,这个土改谁也不敢搞了。"

村长的话,像重重的鼓槌敲击在高红的心上。她默然思虑了一番,沉着而坚毅地说:

"我认为,群众的看法是对的。毫无疑问,我爹应当治罪。"

村长看了看另外两个村干部,都不约而同宽心地笑了。村长亲热地走到高红身边,说了一句悄悄话:

"高书记,说实在的,你刚一来,我心里还没有谱儿,不敢跟你说掏心的话;我还怕你把我抓起来呢!后来看你是站在咱贫下中农立场上的,我才不怕了!"

高红也会心地笑了。她的笑里流露出对革命群众由衷的铭感。

下午,在火神庙前,举行了全村的村民大会。会场上赫然挂着"追悼死难烈士坚持土改斗争"的横标。18位被害烈士的棺木,一字儿排列在会场上。尽管天色阴沉,飘着零星雨点,但人们纹丝不动,肃然无声。县长也从城里赶来了,由他主持会议,高红讲话,她的讲话,突出了以下三点内容:一、这次张家庄惨案,是一桩严重的阶级报复事件,是地主高老万勾结其儿子高凤岗进行的。对高老万立即逮捕,依法治罪;对凶手高凤岗也要缉拿归案。二、以张铁旦为首的18名贫农团干部,在土改斗争中,表现了大无畏的献身精神,一律按烈士待遇,其家属由政府给予抚恤,并命名其坟墓为"十八烈士墓",立碑纪念。三、号召全县党员、干部、贫农团和广大群众,继续完成土改斗争。在讲到最后一点时,高红止不住内心的激动,她的声音有些沙哑了,颤抖了:

"父老乡亲们!我虽是从地主家庭走出来的,但我早就是地主阶级的叛徒。自从我入党的那天起,我就背叛了这个阶级。我认为这种背叛是光荣的,因为我是投向全世界劳苦大众的一边。今天我再次当众宣告:我是党的女儿,人民的女儿,你们的女儿。我愿意为你们献出一切。我愿同你们一起前进再前进,把封建制度以及一切剥削制度彻底砸碎!假若有哪一天我背叛你们,我愿受到你们的审判和最严厉的制裁!……"

高红说到最后几句话,眼泪不禁夺眶而出,嗓音也有些哽咽了。下面响起一片暴风雨般的掌声。接着是"打倒地主阶级!""彻底消灭封建!""把土地改革进行到底!"的口号声。

这时,乡村的响器班子吹奏起哀乐,走在前面,后面跟着18口棺材,向墓地缓缓走去。高红和县长同家属一起跟在棺木后面。再后是送葬的群众,长长的行列达数里之遥。风送着,小雨落着,像是也在为勇敢的战士送行……

# 一一四　轻敌招致意外

高凤岗在张家庄一带残酷的阶级报复，使得人民群众切齿痛恨。这种情绪自然也传到子弟兵的耳中。保北战役开始了，野战军首长除计划围歼徐水、固城两个美械化团之外，也想把高凤岗一起搞掉。

高凤岗的那个保安总队，本来盘踞在容城。他嫌这个城过于残破，不好加修工事，遂在距城二里的大楼底村，依据日伪时期的经验，大加改进，精心修建了一套崭新的防御工事。特名之曰"凤岗碉"。

攻克大楼底的任务，交给了周天虹所在的师。这个师的师长是个老资格。野战军首长给他的时间是以一周为限，他却大大咧咧地说："消灭区区一个土顽，何用一周？三天就足够了。"徐偏自然也是这种情绪。在从野战军总部回来的路上，他同周天虹并辔而行。他冷丁地冒出了一句："我看上面对我们这个团还是有看法！"周天虹笑着反问："有什么看法呢？"徐偏说："嫌我们不行呗！不然，为什么把消灭美械化团的任务给了别的师、别的团，而让我们去打土顽呢？"周天虹笑着说："高凤岗在这一带危害很大，把他消灭了，就是为这一方人民除一大害，可能比歼灭一个美械化团贡献还大哩！"

这时，我军比起解放战争初期，攻坚、攻城已有一定经验，再加上人民群众的优势，往往一夜之间就能将敌人严密包围，并在敌人周围构筑好蛛网般的工事。待敌人发现时，已经插翅难飞了。另一点不同是，各师都有了一点炮兵，这自然是从"运输大队长"那儿取得的。因此，攻坚战已较前增强了信心。

6月下旬的一个傍晚，夕阳衔山时分，徐偏就指挥几门山炮对敌碉进行试射。不一时就将那些高高低低的碉堡埋在蓝烟中了。整个战壕里都有喝彩声。徐偏和周天虹都没有钻到隐蔽部去,而是站在战壕里聚精会神地观察。当然炮弹还是有限的,在炮火一定准备后就开始了冲锋。讵料这次冲锋很不理想,因为敌人的碉堡大都姿势很低,不易摧毁;而我们的机枪等火力又难以封锁其下层的射孔,这样,冲上去的战士们就大部伤亡了。

"这是怎么搞的?"徐偏的眉头皱起来了。

夜深人静时,我军又向敌展开了政治攻势。

喊话组是由政治处的几个干事组成的。周天虹也站在旁边。喊话的内容是宣传我军最近在正太、津浦所取得的巨大胜利,宣传解放区轰轰烈烈的土改运动,号召敌军士兵赶快回家,他们也可以分得一份土地。刚讲到此处,却被对方一个凶里凶气的声音所打断,大声吼道:

"不要穷喊了!你们为什么要分别人的土地?"

声音粗野而凶暴,听来又有几分熟悉,周天虹在旁边说:

"问问他,他是谁?"

"你是谁?"一个干事拿着喇叭筒问。

"我就是那个你们天天咒骂的高凤岗。"对方答道,"你们讲讲,你们为什么要把别人的土地据为己有?你们是强盗,是丧尽天良!"

周天虹听到这里,忍不住了,急忙把喇叭筒抓过来说:

"高凤岗!我告诉你:我们实行土改是为了使人人有地种,人人有饭吃,是为了社会进步和民族的富强。这是完全正义的。你对分地的农民施行残酷的报复,这是为了维护一己的私利,这才是灭绝人性、丧尽天良的!"

"听你的声音,你是周天虹吗?"

"你说对了,我是周天虹。"周天虹从容答道,接着又添了一句,"怎么,你想投降过来吗?"

"要我投降,可以。但要依我三个条件。"

"你说吧,什么条件?"

"周天虹,告诉你们的共产党头子:第一,要立即放弃马克思主义;第二,要立即停止阶级斗争;第三,要立即停止土改,把分的土地退还原主。只要做到这三点,我们就可以共事了!"

周天虹听到这里,怒不可遏,狠狠地骂道:

"呸!你这个民族败类,无耻之徒!你过去不是同日本鬼子合作得很好吗?请你再去同他们合作吧!"

"老同学,你不要骂人么!"高凤岗说,"借这个机会,我也奉劝你几句:你看我,虽说混过几天伪事儿,现在可是正式的国军啦,而且是将军了;而你呢,听说仍然是个小小的团级干部,你还这样忠于你那个党,这又何苦呢!你还是过来吧!我可以马上推荐你当一个将军!"

"呸!我就是在解放军当一个兵,也比你值钱!你们的头子蒋介石,也不过是美国的一条走狗!好,那咱们就骑驴看唱本——走着瞧吧!高凤岗,总有一天我会要拿住你!"

"对,咱们骑驴看唱本——走着瞧!"

接着是双方激烈的对射声。

大楼底战场,距平汉线上的固城战场不远。那里的炮声分不出个儿,简直像夏日天边的沉雷一般滚个不停,足见战斗十分激烈。可是到第三天晚上,炮声已经完全停止。徐偏立刻判断说:"你瞧,那里战斗结束了。"果然,时间不长,带着新鲜油墨香味的捷报,已经像蝴蝶翻飞般传扬在战壕里。标题是:敌九十四军一二一师三六二团,已全部被歼无一漏网。不久又传来捷报:徐水城已被攻克,守敌十六军一个美械化团也遭到同样命运。而大楼底,虽组织过多次攻击,竟毫无进展。尤其是,有一部分战士进到敌人的外壕,受到暗火力点的杀伤,至今无法撤回,徐偏的心简直像刀绞一般。

是晚,月色朦胧。徐偏决定带一个侦察员亲自去勘察地形,研究一下凤岗碉的秘密究在何处,为什么攻不进去。

为了减小目标,他和侦察员都脱光了膀子,仅仅带着手枪和两颗手榴弹,侦察员背着一支冲锋枪。两个人就试探着向敌人摸去。在距敌人较近时,两个人就完全伏在地上蛇行起来。这样一步一步接近了敌人的鹿砦。这时,他回头一望,才终于发现,这里的地形是经人工改造过的。从我方至敌方呈斜坡状,外高内低。因此,我们很难封锁敌人地堡上的枪眼,而敌人却可以很方便地射击向他们突击的部队。这就是所谓"凤岗碉"的秘密。再加上敌人的外壕,还有暗沟和碉堡相通,因之,进入外壕的战士也就没有任何死角可供利用了。

徐偏这次亲自勘察地形,收获很大。经与周天虹认真研究,又制订了一个新的方案,决定以坑道作业内部装药攻克之。但是,第二天一早,情况发生变化,大批增援的敌军从北面攻过来了。炮弹已经落到我军阵地,继续进攻显然已经无法进行。

上级传来了撤退的命令。

这时,徐偏坐在战壕边,两只穿着黑胶鞋的脚蹬着沟沿儿,垂头不语。周天虹问了他两句话,他都没有回应;弯下腰一看,才看到徐偏流泪了。

"死了这么多人,也没有打下来……"他难过地抽噎着说。

"咳,接受教训吧,"周天虹也长长地叹了口气,"这次,我们从上到下都过分轻敌了!"

"不,不,这怨我,我对不起他们,我不能走……"

徐偏仍然坐在那里不起来,周天虹上前一把将他拽起来,笑着说:

"上次在怀来,是我不撤退,你批评我;现在该我跟你做工作了。"

## 一一五　越不过的雷池

保北战后，部队移至冀西曲阳、唐县一带进行休整。

正是秋高气爽时节，东北我军在关外展开攻势。情报透露，关内敌人将有两个军增援东北。为钳制敌人，我军决定三攻保北。

这次围攻的重点是徐水，而意图却在围点打援，在运动中歼灭更多敌人。这一着果然有效，敌人的两个军和一个战车团立刻自平津出动，沿着平汉铁路两侧南援徐水。我军则在徐水以北，构筑阵地，进行顽强的阻击。周天虹和徐偏的团队也在其中。这场鏖战持续了数日之久，渐渐形成僵持状态。这是指挥员很不喜欢的局势。却不料正是这一局势引出了微妙的转机。

推动事物起变化的契机，就是蒋介石来到北平。他在北平后圆恩寺行辕召开了会议，并派飞机把驻石家庄第三军军长罗历戎也接来了。正像人们说的，蒋介石到了哪里，哪里就吃败仗。这绝不是挖苦话，也不是说他指挥无能。而是说他反共之心太切，总想把对方一举荡平，因而这种企图本身不免同现实产生矛盾。这次也是如此。他一看晋察冀的几个纵队，已经被他的两个美械化军紧紧吸引住而脱身不得，如果让第三军从石家庄北上，实行两面夹击，岂不是可以大获全胜吗？因此，他就当面指示罗历戎率军北上。罗历戎明知长途穿越解放区有颇大风险，也不敢不从，于是就在10月16日渡过滹沱河冒险北上了。

这时晋察冀野战军的政治委员罗瑞卿到边区参加土地会议去了。司令员杨得志、第二政委杨成武和参谋长耿飚，正为敌我的胶着状态而忧烦。他们决定，调平汉路以东的部队向西转移，以便诱敌西进，创造新的战机。决定以后，他们三人即离开驻地容城东马村乘马西行。此时正是黄昏时分,刚走出十几里路,一个骑兵通讯员飞马而来,送来军区司令聂荣臻发来的敌情通报。通报称,石家庄敌第三军军长罗历戎亲率军部及第七师以及十六军的一个团,已渡过滹沱河,进至新乐地区,估计18日可抵定县,19日即可抵达保北以南的方顺桥了。三个人看了这份电报,兴奋万状,当即下马,在地上铺开地图研究了一番,很快就决定主力立即挥师南下,歼灭该敌;而令一部分部队在徐水以北坚决阻住敌人,以保障这一胜利能够实现。

这时,周天虹和徐偏的团队,正坚守在徐水以北平汉路西侧的阵地上。当他们得知这一消息,自然十分兴奋,但同时却又觉得担子相当沉重。因为在此以前,进攻之敌共有五个师13个团,我军则有步兵30个团进行阻击;而现在突然调走15个团南下歼敌,这里仅有12个团,而敌人方面却增至19个团,情况大不相同了。周天虹见徐偏面孔严肃,半晌无语,就问道:

"老徐,你有什么考虑?"

徐偏沉吟了一会儿说:

"我考虑这个战役,有两个难题。第一,罗历戎昨天就过了滹沱河,到达我们预定的战场清风店只有90华里。而我们自徐水以北南下的部队赶到清风店则不少于120公里。这就是说,南下的部队需要在一天一夜赶出敌人三倍的路程。如果没有当年奔袭泸定桥的精神,那是赶不到的。第二,我们这里,前几天是以30个团阻击敌人13个团,这一来呼啦走了一半多,而敌人却增加了,现在我们要以12个团顶住敌人19个团的兵力。我们的担子大大加重了。……"

"那么,你的意思是,我们顶不顶得住呢?"

"我没有说顶不住,我是说够吃力的。"

"当然,这也是事实。"周天虹把语气变得和缓了一些。"过去司令员常说,我们的部队必须打一些硬仗、恶仗,才能锻炼出我们的作风。老徐,你今晚再把工事检查一下,我下部队再动员一番,把气鼓得足足的,我想这个任务是能够完成的!"

第二天,是战斗相当激烈的一天。

周天虹一早就赶到了一营的阵地。阵地紧靠平汉铁路的左侧。日本占领时期,铁路两侧都挖有一丈五尺宽的大壕沟。一营就在壕沟内修筑了一座座拦阻敌人的地堡。沟壁两侧还挖了不少猫耳洞。一营的指挥所就在这些猫耳洞里。

孟小文现在已经是一营营长了。他精神饱满,神采奕奕,一见周天虹就说:

"政委,你就放心吧,敌人过不来。我这里就是个肉磨子,他来多少,我就磨死他多少!"

说过,又半开玩笑地说:

"政委,你这一来,我就蹲不住了,我就得到连里去;连长一看我去,就得到排里去;排长到班里去,那班长可就没地方去了!"

"嘎小子!你干你的,我不影响你的指挥!"周天虹也半开玩笑地说。

敌人的进攻开始了。一开头就是成千发的炮弹落在阵地上,霎时间烟火迷漫,云遮雾罩,隆起了一道烟墙。接着敌人就顺着日本人留下的壕沟,像羊群一样地涌过来。按照孟小文的命令,百米以内才能开火。这样敌人就在阵地前边一批又一批地倒下去。尤其是战士们的飞雷发挥了极大的威力,炸得敌人鬼哭狼嚎。一堆一堆的死尸在阵地前堆积起来。敌人一连三次的攻击都被打退了。

中午过后,二营阵地前又紧张起来。几架野马式战斗机不停地沿着阵地轰炸扫射。

团长徐偏刚来到二营指挥所,就听电话员说:

"团长,你的电话!"

"谁来的?"

"纵队司令员。"

一听是纵队司令,徐偏的心怦怦直跳。这位新任命的司令,战前仅见过一面,不很熟悉。但听人说,他20岁就当师长,是一个威名赫赫的战将。且性烈如火,批评人不讲情面。徐偏对他不免怀着敬畏之心。今天一听他来电话,就赶忙接过耳机,说:

"你是司令员吗?我是徐偏。"

"你那里情况怎么样?"对方用豫鄂皖边界的口音问。

"敌人在一营方面攻了一个上午,已经被打退了。现在正集中力量攻击二营。"

"你要注意!"司令员指示说,"据我刚才观察,敌人这次攻击规模更大,至少会投入一个团的兵力。而且会采取连续冲击。"

"是的。"

"你要下决心把敌人挡住,决不能让他们冲过来!"

"是的。"

"如果敌人冲过来,南边的仗就打不成了,你明白吗?"

"明白。"

"老徐,告诉你,我已经向野司首长下了保证。你那里如果出了问题,我是要执行纪律的。你听明白吗?"

听到这里,徐偏心里格登了一下,感到不很愉快。因为他过去打过许多仗,还从未有哪个上级提醒过他要执行纪律。但慑于司令的威名,又不便反驳,只好哼了一声。对方接着又大声问:

"徐偏,你听见了吗?"

"听见了。"徐偏小声说。

这时,敌人的进攻已经达到高潮。一颗炮弹将指挥所掀去了一半。徐偏从隐蔽部里爬出来,满头满脸全是土了。只听通讯员惊叫了一声:

"团长,坦克!"

徐偏向前一望,果然前面三四百米处,出现了七八辆坦克,正在向我方前进。他想,坦克后面自然是步兵,如果不把这几辆坦克击毁,阵地也就保不住了。

想到这里,他一跃而起,向右前方猛跑,因为那里正是战防炮的阵地。这门战防炮和使用战防炮的三名解放战士,都是不久前才从蒋军俘虏过来的。徐偏塌下身子几乎是用跑百米的速度,跑到战防炮阵地上。

战士们见团长来到,刷地全站了起来。徐偏摆摆手,严肃地说:

"快推上去打!今天你们立功的机会来啦!要打准,一人一个大功;要打不准我可就要执行纪律了!"

说着,几个战士立刻七手八脚地把炮推出来。待敌坦克进至百米处,瞄准手眯细着眼瞄了瞄,瞬间,嗵嗵两炮,就把为首的两辆坦克击中起火,顿时升起几丈高的黑烟。

"好,好,打得好,再打再打!"徐偏不由得鼓起掌来。

这三名来自四川的解放战士,真是训练有素,又一连几炮,后面的四辆坦克接连中弹起火。后面几辆坦克见势不妙,立刻掉头就跑。这一来把进攻的士兵全部暴露在我军火力之下。轻重机枪和迫击炮一阵猛砸,敌人就像雪崩般地溃败下去。

此后数日,被包围在清风店的罗历戎,每天都发出几封电报向徐水以北的李文兵团司令呼救,向保定的孙连仲呼救,也向北平呼救。但保北之敌使出吃奶的力气仍无法越过雷池一步。直到第三军被歼,军长罗历戎被生俘,也没有看到援兵的影子。

清风店大捷,取得了歼敌1.8万人的大胜利。战后各纵队开了隆重的庆功大会。会上传达了朱总司令的贺诗。时朱总司令正在战场附近,见景生情,诗兴勃发,遂步杜甫《秋兴》第一首诗韵成诗云:

> 南合村中晓月斜,
> 频呼救命望京华。
> 为援保定三军灭,
> 错渡滹沱九月槎。
> 卸甲咸云归故里,
> 离营从此不闻笳。
> 请看塞上深秋月,
> 朗照边区胜利花。

这首诗,自然对我军将士及边区人民是莫大鼓舞。除此以外,令周天虹和徐偏特别高兴的是,他们团获得了大功团的称号。纵队司令亲自把一面奖旗授给团长徐偏,并且很高兴地握着徐偏的手说:"老徐啊,你这次任务完成得不坏!当然我的话可能太严格了一些吧,不过你知道,当时我站在一个高房上亲眼看到,在你们的阵地面前,停着几百辆满载步兵的汽车,真是一眼望不到头啊!如果我不严格一点,督促你下最大的决心,那是十分危险的啊!"徐偏看了看这位面色黝黑、性烈如火、行若疾风的战将,不仅对他的一点怨意化为乌有,而且觉得挨他几句骂还颇感舒服似的,遂笑着说:"司令员,我没有意见,要不是你严格要求,也许还没有这样的胜利呢!"说过两人哈哈大笑。

徐偏扛着大红奖旗回到团里,大家都高兴得合不拢嘴儿。团里也举行了庆功大会,那三名击毁六辆坦克的解放战士也上了台。徐偏当场宣布了给他们立大功的命令,并且握着他们的手说:"同志,当时,我的话也许严格了一点儿,可是那情况多么紧张呀,是不严格不行的呀!"其中一个四川战士笑嘻嘻地说:"要得!要得!我们冇得意见。因为我们也想早点胜利,好回家分地哩!你们不是说,解放战士回到家也可以分一份土地吗?"

## 一一六　总司令的接见

　　清风店大捷后不久,军区聂司令员就提出乘胜夺取石家庄的建议,很快就得到了中央军委的批准。因为这时石家庄的守军虽有两万之众,但正规军不过一个整师,其他都是周围几十个县的还乡团之类。而且自正太战役、保定南北各战役以来,周围铁路早被斩断,石家庄已成为孤悬在解放区中的一座孤岛了。这就好比一枚已经熟透了的果实,挂在枝头,伸在你的嘴边,就看你敢不敢来摘取它。

　　整个野战军和地方兵团都在"解放石家庄"的口号下投入紧张的准备。地方上动员了民兵和民工将近十万人,包括一万副担架、四千辆大车支援前线。战前还把清风店俘虏的近千名官兵放回石家庄以动摇其军心,准备工作可谓做到家了。

　　周天虹和徐偏几乎天天都泡在练兵场上,反复地进行着实战演练。这天早饭后正要到野外去,纵队部来了一个电话,说上午有要事,叫团长、政委都不要离开。不一时,纵队司令部一位参谋飞马而来,一下马就笑嘻嘻地说:

　　"没有想到吧,今天上午朱总司令要接见你们。"

　　"什么?你说什么?朱总司令?"两个人眼睛放光,几乎都不相信自己的耳朵。

　　参谋说,朱总司令下来搞调查研究,已经十几天了,今天就住在附近。他听说大功团离他不远,表示想见一见大功团的同志。

　　周天虹、徐偏乐得合不拢嘴,真是做梦也没有想到。随即让警卫员备马,跟着参谋向附近的一个村庄驰去。

　　朱总司令和少奇同志是今年春天来到晋察冀的。他们作为中央工作委员会来指导晋察冀的工作。一开始住在行唐县上碑镇。

因为当时正太战役正打得热火朝天,加上行动保密,多数人都不知道。直到战役结束,上碑镇开了一个团以上干部会,他们才第一次露面。周天虹在延安听过总司令的报告,徐偏则是第一次见到朱总司令。他们望着总司令那张经过风霜刻满皱纹的脸,浓眉下那双慈祥的眼睛,真同田野里那些朴素的农民差不多。惟一令他们感到不解和有趣的是,总司令一时戴上眼镜看看提纲,一时又把眼镜摘掉,不知道他已经50多岁,眼睛已经花了。但是总司令那次朴素无华的讲话,却给他们的血管里注入了一种坚忍不拔的信心和乐观的情绪。总司令告知他们说,现在的形势,敌我力量的对比,不仅同十年内战大大不同,同抗日战争时期也大不相同了。乡村包围城市,最后夺取城市的局面已经接近了,就要到来了。现在的解放军在华北,在山东都发展得很大。全国有19块解放区,你们拿着解放区的粮票,可以从东北黑龙江一直吃到海南岛。他的话,使大家发出由衷的欢笑声。在不知不觉中一种对中国革命的强大信心生长起来。此外,随着总司令的到来,不论在军队、在民间,都流传着一些佳话。比如说,有一次,总司令在村头散步,看见一位乡村老婆婆从村外背了一大捆柴禾走得很吃力。总司令就赶忙走过去说:"老嫂子,我替你背一程吧!"说着,就把那捆柴禾背在背上,帮老婆婆背回家去了。老婆婆很感谢,说:"同志,我看你的岁数也不小了,一天挑水、做饭真够累的。以后你们炊事班缺什么,就到我这儿来拿!"原来老婆婆把他当成炊事员了。晋察冀的指战员们带着无限崇敬传颂着他们总司令的故事。

  马蹄在松软的土地上扬起一阵沙尘。他们在一个百余户人家的小村外下了马。参谋领着他们来到一个僻静的小院。小院子很安静,只有几只老母鸡在院子里迈着悠闲的步子。门口站着一个哨兵。参谋打了一个招呼,不一时警卫员很有礼貌地把他们迎了进去。

  "总司令等你们多时了。"警卫员轻声地说。

  两个人的心怦怦地跳起来,连忙整了整衣帽,略显紧张地走进去。总司令正戴着老花镜坐在炕上,守着小炕桌看文件。

  "总司令!"两个人轻轻地叫了一声,恭恭敬敬地行了一个军礼。

  总司令摘下老花镜,转过身来同他们亲切地握手,让他们坐在炕对面的长凳上。

"你们这次保北阻击打得很不错嘛！"总司令慈祥地笑着说，"咱们的革命部队就是要有这种作风！"

徐偏立刻涨红了脸。周天虹也有些不自然地笑着说："我们离党的要求还差得远哩！"

"你们现在正忙什么工作？"总司令问。

"我们天天搞演练，为打石家庄作准备。"徐偏说。

总司令的眼睛像有亮光一闪，笑着问：

"你们觉得打石家庄有把握吗？"

"没有问题！"徐偏不自觉地流露出一种大大咧咧的神态。周天虹觉着他说得太满，连忙补上说："困难是有的，不过干部战士都很有信心。"

"但也不要轻敌。"总司令温和地告诫说，"石家庄敌人的正规军不多，可是工事蛮强。弱敌加上强固的工事，就不能以弱敌相看了。清风店战役后，我同不少俘虏谈过话，对石家庄的工事也做了一点调查研究。那里除了外市沟，还有内市沟，沟很宽很深哩。另外还密布着尖桩、铁丝网、挂雷、鹿砦，你们准备怎样通过？现在的演练集中在哪些方面？"

徐偏觉得这是一个熟悉的题目，立刻回答说：

"对于内外市沟，我们准备以内部爆破与外部爆破相结合的手段解决。这个我们已经形成了完整的一套。"

周天虹仍然觉得他回答得太满，接上去说：

"过去我们在冀中打炮楼，既没有黄色炸药，也不懂得外部爆破，只知道挖坑道进行内部装药。往往挖上三五天，甚至一星期，有时搞错了方向，放了空炮，白挖了。等下手再挖，敌人增援来了，干不成了。还是在大同战役，创造了外部爆破，不管多坚固的碉堡，只要靠上去就行，这就要靠勇敢，不怕死。"

"对，勇敢加技术，就是最好的战术。"总司令笑着总结道，"光有勇敢没有技术不能解决问题，光有技术没有勇敢也不行，所以我说，勇敢加技术才是最好的战术。你们这次打石家庄就要充分发挥这一点。"

周天虹觉得总司令一下子把问题提到理论上了。他正品味着

这句话,总司令像忽然想起了什么,问:

"你们现在搞军事民主吗?"

"战前,我们多半都开诸葛亮会。"周天虹说,"尤其是遇到艰巨的战斗。"

"这样好。"总司令欣慰地说,"自从延安整风以后,我们党出现了走群众路线的好风尚。这是我们党的一大创造,一大跃进,党的水平大大提高了。我们当领导干部的,千万不要认为只有自己行,别人都不行,自己是英雄,别人是群氓。那是办不成大事的。党内党外都是如此。党内尤其要重视民主,重视民主集中制,不要一个人说了算。一个党弄得死气沉沉,大家都谨小慎微,不敢讲话,那是很难有所作为的。"说到这里,他又关切地问,"你们团党委的民主生活正常吗?有没有批评、自我批评?"

"我们周政委是书记,他在这方面做得很好,从来都是集体作出决定。"徐偏接上说。因为他觉得这些话是应当由他来表示的。

"那就好。"总司令笑着说,"我过去在军阀部队,自然是个人发号施令。后来到了革命部队,就不能这样了。当领导干部肚子要大一些儿,下面顶撞了你,不要斤斤计较,不要记成见。当然要有原则,干部有问题,要直爽地同他谈,不要顾虑过多。静坐无事,不妨想想自己,有什么过错,有什么对人对事不周之处,以便以后改正。总之,做一个革命干部,一定要经常改造自己,做一个人才能更完美。"

没有想到,总司令的接见,不仅谈了对攻打石家庄的指导思想,讲了党的思想路线,还谈了一些为人的道理,这些使周天虹和徐偏深受感动。他们时而兴奋,时而陷入沉思。不知不觉一个多小时过去了。总司令又殷殷叮嘱他们加强团结,把大功团建设得更坚强。最后,祝他们在攻取石家庄战役中再立功勋。谈话就到此结束了。

"总司令,"周天虹兴奋地说,"您那首写清风店大捷的诗非常好,如果把石家庄打下来,您能不能再写一首呢?"

"一定写!"总司令笑着,豪爽地把手一挥。

总司令一直把他们送到小院门外,才同他们握手告别。直到走出很远,他们还沉醉在幸福里,觉得自己的思想、情感都在升华。一个伟大、诚朴的人格,一个博大、雄浑的灵魂,在感召着他们、引导着他们向一个新的境界攀登着,攀登着……

## 一一七 床下将军

攻取石家庄的战役,是于11月6日深夜发起的。我军以迅雷不及掩耳的动作,首先攻占了飞机场,切断敌人的空中联系,并攻占了云盘山等郊区要点。这样就把石门市紧紧地搂入怀中。

敌人所仗恃者,就是那两道又宽又深的壕沟,以及沟沿上用铁轨构成的工事。他们以为四外都是平野,连坡坡坎坎都少有,解放军是无法接近他们的。岂不知这时晋察冀野战军已有一套战法。他们利用暗夜悄悄进至敌人前沿,首先散开挖掘掩体,接着以点连成线,挖成纵横交织的堑壕。众多的民兵和民工,则在后面较安全的地方挖掘交通壕,使之连接起来。这样等到银色的晨曦降临的时候,敌人才惊愕地发现,数万神军已经进到他们的脚下了。

现在周天虹和徐偏的团队,正在石家庄西郊担负着向东突破的任务。连日来他们已经突过外市沟,逼近到内市沟的前沿。

这次,两个"老伙计"劲头儿忒足。不过周天虹多着一份担心。因为担负突破任务的团队很多,单在西面就有几个,如果到时候撕不开口子,或者落到其他团的后面,那这个大功团的声誉就不免受到影响了。越是接近下午总攻的时间,他的心越发忐忑不宁。

"老徐,你掌握全盘吧,我到一营去看看。"

周天虹说着从交通壕里站起来。徐偏一把拉住他说:

"老伙计,算啦,上次孟小文就对你有意见,你还去呀!等等,咱们一块去。"

"我老觉着不放心。"

"炸药夯得很实,我保你没问题!"

周天虹只好坐下来。

下午4点,西方一轮暗淡的落日即将沉没。我方的炮群开始咆哮了,山炮和野炮射向敌人的高碉,战防炮和步兵炮瞄准敌人的低碉,迫击炮则在敌人的战壕上爆炸,轻重机枪封锁着敌人的枪眼。顿时,敌人的阵地战栗在火的风暴与弥漫的烟雾中。徐偏专注地注视自己的手表,分针刚刚指向4时30分,他对着话筒高喊了一声:"点火!"声音刚落,只见眼前火光一闪,耳边一声闷响,从地下突然鼓起一团浓烟,一瞬间内市沟已变成45°的斜坡,眼看着几个爆破手夹着炸药包在浓烟里冲了上去,接着突击队攀上了沟沿!……

突破口撕开了!

但接着是急节奏的电话铃声,孟小文在电话里叫:

"团长吗?敌人反扑了!"

"哪里的敌人?"

"西兵营出来的敌人。"

"快给我打下去,决不能把突破口丢掉!"徐偏咬着牙喊。

"老徐,看样子我得上去了!"

周天虹说了一句,未等徐偏回话,即刻钻出隐蔽部,沿着交通壕急步走去。警卫员和两个通讯员一路小跑地跟着。

他们赶到营指挥所,看见指挥所空空的,只有一个电话员在守机子,周天虹问:

"你们营长呢?"

"到突破口去了。"

电话员向前面敌人的阵地一指。周天虹一看,前面不远处地堡上站着一个人,在弥漫的硝烟中,显得十分英武。正是孟小文,他正在那里大声喊道:

"机关枪手,站起来打!"

"快把敌人打下去!"

经过一阵激烈的对射,前边有一个通讯员跑下来,气喘喘地报告:

"报告政委,敌人的反扑打下去了。营长已经到敌人的西兵营去了。"

这时,周天虹悬起的那颗心才落了地。不大一会儿徐偏带着指挥所的人也赶了上来。他观察了一会形势,决定把二梯队也拿上去。随后对周天虹说：

"老伙计，咱们也过沟去吧！"

说着，两个人一起踏着脚脖深的虚土越过壕沟，也向西兵营走去。宽大的石门市展开在他们的面前。

黄昏前后，我军已从四面八方攻入市区，随之进入巷战。在过去村落战中，我军已有一套成熟的经验。为了减少伤亡，进攻时往往并不穿过大街，而是用破墙连院的方法包围敌人。往往敌人还没有察觉，就已经做了俘虏。因此进展相当迅速。

突破内市沟的第三天，已经迫近敌人的核心工事。这是以大石桥为中心的防御体系。全以巨石垒成，十分坚固。石家庄的最高指挥官、正规军师长傅天骄，就深藏在大石桥下面的地下室中。如果读者没有忘记，此人正是周天虹参加革命前第一个恋人秦碧芳的表哥，后来又成为她的丈夫。周天虹与他见面时他不过是初出茅庐的少校，现在已是国民党的将军了。他少年得志，一向骄气十足。虽然清风店一役，主力被歼，军长被俘，使他受到不少震动，但蒋介石接连给他来电，同他称兄唤弟，用几句虚话空话，把他稳下来了。因为蒋介石讲的那些话是很动听的。他说："如共军敢于攻石，兄当亲率陆空大军前来支援。"再加上他对石家庄工事的坚固有一种盲目的迷信，就下定决心"死守到底"。

周天虹随着一营的指挥所来到大石桥前，他和孟小文一起观察了一下形势。发现大石桥外的铁道上有一列铁甲车，正在进行游动射击，对我方威胁甚大。铁甲列车的平板车上，还摆着一辆坦克，坦克炮来回移动着炮管，把周围我方的阵地打得乌烟瘴气。周天虹立刻命令说：

"小文，你快派人把铁甲车炸掉！"

孟小文立刻布置了三个爆破组，隐蔽地接近了铁甲车。铁甲车上的敌人只顾前不顾后，正在洋洋得意的时候，铁甲车在连续爆破的大团浓烟中瘫痪了。

可是，铁甲车上的坦克炮却没有停止射击，反而愈发疯狂起来。

这时，夜幕已经笼罩下来。孟小文早已看清了地形、道路，说：

"政委，你别急，我去制服它！"

说着他带了几个火箭炮手，隐蔽地接近了铁甲车，钻在铁甲车下面的死角里。孟小文悄悄地说：

"我先喊几句，看他投降不投降，要是不投降，你就用火箭炮端了他！"

说过，他就向坦克上喊道：

"坦克手！坦克手！你听着，我们已经完全把你包围了，你就是插翅也跑不了啦！叫我说，你就快出来投降吧，我们保证你的生命安全！"

坦克里没有声息，但是停止了射击。孟小文又喊：

"你愿意回家也行，我们发给你路费。"

里面仍然没有声息。过了片刻，坦克的顶盖哗啦响了一声，接着试试探探地伸出一个头来。孟小文立刻鼓励说：

"出来吧，没有事儿。"

接着，戴皮帽子的坦克兵就钻了出来，略微犹豫了一下就跳了下来。孟小文立刻上前同他握手，说：

"你是哪里人哪？"

"我是河南人。"他低着头，嗓音低哑地说。

"你是抓兵抓出来的吧？"

"可不是嘛，抓出来两年多啦！我别的不想，就是想家。"说着，他抽抽咽咽地哭起来了。孟小文接着安慰说：

"不要紧，我们放你回家。河南有好多地方解放了，我们还可以给你分地！"

"那太好了！"他感激地说。

孟小文眼睛一骨碌，立刻问：

"坦克里还有炮弹没有？"

"还不少。"

"那你能不能向核心工事，还有正太饭店轰几炮呢？这也算你过来立了个功。"

"行，行。"坦克手很痛快地答应了。

接着坦克手钻到坦克里，立刻掉转了炮口，向大石桥和正太饭店狂热地射击起来。孟小文乐呵呵地看着，见他比刚才打得还起劲。几个火箭炮手不由得鼓起掌来。

与此同时，周天虹指挥二营冲进了大石桥下的敌军师部。立刻抓住了大批俘虏。但是敌军师长傅天骄却遍寻不见，幸亏一个机灵的副排长眼尖，才从床底下把他掏出来。他满头灰尘蛛网被带到周天虹的面前。

这个一向两眼向天、目中无人的家伙，早已吓得面色如土，灰溜溜地低下了头。周天虹从头到脚打量了他一眼，果然是十年前见过面的那个傅天骄。顿时十年前那幅令人难堪的场景来到心头。那天他到秦碧芳家，原本是向她的父亲提出请求，却不防突然蹿出一个少校军官，无端地打了他和污辱他。这就是傅天骄。他那凶恶、傲慢和轻蔑的眼光，至今仍深深印在他的心里。但是这一切情感被他压制住了。他语调比较平稳地问：

"你是傅天骄吗？"

"是。"对方没有抬头，似乎也没有认出周天虹来。

"现在战斗还没有完全结束。"周天虹说，"你应该马上下令你的部队停止抵抗。"

"这个……"傅天骄嗫嚅着，犹豫了。

周天虹立刻掏出手枪，乓的一声放在桌上，厉声说：

"现在我以前线指挥员的名义命令你！"

傅天骄立刻脸色煞白，战战兢兢地说："好，我写，我写！"

说着，他在纸上抖抖索索地写了"我准许停止抵抗"几个字，周天虹交给参谋到外面广播去了。

"现在，你们该送我到安全的地方。"傅天骄提出请求。

"可以。"周天虹点了点头。但他很想了解一下秦碧芳身在何处，就问："傅天骄，你再看看，你认识我吗？"

傅天骄一直不敢抬头，也就没有认出周天虹来；现在抬头细看，不禁吃惊地"噢"了一声。但又立刻改口说：

"似乎在，在哪里见过……"

"岂止见过！"周天虹淡淡地一笑，"你不是秦碧芳的表兄吗？"

"是的。"傅天骄点点头，"后来，她成了我的妻子。可是这个女人一向不识时务，不切实际，我已经不要她了。……"

"她现在哪里？在石家庄吗？"

"不，日本投降的时候，我就把她扔了。"

周天虹无意多问，就挥挥手，让人把这位"床下将军"带了下去。

# 一一八  风雨之夜

　　石家庄的解放，使晋察冀与晋冀鲁豫两大解放区连成一片。辽阔的华北原野，除平、津、保、太原等城市外，已全部尽入我手。党中央来电嘉奖，朱总司令称颂此战为"夺取大城市的创例"。谈及这一胜利，解放区军民莫不笑逐颜开，一片喜气洋洋。

　　尤其朱总司令，他对石家庄之战，一开始便十分重视。因为他清楚看到，战略决战已经迫近眉睫，攻克大城市已是当前的重要课题。他为了取得攻坚战的经验，在进攻部队迫近敌人的核心工事时，就打电话给野战军首长要到第一线来。几个领导人感到为难，为此进行了一番商量，最后回电话说："我们一致不同意。请总司令讲讲民主吧！"总司令这才没有去成。石家庄的解放，自然使他十分愉悦。他没有忘记指战员的心愿，当即赋诗一首：

　　　　石门封锁太行山，
　　　　勇士掀开指顾间。
　　　　尽灭全师收重镇，
　　　　不教胡马返秦关。
　　　　攻坚战术开新面，
　　　　久困人民动笑颜，
　　　　我党英雄真辈出，
　　　　从此不虑鬓毛斑。

　　在此万众腾欢的时刻，却不料在北面发生了一件意外的悲剧。由于高红领导的土地改革在边缘区胜利推进，使高凤岗愤恨万分。

他乘野战军和地方部队集中精力攻击石家庄之际,大肆疯狂活动,乘机捕杀地方干部。在一个细雨霏霏的深夜,高红正在边缘区一个村庄休息时,却不意遭到了突然袭击。经过一番短暂的战斗,两个随从被打死,她自己也不幸负伤被捕,被弄到容城城里去了。

这一着,自然是高凤岗精心策划。一听下面报告抓到了高红,心中颇为得计。一来自己受了国民党的委任,尚寸功未立,颇觉不好交代,这一来可以在功劳簿上大书一笔了。再者也可以稍稍宽舒一下对土改的积愤。他同高红虽为兄妹,却一直对她十分反感。因为同她在一起时,她一天到晚地指责自己。不是说他个人主义,就是说他个人英雄主义、自私自利。尤其是自己出走(他一直不承认自己是叛变)的前夕,本想约她推心置腹地说几句知心话,不料她竟毫不留情面地骂自己是"好名的孽根未除""野心家""投机商人""想当汉奸"等等,使他受到从来未有的羞辱。这是使他终生难忘的。自从高红当了中共雄县县委书记,领导土地改革,对自己的家庭,毫无情面可言,可谓六亲不认,更使他的仇恨加深了一层。自己本来想到家乡略略展示一下威风,杀杀贫雇农的志气,不意她第二天就赶到村里开大会,公然把自己的父亲斗了。想到这里他真是剜心一般地疼痛。但转而又想,不论如何,她总是自己的同胞妹妹,如能争取她回心转意,改变立场,也并非没有好处。首先她可以为自己巩固地盘,增加一个好的帮手。对上面说,岂不是功上加功。既是如此,对她也就不能采取一般的审讯方式。同时,他也深切了解,高红生性刚烈,宁折不弯,同她谈话要有一些耐性才行。这样经过反复思虑,把主意拿定,这才穿上崭新的呢子军服,戴上青天白日帽徽的大盖帽,登上锃亮的马靴,咔咔地向一个小牢房走去。后面跟着一个勤务兵,手里端着一个托盘,托盘里放着点心和一杯牛奶。显然这是他事先吩咐过的。

高红被关进一个小牢房,已经是后半夜了。这半夜她一直处在自怨自艾的情绪之中。上次在满城被捕,如果说还事出偶然,那么这一次确是自己太大意了。她省悟到,自己一向的毛病,就是求成心切。她本来也知道这个新开辟的村庄,情况复杂,自己一连住了几天,夜里应当转移一下为妥,但为了第二天能够进行土地分配,也就没有转移。正是大意招来了不幸。可是这次被捕,她在心情上却比上次更为沉着,更为坦然。上次毕竟自己太年轻了,虽然胜利的信心很足,但抗战究竟哪一天才能胜利,一时还觉得茫然。现在情况是大大不同了。石家庄指日可下,进攻平津的时日已经不远,现在可以清楚看见胜利的曙光。只要在监狱里挺住,胜利的叩门声是指日可待的。

正思虑间,牢门锵啷一声开了。高红镇定自若地往外一望,见一个身架魁梧的军人咔咔地走了进来。一望那熟悉的身影,就知道是高凤岗,她就把头转到一边去了。

"红妹,你受惊了。"高凤岗满脸堆笑,语调温和地说。

高红不理,仿佛没有听见的样子。高凤岗又带着几分威严地向外喊道:

"还愣什么,把饭端进来!"

勤务兵走进牢房,把托盘小心翼翼地放在一张小桌上。

"红妹,请你先用饭吧!"高凤岗再次温和地说。

高红依然没有转过头来,连盘子也没有看一眼。

"红妹,"高凤岗显然有些急了,"你不说话,我们怎么交换看法呢?"

"我没有兴趣同叛徒讲话。"高红用眼角扫了他一眼,说:

"红妹,你这样说就不对了。"高凤岗红着脸,"还没有说话,你就先扣大帽子,咱们还怎么说下去呢?"

高红这才转过头来,用手指着他说:

"我说你是叛徒,难道冤枉了你?要不客气,应当叫你双料叛徒。第一,你投降日本人当了汉奸,背叛了民族;第二,你在延安入过党,又背叛了无产阶级。你说你是不是双料叛徒?"

"双料叛徒?"高凤岗从鼻子里冷笑了一声,"此处不留爷,自有留爷处。你共产党打击我,污辱我,我自然可以投到别处。虽然我混了几年伪事儿,不正是为了实行曲线救国吗?现在我是堂堂的国军少将了,你算个什么!你不依然是个吃小米的土八路,背个小包袱四处转游的地方干部吗?大丈夫应当见机而动,遇时而变,这又有什么不光彩的!"

"你真恬不知耻!"高红气得涨红了脸。

"我该劝你几句了。"高凤岗说,"我首先提醒你,你应当明白现在的处境,你应当懂得现在你是在谁的手心里。现在你的一言一行都可以决定你的生死问题。你就谨慎些吧!"

"我不怕死!"高红愤然说。

"先不说这个,"高凤岗嘴角边露出几丝微笑,"你跟共产党这么多年了,可以说是忠心耿耿。可是我问你,你真正认识共产党了吗?懂得共产党了吗?依我看,共产党就是讲得漂亮,他是嘴甜心苦!例如他高举抗日旗帜,这固然不能说不对,可是这也并非没有私心。这就是为了壮大他自己的力量。毛泽东不就反复说开展独立自主的游击战争,壮大人民的力量吗?……"

高红没有等他说完,就打断说:

"这才正是公心,不是私心!你们的蒋委员长把华北丢了,如果不是共产党放手发动群众,把群众组织起来,谁来坚持华北抗战呢?叫我说,这正是毛泽东的英明处。如果一切依靠大地主、大资产阶级,抗战早就坚持不下去了,你们的蒋委员长还能下山来摘桃子吗?"

"哼,你真会说!"高凤岗冷笑了一声,"依我看,这共产党自产生之日起就有问题。他的致命伤就是相信马克思主义,一天到晚搞阶级斗争。今天斗这个,明天斗那个,把一切都搞乱了。过去他搞了十年的土地革命,现在又搞土地改革,本来是别人的土地,他就无缘无故地给一些穷鬼分了。比如你,你参加革命已经整整十年了,为共产党坐过牢,也吃过苦,可是共产党怎么对待你呢?你家的土地照样分!你的亲人照样挨斗!你仔细想想,这不是革命革到自己的头上了吗?这个革命还有什么革头?上次我回家,把那些穷鬼们镇唬了一下,谁知道你马上就去开大会,给他们撑腰,把咱爹又拿到会上斗了,把土地家财都给穷鬼们分了,我说天底下有你这样的傻瓜吗?这次我把你想法弄来,就是为了劝劝你,让你的脑子清醒清醒,好好地反省一番。……"

"噢,原来是你把我抓来的!"高红狠狠地盯着他,"告诉你,我没有什么可反省的!"她停了停,又说,"不过你的话有一句是对的,这就是我相信马克思列宁主义,相信毛泽东思想,相信阶级斗争的学说。同时我认为,只有相信阶级斗争、相信无产阶级专政的人,才是真共产党,否则,不管他说什么漂亮话,都是假共产党。"高红瞅了高凤岗一眼,目光炯炯逼人,"按你说,仿佛阶级斗争是共产党制造的,如果没有共产党就不会有阶级斗争,你错了。阶级斗争是客观存在,首先地主、资产阶级剥削、压迫人民,把劳动人民置于不幸的地位,每天每时都在制造着悲剧,这本身就是阶级斗争。共产党不过是站在大多数劳动者一边,向反动阶级进行革命的阶级斗争罢了。你咒骂共产党实行土改,这是因为你站在地主阶级的立场。站在人民的立场看,这正是为了把中国90%的人口解放出来,消除存在几千年的不幸,推动历史的进步。你说革命革到自己的头上,依我看这是好事。只要对广大群众有好处,牺牲一点家庭的利益又有什么不好呢?革命先烈彭湃同志,主动把家里的田地分给农民,不就是个光辉的榜样吗?上次你回到家里镇压群众,残杀无辜,引得人人切齿痛恨,我看你犯下了不可饶恕的罪行。你还是好好地反省一番吧!"

高凤岗沉默了,两只鹞眼死死地盯着高红看了好半晌,才叹了口气,说:

"不好办了,你中毒太深了!"

高红对这句话没有理睬。高凤岗在屋子里来回踱步,两个眼珠骨碌了好一阵,才站定说:

"好,那就由你去吧。但是,你要明白,我今天苦口婆心地劝你,无非为的是兄妹之情。……如果我记得不错,你大概是26岁了吧?我想你对这世界也不会没有一点留恋……"

高红低下头一声不响。高凤岗又说:

"听说,你还没有结婚,是吧?"

"这事用不着你问。"高红说。

"不问我也知道。"高凤岗一笑,"我知道你同周天虹的那段情还没有了结。我最后忠告你,如果你还想同他成其好事,那就答应我们的要求;如果仍死不悔改,那就是另一回事了。"

说到这里,他一扭身大步跨出牢门,随后那扇铁门锵啷一声,严严实实地关了起来。

此后两天,高凤岗又来了两次,但都毫无结果;而且高红的唇枪舌剑,越发尖锐锋利,使得高凤岗面红耳赤,无地自容,只好从此却步,再也不来了。

第三天,他把行刑队长找来吩咐道:

"这次我们把高红捉来,本来想争取她回心转意,哪知她是个铁杆共产党,已经中毒太深,无可救药。今天午夜,你就把她结束了吧!"

"她不是你的胞妹吗?"行刑队长有些愕然。

"不,不要说了。"高凤岗立刻打断他,"把这种六亲不认的人留在世上,我们就永远不能安生!"

傍晚,天色阴沉,零星地飘下一些雨点,牢房显得更加阴暗。高红正坦然独坐,60多岁的老狱卒送来了晚饭。高红一看晚饭与平日不同,不仅有两个荤菜,还放着一锡壶酒,一只酒杯。高红入狱以来,就发现这个老狱卒甚为忠厚,常常用同情的眼光看她,还悄悄说过几句同情八路的话。今天一看这情况有些奇特,就指着酒菜问:

"老大伯,这是怎么回事?"

老狱卒嗫嚅良久,没有说出来。一种不祥的预感,已经来到高红心头,她又说:

"老大伯,不管是什么事,你就告诉我吧!"

老狱卒这时才长长地叹了口气,说:

"老天爷啊,说是今天夜里,他们就要……"老人没有说下去。

高红轻轻地"噢!"了一声。

很快,她那颗怦然跳动的心就平静下来。她不是没有想到,而是很清楚这一天是要来的。既是要来,也就无非如此。老实说,她并没有想到活得这样久,这条命,在日本人的手里本来是要结束的,能活到现在已经是幸事了。但是她惟一挂念的还有一个人,自己的去世,是不能不让他知道的。想到这里,她左右旁顾无人,就悄悄地问:

"老大伯,我托你捎封信能行吗?"

"捎到哪里?"

"你找人捎到雄县县政府就行。"

"行。"老狱卒悄悄点了点头。

"那就请你拿个纸笔信封……最好再拿一把剪刀来。"

"拿剪刀干什么?"

"我有用。"

不一时,老狱卒拿来一支铅笔,一张纸,一个信封,一把剪刀。此时外面风雨大作,屋里的一盏小油灯,被风吹得颤动飘忽,几乎要熄灭的样子。高红含着热泪,执笔疾书。信未写完,便已被眼泪打湿。随后她拿起剪刀,握着自己又黑又亮的头发,咔的一声剪下一大绺来;又把自己的内衣,哗地撕下一块,把头发包好,同写好的信,一起装到信封里。信封上写道:"雄县人民政府妥转周天虹同志亲收。"然后小心翼翼地交给老狱卒,说:

"老大伯,你能把这封信给我转到,我就感激不尽了。"

老狱卒把信悄悄塞到口袋里。高红又把手腕上那枚从家里带出来的小金表摘下来,也交到老狱卒的手里,说:

"这只小金表我已经戴了十多年了,现在就送给你老人家作个纪念吧!"

"不,不,这个我不能收。"

高红硬把金表塞到老狱卒的口袋里去了。

午夜时分,依然风狂雨骤。忽然铁门锵啷啷响了一声,接着外面一个凶暴的声音喊:

"把女犯高红提出来!"

高红不等他们来绑,昂首而出。不一时被一伙暴徒推拥着来到荒凉的城角。这时石家庄大战正酣,高红知道她的爱,她的天虹在南面,就有意地面向南方站着,奋力地挥着手臂喊了两声:

天虹,天虹,我祝你胜利!

天虹,天虹,让我们在来生再见吧!

她的话还没说完,美丽勇敢的生命就结束在一阵尖厉的枪声中了……

## 一一九　胜利声中的噩耗

石家庄解放后,在晋县召开了一个团以上干部的庆祝大会。在会上聂荣臻司令员、彭真同志以及罗瑞卿、杨得志、杨成武等野战军首长都讲了话,特别是朱总司令,除勉励之外,还总结了城市攻坚战的经验,使晋察冀部队的士气更加高昂。总司令的讲话,实际上是在昭示全军:一连串夺取大城市的战斗,不久就会开始了。

周天虹和徐偏都参加了这次会议。在回来的路上,真是欢声笑语,说了一路。可是他的脚刚踏进团部,一个参谋就跑来报告说:"政委,雄县来了一个干部说要找你,似有急事。"周天虹叫立即把客人请来。不一时,进来一个风尘仆仆的年轻人,自称是雄县县委组织部的干事,是县委派他来的,说过就从挎包里抖抖索索地掏出一封信来。

周天虹接过信一看,信封上写着"雄县人民政府妥转周天虹同志亲收",一望而知是高红的字迹,不过字写得相当潦草粗率。刚把信纸展开看了几行,脸变得像白纸一般,手指抖个不住,眼前一片漆黑,不能再看下去了。他连忙坐在一张有靠背的椅子上定了定神,才继续看下去。信是这样写的:

我至亲至爱的天虹:

　　现在我已迫近人之一生的最后时刻,很快就要离开这个世界同你永别了。我惟一感到遗憾的,也是对不起你的地方,就是没有答应你去年春天的要求;由于形势所迫,也没有实践去年秋天的诺言。最亲爱的天虹,但愿我们来生再聚吧!

　　我相信共产主义是一定会实现的。不管有多少艰难曲折,人类一定会争取到光明的前途。现在我已经看到胜利的曙光。你千万不要因为我的死过分悲痛。你若能在每年春天来到我的墓前看看,那就是我最大的安慰了!

我别无所有,只能把我身体的一部分留给你,使你能够想到我!

亲爱的天虹,再见了!

你的红　1947年一个风雨之夜

看到这里,周天虹已经不能自制,接着抖开布卷,又看见那绺闪着青春光芒的秀发,再也克制不住,连忙跑到里屋,手捧着那绺秀发贴在脸颊上放声大哭起来。参谋把里屋的门轻轻一关,沉重地叹息了一声。

过了好大一阵子,周天虹才眼泡红红地走出来,含着眼泪问:

"有人收尸吗?把她埋在哪儿了?"

"第二天一早,我们县委就接到内线的报告。"来人说,"我们立即指派人,把她的尸体悄悄运到城外,安葬在大清河边了。"

说到这里,年轻的干部又以安慰的语气说:

"周政委,这件事不要说你很悲痛,就是我们全县的老百姓,都难过得很。说老实话,自从高红同志来当书记,大家听说她是高老万的女儿,都很泄气,说她怎么能领导土改呢?这一下土改算完了。没想到,她反而站在穷苦人一边,为大伙鼓了气撑了腰,把土地彻底分到贫下中农的手里。大家怎么能不感激她呢!这次听说她牺牲,许许多多人都流了眼泪。大家都说,应该给她立块碑,把她的坟好好地修一修。"

"那就太感激你们了!"周天虹说。

年轻的干事接着又说:

"相反,她那个心毒手黑的哥哥高凤岗,倒是臭名远扬。谁都明白,就是他下的毒手。都骂他不是人!说要是抓住他,应当扒了他的皮,吃了他的肉才解恨!"

周天虹匆匆给中共雄县县委写了一封信表示感谢,又招待来人吃了饭,才让他回去了。

高红的突然牺牲,自然是对周天虹的莫大打击。开始如五雷轰顶,打得他蒙头转向;过后又是剜心般的伤痛,无尽无休。尽管他以共产党人的坚强极力克制,表面上装得若无其事,实际上则感到难以承受。这种状态竟持续了相当长的时间。

人在艰险危难中才看出友情的可贵。上次高红在敌占区被捕,就给他的生活带来了一个危机,使他大病一场。幸亏老战友晨曦远远地从阜平赶来,耐心地安慰他,劝勉他,才帮助他度过了危机。这次靠的就是徐偏了。自从他与徐偏结识以来,两人吃在一起,睡在一起,真是同生共死,肝胆相照。尽管有时因工作上的分歧,也吵得面红耳赤,事情一过也都如轻烟飘散。在两人相伴的三年间,没有人比徐偏更知道他的心事了,因为周天虹不止一次说梦话把徐偏惊醒,而他在梦里喊的名字就是"高红"。徐偏也经常以此开他的玩笑。徐偏深切知道两人的爱情是很深很深的。这次发生的事情,简直是意外中的意外,又是发生在即将取得胜利的时刻,怎么能不使他格外难熬呢?徐偏只有常常去安慰他。

这天,徐偏发现周天虹睡得很晚,就知道他难以入睡。第二天早操回来去看他,他还强作笑容,但是一看他的枕头却湿了好大一片。再一翻枕头,枕头下放着一大绺闪着青春光芒的秀发,一切了如明镜。徐偏心中一酸,很不是个滋味,就说道:

"老周,你昨天晚上没有睡好吧?"

"不,我睡得可以。"

"咳,你别蒙我了!"徐偏说,"我知道你心里难过。就比如说我那个老婆,是家庭包办,本来是隔山买老牛,结婚前连面都没有见过,既是娶过来了,也只好在一块过。可是,我后来觉着这个人还可以,心地很善良,很朴实,对待俺娘也很好,也就越来越热乎,不愿丢了她。像你和高红就不同了,你们俩是自由恋爱,高红又是百里挑一,那个感情怎么能不深呢?何况她又牺牲得这么突然,你心里怎么能不难过呢?"

徐偏刚说到这里,周天虹的眼圈就红了,他压了压感情,说:

"你说得对。我确实太爱她了。我觉得她太纯洁了,心灵太高尚了。她真像一枝'出污泥而不染,濯清涟而不妖'的红莲。自我从延安认识她以来,我没爱过别的女人。"

徐偏叹了口气,说:

"可是老周,你的情绪老这样不行啊,你得转过来。你是政委,水平比我高,我本来想找几句话安慰你,可是反过来一想,你什么不懂呢?现在整训眼看就结束,很快又该执行新的任务了。全团的劲头都很足,想给咱们这个大功团增加点儿新荣誉,你的情绪老不转过来怎么行呢?"

"老徐,这你放心,什么任务也拉不下我。"周天虹说。

"这就好。"徐偏说,"依我看,光空想高红不行,还得为她报仇!我认为,她的哥哥那个王八蛋太坏了!他对大清河北人民欠下的血债太多了!这次又亲自下毒手杀死他的妹妹!他是人吗?他不是人!他们满口的仁义道德、人道主义,都是男盗女娼!"

"对,老徐,你说得对!"周天虹咬着牙根说,"我们一定要给死者报仇,为人民报仇,把这些害人虫通通扫除!"

果然,不久整训结束,野战军开始进军察南。部队经过诉苦、三查的新式整军运动,士气空前高涨,大有气吞山河之势。当即歼敌两万余,一举解放察南广大地区。此时东北野战军向敌发动攻势,华北我军为阻止傅作义派兵出关,随即挺进热西、冀东,与敌扭打半年之久。在此期间,千军万马奔波在长城内外,可谓风餐露宿,饱尝艰辛。终于当年冬,形势起了根本变化,东北我军取得了辽沈战役的伟大胜利,随之平津决战也开始了。

平津战役,毛泽东的指挥艺术发展到极辉煌的水平。第一步,他成功地把60万彷徨四顾举棋不定的敌军抑留下来,使其既不能东逃、南逃,也不能西窜;第二步,他又巧妙地实行了隔而不围、围而不打的方针,把敌人的一字长蛇阵分别隔断、包围;第三步,他又采取先打两头、后取中间的步骤,有秩序地向敌人展开了进攻。平津战役就这样展开了。

周天虹和徐偏领导的大功团,这时在包围张家口的战斗序列中。此时,高红的牺牲所带来的伤痛,仍深深铭刻在周天虹的心底。一年来,即使奔驰在长城内外,露宿在荒岩寒谷间,也不免常常梦见她,但毕竟战斗频繁,他的精力更集中在部队的工作上了。这次敌我在华北的决战,自然带给他极为昂奋的心情。他的团队,现在正置于张家口以北的西甸子、朝天洼一带。张家口是东西太平山夹峙着的一座城市。北出大境门,是一条里把宽的河滩,沿着河滩北去,到西甸子、朝天洼，大约十余华里。这是通往张北的必经之路。当年傅作义偷袭张家口就是走的这条道路。这次，如果敌军往北突围，也舍此别无选择。周天虹受命把守此地，无疑是极端重要的任务。因此，他和徐偏督促部队拼命加修工事。无奈天寒地冻，镐头下去，只不过留下一个白印，根本挖不下去。周天虹一看，周围石头倒不少，何不用石头筑工事呢？当即动员大家搬大石头垒成石墙。战士们很聪明，又在石头上泼了许多水，塞上滴水成冰，很快就把工事筑得钢浇铁铸一般。

傅作义的起家老本和王牌军就是三十五军。这个军正被包围在新保安。我军于12月22日晨七时发动总攻，经十个小时的激烈战斗，将该军1.9万余人全部歼灭，敌军长郭景云自戕。傅作义王牌军的覆灭，对傅作义是个最沉重的打击。毛主席估计，三十五军一旦被歼，张家口被包围的六万敌军，必将突围狂跑。遂命包围张家口的我军严加戒备。要求在三五十里的纵深地带，构筑三道至四道阵地防敌突围。

果然不出毛主席所料，三十五军被歼的第二天，张家口的敌人即开始突围。敌军指挥官袁庆荣先派出两个骑兵旅向张家口西南方向进行佯动，随后集中主力偷偷溜出大境门，朝东北方向摸索前进。可是向西南方向突围的两个骑兵旅怯于被歼，也转到大境门来了。

这时，周天虹为了让团长在房子里多休息一会儿，自己仍然同战士一起守在战壕里。尽管他穿着厚厚的棉大衣，但是塞上冷风刺骨，一阵风过，身上就像披着一层油布。他只好在那石墙后面来回踱步。这时夜已深，月已落，山谷更加幽暗，不觉袭来睡意，却霍然间听到前哨阵地一连响起三颗手榴弹声。周天虹知道这是敌人接近的信号，立即命令各部队准备战斗。接着密集的黑影已经迫近，激烈的防御战就展开了。一直打到天亮，战斗越发激烈。敌人为了杀开一条血路，像饿狼一般嚎叫着猛扑过来。周天虹和徐偏指挥部队一次又一次把敌人打退下去。整个阵地前布满了敌人的死尸。

此刻，战场的总指挥兵团司令杨成武，正站在西太平山俯瞰着整个战场。他看到敌人正拼命夺路北逃，遂命六十七军和东北第四十一军投入战斗，从东西两个方向向大境门和朝天洼突击。另命令两个骑兵师插到朝天洼以北的五十家子、麻地营子等地构成第二、第三道阻击线。这样就如天罗地网般把敌人紧紧包围在南起大境门、北至朝天洼十余里长的一道河滩里。黄昏时分，第六十七、四十一军等攻入张家口市，接着出大境门跟踪追击。这时六万敌军，还有家属、车辆、马匹、骆驼队，乱糟糟地麇集在如此狭窄的山谷里，争相夺路逃命。骑兵蹬倒了步兵，大车翻进了人群，人喊马嘶，乱成一团。敌人虽然还在拼命挣扎，但已建制混乱，失去指挥。这时我各部分别插入敌群，将敌切成碎块，大群大群地俘虏了敌人。

老实说，这种场面，是周天虹平生从未看到过的。他又是紧张着急又是开心。紧张着急的是惟恐敌人溜出去，开心的是敌人终于溃灭了，张家口重新回到人民之手。而且特别令人惬意的是，敌人又恰好溃灭在他们当年偷袭张家口的道路上。想当年他们侥幸得逞，是何等地不可一世，傅作义甚至被捧为"中兴大臣曾国藩"，可是仅仅两年就一切灰飞烟灭了。历史就常常是这样同人们开着不大不小的玩笑。

周天虹正同团部一些勤杂人员，情不自禁地捕捉零散的俘虏时，忽见不远处，五六个敌军士兵簇拥着一个身着便衣的人蹿过来。那个穿便衣的人似乎跑得很吃力，一只手拿着礼帽，一只手拎起长袍的一角，左右由两个护兵架着他，另外两个士兵开路，边走边端着冲锋枪猛打。他们看见前边被我堵住去路，就立刻掉头向旁边的一个小山沟跑去。正在这一瞬间，周天虹看见那着便衣的人好生面熟，仿佛高凤岗的样子，就喊了一声"追！"随即带领着十几个警卫、勤杂人员追上去了。

原来这条山沟是条死沟。敌人跑出不过二三里路，已经无处可逃，只好隐蔽在一块大石头后面。周天虹带的人立即散开将敌人严密包围。

"快投降吧，你们跑不出去啦！"周天虹带头喊着。

"缴枪不杀！快把枪扔过来！"

"国民党完蛋了，快跑过来吧！"

其余的人也纷纷地喊起来。打一阵，喊一阵。关键时刻的喊话，常常比炮弹还震人心魂。过了一刻钟工夫，一个人跑过来了，随后又有两个人跑过来了。但是其中一个才跑出不过几步，就被从后面射来的子弹击倒在地，不动了。

那两个跑过来的士兵缴了枪，被带到周天虹的面前。周天虹问："那个穿便衣的人是什么人？"

"他，他……"

"傻家伙！这时候你还不说实话呀！"

"他是我们的高司令！"

"是高凤岗吗？"

"是。"

"他为什么穿了便衣呢？"

"刚才有个商人跟我们一块走，让他把衣服扒了！"

"他怎么到了张家口呢？"

"你们一攻保定，他就跑到了北平。后来看国民党不行了，他就投了傅长官了。"

"噢！"

周天虹一听到高凤岗的名字，满腔的仇恨一腔的怒火，立刻涌上胸际，高红牺牲以来无法医治的伤痛，使全身的细胞都燃烧起来。这个血债累累的恶魔和杀害自己未婚妻的刽子手，就在眼前。他已经再也无法克制了，他吩咐众人："不要喊了，我来对付他！"

说过，从一个战士手中抓过一个飞雷，舔出弹弦，套在手指上，狠狠地骂道：

"高凤岗！你这个双料的叛徒，你这个没有人性的家伙，回老家去吧！"

说着扬起臂来奋力地投过去。彼此相距不过二十几米，眼见那颗飞雷滴溜溜地落在大石头后面爆炸了，顷刻间掀起一大团呛人的浓烟。

周天虹他们走过去的时候，看见高凤岗这个恶魔已被炸得稀巴烂。惟独还留下一只独眼，歪着嘴瞅着这个世界。

周天虹朝他狠狠地吐了一口，说：

"高凤岗，这就是你应得的下场！"

说过，他望着西天上的一块红霞，不觉又想起心爱的人儿，心中默默地说："高红，我总算为你报了仇了，你安息吧！"

待他转过身时，眼角里涌出几颗很大的泪珠。

## 一二○　相逢在古城

北平近郊大军云集。华北野战军与东北野战军共四个兵团紧紧包围了北平城。

周天虹和徐偏的团队,已随他们那个战斗力很强的军来到了北平西郊。回想解放战争初期张家口撤退时,真是拖着两条沉重的腿,揣着一颗沉重的心。今天虽然长途行军也很疲劳,但却是那样地兴奋愉快,一路上人欢马叫,仿佛一枚成熟的桃子已经到了嘴边了。

他们住在德胜门外一个颇大的村庄。因为这个军即将到来的任务,就是从德胜门攻入猛插中南海,直捣敌军的巢穴。

周天虹在村子里住了几天,原以为北平近郊的农村,离大城市这样近,应该有些现代化的味儿,没想到还像民国初年那样古老和陈旧。姑娘们还穿着带大襟的粗布衣服,留着个大辫子,妇女们还有不少裹小脚的。同解放区相比,简直差了一个时代。在解放区里,中青年妇女绝大多数剪发天足,显得大方文明。怪不得诗人们说解放区是"新中国的摇篮",实际上新中国早已在血与火的土地上悄悄诞生了。

这个村庄,紧靠着公路和大车道。周天虹每走上村头,就看见川流不息的民工队伍和一眼望不到头的大车队。这些民工们是从关外来的,他们戴着大皮帽子,扛着担架,欢歌笑语地走在大路上,仿佛是要去参加什么节日的集会似的。那些骡马大车队,多半是冀中平原上来的,车上装的不是粮食就是炮弹,再不就是高大的云梯。骡马的脖子下系着叮叮咚咚的铜铃,花轱辘马车发出有韵律的声响。这些队伍,你不管往北望还是往南看,都是一眼望不到边,仿佛从什么源头来的无尽无休的流水。毛泽东几十年前提出的乡村包围城市的战略,仿佛一幕戏结束前要有一个高潮似的,在它胜利完成前也要再集中展示一下它的光彩。

傅系集团在新保安和张家口的被歼,是对傅作义最沉重最致命的打击,从根本上动摇了他坚守的决心。一条不露形迹的战线,从我方统帅部伸进了中南海,谈判悄悄开始了。这以后便是反反复复的讨价还价。而部队则丝毫不抱幻想,把胜利的基点建立在打的基础上。周天虹和徐偏每天都在领导部队进行攻城的演练。上级一次又一次地告知他们,既要消灭敌人,还要尽力不损伤这座文化古城;对工厂、学校和文化古迹,要特别地注意保护。

等到我方统帅部察知对方仍在拖延谈判时,进攻天津的炮声开始了。东北野战军的主力,仅仅经过19个小时的激战,即将天津守军13万人全部歼灭,司令官陈长捷被生俘。随之我方向傅作义下了最后通牒,限于四日内答复。傅作义将军作出了顺从历史的选择,将部队开出城外听候改编。北平解放了!人民的欢呼声响彻云霄。

北平解放不久,徐偏即被提升为该师的师长,周天虹仍同他就伴,被任命为师政治委员。随后,该师被调入城内,担负卫戍工作。周天虹几乎每天都要在大街上进行巡视。他自幼生活在具有中世纪风味的小城市里,从未来到过大城市,对于北平这座文化古城,尤其向往仰慕。但是今日一见,却未免令人失望。失望的不是举世罕见的紫禁城和那数不尽的名胜古迹,而是全城到处都是散发着臭味的垃圾。穷与富的对比,尤其令解放区来的人不能忍受。那些穿着豪华奢靡的女人,留着绵羊尾巴式的头发,抹着猩红的嘴唇,穿着皮毛冲外的大衣,将腿高高地跷在人力车上飞跑;而另外则是数不胜数的乞丐,使人举步维艰。到晚上查街时,还发现不少的人无家可归,露宿街头。这一切都使他想起高红的话,必须改造旧城市,使这座古城新生。因此,他几乎每天都同战士们在一起,清除街头巷尾的垃圾。他常常一边清除垃圾一边骂:那些国民党的达官贵宦们,他们除了搂钱和寻欢作乐,究竟在干什么?如果他们稍许管一管,角落里怎么会有这么多的垃圾呢!

这天下午,他漫步在一个胡同里,从一个小学校门前经过。正值放学时间,孩子们喊喊喳喳像一群小鸟般地走出来了。他看孩子们很可爱，就不禁微笑着驻足观看。忽然看见后面出来一个穿蓝旗袍的女人，觉得好生面善。仔细一看，不禁吃了一惊，很像是十年前的恋人秦碧芳，不过憔悴多了。待她走到近处，心里便有八分确定。那女人似乎也注意到他，眼睛盯了他一会儿，便在他面前停住脚步，惊讶地问：

"你是天虹吗？"

"你是碧芳？"周天虹热情地伸出手来。

那女人激动得像要扑进他的怀里，但似乎考虑不合适，连忙克制住自己，紧紧握住周天虹的手，眼泪立刻像明亮的小珠子一般跌落下来。她赶快掏出小手绢儿捂着鼻子，没有哭出声。

周天虹等她稍许安定了一些，就轻声地问：

"你就在这个小学校里工作吗？"

秦碧芳点了点头。周天虹又问：

"是在这里当老师吗？"

秦碧芳又点了点头。

周天虹觉得此处不是谈话之地，又问：

"你家离这里远吗？"

"不远。"她用手指了指，"就在那边小胡同里。"

"那就到你家里说话吧。"

秦碧芳点点头，就同周天虹一起向另一个小胡同走去。警卫员远远地跟在后面。最后在一个十分破旧的大杂院门口停住。

"我就住在这里。"她有些不好意思地说。

周天虹挥挥手让警卫员先回去了，接着随她走了进去。这是老北京名副其实的大杂院。前前后后不说有20家，也有十八九家。多半是些下层群众，失业工人、小商小贩、人力车夫等等。院子里左一道右一道的绳子，晾着破衣烂裳。秦碧芳带着他拐弯抹角，来到院角落里，掏出钥匙开了门，十分难为情地苦笑着说：

"就是这儿。请进吧！"

周天虹走进去一看真是名副其实的斗室。里面只有一张单人床，一把木椅，一个小小的书桌，除了床头上的一只皮箱，几乎没有像样的东西。不过桌子上收拾得很整洁，铺着花桌布，摆着一大溜书。还有床上的花被褥，散发出女人温馨的气息。

秦碧芳安顿周天虹坐在椅子上。接着跑前跑后,到邻家要了一点开水,泡上茶,放在客人面前。然后坐在床上,一双黑眼睛久久地注视着周天虹,脸上升起一股红潮。她既惭愧又难过地说:

"我走错路了!"说着,深深地垂下头去。

"这些年,你是怎么走过来的呢?"周天虹问。

"说起来,真是一言难尽啊!"秦碧芳略略抬起头望着周天虹,"你还记得,在你离开家的时候,你给过我一封信,还有一片题诗的红叶吗?"

"自然记得!"周天虹的脸腾地一下红了。

"我是比你晚几天离开家的。"她说,"我不能跟你一起到延安去,是多么遗憾啊!临走我还把你那封信和那片红叶揣在我的心窝上,在逃难的路上,看了又哭,哭了又看。这封信,这片红叶,我一连保存了好几年。……"秦碧芳说到这里流下了眼泪。

周天虹深深地叹了口气,听她继续说下去。

她说,他们一直往南逃。路上几乎所有的东西都被溃兵们抢了。幸亏她的后妈保存下来一个装金银首饰的小皮箱,这才过了黄河,到了河南。后来在郑州城里租了几间房子住下来。过了不久,她的表兄傅天骄又来了。她的父母就逼着她结婚。

"你答应同他结婚了吗?"周天虹插问。

"我当然不愿意。"秦碧芳说,"那时候,我的心里只想着你。可是我这位表兄很有一套,吹拉弹唱,样样来得,尤其对女人最能献殷勤。他一天到晚陪着我玩,用甜言蜜语,哄我,逗我,渐渐我这心就有些活了。再加上父母一个劲儿地催逼,后来就把事办了。……我这人实在太软弱了。"说过,又沉重地叹息了一声。

"往后呢?"

"结婚后有一段还算可以。"秦碧芳说,"可是渐渐我觉得这人很庸俗。和你不同,他从来是不看书的。大部分时间都花在和那些同僚去应酬了。我还得陪着他。可是有一天我忽然发现他抱着一本书不放,真是兴致勃勃。一边看,一面还似乎出神地揣摩。我心想,这是在看一本什么书呀?拿过来一看,原来是一本《仕途秘诀》,稍稍翻了一下,里面讲的都是如何讨好人,如何巴结上司那一套。比如自己的上司是副团长、副师长,那就要故意把他喊成'团长''师长'。真叫人恶心！我说：'你怎么别的书不看，单看这种书呀！'他笑了笑，很认真地说：'这个你不懂，看这样的书才有用哩！'瞧瞧，他就是这种人！"

她喝了一口水，稍停了停，又说：

"武汉失守以后，他的部队就调到四川去了。他那套巴结长官的手段果然很灵，很快就升了新兵团的副团长。他们抓起壮丁来，真是心毒手黑。常常天不亮就从被窝里把你掏出来。壮丁抓来，把他们几十个一串、百把个一串地绑在一起，拉到部队里。这就是他们的抗战动员！到了新兵团，为了防止他们逃跑，晚上就收了他们的衣服。即使这样，还是有逃跑的。有一次抓回一个逃兵，我看到傅天骄亲自拿起皮鞭子狠狠地抽他，鞭子一下去一道血印。打得这个逃兵爹呀妈呀地乱叫。我实在看不下去，就说：'天骄，你怎么这样打他？你不是为了叫他上前线吗？他答应了也就是了！'他把眼一瞪：'我这是为了抗战！你不当兵，我不当兵，谁去当兵？中国人就是生来的奴隶性，欠揍，不打不行！'我就说：'人家解放区就不搞这一套，同样都是老百姓，怎么那里是"母亲送儿打东洋，妻子送郎上战场"呢！怎么打那么多的胜仗呢？'他一听急了，恶狼似的扑过来说：'你这是替共产党宣传！我把你送到监狱里去！'从此以后，我们的恶感越来越深。因为他抓兵有功，不久就升了上校团长。"

"抗战时期，你们一直在四川吗？"周天虹问。

"不，"秦碧芳回答说，"后来蒋介石见新四军的力量在敌后发展得太大，就把他们调到江苏、安徽一带。开始同新四军闹磨擦。最厉害的是皖南事变。"

"傅天骄参加了皖南事变？"

"是，他不光参加了，还是主力。一个团就俘虏了新四军好几百人。因为有功，一下子由上校团长升为少将师长。在那些天里，他整天喜形于色。不是出席宴会，就是设宴待客，还喜滋滋地说：'把项英打死了，叶挺也活捉了，这一下新四军可完蛋了！'他那副得意相，真使人看了有气，我就说：'你们打死了一些抗日的中国人，这叫什么胜利？这叫什么本事？你们要真有本事，怎么不往日本人那里使呢？'他听见这话，气得脸都白了，瞪着两只牛眼说：'你总是替共产党说话，说不定你就是共产党！'我说我不是共产党，可我是中国人！事有凑巧,那天他不知道找什么东西,把我的秘密——你给我的那封信和那片红叶一下子翻出来了。他更是火冒三丈,当天夜里,就把我的衣服剥了个精光,叫我赤身裸体跪在地上,然后一连狠狠抽了我十几个耳光,还狠狠地骂道:'怪不得你替共产党说话!你是想着周天虹吧!'说着又拳打脚踢地打了我半夜,一直把我打昏在地才住了手。我一生从来也没挨过这样的毒打啊!接着他把你的信和那片红叶扯了个粉碎,丢在炉子里烧了。……"

说到这里,她掩着鼻子嘤嘤地哭起来。周天虹也鼻子酸酸的,眼睛湿润了。

秦碧芳哭了好一阵,才接着说:

"日本一投降,傅天骄就坐着美国飞机来到北平受降。我也跟着来了。这时候,我看见国民党的那些官儿,见了所谓敌伪财产眼都红了。你听说过'五子登科'没有?"

"记不清了。"

"这'五子登科'第一个就是房子,第二个就是车子,第三个就是金子,第四个就是位子,第五个就是女子。为了把这些东西搂到手里,我看见他们一个个就像狗抢骨头似的。傅天骄先在东单一带抢占了一个大汉奸的房子,随后又弄来了两部汽车。有一天晚上,我看见勤务兵跟在他后面,肩上扛了个小箱子,压得他直喘气。我就问:'什么东西这么沉呀?'他喜上眉梢地说:'你猜猜。'我说:'我猜不着。'说着,他把箱子打开,我一看,黄澄澄的,有好几十个金条!他笑着说:'往后你就等着过你的好日子吧!'这时候,我看见他的眼睛放光,嘴巴都笑得咧到耳朵根了。不久,我就发现他晚上回家的次数越来越少。我心里犯了嘀咕,就盘问他干什么去了,他开始推说事忙,后来就公开摊了牌,对我说:'你往后不要问我这些事。我可以告诉你,我人生一世,光你一个女人不行!'这叫什么话?有一天,我外出有事,一回来,正碰上他和一个女人睡在家里。我实在气不过,就同他大闹了一场。他又劈头盖脸地痛打了我一顿,然后说:'从今天起,你就滚你妈的蛋吧!'说着,就让勤务兵把我赶出来了。我无家可归,流落街头,后来靠一个朋友的帮助,才找了这个职业,住在这里……"

说到这里,她掏出小手绢擦着眼泪。

"天虹,我实在对不起你。"她继续说,"我知道你是爱我的。我也深深爱你。即使同他结婚以后,我也没有忘记你。我经常在想象中描摹你在延安的情景,你在敌人后方的战斗。所以,我把你的信和那片红叶一直藏在身边。那家伙烧了我的信,烧了我的红叶,是对我最大的伤害,好多日子我的情绪都转不过来。即使这样,也没有把你的形象从我的心里挖掉。可是,我知道,今天说这些已经太迟太迟了!我想过了,造成这个结果,都是因为我太软弱了。我十分后悔,没有跟上你的脚步。今天,我对你没有任何企求,只求你原谅我,把我当成一个朋友。如果能够这样,我就很满足了!……"

碧芳的话,使周天虹心潮激荡不已。少年时期的往事,重新回到心头。当年这位爱穿紫衣的天真的姑娘,确实燃起了他火一般的热情。但在今天看来,在那样一个穷富悬殊、阶级分明的社会里,那不过是幼稚的幻想而已。因此,他对秦碧芳所说的一切,既无怨恨,也无任何不满,心里只有惋惜和同情。碧芳对他少女般纯真的爱恋,还使他深为感激。想到这里,他本来想说:'碧芳,在延安的时候,我又何尝不想你呢!'但是,为了不使这些无益的话再激起她已经平定的心波,话到嘴边又留住了。他只是安慰说:

"碧芳,你说你对不起我,但我觉得你并没有任何对不起我的地方。听了你的经历,我已经完全理解了你,谅解了你。在奔向革命的路上,你毕竟比我有更多的羁绊需要排除,有更多的阻力需要斗争。后来你落在那样一个人的手里,你的不幸遭遇只能使我同情。但是,我劝你不要灰心,现在革命已经胜利了,总的情况变了,你是肯定会有好前途的。你留在我心里的美好的感情是不会消失的。我们当然是很好的朋友。"

周天虹看看表,天已经很晚了。随即站起来,紧紧握着秦碧芳的手同她告别。

# 尾 声

  1949年的春天,是中国北方最欢乐的春天。
  解放军北平的入城式虽已过了多日,周天虹的心头依然激动不已。那一天,北平城经历了历史上最盛大的节日。真是红旗如海,歌声震天。当解放军的步兵、骑兵、炮兵、坦克从永定门进来,夹道欢迎的群众个个脸上笑开了花,"共产党万岁!""毛主席万岁!"的欢呼声,就像排山倒海的巨浪一般。最令周天虹动情的,就是那些可爱的孩子也爬到坦克上、炮车上。还有一个孩子骑着一门大炮,手里举着一面小红旗笑着走过来,顿时引起了一阵雷鸣般的掌声。另一个炮车上站着几个女学生,拈着鲜花微笑,使人想起天上飞来的和平女神。北京大学、清华大学等校的学生们扭起秧歌,边舞边唱。周天虹看到有一个学生别出心裁,他在自己身上用白粉写了三个大字——"天亮了!"也引起一阵一阵的欢呼。周天虹作为值勤人员穿行在人群里,看到人民群众对我们是如此的拥护,如此的爱戴,激动得一次又一次流下了眼泪。他觉得过去十年来经过的一切艰难困苦,付出的一切牺牲,都被这幸福的泪水融化了。回想十年前,当自己被卢沟桥炮声惊醒的时候,那时自己不过是一个穷苦的学生,一个没有出路的青年,而一旦投进到共产党的队伍里,竟在并不长的时间内眼看着壮丽的革命事业获得了如此伟大的胜利,心里怎么能不由衷地欢欣呢!
  为时不久,就传达了毛主席在西柏坡的讲话,说我们所取得的胜利只不过是万里长征的第一步,要同志们务必继续保持艰苦奋斗的作风,务必继续保持不骄不躁、谦虚谨慎的作风,警惕资产阶级糖衣炮弹的袭击。据传闻说,有一位解放军的将军提出了一项建议,说解放军的生活太苦了,城里有钱人都比解放军吃得好。解放军至少应当有四菜一汤等等。毛主席当即对此提出严厉批评。他说:'我们进了城,一些同志看不到资产阶级的污泥浊水淹到了我们的胸脯。我们是要改造旧的城市,而绝不是向资产阶级看齐。'周天虹非常赞成毛主席的指示精神,立即向部队传达贯彻,因此他带领的部队,依然艰苦朴素,朝气蓬勃,给人民群众留下了良好的印象。

不久,毛主席和党中央也进了城,入驻中南海。有传闻说,毛主席进城那天,曾笑着对周总理说:"我们是进京赶考呀!"周总理问:"赶什么考呀?"毛主席说:"考一考我们,会不会像李自成。"原来毛主席早在胜利前夕就批发了郭沫若的《甲申三百年祭》作为全党的学习材料。由于毛主席早就有这种明确的思想,所以随着大量部队机关的入城,就宛如天外吹来的一股新风。这股新风的代表者虽然在全体人口中居于极少数,但其生命力却极其强劲有力,终于使千年坚冰渐渐融化,为剥削阶级污染的旧城市开始出现了新容。

大大小小的妓院被关闭了。烟馆赌场被查禁了。黑社会的恶势力遭到了镇压。流氓、小偷被教养和改造了。街头巷尾几百万吨的垃圾被清除了。妇女们厌弃了浓妆艳抹,追求朴素的新风,显得更加美丽妩媚,落落大方。少男少女们唱着革命的歌曲。在街头巷尾常常能看到扭秧歌的队伍。几年前人们在山沟里就说,"要把秧歌扭到北京去",现在已经实现了。周天虹想起,刚刚进城时,旧北京之破烂陈旧,真像是一只将要沉没的破船,现在却隐隐地透出春意了。

4月末,师长徐偏的爱人从乡下来部队了。这个女人在乡村里是个妇女干部,性格开朗大方,爱说爱笑,同徐偏真是天生的一对儿。周天虹想到,过去高红两次来队,徐偏每次都是极为热诚地接待,自己嘴里不说,心里是深深铭感的。这次他听到徐偏的爱人来了,立刻到街上买了两瓶二锅头,两只烧鸡,又告诉伙房增加了几个菜,在徐偏家里设了一个小小的晚宴。他把两个老战友也找来了。一个是过去的王参谋王乐,现在已经是新任命的团长,一个是战斗英雄孟小文,现在刚由营长升任团参谋长。这几个老战友在一起,那股亲热劲儿真比亲哥儿们还亲。也只有战火考验的生死与共的友谊,才能达到这种人生最高的境界。再加上酒这个奇怪的精灵,三杯落肚就由它来主宰了。

席间,周天虹望着徐偏的爱人热情地说:"嫂子,我看你这次来就别回去了。现在家属来队的越来越多,你就在这儿做家属的工作吧!"徐偏的爱人笑着说:"那可不行。家里还有俺娘哩,还有个娃儿哩,哪有你们那么自由!"周天虹说:"老娘和娃儿都可以来。老娘可以给你们管管后勤,娃儿可以上幼儿园。战争时期,夫妻们虽说结婚了,也是相见之日少,分离之日多。现在毕竟是和平了,你们也该相聚了。"那女人听了,笑着望望丈夫。徐偏笑着说:"那就谢谢政委的美意吧。"但又接着说:"老周,你这当政委的,也不能光关心别人不关心自己呀!"周天虹叹了口气,说:"我还有什么可说的!至少几年内我不想谈这个问题。"徐偏说:"那你就抱独身主义了?"周天虹低头不语,脸上现出几丝苦笑。

徐偏满满地斟了两杯酒,然后面对周天虹说:

"老周,咱们俩在一块儿作伴好几年了,咱们的关系,不是一般关系。你要听我的劝,你就把这杯酒喝下去。你要不听,我就不说了。"

周天虹听他的话颇有一点严肃的意味,立刻端起来,仰起脖儿一饮而尽。徐偏也喝干了,亮了亮杯底,然后说:

"人总得面对现实,承认现实。对不对?你经常向我宣传唯物论,这还是你告诉我的。第一,高红的确是个少见的女性。既有才学,思想又高尚,革命性又很强,再加上人又长得漂亮,就不说是天仙吧,也百里挑一了。这是事实。可是你总得承认,她现在是牺牲了吧。人一死,是无法复活的。这就是革命付出的代价。这就是现实。你承认不承认这个现实呢?"

"我当然不否认这个现实。"周天虹说。

"着哇,既是这样,那就得再找一个合适的嘛!"

团长王乐一看是个机会,立刻插上来说:

"照我看,政委不是不找,一是因为他心里想着高红,为了纪念她不愿很快结婚;二是他条件高,也一时难找到挺合适的。为了这事儿,我确实认认真真地研究了一番,终于想出了一点名堂。"

"嗬,你想出什么名堂来了?"徐偏颇感兴趣地问。

王乐端起酒呷了一口,笑嘻嘻地说:

"我琢磨的这个妙人儿,不说便罢,一说出来,政委保准十成有九成满意。"

"是谁?你说,你说!"徐偏的两只瞳子放出亮光。席上的人,包括那位大嫂全笑微微地看他。王乐这才得意洋洋地说:

"师长、政委,你们回想一下,咱们的东进支队从路西开到冀中,一直住在高粱地里,我们头一次住到谁家里了?"

"嘀,你说的是那个梨花湾的姑娘——邢盼儿吧!"

"对啦!"王乐乐呵呵地说。

大家全微笑起来,显然,邢盼儿那朴实又可爱的形象回到了他们的脑海中来了。周天虹涨红着脸,嘴唇边绕着几丝微笑。

"据我从旁观察,"王乐接着说,"李大娘那个模范老婆婆对政委比亲儿子还亲,小盼儿更是一百成。政委,你说是不?"

周天虹笑着连连点头。因为无须回想,那些艰苦年月的无数细节,早已经沉淀成坚固的岩石储存在感情中了。尤其是他一生中那场九死一生的大病是他永难忘怀的。在他烧得昏昏迷迷的时候,他早把这个梨花湾的姑娘当成观世音了。

"再说,人又是多么地勇敢、勤劳、朴实,又长得多么秀气呀!那一次我们被压到地道里,要不是她冒险给团长送信,恐怕咱们早就报销了!"

周天虹带着深沉的感情再次点头。

"王乐,真有你的!"徐偏满脸是笑地称赞说,"你倒真是个有心人哩!"

"我早就有这个想法儿了,只是没敢说。"王乐笑嘻嘻地说。

"你这个主意太好了。照我看,小盼儿实在不错。她自到了卫生队,参加战场救护很勇敢,立了好几个功呢。现在已经是卫生队的指导员了。只是看我们的主人公怎么样了。"徐偏说过,大家全笑微微地盯着周天虹,看得他实在不好意思。徐偏敲敲桌子:

"怎么样啊,老伙计! 你可说呀?"

周天虹笑而不答。

"怎么,你成了没嘴儿的葫芦啦?"

周天虹憋了半天,才慢腾腾地说:

"谁知道人家愿不愿意呢? 我今年已经28啦,她才20出头儿。"

"这个不要紧,由我去说。据我看,她对你也是有些意思的。"

"你别把人家逼得太紧了么!"大嫂斜了丈夫一眼。

徐偏嘿嘿一笑,给每人斟了一大杯,然后擎起来说:

"让我们为未来的喜事儿再干一杯吧!"

"我也为政委干一杯!"孟小文年轻,又是下级,一直不好意思插话,只是抿着嘴笑,这时也发言了。大家喜滋滋地,一直喝到午夜才散。周天虹显然喝得过量,回去的路上早已醉眼蒙眬了。

徐偏第二天就把小盼儿从卫生队找来。那邢盼儿身着新发的女式军衣——两排扣子的列宁装,装戴军帽,留着齐耳短发,一路小跑赶来。她已经不是那个善织花布略带娇羞的姑娘,而是英姿飒爽的女军人了。她一进门,就啪地向徐偏打了一个敬礼,笑着问:

"师长,您找我有什么事?"

"好事儿!"徐偏望着她,笑得很特别。

邢盼儿坐下来,说:"我能有什么好事儿?"

"小盼儿,你今年多大啦?"徐偏笑着问。

"咳,你们住到俺家,我十六七,你算算我多大啦!"

"不,我是说,你该考虑考虑婚事了。"徐偏满脸是笑,慢条斯理地说,"我给你琢磨了一个非常理想的对象。此人文武全才,品格高尚,人又长得英俊,性格也很温和,不像我吃扁担屙扁担直不棱登莽张飞似的。这样的人叫我说打着灯笼也难找咧!"邢盼儿咯咯地笑起来了,说:

"师长,你别开玩笑了,你说得这么神,这倒是谁呀?"

"我说这人,跟你很熟,跟我也很熟。"徐偏笑着说,"自成立东进支队那一天,我们俩就在一起,一个锅里吃饭,一个炕上睡觉,也是同一天住到你家里去的。据我所知,你对他是颇有好感的。你说我说的是谁?"

"你说的是——"

"对,对,我说的就是他!"

邢盼儿的脸腾地一下红了。这朵红云从两颊顷刻蔓延到耳根,良久不散。红唇上的微笑就像凝固了一般。

"行不行?你可说呀!"

尽管徐偏一再催问,邢盼儿只是笑而不答。最后才挤出一句:

"恐怕不行,我的文化水儿还没他的脚脖深哩!"

"不碍!"徐偏斩钉截铁地说,"你横竖还上了几年小学,比我还强哩。我这文化不都是在八路军里学的!"

邢盼儿打了一个最草率的敬礼,跑出去了。谈话至此结束。

几天后,人们已经发现,邢盼儿常到师部来,周天虹也忽然更加关心起卫生队来,有事无事都要到那里走一走。礼拜天人们也看到过他们在公园一起散步的身影。

暮春时节,乡下的李捧大娘也到城里探亲来了。从口风里得知,老太太是接周天虹和小盼儿的联名信来的。可以看得出,周天虹对大娘的到来倾注了很大的热情,陪着他们母女不是游故宫,就是游颐和园。五一节那天,还陪她们母女一起登上青龙桥的长城。这时,早晨的太阳照得眼前的高山大岭红彤彤的,古老的城墙边,山桃花开得很艳,各种野花也都含着露水竞相开放,长城上游人如织,一个个牵儿带女,笑逐颜开。大娘看见这一切,却忽然间飘下几点眼泪。邢盼儿忙停住脚步问:"娘,你怎么啦?"老太太沉默了良久才说:"我想起你爹来了,如果他要活着,过过现在的世道儿,该有多好呀!"周天虹一见老人想起往事伤心起来,忙掏出手绢替老人擦去眼泪,说:"娘,你过去受的苦难,付出的辛苦,真是太多太多了。往后会一天天好起来,你就多向前看吧!"一声"娘",一声贴心的呼唤,使李捧大娘破涕为笑,小盼儿也随之笑了。她们都笑得跟城墙外的山桃花一般。

是年秋,在北京举行了中华人民共和国的开国大典。毛泽东一声"中国人民从此站立起来了",使举国人民声泪俱下,热血沸腾。周天虹在人群中,眼望着冉冉升起的五星红旗,流下了一大摊眼泪。这是他一生最激动也最欢乐的时刻。第二天晚上,在礼花飞舞中,他同邢盼儿举行了婚礼。徐偏、王乐、孟小文以及许多老战友都参加了晚宴。特别令周天虹兴奋的,是他的老师欧阳行也到了。欧阳行现在是首都某权威大报的主笔。他是一个忙人,他的到来,使周天虹分外激动。他斟满了三大杯酒,恭恭敬敬地端到欧阳行面前,然后说:

"欧阳老师,你的到来,使我想起12年前,那时我是一个穷苦的学生,一个没有出路的青年。是你把手指向了延安,我就沿着你指出的路去了。我是到延安找光明、找真理去的。延安没有让我失望,他果然使我得到了真理,得到了光明。今天我已经看到了真理的果实。到今天,我应该向您说,延安没有欺骗我。同时,我也深深地感激您,您是我的引路人啊!今天,您必须把这三大杯酒喝干才行!"欧阳行听了这话,神色也相当激动,立刻端起酒杯说:

"天虹,你走过的道路,正是这一代革命青年走过的道路。应该说,你是一个优秀的青年。不仅是我给你引了路,也是你在这条路上走得好,走得心口一致,走得实实在在。因为你走的这条路是极其不容易的。走这样的路虽然光荣,却是艰难的、危险的,是随时会丢掉生命的。正因为我们付出了巨大的牺牲,我们才取得了伟大的胜利。我们的共和国就是从烈火中诞生的。她一如烈火中飞出的凤凰,再生的凤凰,比以前更加十倍地美丽了。你们就是伴随着她诞生的那一代人。我还清楚记得,你们从延安来的时候,是四个人,有两个成了烈士,一个成了叛徒,而今只剩下你一个人了。可见这条路是多么漫长、艰险啊!一个不能把人民利益置于最高地位的人,这样的路是走不到头的。因此,我衷心地祝贺你,祝贺邢盼儿,祝贺你们的成长。但是我还得说,今后的路,建设社会主义的路是更加漫长、复杂、曲折的。我们还要继续接受考验。今后和平了,听不到枪声了,不是说就不会出叛徒了,还会有人经受不住糖衣炮弹的袭击,还会有人成为资产阶级的俘虏和无产阶级的叛徒!只要世界上帝国主义还存在,资产阶级还存在,资产阶级思想还存在,就会有这样的人。我们不仅应当有鲁迅式的硬骨头精神,还要善于识破形形色色的骗子、形形色色的骗局!我们的旗帜是共产主义,这个旗帜是不能变的!"

欧阳行说过,擎起酒杯一饮而尽。周天虹也喝了个底朝天。屋子里的客人们哗哗地鼓起掌来。新郎新娘的脸上都泛出桃花一般的颜色,显然都有些醉意了。

1991年12月14日动笔
1996年12月21日完成